AMY TAN

UN LUGAR LLAMADO NADA

AMY TAN

UN LUGAR LLAMADO NADA

Traducción de Claudia Conde

Planeta

Título original: Saving Fish from Drowning

Diagonal, 662-664, 08034 Barcelona (España)
Primera edición: abril de 2006
Depósito Legal: M. 11.729-2006
ISBN 84-08-06701-X (rústica)
ISBN 84-08-06626-9 (tapa dura)
ISBN 0-399-15301-2 editor G. P. Putnam's Sons, perteneciente al grupo Penguin Group, Nueva York, edición original
Composición: Zero pre impresión, S. L.
Impresión y encuadernación: Brosmac, S. L.
Printed in Spain - Impreso en España

Le mal qui est dans le monde vient presque toujours de l'ignorance, et la bonne volonté peut faire autant de dégâts que la méchanceté, si elle n'est pas éclairée.

(El mal que hay en el mundo viene casi siempre de la ignorancia, y la buena voluntad puede causar tantos estragos como la maldad, si no la ilumina el conocimiento.)

ALBERT CAMUS

Un hombre piadoso explicaba a sus seguidores: «Es malo arrebatar vidas y noble salvarlas. Todos los días me propongo salvar cien vidas. Arrojo mi red al lago y saco un centenar de peces. Los deposito en la orilla, donde saltan y se retuercen. "No temáis", les digo. "Os estoy salvando de morir ahogados." Al poco, los peces se calman y se quedan quietos. Pero, triste es decirlo, siempre llego tarde. Los peces mueren. Y puesto que cualquier derroche es malo, llevo los peces muertos al mercado y los vendo a buen precio. Con el dinero que obtengo, compro más redes, para poder salvar más peces.»

ANÓNIMO

NOTA PARA EL LECTOR

La idea de este libro comenzó con el destello de un relámpago y el estrépito de un trueno. Iba yo andando por el Upper West Side de Manhattan, cuando me sorprendió sin paraguas un torrencial aguacero de verano. Avisté un posible refugio: un elegante edificio de tres o cuatro pisos, con doble puerta de un negro reluciente y una placa de bronce que rezaba: «Sociedad Norteamericana para la Investigación de los Fenómenos Psíquicos.» Atraída por las posibilidades que pudiera haber dentro, llamé al timbre, y pasé el resto del día examinando los archivos de la sociedad.

Al igual que la primera biblioteca pública que visité, la sala estaba abarrotada del suelo al techo por los lomos de tela y piel de libros antiguos, pequeñas lápidas de ideas e historia, revestidas de azul marino, violeta, marrón o negro, con los títulos impresos en desvaídas letras doradas. En el centro de la sala había taburetes altos, una estrecha mesa de madera y gavetas llenas de fichas del sistema decimal de Dewey. En «A-Ca» encontré varias entradas correspondientes a «automática, escritura», que remitían a «mensajes del mundo invisible» archivados en la biblioteca. Estaban escritos en diversos idiomas y caracteres, incluidos el chino, el japonés y el árabe, y supuestamente habían sido transmitidos a personas sin conocimientos de la lengua recibida. Los mensajes de personajes famosos o de la realeza eran dignos de atención, por tener las firmas «verificadas por expertos».

Me impresionaron particularmente las transmisiones recibidas entre

1913 y 1937 por Pearl Curran, «ama de casa corriente» de Saint Louis, sin instrucción formal más allá de los catorce años, que recibía las historias de una verborreica aparecida de nombre Patience Worth. Supuestamente, Patience había vivido en el siglo XVII y escribía sobre la época medieval. El resultado eran volúmenes enteros de prosa arcaica, basada en un íntimo conocimiento de los giros coloquiales y las costumbres de aquellos tiempos, en una lengua que no era del todo el inglés de la época, pero tampoco contenía anacronismos posteriores a 1700. Una de sus apasionantes narraciones comenzaba de esta animada guisa: «Veíase ya del rocío el brillo argénteo, en el campo deleitoso...» Aparte del inconmovible estilo de su prosa, había una buena razón para admirar o bien para aborrecer a Patience Worth y Pearl Curran: una de sus novelas había sido dictada en el plazo de treinta y cinco horas.

En los archivos había otro caso que me fascinó aún más. Los escritos habían sido registrados por una médium llamada Karen Lundegaard, residente en Berkeley, California, que en cincuenta y cuatro sesiones había recibido una historia llena de divagaciones, a medio camino entre la diatriba y las memorias, transmitida por un espíritu de nombre Bibi Chen.

El nombre me sorprendió. En San Francisco, mi ciudad natal, había una mujer muy conocida que se llamaba igual. Era una dama de la alta sociedad, propietaria de uno de los comercios más selectos de Union Square, Los Inmortales, que vendía antigüedades orientales. Murió en circunstancias extrañas que nunca se esclarecieron del todo. Karen Lundegaard la describía con precisión: «Una mujer de origen chino, menuda y quisquillosa, obstinada en sus opiniones e hilarante sin proponérselo.»

Yo había tenido cierto trato con Bibi Chen, aunque no podía decirse que la conociera personalmente. Intercambiábamos breves saludos en los habituales actos de recaudación de fondos para las artes, en beneficio de la colonia asiática norteamericana. Su nombre solía aparecer destacado en negrita en las crónicas de sociedad, y la fotografiaban a menudo, ataviada con modelos espectaculares, una trenza multicolor y pestañas postizas espesas como las alas de un colibrí.

Karen había transcrito a lápiz las palabras de Bibi, en papel de carta amarillo. Las sesiones empezaban con trazos espasmódicos y falsos arranques convulsivos, que daban paso a páginas y páginas de rayas frenéticas y garabatos atolondrados, hasta adquirir gradualmente las suaves formas de la escritura. Era como estar viendo el electroencefalograma de un paciente con muerte cerebral que resucitara, una marioneta cuyas cuerdas se tensaran de un tirón y le dieran vida. Página tras atestada página fluía con generoso derroche de signos de exclamación y frases profusamente subrayadas: precisamente el estilo que a la mayoría de los escritores noveles se les aconseja evitar.

Cuando regresé a San Francisco, visité varias veces a Karen Lundegaard en su cabaña abarrotada de objetos de ocultismo y, según ella misma decía, «cosas para vender en un rastrillo». Estaba bastante frágil, debilitada por un cáncer de mama en fase metastásica, que desde hacía tiempo sabía que padecía, pero para el cual no había podido recibir tratamiento adecuado, por carecer de seguro médico. («Si alguna vez escribe algo de mí –me dijo–, cuénteselo a la gente.») Aunque estaba enferma, agradecía que yo la asaeteara a preguntas. Sus sesiones con Bibi Chen, según me contó, eran gratificantes desde el punto de vista profesional, porque su espíritu se expresaba con gran claridad. La conexión con otros espíritus, me explicó, solía ser inestable, como pasa con los móviles cuando no es buena la cobertura. «Bibi tiene una personalidad sumamente insistente», me dijo.

Yo me preguntaba si sería posible presenciar una sesión de escritura automática. Karen prometió intentarlo, pero dijo que tendría que ser más adelante, cuando se sintiera mejor. «Recibir» le absorbía mucha energía.

Cualquiera que fuera el origen de los escritos, decidí que el material era irresistible. En una ciudad conocida por sus personajes, Bibi Chen era la pieza genuina, una auténtica habitante de San Francisco. Sin revelar su historia, sólo diré que versaba sobre once turistas desaparecidos en Birmania, que ocuparon los titulares de la prensa durante semanas, una historia que los lectores probablemente reconocerán. Aunque es posible que Karen Lundegaard construyera su relato a partir de lo que había leído en los periódicos, sus escritos contenían detalles que no habían sido difundidos, según me dijeron personas que entrevisté más adelante.

Ya sea que creamos o no en la comunicación con los muertos, los lectores estamos dispuestos a suspender el escepticismo cuando nos sumergimos en la ficción. Queremos creer que existe realmente el mundo al que accedemos a través del portal de la imaginación ajena y que el narrador está o ha estado entre nosotros. Por eso he escrito así la historia, como una ficción inspirada en la escritura automática de Karen Lundegaard. He conservado las observaciones de cariz religioso o racial de Bibi, que pueden resultar ofensivas o humorísticas, según las tendencias políticas de cada lector. Algunas de las personas que participaron en los hechos reales me han pedido que no mencione sus nombres. Y aunque no he podido confirmar algunos detalles que daba Bibi, he dejado los que me han parecido interesantes. Por tanto, puede haber datos erróneos. Pero una vez más, la naturaleza de la memoria de mucha gente comporta cierto grado de embellecimiento y exageración, así como el sesgo de sus opiniones.

Aunque pueda pensarse que este libro me ha exigido tan poco esfuerzo en su redacción como los textos dictados por Patience Worth, he contado con la colaboración de muchos para ensamblar las piezas. Por las entrevistas, estoy agradecida a más personas de las que podría mencionar, pero todas ellas saben quiénes son. Quiero dar las gracias al Museo de Arte Asiático de San Francisco y a la Sociedad Norteamericana para la Investigación de los Fenómenos Psíquicos, de Nueva York, por haberme abierto sus puertas. Espero que los lectores visiten sus exposiciones y que engrosen sus arcas con generosos donativos.

Durante la redacción de este texto, los escritores y periodistas extranjeros teníamos prohibida la entrada a Birmania, por lo que no he podido ver con mis propios ojos los lugares mencionados. Agradezco, por tanto, los vídeos del país que me prestó Vivian Zaloom. Bill Wu me ofreció sus comentarios de experto sobre el arte budista que hay en China y a lo largo del camino de Birmania, y corrigió algunas de las interpretaciones de Bibi sobre influencias culturales. En algunos casos, he conservado deliberadamente los errores de interpretación de Bibi, y espero que el profesor Wu sepa perdonarme. Mike Hearn, del Museo Metropolitano de Arte de Nueva York, me ofreció información adicional sobre la estética china. Robert y Deborah Tornello, de los Viveros Tornello, desenmarañaron lo que puede hallarse en una pluviselva de bambú, y la obra *The High Frontier: Exploring the Tropical Rainforest Canopy*, de Mark Moffett, me brindó una visión a vuelo de pájaro del ecosistema, con vívido y entrañable placer; Mark Moffett no guarda ninguna relación con el personaje del mismo nombre que aparece en este libro. Ellen Moore organizó las montañas de información reunidas y mantuvo las distracciones bajo control. El etólogo Ian Dunbar me iluminó sobre la conducta de los perros y los principios del adiestramiento, pero los métodos y la filosofía recogidos en esta ficción no son fiel reflejo de los suyos.

Si bien es imposible corroborar las ideas y los motivos de la junta de Myanmar, he incorporado el «informe de Bibi» como elucubraciones de personajes de ficción. Puede que de ese modo haya desdibujado el límite entre lo dramáticamente ficticio y lo horrorosamente cierto. Permítanme decir tan sólo que la veracidad de la historia de Bibi se puede comprobar en numerosas fuentes, donde aparecen mencionados el mito del hermano menor blanco, la matanza sistemática de los karen e incluso la prohibición del régimen militar de informar cuando la selección nacional de fútbol pierde un partido. Pido disculpas por los errores, la mayoría de los cuales son indudablemente míos, aunque puede que algunos sean «de Bibi». Las correctoras Molly Giles y Aimée Taub eliminaron el caos de las páginas y aclararon hacia adónde me dirigía y por qué me había perdido. Anna Jardine exterminó una plaga de atolondrados errores.

Un último e importante reconocimiento: quiero dar las gracias a título póstumo a Karen Lundegaard, que me dio su bendición para que usara los «escritos de Bibi» a mi leal saber y entender, que respondió incansablemente a mis preguntas y que me abrió sus puertas como a una amiga. Karen sucumbió a su enfermedad en octubre de 2003.

MYA NAT

Turistas huyen de Birmania.
Se teme por los once norteamericanos desaparecidos

De la enviada especial
del *San Francisco Chronicle*, May L. Brown

MANDALAY, 31 DE DICIEMBRE. – En el resplandeciente bar del hotel Golden Pagoda, con aire acondicionado, los turistas escapan al bochorno bebiendo cócteles a precios de Estados Unidos. Pero nadie celebra la llegada del Año Nuevo, tras difundirse que once norteamericanos integrantes de una expedición artística llevan casi una semana desaparecidos en Birmania, en circunstancias «sospechosas». Los intranquilos huéspedes del hotel intercambian rumores, que van desde el tráfico de drogas y la toma de rehenes hasta la venganza por haber perturbado a los *nats*, espíritus malignos de la tradición birmana.

Los turistas, cuatro hombres, cinco mujeres y dos niños del área de la bahía de San Francisco, fueron vistos por última vez el 25 de diciembre en el lago Inle, cuando se hallaban alojados en el complejo hotelero Isla Flotante. El día de Navidad, antes del alba, los norteamericanos y su guía birmano subieron a bordo de dos lanchas pilotadas, para ver amanecer, en una excursión que normalmente dura noventa minutos. Los pasajeros no regresaron, ni tampoco las lanchas ni sus tripulantes.

El lago, de 158 kilómetros cuadrados, rodeado de montañas cubiertas de selva, es una maraña de pequeñas ensenadas con aldeas aisladas y huertos flotantes de tomates. El complejo hotelero se encuentra en la región montañosa del meridional estado de Shan, cuya frontera oriental es la puerta de entrada al Triángulo de Oro, notorio por el tráfico de heroína. En años pasados, la región estuvo cerrada al turismo, a causa de los conflictos entre las minorías étnicas y el régimen militar. Las agencias turísticas locales insisten en que actualmente la zona está fuera de peligro, y señalan que muchos complejos turísticos funcionan incluso bajo la dirección de los antiguos cabecillas de las tribus.

La desaparición de los once turistas fue denunciada por otro miembro del grupo, Harry Bailley, de cuarenta y dos años, adiestrador de perros de origen británico, famoso por ser el presentador del programa «Los archivos de Manchita». Bailley declinó participar en la aventura al amanecer a causa de una intoxicación alimentaria. Al ver que sus amigos no regresaban para comer ni para cenar, notificó su ausencia a la dirección del hotel, que –según quejas de Bailley– no procedió a informar de inmediato a las autoridades locales.

El 26 de diciembre, el guía birmano del grupo, Maung Wa Sao, de veintiséis años, apodado Walter y natural de Rangún (Yangón), fue descubierto inconsciente por dos niños de diez años, novicios de un monasterio de In-u, cerca del extremo opuesto del lago. Maung presentaba laceraciones en el cuero cabelludo, deshidratación y posible conmoción cerebral. Desde su lecho de hospital, prestó declaración a la policía militar del estado de Shan y dijo no recordar nada de lo ocurrido desde que subió al barco hasta que fue hallado en las ruinas de una pagoda.

La policía militar de Shan no se puso en contacto con la embajada de Estados Unidos en Rangún (Yangón) hasta el 29 de diciembre. «Nuestra oficina está trabajando intensamente con el régimen militar birmano –declaró el funcionario consular norteamericano Ralph Anzenberger–. La desaparición de los once turistas estadounidenses es motivo de gran preocupación para todos. De momento, no se difundirán las identidades de los desaparecidos, dada la incertidumbre que rodea el caso.»

Declinó confirmar la información de que una de las mujeres desaparecidas podría ser una destacada periodista y activista de Libre Expresión Internacional, organización de defensa de los derechos humanos. Según Anzenberger, el régimen militar no permite la entrada de periodistas extranjeros, cuando está al corriente de su actividad. Sin embargo, Philip Gutman, portavoz de Libre Expresión Internacional en Berkeley, ha declarado al *Chronicle*: «[La mujer desaparecida] ha escrito artículos sobre la opresión, todos ellos fidedignos y bien documentados.» Gutman teme que el régimen militar birmano haya detenido a la periodista y a sus compañeros, que pasarían así a engrosar la lista de mil quinientos presos políticos denunciados. «Se sabe que encierran a todo el que los critica –señaló Gutman–. Tienen un concepto bastante perverso de los derechos humanos.»

Gutman reconoció asimismo que la periodista ha participado en actos de apoyo a la líder de la oposición birmana Aung San Suu Kyi, «la Señora», cuya arrolladora victoria en las elecciones de 1990 fue ilegítimamente anulada por la junta militar. Aung San Suu Kyi, que desde 1989 permanece bajo arresto domiciliario, fue laureada con el Premio Nobel de la Paz en 1991. En repetidas ocasiones, ha instado a otros gobiernos a presionar a la junta mediante el bloqueo comercial a Birmania. En 1997, Estados Unidos impuso sanciones al desarrollo de nuevos negocios.

Pero eso no ha impedido que los turistas acudan masivamente a un destino exótico a precio de ganga. El turismo no ha dejado de aumentar, al menos hasta ahora.

«Respetamos sinceramente a la Señora –declaró el director de una agencia turística birmana, con la condición de permanecer en el anonimato–, pero, a decir verdad, el gobierno trata mejor al pueblo cuando vienen los turistas. Cuando no vienen, los más perjudicados son los birmanos de a pie, y no el gobierno.»

Hoy, la policía militar, a bordo de motoras que escupen gasolina, ha iniciado otra jornada de búsqueda a lo largo de la costa del lago Inle. Mientras tanto, los enguantados empleados del hotel Golden Pagoda, de Mandalay, están muy ocupados sacando maletas. «Claro que estamos nerviosos –dice Jackie Clifford, de cuarenta y un años, asesora de inversiones en biotecnología de Palo Alto, California, que ya se marcha–. Pensábamos viajar mañana en avión a Bagan, para ver esos increíbles templos en ruinas. Ahora, en lugar de eso, intentaremos conseguir un vuelo a alguna playa tailandesa.»

Tendrá que ponerse a la cola, porque otros muchos huéspedes del hotel se dirigen al aeropuerto con propósitos parecidos.

1. Breve historia de mi abreviada vida

No fue culpa mía. Si el grupo se hubiera limitado a seguir mi itinerario original, sin cambiarlo aquí, allá y acullá, esta calamidad nunca habría ocurrido. Pero no fue así, y ahí están las consecuencias, siento decirlo.

«Siguiendo los pasos de Buda» fue el nombre que le puse a la expedición. Iba a empezar en la esquina suroccidental de China, en la provincia de Yunnán, con vistas al Himalaya y las perpetuas florecillas primaverales, para continuar después hacia el sur, por el famoso camino de Birmania. De ese modo, podríamos haber rastreado la maravillosa influencia de diversas culturas religiosas sobre el arte budista, a lo largo de un milenio y más de mil quinientos kilómetros: un fabuloso viaje al pasado. Por si eso no hubiese tenido suficiente atractivo, yo iba a ser la directora de la expedición y a la vez la guía personalizada, lo cual convertía el viaje en una oportunidad con auténtico valor añadido. Pero en la madrugada del 2 de diciembre, cuando sólo faltaban catorce días para la partida de nuestra expedición, sucedió algo horrible... me morí. Ya está. Por fin lo he dicho, aunque parezca increíble. Todavía puedo ver el trágico titular: «Dama de la sociedad asesinada en sacrificio ritual.»

El artículo era bastante largo: dos columnas de la izquierda, en primera plana, con una fotografía mía en colores, cubierta con una pieza de tela antigua, un tejido exquisito completamente arruinado para la venta futura.

La información era algo que daba espanto leer: «Bibi Chen, de sesenta y tres años, destacada comerciante, dama de la sociedad y miembro del consejo del Museo de Arte Asiático, fue hallada ayer sin vida en el escaparate de su tienda de Union Square, Los Inmortales, famosa por sus artículos chinescos...» ¡Chinescos! ¡Qué palabra tan odiosa! Despectiva y a la vez afectada. El artículo proseguía con una descripción bastante nebulosa del arma: un objeto pequeño, similar a una peineta, me había seccionado la garganta, pero tenía una cuerda atada al cuello, lo cual sugería que habían tratado de estrangularme después de fracasar en el intento de apuñalarme. La puerta había sido forzada, y había huellas sangrientas de calzado de hombre del número cuarenta y seis que partían de la plataforma donde fui asesinada, salían por la puerta y proseguían calle abajo. Junto a mi cadáver había joyas y estatuillas rotas. Según una fuente, había un papel con un mensaje de una secta satánica, en donde se jactaban de haber atacado de nuevo.

Dos días después apareció otro artículo, sólo que más corto y sin foto: «Nuevas pistas sobre la muerte de mecenas de las artes.» Un portavoz de la policía precisaba que ellos nunca habían hablado de sacrificio ritual. El «papel» resultó ser la portada de un periódico sensacionalista y, preguntado por su contenido, el inspector repitió el titular del tabloide: «Secta satánica anuncia que volverá a matar.» Después añadió que había más pistas y una persona detenida. Un perro de la policía había seguido el rastro dejado por mi sangre. Lo que es invisible para el ojo humano –afirmaba el inspector– «conserva moléculas odoríferas que perros cuidadosamente adiestrados son capaces de detectar después de una semana o más del evento.» (¿Era mi muerte un evento?) El rastro los condujo hasta un callejón, donde encontraron unos pantalones manchados de sangre metidos en un carro de supermercado lleno de basura. A escasa distancia, hallaron una improvisada tienda de campaña, hecha con un trozo de lona encerada de color azul y cartones. Detuvieron a su ocupante, un vagabundo calzado con los zapatos que habían dejado el rastro delator. El sospechoso carecía de antecedentes delictivos, pero tenía un historial de trastornos psiquiátricos. Caso resuelto.

O quizá no. Poco después de que mis amigos desaparecieron en Birmania, el periódico volvió a cambiar de idea: «La muerte de la tendera, considerada estrafalario accidente.»

Ni razones, ni propósitos, ni culpables. Solamente esa palabra espantosa, «estrafalario», unida para siempre a mi nombre. ¿Y por qué de pronto me rebajaban a «tendera»? El artículo señalaba que el análisis de ADN de las partículas cutáneas del hombre y las halladas en los pantalones y los zapatos manchados de sangre había eliminado las sospechas que pesaban sobre el vagabundo. Entonces, ¿quién había entrado en mi galería y había dejado las huellas? ¿No era un caso evidente de asesinato? ¿Quién, exactamente, había causado el estrafalario accidente? Sin embargo, no había ninguna alusión a una continuación de las pesquisas. ¡Qué vergüenza! En el mismo artículo, el periodista señalaba «una extraña coincidencia», la de que Bibi Chen hubiera «organizado el viaje al camino de Birmania, por el que once personas partieron en una expedición para ver arte budista y desaparecieron». ¿Ven ustedes cómo agitaban el tembloroso dedo acusador? Ciertamente, lo decían entre líneas, mediante resbaladizas asociaciones con algo que carecía de una explicación adecuada, como si yo hubiera preparado un viaje que desde el principio estaba condenado. Un completo disparate.

Lo peor de todo es que no recuerdo cómo morí. ¿Qué estaba haciendo yo en esos últimos momentos? ¿A quién vi empuñando el instrumento de la muerte? ¿Fue doloroso? Quizá fue tan atroz que lo he borrado de mi memoria. Eso es propio de la naturaleza humana. ¿Y acaso no sigo siendo humana, aunque esté muerta?

La autopsia reveló que no había muerto estrangulada, sino ahogada por mi propia sangre. Fue algo espeluznante de oír. Hasta el momento, ninguno de estos datos ha sido de ninguna utilidad. Una peineta en mi garganta, una cuerda alrededor de mi cuello... ¿Es eso un accidente? Sólo un descerebrado lo pensaría, pero evidentemente más de uno lo era.

En la morgue me hicieron fotos, especialmente de esa parte horrible de mi cuello, y metieron mi cuerpo en un cajón metálico, para su posterior estudio. Allí estuve varios días, hasta que vinieron a tomarme diversas muestras: un trozo de aquí, una tajada de allá, folículos capilares, sangre y jugos gástricos. Después pasaron dos días más, porque el director del departamento médico estaba de vacaciones en Maui y, como yo era una persona ilustre, de particular prestigio en el mundo del arte (y no sólo en la comunidad del comercio minorista, como pretendió sugerir el *San Francisco Chronicle*), el doctor quería verme personalmente y, lo mismo que él, otras personas distinguidas en el ámbito de la medicina forense. Se daban una vuelta a la hora de comer y formulaban suposiciones truculentas sobre la posible causa de mi prematura defunción. Día tras día, me guardaban, me sacaban y hacían comentarios groseros sobre el contenido de mi estómago, la integridad de los vasos sanguíneos de mi cerebro, mis hábitos personales y mi historia clínica, incluidos algunos aspectos bastante delicados, que a nadie le gustaría oír debatidos por extraños mientras dan cuenta del bocadillo a la hora de comer.

En aquel paraje refrigerado, creí haber caído en el infierno, lo digo de veras. Allí estaban los casos más patéticos: una mujer encolerizada que había cruzado corriendo la avenida Van Ness para dar un susto a su novio, un hombre joven que se había arrojado del Golden Gate y se había arrepentido a mitad de la caída, un veterano de guerra alcohólico que se había quedado frito en una playa nudista... Tragedias, mortales meteduras de pata y finales infelices. Pero ¿que hacía yo allí?

Estaba atrapada en esos pensamientos, incapaz de abandonar mi cuerpo exánime, cuando advertí que mi aliento no se había extinguido, sino que me rodeaba y me hacía flotar, empujándome hacia arriba. Fue bastante asombroso, a decir verdad. Cada hálito, cada bocanada de aire que por costumbre, pero también con esfuerzo, había inspirado y exhalado a lo largo de sesenta y tres años, se había acumulado como en una cuenta de ahorros. Y también, por lo visto, las de todos los demás. Inhalaciones de esperanza y exhalaciones de desengaño. Ira, amor, placer, odio, todo estaba ahí: los estallidos, los jadeos, los suspiros y los gritos. El aire que había respirado –lo descubrí entonces– no estaba compuesto de gases, sino de la densidad y el perfume de las emociones. El cuerpo sólo había sido un filtro, un censor. Lo supe de golpe, sin titubeos, y me sentí liberada, dueña de hacer lo que se me antojara. Era la ventaja de estar muerta: no más temor a las consecuencias futuras. O al menos eso creí.

Cuando finalmente se celebró el funeral, el 11 de diciembre, habían pasado casi diez días desde mi muerte, y de no haber sido por la conservación, me habría convertido en abono. Aun así, muchos vinieron a verme y llorarme. Un cálculo modesto sería, no sé, unos ochocientos, aunque no me dediqué estrictamente a contar. Para empezar, estaba mi yorkshire terrier, *Poochini*, postrado en primera fila, con la cabeza apoyada sobre las patas, suspirando durante los numerosos panegíricos. A su lado estaba mi buen amigo Harry Bailley, dándole de vez en cuando un trocito de hígado seco. Harry se había ofrecido para adoptar a *Poochini*, y mi albacea lo había aceptado de inmediato, por tratarse, como es sabido, del famoso adiestrador de perros británico que aparece por televisión. Tal vez hayan visto su programa, «Los archivos de Manchita». Número uno en audiencia y con muchos, muchísimos premios Emmy. Muy afortunado, mi pequeño *Poochini*.

También vino el alcalde –¿lo he dicho ya?–, y se quedó al menos diez minutos, lo que quizá no parezca demasiado, pero él suele ir a muchos sitios a lo largo del día y en casi todos se queda bastante menos tiempo. Los miembros del consejo de dirección y el personal del Museo de Arte Asiático también vinieron a presentarme sus respetos, prácticamente todos ellos, y también los guías que yo misma formé –años y años de esfuerzo–, más las personas que se habían apuntado a la expedición del camino de Birmania. Del mismo modo, estaban allí mis tres inquilinos (también el problemático), mis queridos clientes más fieles y los que venían diariamente a revolver, además de Roger, mi mensajero de FedEx; Thieu, mi manicuro vietnamita; Luc, el peluquero gay que me teñía el pelo; Bobo, mi mayordomo brasileño gay, y lo más sorprendente de todo, Najib, el libanés de la tienda de alimentación de la esquina, en Russian Hill, que durante veintisiete años me llamó «cariño», pero nunca me hizo un descuento, ni siquiera cuando la fruta estaba pasada. Por cierto, no estoy mencionando a la gente por ningún orden de importancia, sino simplemente tal como me vienen a la mente.

Ahora que lo pienso, yo diría que eran más de ochocientos. El auditorio del Museo de Young estaba increíblemente atestado, con cientos de personas diseminadas por los vestíbulos, donde las pantallas del circuito cerrado de televisión emitían la luctuosa ceremonia. Fue un lunes por la mañana, cuando normalmente el museo está cerrado; pero unos cuantos visitantes de fuera de la ciudad, que pasaban por el Tea Garden Drive, aprovecharon el funeral para colarse a ver la exposición temporal «Tesoros de la ruta de la seda de las expediciones Aurel Stein», que a mi juicio es un testimonio del pillaje del Imperio británico, en el culmen de la codicia. Cuando los guardias los echaron de la exposición, los intrusos se desviaron hacia la celebración de mi funeral, morbosamente atraídos por los recortes de las notas necrológicas, que podían leerse junto al libro de firmas. La mayoría de los periódicos daban el mismo batiburrillo de datos: «Nacida en Shanghai... Huyó de China con su familia, siendo niña, en 1949... Ex alumna del Mills College, donde también dio conferencias sobre historia del arte... Propietaria de Los Inmortales... Miembro del consejo de dirección de numerosas organizaciones...» Después venía una larga lista de las nobles causas para las cuales aparecía descrita como donante devota y generosa: la liga tal y la sociedad cual, los ancianos asiáticos y los huérfanos chinos, los pobres, los enfermos, los discapacitados, las víctimas de malos tratos, los analfabetos, los hambrientos y los trastornados psíquicos. Había referencias a mi pasión por el arte y a las sustanciales sumas donadas por mí para financiar colonias de artistas, la Orquesta Juvenil de la Sinfónica de San Francisco y el Museo de Arte Asiático (principal beneficiario de mi esplendidez y mi magnanimidad, antes y *después* de mi muerte), que con entusiasmo había ofrecido como inusual escenario para mi funeral el De Young, sede de la institución.

Leyendo el inventario de mis méritos, debería haber reventado de orgullo. En cambio, tuve la sensación de que la lista no tenía sentido. Oía un clamor procedente de cada fragmento de conversación, de cada cena, de cada comida y cada recepción a las que había asistido. Veía una nebulosa de nombres en gruesos programas sobre papel satinado, con el mío entre los «arcángeles», por debajo de los más escasos y favorecidos del sanctasanctórum, al que siempre pareció pertenecer aquel chico Yang, el que abandonó los estudios en Stanford. Nada me llenaba de la satisfacción que había esperado sentir al final de mi vida. No podía decirme: «Aquí es donde fui más especial, donde fui más importante, y eso basta para toda una vida.» Me sentía como una millonaria vagabunda que hubiese pasado por el mundo pavimentando su camino con mágicos polvos de oro, sólo para comprender, demasiado tarde, que el sendero se desintegraba nada más pisarlo.

En cuanto a mis deudos, las necrológicas decían «No deja a nadie», que es lo mismo que puede decirse de los accidentes de aviación. Tristemente, era verdad. Todos mis parientes habían muerto: mi padre, de un ataque al corazón; uno de mis hermanos, de cirrosis alcohólica, aunque se supone que no debo mencionarlo; el otro, víctima de un acceso de ira mientras conducía, y mi madre, que abandonó el mundo antes de que yo pudiera conocerla. No cuento a mi madrastra, Dulce Ma, que aún vive, porque cuanto menos se hable de ella, mejor.

La elección de un ataúd abierto para la ceremonia fue culpa mía, resultado de un desafortunado comentario que hice a un grupo de amigos, durante una degustación de té organizada en mi galería. Verán, acababa de recibir por vía marítima un contenedor lleno de piezas fantásticas que había descubierto en las zonas rurales de la provincia de Hubei. Entre otras cosas, había un ataúd de doscientos años, de madera lacada de paulonia, fabricado por un cantante eunuco que actuaba en las funciones teatrales de palacio. Cuando morían, los eunucos, a excepción de los que ocupaban los cargos más altos de la administración, solían ser objeto del más expeditivo de los entierros, sin la menor ceremonia, ya que sus cuerpos mutilados no eran aptos para ser presentados ante las tablillas de los espíritus en los templos. En épocas pasadas, ricos y pobres se preparaban para el otro mundo fabricándose sus propios ataúdes, mucho antes de dejar de oír al gallo cantando al nuevo día, y el hecho de que aquel eunuco tuviera autorización para fabricarse una caja tan lujosa indicaba que debía de haber sido el favorito de alguien; los chicos más agraciados solían serlo. Lamentablemente, el amado eunuco se ahogó mientras pescaba en el Yangtsé, y su cuerpo se fue navegando sin barco, barrido hacia el olvido. Los padres del eunuco, en el municipio de Longgang, adonde fueron enviadas sus pertenencias, conservaron escrupulosamente el ataúd en una funda, con la esperanza de que el cadáver perdido de su hijo regresara algún día. Las sucesivas generaciones de la familia se fueron empobreciendo, por una combinación de sequías, extorsiones y excesivos regalos a cantantes de ópera, todo lo cual las llevó a desprestigiarse y perder su patrimonio. Pasaron los años y los nuevos propietarios no se atrevían a acercarse al cobertizo del ataúd, que tenía fama de estar habitado por un vampiro eunuco. Abandonado y derruido, el cobertizo se fue cubriendo con el polvo del viento, el fango de las inundaciones y la carcoma del tiempo.

Más adelante, cuando un granjero de fortuna reciente emprendió la construcción de una pista de minigolf junto al chalet suizo de dos plantas que había levantado para su familia, el cobertizo salió a la luz. Asombrosamente, el ataúd sólo estaba algo enmohecido y no demasiado agrietado por el encogimiento de la madera; tal es la calidad de la paulonia, que pese a ser ligera resulta más duradera que muchas maderas duras. El exterior tenía más de cincuenta capas de laca negra, lo mismo que el soporte bajo de cuatro patas. Por debajo de la suciedad, se distinguían sobre la laca relieves caprichosamente policromados de espíritus, dioses y bestias míticas, así como otros motivos mágicos, que se repetían en el interior de la tapa. Mi detalle favorito era un juguetón spaniel tibetano, en la porción de la tapa que iba a quedar justo delante de la cara del cadáver. Al haber estado protegidas de la luz solar, las figuras del interior conservaban su exquisita coloración sobre la laca negra. Pulcros montones de papel cubrían el fondo; según pude comprobar, eran una breve historia de quien debió de ser el ocupante del ataúd, junto a sus poemas inéditos, tributo a la naturaleza, a la belleza y –lo más interesante– al amor romántico por una dama, desde la juventud de ésta hasta su muerte prematura. Bueno, no sé, supongo que sería una dama, aunque con algunos nombres chinos nunca se sabe. El ataúd contenía otros dos objetos: una urna lacada más pequeña, con el nombre del perro del eunuco, el spaniel tibetano, y una cajita con reborde de marfil, en cuyo interior cascabeleaban tres guisantes calcificados, que por lo visto eran el miembro viril del eunuco y sus dos acompañantes.

De inmediato comprendí que el ataúd era a la vez una carga y un tesoro. Tenía algunos clientes (gente del mundo del cine) que quizá apreciaran ese tipo de estrafalaria pieza decorativa, sobre todo si aún conservaba los guisantes petrificados. Pero las proporciones eran demasiado aparatosas. La tapa sobresalía de la longitud del ataúd, como la proa redondeada de un navío. Además, la caja era monstruosamente pesada.

Le pedí al granjero que fijara un precio y soltó una cifra que era la décima parte de lo que yo mentalmente estaba dispuesta a pagar.

–Ridículo –dije, y me levanté para marcharme.

–¡Eh, eh, eh! –gritó él, y entonces regresé y propuse una suma que era un tercio de su oferta inicial. Él la duplicó y yo le contesté que, si estaba tan enamorado de la morada de un muerto, haría mejor en quedársela. A continuación repartí con él la diferencia, y le dije que sólo quería la caja infernal para guardar algunas cosillas que había comprado de más, y que después reduciría el ataúd a leña.

–Tiene mucho espacio para guardar un montón de cosas –se jactó el granjero, y subió un poquitín la cifra propuesta.

Yo lancé el suspiro más profundo que pude conjurar y le dije que hiciera los arreglos necesarios para que sus hombres lo entregaran en el puerto de Wuhan, para embarcarlo con el resto de mis fantásticas gangas. ¡Hecho! *Voilà tout!*

Ya en San Francisco, cuando llegó el ataúd, lo coloqué en la trastienda de mi galería y realmente lo usé para guardar telas antiguas tejidas por las tribus hmong, karen y lawa, habitantes de las montañas. Poco después, recibí a los invitados para la degustación de té. Estábamos probando diferentes variedades de *pu-erh tuo cha*, que, por cierto, es el único té que mejora con el tiempo; cualquier otro, al cabo de seis meses, ya puede usarse como arena para el gato. En la quinta ronda de degustación, habíamos llegado al rey de los tés envejecidos, una cosecha de veinte años del bien llamado «aliento de camello», variedad particularmente punzante, pero excelente para bajar el colesterol y prolongar la vida.

–Pero si he de morir más pronto que tarde –comenté en tono de broma–, entonces es aquí –dije palmoteando la enorme caja funeraria–, en este magnífico vehículo al otro mundo, en este Cadillac de los ataúdes, donde quiero ser enterrada, y con la tapa abierta en mi funeral, para que todos puedan admirar también la artística decoración interior.

Cuando morí, varios de los presentes en aquella velada de degustación recordaron mi ocurrencia. Lo que dije como una gracia fue calificado de «premonición», de «última voluntad que es imperioso respetar», etcétera y ad náuseam. Entonces me hicieron yacer en ese ataúd siniestro, aunque por fortuna sin las partes encogidas y resecas del eunuco. La caja con reborde de marfil que contenía las truculentas reliquias desapareció, lo mismo que la urna con los huesos del adorado spaniel tibetano, aunque el motivo que pudiera tener alguien para robar esos tristes objetos y llevárselos como recuerdo es algo que escapa a mi comprensión.

El personal de conservación y restauración del museo hizo un trabajillo de lustre y limpieza, sin reparar las grietas ni los bordes desportillados; tal es su actitud hacia el mantenimiento de la autenticidad. Un restaurador chino lo habría dejado como nuevo y lo habría pintado con brillante y bonita laca roja y resplandecientes dorados. Como la caja era bastante profunda, hubo que rellenar el fondo con trozos de gomaespuma en forma de vainas de soja, cubiertos con una pieza de terciopelo (de poliéster beige, un auténtico horror). Fue así como acabé exhibida en el auditorio del museo, tendida en un gran ataúd lacado en negro, que llevaba talladas criaturas celestiales y el nombre del que debería haber sido su ocupante, que sin duda vendría en mi busca agitando en la mano una orden de desahucio.

De haber hecho arreglos serios para una muerte prematura, habría pedido que me incineraran como a los monjes budistas de alto rango, ¡paf!, ¡fuera!, sin el menor apego al cuerpo. En cuanto al recipiente adecuado para mis cenizas, una sola urna no hubiera bastado. Habría escogido nueve cajas de proporciones diferentes y delicadas, todas de Los Inmortales; por ejemplo, un cofre con sinuosos motivos de la dinastía Song meridional; un redondo *tao yuanming* para recoger crisantemos, y (mi favorito con diferencia, que he sobretasado adrede) un sencillo estuche Ming para pinceles, de cuero lacado en negro. Solía abrirlo, inhalar y sentir la poesía derramándose sobre mi cara.

Los nueve recipientes, cuidadosamente escogidos, habrían estado dispuestos sobre una mesa durante la lectura de mi testamento, en tres filas y tres columnas, como las tres tiradas de las monedas del I Ching, a la vez aleatorias y llenas de sentido. Nueve amigos, escogidos con idéntico cuidado entre lo mejor de la sociedad, habrían tenido que elegir, cada uno, una caja con una porción de mis cenizas. Acatando mi voluntad, me habrían llevado de viaje a un sitio hermoso (nada de sedentarias repisas de chimenea ni de pianos Steinway para mí), donde habrían esparcido mis cenizas, y se habrían quedado el recipiente como recuerdo. Los recipientes, al ser auténticas piezas de museo, habrían incrementado su valor con el paso de los años y habrían hecho que yo fuera recordada «con creciente aprecio». ¡Ajá!, habrían reído mis amigos al leer esa parte del testamento. De ese modo, mis cenizas habrían seguido un curso más alegre y peripatético, y yo me hubiera evitado el abominable espectáculo de un ataúd abierto. Pero allí estábamos todos, yo incluida, esperando turno para ver aquello tan macabro.

Uno a uno, los amigos, conocidos y extraños de diferentes épocas de mi abreviada vida se paraban junto al ataúd para decir adiós, *farewell, adieu, zai jen.* Muchos –lo notaba– sentían curiosidad por ver lo que habían hecho los de la funeraria para disimular la herida mortal. «¡Oh, Dios mío!», los oía susurrar ruidosamente unos a otros. Para ser sincera, a mí también me impresionó el ridículo arreglo que me habían hecho para mi debut ante la muerte. Un reluciente fular plateado formaba un abultado lazo sobre mi cuello lacerado, y me confería el aspecto de un pavo envuelto en papel de aluminio, a punto de entrar en el horno. Y lo que es peor, Bennie Trueba y Cela, el guía que más lamentaba mi deceso (es decir, el que hacía mayor despliegue de sollozos desconsolados), les había facilitado a los de la funeraria una fotografía mía, tomada durante una expedición a Bhutan que habíamos hecho en grupo tres años antes. Si bien en la foto yo aparecía sana y feliz, tenía el pelo horroroso, después de tres días sin agua caliente para lavármelo. Me colgaba en largas guedejas grasientas, con la coronilla aplastada y un gran surco en torno a la frente, que marcaba la línea donde el sombrero se me había pegado al cuero cabelludo por el calor y el sudor. El Himalaya, ¡ja! ¿Quién iba a decirme que haría tanto calor cuando saliéramos a caminar? ¿Quién iba a decirme que más adelante Bennie le daría esa foto a la chica de la funeraria para mostrarle cómo era yo «en mi mejor momento»? Y que esa chica tonta me haría aquel mismo peinado aplastado del Himalaya y me daría un tono de piel tan oscuro como el de una joven borkpa, de tal modo que la gente acabaría recordando mal mi cara, como un mango maduro, encogido y arrugado.

No es que esperara que todos dijeran: «¡Oh, cómo recuerdo a Bibi! ¡Qué guapa era!» Nada de eso. Desde niña he tenido mucho ojo para las cosas bellas y siempre he sido consciente de mis defectos. Mi cuerpo era pequeño y paticorto como el de un poni salvaje de Mongolia, y mis manos y mis pies, gordos como libros sin leer. Tenía la nariz demasiado larga y los pómulos demasiado salientes. Todo en mí era *un poco demasiado*. Era la herencia del lado materno de la familia, la demasía insuficiente, el exceso que nunca bastaba.

Aun así, no me disgustaba mi aspecto... bueno, sí, me había disgustado, y mucho, durante la adolescencia. Pero siendo aún una mujer joven, descubrí que más valía ser inolvidable que sosa, y aprendí a transformar mis imperfecciones en golpes de efecto. Me oscurecía las cejas, ya de por sí espesas, y llevaba anillos con grandes piedras en los dedos regordetes. Me teñía el pelo cenagoso en largas franjas de dorado brillante, rojo y negro charolado, y lo entretejía en una trenza colosal que me recorría la espalda en toda su longitud. Me adornaba con estratos de colores improbables y tonos contrastantes, maridados por la textura, los motivos o la caída de la tela. Usaba grandes colgantes y medallones de gaspeíta verde payaso, allí donde la gente habría esperado la imperial sobriedad del jade. Yo misma me diseñaba los zapatos, que me confeccionaba un talabartero de Santa Fe.

–¿Ven cómo la punta se curva, siguiendo la tradición de las babuchas persas? –comentaba yo a los que se fijaban demasiado–. ¿Por qué creen que lo hacían los persas?

–Para mostrar que eran de clase alta –decía alguien.

–¿Para apuntar al cielo con los pies? –arriesgaba otro.

–Para ocultar dagas curvas –suponía un tercero.

–Me temo que la respuesta es menos fascinante –decía yo, antes de revelar la fascinante realidad–. Las puntas curvas del calzado servían para levantar los largos faldones de las túnicas, con el fin de que quienes los usaban no tropezaran cuando recorrían los largos pasillos alfombrados para presentarse ante su sha. Así pues, como pueden ver, era algo meramente práctico.

Cada vez que lo decía, todos quedaban sumamente impresionados, y después, cuando volvían a verme, exclamaban:

–¡Ya la recuerdo! Usted es la mujer de los zapatos fascinantes.

En el funeral, Zez, el conservador del Asiático que dirigía la restauración de pinturas conmemorativas de los ancestros, dijo que yo tenía un estilo «absolutamente memorable, tan emblemático como el del mejor retrato de la colección Sackler». Era una leve exageración, desde luego, pero lo dijo de corazón. Yo, por lo menos, sentí que se me encogía mi corazón difunto. Incluso hubo un momento en que pude percibir el dolor de los demás. Me invadió la pena compartida –por fin un sentimiento profundo–, y me alegré, esta vez sinceramente, de no haber tenido hijos, ninguna hija querida, ningún dulce hijo que padeciera el quebranto de perderme a mí como su madre. Pero súbitamente, esa tristeza-alegría se evaporó y me sumí en pensamientos de carácter más reflexivo.

¡Y pensar que en toda mi vida nadie me había amado total y desesperadamente! Oh, sí, en un momento llegué a pensar que Stefan Cheval me quería de esa manera; sí, en efecto, *ese* Stefan Cheval, el famoso, el de la controvertida historia. Fue hace eones, justo antes de que aquel sonrosado congresista tildara sus cuadros de «obscenos y antiamericanos». ¿Mi opinión? Si he de ser totalmente sincera, la serie *Libertad de elección* de Stefan me parecía recargada y llena de tópicos. Ya se sabe: banderas estadounidenses pintadas a la aguada, sobre imágenes de reses muertas con el sello del Departamento de Agricultura, perros sacrificados y monitores de ordenador, ¿o serían aparatos de televisión, en aquel entonces? En cualquier caso, montones y montones de derroche, para mostrar el inmoral despilfarro. Los rojos de la bandera eran sanguinolentos; los azules, chillones, y los blancos, del color del «semen eyaculado», según descripción del propio Stefan. Lo cierto es que no era ningún Jasper Johns. Aun así, cuando su obra fue reprobada, salieron estruendosamente en su defensa los grupos en pro de la libertad de expresión, la ACLU, cantidad de departamentos de arte de las mejores universidades y todos los adalides de las libertades civiles. Si quieren que les diga la verdad, fueron ellos quienes atribuyeron a su obra unos mensajes grandiosos que Stefan nunca se propuso transmitir. Ellos vieron la complejidad de múltiples estratos expresivos, el modo en que ciertos valores y estilos de vida eran juzgados más importantes que otros, y cómo nosotros, los estadounidenses, necesitábamos la conmoción de la fealdad para reconocer nuestros valores y responsabilidades. Los riachuelos de semen, en particular, solían mencionarse como representación de nuestro desmedido afán de placer, que no se detenía ante el caos ni la proliferación. En años posteriores, el caos se relacionó con el calentamiento global, y la proliferación, con las armas nucleares. Así fue cómo sucedió; fue así cómo se hizo famoso. Los precios subieron. El simple mortal se convirtió en símbolo. Unos pocos años después, incluso en las iglesias y las escuelas había carteles y postales de sus imágenes más populares, y las galerías franquiciadas de los centros turísticos urbanos hacían un negocio estupendo vendiendo ediciones limitadas de sus serigrafías firmadas, junto con reproducciones de Dalí, Neiman y Kinkade.

Debería haber estado orgullosa de tener en mi vida a un hombre tan famoso. Socialmente, formábamos un dúo ideal. En cuanto a los placeres de *boudoir*, admitiré discretamente que hubo innumerables noches salvajes que cumplieron los criterios de Dioniso. Pero no podía permitir que mi trabajo se convirtiera en un apéndice del suyo. Además, él siempre estaba ausente, ya fuera porque lo habían contratado para dar una conferencia, o porque tenía que asistir a la cena anual de los consejeros del Metropolitan de Nueva York, o darse una vuelta por esplendorosas galas benéficas, varias en una sola noche, a las que llegaba a bordo de una limusina con los cristales ahumados, para prestar durante veinte minutos su presencia, capaz de parar todas las conversaciones, y pasar después a la siguiente recepción. Cuando estábamos juntos, charlábamos y nos reíamos de nuestras ocurrencias. Pero no éramos cariñosos. No expresábamos sentimientos efusivos, que después pudiéramos lamentar. Y así pasaron las estaciones, las flores se marchitaron y la naturaleza siguió su curso de inevitable decadencia. Sin conflictos ni discusiones, empezamos a descuidarnos mutuamente. De algún modo, seguimos siendo amigos, lo que significaba que podíamos asistir a las mismas fiestas y saludarnos con un simulacro de beso en las mejillas. Eludimos así convertirnos en carne de chismorreo y nos quedamos, como mucho, en amable cotilleo para un día sin mucho que decir. Y a propósito del tema, una amiga me contó hace poco que Stefan padecía una depresión profunda y paralizante, lo cual me pareció muy triste. Más aún, me dijo que sus reproducciones firmadas en impresión iris, con pinceladas de acrílico traslúcido añadidas por su propia mano, se estaban vendiendo por Internet, en eBay, a un precio de salida de 24,99 dólares, sin reserva, incluido el marco. Como ya he dicho, bastante triste.

Otros hombres fueron mis acompañantes habituales, y todos ellos me inspiraron cierto grado de aprecio, pero ningún desconsuelo digno de mención. Bueno, muchas decepciones, desde luego, y un tonto episodio de tijeretear un *néglig*é comprado para una noche de pasión, en un impulsivo e irracional desprecio del dinero, ya que la prenda valía mucho más que el hombre en cuestión. Pero ahora me pregunto: ¿hubo alguna vez un auténtico gran amor? ¿Alguien que fuera objeto de mi obsesión y no simplemente de mi afecto? Honestamente, no lo creo. En parte, yo tuve la culpa. Supongo que estaba en mi naturaleza. No podía dejar de comportarme juiciosamente. ¿Y acaso el amor no consiste en perder el juicio? Te da igual lo que piense la gente. No ves los defectos de la persona amada: su leve cicatería, ese toque de negligencia o aquel ocasional rasgo de maldad. No te preocupa que esté por debajo de ti socialmente, ni en cuanto a la educación, al dinero o incluso en el aspecto moral. Eso es lo peor, a mi entender: el déficit moral.

Yo siempre he sido juiciosa. Siempre he sido cauta y he pensado en lo que podía salir mal, en lo que no era «ideal». Me fijaba en los índices de divorcio. Les haré una pregunta: ¿qué probabilidades hay de contraer un matrimonio duradero? ¿Veinte por ciento? ¿Diez? ¿Conocía a alguna mujer que se hubiera salvado de que le aplastaran el corazón como si fuera una lata reciclable de refresco? Ni una. Por lo que he observado, cuando la anestesia del amor deja de hacer efecto, siempre queda el dolor de las consecuencias. No es necesario ser estúpida para casarse con el hombre equivocado.

Piensen si no en mi querida amiga y albacea, Vera Hendricks, una mujer lista donde las haya, doctora en sociología por la Universidad de Stanford, directora de una de las mayores fundaciones sin ánimo de lucro en defensa de las causas afroamericanas e incluida con frecuencia en la lista de las Cien Mujeres Negras Más Influyentes de Estados Unidos. Pues bien, con todo lo lista que es, Vera cometió en su juventud el error de casarse con un batería de jazz, Maxwell, cuyo trabajo, según él creía, consistía en salir, fumar, beber y contar chistes, y volver a casa de madrugada. Y ¡ojo!, no era negro, sino judío. Una negra y un judío, eso sí que era una aberración para una pareja en aquella época. La madre de él se volvió ortodoxa, lo declaró muerto y le guardó luto durante semanas. Cuando se mudaron de Boston a Tuscaloosa, Vera y Maxwell tuvieron que enfrentarse al mundo para permanecer juntos. Vera me confió que el odio de la gente hacia ellos era su razón de ser como pareja. Más adelante, cuando se establecieron en la liberal periferia de Berkeley, donde los matrimonios mixtos eran la norma, las peleas eran sólo entre ellos dos y versaban básicamente sobre el dinero y la bebida, dos de las causas más corrientes de discordia conyugal. Vera era el recordatorio, para mí, de que incluso las mujeres inteligentes cometen errores estúpidos en su elección de los hombres.

Cuando estuve próxima a los cuarenta, casi llegué a convencerme de casarme y tener un hijo. Aquel hombre me quería enormemente y hablaba con romántica elocuencia del destino, utilizando apodos y diminutivos que me ruborizaría repetir. Naturalmente, yo me sentía halagada y también emocionada. Él no era apuesto en el sentido más convencional, pero descubrí que su aguda inteligencia hacía las veces de extraño afrodisíaco. Era socialmente inepto y tenía una serie de hábitos extravagantes;

pero considerando solamente su ADN, era el socio ideal para la procreación. Hablaba de nuestro futuro vástago como de un ser mitad ángel y mitad niño prodigio. A mí me atraía la idea de tener un hijo, pero venía inevitablemente dentro de un paquete llamado «maternidad», que me removía el recuerdo de mi madrastra. Cuando rechacé sus numerosas súplicas de matrimonio, el hombre quedó destrozado hasta las profundidades de su ser. Me sentí bastante culpable, hasta que se casó con otra mujer, seis meses después. Fue repentino, en efecto, pero me alegré por él, de verdad, me alegré mucho, y más me alegré cuando tuvieron un hijo, y después otro y otro y otro. ¡Cuatro! Muchísimos motivos de alegría, ¿verdad? Yo jamás habría tenido más de uno, y durante años pensé en esa niña que nunca llegó a ser. ¿Me habría querido?

Con frecuencia pensaba en las dos hijas de Vera, que siempre la han adorado, incluso durante la adolescencia. Eran la prole con la que suele soñar la gente. ¿Habrían sido similares los sentimientos de mi hija hacia mí? Yo la habría sentado en mi regazo y la habría peinado, inhalando el olor a limpio. Me imaginaba colocándole una peonía detrás de la oreja o poniéndole en el pelo un bonito broche con pequeñas esmeraldas. Después nos miraríamos juntas al espejo y se nos llenarían los ojos de lágrimas, por el mucho afecto que sentiríamos la una por la otra. Mucho después comprendí que la niña que imaginaba era yo misma de pequeña, cuando deseaba tener una madre así.

Reconozco que cuando oía que los hijos de este o aquel amigo se habían vuelto unos antisociales o unos ingratos, recibía la noticia con malicioso regocijo y sentía alivio por haberme ahorrado todo el espectro de desengaños y desesperaciones parentales. ¿Es que puede haber algo socialmente más devastador que oír a tu propia hija declarando que te odia, delante de tus no muy buenos amigos?

Esa pregunta me vino a la mente cuando vi que Lucinda Pari, directora de comunicaciones del Museo de Arte Asiático, se incorporaba y se aproximaba al podio de los oradores, para hacer su contribución a mi panegírico. Una vez me había dicho que yo era como su madre, y ahora estaba allí, en mi funeral, alabando mis virtudes.

–El dinero del patrimonio de Bibi Chen...

Hizo una pausa, para echar hacia atrás la lustrosa cortina de su cabellera, como la crin de un caballo de carreras.

—... dinero derivado de la venta de su *lujosa* finca de tres apartamentos, de su *fabuloso* ático de Leavenworth con vistas al puente, de su *legendaria* tienda, Los Inmortales, y de su negocio *enormemente* exitoso de venta por catálogo a través de Internet, además de su colección privada de arte budista, una colección (debo añadir) espléndida y muy bien considerada, ha sido legado a nuestro museo.

Siguieron fuertes aplausos. Lucinda siempre había tenido talento para mezclar la teatralidad y la exageración con datos aburridos, de tal manera que el conjunto resultaba creíble. Antes de que los aplausos llegaran a ser atronadores, levantó la mano y prosiguió:

—Nos deja un patrimonio estimado en... un momento, sí, aquí está... en *veinte millones* de dólares.

Nadie contuvo el aliento. Los presentes no se pusieron en pie, ni me aclamaron. Era como si el legado ya estuviera previsto y la suma fuera corriente. Cuando la sala se quedó en silencio, demasiado pronto, Lucinda enseñó una placa.

—Colocaremos esta placa en conmemoración de su generosidad, en una de las alas del nuevo Asiático, que se inaugurará en 2003.

¡Una de las alas! Ya sabía yo que debería haber especificado el grado de reconocimiento que esperaba a cambio de mis veinte millones. Lo que es peor, la placa era un modesto cuadrado de acero inoxidable lustrado, con mi nombre grabado en letras tan pequeñas que incluso las personas sentadas en primera fila tuvieron que inclinarse hacia adelante y forzar la vista para leerlas. Era el estilo que le gustaba a Lucinda, moderno y sencillo, con un tipo de letra sin adornos, tan sobria e ilegible como la receta de un médico. Ella y yo solíamos discutir amistosamente sobre los folletos que mandaba diseñar a los artistas gráficos más cotizados.

—Tus ojos todavía son jóvenes —le dije no hace mucho—. Debes comprender que la gente que dona enormes cantidades de dinero tiene la vista cansada. Si quieres este estilo, tendrás que repartir gafas para ver de cerca.

Se echó a reír, pero sin que le hiciera mucha gracia, y fue entonces cuando dijo:

—Eres igual que mi madre. Siempre encuentras algo que criticar.

—Te estoy dando información útil —repliqué.

—Como mi madre —dijo ella.

En mi funeral, volvió a decir esas mismas palabras al final de todo, sólo que esta vez estaba sonriendo y tenía lágrimas en los ojos.

–Bibi era como una madre para mí. Era terriblemente generosa con sus consejos.

Mi madre nunca me dio ningún consejo, ni terrible ni de ningún otro tipo. Murió cuando yo era un bebé. Por eso a mis dos hermanos y a mí nos crió la primera esposa de mi padre. Se llamaba Bao Tian, «Dulce Pimpollo», pero el nombre no le pegaba en absoluto. Nosotros, sus hijastros, estábamos obligados a llamar a esa vieja víbora con el cariñoso apelativo de Dulce Ma. Todas las deficiencias emocionales que he tenido se las debo a ella. Los excesos, como ya he dicho, me vienen de mi madre.

Dulce Ma podría haber sido la única esposa de mi padre –según decía ella–, si ella misma no le hubiera insistido para que tomara una concubina y pudiera así tener descendencia.

–Fue idea mía –se jactaba Dulce Ma–. Nadie me obligó a aceptar el arreglo, nadie en absoluto.

Quiso el destino que Dulce Ma no pudiera concebir. Poco después de casarse, contrajo una enfermedad eruptiva, que quizá fuera sarampión o tal vez varicela, pero indudablemente nada tan grave como la viruela. Como secuela de la enfermedad –se lamentaba–, se le bloqueó la vía de los manantiales cálidos del cuerpo, de tal modo que no tenía suficiente calor para incubar la simiente de un bebé. En lugar de eso, el calor inútil se le acumulaba en el organismo y le estallaba incesantemente en forma de ampollas en la cara y las manos, y quizá también en el resto del cuerpo, que nosotros no podíamos ni queríamos ver. Una y otra vez se preguntaba en voz alta qué habría hecho ella en una vida pasada para merecer un destino tan infecundo.

–¿Qué pequeña transgresión ha podido merecer un castigo tan amargo? –exclamaba, mientras los granos rojos crecían–. Sin hijos propios, sin nada más que las sobras de otra.

Se refería a mis hermanos y a mí. Cuando algo le sentaba mal, ya fueran kumquats verdes o veladas ofensas, de inmediato le salían en la cara unas costras rojizas que parecían mapas de países extranjeros.

–¿Sabes dónde está la India? –le preguntábamos, conteniendo la risa.

Para aliviarse, se rascaba y se quejaba incesantemente, y cuando se quedaba sin nada que decir, me miraba y criticaba a mi madre por haberme legado unas facciones tan feas. Con el tiempo, de tanto rascarse se quedó sin cejas y, cuando no se las pintaba con rencorosos trazos negros, parecía un monje budista con protuberancias en la frente, reventando de ira.

Así es como recuerdo a Dulce Ma, pasándose siempre un aguzado dedo por las cejas calvas y soltando su cháchara sin sentido. Mis hermanos, mayores que yo, se las arreglaban para sustraerse de su control; eran inmunes a su influencia y la trataban con indiferente desdén. Así pues, todos sus dardos recaían sobre mí, como única diana solitaria.

–Te digo esto –solía decirme Dulce Ma– solamente para que no te sientas morir cuando lo oigas en boca de otra persona.

Entonces me contaba una vez más que mi madre había sido bajita como yo, pero no tan achaparrada, apenas treinta y dos kilos a los dieciséis años, cuando mi padre la tomó por concubina para que le diera descendencia.

–Y aunque era raquítica –proseguía Dulce Ma–, era exagerada en todo lo que hacía. Comía demasiadas peras. Demostraba demasiado sus emociones. Por ejemplo, cuando se reía, no podía controlarse y se caía al suelo en un ataque de carcajadas, hasta que yo le devolvía el juicio a golpes. Dormía toda la noche, pero se pasaba el día bostezando. Dormía tanto que se le ablandaron los huesos. Por eso siempre se estaba desplomando como una medusa fuera del agua.

Durante la guerra, cuando el precio del cerdo cebado se triplicó, Dulce Ma solía decir:

–Aunque no nos falta el dinero, yo me conformo comiendo carne sólo de vez en cuando. Pero tu madre, cuando vivía, tenía los ojos como los de una ave de rapiña, dispuesta a abalanzarse sobre cualquier trozo de carne muerta.

Dulce Ma decía que una mujer decente nunca debía parecer ansiosa por comer, ni por cualquier otro placer. Lo más importante era «no ser nunca una carga». Ése era el principal objetivo de Dulce Ma, y su mayor deseo era que mi padre se lo reconociera tan a menudo como lo hacía ella.

En aquella época, vivíamos en una casa de tres plantas de estilo Tudor, en la rue Massenet de la concesión francesa de Shanghai. No era lo mejor de lo mejor en materia de calles; no era la rue Lafayette, donde vivían los

Soong y los Kung, en mansiones con hectáreas de jardines, campos de cróquet y carros tirados por ponis. Por otro lado, nosotros tampoco éramos la clase de familia dispuesta a restregar nuestra opulenta buena suerte por la cara de nuestros inferiores. Pero en líneas generales, nuestra casa era bastante buena, mejor que la mayoría, incluso en comparación con las actuales fincas de varios millones de dólares de San Francisco. La familia de mi padre se dedicaba desde tiempo atrás a la fabricación de tejidos de algodón y era propietaria de los grandes almacenes Honestidad, que mi abuelo había fundado en 1923. Puede que fueran un punto menos prestigiosos que los grandes almacenes Sinceridad, y aunque nuestra tienda no era tan grande, nuestra mercancía era igual de buena, y en lo referente a los artículos de algodón, la calidad era incluso superior, por el mismo precio. Todos los clientes extranjeros de mi padre lo decían.

Mi padre era un típico caballero de Shanghai de clase alta: absolutamente tradicional en lo referente a la familia y los asuntos domésticos, y completamente moderno en materia de negocios y del mundo exterior. Cuando dejaba atrás nuestras puertas, ingresaba en otro ámbito, al que se adaptaba como un camaleón. Cuando era necesario, hablaba otros idiomas, con el acento característico de cada uno de sus profesores, elegidos por consideraciones de clase: su inglés era de Oxford; su francés, de la Rive Droite, y su alemán, de Berlín. También sabía latín y la variedad formal de manchú a la que han sido traducidos todos los clásicos de la literatura. Se peinaba con gomina el negro pelo charolado, fumaba cigarrillos con filtro y su conversación versaba sobre temas tan variados como los acertijos, la fisiología de las diferentes razas y las curiosidades culinarias de otros países. Era capaz de argumentar persuasivamente sobre los perjuicios que el Tratado de Versalles había acarreado para China, y de comparar la sátira política del *Infierno* de Dante con la primera versión del *Sueño del aposento rojo* de Tsao. Cuando volvía a franquear las puertas de nuestra casa familiar, recuperaba su identidad privada. Leía mucho, pero no hablaba casi nunca; en realidad, no le hacía falta, en una casa donde las mujeres le rendían culto y se adelantaban a todos sus deseos antes de que él los concibiera.

Sus amigos extranjeros lo llamaban Philip. Los nombres ingleses de mis hermanos eran Preston y Nobel, de buen augurio, porque el primero sonaba como *president* y el segundo era el nombre del prestigioso premio que viene con un montón de dinero. Dulce Ma había elegido el nombre de Bertha porque, según mi padre, era el que más se parecía a Bao Tian, y a mi madre la llamaban *Little Bit*, «Trocito», porque así era como pronunciaba ella «Elizabeth», el nombre occidental que le había puesto mi padre. A mí, mi padre me llamaba Bibi, que era a la vez un nombre occidental y el diminutivo de Bifang, el nombre que me dio mi madre. Como pueden imaginar, éramos una familia mundana. Mis hermanos y yo teníamos tutores que hablaban inglés y francés, para que pudiéramos recibir una educación moderna. De ese modo, también disponíamos de códigos secretos para hablar delante de Dulce Ma, que sólo sabía el chino de Shanghai.

Una vez, Nobel anunció que nuestro bedlington terrier, al que Dulce Ma detestaba, le había dejado un regalito en el dormitorio –«*Il a fait la merde sur le tapis*»–, y como los dibujos de la alfombra disimulaban el contorno de la materia fecal fresca, nuestra madrastra no consiguió averiguar por qué apestaban tanto todas las habitaciones de la casa hasta que fue demasiado tarde. A los chicos les encantaba añadir ingredientes sorpresa a los frascos de medicinas y las cajas de rapé de Dulce Ma. La *caca d'oie*, recogida de los espumosos sumideros del corral de nuestros gansos, era uno de sus favoritos, porque reunía la triple perfección de la repugnancia: era nauseabunda, viscosa y de un verde bilioso. Con sólo oírlos contando lo que habían hecho, yo acababa irremediablemente tumbada en el suelo, muerta de risa. ¡Cuánto echo de menos a mis hermanos!

Pero, por lo general, mis hermanos no estaban en casa para amortiguar los ataques que Dulce Ma me dirigía. Cada vez que me sentaba ante las teclas del piano, Dulce Ma sacaba a relucir la escasa musicalidad de mi madre como posible causa de la mía. Una vez defendí a mi madre, diciéndole a Dulce Ma que mi padre había dicho recientemente a unos invitados que ella era capaz de «hacer sonar la *Fantasía Impromptu* de Chopin como el agua que corre por un torrente primaveral».

–¡Ja! –había replicado Dulce Ma con irritación–. Eso lo dijo porque los invitados eran extranjeros. Ellos esperan esa forma exagerada de hablar. No tienen vergüenza, ni sentido de la corrección, ni criterios de excelencia. Además, cualquier niña de escuela es capaz de tocar esa pieza tan sencilla, incluso *tú* podrías, si practicaras un poco más.

Entonces me daba un capón en la sien, para mejor efecto.

Dulce Ma decía que mi padre no necesitaba ponderar en exceso su valor, porque el entendimiento entre ambos era total.

–Cuando un matrimonio está equilibrado y en perfecta armonía, no hay necesidad de palabras superfluas –me decía–, y en nuestro caso es así, porque nuestra unión estaba predestinada.

En ese momento, no se me ocurría poner en tela de juicio lo que ella decía, y mis hermanos no tenían opiniones sobre el amor, o si las tenían, no las compartían conmigo. Por tanto, me vi abocada a suponer que un buen matrimonio era aquel en el que el marido respetaba la intimidad de la esposa. No interfería en su vida, ni visitaba sus habitaciones, ni la importunaba con preguntas. No había necesidad de hablar, porque ambos pensaban lo mismo.

Pero una vez mi tío y su familia vinieron para una visita que duró varios meses. Mi prima Yuhang y yo estábamos juntas de la mañana a la noche. Éramos como hermanas, aunque sólo nos veíamos una vez al año. En esa visita en particular, me contó que había oído a sus padres chismorreando con unos amigos, que era la única manera que teníamos en aquella época de enterarnos de las verdades. El cotilleo tenía que ver con la unión de Dulce Ma y mi padre, concertada antes de que ellos nacieran. En 1909, dos camaradas de diferentes circunstancias vitales se prometieron mutuamente que si la revolución destinada a poner fin a la dinastía Ching tenía éxito y ellos vivían para verlo, unirían sus familias con los lazos del matrimonio. Pues bien, los Ching fueron derrocados en 1911, y el camarada con un hijo tenía una reputación tan elevada que, según decían, alcanzaba el cielo. Ésa era la familia de mi padre. El otro tenía una hija, y su familia se aferraba a la tierra como las raíces podridas de un árbol a punto de ser derribado por la siguiente ráfaga de viento. Ésa era la familia de Dulce Ma. Cuando el camarada pobre con una hija encontró casualmente al camarada rico con un hijo, le mencionó la promesa que habían hecho en el pasado, pese a la incompatibilidad de sus respectivas posiciones sociales. Era ampliamente sabido, según decían los criados, que mi abuelo era un hombre de elevada estatura moral, porque había obligado a su primogénito a casarse con una chica vulgar y carente de todo encanto que compensara la embarazosa estrechez de su dote. No era de extrañar que el hijo tomara una concubina tan pronto como pudo.

Naturalmente, Dulce Ma lo contaba de otro modo.

–Tu madre –decía– era hija de la concubina de una familia de mediana posición. La concubina había dado a luz a diez niños saludables, todos varones, menos uno. Esa única hembra, de aspecto endeble a los dieciséis años, prometía, sin embargo, ser tan prolífica como su madre. Se la sugerí a tu padre y él me dijo que yo le bastaba como esposa. Pero le insistí, diciéndole que un semental ha de tener yeguas, y que las yeguas producen crías, para que el semental no acabe siendo un mulo.

Según Dulce Ma, la relación de mi padre con mi madre era «muy cortés, como se ha de ser con los extraños». De hecho, mi padre era demasiado benévolo y mi madre en seguida aprendió a aprovecharse. Así lo describía Dulce Ma:

–Ella era una intrigante. Se ponía el vestido rosa, se adornaba el pelo con su broche favorito de flores, entornaba impúdicamente los ojos y miraba a tu padre con esa falsa sonrisa suya. ¡Ah, pero yo sabía lo que se proponía! Siempre estaba pidiendo dinero para pagar las deudas de juego de sus nueve hermanos. Me enteré demasiado tarde de que toda su familia era un nido de víboras. ¡No vayas a volverte como ellos, o dejaré que las ratas entren por la noche y te coman!

Según Dulce Ma, mi madre hizo honor a su estirpe y cumplió brillantemente su cometido, quedando preñada año tras año.

–Dio a luz a tu hermano mayor –decía Dulce Ma, contando con los dedos–, después a tu otro hermano, y a continuación a tres bebés azules, que murieron asfixiados en la matriz, lo cual fue una pena, pero no una tragedia, porque eran tres hembras.

Yo nací en 1937, y Dulce Ma estaba allí para presenciar mi dramática llegada.

–Tendrías que haber visto a tu madre, embarazada de nueve meses de ti. Parecía un melón en equilibrio sobre dos palillos, bamboleándose de aquí para allá. A primera hora de la mañana rompió aguas, después de hacernos esperar toda la noche. El cielo invernal era del color del carbón apagado y también lo era la cara de tu madre... Tú eras demasiado grande para salirle de entre las piernas, de modo que las comadronas casi tuvieron que rebanarla en dos y tirar de ti para sacarte, como al gusano de la solitaria. Pesabas más de cinco kilos, y el pelo ensangrentado te llegaba hasta los hombros.

Me estremecí cuando dijo eso.

–Bifang fue el nombre que te puso tu madre, aunque bien sabe el cielo que intenté persuadirla para que eligiera otro. A mi juicio, «jade de buena reputación» suena como el cartel de una tienda, como algo que se dice para agradar a los poco entendidos. «¡*Bifang, bifang*, compre aquí su *bifang*!» ¡Ja! *Fang pi* habría sido mejor nombre para ti: «pedo», porque eso es lo que eras, claro que sí, un pedito apestoso que le salió del trasero.

Dulce Ma sacó un broche para el pelo y me lo enseñó, pero sin dejar que lo tocara.

–Te puso Bifang porque tu padre le regaló esta cosa tan fea para celebrar tu nacimiento.

Era un broche con cientos de hojitas diminutas, labradas en jade verde imperial, con capullos de peonías entre las ramas, hechos de diamantes minúsculos. Colocado en el pelo, el broche reluciente evocaba una gloriosa primavera. Cuando vi por primera vez aquel broche, comprendí por qué ella me había llamado Bifang: yo era su precioso jade, su tesoro en flor, su gloriosa primavera. *Bifang*.

Dulce Ma también intentó cambiarme el nombre que yo había elegido para la escuela.

–Me gusta Bibi –dije–. Es como me llama papá.

–Pues tampoco hay nada bueno en ese nombre. Es particularmente vulgar. Tu padre tenía un cliente holandés, cuya esposa se llamaba Bibi. A esa señora holandesa le preguntó si el nombre era poco corriente en su país, y ella le respondió: «¡Nada de eso! "Bibi" puede ser francés, alemán e incluso italiano. ¡Se encuentra en todas partes!» Entonces tu padre aplaudió y dijo que había una expresión que significaba exactamente eso: *bibi jie shi*, «que puede encontrarse en todas partes». Y para ser amable, añadió que si podía encontrarse en todas partes, entonces tenía que ser muy popular y muy del gusto de todos. Pero a mi entender, si algo se encuentra en todas partes, tiene que ser una molestia corriente, como las moscas o el polvo.

El día que dijo eso, Dulce Ma llevaba puesto en el pelo el broche de mi madre, el que según ella era tan feo. Me hubiera gustado arrancárselo. Pero como no podía, dije en la más firme de mis voces que ya había elegido Bibi como nombre para la escuela y que no iba a cambiarlo. Entonces Dulce Ma me dijo que si tenía edad suficiente para elegir mi nombre, también la tenía para enterarme de las circunstancias de la muerte de la enana de mi madre.

–Murió de excesos e insatisfacción –me confió Dulce Ma–. Demasiado, pero nunca suficiente. Ella sabía que yo era la primera esposa de tu padre, la más respetada, la más favorecida. Por muchos hijos varones que ella le diera, probablemente llegaría el día en que él la pusiera de patitas en la calle y la sustituyera por otra.

–¿Papá dijo eso?

Dulce Ma no lo confirmó ni lo negó.

–Verás –dijo en cambio–, el respeto es perdurable. El enamoramiento es pasajero, un capricho para una o dos temporadas, destinado a ser reemplazado por otro antojo. Todos los hombres lo hacen. Tu madre lo sabía, yo lo sabía. Algún día, tú también lo sabrás. Pero en lugar de aceptar su situación en la vida, tu madre perdió todo control de sus sentidos. De pronto, la asaltó una ansia irrefrenable de comer dulces. No podía parar. Y estaba sedienta todo el tiempo, aunque bebía como el genio que se tragó todo el océano y después lo escupió. Un día, un espectro advirtió la debilidad de su espíritu y se le metió en el cuerpo por un agujero en el estómago. Tu madre cayó al suelo, retorciéndose y farfullando cosas incomprensibles, y después se quedó inmóvil.

En mi recuerdo fabricado, yo veía a mi madre pequeñita, levantándose de la cama y yendo hasta una olla llena de negra sopa azucarada de semillas de sésamo. Metía los dedos para probar si estaba suficientemente dulce, pero no. Le echaba más terrones de azúcar, más, más y más. Después revolvía la pasta caliente y oscura, y se la echaba a la boca, cuenco tras cuenco, llenándose el estómago hasta la altura de la garganta y el hueco de la boca, hasta que finalmente caía al suelo, empapada y sofocada.

Cuando me diagnosticaron diabetes, hace sólo cinco años, pensé que mi madre debió de morir de lo mismo, que su sangre no era suficientemente dulce o lo era en exceso. La diabetes, como más tarde descubrí, es una batalla constante de equilibrios. En cualquier caso, fue así como conocí a mi madre, por los defectos heredados: los dientes inferiores torcidos, la inclinación hacia arriba de la ceja izquierda o el deseo de algo más que lo justo para saciar a una persona normal.

La noche en que partimos para siempre de Shanghai, Dulce Ma hizo una demostración más de su interminable sacrificio. Se negó a marcharse.

—Yo no os serviría de nada en América, sin saber inglés —le dijo a mi padre con afectada timidez—. No quiero ser una carga. Además, Bifang tiene casi trece años y ya no necesita una niñera.

Miró en mi dirección, esperando que yo la contradijera con vigorosas protestas.

—No discutas por eso —dijo mi padre—. ¡Claro que vienes!

Tenía prisa, porque junto a él estaba el portero, un hombre mezquino llamado Luo, que nos desagradaba a todos. Mi padre había hecho arreglos precipitados para partir, antes de que Shanghai cayera por completo bajo el control comunista.

Delante de mis hermanos, de nuestro abuelo y de los criados, Dulce Ma siguió discutiendo y volvió a mirarme, esperando que yo dijera las palabras adecuadas. Se suponía que tenía que arrojarme a sus pies, golpeando la frente contra el suelo y suplicando que no me abandonara. Y como no lo hice, se empeñó más aún en sonsacarme ese ruego.

—Bifang no me necesita —insistió—. Ya me lo ha dicho.

Antes me había estado regañando por dormir hasta tarde. Me llamó Huesos Blandos Podridos. Dijo que era igual que mi madre, y que si no me curaba yo misma de esos malos hábitos, encontraría el mismo final terrible que ella. Yo no estaba del todo despierta, y en mi anhelo por seguir durmiendo, me tapé los oídos con las manos y, creyendo que gritaba en sueños, exclamé: «¡Para ya, vaca gruñona!» Lo siguiente que recuerdo es que Dulce Ma me despertó a golpes.

Así que allí estaba yo con mi familia, a punto de huir en medio de la noche, con oro y diamantes disimulados en el cuerpo de trapo de mis muñecas, y allí estaba el broche para el pelo de mi madre. Lo había robado del tocador de Dulce Ma y me lo había cosido al forro del abrigo.

El portero Luo nos apremiaba para que nos fuéramos, y Dulce Ma aún seguía escenificando sus amenazas de quedarse. Se suponía que todos debíamos rogarle que cambiara de idea. Pero mi pensamiento iba en otra dirección. ¿Qué pasaría si Dulce Ma finalmente se quedaba? ¿Cómo cambiaría eso mi vida?

Aquellas reflexiones me produjeron una sensación de hormigueo y debilidad en el pecho. Sentí un ablandamiento en las rodillas y la columna vertebral. Siempre me pasaba cuando preveía algo bueno o malo, cada vez que estaba próxima a permitirme experimentar los extremos de la emoción. Como mi madre había sido igual que yo, temía perder el control algún día, caer fulminada y morir de excesos, como ella. Por eso había aprendido a refrenar mis sentimientos, a no preocuparme, ni hacer nada, y a dejar simplemente que las cosas sucedieran, pasara lo que pasase.

El silencio decidiría mi destino.

–¡Habla! –dijo mi padre en tono persuasivo–. ¡Pídele disculpas!

Yo aguardé en silencio.

–¡Vamos, date prisa! –exclamó.

Debió de pasar un minuto. Volví a sentir débiles las piernas. «Contrólalo –me decía para mis adentros–, controla tu deseo.»

Finalmente, mi padre se cansó y le repitió a Dulce Ma:

–¡Claro que vienes!

Pero Dulce Ma se golpeó el pecho y respondió, gritando:

–¡Se acabó! ¡Prefiero que los comunistas me atraviesen con sus bayonetas antes que verme obligada a partir con esa niña perversa!

Y salió de la habitación con paso vacilante.

Cuando nos embarcamos hacia Haiphong, reflexioné aterrada sobre lo que había hecho. De pie en la cubierta, mientras el barco se hacía a la mar bajo un cielo negro cuajado de estrellas y galaxias, imaginé la vida brillante que nos esperaba, en una nueva tierra, más allá del horizonte. Nos dirigíamos a América, donde la alegría era tan abundante que no era preciso considerarla una suerte.

Imaginé a Dulce Ma, sola en nuesta casa familiar de la rue Massenet, con las salas aún elegantemente amuebladas, pero fantasmagóricas y desprovistas de vida. Pronto entrarían en la casa los soldados con sus bayonetas y aplastarían todos los símbolos capitalistas, y Dulce Ma estaría sentada en su butaca de siempre, diciéndoles todo el tiempo a los revolucionarios que no quería ser una carga. Quizá aun así la castigaran por su vida burguesa. Tal vez le abofetearan la cara sin cejas –¡podía imaginarlo con tanta claridad!–, y esos hombres crueles le gritarían que usara su pelo y sus lágrimas para fregar el suelo. Le darían puntapiés en los muslos para que se diera prisa y alguna bota caería en su trasero. Mientras paladeaba la escena imaginaria, visualizándola mentalmente una y otra vez, noté que se me aflojaban las extremidades por el miedo y la euforia, extraña combinación que me hizo sentir verdaderamente pérfida. Sentí que iba a ser castigada en mi vida siguiente. Me convertiría en vaca, y ella, en un cuervo que me picotearía los flancos. Y teniendo esa imagen en la mente, noté de pronto unos dedos huesudos que me tiraban de las mejillas y me las pellizcaban hasta hacerme sentir el sabor de la sangre.

Era Dulce Ma. Mi padre había vuelto y le había insistido tres veces más para que viniera con nosotros. Aunque ella lo había sentido como un golpe a su dignidad, había permitido que la arrancaran de su butaca y la arrastraran hasta el coche que los estaba esperando y que los llevó a toda prisa hasta el muelle. Así pues, Dulce Ma regresó, más decidida que nunca, a instilar en mi cerebro algo de sensatez, aporreando mi cuerpo para expulsar el mal. ¡Qué suerte tenía yo de que siguiera siendo la tenue luz que me guiaba!

Dulce Ma intentaba modelarme la mente a golpes, como a la masa de los buñuelos. Y cuanto más lo intentaba, más me volvía yo como mi madre, o al menos eso decía ella. Yo era codiciosa –me advertía–, y no podía saciar mi corazón con suficiente placer, ni mi estómago con suficientes manjares, ni mi cuerpo con suficiente sueño. Era como una cesta de arroz con un agujero abierto en el fondo por las ratas; por eso nunca podía estar satisfecha, ni había nada que pudiera colmarme. Jamás conocería en toda su extensión y profundidad el amor, la belleza o la felicidad. Lo decía como una maldición.

A causa de sus críticas, yo actuaba como si fuera aún más deficiente en cuanto a sentimientos, particularmente hacia ella. Sabía que una cara inexpresiva y un corazón impávido eran exactamente las cosas que hacían que las cejas de Dulce Ma se hincharan hasta reventar. Mi razonamiento era el siguiente: ¿cómo podría herirme nadie, si nada me importaba? Con el tiempo, sentí que me volvía más y más fuerte. Las piernas ya no se me aflojaban, y aprendí a esconderme del dolor. Oculté con tanta habilidad mis sentimientos más profundos, que olvidé dónde los había puesto.

Recuerdo la noche terrible en que advertí que la maldición de Dulce Ma se había hecho realidad. Fue un año después de empezar la universidad; había regresado a casa, convocada por Dulce Ma, para celebrar con la familia la Fiesta del Otoño, que tradicionalmente es una ceremonia de acción de gracias. Estábamos mi padre, mis hermanos y yo en la acostumbrada reunión de parientes lejanos y amigos chinos, algunos de los cuales eran ciudadanos norteamericanos de larga data y otros, inmigrantes recientes. Estábamos en el jardín de la casa de un primo segundo, en Menlo Park, a punto de ver salir la luna llena. Sosteniendo farolillos de papel con velas chisporroteantes, nos dirigimos hacia la piscina. Y en esa piscina, vi aparecer y reverberar la luna, un dorado melón y no un simple disco plano, como siempre me había parecido. Oí a los demás gimiendo de felicidad. Los vi quedarse boquiabiertos, con los bordes de los ojos empapados en lágrimas.

Yo tenía la boca cerrada y los ojos secos. Veía la luna con tanta claridad como ellos, e incluso era capaz de apreciar su gloria extraordinaria. ¿Por qué no me invadía entonces la misma emoción? ¿Por qué su felicidad era diez veces mayor que la mía? ¿Carecía yo de la conexión precisa entre los sentidos y el corazón?

Entonces advertí que era mi costumbre. Refrenar mis emociones. Evitar que se me aflojaran las rodillas. Y con ese conocimiento, me dispuse a sentir lo que quisiera sentir, con tanta plenitud como quisiera. Miré la luna, resuelta a experimentar todas las emociones. Esperaba que la alegría y el embeleso me inundaran. Estaba decidida, estaba dispuesta, lo ansiaba, lo anhelaba, lo esperaba... pero no pasó nada. Mis piernas permanecieron firmes y erguidas.

Aquella noche de contemplación de la luna comprendí que siempre sería deficitaria en materia de grandes sentimientos. Ha sido así porque no tuve una verdadera madre cuando estaba creciendo. Una madre es la primera en llenarte el corazón, la que te enseña la naturaleza de la felicidad, la que te hace ver lo que es adecuado, lo que es un exceso y cuál es el tipo de felicidad que te hace desear más de aquello que es malo para ti. Una madre ayuda a su niña a ejercitar sus primeros sentimientos de placer. Más adelante, le enseña a contenerse, o a chillar de alegría cuando reconoce las temblorosas hojas del gingko, o a sentir una satisfacción más serena y a la vez más profunda al hallar un pino centenario. Una madre te hace comprender que existen diferentes niveles de belleza y que en ellos residen las fuentes del placer, algunas de las cuales son vulgares y corrientes, y, por tanto, de valor efímero, mientras que otras son difíciles y poco frecuentes, de ahí que merezca la pena ir en su busca.

Pero a través de mis años formativos sólo tuve a Dulce Ma. Esa mujer de entrañas resecas intentó inculcarme por la fuerza su concepto de lo bueno, diciéndome que me alegrara de no estar tan desnuda como un árbol en invierno, que agradeciera no ser aquella niña esquelética que yacía junto a una alcantarilla, o que renunciara alegremente a la sombra de un sauce, en un día de calor insoportable, en beneficio de los que eran mayores o menores que yo, que resultaban ser absolutamente todos. Siguiendo las instrucciones de Dulce Ma, ya no fui capaz de sentir con naturalidad, sino con cautela.

Cuando mi padre murió, sentí la pérdida y me entristecí, desde luego, pero no experimenté el tumulto devastador que mis hermanos y mi madrastra parecieron sentir. En cuanto al romanticismo, sentía los aguijones del amor, pero nunca la pasión que sobrecogía a mis amigas.

Pero entonces descubrí el arte. Por primera vez, vi la naturaleza y los sentimientos puros, expresados de un modo que podía entender. Un cuadro era una *traducción* del lenguaje de mi corazón. Mis emociones estaban todas ahí, sólo que en una pintura o una escultura. Visité museo tras museo, y recorrí los laberintos de las salas y de mi propia alma. Y allí estaban mis sentimientos, todos ellos naturales, espontáneos, auténticos y libres. Mi corazón retozaba entre formas, sombras, manchas, figuras, repeticiones y líneas de final abrupto. Mi alma reverberaba en diminutas pinceladas plumosas, trazando una a una las pestañas.

Fue así como empecé a coleccionar arte. De ese modo, pude rodearme de lo inexpresable y regocijarme en el alma de otros. ¡Qué deuda de toda una vida tengo con el arte!

En cuanto a Dulce Ma, siguió siendo la misma mujer amargada y quejumbrosa. Cuando murió mi padre, la alojé en uno de los apartamentos de mi finca y contraté a una señora para que le tuviera la casa ordenada y le preparara comida china. Dulce Ma nunca movió un dedo, excepto para atormentarme a mí o a cualquiera que tuviera la mala suerte de cruzarse en su camino. Cuando quedó impedida, la ingresé en la mejor residencia para ancianos, que me costaba una fortuna. No me lo agradeció. La llamaba la Sala de Espera de la Muerte. Durante años me dije que tenía que ser paciente, porque muy pronto ella moriría. Seguramente, sus explosiones de cólera tendrían un efecto similar en sus vasos sanguíneos, en su corazón o en su cerebro. Tenía casi noventa y nueve años, y yo sólo sesenta y tres, cuando me adelanté a ella y me fui de este mundo.

¡Oh, cómo lloró! Recordaba nuestro pasado juntas como una relación tan idílica que me pregunté si no estaría más senil de lo que pensaba. ¿O sería posible que de verdad hubiese cambiado su actitud hacia mí? Cuando hallé la respuesta, yo también cambié mi actitud hacia ella. Mientras que antes anhelaba su muerte, ahora le deseo una vida muy, pero que muy larga. No vaya a ser que abandone la Sala de Espera de la Muerte y venga a reunirse conmigo en la otra vida.

Cuando terminó la primera parte de mi funeral, la gente bajó la escalinata del Museo de Young y salió al Tea Garden Drive. Sellaron con cera mi ataúd, lo colocaron sobre un soporte rodante y lo llevaron rápidamente a una entrada de servicio, donde había un coche fúnebre esperando. El coche salió por el aparcamiento, mientras un risueño grupo de niños de la Escuela Internacional Sinoamericana (de la que siempre he sido generosa benefactora) bajaba del quiosco de la banda que hay en el Espacio de la Música y, con sus melodiosos instrumentos, formaba fila detrás del vehículo mortuorio. De los bancos verdes de madera se levantaron otras dos docenas de estudiantes en uniforme blanco (chaquetas amplias, gorras y pantalones que habían quedado de la fiesta de la primavera del año anterior) y se situaron detrás de la banda de música. Dos chicos robustos de aire pomposo sostenían una pancarta en la que podía verse una foto mía con mi peinado del Himalaya. Una guirnalda de flores enmarcaba mi cara ampliada y su exagerada sonrisa. ¡Por favor! ¡Parecía como si estuviera haciendo campaña para ser elegida alcaldesa del mundo de ultratumba!

Al poco tiempo, los asistentes al funeral, junto con una docena de turistas sobre patines alquilados y un par de docenas más que habían sido rechazados a las puertas del Jardín de Té Japonés, se reunieron detrás de la banda, siguiendo las apremiantes instrucciones gestuales del personal del museo. Trinaron las flautas, chocaron los platillos, retumbaron los tambores y una bandada de gordas palomas levantó el vuelo, con un ventoso batir de alas; fue así como iniciamos nuestra marcha, para rendir tributo a una «gran dama desaparecida».

Aunque era diciembre, el día era soleado y sin viento, lo que hacía que todos se sintieran animados e incapaces de lamentarse con auténtico pesar. Los que se habían apuntado a la infausta expedición al camino de Birmania habían formado un grupo hacia el final del cortejo. Decidí unirme a ellos y escuchar en la trastienda de su mente. Mientras rodeábamos la glorieta, Harry Bailley sacó a relucir la posibilidad de cancelar el viaje.

—¿Qué gracia tendría sin Bibi? —dijo, con esa generosa voz de barítono que siempre me gustaba tanto oír en su programa de televisión—. ¿Quién va a indicarnos lo que hemos de saborear, lo que hemos de ver?

Unas preguntas muy conmovedoras.

Marlena Chu se apresuró a darle la razón.

—No sería lo mismo —dijo con su voz elegante, teñida de ese acento fruto de su nacimiento en Shanghai, su infancia en São Paulo, sus profesores británicos y sus estudios en la Sorbona.

Marlena pertenecía a una familia que había tenido una fortuna colosal y vasto poder, a la que el exilio en Sudamérica había reducido a una posición simplemente acomodada. Se dedicaba a comprar obras de arte, como conservadora profesional de colecciones privadas, y a encargar instalaciones escultóricas para grandes corporaciones que establecían sus sedes internacionales en lugares remotos. Casualmente, yo estaba enterada de que tenía un posible nuevo cliente en Milán. Para ella habría sido un alivio disponer de un motivo legítimo para cancelar el viaje a Birmania. Sin embargo, su hija de doce años, Esmé, que soñaba con ayudar a los huérfanos birmanos y había presumido de su noble causa delante de su maestra y sus compañeros de clase, protestaría incesantemente si averiguaba que en lugar de eso iban a ir a Italia, que estaba tan de moda.

¿Cómo sabía yo todo eso? Al principio no tenía ni idea, y ni siquiera me preguntaba cómo era posible que lo supiera. Pero sentía a los demás con tanta claridad como a mí misma; sus sentimientos se habían vuelto míos. Compartía sus pensamientos secretos: sus motivos y sus deseos, sus culpas y sus remordimientos, sus temores y sus alegrías, y también los matices de la verdad en todo cuanto decían o dejaban de decir. Los pensamientos nadaban a mi alrededor como cardúmenes de peces multicolores y, cuando alguien hablaba, sus verdaderos sentimientos me traspasaban como un destello. Era así de impresionante y así de sencillo. La Mente de los Otros, así lo habría llamado Buda.

Fuera cual fuese la causa de ese estado ampliado de conciencia, allí estaba yo, escuchando furtivamente la conversación de mis amigos sobre el inminente viaje a Birmania.

—A decir verdad —oí que decía Roxanne Scarangello—, me he estado preguntando por qué habré aceptado ir a Birmania.

Era un pequeño puyazo dirigido a su marido, Dwight Massey, que había reservado el viaje sin ganarse del todo su consentimiento. Cabía argumentar que ella nunca se había negado, o al menos que no lo había hecho rotundamente. Mientras estaba ocupada en la parte más delicada de su investigación, le había dicho a su marido que hiciera los arreglos necesarios, pero había añadido que no le habría importado hacer otro viaje a las Galápagos, para seguir documentando los cambios ecológicos y sus efectos sobre las especies endémicas de las islas, el tema de su próximo libro. Era bióloga evolutiva, experta en Darwin y becaria de la Fundación MacArthur.

Su marido era psicólogo del comportamiento y había sido alumno suyo; tenía treinta y un años, doce menos que ella. Estaba especializado en las diferencias neurológicas entre hombres y mujeres, «descritas a menudo erróneamente como diferencias en cociente intelectual medio —solía decir Dwight—, y no como diferentes grados de fluidez en determinadas regiones del cerebro». En ese momento, Dwight estaba colaborando con el proyecto de investigación de otro científico, que estudiaba cómo hacían las ardillas para esconder nueces en más de un centenar de sitios sin seguir ninguna pauta aparente, aparte de una disposición más o menos circular y, aun así, encontrarlas al cabo de meses. ¿Qué estrategias usaban las hembras para esconder y recuperar las nueces? ¿Cuáles empleaban los machos? ¿Eran diferentes? ¿Cuáles eran más eficaces? Era un proyecto interesante, pero no era de Dwight. Él era un subordinado. Su carrera había estado determinada, hasta entonces, por las universidades que querían contratar a Roxanne.

Dwight había rendido un culto sin cuestionamientos a Roxanne cuando empezaron a salir juntos, diez años atrás, poco después de que ella apareció en el número especial de *Esquire*, «Mujeres que adoramos». Entonces él tenía veintiún años y era el más brillante de sus alumnos. En los últimos tiempos, era más frecuente que rivalizara con ella intelectualmente, pero también en el aspecto físico. Tanto Roxanne como Dwight eran tremendamente atléticos y a los dos les encantaba sudar, por lo que tenían mucho en común. Sin embargo, cualquiera que los viera por primera vez podía pensar, como pensé yo, que no eran una pareja muy bien conjuntada. Ella era musculosa y corpulenta, de cara redonda y tez rojiza, con expresión despierta y a la vez cordial. Él, en cambio, era larguirucho, con unas facciones angulosas que le conferían cierto aire malicioso y una actitud que lo hacía parecer combativo y arrogante. Ella transmitía confianza y él se comportaba como un mordaz segundón.

—Lo que me preocupa es el aspecto ético —estaba diciendo Roxanne—. Ir a Birmania es en cierto modo como entrar en complicidad financiera con un gobierno corrupto.

—Me parece muy acertado lo que dice Roxanne —intervino Marlena—. Cuando reservamos el viaje, parecía que el régimen estaba mejorando. Parecía inminente algún tipo de acercamiento con esa mujer, la que recibió el Premio Nobel...

—Aung Sang Suu Kyi —dijo Dwight.

—... pero ir ahora —prosiguió Marlena—, cuando muchos están respetando el boicot, no sé, sería como entrar a trabajar cuando hay huelga, me parece...

—¿Sabes qué tipo de gente cumple ciegamente los boicots? —volvió a interrumpirla Dwight—. La misma que dice que comer hamburguesas equivale a aprobar que torturen a las vacas. Es una forma de fascismo progre. Los boicots no ayudan a nadie, no son buenos para la gente real. Sólo sirven para que los bienintencionados de siempre se sientan bien...

Cualquiera que fuese su verdadera opinión en materia de boicots, Dwight deseaba ardientemente hacer ese viaje, porque apenas un año antes se había enterado de que su tatarabuelo por parte de madre se había marchado a Birmania en 1883, dejando mujer y siete hijos en Huddersfield, ciudad industrial de Yorkshire, y había aceptado un empleo con una compañía maderera británica. Después, según contaban la historia en la familia, había caído en una emboscada de los nativos, a orillas del Irrawaddy, en 1885, un año antes de que Gran Bretaña estableciera oficialmente su dominio sobre la vieja Birmania. Dwight sentía una extraña afinidad con su antepasado, como si un recuerdo genético lo impulsara hacia esa parte del mundo. Como psicólogo del comportamiento, sabía que científicamente eso no era posible, pero la idea lo intrigaba y, últimamente, lo tenía obsesionado.

—¿Qué sentido tiene *no* hacer algo? —seguía argumentando—. No comes carne y te sientes bien por salvar a las vacas. Boicoteas Birmania y te sientes bien por no haber ido. Pero ¿qué bien has hecho en realidad? ¿A quién has salvado? Lo único que has hecho es irte a pasar tus jodidas vacaciones a Bali...

–¿No podríamos discutir esto más racionalmente? –dijo Vera.

Mi querida amiga detestaba el uso de expletivos de carácter sexual. A los miembros de su organización les recomendaba emplear imprecaciones de carácter religioso, para expresar la firmeza de sus convicciones. «No habléis de joder ni de follar –les aconsejaba– más que para referiros a los hondos placeres del sexo. Y no mezcléis esos términos en discusiones donde deban prevalecer el corazón y el cerebro.» Se decía que, en el trabajo, era capaz de echar a alguien de un proyecto por contravenciones lingüísticas menos importantes. Vera se daba cuenta de que Dwight era capaz e incisivo, lo cual era peor combinación que la de ser simplemente estúpido y fastidioso, porque hacía que sus interlocutores desearan arrearle un par de guantazos, aun cuando estuvieran parcialmente de acuerdo con lo que decía.

–Las sanciones dieron resultado en Sudáfrica... –empezó Marlena.

–... porque los opresores eran blancos y suficientemente ricos como para acusar la crítica –terminó Dwight–. Las sanciones de Estados Unidos contra Birmania son ineficaces. Los birmanos comercian sobre todo con otros países asiáticos. ¿Qué puede importarles nuestra desaprobación? ¿Qué incentivo tienen?

–Podríamos desviarnos a Nepal –apuntó otra persona de nuestro pequeño grupo. Puede que fuera Moff, un viejo amigo de Harry de la época del internado en la École Monte Rosa de Suiza, cuando los padres de ambos estaban asignados en misión diplomática en países que carecían de escuelas con enseñanza en inglés.

Moff estaba interesado en Nepal, porque poseía una plantación de bambú en los alrededores de Salinas y, casualmente, había estado investigando sobre productos madereros explotables en las tierras bajas de Nepal y sobre la posibilidad de vivir allí seis meses al año. Su verdadero nombre era Mark Moffett, pero todos lo llamaban Moff desde que Harry le puso el apodo, cuando ambos eran niños. Los dos amigos tenían cuarenta y tantos años y estaban divorciados. En los últimos cuatro años, habían hecho un ritual de sus viajes juntos durante las vacaciones de invierno.

Moff suponía que a su hijo de quince años, Rupert, le gustaría tanto Katmandú como le había gustado a él a su edad. Pero seguramente su ex mujer le tiraría los cuencos cantores nepaleses a la cabeza si llevaba al hijo de ambos a ese «sitio de hippies». En la batalla por la custodia de Rupert, había acusado a Moff de ser drogadicto, como si se pasara el día fumando crack, cuando lo único que hacía era liar ocasionalmente un porro en compañía de amigos. Había tenido que luchar a brazo partido para que dejara a Rupert viajar con él a China y a Birmania para esas vacaciones.

Vera se aclaró la garganta, para que todos le prestaran atención.

–Mis estimados compañeros de viaje, odio deciros esto, pero cualquier cambio o cancelación en este momento supondría la pérdida del depósito, que por otra parte asciende a la totalidad del coste del viaje, ya que estamos a pocos días de la fecha de salida.

–¡Cielo santo, eso es un escándalo! –exclamó Harry.

–¿Qué hay de nuestro seguro de viaje? –preguntó Marlena–. Tiene que cubrir un caso así. Esto es muerte repentina.

–Lo siento, pero Bibi no había contratado ningún seguro.

¿Por qué se estaba disculpando Vera en mi nombre? Mientras todos murmuraban diversos grados de conmoción, alarma o disgusto, yo vociferaba y me golpeaba la palma de la mano con el puño, para dar a conocer mi punto de vista. Pero nadie podía oírme, claro, a excepción de *Poochini*, que irguió las orejas, levantó el hocico y empezó a gemir, intentando olfatearme.

–Chis –le dijo Harry, y en cuanto *Poochini* se estuvo cinco segundos callado, le metió otro trocito de hígado seco en su preciosa boquita.

Para que conste, permítanme que aclare lo sucedido. Aunque al final no contraté el seguro, he de decir que saqué a relucir el tema por lo menos dos veces. Recuerdo específicamente haber hablado del coste extra por persona que supondría el seguro, a lo que Harry replicó con su habitual «¡Cielo santo, eso es un escándalo!». ¿Por qué «un escándalo»? ¿Quería o no quería que contratara el maldito seguro? No soy un perro al que pueda adiestrar diciendo «Bien, Bibi. Chis, Bibi», hasta que me entere de lo que quiere que haga. Después pasé a detallar el coste de las diversas coberturas, desde la simple cancelación del viaje hasta la evacuación médica de emergencia en helicóptero y el traslado a un hospital occidental. Expliqué las diferencias entre las distintas pólizas en cuanto a cobertura de enfermedades preexistentes y aclaré, por ejemplo, si un hueso roto o la mordedura de un perro posiblemente rabioso eran motivo suficiente de evacuación. ¿Y quién estaba escuchando? Nadie, excepto Heidi Stark, la media hermana de Roxanne, que se preocupa absolutamente por todo. «Bibi, ¿hay malaria en esta época del año?», «Bibi, ¿te parece que llevemos suero antiofídico para las serpientes?», «Bibi, he leído que una mujer contrajo epilepsia porque la mordió un mono en Madagascar». Y así sucesivamente, hasta que Harry le apoyó una mano en el hombro y le dijo: «Heidi, cariño, deja de verlo todo tan negro. ¿Por qué no piensas simplemente que lo pasaremos la mar de bien?»

Lo malo es que todos pensaron que lo pasaríamos la mar de bien. Dejaron de verlo todo tan negro y desterraron de su mente los monos encefalíticos, junto con la necesidad de contratar un seguro, y así siguieron hasta el día de mi funeral. Entonces resultó que la culpa era mía, si ya no pensaban que fueran a pasarlo tan bien, y que la culpa era mía si no podían cancelar el viaje. ¡Qué pronto se habían convertido en seres irritables y quejumbrosos, como niños malcriados acompañando a su madre a hacer recados en un día caluroso!

El coche fúnebre avanzaba, la banda marchaba y mis amigos caminaban con paso cansino por el paseo bordeado de eucaliptos, dejando atrás enjambres de gente boquiabierta que salía de la Academia de Ciencias de California, con niños que abrazaban réplicas de goma de dinosaurios y gritaban de entusiasmo al ver el inesperado desfile.

–¡Guau, guau! ¡Me encanta tu programa! –gritaban algunos.

Harry saludaba a sus fans inclinando levemente la cabeza.

–¡Qué embarazoso! –comentó en voz baja, pero en tono complacido. Y con su sonrisa televisiva aún desplegada, se volvió hacia nuestro grupo y, enardecido por el arrojo que la adoración del público le había infundido, dijo heroicamente–: ¿Entonces, qué? El mal está hecho, la suerte está echada, y lo mejor será que hagamos de esto un éxito. ¡A Birmania!

Vera asintió.

–Nunca habrá nadie tan maravillosa como nuestra Bibi, pero hemos de pensar en el aspecto práctico de encontrar a otra persona que dirija la expedición. Es lo único imperativo.

–Alguien que conozca bien Birmania –añadió Marlena–, alguien que haya estado allí varias veces. Quizá ese experto en arte asiático, el profesor Wu. Me han dicho que es fantástico.

–De primera –convino Harry.

–Sea quien sea el guía que encontremos –intervino Dwight–, tenemos que pedirle que quite la mitad de la mierda museístico-cultural y añada un poco de ciclismo o de trekking.

Por su parte, Heidi añadió:

–Yo creo que cada uno de nosotros debería investigar algo acerca de Birmania, como la historia, la política o la cultura. ¡Bibi sabía tanto!

Uno por uno, todos dieron su aprobación, pero no sin antes proponer enmiendas y expresar desacuerdos, con sutilezas y salvedades de creciente complicación, augurio de lo que vendría.

Cuando llegaron al John F. Kennedy Drive, la banda estaba tocando una estridente versión del himno *Amazing grace* en el violín chino de dos cuerdas, y el grupo ya me había perdonado que no hubiera contratado el seguro de cancelación del viaje. Mientras dos guardias en motocicleta controlaban el tráfico y el coche fúnebre se alejaba velozmente, yo le dediqué a mi cuerpo un silencioso adiós. Entonces Harry instó al resto de los viajeros a formar un círculo y entrechocar las palmas de las manos en alto, diciendo:

–¡Ojalá Bibi se una a nuestro grupo en espíritu!

De modo que así fue cómo empezó. Esperaban que los acompañara. ¿Cómo iba a negarme?

2. Mis planes, deshechos

Casi todo lo que había planeado se deshizo. Mi itinerario original comenzaba de la siguiente manera: mis amigos, esos amantes del arte, casi todos ricos, inteligentes y mimados por la fortuna, pasarían una semana en China y llegarían a Birmania el día de Navidad.

Todo empezó tal como estaba previsto. El 18 de diciembre, después de casi dos días de viaje y dos escalas, llegamos a Lijiang, en China, el «país más allá de las nubes». Mi grupo fue recibido por el mejor guía de la región, uno que yo ya había utilizado en un viaje anterior. El señor Qin Zheng era un joven atlético que vestía vaqueros de marca, zapatillas Nike y suéter con el escudo de Harvard. A mis amigos los sorprendió que pareciera tan occidental; de hecho, de no haber sido por el acento chino, podría haber pasado por uno de ellos. Mientras caía la noche, les enseñó las vistas que aún se podían apreciar.

A través de las ventanas del lujoso autocar con aire acondicionado, mis amigos y yo vimos las increíbles cumbres nevadas del Tibet resplandeciendo a lo lejos. Siempre que las veo, me parecen tan asombrosas como la primera vez.

Vera iba tintineando y repicando con los baches de la carretera. Llevaba una profusión de orfebrería étnica colgada del cuello, las muñecas y los tobillos, complementada por un multicolor caftán de talla extragrande, aunque en realidad no estaba gorda, sino que simplemente era alta y de huesos grandes. Desde que había cumplido los cincuenta, diez años antes, había decidido que su vestimenta habitual no debía ser menos confortable que la ropa que usaba para dormir. Sobre los hombros lucía otra de sus marcas de fábrica: un fular de seda cruda, con motivos africanos que ella misma había diseñado. Llevaba el pelo teñido de un color castaño grisáceo y recortado de tal manera que parecía formar una esponjosa gorra de hierba parietaria.

Sentado junto a ella en el autocar, iba el recién designado director de la expedición, Bennie Trueba y Cela, quien procedió a leer en voz alta el comentario que con gran cuidado yo había adjuntado al itinerario varios meses antes: «Muchos piensan que Lijiang es la fabulosa Shangri-La descrita por James Hilton en su novela *Horizontes perdidos*...» Recordándome, Vera se echó a reír, pero en los ojos le escocían las lágrimas, y tuvo que usar el fular para secarse la humedad de las tersas mejillas.

Confieso que me sentí abrumada por la autocompasión. Desde mi muerte, me había llevado cierto tiempo acostumbrarme a la constante efusión de emociones. Mientras que a lo largo de mi vida había carecido de profundidad emocional, ahora, a través de los otros, la hondura, el volumen y la densidad iban en aumento. ¿Sería posible que estuviera desarrollando otro de los seis talentos sobrenaturales recibidos por Sakyamuni antes de convertirse en Buda? ¿Tendría también el Ojo Celestial y el Oído Celestial, además de la Mente de los Otros? Pero ¿de qué me servía tenerlos? Me sentía terriblemente frustrada cada vez que hablaba y nadie me oía. No sabían que estaba con ellos. No me oían cuando me oponía con vehemencia a cada sugerencia de cambiar mis cuidadosos planes para la expedición. Y ahora eso: no tenían ni idea de que los «comentarios» que yo había adjuntado al itinerario consistían básicamente en una serie de acotaciones humorísticas, que había pensado ir explicando sobre la marcha.

La observación sobre Shangri-La, por ejemplo... Mi intención era usarla como pretexto para hablar de las diversas manifestaciones del concepto de «Shangri-La». Como es sabido, se trata de un tópico utilizado para atraer a los turistas a cualquier lugar del mundo que pueda parecerse remotamente a una ciudad entre cumbres montañosas, ya sea en el Tibet o a orillas del Titicaca. Shangri-La: un lugar de etérea belleza, difícil de alcanzar y costoso cuando se ha llegado. Evoca palabras particularmente gratas al oído del turista: «raro», «lejano», «primitivo», «exótico». Si los servicios son mediocres, se le echa la culpa a la altitud. Es tal el atractivo del nombre, que en este preciso instante hay operarios, excavadoras y hormigoneras trabajando febrilmente en la remodelación de un caserío cercano a la frontera sinotibetana, sólo porque dicen que es el auténtico Shangri-La.

También habría sacado a relucir el vínculo con la geografía: las descripciones del botánico Joseph Rock, cuyas sucesivas expediciones para el *National Geographic* en los años veinte y treinta condujeron al hallazgo de un valle de exuberante verdor, oculto en el corazón del Himalaya, entre montañas coronadas por «conos de nieve», según su descripción en el reportaje publicado en 1931. Algunos de los habitantes del lugar decían tener más de ciento cincuenta años. (He conocido residentes aquejados de locura senil, en hogares de ancianos, que hacían afirmaciones semejantes.) James Hilton debió de leer los reportajes de Rock, porque poco después utilizó imágenes similares para describir el mítico Shangri-La. Fue así como nació el mito, con todos sus artificios.

Pero el aspecto más interesante, a mi entender, es el *otro* Shangri-La al que se alude en *Horizontes perdidos*, una actitud mental de moderación y conformidad. Los que practican la contención serán recompensados con una larga vida e incluso con la inmortalidad, mientras que aquellos que no la practican tendrán una muerte segura, resultado directo de sus impulsos incontrolados. En ese mundo, la indiferencia es una bendición, mientras que la pasión es un despropósito. Las personas apasionadas crean demasiados problemas. Son imprudentes. Ponen en peligro a los demás cuando van en pos de sus fetiches y sus obsesiones. Se enardecen, cuando lo mejor es relajarse y dejar simplemente que todo siga como está. Por eso, algunos consideran que Shangri-La es importante como antídoto. Es una actitud mental para las masas. Se podría embotellar con el nombre de Sublime Indiferencia, la poción que induce a seguir el camino más seguro, que naturalmente es el del statu quo, el de la anestesia para el alma. En todo el mundo pueden encontrarse numerosos Shangri-Las. Yo he vivido en algunos. Infinidad de dictadores los usan como instrumento para controlar a las masas: «Tranquilo o te mato.» Es así en Birmania. Pero en el arte, el adorable y subversivo arte, se ve lo que sobresale a pesar de la contención, o incluso por su causa. El arte desprecia la placidez y las superficies tersas. Sin el arte, yo me habría ahogado en un mar de aguas quietas.

No había nada de plácido en Wendy Brookhyser. Había viajado a Birmania con una inquietud en el cerebro y una fiebre en el corazón. Quería luchar por los derechos de los birmanos, la democracia y la libertad de expresión. Pero no podía contárselo a nadie. Habría sido peligroso. Para sus compañeros de viaje, Wendy era la directora de una fundación familiar. Y de hecho, era cierto. Se trataba de una fundación establecida por su madre, Mary Ellen Brookhyser Feingold Fong, la «viuda contrayente», como malignamente la llamaban en algunos círculos. En su calidad de directora, Wendy nunca había hecho mucho más que asistir ocasionalmente a alguna reunión. A cambio, recibía un salario suficiente para llevar una vida despreocupada, con regulares añadiduras de su madre por su cumpleaños, Navidad, Hanuká y el Año Nuevo chino. El dinero le venía de nacimiento, pero desde la adolescencia había tomado la firme resolución de no convertirse en una señora de la sociedad, organizadora de fiestas, como su madre.

Aquí debo intercalar mi propia opinión, en el sentido de que la madre arriba mencionada no era la necia maquinadora que su hija quería presentar. Mary Ellen organizaba las mejores fiestas para despertar el interés por diversas causas nobles. No se limitaba a firmar cheques para fines benéficos, como hacen otras señoras con fortunas de nueve dígitos y talonarios generosos, que no disponen de tiempo para amplificar su compasión. Ella se comprometía totalmente, tanto en lo económico como en lo moral. Lo sé porque Mary Ellen era amiga mía, sí, creo que podría llamarla así, ya que dirigimos juntas un buen número de eventos. Era el tipo de organizadora compulsiva, de las que asisten a todas y cada una de las aburridas reuniones preparatorias. Yo, por mi parte, tenía el embarazoso hábito de quedarme dormida en algunas. Pero Mary Ellen estaba en todos los detalles y sabía si las fechas propuestas chocaban con los calendarios sociales de los grandes donantes. Además, gracias a su entramado de contactos sociales, era capaz de alinear celebridades para generar «noticias calientes», localizando a los cantantes, las estrellas de cine o los deportistas susceptibles de ser reclutados, sobre la base de sus antecedentes familiares de afecciones hereditarias, enfermedades mentales, adicciones, cáncer, asesinatos, abusos sexuales, tragedias absurdas y otras de las muchas desdichas que alimentan las causas nobles y, por ende, las solemnidades en pro de las causas nobles. También llevaba un meticuloso registro de las recepciones para las que había comprado entradas al más alto nivel, cuyos directores podían ser vulnerables, por tanto, al sistema nunca explícito pero bien establecido de la retribución. Todo se basaba en conexiones y chismorreos sobre asuntos personales. En cualquier caso, yo sabía que siempre podía contar con la contribución anual de Mary Ellen al fondo de Autoayuda para la Tercera Edad con sólo mencionar que beneficiaba a los afectados de Alzheimer, pues era ésa la enfermedad que se había llevado a su primer marido, que, por cierto, había sido prácticamente el inventor de las tuberías de PVC y había amasado una fortuna enorme distribuyéndolas, Ernie Brookhyser. Quizá hayan oído hablar de él. Una de las muchas galas benéficas a las que asistió Mary Ellen fue para el Museo de Arte Asiático. Durante la subasta, hizo la mejor oferta para el viaje al camino de Birmania. Pagó el triple de su valor, lo cual me complació inmensamente. Después, regaló el viaje para dos personas a Wendy, por su cumpleaños.

Al principio, Wendy se planteó rechazar el viaje y reprochar a su madre la insensibilidad política de pensar que su hija pudiera irse de vacaciones a un país gobernado por un régimen represor. Había echado pestes sobre el asunto durante una comida con un antiguo compañero de Berkeley, Phil Gutman, director de Libre Expresión Internacional. Pero Phil opinaba que el viaje con todos los gastos pagados podía resultar útil para «reunir información discretamente». Podía ser un proyecto humanitario y, además, necesario. Wendy podía camuflarse de hedonista, confundirse con los despreocupados turistas, y así, cuando se presentara la ocasión, hablar con los estudiantes birmanos y establecer contactos informales con los lugareños, para averiguar si había desaparecidos entre sus vecinos, sus amigos o los miembros de su familia. Después, Libre Expresión podría dar a conocer su informe y proponer su publicación como colaboración en *The Nation*. Pero Phil también insistió en que era preciso extremar las precauciones. Los periodistas tenían prohibida la entrada a Birmania. Si la sorprendían buscando opiniones contrarias al gobierno, la detendrían junto con sus informantes y posiblemente la torturarían, para luego hacerla desaparecer en el mismo vacío donde ya se habían perdido otros miles de personas. Peor aún, el gobierno negaría tener presos políticos en su poder, y allí quedaría ella, prisionera invisible, olvidada por un mundo que secretamente habría llegado a la conclusión de que algo malo tenía que haber hecho para meterse en un lío tan descomunal. Ya había visto ella lo que le había pasado a aquella norteamericana en Perú, le dijo Phil.

—Oculta tus actividades al resto del grupo —le advirtió a Wendy— y, por muy intensos que sean tus sentimientos, no emprendas acciones que pongan en peligro la seguridad de los demás. Si estás preocupada, quizá pueda reorganizar mi agenda y acompañarte. Decías que el viaje era para dos, ¿no?

Su conversación se prolongó desde la comida hasta la cena. Phil hizo comentarios sugerentes, reanudando el flirteo que había quedado interrumpido cuando vivían en la misma residencia de estudiantes y que Wendy nunca había querido profundizar. En su opinión, Phil tenía aspecto esponjoso, como de muñeco de goma, con extremidades flexibles y sin músculos. A ella le gustaban los cuerpos macizos, los culos prietos y las mandíbulas cuadradas. El boy scout malo era su imagen de lo sexy. Pero cuanto más hablaban y bebían, más se enardecía Wendy pensando en las desdichas de otros pueblos, y ese ardor se transformó en pasión sexual. Veía a Phil como un héroe anónimo, un luchador por la libertad que algún día sería tan admirado como Raoul Wallenberg. Con esas epopeyas en mente, dejó que él creyera que la había seducido. Como amante, Phil era torpe; cuando le mordisqueó la oreja y se puso a susurrarle guarrerías, ella tuvo que reprimir la risa. De vuelta en su apartamento, cuando estuvo sola en su cama, Wendy describió la experiencia en su diario. Se alegraba de haberse acostado con Phil. Era su regalo para él. Se lo merecía. Pero ¿volvería a hacerlo? No, no creía que fuera una buena idea. Quizá Phil empezara a pensar que el sexo era más importante de lo que era. Además, tenía tanto pelo en la espalda que habría sido como acostarse con el hombre lobo.

Cuando Wendy partió con la expedición al camino de Birmania, no la acompañaba Phil, sino su amante de hacía un mes, Wyatt Fletcher. Wyatt era el adorado hijo único de Dot Fletcher y de su difunto marido, Billy, el rey de la cebada de Mayville, Dakota del Norte, una localidad que en su lema se jactaba de ser «¡Como se supone que tiene que ser Norteamérica!». Era un pueblo que se unía como una piña cuando uno de sus hijos tenía problemas, sobre todo cuando los problemas no eran culpa suya.

Wendy adoraba el estilo de Wyatt, por ejemplo, el hecho de que fuera insobornable e inmune a la coacción. Si algo o alguien no iba con él, simplemente «pasaba de largo», como él mismo decía. Era alto, de caderas estrechas, torso lampiño y musculoso, desordenado pelo rubio blanquecino y tez perpetuamente bronceada, como sólo pueden tenerla los de origen noruego. Wendy pensaba que ambos eran mutuamente complementarios. Yo no creo que los opuestos necesariamente lo sean. Ella era bajita y curvilínea, con una rizada mata de pelo rojizo, piel que se quemaba fácilmente con el sol y nariz escultórica, gentileza de un cirujano plástico a los dieciséis años. Su madre poseía casas en San Francisco, Beaver Creek y Oahu. Wendy suponía que Wyatt era de familia humilde, porque nunca hablaba mucho de sus padres.

En cierto sentido, podía decirse que Wyatt era un vagabundo; su cama estaba en el cuarto de huéspedes de cualquier amigo acomodado en cuya casa estuviera recalando ese mes. Lo que hacía para ganarse la vida dependía enteramente del sitio donde se alojara. En invierno, encontraba empleo temporal en alguna tienda de artículos para esquiar y pasaba los ratos libres haciendo snowboard; para dormir, compartía el espacio con sus amigos de la brigada de seguridad de la estación de invierno y con un par de ardillas inquilinas. El verano anterior lo había pasado recorriendo las sendas y los cortafuegos del monte Tamalpais, en compañía de dos lebreles escoceses pertenecientes a los padres de su ex novia, los propietarios ausentes de una mansión rural de madera en Ross, donde Wyatt ejercía de guardés y vivía con los perros en la incongruente casita de la piscina, con su hamaca, su mesa de billar y su desmesurado hogar de piedra. Antes de eso, había pasado la primavera como tripulante de un lujoso yate privado que llevaba ecoturistas a los fiordos de Alaska. Varios de los acaudalados pasajeros le habían ofrecido trabajos de guardés en el futuro, «curros», como él los llamaba. En general, era un seductor apacible, cuya previsible respuesta a toda observación o pregunta («como que no sé») expresaba su falta de dirección pero también de trabas en la vida.

Aunque por mi descripción pueda parecer hueco, a mí me gustaba bastante Wyatt. Tenía buenos sentimientos hacia todos, incluso hacia sus antiguos profesores, ex novias y patrones. No era cínico respecto a los que teníamos dinero, ni tampoco nos envidiaba ni se aprovechaba demasiado de nosotros. Era agradable y respetuoso con todos, incluso con el guardia que le ponía una multa cuando conducía un coche prestado. Además, siempre pagaba la multa. Diría que era dueño de una de las mejores virtudes que en mi opinión puede tener un ser humano: la amabilidad sin motivo. Claro que su falta de motivación ya es otra historia.

Durante el trayecto en autocar a Lijiang, Wyatt se quedó dormido, y Wendy regaló el torrente de sus observaciones a los que seguían despiertos.

—¡Santo cielo, mirad a esa gente al borde de la carretera! Están triturando piedras, reduciéndolas a grava para pavimentar el camino... ¡Esas caras! ¡Parecen tan abatidos! ¿Creerá el gobierno que las personas son máquinas?

Aunque Wendy no había hecho más que llegar a China, ya estaba poniendo a punto su sensibilidad hacia los gobiernos despóticos.

Como un cachorro impetuoso, Wendy necesitaba aprender «chitón». Era lo que pensaba Harry Bailley, sentado del otro lado del pasillo, junto a ella y Wyatt. Harry ya no recordaba que antaño había poseído el fervor de un activista. En su juventud, hacía veinte años o más, también él había deseado desesperadamente hincarle el diente a una causa importante. Se había prometido oponerse a la complacencia, abominar de la apatía y «efectuar cambios positivos y acumulativos», que dejaran «una huella de su paso por el mundo».

Años antes, un Harry mucho más joven había encabezado el movimiento por la abolición de los métodos aversivos de adiestramiento canino, basados en tirones de la correa, collares de pinchos y la práctica de restregarle al animal el hocico por sus propias heces. Cuando terminó la carrera de veterinario, hizo el doctorado en el Departamento de Ciencias del Comportamiento de la Universidad de California en Berkeley, donde estudió la conducta de las jaurías y la forma en que los perros aprenden instintivamente de sus superiores y enseñan a sus inferiores. Observó que el comportamiento de los perros no está determinado desde el nacimiento, sino que puede ser modelado mediante la interacción con otros perros o personas, o con sabrosos sobornos. Bastaba conocer los principios básicos de la ciencia de Skinner para deducir que con refuerzos positivos los perros respondían mejor y más rápidamente a los deseos de los humanos, y que aprendían antes las conductas nuevas si se les ofrecía a cambio tentaciones, promesas y premios.

–Si vuestro perro tiene en la boca vuestra carísima cartera de piel de caimán –decía Harry en sus seminarios–, ofrecedle a cambio un trozo de salchicha. «¡Oh, una golosina!», pensará, vendrá jadeando y dejará caer la cartera a vuestros pies. ¿Cuál es la lección? En primer lugar, poned vuestros sobrevalorados zapatos y carteras fuera del alcance de *Pluto* y, a continuación, id en busca de una pelota de tenis, vieja y maloliente. El juego es sencillo: pelota en vuestras manos, golosina en su boca. Aunque sea un basset, haréis de él un formidable perro cobrador si hacéis suficientes intercambios.

De ese modo, gracias a ese tipo de consejos de sentido común, Harry Bailley se convirtió en maestro de adiestradores, fundador de la prestigiosa Sociedad Internacional de Conductistas Caninos, inventor de diversos dispositivos benignos de adiestramiento (aún sin patentar), presentador estrella de «Los archivos de Manchita» y, últimamente, en el bien merecido amo de mi querido, queridísimo *Poochini*. Temo que nunca lo adiestré demasiado bien y que el travieso de *Poochini* ya había mordisqueado el lomo de varias de las primeras ediciones de mi colección de libros de Harry.

–Debéis informar a vuestros clientes con amabilidad pero con firmeza –decía a menudo a sus discípulos en sus conferencias para adiestradores–. Los perros no son personas con abrigos de pieles. Nada de eso. No conjugan los verbos en futuro. Viven en el presente. Y a diferencia de vosotros y de mí, no les preocupa beber del inodoro. Por fortuna para nosotros, son el perfecto ejemplo de la eficacia del condicionamiento operante y del refuerzo positivo, y lo son a las mil maravillas, siempre que sepamos aplicar correctamente los principios del adiestramiento. Sus instructores humanos tienen que ser absolutamente objetivos en cuanto a las motivaciones de los chuchos, por lo que debéis reprimir su tendencia a atribuir sus ladridos, sus gruñidos o sus incursiones en la cocina a motivos humanos, como orgullo, venganza, picardía o rencor. Eso podemos decirlo de nuestra ex mujer, de nuestras antiguas amantes o de los políticos. Recordad que el *Canis lupus familiaris* se deja llevar por sus impulsos, que suelen ser inofensivos, pero a veces pueden resultar perjudiciales para las alfombras blancas o los zapatos italianos. El hecho objetivo es que los perros marcan su territorio y mastican. Si en algo se parecen al *Homo erectus*, es en los rasgos del macho humano insuficientemente socializado. Los dos hacen lo que les viene en gana: se rascan los genitales, se tumban a dormir en el sofá y se van a olfatear cualquier entrepierna que se les cruza en el camino. Y vosotros, los brillantes adiestradores de perros, debéis *adiestrar a los amos* (así es, a esos humanos apenas evolucionados que enarbolan en la mano sus periódicos enrollados como si fueran el garrote del hombre de las cavernas); debéis adiestrar a los humanos para que enseñen a sus canes lo que los perros afortunados *prefieren* hacer, en lugar de mordisquear, aullar o usar el sofá de cuero como mordedor. ¡Ajá! «Prefieren» es la palabra clave, ¿verdad?

Harry Bailley creía en el adiestramiento precoz de las personas, antes de que pudieran infligir un daño duradero a sus pequeños e impresionables perritos.

–¡Clases para cachorros! –exhortaba en su programa de televisión–. ¡El gran igualador, el perfecto instrumento de socialización! ¡Mucho mejor que ese muermazo de los clubes de lectores que tanto éxito tienen en el otro canal! Cursos para perros. ¡Qué fantástica manera de conocer solteros y solteras disponibles! Hombres fuertes y sensibles. ¡Guau! Mujeres fieles y esbeltas. ¡Guau, guau! ¡Y esas monadas de cachorros, que están todos para comérselos! Imaginadlos a todos moviendo el rabo. ¡A los *perros*, malpensadas!

Y mientras sus alumnos televisivos evolucionaban con sus perros al son de *sentado*, *abajo*, *quieto* y *ven*, Harry sobreactuaba para que todos se sintieran triunfantes, orgullosos y continuamente motivados.

–Engatusad a vuestro perro. ¡Eso es! Ponedle ese trocito de queso justo encima de la nariz y deslizadlo hacia atrás, hasta conseguir que se siente. Poco a poco, poco a poco... ¡Sssí! ¡Bingo! Dadle el premio ahora mismo. Lo ha entendido. ¡Y vosotros también lo habéis entendido! ¡En sólo cinco segundos y dos décimas! ¡Cielo santo, qué rapidez! ¡Qué fantástico equipo!

Los perros jadeaban. Los humanos, también.

Harry revolucionó el adiestramiento canino. Todos lo decían. En los primeros tiempos, incluso había llegado a creer que sus conceptos sobre adiestramiento de perros podían aplicarse a todo, desde el control de esfínteres en los niños hasta la política internacional. Así lo decía en sus seminarios:

–¿Qué dará resultado antes: humillar y atacar a una dictadura, o engatusarla para que siga un modelo mejor y más satisfactorio? Si sólo establecemos contactos con un país para arremeter contra su mal comportamiento, ¿qué probabilidades habrá de que venga a pedir nuestro consejo humanitario? ¿No es absolutamente obvio?

Entonces Harry sacaba un billete de cien dólares y lo balanceaba delante de las narices de la gente de la primera fila, para que asintieran obedientemente. En aquella época era bastante engreído.

En años más recientes, Harry había empezado a prestar menos atención al mal comportamiento de los amos de perros y de los gobiernos, y más a su propia virilidad, temeroso de que corriera la misma suerte que las especies amenazadas: raras, en vías de extinción y extinguidas. Todavía conservaba el pelo, y las canas en las sienes le daban cierto aire de autoridad. Físicamente seguía en forma, y sus trajes caros y bien cortados lo ayudaban a dar esa impresión. El maldito problema era que padecía de la próstata, la típica hiperplasia benigna de la próstata que afecta a muchos hombres y es más molesta que dañina. Pero ¡por Dios! –gemía Harry–, ¿era preciso que estrangulara a la mejor amiga del hombre antes de cumplir los cincuenta? Le inquietaba la frecuencia con que orinaba, y cuanto mayor era su preocupación, más patéticos eran los chorritos que producía, para su bochorno, en los urinarios públicos. Tenía suficiente cultura como para saber que la fuerza del torrente urinario (o su debilidad) no guarda ninguna relación con la capacidad sexual. Pero temía que su fontanería íntima, que hasta hacía poco había expulsado los dos fluidos esenciales con tanto vigor como la manguera de su jardín, acabara por sofocarse como una de esas rosetas que se instalan en la ducha para ahorrar agua, y que la situación no sólo fuera insatisfactoria para él, sino para su compañera de turno.

Buscó información en Internet, para averiguar qué perspectivas tenía su vida sexual si su condición empeoraba. La eyaculación retrógrada era una de sus preocupaciones. ¿Se darían cuenta las mujeres? Encontró un sitio dedicado a los trastornos de la próstata, con mensajes de hombres que padecían la misma molesta afección. Varios participantes afirmaban que las eyaculaciones diarias contribuían a ralentizar el desarrollo hiperplásico y a mantener la firmeza de la musculatura pélvica. El foro estaba plagado de invitaciones para visitar webs pornográficas, donde los afectados podían hallar alivio instantáneo, pagando una tarifa plana. ¡Fantástico! –pensaba Harry–, entonces la respuesta consistía en masturbarse como un chaval, en compañía de una revista. No, gracias. Creció aún más su determinación de encontrar pareja (una sola sería más que suficiente en esa época de sexo protegido e intimidad angustiosa), una mujer increíblemente maravillosa, que pudiera tener y tocar, y que se mostrara comprensiva cuando algunas de sus piezas fallaran o se averiaran, momentáneamente o para siempre. Harry ansiaba desesperadamente amor y sexo, y por primera vez, en ese orden.

La preciosa, la esbelta Marlena Chu había subido antes que él al autocar para Lijiang y se había sentado junto a la ventana, mientras su hija Esmé corría al fondo del vehículo para tumbarse cuan larga era en el último asiento. ¡Por Dios santo, una oportunidad! Harry fingió pasar de largo junto a Marlena, antes de volverse para preguntarle en voz baja si no tendría una aspirina. Las mujeres adoran ayudar a las criaturas doloridas; Harry lo sabía, y sabía también que las damas siempre van provistas de remedios para los dolores menstruales y las jaquecas. Mientras Marlena revolvía el bolso, se sentó a su lado y se quedó esperando, como espera un cachorro su golosina.

Aunque Harry había visto a Marlena en varias recepciones en San Francisco, allí, en un valle montañoso de China, su aspecto le resultaba decididamente exótico. ¿Por qué sería? ¿Por qué no se había acercado antes a Marlena? ¿Quizá porque ella había dejado atrás esa edad en la que el tacto de la piel es fresco como el rocío? ¡Pero miradla ahora! Todo en ella era terso y elegante: su pelo, su cara, su ropa y, en particular, sus movimientos y sus gestos. Cuando se aplicaba repelente para insectos, parecía una diosa. ¡Qué gracia, qué estilo! Lucía un sencillo vestido negro sin mangas y una ancha pañoleta plisada multicolor, anudada y drapeada de tal manera que parecía un sarong, un fular de origami o un sari, en múltiples efectos que aguardaban a ser deshechos por la brisa o por un consentimiento susurrado en la noche.

Naturalmente, le preocupaba que su amigo Moff tuviera similares pensamientos. Los dos hombres solían coincidir en materia de mujeres.

Le echó una mirada a Moff, que justo en ese momento estaba mirando fijamente a Heidi, mientras ésta se estiraba para llegar a la repisa del portaequipajes y sacar de la mochila una almohada cervical. El hijo de Moff, Rupert, que había estado jugando con un mazo de cartas, también contemplaba abiertamente los pechos de Heidi. Harry había advertido que Moff le había dedicado a Marlena una serie de miradas apreciativas, deslizando la vista a lo largo de su figura y demorándose en el trasero. Al sentarse a su lado, Harry esperaba que su insinuación territorial se abriera paso hasta el cerebro de su amigo e instilara un elemento cognitivo allí donde, de momento, no había más que conductas impulsivas y reflejos primitivos. Moff podía ser duro de entendederas exactamente cuando uno no quería que lo fuera.

Una vez –recordaba Harry–, estando los dos en un bar de Stinson Beach, Harry había manifestado claramente su interés por la dueña del bar, diciéndole a Moff:

–¡Qué ojos tan fabulosos! Iris enormes color avellana, de unos catorce milímetros de diámetro, diría yo.

Harry tenía fijación con los ojos. Y Moff le había contestado:

–¿Ah, sí? No lo había notado.

Al día siguiente, Harry volvió al bar y pidió unos huevos fritos. La mujer era amistosa, pero no facilitaba los avances; era como uno de esos perros de los refugios, que eluden la mano del hombre porque han sido maltratados por sus últimos amos. Pero a él le fascinaba el desafío de transformar criaturas desconfiadas en lametonas empedernidas. Poco a poco, se dijo. Sin movimientos bruscos.

Al día siguiente, ella no estaba. Despues se enteró de que Moff se la había llevado al huerto, preguntándole si no necesitaba que la acercara a algún sitio en su Harley renovada. Ella se fue con él hasta Monterrey en la moto; por el camino, se habían ido quitando la ropa y la habían ido arrojando al Pacífico. Al cabo de dos meses de éxtasis, Moff tuvo que cortar, a causa de «graves diferencias de expectativas». Ella reaccionó pintándole la moto de rosa con aerosol. El desenlace afectó más a Harry que a Moff. ¡Maldición! Moff la había convertido en un cancerbero infernal, que sólo ansiaba atacar y matar a todo ser que poseyera un pene. La había arruinado irreparablemente para futuras relaciones. Y por si el mal no hubiese sido suficiente, su amigo le había dicho:

—¿Recuerdas aquellos iris avellana que tanto admirabas? ¡Lentillas, amigo mío, lentillas de color!

¿Qué demonios verían las mujeres en Moff? Harry intentó verlo con ojos femeninos... Era más alto que la media (es decir, más alto que Harry, que medía un metro setenta y siete) y tenía una figura pasable, larguirucho y sin michelines. Pero era una completa nulidad para elegir ropa decente. El amigo de la infancia de Harry se ponía la misma camisa safari y los mismos shorts anchos, fuera cual fuese la época del año y para cualquier acontecimiento. Y sus zapatos, más que zapatos, eran botas de obrero, embadurnadas de barro y moteadas de pintura. Tenía las manos callosas, como las de cualquier trabajador manual. No era la clase de hombre que compra flores a una mujer ni le pone apodos cariñosos, como hacía Harry. Llevaba el pelo hecho un desastre, con largos mechones despeinados recogidos en una coleta y unas entradas cada vez más pronunciadas, que acentuaban su enorme frente. Esto último le daba un aire supercerebral e inteligente, y en realidad lo era —Harry tenía que reconocerlo—, pero también sabía Harry que lo habían expulsado de la escuela a los dieciséis años, por ausencias injustificadas y por fumar marihuana, por lo que se había visto obligado a ser autodidacta.

Los conocimientos que poseía Moff le venían de leer, de andar por la calle y de los trabajos eventuales que le habían salido en la juventud, muchos de ellos en los almacenes del puerto, donde inventariaba mercancías para empresas de importación y exportación, o en los jardines de Miami y Los Ángeles, donde podaba setos y limpiaba piscinas. Su interés por el bambú comenzó en la década de 1970, cuando cultivaba auténticos muros de la planta para camuflar sus sembrados de marihuana. En su afán por multiplicar tanto como fuera posible la potencia por calada de su cannabis, devoraba libros y libros de horticultura, particularmente los relacionados con la mejora genética. Con el tiempo, el cultivo del bambú acabó por desplazar su inicuo interés por la producción de hierba. ¿Y por qué no, siendo así que el bambú se regeneraba con tanta rapidez como la marihuana, pero sin sus inconvenientes legales? Fue así como en la década de los ochenta, Moff efectuó la transición a agricultor capitalista y comenzó a enviar contenedores de «producto vivo», como él lo llamaba, a los vestíbulos de edificios de oficinas recién construidos, aeropuertos remodelados y hoteles de lujo de todo el mundo. (En ese momento, Harry no sabía que Moff y Marlena tenían muchos clientes comunes. Pero tampoco lo sabía Moff.)

Vale, sí, Moff tenía un negocio poco convencional –Harry estaba dispuesto a reconocerlo–, y además, cuando se presentaba como «propietario de una plantación», se volvía sumamente atractivo a los ojos de las mujeres con ilusiones románticas. Probablemente pensaban que la plantación era un lugar idílico, como los escenarios donde se ruedan las películas de dinosaurios, y de hecho había sido utilizada con ese propósito en varias ocasiones. Pero el propio Moff no tenía ni una brizna de romanticismo en el cerebro. Su plantación estaba deliberadamente situada junto al circuito de carreras de Laguna Seca, en Salinas, y allí llevaba a sus invitadas, un factor a su favor, si la idea que tenían ellas de pasar un buen rato era oler a aceite lubricante y reventarse los tímpanos con las revoluciones por minuto de los prototipos para Le Mans. Inexplicablemente, no faltaban mujeres que cumplieran esas condiciones.

Tal vez –pensó Harry– debería ser directo con Moff e informarle simplemente de que estaba interesado en Marlena, muy interesado. «Viejo, espero que no te importe, pero ya sabes...», y entonces Harry indicaría con un gesto de la cabeza que la dama agraciada era Marlena. Imaginaba que Moff reaccionaría con una risita y le daría un fuerte palmotazo en la espalda, sellando así el acuerdo entre ambos. Aun sin estar al corriente del arreglo, Marlena intuiría inconscientemente el pacto existente entre los dos hombres y, por no quebrantarlo, jamás se acostaría con los dos.

–¿Te has fijado en los árboles al borde de la carretera? –le estaba diciendo Marlena.

Harry se asomó a la ventana y, al hacerlo, inclinó su pecho sobre el brazo de ella, con la mejilla rozando la suya. Los troncos de los árboles estaban pintados de blanco de la mitad para abajo.

–Están todos igual, kilómetro tras kilómetro –prosiguió ella–, como una cerca de estacas blancas.

¡Cielo santo! –pensó Harry–, su voz era de ámbar líquido, ligera y misteriosa.

–Un insecticida –concluyó.

Ella frunció el entrecejo.

–¿Ah, sí? Yo pensaba que sería para que los conductores vieran la carretera por la noche.

Él se desdijo:

–Brillante deducción. Blanco de doble propósito: mata bichos y salva vidas.

–Sin embargo, mirar los árboles puede ser hipnótico –añadió ella–. No muy bueno para los conductores.

–¿Será por eso por lo que me da vueltas la cabeza? –dijo él, mirándola a los ojos.

Por puro instinto de protección, ella hizo un rápido quiebro:

–Probablemente la causa sea el desfase horario.

Él hubiera deseado ver con más claridad sus ojos, pero la luz era demasiado tenue. Podía juzgar el grado de receptividad de una mujer por las reacciones de sus pupilas. Si pulsaban y se hiperdilataban, quería decir que estaba dispuesta a flirtear y que el sexo en cuestión de horas, o incluso minutos, era una firme posibilidad.

Marlena sonrió y a continuación bostezó.

–No veo la hora de caer en mi cama.

–Es curioso –replicó él en tono burlón–, yo aguardo ansioso *exactamente* el mismo momento –añadió, con su mejor versión del jadeo de un cachorro.

Ella arqueó una ceja, reconociendo la pícara ambigüedad de su respuesta. Él sonrió y ella le devolvió una sonrisa que no era de rechazo ni de aceptación.

–Esos árboles –arriesgó ella una vez más, levantando un poco la voz–, ¿son álamos? Es difícil distinguir la forma de las hojas. La mayoría han caído ya.

Mejilla contra mejilla, siguieron contemplando en la oscuridad la borrosa figura de los árboles pintados de blanco.

Para ayudar a mis amigos a encontrar el estado de ánimo justo para la visita a Lijiang, incluí en su itinerario la traducción de los sentimientos de un archivero aficionado de la ciudad: «Durante los últimos ocho siglos, los frecuentes terremotos de esta región, algunos de ellos de magnitud siete, han hecho entrechocar los dientes a sus habitantes y han tirado algunos objetos de las alacenas, pero no nuestra firme determinación de quedarnos. A causa de su belleza, Lijiang es un lugar que nadie abandona jamás por su propio gusto. Pero si debéis partir, ya sea por imperativo de una vejez apacible o de un vuelo de turismo, bajad la vista desde el cielo y advertiréis que Lijiang se parece a las antiguas piedras de tinta, utilizadas durante siglos para escribir versos en celebración de su antigüedad y de sus virtudes en constante regeneración.»

Este homenaje a su ciudad natal era peculiar y estaba perfectamente expresado. Pero, naturalmente, la mayoría de mis amigos ni siquiera se molestaron en leerlo.

Tal como yo había planeado, el grupo se alojó en el mejor hotel de Lijiang. El Glorious View Villa estaba en la parte más nueva y reconstruida de la ciudad, justo enfrente del centro histórico, con su maraña de pasajes, canales y antiguas casitas con jardines, de curvilíneos tejados grises y paredes de adobe. Los hoteles más nuevos de Lijiang eran sosos, pero ofrecían una atracción esencial para los turistas: aseos y baños privados. El Glorious View tenía, además, otros signos de lujo: un vestíbulo con suelos de mármol, lleno de empleados con uniforme que habían recibido extensas instrucciones sobre cómo recibir a los clientes con expresión sonriente y palabras cordiales: «¡Bien venidos! ¡Sean bienvenidos! ¡Sean muy bienvenidos!»

Las habitaciones eran pequeñas y sin gracia, y estaban tenuemente iluminadas con fluorescentes de bajo consumo. Las camas gemelas, las sábanas y las toallas eran más nuevas y estaban más limpias que las de cualquier otro hotel de la ciudad. Las alfombras sólo tenían unas pocas manchas de sandía. La reducida cantidad de papel higiénico distribuida a diario era suficiente para quienes gozaban de firmeza intestinal. Había más, pero era preciso pedirlo o robarlo del carrito de suministros del vestíbulo, controlado por una cámara de vigilancia. El Glorious View Villa era, en efecto, el mejor hotel de toda la Región Autónoma de los Naxis, pero para un grupo habituado a alojarse por lo menos en hoteles de la cadena Four Seasons, la palabra «mejor» debía interpretarse como un término estrictamente comparativo y no como un estándar absoluto de excelencia.

Esta última distinción no había calado en la mente de Roxanne y Dwight, que estaban probando los interruptores del panel de la mesilla de noche, ese ubicuo rasgo de los hoteles chinos. Cuando pulsaron las teclas pulcramente etiquetadas como «luz», «TV» y «audio», las luces permanecieron encendidas, la televisión siguió apagada y la radio se mantuvo en silencio.

–¿Cómo es posible que esto sea un hotel de primera? –gruñó Roxanne–. Este sitio es un horror.

Puesto que Lijiang aparecía descrita como «histórica», «remota» y «cercana a los montes tibetanos», Roxanne había imaginado que se alojarían en una casa inspirada en las tiendas de los nómadas, con suelo de tierra apisonada cubierto de pieles de yak y paredes adornadas con tapices multicolores. Hubiese deseado ver camellos ensillados, resoplando junto a la puerta, en lugar de taxis con cicatrices de mil batallas y decenas de miles de turistas, chinos en su mayoría. Pero el único que resoplaba era Dwight, que comenzó a frotar la nariz contra los pechos de su mujer, su señal habitual de que deseaba copular. Uso deliberadamente el término «copular», porque ambos estaban desesperados por tener un bebé antes de que fuera demasiado tarde. Ya le había dicho Roxanne que se había llevado el termómetro para el viaje, y la última lectura indicaba que el momento era óptimo. A ella no le apetecía, pero las ganas eran lo de menos.

–No puedo creer que fabriquen camas todavía más pequeñas que las típicas camas gemelas –dijo Roxanne, señalando despectivamente una de las camas, que tenía la cabecera permanentemente atornillada a la pared, a casi dos metros de distancia de su compañera–. Cariño, ve a ver si puedes conseguir una habitación con cama grande de matrimonio. Si hay que pagar más, pagaremos.

Y Dwight bajó como una exhalación los cuatro tramos de escalera (nada de lentos ascensores para él) para cumplir su misión. Un bebé estaba en juego, su retoño, un cruce entre dos futuros premios Nobel. Cuando regresó para informar a su mujer de que las camas grandes de matrimonio se consideraban un mueble imperialista, Roxanne estaba durmiendo sonoramente.

Del otro lado del pasillo, Harry Bailley, solo en su habitación, repasaba mentalmente la conversación con Marlena. Ella estaba flirteando con él, de eso no le cabía ninguna duda. ¿Qué hacer entonces para acelerar un poco las cosas? ¿Y qué hacer con la enana de su hija? Se había llevado una sorpresa al enterarse de que Esmé ya tenía doce años. Parecía una niña de ocho, un duendecillo menudo de pelo corto, camiseta rosa y vaqueros. Todavía tenía cuerpo de niña, sin la menor señal de pubertad en el horizonte. Pero con doce años, podía cuidarse sola y no sería un gran obstáculo para ganarse la dedicación exclusiva de Marlena. En todo caso, tenían tres semanas por delante, tiempo de sobra para planear estrategias y encontrar maneras de que una preadolescente se divierta sin la compañía de su encantadora madre. Esmé, cariño, aquí tienes diez dólares, ¿por qué no te vas a la selva y le das un dólar a cada mono que encuentres?

Harry echó un vistazo a su cartera. Allí estaban los dos condones. Consideró brevemente a la otra mujer atractiva y sola del grupo, Heidi, la media hermana menor de Roxanne. Tenía cierto aire cautivante: grandes ojos inquisidores, piernas ágiles y una cascada de pelo rubio. Y esos pechos en una caja torácica tan diminuta... No era posible que fueran naturales (en realidad, lo eran). Harry, experto en estructura animal, estaba convencido de que eran implantes. Siempre estaban de punta y no se balanceaban. Lo había visto muchas veces. Además, los pezones estaban demasiado altos, como tapetes flotando sobre dos globos. No había duda, no eran los auténticos juguetes mordisqueables. Se había acostado con media docena de mujeres con tetas operadas, de modo que sabía lo que se decía. Su amigo Moff también se había acostado con muchas de esas mujeres infladas (de hecho, algunas eran las mismas que las suyas, lo cual no era sorprendente, dado que ambos pasaban las vacaciones en los mismos centros del Club Med), y Bambú Boy juraba que era incapaz de notar la diferencia. ¡Ay, ay! Eso decía más de Moff que de los implantes, opinaba secretamente Harry. Un amante superior como él lo notaba al instante. Las mujeres naturalmente dotadas reaccionaban con un intenso estremecimiento al sentir en los pezones la caricia de una pluma, el borde de una prenda de seda o una lengua sedosa. En cambio, las mujeres con implantes reaccionaban con uno o dos segundos de retraso y, a veces, para horror de Harry, ni siquiera reaccionaban, sobre todo cuando tenían los ojos cerrados y no podían saber cuándo fingir. Harry se sentía entonces como si estuviera magreando a un cadáver.

Dos puntos menos para Heidi por sus implantes, decidió Harry. Los pechos de Marlena eran más pequeños, pero reaccionarían lascivamente a sus caricias y, en esa época, eso era mucho más sexy que el tamaño. Otra cosa a favor de Marlena era su sosiego; era mayor que Heidi, desde luego, pero con una confiada madurez que él sabría valorar. Heidi era joven, mona y un poco neurótica, combinación que no tardaría en convertirse en menos joven, menos mona y más neurótica. Además, vivía preocupada por lo que podía salir mal: ¿estaría limpio?, ¿sería seguro? Si vivía pendiente de los problemas –pensaba Harry–, seguramente los encontraría. Lo mejor que podía hacer era estar pendiente de las cosas buenas. Así es como hay que enseñar a la gente que adiestra perros. Si estás pendiente de ver el mal comportamiento para castigarlo, no verás más que mal comportamiento. Dale un premio al perro cada vez que lo veas haciendo algo bueno y empezarás a ver buen comportamiento todo el tiempo. ¡Dios santo, ojalá más gente conociera los principios de la conducta canina! ¿No sería mucho mejor todo el mundo?

La hija de Marlena, Esmé, también estaba pensando en perros, más concretamente, en un minúsculo cachorrito de raza shih-tzu, con tos y ojos lacrimosos, que había visto en el salón de belleza del hotel, a última hora de la noche. El salón de belleza, con sus luces de color rosa, tenía insólitos horarios de apertura y servicios aún más insólitos. No ofrecía peluquería ni estilismo, sino la compañía de tres bellas señoritas, que no parecían mucho mayores que Esmé. Una de las chicas, la dueña del cachorro, dijo que había más: tantos como siete dedos. El cachorro en cuestión tenía unos tres meses, según creía ella, y era «muy bueno perro». Cuando dijo esto, el cachorro se agachó y orinó. Estaba a la venta por muy poco dinero –prosiguió la chica, sin vacilaciones–, apenas doscientos kwais, unos veinticinco dólares.

–¿Dónde está la madre? –preguntó Esmé.

–Madre no aquí –replicó la chica.

–¿Es huérfano?

–¡Divertido, divertido! –se apresuraron a asegurarle las guapas señoritas–. Si no, devolvemos tu dinero. Garantizado.

A diferencia de Esmé, que aún prefería las camisetas y los vaqueros, las chicas estaban enfundadas en vestidos ceñidos y encaramadas en zapatos de gruesas plataformas. Llevaban llaveros colgando de los cinturones apoyados en las caderas, prueba de que poseían automóviles, o al menos de que podían utilizarlos. En sus cuidadas manos aferraban minúsculos teléfonos móviles, siempre listas para ofrecer sus servicios. Harry había recibido su oferta media hora después de registrarse. Una arrulladora voz de entonación tejana y acento chino le había preguntado:

«¿Estás solo esta noche, encanto?» Harry sintió la tentación, pero era veterinario y conocía bien las estrategias oportunistas que utilizan los gérmenes y los virus mortíferos para desplazarse. Abajo, compañera. Buena chica.

Bennie Trueba y Cela había recibido una llamada similar, que le provocó una sonora carcajada.

–¡Número equivocado, guapa! –replicó.

Tenía la corpulencia y la solidez de su madre tejana, y los labios sensuales y los gestos extravagantes de su padre español, que murió un mes después de que Bennie le hubo anunciado por carta que era gay. A raíz de eso, Bennie tuvo que ir a un psiquiatra, para analizar sus problemas con la ira, la decepción y el juicio de los demás. «La muerte de mi padre fue como un completo rechazo.» En casi todas las sesiones repetía esa frase o alguna de sus variantes, haciéndola sonar en cada ocasión como una repentina epifanía.

La habitación de Bennie en el Glorious View Villa era la que debería haber sido para mí, frente a la de Vera, al final del pasillo. El hotel quería agasajar a los directores de los grupos y les proporcionaba habitaciones con vistas a las montañas, los montes nevados del Dragón de Jade, cuyas numerosas cumbres dentadas realmente recordaban el dorso de un dragón dormido. Cuando estuve allí por última vez y me dijeron que me darían una habitación con vistas a las montañas, desconfié de lo que quisieran decir, porque había estado en hoteles cuyas supuestas vistas panorámicas no pasaban de ser una metáfora. Y en una desagradable ocasión, comprobé al descorrer la cortina que la habitación realmente tenía vistas a una montaña, sólo que la montaña estaba justo al lado de la ventana y la oscura pared rocosa bloqueaba toda la luz y desprendía las húmedas emanaciones de una caverna.

Bennie inhaló profundamente el aire, buscando inspiración en la montaña. Al principio, el grupo había intentado contratar al profesor Bill Wu como director de la expedición, lo cual habría sido una sabia decisión. Era un querido amigo mío, de la época en que ambos enseñábamos en el Mills College. Pero en ese momento estaba guiando a otro grupo, en un intensivo estudio del millar de relieves de Buda que hay en las cuevas de Dunhuang. Bennie tenía algunos años de experiencia como director de grupos, pero, a diferencia de mí, nunca había estado en Birmania ni en

China, y sabía muy poco de los dos países y de su arte. Había llorado de gratitud cuando después de mi funeral le dijeron que lo habían elegido a él (aunque había sido después de descartar otras varias posibilidades). Así investido, se comprometió a ayudar en todo cuanto pudiera: organizando la recogida del equipaje para su traslado, confirmando las reservas de billetes y las necesidades de visados y pasaportes, ocupándose de los trámites a la llegada a los hoteles, haciendo los arreglos necesarios con los guías locales proporcionados por las oficinas de turismo de China y Birmania y, en general, procurando en la medida de lo posible que todos vivieran una maravillosa aventura de primera clase.

Complacer a la gente era su mayor alegría, solía decir. Por desgracia, a menudo prometía imposibles, y entonces se convertía en blanco de la ira ajena, cuando la realidad reemplazaba a las intenciones. Le pasaba lo mismo con su negocio. Era artista gráfico, y su novio, Timothy, director artístico. Bennie se comprometía a cumplir plazos imposibles y ofrecía elementos especiales de diseño y papel más grueso por el mismo precio. Sus presupuestos eran un veinte por ciento más económicos que los presentados por cualquier otra empresa, pero el precio final acababa siendo un veinticinco por ciento más alto que el de los demás (había heredado la técnica para calcular presupuestos de su padre, que era contratista de la construcción). Siempre había razones inevitables y perfectamente legítimas para los sobrecostes, desde luego, y al final Bennie acababa conquistando a los clientes, que invariablemente entraban en éxtasis ante el resultado final de su trabajo. De hecho, era un diseñador de gran talento. Pero al irse a China y Birmania durante tres semanas, se arriesgaba a incumplir sus plazos, una vez más.

Por otro lado, el proyecto que tenía entre manos en ese momento era para el Museo de Arte Asiático, y Bennie pensaba que ellos, más que cualquier otro cliente, lo entenderían. Incluso llegó a convencerse de que yo, la querida y llorada Bibi, le estaba enviando señales para que dirigiera la expedición en mi permanente ausencia. Por ejemplo, encontró un mensaje en una galleta de la suerte: «Ve a donde el corazón te lleve.» Un libro sobre Birmania le apareció entre las manos cuando estaba en una librería. Ese mismo día, mientras ponía orden en sus archivos, dio con una antigua invitación para un acto de recaudación de fondos del Asiático, en la que yo aparecía citada como patrocinadora, y él, como donante de determinada cantidad en especie. Les aseguro que yo habría sido incapaz de enviar ese tipo de recados. Y de haberlo hecho, habría sido mucho menos sutil. Le habría aconsejado a Bennie que se quedara en casa.

Hay que reconocer que Bennie estudió concienzudamente el itinerario preparado por mí. Antes de la fecha de la partida, llamó a las diversas oficinas de turismo de China y Birmania, para confirmar que todos los arreglos seguían en pie. Estaba tan obsesionado por asegurarse de que todo saliera bien, que no dejaba de comer anacardos, para apaciguar el ansia de estar todo el tiempo mordisqueando algo. Finalmente cambió los anacardos por pistachos y pipas de girasol, porque el tiempo que tardaba en pelarlos rebajaba el ritmo de consumo. Aun así, engordó varios kilos, por lo que fue preciso incrementar con «un poco más» su objetivo de perder unos diez kilos antes del viaje. Ir a Birmania sería una ayuda en esa dirección, según creía. Con el calor y todo lo que tendría que correr, la grasa se fundiría como los glaciares que bajan al desierto de Gobi.

Cuando se tumbó en la cama aquella primera noche en Lijiang estaba seguro de que todos los planes funcionarían con la misma suavidad que el minutero de su Rolex. La cama parecía terriblemente dura, pero dormiría bien, de eso no le cabía ninguna duda. En el avión, se había visto obligado a permanecer despierto, porque no había tomas de corriente para enchufar el aparato de presión positiva continua que utilizaba para su apnea obstructiva del sueño. Temía quedarse dormido y roncar sonoramente o, peor aún, dejar de respirar mientras volaban a doce mil metros sobre el Pacífico. Con las escalas en Seúl, Bangkok y Kunming, había estado siglos sin dormir y, cuando el avión aterrizó en Lijiang, empezaba a tener alucinaciones de que estaba de vuelta en el aeropuerto de San Francisco y llegaba tarde para el embarque.

Pero una vez sano y salvo en el hotel, se puso la mascarilla para dormir, ajustó el aparato de presión positiva continua a las condiciones de gran altitud, subió la presión a quince y se tumbó, con la cabeza apoyada en una almohada cervical en forma de herradura. Me agradeció en silencio la prudencia de sugerir que el grupo durmiera hasta tarde la primera mañana y que se levantara con toda calma, para disfrutar de una «degustación de delicias invernales», en un pintoresco restaurante local. Yo misma había elegido el menú: helechos salteados, agujas de pino en salsa picante, setas del viento del norte, de sombreros diminutos, y setas lengua de buey, grandes, tersas y oscuras, y, ¡oh!, lo mejor de todo, un delicioso junco blanco braseado, con una textura a medio camino entre los espárragos y las endivias. A Bennie le complacía la perspectiva de pasar del sueño a la comida.

Dwight tenía otras ideas. A las siete en punto, consiguió levantar a Roxanne y a Heidi, así como a los jóvenes e inquietos Rupert, Esmé, Wyatt y Wendy. Salieron a hacer jogging por el centro histórico, donde se arriesgaron a torcerse un tobillo, esquivando spaniels tibetanos y perros pequineses tumbados sobre las desiguales callejas empedradas. Rupert y Esmé adelantaron a Dwight como una exhalación. Rupert tenía el mismo tono de piel y los mismos rasgos que los chicos locales, según advirtió Dwight. Yo diría, sin embargo, que su altura y sus dos pendientes (ambos en el reborde superior de una de las orejas) eran signos inequívocos de que no procedía de aquellos parajes. Esmé, en cambio, podía pasar fácilmente por una niña de Lijiang. La mayoría de sus habitantes eran el resultado de siglos de fusiones carnales entre chinos Han, una docena de tribus de Yunnán y, a lo largo de los siglos, aventureros británicos, exploradores europeos, nómadas de paso y judíos prófugos. La población era una mezcla impredecible y encantadora, sin dos individuos iguales, lo mismo que el arte.

Fue una carrera emocionante y vertiginosa: olor a hogueras matinales, calderos humeantes y parrillas chisporroteantes, bajo las impresionantes cumbres nevadas.

–¡Cuidado, que venimos por detrás! –gritaban, antes de adelantar a sucesivos grupos de mujeres naxis, cada una de ellas con sus correas entrecruzadas para llevar a la espalda una carga de cuarenta kilos de agujas de pino.

Nuestros madrugadores viajeros pasaron cuarenta y cinco minutos castigando aeróbicamente sus pulmones, a una altitud de dos mil trescientos sesenta y dos metros y una temperatura de nueve grados, antes de topar con el lugar perfecto para desayunar. ¡Qué suerte! Allí estaban ellos, sentados sobre largos bancos entre los lugareños, tragando con proletaria fruición sus cuencos de densa sopa picante de fideos con alcaparras, un desayuno que les iba a las mil maravillas, porque sus confundidos estómagos llevaban cierto tiempo gritando que era hora de tomar una cena sustanciosa y no un soso desayuno.

A las nueve, el frío cortante se había desvanecido; cuando volvieron al hotel, los saludables y robustos corredores estaban listos para nuevas aventuras. Llamaron a los demás, alabando las delicias que se ofrecían a quienes salían a correr en el alpino frescor de la mañana, en lugar de quedarse dormitando en una lúgubre habitación de hotel. Pronto, todos estuvieron en el vestíbulo, para reunirse con el guía local y ponerse en marcha.

Bennie anunció un pequeño cambio de planes, y se apresuró a asegurar que sería para mejor. Esa misma mañana había recibido la llamada de un hombre, quien le había informado de que su guía del día anterior, el señor Qin, tenía un problema insuperable (el problema era que el director de otro grupo, conocedor de los méritos de Qin, les había birlado sus servicios, poniendo unos cuantos dólares en un par de manos serviciales). Bennie supuso que el guía original o un miembro de su familia habría caído enfermo. La voz del otro lado de la línea dijo que Bennie podía elegir entre dos guías disponibles. El primero era un hombre mayor, nacido y criado en la provincia, experto en cada centímetro cuadrado de la región, desde las más altas cumbres de las montañas hasta las rocas del subsuelo. Además de saber inglés y mandarín, dominaba varios dialectos minoritarios, entre ellos el bai, su lengua materna. Era excelente, dinámico y alegre, y todos quedaban encantados con sus servicios, a pesar de «su reciente pérdida».

–¿Qué pérdida? –preguntó Bennie.

–Su brazo –dijo la voz del teléfono–. Ha perdido un brazo.

–Oh, lo siento. ¿Y el otro? –preguntó Bennie.

–El otro brazo, ningún problema.

–Me refiero al otro guía.

La voz describió a una mujer más joven que el hombre, aunque no demasiado. No había sufrido ninguna pérdida. Anteriormente había vivido en la gran ciudad, en Chengdu, pero la habían reasignado a Lijiang. Había sido profesora. Como era nueva en la zona, no tenía tanta experiencia como el hombre mayor, pero había estudiado de manera intensiva, por lo que también era muy buena.

–¿Profesora de qué? –preguntó Bennie.

–De inglés –fue la respuesta.

–Entonces la elegí a ella –explicó Bennie al grupo–. Me di cuenta de que pretendían endosarme al viejo que nadie quería. Pero me las arreglé para conseguir a la profesora de inglés, que me pareció más moderna y actualizada.

Un minuto después, hizo su aparición la profesora de inglés. Llevaba unas gafas desmesuradas, con cristales tan brillantes que costaba verle los ojos. Su cabello había sufrido un trágico experimento; su cuñada, que aspiraba a trabajar algún día en un salón de belleza, la había sometido a una permanente, y por mucho que ella tratara de domesticar los apretados rizos, su pelo era una batalla de copetes, cada uno proyectado en una dirección diferente. Vestía una anodina blusa azul con amplias solapas y botones blancos, combinada con unos pantalones igualmente antiestéticos. Nunca he tenido la costumbre de juzgar a las personas únicamente por su aspecto, pero mi primera impresión fue mala.

La mujer se adelantó tímidamente y con voz apenas audible dijo:

–Encantada de hacer conocimiento de ustedes en Lijiang.

Así fue cómo el grupo conoció a la envarada y circunspecta señorita Rong, un nombre que de principio a fin todos pronunciaron erróneamente (1).

Si hubiese podido evitar ese fiasco regresando de un salto al mundo de los vivos, lo habría hecho. La señorita Rong no era de la región, ni siquiera de la provincia de Yunnán. No hablaba dialectos minoritarios, ni tenía estudios de arte y cultura. El hombre de un solo brazo, por su parte, era un guía excelente, el más experto de todos. Pero la señorita Rong estaba en el fondo del barril más profundo. No era capaz de hablar del esplendoroso panorama de prados de montaña, ni de contar la historia de Lijiang y sus dos familias ancestrales, ni de las costumbres de los naxis o cualquier otra tribu del lugar. Recurriendo a la información memorizada, recitó el número de kilómetros cuadrados, la población y la tasa de crecimiento económico en las principales áreas de la industria y la agricultura. Sólo tuve que oírlo una vez.

–El casco antiguo –dijo con un fuerte acento y con la rigidez de un texto declamado– es protegido por Unesco. ¿Saben ustedes Unesco? Por la misma razón, Lijiang combina antigüedad con desarrollo económico,

(1) El nombre Rong y la palabra *wrong* (en inglés «equivocado», «erróneo») se pronuncian igual. *(N. de la t.)*

y, por tanto, y por la misma razón, ustedes pueden inspeccionar sitio histórico auténtico, con ley especial para venta de refrescos, sastrería, barbería y tiendas engañaturistas.

—¿Cuál es nuestro plan para hoy? —preguntó Bennie, en tono nerviosamente alborozado. Tenía la esperanza de que la guía mejorara en cuanto cogiera un poco de confianza.

La señorita Rong empezó a describir las actividades del día. Cuanto más hablaba, peor sonaba su inglés. A todos les costaba bastante entenderla. Bennie fingía que no. Surgió una discusión entre mis amigos, con Dwight a la cabeza, sobre un pequeño cambio de planes: quizá una excursión en bicicleta al día siguiente, en lugar de visitar un templo, o un paseo por la montaña, en lugar de recorrer el área protegida por la Unesco. La señorita Rong los miraba con expresión vacía, mientras las palabras en inglés pasaban de largo a toda velocidad junto a sus oídos.

—También deberíamos cancelar esa «degustación de delicias invernales» —dijo Dwight—. No me apetece ir a sentarme a un restaurante para turistas y comer todo lo que comen los turistas.

Después pasó a jactarse de los platos tradicionales que habían paladeado esa misma mañana, de cómo se habían sentado entre los lugareños y de cómo había sido algo completamente espontáneo, no una actividad turística, sino una experiencia auténtica. Además, la sopa de fideos estaba deliciosa. Mis amigos reaccionaron positivamente.

—Parece genial.

Dwight se volvió hacia la silenciosa señorita Rong y soltó un variado torrente de palabras que ella fue incapaz de asimilar:

—... auténtico... nada de autoservicios... nada de restaurantes para turistas... nada de horarios estrictos...

Ella observó que era un hombre muy severo. Tenía muchas prohibiciones: esto no, eso tampoco... Pero ¿a qué se refería? No le quedaba del todo claro qué era exactamente lo que no quería. La cohibida señorita Rong sólo pudo responder:

—Eso no problema.

Bennie tampoco puso objeciones a los cambios sugeridos. Su mayor deseo era complacer, pero estaba mortificado por haber elegido una guía prácticamente ininteligible.

—¡Fantástico! ¡Hagámoslo! —dijo, refiriéndose al nuevo plan.

Secretamente, lamentó no poder saborear las delicias invernales. Mis helechos salteados, sacrificados a la espontaneidad. Una pena.

La nueva moción desembocó en un consenso para salir de inmediato, en autobús, en dirección a la montaña de la Campana de Piedra, donde quizá pudieran hacer una excursión a pie. Recogieron lo que necesitaban para la jornada, que para todos, menos para Heidi, era más o menos lo puesto, más las cámaras, los diarios de viaje y los cuadernos de dibujo. En seguida subieron al autobús y pronto estuvieron en camino, ululando y chillando alborozados «¡A la montaña de la Campana de Piedra!», mientras Roxanne los grababa a todos con su cámara de vídeo. Ésa sería su costumbre a partir de entonces: cambiar de planes y anunciar la nueva suerte que se aprestaban a correr, como si fuera un destino mejor.

Tras dos horas de trayecto en autobús, varios de ellos dijeron a gritos que habían divisado un restaurante de carretera con aspecto auténticamente local. El autobús se detuvo en una explanada polvorienta, delante de un barracón con una única sala. Como estaba hambriento, Bennie lo declaró un oasis, digno de figurar recomendado en las páginas de las guías más selectas. Los peculiares taburetes y las mesas bajas con sus vetustos manteles de plástico se habían transformado en un espejismo pintado al fresco. El grupo bajó del autobús, se quitó las chaquetas y estiró las piernas. Hacía calor. Moff y Rupert se dirigieron hacia el bosquecillo más cercano, mientras los otros se sentaban a la mesa. Bennie sacó un cuaderno de dibujo; Wendy abrió su diario encuadernado en piel, con las páginas de papel pautado casi prístinas, y Roxanne se puso a mirar por el visor de su omnipresente cámara de vídeo digital. ¡Qué suerte habían tenido de dar con aquella rústica taberna (que incluso los lugareños evitaban con auténtico desdén)! ¡Qué suerte para el cocinero (promovido a chef por Wendy) y para su esposa, la camarera! Llevaban tres días sin ver a un desdichado cliente.

–¿Qué pedimos? –preguntó Bennie al grupo.

–¡Perro no, por favor! –gritó Esmé.

–¿Qué os parece serpiente? –bromeó Rupert.

–¿Servirán gato? –añadió Heidi, estremeciéndose ante la sola idea.

La señorita Rong transmitió el mensaje al chef en mandarín:

–No quieren comer perro, pero desean saber si sirven ustedes el famoso plato de Yunnán «Dragón Encuentra a León».

El cocinero repuso en tono acongojado que en los últimos tiempos no habían recibido serpiente, ni gato fresco. Pero su mujer intervino para anunciar que con mucho gusto servirían lo mejor de su cocina, que resultó ser algo parecido a cerdo, que quizá fuera pollo, con arroz recalentado por segunda vez, todo ello invisiblemente visitado por patas de cucaracha recubiertas de unos pequeños microbios que se alimentan de la mucosa intestinal humana. Para regar el plato del día, había abundantes botellas de cerveza tibia y refrescos de cola.

Harry Bailley bebió tres cervezas locales y no comió nada. Conozco bien a mi querido amigo y sé que es bastante quisquilloso con la comida, que prefiere un Languedoc con este plato tradicional o un Sancerre con aquel otro, y que debe ser de tal cosecha, servido a tal temperatura. La cerveza ya era una concesión para él, por no mencionar que era de botella y estaba tibia. Habiendo bebido tres, necesitaba urgentemente un servicio. Estaba ligeramente achispado y, como el lavabo no tenía luz, estuvo a punto de caer al abismo. Sujetándose, tuvo ocasión de observar tanto visual como visceralmente el nivel de higiene practicado en el restaurante. ¡Dios santo! El agujero en el suelo que pretendía ser un retrete era sólo el blanco sugerido de las deposiciones. También era evidente que un buen número de personas mortalmente enfermas, con sangrantes trastornos intestinales, habían encontrado allí refugio. Además, no había papel higiénico a la vista, ni agua para lavarse las manos. ¡Abominable! ¡Gracias a Dios que no había probado el banquete!

Tampoco Heidi participó en el picnic junto a la carretera. Había comido la barrita proteica de soja que llevaba en la mochila, donde también guardaba una botella de agua y la resistencia eléctrica que había utilizado esa misma mañana para hervirla. En el mismo compartimento de la mochila, llevaba dos frascos de desinfectante antibacteriano; media docena de paños con alcohol: una jeringuilla con su aguja, prescrita por el médico por si sufría un accidente de tráfico y necesitaba una operación; sus propios cubiertos de material no poroso; un paquete de toallitas húmedas; comprimidos de antiácido masticables, para revestir el estómago antes y después de comer (había leído que ofrecían protección contra el noventa y ocho por ciento de los gérmenes causantes de la diarrea del viajero); un embudo de plástico con tubo extensible de quince centímetros, para orinar de pie; guantes de material diferente del látex, para manipular el embudo; una dosis de epinefrina, en su correspondiente dispositivo inyectable, por si la picadura de algún insecto exótico le producía una crisis anafiláctica; pilas de recambio de nueve voltios, para el purificador de aire portátil que llevaba colgado del cuello, y baterías de litio para el dispositivo contra las náuseas que llevaba en la muñeca, así como comprimidos de Malarone para prevenir la malaria, antiinflamatorios y un frasco de antibióticos recetados por el médico, en caso de gastroenteritis bacteriana. En la maleta que había dejado en el hotel tenía más medicinas y profilácticos, entre ellos una bolsa de fluido intravenoso.

Así pues, Heidi y Harry se salvaron esa vez de la disentería, ella a causa de su ansiedad y él a causa de su esnobismo. Tras años de experiencia, el conductor del autobús, Xiao Fei, a quien llamaban «señor Fred» por conveniencia fonética de los estadounidenses, tenía el tracto intestinal y el sistema inmunitario a prueba de infecciones. Algunos de nuestro grupo, en virtud de su resistencia heredada a las enfermedades, conseguirían doblegar a los invasores antes de que apareciera ningún síntoma. En cuanto a los demás, las disentéricas consecuencias de la aventura culinaria con la *Shigella bacillus* tardarían unos días en manifestarse. Pero las bacterias ya habían comenzado su descenso hacia las entrañas de los extranjeros y se estaban abriendo paso en sus vísceras y sus tractos intestinales. El autobús seguiría una ruta igualmente tortuosa y serpenteante por el camino de Birmania, donde muy pronto las fuerzas del destino y de la *Shigella* saldrían a su encuentro.

3. Era su karma

Los retrasos –me habría gustado recordarles a mis amigos– son un pecado capital en los viajes organizados y no deben ser tolerados, pues los hados los castigan de muy diversas y despiadadas maneras. Pero esta norma y su advertencia no quedaron establecidas desde el comienzo y, tras aquel disparate de comida, mis amigos gastaron otros veinte minutos en localizar a todo el mundo para subir al autobús.

Rupert se había alejado por la carretera, en busca de alguna pared rocosa que escalar, y como a sus quince años era completamente incapaz de apreciar la diferencia entre cinco minutos y cincuenta, por no mencionar la distinción entre propiedad privada y espacio público, había acabado trepando a un muro de piedra y metiéndose en un corral que albergaba a seis gallinas y a un gallo desgreñado. Roxanne, con su cámara de vídeo, estaba captando artísticas imágenes de Dwight mientras éste recorría un camino solitario. Wendy había encontrado a varios niños fotogénicos, hijos de la cuñada del cocinero, y estaba muy ocupada haciéndoles fotos con una Nikon carísima, mientras Wyatt les hacía muecas para que se rieran. Bennie estaba sombreando el bosquejo que acababa de hacer de la taberna china, un decrépito edificio situado en un cruce que no parecía conducir a ninguna parte. El señor Fred, conductor del autobús, había cruzado la carretera para fumar un cigarrillo; se habría quedado más cerca, pero Vera, que quería subir al autobús, le había pedido con exagerados gestos de las manos que no contaminara el aire a su alrededor. La señorita Rong estaba en el asiento delantero, estudiando un libro de frases en inglés. Moff también había subido al autobús y se había tumbado al fondo, para echar una siesta de cinco minutos. Heidi había subido y se estaba aplicando un poco de desinfectante en las manos y un poco sobre un pañuelo de papel, para limpiar el apoyabrazos y la agarradera metálica que tenía delante. Marlena y Esmé estaban haciendo lo posible para usar el excusado, con su peligroso sumidero; por muy malo que fuera, preferían la intimidad de aquel recinto a la limpieza del aire libre. Harry se había ido en busca de un retrete mejor y había visto, por el camino, un par de interesantes avecillas de pecho rojo y ojos inquietos.

Esa tendencia a que la gente se marchara por su cuenta se estaba convirtiendo en costumbre, con Rupert y Harry compitiendo por el primer puesto como principal causa de dilaciones. Cuando finalmente estuvieron todos reunidos, la señorita Rong procedió a contarlos: la señora negra, el hombre gordo, el hombre alto con una coleta, la niña que siempre estaba dando besos, el hombre que había bebido demasiada cerveza, los tres con gorra de béisbol, las otras dos con sombreros de ala ancha y así sucesivamente, hasta que llegó a once y tuvo que volver a empezar. Al final, encontró a los doce requeridos. Dio la señal al conductor del autobús con un triunfal «*Zou ba!*» y arrancaron.

La transmisión y la amortiguación del autobús sufrieron una dura prueba cuando el señor Fred se puso a zigzaguear al encuentro del tráfico en dirección contraria, mientras adelantaba a los vehículos ligeramente más lentos, en la desigual carretera, con la frialdad de un aficionado a la ruleta rusa. La combinación de mala suspensión y horripilante suspense fue la ideal para inducir mareos prácticamente en todos los pasajeros. Heidi, por su parte, no sintió el menor malestar, gracias al dispositivo antináuseas que llevaba en la muñeca. Tampoco resultó afectado Rupert, que incluso fue capaz de ir leyendo un libro de tapas negras, una edición de bolsillo de la novela *Misery* de Stephen King, que llevaba por ignominioso punto de lectura una de las páginas de las notas que con tanto esfuerzo yo había preparado.

El templo de la Campana de Piedra estaba un poco más adelante. Yo tenía la esperanza de que mis amigos descubrieran la importancia de sus grutas sagradas y de sus relieves, muchos de ellos tallados durante las dinastías Song y Tang, y finalizados los más recientes en época Ming, hace muchos cientos de años. Viendo una mezcla de antiguas imágenes nanzhao, bai, dai y tibetanas, quizá mis amigos podrían haber intuido la forma en que las corrientes religiosas de las tribus minoritarias confluyeron en el río chino del pensamiento, dominante y a menudo dominador. Los chinos Han siempre habían sabido asimilar las más variadas creencias, manteniendo la propia como dominante. Incluso los mongoles y los manchúes, que los conquistaron y los gobernaron desde el siglo XIII, asimilaron sus costumbres y prácticamente se convirtieron en chinos. «Pensadlo bien –les habría dicho a mis amigos–; cuando entremos en el templo, pensad en las influencias que han ejercido las tribus, los invasores y los dominadores, unos sobre otros. Veréis huellas de sus efectos tanto en la religión como en el arte, esencialmente en las áreas que son expresiones del espíritu.»

El autobús siguió su marcha atronadora. La tribu que estaban a punto de encontrar era la de los bai y mis amigos iban a causarles una profunda impresión, y viceversa.

–¡Eh, papá! –gritó Rupert, enarbolando la hoja de mis notas–. ¡Escucha esto!

Empezó a leer lo que yo había escrito: «Uno de los santuarios se conoce con el apropiado nombre de gruta de los Genitales Femeninos.» Rupert resopló por la nariz, con una risita muy poco atractiva, y no se molestó en seguir leyendo el resto del texto, donde yo había escrito lo siguiente: «Muchas tribus de esta región creen que la creación comienza en el vientre de la oscuridad. Sienten, por tanto, una profunda veneración por las cuevas. Esta gruta en concreto, que es poco espectacular pero encantadora, contiene un altar simple y más bien pequeño, de unos cincuenta centímetros de ancho por sesenta de altura, sencillamente tallado en forma de vulva, con sus labios menores y mayores, sobre los cuales se han ido grabando, a lo largo de los siglos, tributos a la fertilidad. La gruta simboliza la fertilidad, y la fertilidad se venera en China con fervor, pues carecer de fertilidad significa perder el linaje familiar, y una familia sin herederos está condenada al olvido, la oscuridad y la permanencia de la muerte.»

No; es triste decirlo, pero mis remilgados amigos no lo leyeron, aunque sus imaginaciones se habían vuelto bastante fértiles. La gruta de los Genitales Femeninos: ¿qué aspecto tendría un lugar con tan insólito nombre? Colectivamente, las mujeres se figuraban una caverna ancestral que irradiaba calidez, misterio, paz, seguridad y una innata belleza. Los hombres vislumbraban una grieta en la montaña, rodeada de arbustos frondosos, con una pequeña entrada que conduciría a una cueva húmeda, una cueva que en la imaginación de Bennie se volvía oscura, fangosa y llena de chillones murciélagos.

Sin embargo, antes de llegar a su destino, los viajeros vieron grandes hornos abovedados del lado izquierdo de la carretera, con chimeneas que escupían humo. ¿Qué estaban horneando? La señorita Rong dibujó en el aire formas rectangulares y señaló las casas y los muros. ¿Hogazas de pan? ¡Ah, ladrillos y tejas! Marlena sugirió una parada para hacer fotos, Wendy estuvo de acuerdo y Vera –haciendo caso omiso de los gruñidos de los hombres, que sospechaban un inminente episodio de compras compulsivas– levantó la palma de la mano para indicarle al conductor que se detuviera.

Esmé fue la primera en ver al búfalo a la derecha de la carretera. Parecía estar atascado, con fango hasta el vientre. ¿Por qué tenía los ojos vendados? ¿Por qué lo estaban azotando aquellos hombres? Wendy empezó a escribir febrilmente en su diario, mientras Bennie bosquejaba una rápida impresión.

La señorita Rong explicó alegremente que así se «aplastaba» el barro, para ablandarlo y poder ponerlo en los moldes, y que al búfalo le vendaban los ojos para que no notara que estaba andando en círculos. Los doce viajeros quedaron paralizados mirando al búfalo, que recorría su desdichada ruta de Sísifo. Vuelta tras vuelta, vacilaba y se tambaleaba, andando desordenadamente y sin tregua, con el enorme cuerpo hinchándose laboriosamente para respirar una vez más y los ollares temblando de espanto, cada vez que el látigo se abatía sobre su grupa.

–¡Qué existencia tan miserable! –dijo Roxanne. Los otros expresaron sentimientos similares.

Esmé estaba al borde de las lágrimas.

–¡Haced que paren!

La señorita Rong intentó aliviar su congoja.

–Esto es karma –trató de explicarles, en su rudimentario inglés–. En vida pasada, este búfalo hacía cosas malas. Ahora sufre. Próxima vida, mucho mejor.

Lo que intentaba decirles era lo siguiente: nuestra situación y la forma que asumimos en la vida están determinadas antes de nuestro nacimiento. Si hoy eres un búfalo que sufre en el fango, seguramente es porque has cometido faltas contra los demás en una existencia anterior y por eso te mereces esta reencarnación concreta. Quizá anteriormente aquel búfalo había sido el asesino de una persona inocente. O tal vez un ladrón. Con su sufrimiento ahora, se ganaría una reencarnación mucho más agradable la próxima vez. Es el punto de vista aceptado en China, una forma pragmática de considerar todos los infortunios del mundo. No es posible transformar a un búfalo en hombre. Además, si no hubiera un búfalo para amasar el barro, ¿quién haría el trabajo?

La señorita Rong prosiguió jovialmente su filosófica disertación:

—Si familia necesitando casa, entonces casa necesitando ladrillos, y ladrillos necesitando búfalo para aplastar barro. No estar tristes. Así es la vida.

Se alegró de tener una oportunidad de enseñar al grupo las ideas budistas. Había oído decir que muchos norteamericanos, en especial los que viajan a China, adoran el budismo. No comprendía que el budismo apreciado por los norteamericanos que tenía delante era el de estilo zen: una forma de no pensar, no moverse y no comer nada que tenga vida, como los búfalos. Ese budismo de mente en blanco es el que practican las personas acomodadas de San Francisco y Marin County, que compran almohadones de alforfón orgánico para sentarse en el suelo y pagan a expertos para que les enseñen a vaciar la mente del ruido de la vida. Es muy diferente del budismo de búfalos atormentados y karma malo practicado en China. La señorita Rong tampoco sabía que la mayoría de los norteamericanos, en particular los que tienen animales de compañía, sienten gran compasión por los animales desdichados, una compasión que a menudo supera a la que sienten por los humanos desdichados. Incapaces de expresarse por sí mismos, los animales poseen —según sus defensores— inocencia y pureza moral. No merecen ninguna crueldad.

Ojalá la señorita Rong hubiese podido plantear la situación en mejor inglés y con comparaciones y ejemplos más comprensibles. ¿Cuál sería un castigo satisfactorio para un violador y asesino de niñas? ¿No sería bueno convertirlo en una bestia de carga, sumida en el fango y fustigada de la mañana a la noche, para que aprenda lo que es el sufrimiento y pueda ser una persona mejor en la próxima reencarnación? ¿O sería mejor llevar al canalla en procesión por la ciudad, para que reciba el desprecio de la multitud, como hacen en algunos países, y meterlo después en un saco de arpillera, arrojarlo por un acantilado y mutilarlo, para que tenga que entrar en el infierno desprovisto de su miembo viril? ¿O quizá sería más justo –como se ha descrito en el infierno chino y también en el cristiano– meterlo en un tonel de aceite que hierve eternamente y en el que cada instante se haga tan intolerable como el primer contacto del dedo gordo del pie con el líquido bullente, de tal manera que el horror sea interminable y esté exento de la más remota esperanza de redención? Dado mi presente estado, estuve sopesando cuál de los distintos infiernos sería menos horrendo y por ende más atractivo, con la esperanza de que el limbo en que me encontraba no me condujera a averiguar cuál de los tres era el auténtico. Esperaba no tener que regresar a la vida convertida en búfalo aplastador de barro.

Entristecidos por su contacto con el tormento bovino, los viajeros prosiguieron su recorrido en autobús hacia las grutas. A medida que la carretera ascendía, adentrándose en las montañas, Marlena y Harry se interesaban más por el paisaje. Era una excusa para unir sus mejillas junto a la ventana y hablar de intrascendencias:

–Esos de ahí parecen álamos...

–Mira, eucaliptos...

–¿Ésos qué son?

Moff, que estaba sentado detrás, respondió con voz aburrida:

–Sauces.

–¿Estás seguro? –dijo Harry–. No lo parecen.

–No todos los sauces son de la variedad grande y llorona.

Estaba en lo cierto. Aquellos sauces eran del tipo achaparrado, de crecimiento rápido, que se puede cortar a menudo para leña. Más arriba, los sauces cedían el paso a los pinos de largas agujas. Moviéndose trabajosamente junto a la carretera, había un grupo de mujeres naxis recogiendo las agujas caídas.

–¿Para qué las quieren? –preguntó Marlena a la señorita Rong.

A la señorita Rong le costó bastante explicar que las querían para los animales. Todos supusieron que los animales se comerían las agujas, pero en realidad no es así. En invierno, los animales duermen sobre un lecho de agujas, para mantener el calor, y, en primavera, las mujeres naxis utilizan las agujas sucias de estiércol como fertilizante para los sembrados. Cuando la diversidad de la vida es limitada, hay mayor diversidad de utilidades y propósitos.

—¿Dónde están los hombres? —quiso saber Wendy—. ¿Por qué no están aquí fuera, partiéndose la espalda?

—Sí, muy perezosos —bromeó la señorita Rong y después añadió—: Juegan, hacen poesía.

En parte tenía razón. El resto lo conocía, pero no sabía verbalizarlo con claridad, por lo que yo traduciré. En China, hay un proverbio que se hizo muy popular después de la revolución: «Las mujeres sostienen la mitad del cielo.» En la Región Autónoma de los Naxis, las mujeres siempre han sostenido todo el cielo. Es una sociedad matriarcal, donde las mujeres hacen el trabajo, manejan el dinero, poseen las casas y crían a los niños. Los hombres, mientras tanto, cabalgan a lomos de estrellas fugaces, por así decirlo. Son parientes solteros, novios o tíos, y por las noches van de cama en cama, sin saber qué hijos son los suyos. Llevan a los animales a pastar por la mañana temprano y los recogen al atardecer. En los prados de la montaña, lían tabaco y fuman, y cuando llaman a los animales, los atraen con canciones de amor. Cantan a voz en cuello, con unos pulmones que extraen el oxígeno del aire más eficazmente que los de la mayoría de los norteamericanos. Así pues, lo poco que había dicho la señorita Rong era correcto. Los hombres hacen poesía. Oír una canción cantada en las montañas siempre es poesía.

A la entrada del aparcamiento del templo, el autobús se detuvo y mis amigos lo abandonaron rápidamente, para documentar su llegada con la cámara. Se situaron todos detrás de un cartel que rezaba: «Sinceramente son bienvenidos a la farmosa grútea de Genitales Femeninos.» Harry le pasó un brazo por la cintura a Marlena. Los otros se acomodaron en diversas posiciones, según su estatura. Roxanne manejaba la cámara.

Mientras tanto, la señorita Rong había ido a pagar el parking. Se dirigió a un hombre que estaba sentado en una garita del tamaño de un ataúd puesto de pie. El hombre le habló a la señorita Rong en dialecto bai, de uso corriente en la región:

—Hoy tendrán que ir con cuidado. Esperamos un chaparrón en cualquier momento, por lo que no conviene que se acerquen a la cresta del monte. ¡Ah, y otra cosa importante! Recuerde, por favor, que los extranjeros no podrán visitar las grutas principales entre las dos y media y las tres y media, porque habrá un equipo de televisión de la CCTV rodando un documental. Tendrán que disculpar la molestia.

La señorita Rong, que por nada hubiese querido confesar al hombre de la garita o a sus turistas que no sabía bai, se limitó a asentir enérgicamente. Supuso que sólo le estaría recordando que, en su calidad de guía turística oficial, estaba obligada a llevar al grupo a la tienda de recuerdos aprobada por el Estado. Siempre que la llamaban para sustituir a un guía, los de la oficina central le recordaban ese extremo como su principal obligación.

Antes de partir por el sendero, varios integrantes de nuestro grupo visitaron los lavabos, dos barracones de hormigón, asignado cada uno a un sexo, con una cañería abierta por donde discurría constantemente un hilito miserable de agua, que no era suficiente para arrastrar consigo todos los depósitos. Heidi se puso una mascarilla antes de entrar, encendió el purificador de aire y sacó de la mochila varios avíos antigérmenes. Las otras mujeres se pusieron en cuclillas y enterraron la cara contra las mangas, intentando controlar las arcadas. En el excusado de los hombres, Moff soltó un chorro que hubiese bastado para arrancar de la acera un chicle pegado, mientras Harry, de pie en el otro extremo del canal, concentraba su mente y contraía los músculos (los dorsales, los abdominales, los cuádriceps y los glúteos) para soltar un escuálido chorrito. Aunque todavía no se había aliviado del todo, se subió rápidamente la cremallera, para no prolongar la humillación.

Permítanme añadir aquí que nunca he tenido por costumbre observar las intimidades de la gente, ni menos aún comentarlas. Además, aborrezco el humor escatológico y los chismorreos obscenos. Pero todas esas cosas las sabía yo a causa de los nuevos talentos adquiridos, semejantes a los del Buda: el Ojo Celestial, el Oído Celestial y la Mente de los Otros. Si cuento aquí estos detalles íntimos, los más destacados, es solamente para que ustedes puedan juzgar mejor, más adelante, lo que sucedió y por qué sucedió. Recuerden, por ejemplo, que, a lo largo de la historia, muchos líderes mundiales se han visto inoportunamente influidos por el mal funcionamiento de su vejiga, de sus intestinos o de alguna otra de sus partes íntimas. ¿Acaso no perdió Napoleón la batalla de

Waterloo por su incapacidad para sentarse en la silla de montar, a causa de unas hemorroides?

A la una en punto, los ávidos viajeros iniciaron el descenso hacia el fondo del barranco, que era el corazón de la montaña de la Campana de Piedra. Estaban ligeramente desorientados, a causa del desfase horario, del turbulento viaje en autobús y del mareo resultante, que ya empezaba a remitir. El peculiar inglés de la señorita Rong no contribuyó a mejorar las cosas. La guía había intentado recordar cómo se decía en inglés «este», «oeste», «norte» y «sur», pero finalmente tradujo sus instrucciones de la siguiente manera:

–Bajen por lado sombra, vean templo en la gruta, suban por lado sol y vuelvan al autobús.

Naturalmente, tales términos eran relativos y cambiaban según la hora del día. De hecho, dependían enteramente del supuesto de que el «lado sol» y el «lado sombra» se mantuvieran constantes, incluso cuando el sol quedara totalmente oculto detrás de unos nubarrones de tormenta negros como la mar embravecida.

A aquellos de ustedes que piensen visitar algún día la región de Lijiang, les aseguro que el invierno es una época excelente para viajar. Es la estación seca. Incluso a finales de diciembre, los días suelen ser templados y agradables, mientras que las noches son frescas, pero fácilmente soportables con una prenda ligera de abrigo, a menos que sean ustedes como Heidi, que prefiere usar varias capas: chaleco de plumas con impermeabilización Gore-Tex, mallas de microfleece, camiseta con factor treinta de protección solar y repelente de mosquitos incorporado, gorro térmico con visera y manta de supervivencia de sesenta gramos; en otras palabras, un compacto arsenal de tecnoprendas, para hacer frente a cualquier imposibilidad. No estoy burlándome de Heidi, pues tal como se desarrollaron las cosas, fue la única correctamente preparada para hacer frente a los mosquitos ávidos de sangre norteamericana y a los cielos, que demostraron con dramático efectismo lo que puede ocurrir durante una inundación repentina.

Cuando empezó a caer la lluvia, mansa como las lágrimas, hacía tiempo que nuestros viajeros se habían dispersado como ovejas en un campo abierto. Cada uno se había alejado por su cuenta, en busca de su experiencia única. Roxanne había iniciado el ascenso, seguida de Dwight y de

Heidi. Wyatt y Wendy se perdieron cuesta abajo, por los senderos más umbríos, para besuquearse y meterse mano. Marlena y Esmé aceptaron la invitación de Harry de observar la fauna y tratar de hallar el legendario pino de ramas retorcidas como los miembros artríticos de un anciano. Bennie y Vera bajaron paseando, siguiendo el camino de menor resistencia gravitatoria, mientras hablaban con apasionamiento acerca de la construcción del nuevo Museo de Arte Asiático y las diversas maneras de mezclar innovación y tradición. Moff y Rupert se alejaron haciendo jogging. El muchacho no tardó mucho en sacar varias vueltas de ventaja a su padre, momento en que lo invadió el deseo de izar su ágil persona por una escarpada pared rocosa, en cuya cima se divisaba una gruta rodeada de bajorrelieves. Abandonó el sendero, atravesó la gravilla, saltó una valla baja de cuerdas y empezó a escalar. Al pie de la pared rocosa había un cartel escrito en chino que rezaba: «Prohibida la entrada. ¡Peligro!»

Pronto el agua comenzó a rellenar las grietas del barranco y, como la lluvia se había vuelto más torrencial, empezó a reverberar en la montaña un sonido distintivo de viento zumbando y rocas retumbando. Era como una orquesta de campanas de piedra, la versión china del arpa eólica. Escuchándola, se habría dicho que así había obtenido su nombre la montaña, pero en realidad el nombre procede de una formación rocosa que hay en la cima, parecida a una campana. Es bastante prosaico. En todo caso, el sonido era potente como una campana, suficientemente potente como para acallar los gritos que se dirigían mutuamente los viajeros.

–¡Rupert! –gritó Moff, sin obtener respuesta.

–¿Cuál es el camino? –le gritó Marlena a Harry, que contemplaba el sendero en una y otra dirección. Sus palabras cayeron al fondo del barranco sin ser oídas, lo mismo que los gritos de otras diez mil personas perdidas a lo largo de los siglos.

En poco tiempo, los senderos se habían vuelto demasiado inseguros para atravesarlos. Por eso, todos hicieron lo que les pareció más natural, lo que había hecho la gente durante los últimos doce siglos: buscar refugio en una de las dieciséis grutas y diversos templos que jalonaban las laderas de la montaña de la Campana de Piedra.

Marlena, Esmé y Harry estaban cerca del recinto del templo principal, cuyo edificio original, hoy desaparecido, fue construido durante el reino Nanzhao, en torno al siglo IX. Los ornamentados pilares y los tejados que

Harry pudo distinguir a través de la espesa lluvia correspondían a las obras de remodelación realizadas durante la dinastía Ching, unos cien años atrás, y habían sido repintados en época más reciente, tras estar al borde de la destrucción durante la Revolución Cultural. Los tres turistas, empapados, subieron trabajosamente por el sinuoso sendero y, cuando llegaron a uno de los edificios del templo, sobre un patio interior, quedaron sorprendidos por la escena de tiempos pretéritos que presenciaron. La lluvia, que caía torrencialmente del borde de los tejados, formaba una brumosa cortina, una mampara detrás de la cual una bella muchacha con turbante y casaca fucsia le cantaba a un joven, que la acompañaba con un *erhu* de dos cuerdas, cuyo versátil sonido podría haber imitado cualquier cosa, desde los gemidos de una mujer en los trances del amor hasta los relinchos de un caballo asustado. Nuestros viajeros se acercaron un poco más, pero la pareja de cantantes no pareció reparar en los intrusos.

–¿Son reales? –preguntó Esmé.

Marlena no dijo nada. Debían de ser fantasmas varados en el tiempo –pensó–, abocados a revivir enternamente un momento muy querido.

La mujer entonó con más fuerza su canción, gorjeando con una voz de inflexiones sobrenaturales. El hombre comenzó a cantar en respuesta. Iban y venían, con una increíble destreza en la modulación de sus vibratos. El hombre se acercó a la bella mujer y, al final, ella se inclinó sobre su pecho, dejándose caer como una viola que volviera a su estuche protector, y le permitió que la rodeara con sus brazos.

–¡Hola! –resonó de pronto una voz femenina.

Cuando Harry, Marlena y Esmé se volvieron, vieron a una mujer con traje rosa de chaqueta, de pie bajo el alero de otro edificio, que les hacía señas frenéticamente. Detrás de ella había dos hombres, uno con una cámara de televisión y el otro sujetando la jirafa del micrófono. Eran, evidentemente, el equipo de televisión que el viejo de la garita de la entrada había mencionado en sus instrucciones, las mismas que la señorita Rong no había entendido.

–¡Cielos! ¿Los estamos molestando? –exclamó Marlena–. ¡Lo sentimos muchísimo! No imaginábamos que...

La mujer y su equipo se agacharon para pasar bajo el toldo que los cubría y corrieron hacia ellos. También se les acercaron los dos cantantes vestidos de época, de los cuales el hombre fumaba ahora un cigarrillo.

–Ningún problema, ninguna preocupación –dijo afablemente la mujer–. ¿Son de Gran Bretaña? ¿Los tres?

–De Estados Unidos, los tres –respondió Harry, señalando a Marlena, a Esmé y finalmente a sí mismo–. De San Francisco.

–Muy bonito –repuso ella.

La mujer tradujo para los del equipo y los cantantes, que asintieron con la cabeza y comenzaron a hablar entre ellos, lo cual inquietó a Marlena. Ella, que había crecido en el seno de una familia de Shanghai, entendía el mandarín casi tanto como la señorita Rong el inglés, y dedujo que el equipo estaba molesto con ellos, porque habían estropeado su toma. Finalmente, la mujer de rosa volvió a dirigirse a ellos en inglés.

–Nosotros haciendo documental para esta región, desde programa nacional de televisión, para conocimiento general de la cultura minoritaria bai y también de la belleza panorámica de la montaña de la Campana de Piedra, para enseñar apreciación a turistas de todo el mundo. Deseamos preguntarles una pregunta. ¿Parece bien?

Harry intercambió una sonrisa con Marlena.

–Desde luego. Estaremos absolutamente encantados.

El cámara se situó en posición y les hizo señas a Harry y a Marlena para que se desplazaran un poco hacia la izquierda, más cerca de la mujer de rosa. El técnico de sonido levantó la jirafa sobre ellos. Se cruzaron unas palabras en chino y comenzó el rodaje, con la mujer hablando rápidamente en perfecto mandarín de Pekín:

–Como pueden ver, el templo de la Campana de Piedra, con su riqueza cultural, sus antiguas grutas históricas y su paisaje fascinante, tiene una merecida fama mundial. Aquí acuden turistas de muchos países, atraídos por el magnífico panorama y las posibilidades educativas. Esos mismos turistas podrían haber visitado París, Roma, Londres o las cataratas del Niágara; pero aquí, en la bellísima montaña de la Campana de Piedra, han hecho su elección. Conozcamos a dos de ellos, un próspero matrimonio de San Francisco, Estados Unidos.

Entonces cambió al inglés:

–Caballero, señora, por favor, digan a nosotros lo que piensan de este lugar, el templo y la montaña de la Campana de Piedra.

–Todo esto es muy hermoso –declaró Marlena–, incluso bajo la lluvia.

No sabía si mirar a la cámara o a la mujer de rosa, por lo que hizo las dos cosas a la vez, mirando de un lado a otro, lo que le confirió cierto aire de furtivo disimulo.

Harry asumió su postura televisiva, con la espalda más erguida, el pecho fuera y una mirada honesta y directa centrada en la cámara.

—Este sitio es verdaderamente espectacular —afirmó, señalando una viga de elaborada policromía—, absolutamente encantador. No tenemos nada como esto en nuestro país, nada tan antiguo, ni tampoco tan... tan vibrante, tan vibrantemente rojo. La estética es totalmente, totalmente china, absolutamente histórica. ¡Ah! Y estamos ansiosos por visitar esas magníficas grutas de las que tanto hemos oído hablar, sobre todo la femenina.

Volvió a mirar a la entrevistadora, haciendo un breve gesto de asentimiento, para indicar que le había parecido buena la toma de su respuesta.

La mujer volvió al mandarín:

—Hasta los niños sienten tanta curiosidad que les suplican a sus padres que los traigan a la montaña de la Campana de Piedra.

Le hizo un gesto al cámara, que de inmediato desplazó el objetivo en dirección a Esmé. La niña se había ido a pasear por el patio, engalanado con árboles de Júpiter de ramas desnudas y jardineras con arbustos de ciruelo, cuyas diminutas florecillas rosas se encontraban en diversas fases de eclosión. En el extremo opuesto del patio había una anciana sentada sobre un taburete, con un bebé en el regazo, la madre y la hija, respectivamente, del cuidador que vivía en el recinto del templo. Junto a ellas había un perro shih-tzu de color blanco sucio, sordo y sin dientes, que a Esmé le recordó al cachorrito que había visto en el hotel. Cuando se acercó, el perro se puso de pie de un salto, derribó una silla baja y fingió atacarla, ladrando con ferocidad. Esmé soltó un chillido.

—Pequeña niñita —la llamó la entrevistadora—, por favor, vuelve, por favor, para poder preguntarte por qué tus padres te traen aquí.

Esmé le lanzó una mirada interrogadora a su madre y ésta asintió. Cuando Esmé hubo regresado, la mujer la situó entre su madre y Harry, y dijo:

—Feliz de estar aquí con madre y padre, ¿sí? Disfrutando hasta ahora de hermoso templo de la Campana de Piedra, ¿sí?

—Él no es mi padre —replicó Esmé, malhumorada. Se rascó un codo. Las picaduras de los mosquitos la irritaban todavía más.

—¿Perdón? ¿Puedes repetir eso? —preguntó la entrevistadora.

—He dicho que *ella* es mi madre, pero que él *no es* mi padre.

—¡Oh, mil perdones, mil perdones!

La mujer estaba confundida. ¡Esos norteamericanos eran siempre tan francos! Nunca se sabía qué extravagancia iban a soltar. Eran capaces de reconocer abiertamente que practicaban el sexo sin estar casados o que sus hijos eran bastardos.

La mujer reordenó sus pensamientos, buscando un nuevo ángulo, y reanudó la entrevista en inglés:

—Hace pocos minutos, ustedes disfrutaban hermosa canción tradicional de la minoría bai: chica montañesa llamando a su chico montañés. Esa balada tradicional sucedió todos los días durante muchos miles de años. Ustedes, en su tierra natal, tienen balada de Navidad, para celebrar todos los años, desde hace dos mil años hasta ahora. ¿Verdadero o falso?

Marlena nunca había pensado en la Navidad en esos términos.

—Verdadero —respondió obedientemente.

—Quizá como ustedes ya han disfrutado nuestra canción tradicional, nosotros podemos disfrutar la canción de ustedes.

La cámara se adelantó hacia Marlena, Esmé y Harry, mientras el micrófono bajaba hacia ellos.

—¿Qué se supone que tenemos que hacer? —preguntó Harry.

—Creo que quieren que cantemos —susurró Marlena.

—Estás de broma.

La entrevistadora sonrió y se echó a reír.

—¡Sí, sí! —dijo aplaudiendo—. ¡Ahora ustedes cantan balada!

Harry se echó atrás.

—¡Ah, no! —exclamó levantando las manos—. ¡No, no! ¡No es posible! —Se señaló la garganta—. Muy mala. ¿Ven? Dolorida, inflamada, imposible cantar. Dolor terrible. Posiblemente contagioso. Lo siento. Ni siquiera debería estar aquí.

Y diciendo esto, se apartó.

La entrevistadora cogió a Marlena por el codo lleno de picaduras de mosquitos.

—Usted. Cante, por favor, canción tradicional de Navidad a nosotros. Usted misma elige. ¡Cante!

—*¿Campanas de Navidad?* —gorjeó Esmé.

La jirafa del micrófono se balanceó hacia la niña.

–¡Campana de Navidad! –repitió la mujer–. ¡Sí! ¡Es preciosa balada! ¡De la Campana de Piedra a la Campana de Navidad! Por favor, ¡empiecen!

–¡Venga, mamá! –dijo Esmé.

Marlena estaba horrorizada ante lo que había fraguado su hija. ¡Menudo momento había elegido Esmé para mostrarse cooperativa! Mientras tanto, Harry se alejaba a grandes zancadas, riendo y gritando para animarlas:

–¡Sí, cantad! ¡Será maravilloso!

La cámara grababa. La lluvia seguía sonando al fondo, mientras la potente voz de Esmé se imponía a los débiles chillidos de su madre. Esmé adoraba el canto. Una chica que conocía tenía un aparato de karaoke, y ella cantaba mejor que cualquiera de sus amigas. Había descubierto poco tiempo atrás que no era preciso cantar las notas normales, sino que era posible describir volutas a su alrededor y aterrizar en la melodía en el sitio y el momento que quisiera, y que cuando uno siente la música en las entrañas, le surge un vibrato natural. Ella sabía cómo producir ese vibrato mejor que ninguna otra persona que conociera. El orgullo que sentía le provocaba un cosquilleo en la garganta, que sólo cantando se le aliviaba.

Las voces de Marlena y Esmé se fueron disipando, a medida que Harry se alejaba. Subió por un sendero, que pronto lo condujo ante lo que supuso que debía de ser una de las famosas grutas, con imágenes de tamaño natural. Le recordaban una escena navideña. Los rostros tallados presentaban evidentes signos de reparación; dada la tenue iluminación, la mayoría de los rasgos más delicados resultaban difíciles de distinguir. Como muchas imágenes sagradas, éstas habían sido mutiladas durante la Revolución Cultural, cuando les habían cortado las narices y las manos. Harry se preguntó qué habría hecho la Guardia Roja para profanar la gruta de los Genitales Femeninos, que, por cierto, ¿dónde demonios estaría? Todos los condenados carteles estaban en chino. ¿Qué debía buscar? Tratando de imaginarlo, se figuró los lúbricos genitales de Marlena, con ella tumbada y abierta de piernas en un lugar secreto de la montaña. Sintió un cosquilleo en la entrepierna, pero no era de pasión.

Mierda. Tenía que mear. Jamás conseguiría llegar a aquella letrina miserable. Volvió la vista atrás y vio a Marlena y a Esmé, interpretando aún su recital de música en el patio del templo. La anciana se había unido al pequeño público. Tenía a la niña en brazos y la hacía aplaudir con sus manitas, al ritmo del enésimo estribillo de *Campanas de Navidad*. Harry soltó una risita y siguió andando por el sendero, hasta quedar fuera de la vista. Entonces descubrió que había llegado al final del camino y que allí mismo, en el sitio más oportuno, había un urinario público. Era un hueco en la roca, de unos cincuenta centímetros de ancho por sesenta de altura, con un receptáculo lleno hasta el borde de algo que parecía orina y ceniza de cigarrillo. (En realidad, era agua de lluvia, que había caído sobre las varitas de incienso de las ofrendas.) Las paredes eran tersas y onduladas, lo que hizo pensar a Harry que estaban desgastadas después de siglos de recibir la visita de hombres que buscaban el mismo alivio que él. (No era así. La piedra había sido tallada a semejanza de una vulva.) Y algunas partes del urinario, según pudo observar, estaban cubiertas de inscripciones. (Los caracteres chinos eran, en realidad, un relieve atribuido a la diosa de los Genitales Femeninos, madre de toda la vida, mensajera de buenas noticias para las mujeres otrora estériles. «Abre de par en par mi cómoda puerta –era su posible traducción–, para que pueda recibir de todas partes el karma bueno.») Harry depositó su karma en un torrente largo y sibilante. ¡Por fin empezaba a cooperar su próstata! ¡Qué alivio!

Lejos de allí, la entrevistadora pensó que sería bueno rodar unas tomas más del hombre caucásico, para reforzar el concepto de que los turistas acudían de todo el mundo. El equipo de la televisión subió por el sendero. A unos quince metros de distancia, el cámara ajustó el zoom en dirección a Harry, que sonreía extasiado mientras se aligeraba la vejiga. El cámara, por su parte, soltó un torrente de invectivas y comunicó a los demás lo que acababa de presenciar.

–¡Arrogantes demonios!

Acompañado del técnico de sonido y el cantante, salió corriendo en dirección al más sagrado de sus santuarios, ahora profanado, entre aullidos de cólera. Marlena y Esmé los siguieron, aturdidas y asustadas.

A Harry le sorprendió oír la conmoción que avanzaba hacia él. Miró hacia el templo, para ver si había fuego. ¿Estarían a punto de ser arrastrados por una riada? ¿Por qué estarían tan agitados los hombres? Se encaminó hacia el tumulto. Y entonces, para su asombro, se vio rodeado por tres hombres escupiendo y embistiendo, con los rostros desfigurados por la ira. No era preciso saber chino para darse cuenta de que estaban despotricando desaforadamente. Incluso la mujer del traje rosa, sin llegar a estar tan furiosa como los hombres, tenía una expresión hostil.

–¡Vergüenza para usted! ¡Vergüenza para usted! –gritaba.

Harry se agachó para eludir la jirafa del micrófono y corrió hacia Marlena.

–¿Qué demonios habéis hecho Esmé y tú?

Las palabras cayeron mal, pero la gente no suele medir lo que dice cuando ve que está a punto de sufrir un linchamiento.

–¿Qué demonios has hecho *tú*? –replicó Marlena secamente–. No dejan de gritar no sé qué de la orina. ¿No habrás orinado en algún santuario?

Harry se irritó.

–¡Por supuesto que no! He usado un urinario al aire libre... –Nada más decirlo, vislumbró la probable y espantosa verdad–. ¡Oh, mierda!

Vio entonces cómo la mujer en traje de época sacaba un teléfono móvil, para referirle al jefe de la minoría bai lo que acababa de ocurrir. ¡Qué increíblemente pasmoso –pensó Harry– que hubiera cobertura para el teléfono móvil incluso allí, en el quinto infierno!

El resto de aquella tarde trascendental fue un frenético intento de acarrear a los viajeros hacia el autobús, para poder huir. Los cuidadores del parque, también de la minoría bai, encontraron a Wendy y a Wyatt a medio desvestir en otra gruta. Rupert tuvo que ser rescatado de una cresta rocosa a punto de desmoronarse y, en el proceso, sufrieron daños varias áreas de flora protegida y los pies de una divinidad tallada en la piedra. Para guarecerse de la lluvia, Dwight había derribado la puerta asegurada con candado de lo que le pareció un cobertizo abandonado, en cuyo interior buscaron refugio Roxanne, Heidi y él. Cuando los cuidadores del parque los descubrieron dentro del templo cerrado al público, empezaron a gritarles que salieran. Al oír sus incomprensibles amenazas, Dwight y Roxanne recogieron palos y los blandieron contra los guardias, pensando que serían bandoleros. Heidi comenzó a chillar, convencida de que iban a secuestrarla para venderla como esclava sexual.

El hombre de la garita resultó ser el jefe de los bai. Vociferando, le exigió a la señorita Rong el pago de una multa enorme, por los indescriptibles crímenes cometidos. Cuando advirtió que la guía no entendía ni jota de lo que le estaba diciendo, cambió al mandarín y la estuvo increpando hasta hacerla llorar, dejándola en evidencia delante de todos. Finalmente, dijo que todos y cada uno de los «gamberros norteamericanos» tendrían que pagar «un precio elevado: cien renminbi, sí, me han oído bien, ¡cien renminbi!».

¡Qué alivio!, pensó Bennie, cuando la señorita Rong se lo comunicó. Era más barato que una hora de parking en San Francisco. A todos les alegró la perspectiva de pagar y marcharse de allí cuanto antes. Cuando le entregaron la pila de billetes, el jefe volvió a gesticular y a amonestar a la señorita Rong. Levantó el fajo de billetes y lo golpeó contra la mesa. Señaló la parte trasera del autobús y las caras intrigadas que se volvían hacia él y volvió a golpear el fajo de billetes. Con cada golpe, la señorita Rong se sobresaltaba, pero aun así mantuvo los labios apretados y los ojos fijos en el suelo.

–¡Caray! –dijo Wendy.

Cuando finalmente la señorita Rong se subió al autobús, tenía empañados los cristales de las gafas. Se sentó en el asiento delantero, temblando visiblemente. No procedió al recuento de los viajeros, ni cogió el micrófono para explicar lo que harían a continuación.

En el trayecto de regreso al hotel, casi todos mis amigos permanecieron en silencio. Sólo se oía el ruido de las uñas rascando la piel. Habían parado junto a un bar de carretera, para la habitual visita a los lavabos, y una nube de mosquitos se había abalanzado sobre ellos, como si fuera el ejército bai, persiguiéndolos. Heidi había repartido pomada de hidrocortisona. Ya era tarde para el repelente.

Bennie estaba agotado. Se le caían los hombros. ¿Sería un augurio de lo que estaba por venir? ¿Pensarían los demás que todo era culpa suya, por elegir mal a la guía? ¡Se esforzaba tanto por ser perfecto, por hacer cosas que ellos ni siquiera veían! Y en lugar de agradecimiento, no recibía más que quejas, recriminaciones e invectivas.

Dwight rompió el silencio, para observar que en el templo de la Montaña de Piedra debería haber habido carteles en otros idiomas. ¿Cómo iba a saber él que aquel cobertizo era un templo y no un corral de gallinas? Vera lo fulminó con la mirada.

–Aun así, no deberías suponer que puedes irrumpir en cualquier parte.

Estaba muy enfadada con todos los hombres, excepto con Bennie. Todos habían manifestado la estúpida prerrogativa masculina de hacer caso omiso de las reglas. Harry se estaba autocastigando, sintiéndose un imbécil, convencido de que Marlena se habría formado un juicio similar de él. ¡Le había gritado, la había acusado *a ella*, cuando había sido él el idiota que había enojado a la gente de la televisión! Se había sentado en el fondo del autobús, en un exilio autoimpuesto. También Marlena estaba meditando sobre lo que Harry le había dicho. Detestaba que las figuras autoritarias le gritaran. Su padre lo hacía, pero ahora los gritos ya no la intimidaban, sino que la enfurecían.

Wendy no se avergonzaba de lo ocurrido. Se recostó sobre Wyatt, riendo entre dientes, mientras recordaba el momento en que los habían sorprendido in fraganti. Era excitante, de una manera extraña. Se lo dijo a él con voz maliciosa, y él asintió con la cabeza, sin abrir los ojos. Para él, lo que habían hecho no tenía ni pizca de gracia. Había participado en excursiones de ecoturismo, en las que había sido él la persona encargada de sujetar a los turistas para que no pisaran las plantas autóctonas, ni se llevaran un lagarto de contrabando para quedárselo como mascota o venderlo. Le fastidiaba que la gente no obedeciera las reglas, y detestaba haber cometido el mismo error.

Esmé estaba sentada junto a su madre, canturreando alegremente *Campanas de Navidad*. Esperaba que, a pesar de todo, los bai usaran la parte del rodaje donde aparecía su canción.

Cuando el autobús llegó al hotel, la señorita Rong murmuró algo con brusquedad al conductor, que en seguida se apeó, dejándola sola delante de los pasajeros. Mantenía la vista baja. Poco a poco, con voz entrecortada, comunicó a los turistas que ya no estaría con ellos al día siguiente. El jefe de los bai le había dicho que pensaba denunciar las infracciones cometidas a las autoridades de la oficina central de China Travel Services. Su superior ya la había llamado y le había ordenado que se presentara inmediatamente en su despacho. Iban a despedirla, estaba segura. Pero ellos no debían afligirse por ella, no, nada de eso. Había sido culpa suya. Debería haberlos mantenido a todos juntos y explicarles lo que podían ver. Era su responsabilidad, su trabajo. Sentía muchísimo no haber sido capaz de trabajar más eficazmente con «un gupo individualístico de muchas opiniones, no todas iguales». Siendo ellos tan «desacordados», debería haber tomado decisiones más firmes para impedir que cayeran en «el peligro de la regla rota». Los cristales de sus gafas estaban empapados en lágrimas, pero no se los secó. Mantuvo rígido el cuerpo, para no estallar en sonoros sollozos.

Aunque la señorita Rong era incompetente, a mis amigos les entristecía pensar que pudiera perder su empleo. Era terrible. Se miraban unos a otros por el rabillo del ojo, sin saber qué decir.

Antes de que pudieran decidir nada, la señorita Rong hizo una profunda y temblorosa inspiración, recogió su maletín de plástico y se bajó del autobús.

Mis amigos estallaron en un torrente de comentarios.

–¡Qué lío! –dijo Moff.

–Deberíamos darle una buena propina de despedida –sugirió Harry–. ¿Qué os parece si reunimos el dinero ahora?

–¿Cuánto? –preguntó Roxanne–. ¿Doscientos renminbi cada uno?

–Cuatrocientos –replicó Vera.

Harry arqueó las cejas.

–¿Cuatrocientos? ¡Eso suman casi cinco mil en total! ¿No será demasiado? Pensará que la compadecemos.

–Pero es cierto que la compadecemos –repuso Vera–. En China no hay seguro de desempleo para la gente que pierde el trabajo, bien lo sabe Dios.

–Yo pondré un poco más –dijo Bennie.

Todos los demás protestaron.

–Es que, en realidad, la culpa ha sido mía, por elegirla a ella –añadió Bennie humildemente.

Nadie hizo el menor esfuerzo por rebatir su afirmación, lo cual hizo que se sintiera humillado y rechazado, y lo precipitó en la angustia.

–Si la echan, podríamos redactar una protesta y firmarla –propuso Wendy.

–¡Qué dices! –resopló Dwight–. Esto no es Berkeley. Además, es cierto que es una guía bastante mala.

De pronto, la señorita Rong estuvo otra vez de pie ante ellos. Mis amigos esperaban que no hubiese oído su conversación.

–Olvidé decirles más cosas –empezó.

Los que habían sido sus turistas la escucharon cortésmente.

–Una cosa más me dice el jefe de minoría bai. Importante decir a ustedes.

¡Mierda! Probablemente el jefe quería más dinero, pensó Bennie. Veinte dólares por cabeza era demasiado bueno para ser verdad. Iban a sacarles miles.

Esta vez, la señorita Rong no bajó la vista. Su cabellera se había vuelto salvaje, como una corona cargada de electricidad estática. Miraba directamente hacia adelante, como si pudiera ver el futuro a través de la ventana trasera del autobús.

–Jefe dice a otras autoridades de turismo que no dejan entrar a ustedes: no teleférico al prado de los Yaks, no concierto de música antigua, no tiendas para turistas... Por tanto, y por la misma razón, ya no pueden disfrutar más cosas hermosas en Lijiang, ni toda la provincia de Yunnán, ni toda China...

Bennie sintió que se hundía. El programa del viaje se desmoronaba, sumiéndose en el caos más absoluto.

–Jefe dice que por causa de llevar profanación a la gruta de las Cosas Femeninas, ahora ninguno de ustedes nunca más bebés, nunca más descendientes, nunca más futuro...

Dwight miró a la futura madre de sus futuros hijos. Roxanne le devolvió la mirada.

La voz de la señorita Rong se volvió más aguda y potente:

–Dice que no importa si ustedes pagan un millón de dólares, no sería suficiente para evitar problemas... Dice que pide a todos los dioses para dar a estos extranjeros fuerte maldición, mal karma, que los siga para siempre en esta vida y en la otra, en este país y en el otro, sin parar nunca jamás.

Las alarmas de Heidi no dejaban de sonar.

La señorita Rong hizo una profunda inspiración, y justo antes de salir del autobús, añadió con una voz que sonó claramente victoriosa:

–Esto he pensado que ustedes debían saber.

En ese momento, mis doce amigos se representaron mentalmente al búfalo, hundido en el fango hasta las corvas.

4. Cómo los encontró la felicidad

A la hora de la cena, mis doce amigos atravesaron a pie unas cuantas calles del casco histórico de la ciudad, para llegar al restaurante del Valle Exuberante, el mismo que habían rechazado por la mañana. Para entonces, se habían resignado a tomar el menú que yo había bautizado como «degustación de delicias invernales». Nadie estaba de humor para buscar alternativas más «espontáneas», ni más «auténticas». Simplemente se alegraban de que la noticia de su infausta excursión al templo de la Campana de Piedra no se hubiera difundido aún por la red de rumores de Lijiang. El restaurante no sólo les había enviado al hotel un mensaje diciendo que tenían a su disposición el mismo menú para la cena, sino que el propietario les ofrecía una bonificación: «sorpresas gratis», según había dicho.

La primera sorpresa fue el propio restaurante. Era precioso y no parecía en absoluto un sitio para turistas. Yo ya lo sabía, claro. Por eso lo había elegido. El edificio, de una estrechez encantadora, era una antigua vivienda cuyo patio delantero había sido reconvertido en comedores que daban al angosto canal, uno de los muchos que recorrían Lijiang formando una acuática blonda. Cualquiera que se hubiese sentado en el umbral, podría haber metido los pies en la corriente tranquila. Las mesas y las sillas eran viejas, con marcas de carácter como las que últimamente se han puesto de moda en Estados Unidos para las antigüedades: sin barnizar, con los rasguños y las quemaduras de cigarrillo sin disimular y con restos de comida acumulados durante siglos, haciendo las veces de tapaporos sobre las grietas.

Llegaron las cervezas y los brindis fueron sombríos:

–Por tiempos mejores.

–Mucho mejores.

Dwight sugirió inmediatamente que sometieran a votación democrática la propuesta de partir de Lijiang al día siguiente, para empezar cuanto antes el recorrido por Birmania. En la votación, los únicos que se le opusieron fueron Bennie, Vera y Esmé.

Bennie estaba comprensiblemente preocupado ante la perspectiva de adelantar la partida. Si salían antes de tiempo, sería él quien tuviera que ocuparse de pergeñar un nuevo itinerario, con un día en la ciudad fronteriza de Ruili y tres días más en Birmania. ¿Qué iban a hacer? Pero no dijo nada cuando expresó su voto en contra, para que no lo tomaran por inadaptado. Debería haber sabido que en los viajes organizados no hay lugar para las votaciones democráticas. Cuando diriges un grupo, el despotismo es el único camino.

Vera intentó ejercer su veto ejecutivo. Estaba habituada a trabajar en una organización en la que era la jefa suprema. Dado su carácter de líder innata, buscaba el consenso y, a través de sus decisiones unilaterales y de su famosa mirada fija, lo conseguía. Pero en China era simplemente una más. Cuando expresó su voto, apeló a la racionalidad del grupo.

–Son todo tonterías. Ni por un segundo me creo que el jefe de los bai tenga suficiente influencia como para impedirnos visitar otros sitios. Pensadlo bien. ¿Acaso tiene acceso a Internet para avisar a sus amiguetes en un centenar de lugares? ¡Claro que no!

–Tenía teléfono móvil –le recordó Moff.

–Dudo que vaya a despilfarrar sus valiosos minutos para quejarse de nosotros. Lo dijo solamente porque estaba furioso... ¡y no es que le faltara razón!

Arqueando una ceja, echó una mirada en dirección a Harry, Dwight, Moff y Rupert. Después, pasó a tocar la fibra sensible.

–Como todos sabéis, este viaje fue amorosamente concebido por mi querida amiga Bibi Chen, que lo preparó con el mayor cuidado, como una aventura educativa e inspiradora. Si huimos ahora como ratoncitos asustados, nos perderemos algunas de las experiencias más fantásticas de nuestra vida. No sentiremos la salpicadura del agua en las magníficas cataratas del fondo del barranco del Tigre que Salta...

Esmé se quedó boquiabierta. ¿Iban a ir ahí?

–No podremos cabalgar con los tibetanos en el prado de los Yaks...

Eso atrajo la atención de Roxanne y de Heidi, que de pequeñas habían sido propietarias de sendos ponis.

Vera prosiguió:

–¿Cuándo, en vuestra vida, volveréis a tener la oportunidad de ver una pradera alpina a más de cinco mil metros de altura? Quizá nunca –asintió solemnemente, dándose la razón–, como probablemente tampoco volveréis a ver los murales de Guan Yin, en el templo del siglo XVI...

¡Pobre Vera! Prácticamente los tenía convencidos, hasta que mencionó los murales. Aunque las diosas fueran el tema preferido de Vera en la historia del arte, la mención de Guan Yin hizo estremecer de angustia a sus compañeros. ¿Otro templo? ¡No, más templos no, por favor! Vera señaló el programa, mientras lo sujetaba en alto como si fuera la Declaración de la Independencia.

–Yo me he apuntado a este programa. He pagado por este programa, y lo pienso respetar. Voto en contra de la propuesta y os invito a todos a reconsiderar vuestra posición.

Se sentó.

También Esmé votó en contra, con la mano a medio levantar.

Vera la señaló con amplios ademanes, para que los demás repararan en ella.

–¡Otro voto en contra!

Cuando le pidieron que explicara su voto, Esmé se encogió de hombros, incapaz de decir nada. Lo cierto es que estaba trágicamente enamorada. El cachorrito shih-tzu se había debilitado. Cuando intentaba andar, tropezaba y se caía. Rechazaba la comida china que le daban las bellas señoritas. Además, Esmé había notado que tenía un bulto en el vientre. Sus cuidadoras no parecían preocupadas por el empeoramiento de su estado. Le habían dicho que el bulto no era nada, y una de ellas incluso se había señalado la barbilla, sugiriendo que el problema no era mucho más grave que un grano de acné.

–Ninguna preocupación –le aseguraron a Esmé, sospechando que la niña solamente buscaba una rebaja en el precio–. Tú pagas menos dinero. Cien kwais, trato hecho.

–No lo entendéis. No puedo llevarme al cachorro. Estoy de viaje.

–Lleva, lleva –le contestaron–. Ochenta kwais.

Ahora, durante la votación, Esmé sólo podía estarse callada, con expresión sombría, conteniendo el llanto. No podía explicar nada de eso, sobre todo delante de Rupert, que miraba al cielo y gruñía cada vez que alguien se refería colectivamente a los dos, llamándolos «los niños». Él nunca le hablaba, ni siquiera cuando lo obligaban a sentarse junto a ella. Se quedaba con la nariz hundida en su libro. Además, ¿a cuál de todos esos adultos podía importarle que un perro muriera? «Es sólo un perro –le dirían–. Algunas personas lo pasan peor.» Había oído tantas veces esa excusa que le venían ganas de vomitar. En realidad, no les importaba la gente, sino únicamente su estúpido viaje y si iban a sacarle provecho a su dinero en este estúpido país o en el otro. No podía hablar con su madre de nada de eso. Ella todavía la llamaba Wawa, un apodo chino que significa «bebé». *Wawa*, el sonido de una muñeca llorona. Detestaba que la llamaran así.

–Wawa, ¿qué fular te parece que me ponga? ¿De qué color? –le había preguntado su madre esa mañana, con voz aniñada–. Wawa, ¿se me nota la tripa? Wawa, ¿cómo te parece que me queda mejor el pelo? ¿Suelto o recogido?

Ella era la wawa, babeando como una *estúpida* por ese Harry Bailley de brazos peludos. ¿No se daba cuenta de que era un farsante?

Dwight preguntó si alguien tenía algo que agregar, antes de dar oficialmente por cerrada la votación. Yo estaba gritando con todas mis fuerzas. *¡Alto! ¡Alto! ¿Cómo se os ocurre iros de China antes de tiempo?* Era una absoluta locura. Si hubiesen sido capaces de verme y oírme, podría haberlos convencido de que era totalmente ridículo pensar siquiera en marcharse. Yo había planificado el itinerario con enorme cuidado, con el fin explícito de que probaran lo mejor de lo mejor, para que fueran «como la libélula que roza las aguas». Ahora ni siquiera tocarían la superficie.

Aquí está el pino retorcido, les habría dicho. Tocadlo. Esto es China. Jardineros de todo el mundo han venido a estudiarlo, pero nadie ha podido explicar por qué sus ramas crecen como un tirabuzón, del mismo modo que nadie ha podido *explicar* China. Pero ahí está, igual que ese árbol: vieja, tenaz y extrañamente grandiosa. En el árbol se encuentran los tres elementos de la naturaleza, que desde hace siglos inspiran a los artistas chinos: el gesto por encima de la geometría, la sutileza por encima de la simetría y el fluir constante por encima de las formas estáticas.

Y los templos, entrad y tocadlos. Esto es China. No os limitéis a contemplar los murales y las imágenes. Volad hacia las vigas, bajad vuestras manos y vuestras rodillas al suelo y apoyad la cabeza sobre las baldosas. Escondeos detrás de aquella columna y observad de cerca esas motas de pintura. Imaginad que sois decoradores de interiores y que tenéis un millar de años. Empezad con un poco de budismo tibetano, añadidle una pizca de budismo indio, una gota de budismo han, un chorrito de animismo y un poquito de taoísmo. ¿Un batiburrillo, decís? Nada de eso. Lo que hay en esos templos es una amalgama *puramente* china, una elegancia adorablemente desastrada, una gloriosa y caótica mezcla que hace que China sea infinitamente intrigante. Nunca nada se desecha ni se reemplaza por completo. Si un período de influencia deja de tener adeptos, se remienda. Los antiguos puntos de vista permanecen, tan sólo una desportillada capa más abajo, listos para aflorar a la superficie a través de la más leve abrasión.

Ésa es la estética china y también su espíritu. Ésas son las huellas que han impresionado a todos los que han viajado por sus caminos. Pero si te marchas demasiado pronto, no advertirás esas sutilezas. Sólo verás lo que prometen los folletos, los palacios recién pintados. Entrarás en Birmania pensando que dejas China atrás cuando cruzas la frontera. Y no podrías equivocarte más. Verás las huellas de la tenacidad tribal y los rasgos contradictorios de obediencia y rebelión, por no mencionar las maldiciones y los encantamientos.

Pero estaba decidido.

–Nueve votos a favor y tres en contra –anunció Dwight–. Brindemos una vez más: ¡por Birmania!

Se sirvió la cena de «degustación de delicias invernales», con platos que yo había probado en un viaje anterior y había seleccionado como sensual experiencia para el paladar. Por desgracia, el propietario del restaurante sustituyó algunos, ya que yo no estaba allí para oponerme.

Wendy fue la primera en admitir que la parada en la taberna de la carretera, esa tarde, había sido «como una equivocación». ¡Si sólo hubiese sabido cuán grande! En cualquier caso, me complació oír ese reconocimiento de sus labios. Un grupo castigado es un grupo más honesto. Además, estaban encantados con el menú que les había elegido, o al menos lo estuvieron hasta que encontraron las «sorpresas» que el cocinero les había añadido gratuitamente.

Una de ellas era un plato de raíces asadas de textura crujiente, que en opinión del cocinero los turistas encontrarían tan sabroso y adictivo como sus patatas chips. Sin embargo, las raíces tenían el aspecto poco tentador de las larvas grandes fritas, también muy apreciadas en la región. Aun así, en cuanto los viajeros se animaron a probar una raíz, devoraron con avidez el pequeño entremés, lo mismo que el que les presentaron a continuación, que también se parecía a las larvas, y lo era. Después sirvieron otro crujiente refrigerio llamado «libélula», nombre que todos consideraron una licencia poética, aunque no lo era.

–Éste tiene un sabor más mantecoso –comentó Bennie.

La tercera sorpresa fue una cuajada de pimientos picantes.

–Llevo toda la vida comiendo tofu *ma-po* –dijo Marlena–, pero éste tiene un sabor raro. No acaba de gustarme del todo.

–Es casi cítrico y bastante fuerte –repuso Harry.

–A mí no me gusta –observó Marlena, dejando a un lado su porción.

–No está mal –dijo Dwight–. Cuanto más comes, más te convence.

Lo devoró en segundos.

Lo que estaban paladeando mis amigos no eran los pimientos picantes que suelen usarse en Estados Unidos para preparar el tofu de Sichuán. La versión de Lijiang se prepara con las vainas del fresno espinoso, semejantes a bayas. El cosquilleo en la boca se debe al efecto entumecedor que ejercen las bayas sobre la mucosa. Y la variedad concreta de bayas del género *Zanthoxylum* que estaban probando mis amigos no sólo crece en Sichuán, sino en la región del Himalaya, donde la gente se las come como si fueran gominolas. Esta variedad suele ser más picante y causa una paralización anestésica de los intestinos, sobre todo en las personas más delicadas. Esa persona sería Dwight, debo añadir.

Al día siguiente, cuando el grupo se reunió ante la mesa del desayuno, Bennie tenía algo que anunciarles:

—De manera casi milagrosa, la señorita Rong, como gentileza final, ha podido reservarnos vuelos para hoy, para que podamos partir lo antes posible.

Saldrían dentro de poco tiempo en dirección al aeropuerto de Lijiang, para viajar a Mangshi, que se encuentra a un par de horas por carretera de la frontera de Birmania. Como Bennie bien sabía, untar unas cuantas manos siempre ayuda a acelerar las cosas. La noche anterior, después de que el grupo votó a favor de abandonar Lijiang, había llamado a la señorita Rong y le había ofrecido doscientos dólares de su bolsillo, para que los usara como le viniera en gana, sin explicaciones, a cambio de ayuda para salir del apuro. Ella, a su vez, había distribuido parte de lo recibido entre los diversos funcionarios relacionados con los hoteles, las compañías aéreas y la oficina de turismo, quienes por su parte, respetando la antigua tradición del *guanxi*, le demostraron su aprecio otorgándole la devolución del importe casi completo de la estancia en Lijiang.

A las diez de la mañana, mis amigos se embarcaron en el avión y, a medida que ascendían, también lo hacían sus ánimos. Habían escapado de los problemas, con sólo unas cuantas picaduras de mosquitos y unos miles de kwais menos.

Su nueva guía, la señorita Kong, los estaba esperando en el aeropuerto de Mangshi, con un cartel en la mano: «Bien venido grupo de Bibi Chen.» Me encantó ver el cartel, pero a mis amigos los desconcertó. Bennie se apresuró a presentarse como el director del grupo, que había ocupado mi lugar.

—¡Oh! ¿Señorita Bibi no puede venir? —preguntó la señorita Kong.

—No, no puede —le confirmó Bennie, con la esperanza de que los otros no hubiesen oído la conversación. Si la oficina de turismo local no estaba al corriente de que la organizadora del viaje había muerto, ¿cuántas cosas más ignoraría?

La guía se dirigió al grupo:

—Mi nombre es Kong Xiang-lu. Pueden llamarme Xiao Kong o señorita Kong –dijo–. O si prefieren, mi apodo americano es Lulu. Repito, apodo es Lulu. ¿Pueden decirlo?

Hizo una pausa, para oír la respuesta correcta.

–Lulu –mascullaron todos.

–No oído bien –dijo Lulu, colocándose una mano a modo de pantalla sobre la oreja.

–¡Lulu! –obedecieron todos, con más entusiasmo.

–Muy bien. Cuando necesitan algo, simplemente gritan «Lulu». –Y volvió a repetirlo con voz cantarina–: ¡Luuu-lu!

Mientras se dirigían al autobús, Lulu le dijo discretamente a Bennie:

–He visto informe de sus dificultades en el templo de la Campana de Piedra.

Bennie se sonrojó.

–No fue nuestra intención, no teníamos ni idea...

Ella levantó una mano, como el Buda pidiendo silencio para la meditación.

–Ninguna idea, ninguna preocupación.

Bennie había advertido que todos los que hablaban inglés en China repetían sin cesar la frase «ninguna preocupación». ¿Has perdido las maletas? ¡Ninguna preocupación! ¿Tienes la habitación llena de pulgas? ¡Ninguna preocupación!

Bennie quiso creer que la declaración de «ninguna preocupación» por parte de Lulu era genuina, que de verdad les había solucionado todos los problemas. Había estado esperando una señal de que su suerte había cambiado y, cada vez más, intuía que ella se la estaba presentando. Les ofrecía un plan claro, conocía todos los detalles de su oficio y sabía hablar el dialecto del conductor.

Yo también pensaba que era una guía ideal. Parecía segura de sí misma y era competente. Es la mejor combinación, mucho mejor que el nerviosismo y la incompetencia, como en la guía anterior. Lo peor, según creo, es la absoluta seguridad combinada con una total incompetencia. He padecido esa mezcla frecuentemente, no sólo en guías turísticos, sino en consultores de marketing, peritos de arte y compañías de subastas. También la presentan un buen número de estadistas. Y todos ellos traen lo mismo: problemas.

La actitud directa y sin «ninguna preocupación» de Lulu le hizo a Bennie el mismo efecto que si hubiera tomado un par de ansiolíticos. De repente, elaborar un nuevo programa ya no le parecía tan abrumador. El inglés de Lulu era comprensible, y sólo ese detalle la colocaba varias cabezas por delante de la señorita Rong. ¡Pobre señorita Rong! Aún se sentía culpable al respecto. ¡Bueno, qué se le iba a hacer! Además de hablar mandarín, Lulu le aseguró que dominaba el jingpo, el dai, el cantonés, el shanghainés, el japonés y el birmano.

–*Meine Deutsche, ach* –añadió humildemente, con humor y muchos errores–, *ist nicht sehr gute.*

Lucía una melena corta. Sus gafas eran modernas, con montura estrecha y alargada de ojos de gato, que le conferían un divertido aire retro de los años cincuenta. Vestía chaqueta marrón de pana, pantalones verde oliva y suéter negro de cuello vuelto. Sin duda alguna, parecía competente. Podría haber sido una guía turística en Maine o en Munich.

–La ciudad en la frontera china tiene muy excelente hotel –prosiguió Lulu–. Allí es donde se alojan esta noche, en Ruili. Pero la ciudad es bastante pequeña, solamente un sitio donde parar y seguir, con los turistas ansiosos por seguir viaje. Por eso no hay mucho para ver. Mi sugerencia es la siguiente, escuche: hacemos parada en poblado jingpo, de camino. –Bennie asintió en silencio–. Después, salimos excursión en bicicleta al mercado, donde vender comida es muy interesante para turistas que lo ven por primera vez...

Mientras Lulu desgranaba una sucesión de actividades improvisadas, Bennie sentía oleadas de alivio. La guía estaba haciendo un trabajo admirable, ojalá Dios se lo pagara con creces.

Al frente del autobús, Lulu hizo el recuento de los turistas, antes de dar la señal de partir al conductor, un hombre llamado Xiao Li.

–Pueden llamarlo señor Li –dijo Lulu.

Bennie observó que a los empleados subalternos se les otorgaba un tratamiento más respetuoso. Mientras el autobús aceleraba, Lulu cogió el micrófono.

–Buenas tardes, buenos días, señoras y señores –resonó su voz, potente y metálica–. ¿Están despiertos? ¿Ojos abiertos? ¿Listos para aprender algo más de la provincia de Yunnán, aquí, en esta maravillosa parte suroccidental de China? ¿Listos?

Sonrió y, con un gesto de la mano, indicó a sus turistas que esperaba respuesta.

—Listos —dijeron unos pocos.

Lulu meneó la cabeza con expresión apesadumbrada.

—*¿Listos?*

Se inclinó hacia adelante, llevándose la mano a la oreja a modo de trompetilla, en un gesto que comenzaba a ser familiar.

—¡Listos! —gritaron los viajeros.

—Muy bien. Mucho entusiasmo. Hoy ustedes viajan a Ruili. Pronunciación: Rei-LÍ. ¿Pueden decirlo?

—¡REI-li!

—¡Oh, qué buena pronunciación china! Muy bien. Ruili es ciudad en la frontera china, cerca de Muse, en Myanmar. Pronunciación: MU-se.

Otra vez el gesto de la mano.

—¡Mu-SEY!

—No está mal. Dentro de cuarenta y cinco minutos, veremos un poblado jingpo, para ver la vida corriente, la forma de preparar la comida y la forma de plantar algunas verduras. ¿De acuerdo? ¿Qué les parece? —La propuesta fue acogida con un aplauso—. ¡De acuerdo! Muy bien.

Lulu resplandecía de satisfacción, delante de sus atentos turistas.

—¿Alguien sabe quiénes son los jingpo, quiénes son sus parientes? ¿Qué tribu, qué país? ¿No? ¿Nadie lo sabe? Entonces, hoy aprenderán algo de nuevo, que nunca oyeron antes, sí, en efecto, algo de nuevo. Jingpo es la misma cosa que kachin en Birmania, la tribu kachin de Birmania. Birmania es la misma cosa que Myanmar. Myanmar es nombre nuevo desde 1989. En efecto. La tribu kachin, que quizá habrán oído o quizá no habrán oído, es una tribu muy sanguinaria, así es, muy sanguinaria. Quizá lo saben, leyendo el periódico. ¿Quién está leyendo el periódico? ¿Nadie?

Mis amigos se miraron. ¿Había tribus sanguinarias en Myanmar? Dwight parecía extrañamente interesado en el dato. A Roxanne le dolía la cabeza. Se preguntaba si no le estaría bajando la regla, trayendo consigo la triste noticia de que tampoco ese mes se había quedado embarazada.

—No soporto ese micrófono —farfulló—. ¿No podría decirle alguien que baje el volumen, o incluso que nos conceda un poco de silencio, en lugar de parlotear sin parar?

Lulu prosiguió:

—La historia es ésta. A menudo, los kachin producen insurrección contra el gobierno, el gobierno militar. Otras tribus en Myanmar hacen lo mismo, no todas, sólo algunas. Los karen también lo hacen, o eso creo. Así que, cuando ocurre, el gobierno de Myanmar tiene que parar la insurrección. Pequeña guerra civil, hasta que todo se calma. Pero aquí no, aquí no hay problema. Aquí nuestro gobierno no es militar. China es socialista, muy pacífica, todos los pueblos, todas las minorías son bienvenidas y pueden hacer su estilo de vida, pero también pueden vivir como un solo pueblo en un solo país. Por eso aquí los jingpo son pacíficos. Ninguna preocupación por visitar su poblado. Ellos les dan la bienvenida, de verdad, les dan sinceramente la bienvenida a todos ustedes. ¿De acuerdo?

Se llevó la mano a la oreja.

—¡De acuerdo! —gritaron los viajeros al unísono.

—Muy bien, todos estamos de acuerdo. Así que han aprendido algo de nuevo. Aquí tenemos una tribu llamada jingpo. Del otro lado, kachin. Idioma, el mismo. Costumbres, las mismas. Cultivan la tierra, llevan vida sencilla, tienen fuertes lazos familiares, todos bajo el mismo techo, desde la abuela hasta el bebé pequeño, así es, en efecto, todos bajo el mismo techo. Pronto lo verán. Muy pronto.

Sonrió confiadamente, apagó el micrófono y empezó a pasar botellas de agua.

—¡Por fin! —susurró Roxanne sonoramente.

Un auténtico tesoro, pensó Bennie. Lulu era como una maestra de jardín de infancia, capaz de controlar a una clase de párvulos inquietos y encima hacerlos aplaudir e interesarse. Apoyó la cabeza contra la ventana. Si pudiera dar una cabezada, su mente funcionaría mejor... Tantos detalles que atender... Tenía que hacer el registro en el hotel... confeccionar una lista de cosas que hacer antes de entrar en Birmania. El sueño lo tentaba. No pensar, no sentir. Ninguna preocupación, ninguna preocupación, le parecía oír la repetitiva voz de Lulu, con su hipnótica calma...

—¿Señor Bennie? ¿Señor Bennie?

Lulu le dio unas palmaditas en el brazo y los ojos de Bennie se abrieron de par en par. Lo estaba mirando con expresión animada.

—Para su actualización, tengo un informe que presentarle. Hasta ahora, no tengo finalizados los pasos necesarios para entrar en Myanmar. No tenemos respuesta, todavía no...

El corazón de Bennie comenzó a palpitar como el de una madre que oye a su bebé llorando en medio de la noche.

—Aunque estoy trabajando con gran esfuerzo para conseguirlo —añadió ella.

—No lo entiendo —tartamudeó Bennie—. Ya tenemos visados para Myanmar. ¿No podemos entrar simplemente?

—Los visados son para cinco días más tarde. Cómo los consiguieron ustedes, no lo sé. Es muy inusual, por lo que sé. Además, con visado o sin visado, entrar por aquí a Myanmar no es fácil. Ustedes son norteamericanos. Normalmente, los norteamericanos van en avión y aterrizan en Yangón o en Mandalay. Aquí, en la frontera de Ruili, sólo entran y salen los chinos y los birmanos. Ninguna persona de terceros países extranjeros.

—Sigo sin entenderlo —balbuceó Bennie.

—Nunca entra ningún norteamericano por tierra, nunca en mucho tiempo. Quizá no es práctico para las aduanas de Myanmar la entrada por esta frontera de turistas que hablan inglés. El papeleo ya es suficientemente difícil, porque tantos pueblos en China y en Myanmar hablan dialectos diferentes...

A Bennie le costaba mucho seguir el razonamiento. ¿Qué tenía que ver la diversidad lingüística con que ellos pudieran pasar la frontera?

—Por eso estoy pensando que es muy raro, muy raro para ustedes entrar por este camino.

—Pero ¿por qué lo intentamos entonces?

—Estoy pensando que la señorita Bibi quería empezar la entrada por aquí, del lado chino, y pasar por carretera a Muse, del lado de Myanmar. De ese modo, su viaje puede seguir la historia del camino de Birmania.

—¡Seguir la historia! ¡Pero si no podemos pasar la frontera, no seguiremos nada más que nuestra mala suerte, de regreso a Estados Unidos!

—Así es, en efecto —dijo Lulu con expresión risueña—. Yo estoy pensando lo mismo.

—Entonces, ¿por qué no vamos directamente a Mandalay en avión y empezamos el recorrido desde allí?

Ella asintió lentamente, con gesto grave. Era evidente que albergaba serias reservas.

—Esta mañana, antes de venir ustedes, cambié todo para llegada adelantada. Mismas ciudades, mismos hoteles, sólo fecha adelantada. Ninguna preocupación. Pero si volamos a Mandalay y cancelamos otros sitios, entonces yo tengo que cambiar todas las ciudades y todos los hoteles. Necesitamos avión y dejamos autobús. Todo empieza de nuevo. Me parece posible. Podemos preguntar a la agencia Golden Land Tour de Myanmar. Pero empezar de nuevo significa que todo es muy lento.

Bennie ya se daba cuenta de que no era buena idea. Demasiadas posibilidades de que surgieran problemas a cada paso.

–¿Al menos *ha intentado* alguien en los últimos tiempos entrar por tierra?

–¡Oh, sí! Esta mañana han intentado seis mochileros, todos ellos de Estados Unidos y de Canadá.

–¿Y bien?

–Todos de vuelta. Pero ustedes tienen que ser pacientes. Estoy intentando muchas cosas. Ninguna preocupación.

Los vasos sanguíneos del cuero cabelludo de Bennie se contrajeron rápidamente y en seguida se dilataron, provocándole una fuerte taquicardia. ¿Qué significaba todo aquello? ¿Dónde estaba su Trankimazin? ¿Cómo era posible que Lulu tuviera una expresión tan radiante, cuando acababa de comunicarle unas noticias tan espantosas? Su agotada mente circulaba a toda velocidad, chocando en una sucesión de callejones sin salida. ¡Y, por favor! ¿No podía parar de una vez de decir «ninguna preocupación»?

Aquí debo intervenir. Es verdad que ningún norteamericano había entrado en Birmania a través de Ruili desde hacía mucho tiempo, desde hacía muchos, muchos años. Pero yo lo había preparado todo para ser de los primeros. Iba a ser uno de mis principales motivos de orgullo de la expedición. Durante mi último viaje de reconocimiento, había tenido un guía excelente, un joven que trabajaba para la oficina de turismo de Myanmar. Era muy listo, y cuando yo tenía un problema o necesitaba hacer algún cambio, lo primero que decía nunca era «es imposible», lo cual hubiese sido la reacción refleja de mucha gente, y no sólo en Myanmar. Este joven decía: «Déjeme pensar cómo podríamos hacerlo.»

Así pues, cuando le dije que tenía intención de traer a un grupo para recorrer el camino de Birmania, entrando en el país por la frontera china, desde Ruili, me dijo que para eso iban a ser necesarios arreglos especiales, porque sería la primera vez en mucho tiempo que se hacía algo así.

Unos meses antes del comienzo previsto de nuestro viaje, me escribió anunciándome que ya estaba todo listo. Había sido complicado, pero lo había conseguido, a través de contactos en el puesto fronterizo, en la oficina central de turismo de Yangón, en la compañía turística y en la administración de aduanas. Me dijo que no había sido fácil acordar la fecha, pero tenía confirmado el día de Navidad.

Cuando llegáramos a China, se pondría en contacto conmigo en el hotel de Ruili, y vendría a buscarnos, para guiarnos personalmente a través de la frontera. Me sentí tan feliz que le prometí un regalo muy especial para Navidad, y él se emocionó y me lo agradeció calurosamente.

Naturalmente, Bennie y Lulu no estaban al corriente de nada de eso. Me correspondía a mí ponerme en contacto con el guía y asegurarme de que hiciera nuevos arreglos. Pero era muy difícil imaginar cómo iba a conseguirlo en mi presente estado.

Harry ya se sentaba otra vez junto a Marlena, pero el impulso que había cobrado su relación se estaba debilitando rápidamente. Delante de ellos, Wendy y Wyatt se morreaban y se magreaban alegremente. Era triste, pensaba Harry, que Marlena y él no se entregaran a una ocupación similar. Le resultaba molesto contemplar a la joven pareja y reparar en el contraste que había con él. Casi parecía como si le estuvieran pasando su intimidad sexual por la cara. También a Marlena le molestaban sus prolongadas sesiones de besos de tornillo. Unos mimos estaban bien, pero aquello era exhibicionismo. ¿Quién quería ver aquellas dos lenguas chapoteando y repasándose mutuamente las encías? Aquellos lances linguales parecían una representación guiñolesca de un encuentro peneano-vaginal. Puesto que los chupeteos se desarrollaban justo delante de sus ojos, tenía que hacer un gran esfuerzo para fingir que no los veía. Era muy incómodo. Pensó pedirles que pararan, pero temió que Harry la creyera mojigata. Por su parte, Harry estaba pensando en qué decir para iniciar una conversación con Marlena y poder reanudar así su flirteo.

Mientras Wendy y Wyatt se disponían a entrar en una fase aún más ferviente de su interacción, Harry los interrumpió involuntariamente, diciéndole a Marlena:

—¡Mira esos pájaros enormes! ¡Qué alas! ¡Qué movimientos tan gloriosos!

Por la ventana señaló a unas aves que volaban en círculos. Varias cabezas se volvieron, entre ellas las de Wendy y Wyatt.

—Buitres —dijo Wyatt.

—Sí, es cierto —dijo Marlena—. Hemos visto muchos. Debe de haber algún animal muerto en el campo.

Le alegró que Harry hubiese tenido el acierto de sacar un tema capaz de sofocar rápidamente cualquier pensamiento de placer sensual.

—¿A alguien le apetecen chocolate o cacahuetes?

Empezó a repartir bolsas de M&M's y frutos secos surtidos, del tamaño de las que se preparan para Halloween. Se había traído un bolso de mano lleno de golosinas y cosas para picar. Wyatt empezó a tragar el chocolate, y Marlena esperó que teniendo la boca así ocupada se abstuviera de reanudar la gimnasia lingual.

Harry se estaba dando de patadas mentalmente. *¡Buitres!* Había sido un imbécil, y era evidente que Marlena pensaba lo mismo. ¡De todas las cosas estúpidas que podría haber señalado...! ¡Claro que eran buitres! Tendría que haberse puesto las bifocales. ¿Qué había sido de la chispa, de la vibración que había entre ellos? Como un matrimonio de muchos años, masticaban en silencio sus chocolatinas, contemplando el paisaje con fingido interés y miradas vacías. Llanos en diferentes tonos de verde, colinas bajas con bosquecillos aislados... Todo les parecía igual.

En realidad, lo que estaban viendo eran campos de caña de azúcar de plumosas espigas, altas matas de bambú y pinos de aguja pequeña que alcanzaban seis metros de altura; a su derecha, una ladera de arbustos de té y una parcela de zanahorias de inflorescencias blancas, y a su izquierda, campos dorados de colza, junto a pequeños grupos de árboles del caucho, cuyas hojas se habían vuelto anaranjadas, rojas o castañas. A lo largo de la carretera, se sucedían los más vibrantes estallidos de vida: coloridas esferas de lantana e hibiscos escarlata con flores en forma de trompeta, abiertas para saludar una tarde perfecta. Una tarde perfecta, desperdiciada en Harry y Marlena.

Cuando el autobús giró por una deteriorada carretera de tierra, la primera sacudida despertó a los que venían durmiendo la siesta. Lulu intercambió unas palabras con el conductor y llegó con él a un acuerdo inmediato. Era el momento de apearse y hacer el resto del camino a pie, hasta el poblado. El conductor apagó el motor.

–Traigan sombrero, gafas de sol y agua –ordenó Lulu–. También crema de insectos, si tienen. Muchos mosquitos.

–¿Hay algún lavabo por aquí cerca? –preguntó Roxanne. La cámara de vídeo le colgaba del cuello.

–Sí, sí, por ahí –respondió Lulu, señalando con un gesto la vegetación alta, al borde de la carretera.

Mientras todos recogían lo necesario, oyeron unos débiles gemidos al fondo del autobús. Los ojos se volvieron hacia Esmé, que yacía en un asiento, aparentemente doblada de dolor.

–¡Wawa! –exclamó Marlena–. ¿Estás enferma? ¿Qué te ocurre?

Temblando de miedo, Marlena corrió hacia el fondo del autobús, y cuanto más se acercaba, más desesperada parecía Esmé. Marlena se inclinó, para ayudar a su hija a incorporarse. Un momento después, exclamó:

–¡Dios mío!

El cachorrito volvió a gemir.

Harry corrió hacia ellos. Esmé empezó a aullar.

–¡No pienso abandonarlo! Si lo dejáis aquí, yo también me quedaré.

Desde la noche anterior, Esmé ya sabía que iba pasar lo inevitable. Descubrirían lo que había hecho. Como llevaba tanto tiempo guardando el secreto, se había ido poniendo cada vez más nerviosa y ahora no podía evitar llorar a voz en cuello. Las oleadas de hormonas adolescentes también contribuían a una sensación de negra fatalidad.

Harry levantó la pañoleta que Esmé había confeccionado cortando una camiseta. Allí, en el hueco del brazo de la histérica niña, yacía un cachorro de aspecto letárgico.

–Deja que le eche una mirada –dijo suavemente.

–¡No te dejaré! –estalló Esmé entre sollozos–. Si intentas quitármelo, te mato. ¡Te juro que te mato!

–¡Para ya! –la regañó Marlena. A lo largo del último año, Esmé le había dicho eso mismo a ella y a la nueva mujer de su ex marido. Aunque Marlena sabía que todo se reducía a histrionismo y amenazas vacías, le dolía oír esas palabras en boca de su hija, sabiendo que había adolescentes que llevaban a la práctica esos mismos pensamientos violentos.

Harry apoyó la mano sobre el hombro de Esmé para calmarla.

–¡No me toques! –chilló–. Puedes poner tus asquerosas manos encima de mi madre, pero no encima de mí. Soy menor de edad, ¿sabes?

A Marlena se le encendieron las mejillas de azoramiento e indignación, lo mismo que a Harry. Levantando la vista, Harry advirtió que los otros ocupantes del autobús lo miraban fijamente.

–¡Esmé, para ahora mismo! –exclamó Marlena.

Harry, recordando su especialidad en conducta animal, recobró la ecuanimidad. Con un perro asustado, los gritos nunca sirven de nada. Decidió ser la encarnación misma de la serenidad.

–Nadie va a quitarte a tu cachorro, claro que no –dijo con voz suave–. Pero yo soy veterinario y puedo ver qué le ocurre.

–¡No es cierto! –sollozó Esmé–. Tú haces de instructor de perros en un estúpido programa de televisión. Los obligas a hacer trucos idiotas.

–También soy médico veterinario.

Los sollozos de Esmé se redujeron a leves gemidos.

–¿De verdad de la buena? ¿No eres solamente un actor?

Miró a Harry, como para sopesar si podía renunciar a su desconfianza.

–De verdad de la buena –respondió Harry, utilizando ese modismo que normalmente detestaba. Después, empezó a hablarle al cachorro–: Hola, chiquitín, no te sientes muy bien, ¿verdad?

Harry le abrió la boca al cachorro y, con gesto experto, le examinó las encías, palpándolas ligeramente. Pellizcó entre dos dedos un pliegue de la piel del lomo y lo soltó.

–Tiene las encías bastante pálidas –comprobó en voz alta–. ¿Lo ves, aquí? Ligeramente grisáceas. ¿Y ves cómo tardan en deshacerse los pliegues de la piel? Deshidratación.

Levantó al cachorro para observarlo por debajo.

–Hum. Es una perrita... Con una hernia en el ombligo... Debe de tener unas cinco semanas, por lo que veo, y probablemente no ha sido destetada correctamente.

–Una perrita –repitió Esmé, extasiada, y añadió en seguida–: ¿Puedes salvarla? Esas chicas del hotel la estaban dejando morir. ¡Por eso tuve que traérmela!

–Claro que sí –dijo Harry.

—Pero, cariño —intervino Marlena—, la triste, la tristísima realidad es que no podemos llevar un perro con nosotros, por mucho que...

Harry levantó la mano, para indicarle que esa línea de acción podía ser contraproducente. Siguió acariciando a la perrita, mientras le hablaba a Esmé.

—Es una preciosidad —le dijo, para luego añadir en tono admirativo—: ¿Cómo conseguiste pasarla por los controles de seguridad y subirla al avión?

Esmé le hizo una demostración, utilizando la improvisada pañoleta triangular, a modo de cabestrillo para el brazo. Por encima se puso una sudadera, cerrada con cremallera.

—Fue fácil —declaró con orgullo—. Pasé directamente, sin que ella hiciera ni el más mínimo ruidito.

Marlena miró a Harry y, por primera vez desde la debacle en el templo, sus corazones y sus mentes se buscaron mutuamente.

—¿Qué hacemos? —preguntó Marlena, moviendo solamente los labios.

Harry asumió el control.

—Esmé, ¿sabes cuándo comió por última vez?

—Intenté darle huevo esta mañana. Pero no tiene mucha hambre. Comió muy poco y después, cuando hizo un provechito, lo soltó todo.

—Ajá. ¿Y qué me dices de las heces?

—¿Heces?

—¿Ha hecho caquita?

—¡Ah, eso! Ha hecho pis, pero eso otro que tú dices, no, nada. Está muy bien educada. Me parece que, sea lo que sea lo que tenga, debe de tener que ver con ese bulto en la barriga.

—Una hernia umbilical —dijo Harry—. Bastante corriente y no necesariamente grave. Se ve mucho en las razas pequeñas. La estrangulación de los intestinos podría plantear problemas más adelante, pero la mayoría de los casos se resuelven por sí solos en unos meses o, en última instancia, se pueden solucionar con una pequeña operación.

Sabía que estaba diciendo más de lo necesario, pero quería que Esmé confiara completamente en su capacidad de ayudarla.

Esmé acarició el pelo de la perrita.

—¿Entonces, qué tiene? A veces, cuando se pone de pie, echa a correr como loca y después se cae.

—Podría ser hipoglucemia —dijo, rogando a Dios que no fuera parvovirus—. Como mínimo, tenemos que rehidratarla, y tenemos que hacerlo ahora mismo.

Se puso de pie y se dirigió al resto de los pasajeros del autobús:

—¿Por casualidad no tendrá nadie un cuentagotas?

Se hizo un silencio terriblemente largo. Al final, una vocecita preguntó:

—Yo tengo un cuentagotas, pero ¿no sería mejor una jeringuilla esterilizada?

Era Heidi.

Al principio, Harry estaba demasiado atónito para responder, pero en seguida exclamó:

—¿Estás de broma? ¿De verdad tienes una?

Cuando Heidi se sonrojó y bajó la vista, él intentó arreglarlo rápidamente.

—Lo que quiero decir es que jamás habría imaginado...

—La he traído en caso de accidente —fue la explicación de Heidi—. He leído que no hay que recibir transfusiones en el extranjero. En China y en Birmania hay mucho sida, especialmente en la frontera.

—Claro, claro. ¡Magnífico!

—También tengo una sonda.

—Por supuesto.

—Y dextrosa... en solución intravenosa.

—¡Guau! —exclamó Esmé—. ¡Qué pasada!

Harry se rascó la cabeza.

—Es... es absolutamente asombroso... Pero no sé si deberíamos usarlo. Después de todo, si usamos ahora tu equipo de emergencia, ya no podríamos usarlo más adelante, si surgiera... ya sabes, si se produjera algún accidente.

—No te preocupes —dijo Heidi en seguida—. Para eso lo he traído, para cualquier emergencia, no sólo para mí. También tengo comprimidos de glucosa, si prefieres probarlos en lugar de lo otro.

Tampoco esa vez Harry consiguió disimular su asombro.

—Soy hipoglucémica —explicó Heidi, levantando la muñeca derecha para enseñar su brazalete de Alerta Médica.

Harry se figuró que Heidi padecía lo que en algunos círculos médicos se conoce como «enfermedad de Marin County», una vaga insatisfacción que hace que muchas personas, en particular mujeres, se quejen de debilidad repentina, movimientos inseguros y apetito exagerado. Heidi poseía el material y los conocimientos médicos de una hipocondríaca.

–En ese caso, nos arreglaremos por ahora con el cuentagotas, si eres tan amable...

–Sí, desde luego que sí. –De hecho, Heidi estaba encantada. Por una vez, su arsenal de remedios iba a resultar útil–. Pero, antes, tengo que llegar a donde está mi maleta.

Heidi extrajo sus suministros médicos, mientras los otros purgaban su equipaje de mano, en busca de cosas útiles: un gorro de lana para hacerle una cama a la perrita, un pañuelo para usarlo como sábana lavable y una bonita cinta, para ponérsela cuando se hubiera recuperado y estuviera lamiendo alegremente la cara de sus salvadores.

Mientras Harry, Esmé y Marlena atendían a la perrita enferma, el resto del grupo bajó del autobús con Lulu. Dwight se dirigió a la cuneta y se bajó la cremallera.

A Vera la molestó que se pusiera a orinar a la vista de todos y que dejara a los demás la responsabilidad de desviar la mirada. ¡Qué descaro! Controlaba al grupo, actuando como si él fuera la excepción a todas las reglas. Exigía alternativas, cuando nadie debería haber sugerido ninguna. Refunfuñando para sus adentros, Vera se internó entre las hierbas altas, en busca de intimidad. Cuando la vegetación se hubo cerrado sobre ella, levantó la vista al cielo, al azul sin referencias. Tragada por el verdor, desorientada, disfrutó de la sensación, sabiendo que en realidad no estaba perdida. Aún podía oír las voces a pocos metros de distancia. Se levantó la falda del vestido, recogiendo con mucho cuidado los voluminosos pliegues de tela, para no ensuciarse accidentalmente. ¿Cómo harían las señoras de la época victoriana para orinar, con aquellos refajos y aquellos miriñaques?

En la cartera tenía la foto de una joven negra, que estaba de pie delante de un paisaje pintado y contemplaba solemnemente alguna cosa a un lado. A Vera le gustaba pensar que ése sería su futuro. Llevaba el pelo peinado al estilo de la época, trenzado y recogido, y lucía un vestido negro de cuello alto, con un medallón ovalado en el cuello y una falda lisa por delante y abultada por detrás como un árbol de Navidad. Era su bisabuela, Eliza Hendricks. Vera la sentía a menudo en su alma. Había sido profesora en una de las primeras universidades para mujeres negras. Además, había publicado un libro titulado *Libertad, independencia y responsabilidad*. Vera llevaba años tratando de localizar un ejemplar y había consultado con cientos de libreros de viejo. Imaginaba lo que Eliza Hendricks habría escrito y, como resultado, reflexionaba a menudo sobre esos temas: libertad, independencia, responsabilidad, lo que habían significado entonces y lo que significaban ahora. Tiempo atrás, había albergado la esperanza de escribir algún día un libro sobre los mismos temas e incluir anécdotas de su bisabuela, si conseguía averiguar más de ella en los archivos públicos. Pero en los últimos años se sentía más frustrada que inspirada. ¿Cuál es el lugar de la libertad y la responsabilidad cuando te atormentan los recortes presupuestarios, los advenedizos dispuestos a aceptarlo todo y las organizaciones benéficas competidoras? Nadie tenía ya visión de futuro. Todo era marketing. Dejó escapar un suspiro. Se suponía que el viaje a China y Birmania iba a ser tonificante, que la ayudaría a ver una vez más el anchuroso horizonte azul. Levantó la vista a las nubes. El poblado se encontraba a menos de un kilómetro de distancia, por un camino de espesos arbustos de margaritas silvestres que alcanzaban dos o tres metros de altura.

De pronto, un grito desgarrador resonó camino abajo.

–¿Qué demonios ha sido eso? –dijeron Moff y Dwight casi simultáneamente. Venía del poblado que tenían delante.

–¿Una niña? –conjeturó Moff. Heidi se imaginó a una niña levantada por el aire por un jefe tribal, a punto de ser arrojada a un abismo, en un sacrificio ritual. A continuación se oyeron gemidos. ¿Estarían azotando a un perro con una pala? Después fueron resuellos y rebuznos. ¿Sería un asno, fustigado por resistirse a llevar una carga cuesta arriba? Segundos más tarde resonaron unos gritos aparentemente de mujer, que helaban la sangre. Alguien estaba sufriendo una agresión. ¿Qué estaba ocurriendo?

Moff, Harry, Rupert y Dwight salieron corriendo por el camino, ligeramente encorvados, en actitud defensiva. Roxanne, Wyatt y Wendy los siguieron. La adrenalina les agudizaba la vista y el oído. Tenían una misión.

–¡Volved! –les gritó Heidi, inútilmente.

–Ninguna preocupación –dijo Lulu–. Ese ruido es sólo cerdo, no gente.

–¡Dios mío! ¿Qué le están haciendo?

–Preparando para la cena –replicó Lulu, pasándose un dedo a través del cuello–. ¡Zap!

–Horrible. La gente puede ser malísima, sin darse cuenta siquiera –dijo Esmé, mientras acariciaba a la perrita que llevaba acomodada en el cabestrillo.

El grupo siguió avanzando en dirección a la cima de la colina. Los gritos se disolvieron en plañidos. La voz del cerdo se fue volviendo cada vez más débil y apagada. Después, dejó de oírse. Heidi sintió náuseas. Había llegado la muerte.

En el punto donde el camino se bifurcaba, escogieron la senda más estrecha, convencidos de que los conduciría a algún lugar menos visto y más especial. A Bennie, el pueblo le recordaba las regiones rurales de los Apalaches. Se extendía sobre un conjunto de pequeñas colinas, con senderos que subían y bajaban, concebidos para gente de caderas estrechas que caminara en fila india. Sobre cada colina había dos o tres casas y, a su alrededor, huertos y corrales. El humo de los fuegos de carbón y los enjambres de mosquitos ensombrecían el aire. En las cuestas más empinadas, había peldaños fabricados con piedras o con tablas estrechas, en los que apenas había espacio suficiente para apoyar un pie. A los lados de la senda, había estacas clavadas en el suelo, para que los caminantes pudieran agarrarse cuando recorrieran el camino en días de lluvia y fango.

Llegaron a un corral en cuyo interior había unos cerdos enormes de pelo hirsuto. Al acercarse los visitantes, los cerdos sacudieron el rabo y resoplaron. Fuera del corral, unos cerditos de color rosa deambulaban libremente, como perros domésticos, pidiendo comida a unas niñas descalzas de nueve o diez años, que llevaban en brazos a sus hermanitos con el culo al aire.

–Huid, huid –les susurró Heidi a los cerditos–. Estáis condenados.

Al ver que se acercaban los extranjeros, tres niños se enzarzaron en un fingido combate, asestándose mutuas estocadas con sus mejores réplicas de sables. Los dos más pequeños usaban cañas de azúcar; pero el mayor, un presuntuoso, se había decidido por una vara de bambú, más resistente, y en poco tiempo redujo a verdes jirones las espadas de los pequeños. ¡Zas! ¡Zas! Eran antiguos guerreros que mantenían al poblado a salvo de los invasores. El niño mayor tomó impulso y saltó al lomo de un búfalo que descansaba echado a un lado del camino. Forcejeó con los cuernos de la bestia implacable y le propinó después una fuerte patada en un costado, antes de proclamarse nuevamente victorioso. Los otros niños lo imitaron, tomando carrerilla para impulsarse hasta el lomo del búfalo, que usaron como trampolín para efectuar un salto mortal, como gimnastas en una olimpiada montañesa. Si al búfalo le hubiese parecido oportuno, podría haberse incorporado sobre sus robustas patas y arrollar o destripar a los niños en cuestión de segundos. ¿Qué habría hecho aquel búfalo en una vida pasada, para que ahora tuviera que servir de trampolín o de potro?

Mis amigos prosiguieron, hasta dar una vuelta completa.

—Por aquí —dijo Lulu, abriendo la marcha por el patio de tierra de donde habían salido aquellos ruidos espantosos. El cerdo recién muerto yacía de lado, sobre una plataforma de piedra. La sangre manaba de su cuello, y una parte ya había sido recogida en un cuenco grande, donde se coagularía. En una parrilla, había una pila enorme de ramitas para hacer fuego. Dos hombres estaban iniciando el proceso de limpiar al cerdo, con los cuchillos y los cubos listos. En una esquina, varias mujeres jóvenes arreglaban unas cestas de verduras. A la izquierda, había una casa de adobe, de cuyo interior oscuro salió un hombre, que se dirigió con aire de autoridad hacia los visitantes. Lulu y él intercambiaron saludos en jingpo.

—¿Cómo se encuentra su abuela esta semana? —preguntó la guía—. Mucho mejor, espero.

Al cabo de unos minutos, Lulu les hizo a mis amigos un gesto para que se acercaran.

—Vengan, aquí él me dice que ustedes bienvenidos para visitar patio, hacer preguntas y sacar fotos. Pero pide, por favor, no entrar en la casa. Su abuela está muerta recientemente, todavía ahí dentro. La están preparando para banquete funeral.

—¿Se la van a comer? —le susurró Esmé a su madre. Marlena negó con la cabeza.

—¡Dios santo! —exclamó Bennie—. No deberíamos estar aquí, si están de duelo.

—No, no, está bien —le aseguró Lulu—. Era muy vieja, más de ciento cuatro años y enferma desde hace mucho, mucho tiempo.

—¿Ciento cuatro años? —intervino Dwight—. ¡Imposible!

—¿Y eso por qué? —replicó Vera.

Él se encogió de hombros. Debería haberlo dejado correr, pero no pudo.

–Mira cómo viven...

–Ya lo veo –insistió Vera–. Parece un sitio sencillo pero apacible, sin estrés ni atascos de tráfico.

–¡El tráfico sería el menor de sus problemas! –repuso Dwight–. Aquí no hay saneamiento ni calefacción. La mitad de la gente ha perdido todos los dientes. Dudo que tengan una reserva de antibióticos a mano. Y fíjate en esos niños: uno tiene el paladar hendido, el otro un ojo vago...

–Eso se llama ambliopía –lo corrigió Vera. Sabía de esas cosas; su organización financiaba una clínica de puericultura, para madres de los barrios pobres.

Dwight la miró con sorna.

–También se llama «ojo vago».

–«Vago» es un término peyorativo.

Dwight soltó una risita y meneó la cabeza. Él mismo había padecido de «ojo vago» cuando era niño.

Lulu intuyó que se estaba preparando una pelea.

–Vengan, vengan –dijo–. Vamos a visitar esta familia. Es buena suerte para ustedes entrar. Si entran en casa donde hay un muerto, el muerto se lleva toda su mala suerte al otro mundo.

¿También yo me había traído conmigo una carga de mala suerte?

–Este suceso trae a la casa mucho karma bueno –prosiguió Lulu–. Por eso todos están felices. Vengan, vengan, ¡vamos a recibir felicidad!

De repente, Dwight pareció afligido. Un extraño malestar se adueñó de él y su estómago empezó a hincharse, aumentando de tamaño por momentos, como si en su interior estuviera creciendo una fuerza extraña, un *alien*, y ahora la criatura estuviera a punto de salir, haciendo estallar las paredes de su abdomen.

–¡Cariño! –exclamó Roxanne–. Tienes muy mal aspecto. ¿Te sientes mal?

Dwight negó con la cabeza.

–Estoy bien.

Sus náuseas se redoblaron. La presión creciente se convirtió en fuertes pinchazos. Su cara adquirió el color del estiércol de ganso. No era de la clase de personas que se quejan de dolor. Una vez, esquiando, se había roto una pierna, y el hueso astillado sobresalía a través de la piel. En aquella ocasión, había bajado de la montaña contando chistes con los hombres de la patrulla que fueron a rescatarlo.

Esta vez se sentía al borde de la muerte. ¡Un infarto! Sólo treinta y un años, e iba a caer fulminado de un ataque al corazón, en un pueblo dejado de la mano de Dios, sin un médico ni una ambulancia que lo sacaran de allí. Su mente se volvió confusa, a causa el dolor y del convencimiento de que se estaba muriendo. Se tambaleó en todas direcciones, desesperado por encontrar algún remedio, sordo a las angustiadas preguntas de su mujer. Una fuerza misteriosa iba a matarlo. La vieja muerta... Habían dicho que se llevaría toda la mala suerte y sólo dejaría la buena. Él era el malo, el que nadie quería. Sus ojos se quedaron fijos, intentando aguantar el precario equilibrio de su organismo. No podía respirar, santo Dios, no podía respirar. ¿Qué iba a hacer ahora? Allí no había medicinas. El veterinario inglés del perro... Él tendría algo. ¿Dónde demonios estaba? Volvió la vista a la izquierda, hacia la casa a oscuras, con la puerta abierta. Allí dentro había un fantasma. Vio a los hombres con sus instrumentos de destripamiento, que lo miraban fijamente; él sería su próxima víctima. Se volvió y vio a sus compañeros de viaje, que lo observaban. Vera lo odiaba, lo sabía. Quería verlo muerto. Ni siquiera a su mujer parecía importarle lo que pudiera pasarle. Habían tenido una discusión la noche anterior. Ella lo había llamado «egoísta de mierda» y veladamente había aludido al divorcio. Se abrió paso hasta ella y cayó al suelo.

En treinta y siete vomitivos segundos, el estómago de Dwight se vació de todo su contenido. Era la acumulación de una cena, un desayuno y una comida que se habían quedado sin digerir, gracias a las bayas de *Zanthoxylum* consumidas la noche anterior, que le habían anestesiado los intestinos hasta la parálisis. No me referiré a ese contenido, excepto para decir que incluía muchas cosas de colores, que los cerditos buscaron, se disputaron y devoraron.

Al cabo de un minuto, Dwight se sentía un poco menos desgraciado. La muerte había pasado de largo. Al cabo de cinco minutos, pudo ponerse de pie débilmente. Pero era otro hombre. Se sentía derrotado y su jactancia se había esfumado. Volvía a ser el niño vapuleado por los otros chicos del barrio, el que había recibido un golpe en el estómago que le había cortado la respiración, y luego otro, y otro más.

–Dwight, cielo –lo estaba llamando Roxanne, en voz baja–, volvemos al autobús. ¿Podrás andar?

Él levantó la vista y negó con la cabeza, incapaz de hablar.

–¿Habrá algún carro? –oyó que Vera le preguntaba a alguien.

–Ninguna preocupación, ahora mismo pregunto –respondió Lulu.

–Podemos pagar –añadió Vera–. Aquí tiene, a ver si es suficiente...

Era su punto fuerte: controlar la situación en caso de crisis.

Lulu empezó por gritar a los dueños de la casa, que le devolvieron los gritos, cooperando con numerosas sugerencias y rehusando al principio toda compensación. ¿Un regalo simbólico para la finada? ¡Ah, en ese caso sería una gran gentileza, una gran bondad, demasiado bueno para ser verdad!

Poco después trajeron un carro de dos ruedas, tirado por el mismo búfalo que había dejado que los niños espadachines le saltaran encima. Dwight casi lloró de agradecimiento. Harry y Moff lo ayudaron amablemente a levantarse. Roxanne, con una expresión de maternal inquietud en el rostro, le acariciaba la frente. Todavía lo amaba. Sentía ganas de llorar. Nunca había experimentado con tanta fuerza la maravilla del amor.

Mientras los extranjeros salían del poblado, los miembros de la familia agradecían a la anciana muerta la buena suerte que les había traído: diez dólares norteamericanos, nada más que por llevar el carro hasta el final del camino. ¡Felicidad para todos!

5. Todos hacemos lo que debemos

En las ciudades fronterizas, todos esperan. También es así en Ruili. Los vendedores de gemas falsas esperan clientes ansiosos de comprar jade. Los hoteleros lustran los suelos esperando a los huéspedes. Los traficantes de armas y de drogas buscan a sus contactos.

Mis amigos esperaban el permiso fronterizo que les permitiría entrar en Myanmar por el extremo septentrional del camino de Birmania. Era una agonía para Bennie, que se sentía responsable de haberlos llevado hasta allí, aunque también lo habrían culpado si no lo hubiese hecho. Comía pipas de girasol a todas horas, como si cada pipa fuera un problema por resolver. Partía la cáscara, observaba el cuerpo gris en el interior y se lo tragaba como un sedante, deseando superar la terrible sensación de espanto y poder pensar con claridad. Teniendo en cuenta que ningún occidental había entrado recientemente en Myanmar por la ruta terrestre, no imaginaba cómo lo iba a hacer para conseguir que el grupo pasara. Unos meses antes, la carretera había sido abierta a la circulación de ciudadanos de terceros países, pero hasta entonces nadie había sido capaz de completar el diabólico y anticuado proceso necesario para reunir toda la documentación, sellada y aprobada por las autoridades correspondientes. Cuando Bennie registró al grupo en el hotel de Ruili, le preguntó al gerente si podrían permanecer más tiempo, en caso de necesidad.

—Ninguna preocupación —replicó el gerente, antes de estudiar la lista de doce nombres que Bennie le había entregado junto con la pila de pasaportes y compararla con sus registros.

–¿Y la señorita Bibi Chen? ¿No viene?

La mención de mi nombre cogió por sorpresa a Bennie.

–No venido... Un problema de último minuto... Ahora soy yo el director del grupo. Nuestra agencia de viajes debe de habérselo notificado.

El hombre frunció el ceño.

–¿A mí?

–Me refiero a la oficina de turismo. Debería aparecer en sus papeles. Está ahí, ¿verdad?

–Sí, claro, ahora veo. Ha tenido accidente y está en hospital. –Levantó la vista, frunciendo otra vez el ceño–. Terribles noticias.

–Así es.

(Si sólo supiera cuán terribles.)

–Por favor, dele saludos.

–Lo haré.

–Y bien venido usted. ¿Primera vez en Ruili?

–En realidad, he estado antes en la región –mintió Bennie–, pero aquí, en Ruili, nunca.

No sabía si sería perjudicial admitir que era novato.

–Excelente. Tenga muy buena y feliz estancia con nosotros.

Mientras tanto, Dwight y la perrita shih-tzu se habían recuperado lo suficiente como para que Harry los declarara «rescatados de las puertas de la muerte». La cara de Dwight se había vuelto del color de las algas. En cuanto llegaron al hotel, se metió en su cama individual, asistido por Roxanne, que le llevó un vaso de agua hervida, siguiendo los consejos del doctor Harry. Dwight se bebió el agua a pequeños sorbos, tratando de no regurgitar, y se acostó. Después, mientras Roxanne lo instaba a relajarse, pasó de una *sombre rêverie* a un sueño profundo.

La escamoteada perrita de Esmé también estaba sumida en una ensoñación. *Pupi-pup* estaba tumbada boca arriba, estirando extasiada las patitas cada vez que Esmé le rascaba la barriguita. A Marlena la emocionaba ver tan feliz a su hija. Recordaba un episodio de su infancia, cuando le pidió a su padre que le permitiera quedarse con un gatito que había encontrado. Sin decirle una sola palabra, su padre le quitó al gatito de las manos, se lo entregó a una criada y le ordenó que lo ahogara. Pero la criada se limitó a sacarlo de la casa y, durante meses, Marlena estuvo alimentándolo en secreto con restos de comida, hasta que un día el gatito dejó de presentarse. ¡Qué parecida a ella era Esmé! Ahora estaba intentando que la perrita tomara una sopa aguada de pollo y arroz, recetada por Harry y conseguida por Marlena en la cocina del hotel. Marlena le había dicho al personal que su hija no se sentía bien y necesitaba una sopa especial. Unos pocos dólares norteamericanos habían sido suficientes para convencerlos de la veracidad de la historia.

—Vamos, *Pupi-pup* —decía Esmé, sujetando el cuentagotas a la altura de la boca de la shih-tzu y chasqueando los labios para animarla un poco más. A Harry le complacía enormemente pensar que se habían convertido en una especie de familia, porque, ¿qué es una familia, después de todo, si no los actores de una crisis con final feliz?

A las siete, todos excepto Esmé y *Pupi-pup* bajaron al vestíbulo a reunirse con Lulu. Antes de salir, Marlena le dio instrucciones estrictas a Esmé de no abandonar la habitación. Como ya les había advertido Lulu, ningún hotel admitía perros. Además, Lulu les había explicado que ninguna persona podía tener un perro en China, a menos que tuviera en su poder un permiso especial, que costaba miles de yuanes y que, en todo caso, sólo se concedía a los residentes permanentes. Aunque la ley no siempre se respetaba, de vez en cuando las autoridades locales hacían una redada y se llevaban a todos los perros cuyos amos desobedecían las reglas. En cuanto a lo que hacían con los perros, no quiso decirles nada, excepto advertirles de que era «muy malo, muy mal resultado que ustedes mejor no conocen».

—No queremos que nos descubran —dijo Marlena.

—¡Claro que no! —le replicó Esmé con su voz más dulce.

—Wawa, prométeme, pero prométeme de verdad, que no saldrás de la habitación. ¿Me lo prometes?

Esmé soltó un sonoro suspiro.

—Déjalo ya, mamá. Ya no soy una wawa. Sé muy bien lo que tengo que hacer. No es necesario que me lo digas.

Todo eso lo dijo sin apartar los ojos de la perrita.

—Vamos, *Pupi-pup*, come un poco. Te hará bien...

Marlena se marchó con renuencia. En el vestíbulo, Lulu se dirigía a los turistas como una animadora deportiva.

—¿Todos hambrientos?

—¡Hambrientos! —dijeron al unísono, mientras se encaminaban hacia la puerta.

Cuando el autobús arrancó, Lulu encendió el micrófono.

—Ya dije antes a ustedes que esta ciudad se llama Ruili, sí, Ruili. Pero también tiene otro nombre: Shweli. En birmano, Shweli.

Varios pasajeros se volvieron hacia sus compañeros de asiento y enunciaron en tono monocorde:

—Shweli.

—Para pueblo dai, Ruili significa «brumoso».

—Brumoso —repitieron los pasajeros mecánicamente.

—Pero algunos dicen que significa «mucha niebla».

—Niebla.

—... o llovizna.

—*Llovinna* —repitieron todos, imitando su pronunciación.

—A veces esa llovizna neblinosa cae solamente en un solo pequeño lugar: una calle, una casa... Pero en la otra acera está seco, ni una baldosa mojada. Muy inusual, ¿de acuerdo?

—De acuerdo.

—Alguna gente de aquí hace broma y dice que quizá es orina cayendo de los aviones que pasan —dijo, señalando al cielo con un dedo.

Los turistas levantaron la vista al cielo, sopesando esa posibilidad. En China, muchas ideas que normalmente se consideran imposibles no pueden descartarse tan fácilmente.

Lulu se echó a reír.

—¡Broma! Solamente hacemos broma.

Lulu le indicó al conductor que atravesara el «centro de la ciudad», para que los turistas se hicieran una idea de lo que la zona céntrica de Ruili podía ofrecerles. Lo hizo solamente porque era parte del recorrido impuesto por las autoridades, en su esfuerzo por inyectar algo de capital al comercio local. Pero Lulu también había visto la expresión de decepción en los ojos de muchos turistas, al llegar al centro de Ruili. La mayoría sólo añadían la ciudad a su itinerario con el único propósito de decir que habían pisado suelo birmano. De hecho, en las afueras de la ciudad había una caseta blanca de madera, donde era posible situarse con medio cuerpo en China y el otro medio en Myanmar. Para eso no hacía falta ningún permiso especial. Así pues, sin haber entrado nunca en Myanmar, los viajeros podían decir que habían estado allí. En aquella caseta, Lulu había hecho cientos de fotos a petición de los turistas. Por lo general, sus clientes posaban en actitud contorsionada, con las piernas en China y la cabeza y los hombros en Myanmar. También era corriente que los dos miembros de una pareja se situaran cada uno en un país diferente y que posaran mirándose mutuamente con prismáticos, a quince centímetros de distancia.

–Miren eso –solía decir a cada remesa de turistas, señalando una vivienda cercana–. Allí vive una familia: cocina en China, dormitorio en Myanmar. De ese modo, la familia come en un país y duerme en otro. Creo que la casa está ahí desde hace muchos siglos, sí, mucho tiempo, cuando todavía no se sabía dónde termina un país y empieza otro.

Dwight, todavía pálido, contemplaba el paisaje a su alrededor. Se lo imaginaba tal como debía de haber sido más de cien años atrás, cuando su tatarabuelo llegó a esta parte del mundo. Quizá también había entrado en Birmania por la ruta de la seda, pasando por esa etapa del camino. En aquel entonces, debía de ser un lugar maravilloso, de verdes montañas y bosques frondosos, corrientes caudalosas y flores silvestres en abundancia, sin barreras ni carteles que lo estropearan.

Yo también podía imaginarlo. En virtud de su sino geográfico (la afortunada yuxtaposición de un río entre dos países), era un punto natural donde detenerse y reflexionar acerca de lo que había delante y lo que quedaba atrás. Comerciantes de pieles, guerreros y refugiados habían llegado hasta ese extremo septentrional del camino, preguntándose cuál de los dos lados les ofrecería mejores oportunidades: ¿el Reino Central o el viejo Myan?

Y la ciudad todavía seguía allí. Las reliquias de los templos antiguos quedaban ensombrecidas por una anodina mezcla de hoteles de muchos pisos, tiendas de una sola planta y calles ensanchadas y urbanizadas con tanta rapidez que el campo a su alrededor había sido despojado de todo signo de vegetación. El neón había reemplazado a los crepúsculos.

Desde el autobús, mis amigos pasaban por delante de casas bajas con porches alargados, donde había hombres, mujeres y niños sentados casi a ras de suelo, sobre taburetes bajos. En una silla verde de plástico, yacía despatarrada una perrita pequinesa próxima a parir. Los comerciantes intentaban convencer a los transeúntes para que pasaran a ver su repertorio de televisores, colchones, equipos de audio, ollas para cocer arroz y frigoríficos liliputienses. Las tiendas estaban abiertas a toda hora, porque nadie podía predecir cuándo sentirían las clases emergentes el deseo de mejorar su posición social adquiriendo productos de alta calidad.

Unas cuantas calles más adelante, mis amigos entraron en el barrio de las luces rosadas, una sucesión de locales abiertos de una sola habitación, cada uno iluminado con una bombilla rosa y guarnecido con rótulos publicitarios: «Karaoke y masaje, $40, incluido cordero primera calidad.»

Rupert levantó la vista de su novela.

–¿Qué hacen con el cordero? –preguntó con afectada timidez.

A Lulu le resultaba embarazoso responder.

–Es expresión nueva –intentó explicar–. «Cordero primera calidad»... es como decir «debemos tener cuidado».

–¿Quiere decir que usan condones de piel de cordero? –replicó Rupert llanamente, mientras Moff intentaba disimular su sorpresa.

Rupert asistía a un colegio donde animaban a los estudiantes a hablar abiertamente sobre las prácticas de sexo seguro, y aunque el chico actuaba como si el sexo no lo perturbara en absoluto, todavía no lo había experimentado. En una ocasión le había metido mano a una chica, en una fiesta donde todos estaban borrachos.

–Muy bien –le dijo Lulu a Rupert–. Toda la gente en todos los países se preocupa por la seguridad.

En su calidad de funcionaria del Estado, se suponía que no debía mencionar la elevada incidencia del sida en la ciudad. En Ruili, el opio se filtraba por la frontera como el agua sucia a través de un colador y, en consecuencia, las enfermedades transmitidas por las jeringuillas iban y venían de un país a otro con la mayor facilidad. Cualquiera podía ver que entre las mujeres de los «salones de belleza» con iluminación rosa abundaban las adictas. Digo «mujeres», pero quizá debería llamarlas niñas. A muchas las habían raptado de sus respectivos pueblos a los doce o trece años, drogándolas para que obedecieran. La iluminación les confería un aspecto más saludable, pero bastaba mirarles las piernas y los brazos flacos para ver que muchas estaban siendo devoradas por el sida. Algunas llevaban el pelo muy corto, porque habían vendido sus bucles a los fabricantes de pelucas. Siempre había necesidad de dinero rápido, cuando el negocio no iba bien y el hábito era demasiado fuerte. Pero una larga melena sólo se puede cortar una vez.

En lo referente a las lacras sociales, China no podía contener la marea; sólo podía controlarla, del mismo modo en que se restaña la hemorragia de una arteria. La prostitución era ilegal, pero estaba a la vista prácticamente en cada esquina. En Ruili, había más oferta que demanda. En la mayoría de los locales, dos o tres adolescentes de expresión aburrida esperaban sentadas en sofás modulares, viendo series y concursos por televisión. Las más ocupadas servían bebidas a sus clientes. Los hombres, para impresionar a sus amigos, preferían ir en grupo, como si se tratara de un deporte competitivo, y hacerlo todos con la misma chica. Algunos comercios no eran más que un local vacío. El trabajo se llevaba a cabo en la trastienda, donde había un catre, una silla, una palangana y una sola toalla para lavarse. Quitarse la ropa se consideraba un extra.

El autobús dobló una esquina.

–¡Ahí! –exclamó Lulu, señalando un comercio donde había un hombre y una mujer sentados delante de sendos ordenadores–. Internet café. Doce kwais, cuarenta y cinco minutos. Última oportunidad. Cuando ustedes entran en Myanmar, no más Internet. No está permitido.

Rupert tomó nota mentalmente, para regresar.

El autobús salió de la ciudad y recorrió varios kilómetros de carreteras oscuras, hasta llegar a un restaurante que consistía en dos pabellones abiertos, iluminados únicamente por luces navideñas azules. Mejor hartarse ahora y adelgazar después, les habría aconsejado yo a mis amigos. La comida en Myanmar puede ser terriblemente monótona, por muy opulento que sea el entorno. Algunas personas me han dicho que son prejuicios míos, a causa de mi paladar chino.

El dueño del restaurante salió al encuentro de Lulu y Bennie.

–¡Qué suerte que hayan venido esta noche! –exclamó en chino–. Como pueden ver, en este momento no estamos demasiado ocupados –no había ningún cliente–, por lo que podemos prepararles algunos platos especiales –prosiguió–, de los que gustan a los extranjeros.

¡De los que «gustan a los extranjeros»! Ésas eran precisamente las palabras que más me asustaba oír. Lulu se limitó a sonreír y a traducir a Bennie lo que el dueño del restaurante acababa de decirles. Bennie hizo un curiosísimo gesto de agradecimiento, uniendo ambas manos delante del pecho e inclinándose en rápida y rígida reverencia, como si fuera un personaje de película suplicándole a un rey que no lo decapitara. «Obsequioso» es la palabra que se me ocurre. El dueño desgranó una lista de platos preparados con ingredientes baratos y propuso cerveza china en abundancia. Garabateó el precio en un trozo de papel y se lo colocó a Bennie debajo de la nariz. Yo también miré. ¿Estaría hecha de oro la comida? ¿Tallada en jade? Bennie repitió el curioso gesto suplicante.

–Estupendo, estupendo –fue su respuesta.

Contemplando el campo sombrío, Wendy vio formas que se movían.

–¿Qué son?

–Brr –dijo el dueño del restaurante, intentando decir «birmanos» en inglés.

–¡Pájaros! –intervino Lulu, traduciendo lo que creía que había dicho el hombre, que asintió, agradecido–. Aquí, en esta parte de China, muchos animales, muchos pájaros todo el año. Esos pájaros se llaman garzas: cuello largo, patas largas.

Wendy y Wyatt forzaron la vista.

–¡Ah, sí, ya las veo! –dijo Wendy–. ¿Las ves? ¡Están ahí!

Se las señaló a su amante, mientras le cogía la mano por debajo de la mesa y se la llevaba hasta su propia entrepierna. Él asintió con la cabeza.

Pero las formas en la sombra no eran garzas. Tal como había intentado explicarles el dueño del restaurante, eran campesinos birmanos o, mejor dicho, campesinas, inclinadas sobre el campo, con blusas de color claro y medias gruesas de color carne, para protegerse de las sanguijuelas y de los afilados tallos de la caña de azúcar, cortantes como navajas. Estaban cosechando la caña con largos machetes. ¡Zas!, y los floridos penachos de color lila se venían abajo. A cada machetazo, avanzaban un poco, unos quince centímetros. Diciembre y el final de la primavera eran las mejores épocas para plantar, y el invierno era la mejor de las dos. Las mujeres disponían de poco tiempo para recoger la cosecha y preparar el campo.

Finalmente, Lulu advirtió que las sombras eran personas, y se corrigió:

–Ah, no, perdón, no son pájaros. Ahora veo. Probablemente son personas japonesas haciendo ritual secreto.

–¿Espías?

–¡Oh, no, ja, ja, ja! ¡Espías, no! Turistas japoneses. En época de segunda guerra mundial, aquí ocurrió muy famosa batalla, muy feroz, terrible. Aquí era lugar importante para Japón y para KMT, porque aquí era principal entrada a Birmania, que también tenían ocupada.

A Wendy le costaba seguir la explicación.

–¿KMT? –preguntó.

–El ejército del Kuomintang –explicó Marlena.

–¡Ah, sí! –asintió Wendy, aunque no tenía ni idea del bando en el que había luchado el Kuomintang. Suponía erróneamente que serían los comunistas, en lugar de los nacionalistas. Ya ven lo que enseñan en los colegios estadounidenses: casi nada de la segunda guerra mundial en China, excepto para mencionar al escuadrón norteamericano de los Flying Tigers, pero sólo porque su nombre suena romántico.

–Muchos japoneses murieron aquí –prosiguió Lulu–, y ahora vienen a hacer peregrinaje.

Sólo entonces comprendí lo que intentaba decir Lulu. Hubo, en efecto, una gran batalla y los japoneses sufrieron muchísimas bajas. Muchos cayeron en esos campos y allí se quedaron. Sus familiares acuden a ese lugar a honrar su memoria y a pisar el suelo donde probablemente yacen sepultados. Sin embargo, no les está permitido hacerlo. No pueden honrar abiertamente a un soldado que intentó matar a los chinos, para que Japón pudiera subyugar a su país. China tiene mucha memoria. Pero nadie se queja si acuden por la noche y lo hacen discretamente. Así pues, la historia era cierta, pero esa vez Lulu se equivocaba. No eran turistas japoneses, sino cosechadoras de caña, tal como había dicho el dueño del restaurante.

–Las sombras en el campo –dijo Lulu– son quizá esposas, hijos, incluso nietos.

O tal vez los propios soldados muertos, imaginó Heidi. *Fantasmas en el campo*.

–¡Mola! –dijo Rupert–. ¿Cuántos murieron?

–Miles –supuso Lulu.

Heidi visualizó miles de soldados japoneses tendidos en el campo, con su sangre rezumando en la tierra, que se transformaba en un légamo rojizo. Y de ese fértil suelo nacían fantasmas como cañas de azúcar. Mientras contemplaba las figuras encorvadas, imaginó que estarían buscando huesos y cráneos para llevárselos de recuerdo. Cuando llegó la cena, sólo pudo mirar fijamente la comida apilada en las fuentes.

Como la iluminación era tan mala, ninguno de mis amigos consiguió distinguir lo que había en las bandejas. Tuvieron que fiarse de la descripción que les hizo Lulu de lo que tenían delante.

–Eso de ahí son tirabeques, setas y algún tipo de carne, ah, sí, buey, creo... Y esto de aquí es arroz envuelto en hoja de platanero...

Tentativamente, empezaron a palpar la comida, pasando algunos trozos de las pilas a sus platos.

Heidi aún podía oír al cerdo chillando, antes de ser sacrificado. En aquel preciso instante había decidido dejar de comer carne de cualquier tipo. Ahora empezaba a dudar acerca de las verduras. ¿Dónde las habrían cultivado? ¿Ahí fuera? ¿Se habría filtrado la sangre hasta sus raíces? ¿Los cadáveres de los soldados les habrían servido de mantillo? En una revista de jardinería había leído que el grado de dulzura de las hortalizas dependía en gran medida del mantillo utilizado. Se podía medir en la escala de Brix. Cuanto más fértil era el suelo, mayor era el contenido de azúcar de sus productos. Tomates increíbles, como los que compraba los fines de semana en el mercadillo de los agricultores, tenían un nivel declarado de 13 a 18 en la escala de Brix. En cambio, los tomates del supermercado no llegaban ni siquiera a la mitad, según le habían confiado los agricultores. ¿Y las hortalizas de Ruili? ¿Serían dulces? ¿Acaso no tiene la sangre una dulzura enfermiza?

Heidi había visto una vez un charco de sangre al lado de un hombre muerto, uno de sus compañeros de casa. Había sido diez años atrás, cuando cursaba el primer año en la Universidad de California en Berkeley. Los seis compartían una casa destartalada en Oakland. El más nuevo era un tipo que había contestado a los carteles de «habitación en casa compartida», que habían puesto en los tablones de anuncios de la cooperativa de consumo y de la librería Cody's Books. Tenía veintidós años, era de Akron, Ohio, y lo apodaban Zoomer. Heidi había disfrutado de un par de conversaciones filosóficas con él, hasta altas horas de la madrugada. Una noche, todos los de la casa se fueron a un concierto de Pearl Jam, todos, excepto Zoomer. Cuando terminó el concierto, algunos propusieron ir a un bar, pero Heidi prefirió volver a casa. Al llegar, encontró la puerta sin llave, lo cual la irritó mucho, porque siempre había alguien –si no era uno, era otro– que descuidaba ese detalle. Cuando siguió caminando y entró en el cuarto de estar, la asaltó un olor terrible. No era de sangre, sino de sudor, la esencia misma del dolor y del miedo animal. Era extraño que el olor siguiera impregnando el aire cuando él ya había muerto. Era como un mensaje persistente, como si aún estuviera suplicando por su vida. Heidi visualizó mentalmente sus últimos momentos, el arma del intruso encañonando su rostro.

Hacía pocos meses que lo conocía, por lo que nadie pensó que su muerte pudiera afectarla demasiado. Era espantoso que hubiera encontrado así el cadáver, en eso todos estaban de acuerdo. También tenía todo el derecho a quedar medio trastornada por un tiempo. Pero parecía muy tranquila cuando contaba a la gente lo sucedido:

—En seguida me di cuenta de que estaba muerto.

No entraba en detalles y nadie se atrevía a preguntar, aunque sintieran curiosidad. Cuando Heidi le contó lo ocurrido, Roxanne se echó a llorar. A causa de la diferencia de edades, Roxanne siempre la había tratado como a una sobrina lejana. Pero aquél fue el punto de inflexión que las hizo sentirse unidas como medias hermanas o simplemente como hermanas. Roxanne pensaba que también Heidi había estado a punto de ser asesinada. Le rogó que confiara en ella y que le dijera si necesitaba ayuda profesional o mudarse a otra casa. Incluso le ofreció alojamiento en casa de Dwight, el tipo más joven con quien estaba a punto de casarse. Pero Heidi le aseguró que estaba bien. Había mantenido la sangre fría y la tranquilidad, sorprendiéndose incluso a sí misma. Siempre había sido muy sensible y propensa a estallar en llanto inconsolable cada vez que se hacía daño o cuando alguien se metía con ella.

Después del asesinato, se volvió reservada. Sentía que el joven difunto le había anunciado con una señal que también ella iba a morir pronto. Había olvidado cuál podía haber sido la señal, pero aun así, sentía temor. Estaba esperando a que el terror se manifestara. Intentaba controlarlo con todas sus fuerzas. Fue así como empezó a prepararse para todas las formas terribles en que podía presentarse la muerte. Sabía que sus precauciones eran inútiles. La muerte vendría cuando quisiera, y ella no podía hacer nada para evitarlo. Sin embargo, no podía dejar de intentarlo, aunque detestaba a la persona en que se había convertido, más pendiente de la muerte que de la vida.

Hacer aquel viaje a China era parte de su esfuerzo para superar sus problemas. Había decidido arrojarse en brazos de lo desconocido y hacer frente a situaciones que normalmente habría evitado. Había pensado que sería capaz de manejarlas, en parte porque estaría en un país completamente diferente. Al final, resultaría que los peligros desconocidos no eran nada y, habiendo sobrevivido, se sentiría más fuerte y podría regresar a casa con más práctica en la lucha contra sus fobias. China le sentaría muy bien, muy pero que muy bien, se había dicho.

La comida se había enfriado. Cuando llegó el momento de servir el helado de té verde, inventado en Estados Unidos y muy apreciado por los turistas, el propietario del restaurante llamó a su esposa y a su hijo, y entre los tres entonaron *Feliz Navidad* con la melodía de *Cumpleaños feliz*.

En el camino de regreso al hotel, mis amigos siguieron tarareando la nueva mezcolanza navideña. Faltaban pocos días para la Navidad y nadie sabía lo que podía traer el Santa Claus chino. ¿Debían intercambiar regalos? El autobús pasó junto a las mismas chicas de las luces rosas, a la espera de clientes. Los dinámicos vendedores seguían en sus tiendas, y la pequinesa preñada seguía tumbada en su silla verde de plástico. Si no conseguían pronto el permiso para pasar la frontera, ésas serían las vistas que volverían a contemplar la noche siguiente, quizá también la otra, y quién sabe cuántas noches más.

De vuelta en el hotel, Harry le propuso a Marlena «dar un paseo nocturno a la luz de la luna». No había luna, pero ella aceptó, suponiendo que Esmé ya estaría dormida con su perrita. Harry y ella bajaron por la calle oscura. Estaba a punto de pasar algo, ella lo sabía, y eso le provocaba un nerviosismo más bien agradable. Mientras caminaban, él le ofreció su brazo, para que se apoyara.

—Las aceras ocultan toda clase de *peligros* en la oscuridad —le dijo.

La forma en que pronunció «peligros» la hizo estremecerse. Ansiaba ser arrastrada y ahogarse en la irreflexión. Sin embargo, antes de sumirse en el abismo, quería agarrarse a una barra de seguridad, para levantarse y salir antes de que fuera demasiado tarde, antes de hundirse sin esperanzas de redención.

Mientras caminaban en silencio, Harry reunió fuerzas, intentando dar con la justa combinación de confianza en sí mismo y amabilidad. ¡Todo era tan condenadamente fácil cuando estaba delante de una cámara! No quería parecer demasiado impositivo, ni sonar como quien da las noticias de las ocho. Finalmente, habló con lo que consideró el tono justo, vagamente semejante al que usaba Cary Grant en aquellas películas en que él mismo se sorprendía de estar enamorado.

–Marlena...

–¿Hum?

–Creo que me estoy aficionando a ti.

Marlena hizo un esfuerzo por mantener su equilibrio emocional. ¿Aficionándose? ¿Qué quería decir con eso de que se estaba «aficionando»? Uno se puede aficionar a las flores, a la pasta italiana o a ciertas modas. ¿Qué quería decir con eso de «aficionarse»?

–Sería espléndido besarte –añadió.

Para entonces, el toque garboso le surgía naturalmente.

¿«Espléndido», se preguntó Marlena? Un crepúsculo es espléndido. Un amanecer es... Pero antes de que pudiera seguir doblegando sus emociones a fuerza de equívocos, él se le lanzó a la boca y los dos sintieron, pese al nerviosismo inicial, que la experiencia era muy agradable e incluso maravillosa, ¡tan natural!, ¡tantos anhelos instantáneamente colmados! Sin embargo, muy pronto empezó a crecer entre ambos otro tipo de anhelo. La mutua afición se convirtió en magreo y, a continuación, en una afición aún mayor, seguida de más magreo, que de minuto en minuto iba en ferviente aumento, y todo eso tenía lugar en una callecita de Ruili sin ningún rasgo destacable. Desgraciadamente, ambos llegaron a la conclusión de que allí no podrían hacer el amor.

–Volvamos al hotel –dijo Harry.

–Un hotel, ¡qué oportuno! –respondió Marlena con una risita. Mientras se aprestaban a regresar, ella recordó algo que le devolvió el juicio–. Debería ir a ver cómo está Esmé.

Transcurrió otro minuto en silencio.

–¡Dios mío! ¿Qué voy a decirle? –añadió.

–¿Por qué habrías de decirle nada? –replicó Harry, mordisqueándole el cuello.

–No quiero que se preocupe si se despierta en medio de la noche y ve que no estoy.

–Entonces dile que vas a bajar a tomar una copa.

Marlena encontró esa sugerencia ligeramente irritante.

–Ella sabe que no bebo. Además, no soy ni remotamente el tipo de mujer que frecuenta los bares en busca de hombres.

Había notado que a veces Harry bebía mucho. Esperaba que no fuese alcohólico.

–Tú no irías a buscar hombres –bromeó Harry–. Ya me has encontrado a mí.

A Marlena no le pareció nada romántica la respuesta. ¿De verdad la consideraba demasiado fácil? ¿Estaba sugiriendo que lo suyo no era más que sexo casual, un simple encuentro de una sola noche?

–Oye, quizá no deberíamos hacerlo. Esta noche, no.

–Sí que deberíamos. Ya lo estamos haciendo, o casi... –Llegaron al hotel–. ¿Ves? Ya estamos aquí.

–No, de verdad, Harry. Es tarde y necesito más tiempo para preparar a Esmé, para que vaya haciéndose a la idea de que tú y yo somos algo más que amigos.

¿Qué idea? Harry sintió que su inflamado ánimo se deshinchaba rápidamente, lo mismo que cierta parte de su cuerpo. Estaba decepcionado, sí, pero también irritado consigo mismo por parecer excesivamente interesado, y también –¿por qué negarlo?– un poco enfadado con Marlena por haberse echado atrás tan fácilmente, renunciando a la diversión. Realmente era tarde y, ahora que ya no sentía la emoción de la anticipación, estaba cansado.

–De acuerdo. Te dejo aquí y me voy *yo* al bar a tomar esa copa. –La besó levemente en la frente–. Buenas noches, mi calabaza de medianoche.

Dio media vuelta y no la miró mientras ella se dirigía al ascensor.

Acababan de servirle su whisky con agua cuando Marlena entró corriendo en el bar, con los ojos redondos de espanto.

–¡No está! ¡Ha desaparecido! ¡Y también la perrita! –Su voz sonaba débil y tensa–. Le dije que no saliera, le advertí que no abriera la puerta. ¡Dios mío! ¿Qué vamos a hacer ahora?

–Espero que no tengamos que hacer nada –replicó Harry, y antes de que Marlena pudiera reprocharle su insensible respuesta, le señaló con un dedo la otra punta del vestíbulo. Allí estaba Esmé, enseñando orgullosamente la perrita a los empleados del servicio de habitaciones, dos de los cuales habían pasado antes por su habitación, para llevarle un termo de agua caliente. Cuando Marlena se dirigía hacia ella, Esmé la vio y salió corriendo a su encuentro.

–¡Hola, mamá! ¡Hola, Harry! Mirad lo que han hecho para *Pupi-pup*. ¡Sopa de pollo con arroz! Justo lo que Harry ha dicho que necesitaba. ¡Y nos la han dado en esta tacita de té tan mona! ¿A que son fabulosos? La adoran, mami. ¡Lo hemos pasado en grande!

Desde las profundidades del sueño, Bennie cogió el teléfono.

–¿Con la señorita Chen, por favor? –dijo una voz de hombre.

–No, ella no está.

Bennie miró el reloj. Mierda. Eran las seis de la mañana. ¿Qué clase de idiota lo llamaba a esa hora?

–¿Tiene idea de cuándo volverá?

La voz sonaba vagamente británica, pero no podía ser Harry Bailley.

–No lo sé –murmuró Bennie, que seguía medio dormido–. ¿Quién la llama? –atinó finalmente a preguntar.

–Walter, de Mandalay, de la agencia Golden Land Tour...

Bennie se incorporó en la cama de un salto. ¡Mandalay!

–... He quedado para encontrarme con la señorita Bibi y su grupo esta mañana, en el paso fronterizo. Me temo que en recepción no saben muy bien qué habitación le ha sido asignada. Me han puesto con esta habitación. Espero que me disculpe si ha habido algún error, pero ¿es usted el señor Chen?

Para entonces, Bennie estaba boquiabierto y pensando en todas direcciones. ¿Quién era ese tipo? Echó mano de sus notas y de la carta que le había enviado la agencia de viajes. Maung Wa So. Ése era el nombre de su guía, y no Walter. Walter debía de ser un coordinador, un contacto. ¿Estaría dispuesto a ayudarlos? Y de no ser así, ¿aceptaría sobornos?

–Walter, soy Bennie Trueba y Cela, el nuevo responsable del grupo. Seguramente no habrá recibido nuestro mensaje a tiempo y, evidentemente, tampoco yo he recibido los mensajes que usted nos habrá enviado. Lo siento. Por lo demás, ¡sí!, estamos listos para reunirnos con usted en la frontera. ¿A qué hora quiere que estemos allí?

Se hizo un silencio en la línea.

–¿Hola? ¿Sigue ahí? ¿Es por lo de nuestros permisos para pasar la frontera?

Finalmente, Walter habló:

–No lo entiendo. ¿Dónde está la señorita Chen?

–No ha podido venir.

–¿Se puso enferma anoche?

Bennie consideró por un momento sus posibilidades, pero decidió que la honestidad era el mejor camino.

–Verá, lo cierto es que murió de repente.

–¡Qué horror! ¿Murió anoche?

–Hace unas semanas.

–No es posible.

–Lo sé. También para nosotros fue una sorpresa terrible. Era una amiga muy querida.

–Quiero decir que no es posible, porque yo hablé con ella ayer.

Ahora era el turno de Bennie de estar absolutamente desconcertado.

–¿Dice que usted habló...?

–Por teléfono. Me llamó para preguntarme si podía cambiar la fecha de su entrada en Myanmar y reunirme hoy aquí con ella.

–¿Lo llamó por los permisos para pasar la frontera?

–Sí. Me dio instrucciones precisas. Todo está aprobado, pero hay que comprobar que los papeles que usted tiene en su poder concuerdan. ¡Ah!, y además ahora tendré que hacer un pequeño cambio y eliminar el nombre de ella. Para eso, tendré que hacer una llamada telefónica...

La confusión de Bennie se transformó en incuestionable alegría. Obviamente, el tal Walter habría hablado con Lulu, o quizá con alguien de San Francisco. Bennie había enviado un fax a la agencia de viajes. Como todas las referencias eran siempre al «grupo de Bibi Chen», Walter debió de pensar que estaba hablando con la organizadora original de la expedición. Pero eso no importaba lo más mínimo, ¿verdad que no? ¡Tenían los permisos! Era fantástico. La persona que lo había conseguido, fuera quien fuese, era un genio. (Me complació oír un comentario tan halagador.)

–¿Necesita algún dato para añadir mi nombre? –preguntó Bennie.

–No, ya está arreglado. Ya añadimos su nombre cuando recibimos el fax. Pensé que sería usted un añadido y no una sustitución. O sea, que, por ese lado, está todo en orden.

Walter hizo una pausa y suspiró. Cuando volvió a hablar, parecía bastante nervioso.

–Señor Bennie, disculpe que se lo pregunte, ya sé que no es muy delicado de mi parte, pero ¿le dio la señorita Chen el regalo de Navidad que me había comprado?

Azorado, Bennie pensó a toda prisa. Obviamente, se trataba de algún tipo de pago encubierto. ¿Cuánto querría el hombre? Esperaba que no exigiera el pago en dinero chino.

–Sí, la señorita Chen mencionó un regalo –arriesgó, intentando actuar con tacto–, pero le ruego que vuelva a decirme específicamente lo que ella prometió darle. ¿Era en dólares?

El hombre soltó una leve risita.

–Oh, no, dólares no. CD.

¿CD? ¿Certificados de depósito? Bennie se sorprendió del grado de sofisticación que podían alcanzar los sobornos en aquel rincón perdido de Asia. Se dijo que no debía dejarse dominar por el pánico. «Tú puedes solucionarlo», se dijo. Podía llamar a su corredor de Bolsa en Estados Unidos. Pero todavía era posible que el tal Walter se aviniera a aceptar una suma mayor de dinero en efectivo, en lugar de los certificados.

–¿Y cuánto me ha dicho que era, en CD?

Bennie cerró con fuerza los ojos, preparándose para oír la respuesta.

–Oh, me resulta muy embarazoso incluso mencionarlo –dijo Walter–, pero ayer la señorita Chen me dijo que me había traído un cedé, y me emocioné mucho al saber que era del musical *El fantasma de la ópera*.

Bennie estuvo a punto de echarse a llorar. ¡Un cedé!

–Yo he comprado uno para ella de danzas birmanas, que espero que le guste, o que le hubiera gustado, si es cierto que ha muerto.

–Diez cedés –propuso Bennie–. ¿Qué le parece?

–¡Oh, no, no! ¡De verdad, eso es excesivo! *El fantasma* es más que suficiente, según creo. Es lo que la señorita Chen dijo que me daría. Diez es... cómo decirlo... es una gran gentileza el solo hecho de mencionarlo. Aquí es terriblemente difícil conseguir música occidental.

–¡Que sean diez! –dijo Bennie con firmeza–. Insisto. Después de todo, estamos en Navidad.

Walter prometió hacer de inmediato la llamada telefónica necesaria. Se encontraría con Bennie en la frontera.

Después de colgar, Bennie metió las manos hasta el fondo de su maleta, para sacar los cedés que había traído. Revisó toda una pila de discos metidos en fundas de vinilo. Allí estaba: *El fantasma de la ópera*. Era una suerte increíble tener precisamente ese disco. ¿Y qué le parecerían los otros? Diana Krall. Sarah Vaughan. Gladys Knight. Para una mayor variedad, recurriría a los demás. Todos tenían que contribuir con algo. Ellos mismos se habían metido en ese lío. Después de todo, si Walter estaba encantado con diez, ¿qué no haría por veinte? Les pondría la alfombra roja. Un par de cedés por cabeza, eso es lo que Bennie les pediría a sus compañeros de viaje. Dos a cada uno, o bien la opción de quedarse en la turbulenta Ruili cuatro días más.

La colección reunida me pareció adorable: desde Bono hasta Albinoni, pasando por Nirvana y Willie Nelson, ilustrando las dispares preferencias musicales de doce norteamericanos que dieron alegremente lo mejor que tenían.

Que quede bien claro que yo también había dado lo mejor de mí. La noche anterior había visitado a Walter a última hora, cuando estaba en las orillas más lejanas del sueño, pues me había percatado de que era allí donde podía ser hallada: en los sueños, la memoria y la imaginación. La realidad sensorial ya no tenía la menor utilidad en mi existencia. Mi conciencia podía superponerse a la suya, ahora que se había vuelto tan permeable. Una vez allí, le aporté por ósmosis el recuerdo de haberlo llamado por teléfono, con una solicitud urgente.

–Walter –le dije–, has olvidado adelantar cuatro días la fecha de paso de la frontera, del veinticinco al veintiuno de diciembre. Lo habíamos hablado, ¿recuerdas?

Él se sintió mal, porque es una persona meticulosa que nunca descuida los detalles. Cuando me prometió que se ocuparía del cambio de fechas, le canté la canción *Wishing you were somehow here again*, de *El fantasma de la ópera*. De inmediato lo invadió la añoranza de su padre, encarcelado desde hace más de diez años por el régimen militar y del que nunca ha vuelto a tener noticias. Una música preciosa, con una letra emocionante. A partir de entonces, Walter ansió volver a oír una y otra vez aquellas palabras, las mismas que tomé prestadas del cedé que encontré en la maleta de Bennie.

Ese sueño no se desvaneció como la mayoría de los sueños. Nadé con él hasta las partes más profundas de su memoria, hasta los rincones subconscientes donde la gente ansiosa se vuelve aún más ansiosa. De ese modo, cuando Walter despertó a la mañana siguiente, tenía una sensación de urgencia. Montó de un salto en su bicicleta, fue a la oficina de turismo y salió a toda prisa hacia el ministerio, para registrar toda la documentación y conseguir los sellos necesarios. Después recogió al conductor, para ponerse en camino hacia Ruili a toda velocidad.

La carretera que va a Myanmar está flanqueada por «árboles decapitadores», así llamados porque, cuanto más los podan o los talan, más rápidamente crecen y más frondosos se vuelven. Lo mismo ha pasado con los rebeldes de los diversos períodos de la historia de China. Una vez que echan raíces, es imposible erradicarlos por completo.

Entre los árboles decapitadores, están los «árboles del octavo tesoro», cuyas hojas colgantes son lo bastante grandes como para cubrir el cuerpo de un niño. Y por la carretera había gran cantidad de niños temerarios, que quizá pronto necesitaran una mortaja. Tres chicos que se movían por cinco o seis bailaban sobre un cargamento de heno de tres metros de altura, en el remolque de un minitractor, mientras sus padres aparentemente despreocupados iban sentados delante. Mis amigos en el autobús, en cambio, tenían toda la sensación de que los niños estaban a punto de sufrir un traumatismo craneal. Afortunadamente, los niños parecían tener reflejos envidiables. Se dejaban caer sobre el trasero, riendo jubilosamente, y volvían a levantarse sobre las piernecitas robustas, listos para la siguiente caída.

—¡Dios santo! —exclamaba Wendy, sin dejar de hacer fotos de cada conato de desastre.

—No puedo mirar —gemía Bennie.

—Debería haber una ley que lo prohibiera —decía Marlena.

Heidi miraba al frente de la carretera, buscando rodadas anchas, capaces de derribar a los niños y causarles la muerte. Finalmente, el tractor viró por un camino lateral y siguió su camino, apartando de la vista de mis amigos a los jacarandosos niños. Cuanto más se acercaba el autobús a la frontera, más colorido se volvía el mundo. Las mujeres birmanas vestían faldas con multicolores motivos florales y llevaban la cabeza enfundada en una especie de turbante, sobre el cual cargaban en equilibrio las cestas de mercancías destinadas al mercado. En las mejillas tenían dibujos amarillos, pintados con un ungüento que se fabrica machacando la corteza del árbol thanaka. Al igual que las mujeres de Shanghai, las birmanas aprecian la palidez. Supuestamente, el ungüento hace las veces de filtro solar. Sin embargo, yo lo he probado en viajes anteriores y puedo decirles que básicamente obra el efecto de resecar la piel. Puede que también la proteja un poco, pero la reseca hasta conferirle el aspecto del adobe agrietado. A mi cara no le sentó nada bien. Me hizo parecer una muñeca de barro, reseca y pintada como un payaso.

Bennie llevaba en una bolsa los cedés para Walter. Todo estaba saliendo a la perfección. Le daría el soborno y a cambio conseguirían la documentación y los permisos para entrar. No se lo había dicho a Lulu, porque temía que la intervención de Walter no se ajustara del todo a la legalidad. Prefería dejarla pensar que lo habían conseguido por pura suerte. Esa mañana, ella había dicho simplemente:

–Debemos intentar. Si tenemos éxito, su guía de Myanmar, señor Maung Wa Sao, estará esperando en lugar de paso.

En el puesto fronterizo chino, Lulu presentó los pasaportes y los documentos a los policías uniformados. A su lado había guardias armados. Al cabo de diez minutos de inspeccionar, sellar y resoplar con autoridad, la policía fronteriza nos hizo señas para que pasáramos. Mis amigos saludaron alegremente, agitando las manos, pero nadie les devolvió la sonrisa. Medio kilómetro después, el autobús se detuvo delante de un gran portón blanco.

–Pronto, ustedes y yo nos diremos adiós –dijo Lulu–. Dentro de minutos, vendrá su guía turístico birmano y los llevará cruzando frontera, hasta Muse.

–Creía que ya habíamos cruzado la frontera –repuso Moff.

–Han salido de China –declaró Lulu–. Pero salir de un sitio no es misma cosa que entrar en otro. Están en Birmania, pero no han cruzado frontera oficial. Por tanto, están en medio.

Repentinamente comprendí que la explicación de Lulu coincidía perfectamente con mi estado. En medio.

–Ah, fantástico. Estamos en el limbo –dijo Rupert.

Lulu asintió.

—Eso es. Limbo. Todavía no saben para qué lado ir. En China estamos muy habituados a esa situación.

Me pregunté cuánto tiempo estaría yo en mi limbo particular. Los budistas dicen que los muertos permanecen tres días junto a su cadáver y que, al cabo de cuarenta y seis días más, parten a su siguiente reencarnación. Si era así, entonces todavía me quedaba más o menos un mes. Como ignoraba las perspectivas, las temía.

Como si me hubiera leído el pensamiento, Marlena preguntó:

—¿Adónde irá después de esto?

—Otra vez al aeropuerto de Mangshi —dijo Lulu—. Otro grupo viene.

Miró su reloj.

—¿Nunca se aburre? —preguntó Roxanne—. ¡Tener que cuidar de gente como nosotros todo el tiempo! ¡Qué lata!

—Oh, no. Ustedes muy fáciles, ningún problema. Ni aburrimiento, ni lata.

—Es usted demasiado amable —terció Bennie—. ¿Cuál ha sido su grupo más difícil?

—Ninguno es demasiado difícil nunca —dijo ella con diplomacia. Pero después suspiró, bajó la vista y añadió—: Oh, quizá una vez hubo más dificultad que otras veces... Sí, esa vez hubo gran dificultad.

Forzó una sonrisa y continuó:

—Acababa de llevar grupo grande al aeropuerto, decimos adiós, y me estoy yendo. Entonces viene corriendo una mujer bai joven y me dice: «Sujeta a mi bebé, hermana, mientras voy a buscar mi maleta.» Se va a toda prisa. Van pasando unos cuantos minutos y el bebé llora bajito. Levanto la manta y veo a la niña, muy pequeña, y, ¡oh!, tiene labio partido, espacio vacío de la boca a la nariz.

—Paladar hendido —le susurró Vera a Bennie.

—Dos horas después, sabía que la mujer no volvía, así que me llevo al bebé a casa de mis padres, para decidir qué tenía que hacer. En la manta de la niña encontramos dinero, cien yuanes, unos diez dólares norteamericanos, y también nota en escritura simple, diciendo que la niña tenía tres días. Entonces no sabemos qué hacer. Decidimos quedarnos la niña. Hacemos muchos planes, cosemos ropa. Y sabemos que la niña necesitará cirugía especial. Pero en seguida nos enteramos de que cirugía es imposible, porque la niña no está registrada como hija de nadie. Para registrarla, la tengo que adoptar. Pero para adoptar, debo tener treinta años. Y en ese momento, yo sólo tenía veinticinco.

Mis amigos escuchaban en silencio.

–Mis padres tampoco podían adoptar. Demasiado viejos. Nada que hacer: demasiado joven, demasiado viejos. De todos modos, con papeles o sin papeles, decidimos criar a la niña nosotros mismos. Pero incluso pagando con nuestro dinero la cirugía especial, ella no podía tenerla, porque para la mente del hospital, ella no era una persona registrada. No era nadie. No existía. Entonces comprendimos que, con nosotros, no había futuro para ella. Nunca podría ir a la escuela. Nunca podría casarse con un marido. En cualquier situación, no era nadie. A causa de esas situaciones, finalmente decidimos que lo mejor para la niña era adopción con otras personas. Muchos turistas norteamericanos ya me decían «sí, sí, nosotros la queremos, dénosla a nosotros». Pero yo decidí, mejor para ella, vivir con gente que se le parece. Por eso la di a un matrimonio japonés. Así que esa experiencia fue la vez que tuve más dificultades.

Guardó silencio y nadie dijo nada.

–Es la historia más triste que he oído en muchísimo tiempo –dijo finalmente Marlena.

–Triste sólo por poco tiempo –replicó Lulu–. Ahora tiene seis años. Tiene la cara preciosa, boca y nariz arregladas, ninguna cicatriz. La veo todos los años. Siempre me llama «tiíta» en japonés. Sus padres siempre me llaman buena persona.

–Pero tuvo que renunciar a ella… –dijo Marlena, poniéndose en su lugar.

–Ésta es mi idea: su madre original hizo lo que debía; yo, su madre de paso, hice lo que debía; el matrimonio japonés hizo lo que debía. Un día, esa niñita crecerá y hará lo que deba. Así que, ya ve, todos hacemos lo que debemos.

En ese momento, un hombre joven y delgado, de rasgos delicados, subió al autobús. Lulu lo saludó e intercambió con él documentos.

–Señoras y señores, les presento al señor Maung Wa Sao.

Allí estaba él, un joven menudo de veintiséis años, con camiseta blanca y pantalones oscuros. Su brillante pelo oscuro lucía un corte conservador, y tenía unos ojos preciosos, de mirada amable, inteligente y sensata.

Se dirigió a su nuevo grupo:

–Por favor, prefiero que me llamen Walter.

6. Salvando a los peces de morir ahogados

Al cruzar la frontera y entrar en Birmania, por la ventana del autobús se ven las mismas bonitas flores que en China: margaritas amarillas, hibiscos escarlata y lantanas que crecen con tanta profusión como la mala hierba. Nada cambia de un país a otro, o al menos eso les pareció a mis amigos.

Pero, en realidad, todo se había vuelto repentinamente más denso y salvaje, devorándose a sí mismo como hace la naturaleza cuando se la descuida durante un centenar de años. Fue la sensación que tuve cuando crucé esa frontera, como si yo, al igual que H. G. Wells en su máquina del tiempo, conservara la misma conciencia pero hubiese sido catapultada al pasado. Moff y Harry empezaron de inmediato a llamarse mutuamente Rudyard y George, por Kipling y Orwell, los cronistas de la vieja Birmania colonial. También yo, como mis amigos, encontraba embriagadora la literatura de otro tiempo, saturada de los perfumes y pastiches de una vida exótica y lánguida: parasoles victorianos, severos salacots y sueños febriles de sexo con los nativos.

En cuanto a las historias más recientes de Birmania, ¡cómo palidecen en comparación! En su mayoría son informes deprimentes, que cuentan más o menos lo siguiente: la señorita Birmania está casada ahora con un déspota lunático, que le ha cambiado el nombre por el de señora Myanmar. Se ha ido a vivir a la Nada, para que nadie sepa dónde está. Su marido es ruin y le pega. También maltrata a los niños, que están llenos de cicatrices y se esconden por las esquinas. La pobre señorita Birmania, que fue reina de la belleza, todavía sería hermosísima si no fuera por las piernas y los brazos escuálidos, el ojo malo y los labios que siempre están farfullando la misma cháchara.

Naturalmente, todos somos muy solidarios, pero ¿quién quiere leer historias como ésa? Memorias de profanaciones, torturas y abusos, una tras otra. Qué difícil es leerlas, sin una pizca de esperanza para animarse, sin desenlaces redentores, ni nada más que el inevitable descenso al pozo sin fondo de la humanidad. Al llegar al final de una de esas historias, uno no puede suspirar profundamente y decirse: «¡Ah, qué feliz me siento de haber leído *esto*!» No, no pongan esa cara de reprobación. Ya sé que es un sentimiento muy feo y, de hecho, jamás lo habría reconocido en público cuando estaba viva. Nadie que tenga un poco de sentido común lo haría. Pero díganme sinceramente, ¿quién lee libros políticos sobre regímenes sumidos en el horror, excepto los historiadores que están estudiando esa parte concreta del mundo? Puede que otros digan que los leen, pero lo más probable es que miren por encima las reseñas de la *New York Review of Books*, para luego decir que están informados y en condiciones de formular juicios. ¿Que cómo lo sé? Porque yo lo he hecho. Nunca le encontré sentido a dedicar días enteros a la lectura de historias, que sólo podían alterarme con problemas que yo no podía resolver.

La verdad es que siempre he preferido las viejas ficciones acerca de países antiguos. Leía para evadirme a un mundo más interesante, y no para encontrarme vicariamente encerrada en una cárcel sofocante, entre personas torturadas hasta más allá de los límites de la cordura. Me encantaban las obras de ficción, precisamente por sus ilusiones, por la habilidad del autor para enseñarme la magia, para mostrarme lo que aparecía en la mano derecha y no en la izquierda, los graciosos monitos parloteando entre las ramas y no los cazadores furtivos y sus casquillos de bala al pie de los árboles. En Birmania, pese a las tristes noticias, aún es posible disfrutar de lo que hay en la mano derecha: el arte ante todo, las fiestas y los atuendos tradicionales y la encantadora religiosidad de quitarse los zapatos antes de entrar en un templo. Es lo que adoran los visitantes: el rústico romanticismo y la belleza anticuada, junto a la ausencia de líneas de alta tensión, postes telefónicos o antenas parabólicas que estropeen el paisaje. Busquen y hallarán sus ilusiones, gracias a la magia del turismo.

De hecho, las ilusiones están prácticamente santificadas en Birmania o, mejor dicho, el concepto de que todo es ilusión. Después de todo, eso fue lo que enseñó Buda, que el mundo es ilusorio, y puesto que casi el noventa por ciento de los birmanos son budistas, yo diría que la mayoría viven en un País de Ilusión. Les enseñan a desprenderse de sus deseos humanos como se desprenden las serpientes de su piel. Una vez libres, pueden alcanzar el nirvana, la nada, el objetivo último de los que siguen la senda marcada por las viejas escrituras del Canon Pali o incluso por una dictadura militar. Sí, es cierto que los monjes son prácticamente los únicos que practican el budismo theravada en su sentido más estricto, pero las ilusiones siguen ahí, y pueden desaparecer en cualquier momento, incluida la gente, como pronto veremos.

Permítanme que me apresure a añadir que, si bien yo fui criada como budista, el nuestro era un budismo de tipo chino, con un poco de aquí, un poco de allá y un poco de más allá: culto a los antepasados, creencia en los espíritus, en la mala suerte y en toda clase de cosas horribles. Pero la nuestra no era la versión birmana que no desea nada. Con nuestro tipo de budismo, nosotros lo deseábamos todo: riqueza, fama, buena suerte en los juegos de azar, muchos hijos varones, buenos platos confeccionados con ingredientes poco corrientes de sabor delicado y el primer puesto en todo, en lugar de una simple mención de honor. También deseábamos ascender al cielo, al nivel máximo de la rueda de la vida. Pero ahora escúchenme bien: si alguno de ustedes tiene alguna influencia sobre estos asuntos, le ruego tenga en cuenta que la Nada nunca ha ocupado un lugar particularmente elevado en mi lista de lugares donde me gustaría residir después de la muerte. ¡No me envíen allí!

¿Pueden imaginar que alguien *desee* ser borrado de la existencia para toda la eternidad, si hay otra alternativa aparte del infierno? ¿Y puede haber alguien que honestamente no desee nada, ni fama, ni fortuna, ni joyas familiares, ni un gran patrimonio para legar a la siguiente generación, ni siquiera un lugar confortable donde poder sentarse durante horas con las piernas cruzadas? Pues bien, los que no quieren nada nunca encontrarán ninguna ganga, y, en mi opinión, encontrar una ganga es una de las sensaciones de mayor felicidad que puede experimentar una persona.

Toda esa cháchara sobre dejar de ser, sobre no desear nada y convertirse en nadie parece bastante contradictoria desde el punto de vista budista. Buda hizo todo eso y se convirtió en nadie, en un nadie tan famoso que hoy es el nadie más grande de todos. Y nunca desaparecerá, porque la fama lo ha vuelto inmortal. Pero yo lo admiro por su actitud y su disciplina. Fue un buen hijo de familia india.

Aunque, en realidad, no todas las familias de la India desearían tener un hijo como ése, que sea famoso pero renuncie a disfrutar de las ventajas de la fama. La mayoría de los indios que conozco son hinduistas y, según ellos, el hinduismo es una religión más antigua, que contiene gran parte de los preceptos del budismo y también aconseja desprenderse de las ilusiones, los deseos y todo eso. Pero debo decir que todos los hinduistas que conozco tienen en muy alta estima sus joyas de oro de veinticuatro quilates. Y desean que sus hijos e hijas estudien en Oxford o en Yale y lleguen a ser radiólogos, y no monjes mendicantes. Procuran que sus hijas reciban algo más que cuentas de vidrio el día de su boda y que sus hijos tengan al menos un Rolex y no una mala imitación. Quieren que se casen, si no con alguien de su misma casta o superior, al menos con alguien que tenga una vivienda de su propiedad en una zona buena. No es una opinión. Es lo que he visto.

Lo que pretendo decir es que, sean cuales sean las creencias religiosas de un país, siempre hay cierto grado de ansia adquisitiva. Y por muy budista que sea Birmania, todavía hay mucho que comprar en el País Dorado. ¡Piensen, por ejemplo, que en Birmania hay seis mil stupas y pagodas ricamente ornamentadas! No dejan de ser monumentos de cierta ironía, para una religión que aconseja superar las pasiones mundanas. Prácticamente en cada stupa, donde se guardan las reliquias de los santos difuntos, encontrarán a un vendedor que les ofrecerá artículos del nirvana, pagodas en miniatura, estatuillas de Buda talladas a mano o piezas de laca verde, el arte de la paciente superposición. Podrán comprar todo eso a menos de la mitad del precio inicial, que no es nada en comparación con lo que pagarían en su país de origen. Los souvenirs son un medio para diferentes fines, uno para el vendedor y otro para el comprador. Todos tenemos que vivir y todos tenemos que recordar.

Pero me estoy adelantando. Como iba diciendo, acabábamos de entrar en Birmania después de cruzar la frontera, y lo que nos aguardaba era del tipo de cosas que el mago prefiere ocultar en la mano izquierda.

El autobús se había detenido junto a una sencilla construcción que albergaba el puesto fronterizo, con las oficinas de aduanas e inmigración, un pequeño cobertizo hecho con tablas y pintado de verde menta. El techo era de chapa ondulada, reminiscencia de la arquitectura misionera, un estilo más frugal, que contrastaba con las viejas mansiones de madera construidas como puestos coloniales de avanzada, en las montañas. También el método por el que mis amigos tuvieron que dar a conocer oficialmente su presencia en Birmania era una reminiscencia de la época británica, una era de normas complicadas durante la cual los hechos se volvían oficiales gracias al trazo de una pluma sostenida por una autoridad que jamás sonreía.

En este caso, la autoridad eran los militares del gobierno de Myanmar, los jefazos del gabinete denominado SLORC, un nombre que a mí me suena a malo de película de James Bond. En realidad, son las siglas en inglés del Consejo Estatal de Restablecimiento del Orden Público, entidad establecida –como es fácil suponer– cuando no había mucho orden público, que es precisamente lo que ocurría cuando sesenta y siete grupos étnicos no acababan de ponerse de acuerdo sobre la forma de gobernar Birmania y, más aún, cuando los militares anularon el resultado de las elecciones, confiscaron las tierras de las tribus y colocaron a Aung San Suu Kyi bajo arresto domiciliario. El SLORC también le dio a Birmania su nuevo nombre, Myanmar, y convirtió a Rangún en Yangón, y al Irrawaddy en Ayeyarwaddy. Es por eso por lo que prácticamente nadie en Occidente sabe a qué se refieren esos nombres.

Es cierto. Pregunten a diez de sus amigos dónde está Myanmar, y apuesto a que nueve de ellos no lo sabrán. Pero si les explican que es Birmania, seguramente exclamarán «¡Ah, sí, Birmania!», con una nota de vaga remembranza, del mismo modo que hubiesen dicho «¡Ah, sí, Bárbara! ¿Qué tal está?». Al igual que los disidentes birmanos desaparecidos, el país anteriormente llamado Birmania es invisible para la mayor parte del mundo occidental, una ilusión. Yo, por mi parte, todavía lo llamo Birmania, lo mismo que el gobierno de Estados Unidos. Nunca he sido capaz de llamarlo de la otra manera, aunque cada vez son más los que lo hacen, como los periódicos y las cadenas de televisión, que han sucumbido a la nueva denominación, como diciendo «ésta es la nueva realidad, así que vete acostumbrando». Pero a mí Myanmar me suena furtivo: Myanmar, como el convulsivo miau-miau de un gato antes de abalanzarse sobre un ratón acorralado.

Hace algunos años, con la ayuda de una firma de relaciones públicas, el SLORC se cambió el nombre, para transmitir una imagen más amable. De hecho, la firma en cuestión fue una consultoría con sede en Washington; bastante vergonzoso, ¿verdad? El nombre elegido fue Consejo Estatal de Paz y Desarrollo, SPDC por sus siglas en inglés. Pero a algunos les cuesta pronunciar las cuatro letras, cuando era tan sencillo decir lo mismo con una sola sílaba. «SLORC» sale más naturalmente y suena más apropiado y exacto, tanto en lo semántico como desde el punto de vista onomatopéyico. Algunos han observado que la combinación de la sibilante con la consonante líquida evoca sensaciones resbaladizas y húmedas, como las paredes de una mazmorra; además, no es fácil seguir el ritmo de las terminologías cambiantes y evasivas. Por eso siguen llamándolo SLORC.

No así la gente que está en Birmania, en particular los periodistas. No les conviene quedar rezagados en materia de terminología. La mayor parte de Asia se ha adaptado a los nuevos nombres. Por otra parte, algunos occidentales ni siquiera saben que hay algo que decir a propósito de los nombres, ni que otras personas se ven obligadas a hacer una elección deliberada.

En cuanto a mí, digo Birmania porque ésa ha sido mi costumbre desde hace muchísimo tiempo; digo SLORC porque una sílaba me resulta más fácil de pronunciar que S-P-D-C, y digo Rangún porque para recordar el otro nombre tengo que pensar uno o dos segundos más. Soy demasiado mayor para cambiar al compás de los tiempos.

Pero basta ya de cháchara, y volvamos al autobús.

Walter y Bennie se apearon y saludaron a la policía fronteriza. El nuevo conductor, Kjau, o señor Joe, como lo llamaban mis amigos, se bajó también, para fumar un puro. Las autoridades del cobertizo de aduanas e inmigración trataron con suspicacia a Walter, su compatriota birmano. Así son los agentes de fronteras en todos los países. Nunca reciben con jovialidad a los viajeros, ni les dan la bienvenida, ni les desean que lo pasen bien. Letra por letra, los nombres y las direcciones de cada uno de nuestros doce turistas hubieron de ser comparados con un juego de documentos certificados, antes de proceder a su inscripción manual en un enorme cartapacio y a su copia, también manual, en otro cartapacio idéntico al primero. Era la burocracia anterior a la informática, anterior incluso al papel carbón. ¡Dios santo! Bennie comprendió que aquello podía llevar horas.

Esmé metió a *Pupi-pup* dentro de su gorra de béisbol, donde la cachorrita se quedó profundamente dormida, con la barriguita llena de sopa de arroz. Marlena tenía preparada una bufanda, por si fuera necesario ocultar de la vista de las autoridades su nuevo equipaje canino. En realidad, no debería haberse preocupado. En Birmania, los perros no son contrabando, ni se les impone cuarentena; sin embargo, meterlos en un hotel ya es otra historia. Harry se sentó junto a Marlena, sujetando en su mano derecha la mano izquierda de ella. Era un pequeño gesto de afecto, un símbolo de unión. Se había ganado el privilegio de tocarla la noche anterior, después de la cena.

–Marlena, cariño, ¿te apetece un caramelo de menta? –preguntó Harry, mientras los tres permanecían sentados como monos sobre un tronco, al fondo del autobús. En su juventud, el ofrecimiento de un caramelo de menta era un código para expresar secretamente el deseo de intercambiar más besos. Ahora ya no necesitaba hablar en códigos ridículos. Podía decir lo que quisiera. Un caramelo era un caramelo y un beso era un beso. Sí, señor, ya estaba muy avanzado en el camino hacia el amor, el entendimiento perfecto.

Marlena aceptó el caramelo, esperando que Harry no se comportara de un modo excesivamente amoroso delante de su hija. Mientras tanto, Esmé miraba de reojo a su madre, cogida de la mano con Harry. Arrugó la nariz, pero esta vez no fue porque desaprobara a Harry, que para ella se había convertido en una especie de héroe, sino porque le parecía embarazoso, en cualquier circunstancia, que dos personas estuvieran de la manita. Esa tal Wendy se había vuelto para mirar –lo había notado Esmé–, y había visto lo que estaban haciendo Harry y su madre. Ahora, ella y su novio estaban intercambiando sonrisitas, como si supieran algo. ¿Qué era lo que sabían ellos y Esmé no? ¿Habrían hecho *aquello* su madre y Harry? En cualquier caso, la historia de las manitas resultaba patética y posesiva, por no mencionar que probablemente tendrían sudorosas las palmas de las manos, con el calor que estaba haciendo.

Una hora después, Walter y Bennie volvieron del puesto fronterizo. Bennie fue el primero en hablar:

–Estamos provisionalmente autorizados, pero tenemos que ir a otra ciudad para registrar la documentación línea por línea, y para eso necesitaremos los pasaportes de todos.

Se oyeron gruñidos en el autobús.

Walter levantó la mano.

–Cuando lleguemos, mientras yo me ocupo de esos tediosos detalles, ustedes tendrán ocasión de explorar durante una hora, más o menos, la ciudad de Muse. Hay un mercado bastante animado y muchas tiendas de telas y similares...

–¿Tendremos libertad para bajar del autobús? –preguntó Wendy.

–Sí, exacto. Pueden salir y pasear. Como ha dicho el señor Bennie, están provisionalmente autorizados para entrar en el país. Simplemente necesitamos copiar la información sobre su itinerario y poner todos los puntos sobre las íes, como dicen ustedes. Pero antes de irse, les sugiero que cambien dinero conmigo. Les daré el mejor cambio legalmente autorizado: trescientos ochenta kyats por dólar, el mismo que les daría un banco. Indudablemente, les iría mejor en el mercado negro, pero también podría irles peor, porque si la policía los sorprendiera, les aseguro que las consecuencias serían lamentables.

–Me pregunto cuánto mejor –le susurró Wyatt a Wendy.

En Muse, mis doce amigos, llenos de dinero, con los kyats birmanos abultándoles peligrosamente los bolsillos, bajaron de un salto del autobús al cálido sol de diciembre. Se dirigieron andando al centro de la ciudad y pronto los envolvió la vida cotidiana del mercado, donde los clientes se arremolinaban en torno a tenderetes de telas, ropa y zapatos de plástico, que por su estilo muy bien podían ser saldos procedentes de China. A su alrededor, los cambistas, agachados en el suelo, intentaban captar su atención. Más adelante, atrayéndolos como el séptimo cielo de las gangas, había una enorme carpa que albergaba el mercado de alimentación.

Mientras se abrían camino entre la multitud, notaron lo mucho que se diferenciaban por su aspecto los birmanos de los chinos. Aquí, las mujeres se untaban la cara con la pasta amarilla de thanaka, como protección solar y también como signo de belleza. Sobre las cabezas lucían una tira de tela envuelta como un turbante.

–Tienen un aspecto casi tribal –comentó Roxanne.

–Es porque *son* una tribu –replicó Vera–. Está en las notas que preparó Bibi.

Wendy cruzó la mirada con una birmana que parecía más o menos de su edad. La mujer llevaba un sombrero cónico de ratán con ala roja. Cuando bajaba la vista, el sombrero oscurecía completamente su cara. Pero cuando levantaba la mirada, su rostro expresaba desesperación y angustia, o al menos eso pensó Wendy. Era como si la mujer quisiera decirle algo, como si quisiera transmitirle un mensaje urgente. De hecho, empezó a dirigirse hacia ella, pero justo entonces, del lado sombreado de la calle, aparecieron dos agentes de la policía militar, con sus uniformes verde rana. La mujer parpadeó, se volvió y se perdió entre la muchedumbre. ¿Era sudor o lágrimas lo que tenía en las mejillas? ¿Qué habría querido decirle? ¿Sería una advertencia? Wendy tiró de la camisa de Wyatt.

–Quiero seguir a esa mujer.

–¿Por qué?

–Quería decirme algo. Necesita ayuda.

Para entonces, la mujer se estaba alejando entre la multitud, escurriéndose, a punto de desaparecer.

–¡Vamos! –dijo Wendy, y empezó a abrirse paso entre el gentío, mientras el resto de los viajeros se dirigían a la carpa de alimentación.

–¿No es asombroso? –le dijo Harry en voz alta a Marlena–. Nos hemos adentrado unos pocos kilómetros y el traje nacional ya es completamente diferente.

Indicó con un gesto a un hombre que circulaba en bicicleta.

–No imagino cómo se las arreglarán esos tipos para que no se les caiga la falda.

–Los escoceses también llevan falda –replicó Marlena–, y he oído que no usan ropa interior.

–¿Te he dicho ya que soy medio escocés?

Marlena le respondió con un gesto medio enfadado y medio risueño. Esmé estaba cerca.

En uno de los tenderetes, dos mujeres acuclilladas sobre montones de tela les hacían señas a las turistas. En cuanto Roxanne y Heidi miraron en su dirección, la mayor de las mujeres empezó a desplegar rápidamente un rollo de tela, acariciando la trama con los dedos. Vera se acercó de inmediato y se puso a admirar los tonos violetas y burdeos y los complicados motivos en oro y plata. La vendedora más joven le iba pasando más rollos de tela a la de más edad, que los iba desplegando.

–Bonito, sí, muy bonito –decía Vera, asintiendo con la cabeza.

–*Monito, monito* –intentaban repetir las birmanas.

Más y más rollos de tela se fueron abriendo, y Roxanne, que estaba al lado de Vera, probó con los dedos un paño de algodón tejido a mano, de color azul oscuro con un toque iridiscente.

–¿Mil? –dijo, leyendo un trozo de papel que había garabateado la vendedora. Se volvió hacia Dwight y preguntó–: ¿Dwight, cariño, cuánto son mil kyats?

–Menos de tres dólares.

Él estaba a varios metros de distancia, detrás de otras mujeres inclinadas sobre el tenderete para examinar las mercancías.

–¡Vaya! ¿Por un metro de tela como ésta? –exclamó Roxanne.

La mujer le dio un golpecito en la mano y sacudió la cabeza, para luego desplegar la tela y extenderla.

–Dos –dijo, enseñándole dos dedos.

–¡Oh, *dos* metros! ¡Mejor todavía! –Roxanne se drapeó la tela sobre las piernas–. Me encantaría hacerme un sarong con esto.

Levantó la vista hacia la vendedora, que se había tapado la boca para reírse, lo mismo que las otras mujeres que rodeaban el tenderete. La mujer señaló el rollo de tela azul y sacudió la cabeza; después sacó otro rollo de tela rosa, con motivos dorados, y señaló primero el rollo y después a Roxanne.

–No –dijo Roxanne, haciendo un gesto de rechazo con la mano, para indicar que no quería ni ver la tela rosa; a continuación, palmoteó la tela azul y sonrió satisfecha.

La vendedora palmoteó la misma tela y señaló a un transeúnte que pasaba, vestido con un longyi.

–Te está diciendo –intervino Heidi– que el color y el motivo de esta tela son de hombre.

Al oírlo, Dwight levantó resignado ambas manos.

–Tonterías –dijo, y se marchó detrás de Moff y de Rupert.

Roxanne no levantó la vista.

–Ya sé que es de hombre, pero me da igual. Es lo que me gusta.

Sonrió a la vendedora, mientras ésta le señalaba a varios hombres en el mercado, para asegurarse de que lo había entendido.

–Sí, ya lo sé. De hombre.

Cumplido ese trámite, la vendedora midió con gesto experto el largo habitual para un longyi de hombre. Le preguntó algo a Roxanne en birmano, mientras con dos dedos le hacía la mímica de cortar con tijeras; después, mientras sujetaba la tela con una mano, le hizo otra mímica, consistente en unir el índice y el pulgar de la otra mano y hacerlos subir y bajar repetidamente. Con los mismos gestos, Roxanne le indicó que sí, que cortara y cosiera la tela. La mujer le pasó el rollo a la vendedora más joven, que desapareció por un momento al fondo del tenderete, y finalmente regresó con la tela debidamente preparada. La vendedora mayor llamó a un joven delgado que pasaba, quien acudió prestamente y pareció encantado de hacer una demostración de la forma correcta en que los hombres se visten por la mañana. Se metió en el voluminoso tubo de tela y, con un pellizco de paño en cada mano, estiró hacia los lados el material sobrante, tensándolo; después, con un rápido y limpio movimiento, unió ambas manos con un golpe, justo en el centro, e instantáneamente anudó los extremos, de tal manera que el exceso de tela quedó colgando por delante, como una lengua.

–¡Oh, es como un truco de magia! –exclamó Roxanne.

Le pidió por gestos al hombre que volviera a hacerlo, pero más lentamente. El hombre repitió los movimientos, haciendo una pequeña pausa antes de cada paso. Al terminar, desató los extremos de la tela, se salió del tubo, lo dobló con cuidado y se lo entregó a ella.

Heidi le dio las gracias con sonrisas y apretones de manos. Pero cuando Roxanne se disponía a meterse en el cilindro de tela, la vendedora intentó detenerla, riendo y protestando.

–Ya lo sé, ya lo sé –le dijo Roxanne–. Me estoy vistiendo de hombre, pero me da igual.

La vendedora sacudió la cabeza y sacó otra pieza de tela, esta vez de un vívido color amarillo, con motivos intrincados. Se metió dentro y estiró el material sobrante hacia un solo lado, demostrándole que el proceso para las mujeres era completamente diferente del que acababa de enseñarle el caballero. Después, amontonando la tela con una mano, formó una serie de pliegues, cuyo extremo superior remetió por la cintura de la falda.

–Hum –dijo Roxanne–. No creo que este efecto me guste tanto como el del nudo en el centro. No creo que se sujete tan bien.

–Gracias –le sonrió Heidi a la vendedora–. Ya comprendemos. Diferente. De hombre. De mujer. Muy bien.

Y entre dientes le susurró a su hermana:

–¿Por qué no te lo pruebas *después* de salir de aquí?

La vendedora se alegró. Había impedido que una valiosa clienta hiciera el ridículo. Roxanne y Heidi, junto con Vera, siguieron rebuscando entre las piezas de tela, para ver si encontraban un tesoro. Había infinidad de colores y motivos, a cuál mejor y más bonito que el anterior. Pero al cabo de un rato, les resultó demasiado. Estaban empalagadas e insatisfechas. Era como comer helado en exceso. Tenían los sentidos embotados, y todas las diferentes telas, que al principio les habían parecido inusuales como mariposas exóticas, empezaban a resultar vulgares para sus sobrecargados cerebros. Al final, Roxanne sólo había comprado la tela azul y empezaba a pensar que quizá debería haber esperado, por si encontraba algo más bonito y a mejor precio en otra parte.

Wendy y Wyatt, en busca de la misteriosa mujer, habían ido a parar a la otra punta del mercado. Wyatt decidió hacer fotos. Un grupo de chicos con la cabeza recién rapada pasó a su lado, con el atuendo de los monjes novicios: una sola pieza de tela, de un color naranja saturado e intenso como el de algunos pimientos, drapeada y anudada en torno a sus cuerpos flacos. Estaban descalzos e iban de un lado a otro, recién estrenados en su calidad de monjes mendicantes. Uno de ellos tendió tímidamente la mano, para pedir limosna. Otro se la bajó de un palmotazo. Todos se echaron a reír. Los monjes estaban autorizados a mendigar comida, pero sólo temprano en la mañana. Iban al mercado antes del amanecer, con cuencos y cestos que los vendedores y los clientes se apresuraban a llenar de arroz, verduras, conservas en vinagre, cacahuetes y fideos, al tiempo que les agradecían la oportunidad de aumentar su mérito. Para los budistas, el mérito es como una cuenta bancaria de buenas acciones, que los ayuda a mejorar sus perspectivas para vidas futuras. Las provisiones reunidas eran llevadas al monasterio, donde vivían los novicios, los monjes y los superiores, que a la hora del desayuno preparaban con ellas la comida que había de durarles todo el día.

Pero los niños son niños, y sentían curiosidad por ver qué les darían los extranjeros si les pedían limosna. Apenas una semana antes, eran niños normales de nueve años, que jugaban al chinlon con pelotas de ratán, nadaban en el río y cuidaban de sus hermanos pequeños. Pero un día sus padres los llevaron al monasterio local, para que sirvieran voluntariamente durante un tiempo, entre dos semanas y varios años, como hacen todos los chicos de las familias budistas. Les afeitaron la cabeza en una ceremonia familiar, envolvieron sus mechones en un trozo de seda blanca y, tras hacerles prometer que respetarían las normas del budismo theravada, les hicieron quitarse la ropa y ponerse el simple hábito de los monjes, convertidos así en hijos de Buda. Era su iniciación a la vida adulta. En una ocasión, una familia birmana me invitó a ver la ceremonia y la encontré conmovedora, de una manera bastante similar a cuando presencié una circuncisión judía.

Para las familias más pobres, era la única manera de que sus hijos recibieran una educación. Las familias acomodadas recogían a sus hijos al cabo de dos semanas, pero los niños más pobres se quedaban más tiempo, si podían. En los monasterios, los niños que habían decidido permanecer en el monasterio como monjes o superiores aprendían a leer las escrituras en pali y las recitaban constantemente bajo la atenta mirada de sus mayores. De ese modo, aprendían a leer y a la vez se volvían devotos, versados en la virtud de la pobreza. Pero la devoción –por lo que pude ver– no les hacía perder a los pequeños monjes su afición a las travesuras.

Pero Wendy no sabía nada de los pequeños novicios, porque ni siquiera había echado un vistazo a mi bibliografía sugerida.

–Es increíble que a esos pobres niños los obliguen a ser monjes –le dijo a Wyatt–. ¿Qué pasará si algún día quieren tener una vida sexual?

–¡Mira qué sonrisas! –dijo Wyatt, enseñándole el revés de su cámara digital. Los niños monjes se apiñaron a su alrededor para ver también, y comenzaron a ulular, señalando sus imágenes.

Ella notó que Wyatt no había respondido a su pregunta. Últimamente, lo hacía a menudo. En lugar de contestar, hacía un comentario sin mayor relación con la pregunta. ¿Se estaría desenamorando? ¿O quizá nunca había estado enamorado? Últimamente, cuando estaba con él, ella no sentía más que pinchazos, punzadas, dolores, crujidos, desgarros y vacíos repentinos. Quizá se lo pareciera solamente porque tenía calor y estaba irritada y pegajosa. Se había dejado el protector solar en el autobús y sus hombros pecosos se estaban enrojeciendo. El sol ardía con más fuerza en esa parte del mundo y la preocupaba el aspecto que pudiera tener su cara en la media hora que tardarían en regresar al autocar. Para entonces, sus pecas serían del tamaño de una moneda. ¿Qué pensaría Wyatt cuando se le pusiera la cara como un sorbete de frambuesa y la nariz se le pelara como una cabeza de ajo? Él no tenía ese problema. Aunque era rubio, la piel se le volvía de un delicioso tono tostado, gracias a sus frecuentes correrías al aire libre. ¡Santo Dios! ¿Por qué tenía que ser tan guapo? Sintió ganas de comérselo en ese mismo instante. Quizá pudieran regresar antes al autobús.

Justo en ese momento, Wendy vio a la mujer del sombrero, con la que había cruzado una mirada poco antes. La mujer también la vio. Con discreción, le hizo señas para que se le acercara. Wendy miró a su alrededor.

—Ven —le dijo a Wyatt—. Ahí está la mujer que quería decirme algo.

Tenía la certeza de estar a punto de descubrir algo importante para Libre Expresión Internacional. Quizá la mujer conociera el paradero de algunos de los desaparecidos. Wendy y Wyatt doblaron una esquina y vieron a la mujer delante de ellos, agachándose para pasar por una puerta. La siguieron, entraron también por la puerta y finalmente vieron a la mujer, acuclillada en la penumbra.

—¿Mona Chen? —dijo la mujer, levantando en la mano un grueso fajo de kyats birmanos.

Wendy le respondió con un susurro:

—Lo siento, yo no soy Mona, pero aun así puedo ayudarla.

—Nos pregunta si queremos cambiar dinero —dijo Wyatt.

—¿Qué?

—Mona Chen. *Money change*. Cambio de dinero. ¿Lo ves? Tiene dinero y nos pregunta si queremos cambiar. —Wyatt se volvió hacia la mujer—. ¿Cuánto?

—¿Qué haces? —exclamó Wendy—. ¡Podrían encarcelarte!

—Sólo por curiosidad...

Para entonces, dos policías militares habían pasado junto a la puerta, habían retrocedido y los estaban mirando fijamente.

–Eso –dijo Wendy, señalando el sombrero cónico de la mujer–. ¿Cuánto quiere por el sombrero?

Sacó un billete cualquiera del fajo que llevaba. Era de cien kyats.

La mujer asintió y cogió el billete. Después se quitó el sombrero y se lo dio a Wendy. Los policías siguieron su camino.

–Se han ido –dijo Wyatt–. Ya puedes devolverle el sombrero.

–Me lo quiero quedar. Lo necesito, de verdad. El sol me está quemando. ¿Por qué lo dices? ¿He pagado demasiado?

–Unos veinticinco centavos –respondió Wyatt–. Un robo.

Wendy se ajustó en la cabeza el aro de ratán del sombrero y se anudó las cintas bajo la barbilla. Salieron los dos a plena luz del sol, y ella se sintió más fresca y recuperada. Para Wendy, el sombrero había sido todo un éxito. Por ella se habían salvado de ser arrestados por la policía y, además, por veinticinco centavos, había conseguido un accesorio de moda que le confería un aire original y a la vez refinado, al estilo de Audrey Hepburn o Grace Kelly en las películas de los años cincuenta. Mientras tanto, los lugareños intercambiaban risitas. Era tronchante ver a una extranjera con el sombrero que usan las campesinas para las labores del campo. Como ver a un pez vestido.

A la vuelta de una esquina, siguiendo un callejón, Moff y Rupert habían encontrado una tienda en la que vendían pelotas de baloncesto y juegos de bádminton. Después de comprar uno de cada, Rupert comenzó a hacer filigranas con el balón, mientras Moff intentaba quitárselo. Comerciantes y transeúntes los contemplaban con una sonrisa en la cara. «¡Michael Jordan!», gritó alguien. Moff se volvió para mirar. ¿Michael Jordan? ¿Hasta en ese rincón del mundo lo conocían? Unos chicos con los longyis remangados a modo de pantalones cortos les hicieron señas y, cuando Rupert les pasó el balón, uno de ellos lo cogió con una sola mano. El muchacho lo manejó con habilidad por todo el callejón, antes de devolvérselo a Rupert con un solo bote.

Entonces apareció otra pelota más pequeña, un etéreo globo de ratán. Un chico de longyi marrón la lanzó con ligereza por el aire y, con un golpe de talón, la impulsó hacia otro niño. El niño dominó la pelota con la cabeza y la lanzó hacia Rupert, que instantáneamente la recibió con la rodilla y la mantuvo botando, hasta que finalmente se la arrojó a su padre. Moff extendió el pie hacia el misil, que botó en la dirección equivocada y cayó al suelo. Rupert recogió la pelota de fibras entretejidas.

–Mola –le dijo a Moff–. Es como una bola de footbag, sólo que bota más.

Le devolvió la pelota a su dueño, el niño del longyi marrón, pero Moff sacó un par de billetes de cien kyats y señaló la bola. El chico se la dio y solemnemente aceptó los doscientos kyats.

–Mola –repitió Rupert, mientras hacía botar la pelota entre sus rodillas, avanzando de ese modo por la calle, al tiempo que su padre ponía rumbo hacia los picudos toldos del mercado de alimentación, el lugar donde habían quedado en encontrarse con los demás.

La carpa era un emporio de colores: los dorados y los castaños de la cúrcuma, las caléndulas, el curry y el comino; los rojos de los mangos, los pimientos y los tomates, y los verdes del apio, las judías chinas, el cilantro y los pepinos. Los niños contemplaban con ojos golosos las bandejas de gelatina de algas, coloreada artificialmente de amarillo brillante, y sus madres vigilaban a los vendedores mientras éstos pesaban sus compras de arroz, azúcar de palma y fideos secos de arroz. Los olores eran a la vez térreos y fermentados. Moff vio a Walter y a Bennie de pie junto a la entrada, ambos con aspecto relajado y satisfecho. Los otros viajeros también estaban allí, esperando.

–¿Y bien? –le dijo Moff a Bennie.

–Facilísimo –respondió él, rebosante de dicha y haciendo chasquear los dedos, como si no hubiera concebido siquiera la posibilidad de tener problemas con el cruce de la frontera.

Devolvió los pasaportes. En realidad, Bennie se había preocupado tanto que había vuelto al autobús para estar junto a Walter, mientras los documentos eran examinados y copiados. Durante toda la dura prueba, no dejaba de mirar de un lado a otro, con los oídos alertas y los esfínteres contraídos, en preparación para la reacción de lucha o huida.

–Lo que no acabo de comprender es cómo se las arregla Walter para alternar su perfecto birmano con un inglés excelente –dijo Bennie–. ¿Os habéis fijado que su inglés es mejor que el mío? Es más estadounidense que yo.

Bennie se refería al acento británico de Walter, que a su entender sonaba más refinado que su variedad de inglés del Medio Oeste.

Walter se sintió halagado por el comentario.

–¡Oh, no! –protestó–. Ser estadounidense tiene poco que ver con el dominio del inglés y mucho con los axiomas que ustedes honran y atesoran: sus derechos inalienables, la búsqueda de la felicidad... Yo, triste es decirlo, no dispongo de esos axiomas. No puedo emprender esa búsqueda.

–Bueno, pero nos entiende –le dijo Bennie–, lo cual lo convierte por lo menos en estadounidense honorario.

–¿Por qué habría de ser eso un *honor*? –intervino Wendy con irritación–. No todos quieren ser estadounidenses.

Aunque molesto, Bennie se echó a reír. Walter, diplomático como siempre, le dijo a Bennie:

–En cualquier caso, me halaga que me consideren uno de ustedes.

Cuando se marchaban, pasaron junto a una reluciente pila de peces, que todavía estaban boqueando.

–Creí que estábamos en un país budista –comentó Heidi–. Pensé que aquí no mataban a los animales.

Unos metros a la izquierda, yacían los restos ensangrentados de un cerdo. Heidi lo había visto por el rabillo del ojo y ya no se atrevía a mirar en esa dirección.

–Los carniceros y los pescadores no suelen ser budistas –explicó Walter–. Pero incluso los que lo son practican la pesca con reverencia. Recogen los peces y los llevan a la orilla. Dicen que los salvan de morir ahogados. Por desgracia –añadió, bajando la vista con expresión de desconsuelo–, los peces nunca se recuperan.

¿Salvar a los peces de morir ahogados? Dwight y Harry se miraron y reprimieron una carcajada. ¿Estaría de broma?

Heidi era incapaz de hablar. ¿De verdad pensaría esa gente que hacía una buena obra? ¡Seguramente no tenían la menor intención de salvar nada! Bastaba con ver a esos peces. Estaban boqueando, desesperados por oxígeno, y los vendedores acuclillados a su lado, fumando cigarros, no tenían ni remotamente la actitud solícita de un médico de urgencias o de una enfermera de cuidados paliativos.

–Es horrible –dijo ella finalmente–. Es peor que si los mataran directamente, sin intentar justificarlo como un acto de bondad.

–No mucho peor que lo que hacemos nosotros en otros países –repuso Dwight.

–¿De qué estás hablando? –dijo Moff.

–De salvar a la gente por su bien –replicó–. Invadir países y hacerles sufrir daños colaterales, como los llamamos nosotros. Matarlos, como desafortunada consecuencia de ayudarlos. Como en Vietnam, o en Bosnia...

–No es lo mismo –intervino Bennie–. ¿Y qué sugieres? ¿Que nos quedemos tan tranquilos, sin hacer nada, cuando se está produciendo una limpieza étnica?

–Solamente digo que debemos tener en cuenta las consecuencias. No hay intenciones sin consecuencias. El problema es quién carga con las consecuencias. Salvar a los peces de morir ahogados. Es lo mismo. ¿Quién se salva? ¿Y quién no?

–Lo siento –resopló Bennie–, pero no es lo mismo. En absoluto.

Los otros estaban callados. No era que estuvieran de acuerdo con Dwight, con quien detestaban coincidir, dijera lo que dijese. Pero tampoco discrepaban completamente. Era como una de esas ilusiones ópticas, uno de esos dibujos que vistos por un lado parecen una bonita muchacha con sombrero y, por el otro, una vieja de nariz ganchuda. Todo depende de cómo se miren.

–¡Dios mío! ¿Qué podemos hacer? –dijo Heidi en tono lastimero–. ¿No podemos decir algo? Me gustaría comprarlos todos y devolverlos al agua.

–No los mires –le sugirió Moff.

–¿Cómo hago para no mirarlos?

Los peces seguían agitándose. Moff cogió a Heidi por un brazo y se la llevó de allí.

–¿Se pueden ahogar los peces en el agua? –preguntó Rupert, cuando se hubieron alejado de los tenderetes de pescado.

–Claro que no –respondió Bennie–. Tienen branquias, y no pulmones.

–A decir verdad –intervino Harry–, sí que pueden ahogarse.

Todos los ojos, excepto los de Heidi, se volvieron hacia él.

–Cuando una persona se ahoga –prosiguió–, los pulmones se le llenan de agua, y como nuestros pulmones no pueden filtrar el oxígeno del agua, la persona se asfixia. La causa de la muerte es ésa, la falta de oxígeno. Puede ocurrir en el agua o en cualquier otro tipo de líquido.

Harry observó la intensidad en la mirada de Marlena y continuó la explicación, en su estilo informal y confiado.

—Los peces, en cambio, tienen branquias que extraen el oxígeno del agua. Pero la mayoría de los peces tienen que moverse continuamente, para hacer pasar por las branquias una cantidad suficiente de agua que les permita filtrar el oxígeno necesario. Si no pueden moverse, si por ejemplo se quedan atrapados en una oquedad coralina durante la marea baja o enganchados a un anzuelo, al cabo de un tiempo empiezan a sufrir la carencia de oxígeno y al final se asfixian. Mueren ahogados.

Harry vio que Marlena lo contemplaba electrizada, con una mirada que parecía decirle: «Eres tan increíblemente poderoso y sexy que, si hubiera una cama aquí mismo, te saltaría encima.» En realidad, Marlena se estaba preguntando cómo era posible que disfrutara tanto describiendo la muerte de los peces.

Heidi conservaba la imagen de los peces boqueantes que acababan de ver.

—Si pueden extraer oxígeno del agua, ¿por qué no pueden sus branquias procesar el del aire?

Marlena miró a Harry con gesto expectante. Harry lo explicó con mucho gusto:

—Las branquias son como dos series de arcos, finos como la seda. En el agua, flotan totalmente desplegadas, como las velas de un barco. Fuera del agua, los arcos se desploman sobre sí mismos, como una bolsa de plástico, y se aplastan, quedando sellados de tal manera que no puede entrar el aire. El pez se asfixia.

Vera resopló.

—Entonces, ¿no hay absolutamente ninguna manera de que alguien diga sinceramente que está salvando a los peces de morir ahogados?

—No —replicó Harry—. Se ahogan en tierra.

—¿Y qué me decís de los pollos? —preguntó Vera, señalando una jaula de aves—. ¿Qué benevolente acción servirá para cargárselos? ¿Estarán quizá recibiendo clases de yoga cuando accidentalmente se les parte el cuello?

—No es peor que lo que hacemos nosotros —dijo Esmé con desapasionada calma—. Pero nosotros lo escondemos mejor. Vi un programa en la tele. Los cerdos van todos apretujados y después los tiran por una rampa. Van todos gritando, porque saben lo que les va a pasar. También se lo hacen a los caballos. Algunos piensos para perro están hechos de carne de caballo. A veces ni siquiera están muertos cuando empiezan a descuartizarlos.

Marlena se quedó mirando a su hija. Esmé parecía haber perdido la inocencia ante sus propios ojos. ¿Cómo era posible que su niñita supiera esas cosas? Marlena contemplaba los nuevos pasos de su hija hacia el conocimiento con maternal angustia y tristeza. Le había encantado la época en que Esmé se dirigía a ella en busca de protección y consuelo, cuando se esperaba que ella, la madre, escudara a su hija contra la fealdad del mundo. Recordaba una vez, no hacía mucho tiempo, cuando ambas estaban paseando por Chinatown y Esmé se puso a llorar delante de unos peces vivos, porque el vendedor le dijo que eran «para comer y no para jugar». La histérica reacción de Esmé no se diferenciaba mucho de los sentimientos de los activistas por los derechos de los animales, que repartían octavillas en la calle instando a la gente a boicotear a los restaurantes de Chinatown, por matar peces y aves en sus locales para garantizar la frescura de los ingredientes.

–A los peces les cortan la cabeza *cuando todavía están vivos* –había oído protestar una vez a un defensor de los animales.

–¡Todos los animales están vivos cuando los matan! –le había respondido Marlena a voz en cuello–. ¿De qué otro modo propones tú que maten a los peces? ¿Esperando a que mueran de viejos?

Le había parecido ridículo que la gente discutiera por salvar la vida de un pez. Pero ahora veía las cosas a través de los ojos de Esmé. Era espantoso ver a cualquier criatura luchando vanamente por conservar la vida.

–¡Señoras! ¡Señores! –los llamó Walter–. Si quieren, pueden volver al autobús ahora; si prefieren pasear un poco más o hacer alguna otra compra, los esperamos en el autobús dentro de quince minutos.

Mis amigos se dispersaron: Wendy, para ir en busca del sombreado interior del autobús; Moff y Rupert, para pasear por los callejones, y los otros, para hacerse una buena foto que documentara su estancia en la ciudad, fuera cual fuese su nombre.

En una esquina apartada del mercado, Bennie encontró a una anciana de dulcísima expresión. Llevaba un turbante azul, que le empequeñecía el rostro curtido por el sol. Él le preguntó por señas si podía bosquejar su retrato, en su puesto de nabos y hojas de mostaza. Ella sonrió tímidamente. Él hizo el tipo de dibujo de trazos rápidos que utilizaba para las caricaturas, con las líneas justas para captar y sugerir los rasgos más distintivos de la persona retratada. Descubrir cuáles eran esos rasgos requería tanto talento artístico como la ejecución del dibujo. Sugirió el peso del turbante sobre la pequeña cabeza y, después, una gran sonrisa que casi se le tragaba toda la barbilla. Unos cuantos redondeles para los nabos y las hojas de mostaza, y unos garabatos más tenues para los que estaban en segundo plano... Al cabo de uno o dos minutos, le enseñó el bosquejo a la mujer.

—¡Vaya! —exclamó ella en un idioma que él no entendía—. Me ha convertido en otra persona, en una mujer mucho más guapa. ¡Gracias!

Cuando se disponía a devolvérselo, él la detuvo.

—Para usted —le dijo.

Ella le dedicó otra enorme sonrisa que hizo desaparecer su labio inferior. Sus ojillos resplandecían. Cuando él ya se marchaba, ella le gruñó algo, señalándole las verduras que tenía a la venta.

—¿Le gusta? —le preguntó en inglés.

Bennie asintió, por ser amable. Ella le indicó que eligiera algo. Bennie alzó una mano y negó cortésmente con la cabeza. Ella insistió. Consternado, él supuso que la anciana le estaba pidiendo que comprara alguna de sus mercancías. Ella resopló y, finalmente, sonriendo aún, metió un puñado de nabos fermentados en una bolsita rosa; después la hizo girar y anudó con fuerza las puntas, de tal manera que el aire quedó atrapado dentro y la bolsita asumió el aspecto de una gorda vejiga rosa. La anciana se la tendió para que la cogiera.

Bueno, ¡qué remedio! ¿Cuánto podía costar? Bennie le ofreció un par de billetes, el equivalente a unos treinta centavos, una suma absolutamente colosal para una bolsa de nabos fermentados. Sin embargo, ella los rechazó, ofendida, apartándole la mano con firmeza. Por fin, él lo comprendió. ¡Oh, un regalo! ¡Un regalo! Ella asintió enérgicamente. Él le había dado un regalo a ella y ahora ella le daba un regalo a él. ¡Guau! Se sentía abrumado. Era la auténtica amabilidad entre extraños. Era un auténtico momento *National Geographic*: dos personas enormemente diferentes, separadas por el idioma, la cultura y un montón de cosas más, que aun así daban y recibían lo mejor de sí mismos: su propia humanidad, sus caricaturas, sus conservas en vinagre. Con agradecimiento, aceptó la bolsa rosa de plástico con su húmedo contenido, ese maravilloso don de amistad universal. Era increíble y tremendamente reconfortante. Lo guardaría para siempre, o hasta que ocurriera una catástrofe, es decir, hasta apenas unas horas más tarde.

El autobús avanzaba, con sus ruedas ya en contacto con el camino de Birmania, una carretera de doble sentido, toscamente pavimentada, compartida por reses jorobadas de los dos tipos: de las vagabundas y de las que van uncidas a un carro. Mis amigos contemplaron el nuevo escenario. Las colinas estaban cubiertas por montes más pequeños, que sobresalían como forúnculos. En el campo había chozas construidas sobre pilotes, con paredes de ratán entretejido y techumbre de paja. Los hogares más prósperos lucían techos de chapa ondulada de un brillo enceguecedor. Aquella templada tarde de invierno, las ventanas estaban cerradas con postigos blanqueados por el sol y lavados por los monzones, que evocaban el estilo de decoración envejecido y lleno de historia que tanto admiraba Roxanne. A Marlena, por su parte, le pareció que las casas eran tan surrealísticamente preciosas que conseguían invertir el efecto *trompe-l'oeil*, de engaño de los sentidos, de tal manera que los postigos auténticos parecían pintados.

–Mirad cuántas plantas de Navidad –señaló Esmé–. Debe de haber plantas por valor de mil dólares, como mínimo.

Las flores de Pascua, entremezcladas con buganvillas, crecían al pie de las higueras de Bengala, armonizando con los ubicuos arbustos de panpuia y sus pompones lilas.

–No son autóctonas –dijo Moff–. Aquí la flor de Pascua es una intrusa; es una planta ornamental procedente de México.

Heidi preguntó si las semillas habrían llegado desde tan lejos arrastradas por el viento.

–Probablemente, las primeras llegaron en barco –respondió Moff–, como regalos de diplomáticos de tiempos pasados. Este ecosistema es bueno para cualquier tipo de planta.

A los dos o tres kilómetros de viaje, Walter volvió a hablar.

–Merecen ustedes una felicitación –dijo a los turistas–. Probablemente son los primeros occidentales en recorrer esta parte de la carretera procedentes de China. El año pasado, la carretera estaba intransitable, y yo habría tardado tres semanas en ir de Mandalay a Ruili. Este año, las obras están terminadas y el trayecto se cubre en doce horas.

Walter no les dijo que la carretera había sido reconstruida por una de las tribus birmanas, cuyo nombre no mencionaré aquí, conocida en épocas pasadas por cortar cabezas y, en tiempos más recientes, por dedicarse al contrabando de armas y el tráfico de heroína. En cierto momento, formaron una poderosa insurgencia contra el gobierno militar. La tribu luchó tanto y tan bien, que finalmente el gobierno militar propuso una tregua, para poder negociar como lo haría cualquier déspota razonable del mundo. Finalmente, la tribu acordó deponer las armas, a cambio de tener vía libre para construir un imperio comercial, sin impedimentos gubernamentales ni competidores. La carretera de Birmania y sus puestos de peaje, las principales compañías aéreas y algunos de los hoteles donde se alojarían mis amigos estaban bajo el control de esa emprendedora tribu. En el mundo empresarial de Myanmar, una OPA hostil es un poco más hostil que en Estados Unidos.

Poco después de su anuncio, Walter pidió al conductor que se detuviera en un pequeño camino de tierra, a un lado de la carretera.

—Parada para ir al lavabo —dijo Wyatt—. Justo a tiempo.

Los otros asintieron.

—No, no paramos para estirar las piernas —replicó Walter diplomáticamente—. Si tienen un poco de paciencia, haremos otra parada un poco más adelante. Los he traído aquí para que conozcan una de nuestras tradiciones que prácticamente todos respetamos, con independencia de nuestra tribu o religión.

Bajó del autobús, seguido por los demás, y se dirigió hacia lo que parecía un comedero para pájaros hecho de bambú y decorado con espumillón navideño, colocado en el hueco de un árbol.

—Esto es un pequeño altar para un nat...

Después les explicó que los nats eran espíritus de la naturaleza: de los lagos, de los árboles, de las montañas, de las serpientes y de las aves. Eran innumerables. Pero había treinta y siete nats oficialmente designados, en su mayoría personajes históricos asociados con hazañas heroicas, míticas o reales. Algunos eran mártires, personas que habían sido traicionadas o habían sufrido una muerte prematura y espantosa. Uno de ellos había muerto de diarrea y se decía que infligía el mismo castigo a quienes le desagradaban. Cualquiera que fuese su origen, todos se alteraban fácilmente y solían montar un escándalo cuando no los trataban con respeto.

Mis amigos bromearon, recordando a diferentes personas que conocían y que, en su opinión, podrían haber pasado por nats.

También había nats locales en los poblados y nats domésticos, residentes en los altares que las familias tenían en sus casas. La gente les llevaba regalos, alimentos y bebidas. Estaban por todas partes, lo mismo que la mala suerte y la necesidad de encontrarle explicaciones.

–¿Qué aspecto tiene un nat? –preguntó Esmé.

–Pueden tener distintas formas –dijo Walter–. En las fiestas celebradas en su honor, hay imágenes grandes y pequeñas que los representan: un caballo blanco, un hombre con apariencia de monje o personajes de la realeza, vestidos con trajes antiguos. Y algunos, como los espíritus de la naturaleza, son invisibles.

–¿Son como fantasmas? –preguntó Esmé.

–Hay cierta semejanza –replicó Walter–. Algunos son visibles y otros invisibles. Pero por lo que he oído, ustedes, los norteamericanos, contratan profesionales para expulsar a los fantasmas: *ghostbusters*, creo que los llaman. Sus fantasmas sólo pueden ser personas o a veces animales. Y ustedes no construyen altares, ni les hacen ofrendas para tenerlos contentos. Este altar en concreto es para este árbol. En la antigua carretera había muchos accidentes, hasta que la gente advirtió que aquí había un nat. Desde que han puesto aquí el altar, no ha vuelto a haber accidentes.

–Entonces son todas las cosas y están en todas partes –dedujo Esmé.

Walter asintió levemente con la cabeza, para indicar que era posible que así fuera.

–¿Y qué otra cosa se supone que hacen los nats cuando se irritan? –preguntó Vera.

–Puede ser cualquier cosa –respondió Walter–; como mínimo, alguna fechoría. Un objeto valioso puede romperse o desaparecer. Una enfermedad. También puede haber calamidades mayores, o incluso catástrofes que afectan a todo un poblado. Cualquiera que sea la desgracia, la gente piensa que no ha obrado con suficiente diligencia para ganarse la simpatía de algún nat. ¡Pero, por favor, no vayan a creer ustedes que todos los nats son malos! Si los honran como es debido, ellos los ayudarán. Uno de los turistas de un grupo que guié el año pasado los comparó con el concepto que tienen ustedes de las suegras.

–¿Usted cree en los nats? –le preguntó Marlena.

Walter se volvió y sonrió.

–La gente instruida no suele creer en esas cosas. Pero es tradicional hacer una ofrenda, como los regalos que deja Santa Claus bajo sus árboles de Navidad.

No les dijo que en su casa tenía un santuario, un altar muy bonito, bien cuidado y abastecido con ofrendas diarias. Se dirigió al altar del árbol y, dando la espalda a los turistas, introdujo cuidadosamente en su interior un paquete de pipas de girasol. Un destello de aprensión le recorrió la cara.

Se volvió hacia el grupo.

–Si alguien más desea realizar una ofrenda... por favor.

Y les hizo un gesto para que se adelantaran. El señor Joe dio un paso al frente, sacó un cigarrillo de un paquete y lo depositó en el balconcito del altar.

–Como pueden ver –dijo Walter–, a nuestros nats les encanta fumar, y también beber. Beben cualquier cosa, desde aguardiente de palma hasta Johnnie Walker Black.

Esmé se adelantó y, con gesto solemne, metió una bolsita de M&M's dentro del altar. Heidi ofreció una caja de complejo vitamínico y Wyatt, una postal. Con aire risueño, Bennie le susurró a Marlena y a Harry que deberían darle Valium o algún antidepresivo, y los tres rieron discretamente. Vera metió en el altar un billete de un dólar. En su opinión, era preciso respetar las tradiciones de los otros países, y su ofrenda sería la prueba de que al menos un estadounidense lo había hecho. Los otros no ofrecieron nada. Los otros no pensaban que fuera necesario manifestar respeto por algo que obviamente no existía.

La carretera había empezado a describir giros sinuosos, que no tardaron en convertirse en curvas cerradas. Sólo Walter estaba despierto. Se volvió para mirar a los pasajeros que iban detrás. Las cabezas oscilaban de izquierda a derecha y de arriba abajo, al ritmo de los saltos y las sacudidas del autobús. Con el zangoloteo de las cabezas, parecía como si sus dueños fueran títeres interpretando la danza de la muerte. Miró por la ventana.

Las sombras de las nubes se arrastraban sobre las colinas boscosas, dejando oscuros moratones en el verde brillante de las laderas. Los nats vivían en la naturaleza, en los árboles y en los tocones, en el campo y en las rocas. Bajo la superficie visible, había un estrato anterior de creencias, el núcleo candente y las placas tectónicas del animismo. Algunas de esas creencias animistas habían sido importadas de China hacía más de un milenio, cuando los espíritus y los demonios viajaron al sur, como lo estaban haciendo ahora mis amigos. Los errabundos nats iban enganchados como abrojos a la ropa de las tribus perseguidas y los ejércitos derrotados que buscaban refugio en Birmania. ¿Llevarían ahora algún polizón malhumorado agarrado al tubo de escape del autobús o sentado en el parachoques? Los nats siempre se habían vinculado a los desastres. Eran la coincidencia de accidentes. Y fueron creciendo, con un interminable suministro de tragedias y muertes. Ninguna religión lograría expulsarlos, ni los budistas, ni los baptistas, ni los metodistas, ni los mormones.

Walter miró hacia adelante en el autobús. Aunque parecía tranquilo a los ojos de los turistas, en realidad estaba preocupado por lo que le había dicho Bennie en su conversación telefónica de la mañana. Era imposible que la señorita Chen hubiera muerto, pensó Walter. *Ayer mismo hablé con ella.* Intentó racionalizar y repasar cómo era que se había enterado de antemano de la necesidad de modificar los documentos, para una entrada anticipada en Birmania. ¿Habría sido horrible su muerte? (Lo fue.) ¿Se habría enfadado al ver que el viaje continuaba sin ella? (No, porque yo iba con ellos.)

Walter oyó a Bennie mascullando algo para sus adentros. Había abierto parcialmente los ojos para mirar el reloj.

–Señor Bennie –dijo Walter en voz baja, y Bennie se volvió para escucharlo–. Le ruego que me disculpe, pero ¿podría contarme cómo murió la señorita Bibi Chen?

Bennie se mordió los labios, cuando la imagen de mi cadáver le vino a la mente.

–Nadie lo sabe a ciencia cierta –respondió–. Algunos dicen que fue asesinada. La encontraron degollada. No se sabe si murió desangrada o asfixiada.

–¡Oh!

A Walter se le aceleró el corazón. No cabía duda: la señorita Bibi era un espíritu atormentado.

—Fue horrible, una absoluta pesadilla para todos nosotros. Estuvimos a punto de cancelar el viaje.

—Comprendo... ¿Tenía alguna religión la señorita Bibi?

—¿Religión? No lo creo... A decir verdad, no lo sé. ¿No es espantoso? La conocía muy bien, pero la religión era un tema del que nunca hablábamos. Supongo que no tenía ninguna devoción en particular. Ya sabe cómo son esas cosas. Yo soy ex baptista por parte de madre. ¿Ha oído hablar de los baptistas?

—Bastante. Por Birmania pasaron muchos misioneros baptistas. Hicieron muchos conversos, sobre todo entre las tribus de las montañas.

—¿De verdad? ¿Por eso sabe usted inglés?

—Crecí hablando inglés en casa, además de birmano. Es parte de nuestra herencia.

—¿Herencia? ¿Cómo se puede heredar el inglés?

—Mi familia habla inglés desde hace varias generaciones. Mis tatarabuelos trabajaron para el Raj británico y las posteriores generaciones de mi familia encontraron empleo con los misioneros, pero el inglés ya era el idioma que hablaban en público.

—Pues usted lo habla de maravilla.

—Le agradezco su amabilidad y también que haya respondido a mis preguntas sobre la señorita Bibi. Aprecio su franqueza en este tema tan delicado. Pero no quiero seguir interrumpiendo su descanso.

—No hay problema. Si quiere preguntarme alguna otra cosa, no dude en hacerlo.

Bennie se recostó y cerró los ojos.

Walter miró por la ventana. Se puso a pensar. En las últimas cinco generaciones de su familia, todos habían tenido razones para usar el inglés en el trabajo. Y, como mínimo, una persona de cada generación anterior a la suya había muerto por esa causa. El inglés era su herencia, su fuente de oportunidades. Pero también era su maldición.

El tatarabuelo de Walter había aprendido inglés de niño, sirviendo en casa de un maestro británico que dirigía una escuela de aula única para los hijos de los funcionarios coloniales, en Mandalay. Mientras barría el patio, oía las voces del profesor y de los alumnos, que salían a través de las ventanas. Después repasaba las palabras escritas en la pizarra, antes de limpiarla. Tenía facilidad para aprender, y en seguida lo notó el profesor, que finalmente le permitió sentarse al fondo de la clase. Con el tiempo, su inglés llegó a ser tan bueno como el de los hijos del patrón, con los quiebros adecuados al final de las palabras y la redondez necesaria en el centro. A los veintisiete años, empezó a trabajar de intérprete para el Raj británico. Sin embargo, su dominio de las lenguas no le valió la amistad de ninguna otra tribu. En un lejano puesto de avanzada, los lugareños no toleraban la presencia británica ni la birmana. Un día, una repentina descarga de artillería barrió los árboles y los arbustos, las aves y los monos, y también al tatarabuelo de Walter. Fue sorprendente que nadie más resultara muerto.

Como compensación por la muerte del intérprete, enviaron a su hijo a estudiar a una escuela para niños nativos, con profesores británicos. Treinta años después, el mismo niño, convertido en adulto, fue el primer director birmano de esa escuela. La enseñanza era de primera calidad, pero al director lo enorgullecía todavía más el hecho de que el equipo de críquet de la escuela se mantuviera invicto en sus encuentros con otras escuelas para nativos. Un día, el equipo recibió una invitación para enfrentarse con su homólogo de la escuela británica. Los extranjeros se sentaron del lado de la sombra, bajo unos toldos, y los birmanos, al sol. Era un día especialmente caluroso y, cuando ganó el equipo birmano, el director gritó «¡Hurra! ¡Hurra!», se desplomó y murió. Probablemente, fue víctima de un golpe de calor, pero no era así como se contaba la muerte del bisabuelo de Walter. Teniendo en cuenta sus últimas palabras, murió de euforia inglesa.

El hijo del director también encontró trabajo en la enseñanza. Daba clases en las escuelas establecidas por los misioneros que habían acudido en grandes cantidades a Birmania tras la expulsión de los japoneses. En la escuela de la misión, conoció a una enfermera birmana de ojos inteligentes y chispeantes, que trabajaba en el dispensario. También ella hablaba un inglés impecable, porque había sido educada desde la más tierna infancia bajo la tutela de un matrimonio británico, dueño del automóvil que había acelerado sin razón aparente y había arrollado y matado a sus padres, que habían sido a su vez sirvientes devotos de la pareja. Un día, la enfermera y tres misioneros salieron en coche hacia un poblado donde se había declarado un brote de malaria entre los nuevos maestros norteamericanos. Por el camino, el coche se salió de la carretera y se despeñó por un barranco. La enfermera, que era la abuela de Walter, fue la única que resultó muerta, arrebatada –según decían algunos– por los nats de sus padres. ¿Qué otra explicación podía tener una tercera muerte por accidente de automóvil en la familia?

La enfermera dejó marido y cuatro hijos, tres niños y una niña. El padre de Walter era el mayor. Con el tiempo, llegó a ser periodista y profesor de universidad. Walter recordaba que su padre, que era muy puntilloso con la gramática, solía repetir un dicho, que servía para aclarar el uso de «bueno» y «bien»: «Aunque es bueno hablar bien, mejor aún es decir la verdad.» El padre de Walter valoraba la verdad por encima de su propia vida. En 1989, lo detuvieron por participar con los estudiantes y otros profesores en las protestas contra el régimen militar. El hecho de que supiera inglés fue suficiente para que lo condenaran como espía. Se lo llevaron y lo metieron en la cárcel. Un año después, un hombre que acababa de ser liberado le contó a la familia que el padre de Walter había muerto, como consecuencia de una paliza que le había provocado el colapso de los pulmones.

Walter, de dieciséis años, sus hermanas y su madre viuda se fueron a vivir con el abuelo de los niños. Era una casa dividida. Para entonces, el abuelo había llegado a la conclusión de que el inglés había sido la causa de todas las muertes trágicas en la familia, entre ellas, la de su amada esposa. ¡Ojalá lo hubiera advertido antes! Prohibió a su nuera y a sus nietos que hablaran inglés. Las novelas de Thomas Hardy y de Jane Austen, y todos los libros escritos por alborotadores fueron sacados de la casa, y los altares de los nats ocuparon su puesto en las estanterías.

Sin embargo, la madre de Walter se negó a abandonar el inglés. Para ella, no había sido una herencia recibida sin esfuerzo. De niña, había luchado por aprender los difíciles giros del idioma y había superado un examen tras otro de la escritura europea. Escuchando hablar a su marido, había mejorado su pronunciación, que ya no era como la de los estudiantes que imitaban la dicción defectuosa de sus profesores nativos. El dominio de la lengua era para ella una venturosa manifestación del espíritu, lo mismo que tocar un instrumento musical. Y sus recuerdos más íntimos y privados de su marido estaban en ese idioma. Rescató los libros y revistas que su suegro no había reducido a picadillo y los guardó bajo llave. En ocasiones especiales, los sacaba y leía las noticias rancias de las revistas de muchos años atrás, saboreándolas con mesura, tal como hacía con los blanquecinos bombones que una Navidad le había regalado un profesor visitante de una universidad estadounidense, antes de que la ley prohibiera recibir extranjeros en casa.

En los últimos diez años, el abuelo y la madre de Walter habían rehusado dirigirse la palabra, excepto a través de Walter, que hablaba birmano con su abuelo e inglés con su madre. No podría haber habido mejor preparación para su trabajo de guía turístico, una profesión que le exigía solventar los malentendidos entre dos personas que hablaban dos idiomas diferentes, mientras recorrían el mismo lugar, al mismo tiempo.

Pero de vez en cuando, Walter se preguntaba qué pasaría con la maldición que pesaba sobre su familia a causa de la lengua inglesa. ¿Sería él el siguiente? ¿Cómo sucedería? ¿Y cuándo?

El autobús se había detenido. Poco a poco, mis amigos se fueron levantando y estirando sus cuellos doloridos. Walter se puso en pie.

—Lo siento, pero ésta no es una parada para hacer fotos —dijo—. Hemos llegado a otro puesto de control. Estaremos aquí media hora, aproximadamente. Por su seguridad, les ruego que permanezcan en el autobús.

¿Seguridad? La sola mención de esa palabra hizo que mis amigos se sintieran en peligro.

Walter recogió la pila de pasaportes, bajó del autobús y se dirigió a la garita. Fuera, soldados armados con fusiles y en uniforme de camuflaje abrían los maleteros de los coches y soltaban las cajas y las maletas atadas al techo. Había ropa desparramada por el suelo, que los soldados revolvían. También había cajas de comida abiertas. Varios soldados estaban examinando un sofá de gomaespuma, que había sido comprimido y cubierto con una lona encerada, y a continuación atado con una cuerda y cargado sobre el techo de una furgoneta. Un pequeño movimiento con un cuchillo bastó para cortar las cuerdas y rasgar la lona de parte a parte. El sofá fue extirpado como un tumor y, libre ya de sus ligaduras, se expandió hasta que pareció imposible que alguna vez hubiera cabido en un envoltorio tan pequeño. Los ocupantes del vehículo, tres hombres y una mujer, parecían tristes y nerviosos. Una anciana que vendía huevos y refrigerios se acercó a la furgoneta. Ellos ni siquiera la miraron. Mientras tanto, los soldados abrían la cremallera de los almohadones del sofá y registraban su interior. Después, ordenaron a la gente que bajara de la furgoneta. Cuando aún se estaban moviendo pesadamente para obedecer, uno de los soldados les indicó con un aullido que se quedaran junto al vehículo y no se apartaran. Los soldados se inclinaron sobre la furgoneta, registraron los asientos y levantaron las alfombrillas del suelo. Desmontaron los asientos traseros y pasaron las manos por debajo del respaldo, y a continuación abrieron con violencia los paneles laterales de las puertas. Los pasajeros de la furgoneta tenían todo el aspecto de estar a punto de desmoronarse o de salir huyendo.

Entonces, repentinamente, les indicaron que ya podían volver al coche. Uno de los soldados gruñó y el conductor se apresuró a arrancar. Al cabo de pocos segundos, el coche había desaparecido rumbo a China. Mis amigos pudieron ver entonces un cartel colocado a un lado del puesto de control, escrito en chino, birmano, tailandés e inglés: «El contrabando de drogas se castiga con la muerte.»

Al verlo, algunos de mis amigos se preguntaron si no llevarían inadvertidamente sustancias ilegales. ¡La cazadora con forro polar!, recordó Wyatt, y se incorporó en el asiento. ¿Había buscado en todos sus bolsillos, incluso en los secretos? ¿No se habría dejado un cigarrillo de marihuana olvidado en alguno de ellos?

Bennie recordó el frasco donde había metido todo tipo de pastillas, en caso de emergencia. Algunas tenían codeína. ¿No estaba relacionada la codeína con la heroína? ¿Se consideraría también eso contrabando de drogas? ¿Sería razón suficiente para que lo pusieran contra un muro polvoriento y lo cosieran a balazos?

Heidi tenía un temor similar, mientras pasaba revista a los artículos que podían guardar alguna relación con las drogas: las jeringuillas, los múltiples frascos con pastillas y las ligaduras de goma, como las que usaban los heroinómanos para hacerse sobresalir las venas. ¿Qué más llevaba? Se preguntó cómo haría para sobrevivir en la cárcel, por no hablar de cómo se las arreglaría para enfrentarse sola a una muerte inminente.

A Vera se le ocurrió que quizá alguno de sus compatriotas no se preocupara tanto como ella por la seguridad de los demás. Por ejemplo, le había parecido que Moff, el supuesto productor de bambú, estaba un poco demasiado ansioso por ver los mercadillos donde se traficaba con drogas. Lo miró con dureza. Estaba leyendo. Se lo imaginó leyendo todavía, cuando todos estuvieran esposados en la sala de audiencias, escuchando una lista de acusaciones desconocidas, leídas en voz alta en birmano.

Moff fingía leer, pero por el rabillo del ojo seguía lo que estaba ocurriendo. Era mejor no ver demasiado. Había oído decir que había mucha corrupción entre los soldados. Quizá no estaban buscando contrabando, sino introduciendo sus propios alijos de heroína en los vehículos. Después, su contacto en el lado chino de la frontera, otro funcionario corrupto, los recuperaría y les enviaría el pago en otro coche que hubiese sido debidamente «registrado».

Esmé cubrió a *Pupi-pup* con una bufanda de su madre. Marlena le apretó la mano y, en un acto reflejo, apretó también la mano izquierda, donde tenía cogida la de Harry. Harry le devolvió el apretón. No estaba excesivamente preocupado. Pensaba que esa noche sería su noche. Esmé tendría a la pequeña *Pupi-pup*, ya curada, para dormir con ella, y él tendría a Marlena para jugar. Con la mano libre, sacó un caramelo de menta del bolsillo derecho y se lo metió en la boca.

Walter volvió al autobús.

–Señoras, señores, nos han dado permiso para continuar.

Para entonces, varios miembros del grupo tenían dolor de estómago, que interpretaron como resultado del estrés de esperar en el puesto de control. En realidad, sin que ellos lo supieran, la *Shigella bacillus* finalmente se había multiplicado en cantidad suficiente para asediar e invadir su mucosa intestinal. Era el recuerdo de la comida ya olvidada, servida en el restaurante de la carretera, cuando iban de camino al templo de la Campana de Piedra.

Nuestros viajeros se adentraron aún más en Birmania. Para entonces, los campos parecían alocadas mantas de patchwork, con parcelas de formas irregulares, cuyos límites no seguían líneas rectas. Las parcelas eran herencias familiares y sus fronteras originales habían sido trazadas por el crecimiento natural de los matorrales. En los campos multicolores, había almiares en forma de stupas. Junto a los riachuelos, gráciles damas se inclinaban sobre grandes barreños y se echaban agua con las manos, como parte del ritual de aseo que practicaban dos veces al día. Niños pequeños iban montados sobre búfalos, habiendo dominado a la perfección el equilibrio sobre una joroba peluda.

Estaba anocheciendo, como indicaba el olor a humo. Ya se encendían los fuegos para la cena. De cada casa se levantaba una neblina, que planeaba sobre el campo como una manta de bendiciones. Mis amigos se volvieron y vieron que las laderas de las colinas eran del color de los pimientos, una aguda sensación que traía lágrimas a los ojos. Pronto el rojo se intensificó hasta el color de la sangre y el sol se hundió por el borde del campo. La tierra y el cielo se ennegrecieron, excepto una rodaja de luna, un colador de estrellas y el humo dorado del fuego de las cocinas.

7. Los palosantos

Las luces interiores del autobús se encendieron, con un verde tenue que proyectaba una glauca palidez sobre el rostro de mis compañeros de viaje.

En el último tramo, durante el ascenso por el camino de Birmania hacia Lashio, el sistema de escape del autocar se había estropeado y los gases tóxicos empezaban a circular con el aire acondicionado. Mis amigos estaban atontados, con dolor de cabeza y náuseas. Walter advirtió que incluso los más alborotadores (Wendy, Moff, Bennie y Vera) estaban en silencio y adormilados. De pronto, el señor Joe, el conductor habitualmente apático, dijo a gritos que había visto a un nat avanzando a toda velocidad hacia ellos, a lomos de un caballo blanco. Walter ordenó una parada para respirar aire fresco. Todos los hombres saltaron del autobús, buscando intimidad en la oscuridad de la noche y en la vegetación desconocida. Las mujeres prefirieron esperar hasta llegar al hotel, que, según les prometió Walter, estaba a media hora de distancia. En realidad, eran cuarenta y cinco minutos, pero él sabía que esa espera les habría sonado insoportablemente larga.

Por una vez, Harry no tenía que ir al lavabo. Pero aun así, bajó del autobús para aclararse la mente. Marlena y él estaban repentinamente enemistados y no podía explicarse el motivo. Desde su punto de vista, sólo había intentado manifestarle un poco de cariño (expresándolo con una caricia en el trasero), y ella había reaccionado como si hubiese intentado sodomizarla delante de su hija adormilada. La mirada que le había dedicado era abiertamente castradora. Su ex mujer lo miraba con frecuencia de la misma forma, hacia el final de su matrimonio, y él era un experto en la interpretación de ese tipo de miradas, que significaban: «No lo haría contigo ni aunque fueras el último banco de esperma sobre la faz de la Tierra.» Sin embargo, la noche anterior, Marlena había sido tan apasionada como él, de eso estaba seguro. No había puesto reparos. En la acera de Ruili, había correspondido a sus avances y se había hecho físicamente responsable del cincuenta por ciento de sus frotamientos. ¿Por qué, entonces, ese cambio repentino?

En realidad, la mirada que le había dirigido Marlena había sido de atormentado desasosiego. Ella, al igual que otros varios pasajeros del autobús, comenzaba a experimentar los dolorosos efectos de la disentería, que se preparaba a efectuar su inexorable descenso. ¿Cómo iba a confesarle, especialmente delante de Esmé, la razón por la que iba a ser preciso aplazar sus ardores? Incluso aunque Esmé no hubiese estado allí, de todas las cosas que pueden enfriar un idilio, habría preferido cualquier otra. ¡Dios santo! ¡Qué agonía! ¡Qué momento tan inoportuno!

Rupert, Moff y Bennie se alejaron apresuradamente, empuñando débiles linternas, en busca de un lugar donde pisar con firmeza. Yo desvié la vista. Sin embargo, quisiera destacar la desafortunada coincidencia de que el mismo sitio que para un norteamericano era un perfecto retrete al aire libre fuera para un nat (quizá para el mismo que murió de un trastorno intestinal) su dulce y sagrado hogar, en este caso, un bosquecillo de palosantos, frondoso todavía en invierno, pero desprovisto de las magníficas frondas de florecillas violetas. Fue un error transcultural, desde luego no intencionado, y no habría pasado nada si Rupert no hubiese gritado:

—¡Pa-paá! ¡Pa-paá! ¿Tienes papel higiénico?

Al no recibir respuesta, soltó una blasfemia, sacó del bolsillo de la cazadora el libro que estaba leyendo y, muy a su pesar, arrancó las páginas que ya había leído.

—¡Déjalo, no te preocupes! —volvió a gritar.

Arrancados de su competición para ver quién bebía más, dos nats en forma de policías militares se incorporaron de un salto. Habían abandonado sus puestos de guardia y se habían internado en el campo, con el propósito de fumar unos cigarros y emborracharse con aguardiente de palma. Los achispados oficiales gritaron en birmano, con la autoridad que les confería el hecho de estar de guardia:

–¿Qué coño está pasando ahí?

Al oír los exabruptos, Walter no tuvo ningún deseo de quedarse a averiguar si eran campesinos o fantasmas. Llamó a los pasajeros que habían aprovechado la parada para hacer sus necesidades y los instó a subir cuanto antes al autobús. Tras subirse a toda prisa los pantalones, varias figuras oscuras se dirigieron al vehículo, cerrándose las cremalleras. Pero Harry, errabundo feliz y orinador lento, no se había enterado de nada. Se había alejado por la carretera y estaba contemplando los puntitos brillantes de las estrellas, cuando oyó el alboroto. Se volvió para mirar y vio a sus compañeros subiendo al autobús. Hora de regresar. Se dispuso a volver, con el mismo paso tranquilo que lo había llevado hasta allí. Un segundo después, el motor del autobús se puso en marcha y se encendieron las luces rojas traseras. ¿Qué prisa tenían? Harry empezó a caminar un poco más rápido. Un dolor agudo le atravesó la rodilla derecha. Se inclinó y se palpó la zona dolorida. Una antigua lesión de esquí o quizá el comienzo de la artritis. ¡Demonios, se estaba haciendo viejo! Pues bien, no tenía sentido agravarlo aún más. Ralentizó otra vez la marcha, pensando que sólo tendría que disculparse por el retraso cuando se reuniera con sus compañeros. Pero en lugar de eso, cuando estaba a unos seis metros de distancia, para su gran asombro, el autobús arrancó.

–¡Eh, alto! –gritó, mientras intentaba avanzar cojeando.

El tubo de escape vomitó una negra humareda y, para eludir su malsana acometida, Harry saltó a la derecha, cayó en una zanja poco profunda y aterrizó sobre su hombro izquierdo de una manera poco propicia para la correcta rotación del brazo. Instantes después, emergió de la zanja, tosiendo y blasfemando. ¿Sería una broma? Seguramente, tenía que serlo, y del peor gusto. Se frotó el hombro. Podía considerarse afortunado si no tenía un desgarro muscular. Vale, muy bien, ¡ja, ja, ja! En cualquier momento, pararían y darían la vuelta. Sería mejor que lo hicieran cuanto antes. Esperó un poco más. ¡Vamos! Imaginó el ruido sibilante de la puerta del autobús al abrirse y la voz de Moff diciéndole: «¡Venga, sube, atontado!» Harry se arrojaría contra el torso de su amigo y le dejaría caer una lluvia de fingidos puñetazos. Pero sus expectativas de revivir las bromas de su juventud se fueron desvaneciendo a medida que las rojas luces traseras del autobús se volvían más tenues y lejanas, hasta desaparecer por completo, al igual que la oscura carretera que tenía delante.

–¡Maldición! –exclamó Harry–. ¿Y ahora qué?

Casi a modo de respuesta, dos policías borrachos en uniforme verde salieron corriendo de los sembrados, apuntando a su cara sus linternas y fusiles.

Walter nunca había cometido un error como ése. Habitualmente, era meticuloso y se aseguraba de que todos los pasajeros estuvieran presentes. Antes de que el señor Joe arrancara, Walter había encendido la espectral luz nocturna del autobús para efectuar el recuento. Con los ojos desencajados, los pasajeros nauseosos se taparon la cara con las manos.

–Uno, dos...

Contó a Bennie y a Vera, después a Dwight y a la gruñona de su mujer, Roxanne. La número cinco era esa chica tan guapa, Heidi, cuya actitud prudente le recordaba a su novia en Yangón. El seis y el siete fueron para Moff y su hijo. Después venían la madre y la hija, con el cachorrito... Walter hizo una pausa. ¿Ya había contado siete? Él tampoco se sentía bien. Tenía una jaqueca frontal, causada por la inhalación de monóxido de carbono del escape del autobús, y esa circunstancia reducía su eficiencia. Así pues, mientras volvía por el lado derecho del autobús, incluyó en el recuento un sombrero cónico de ratán colocado en equilibrio sobre una mochila, el mismo sombrero que Wendy había comprado por cien kyats en el callejón. Con la poca luz, el sombrero y la mochila parecían la cabeza y los hombros de un pasajero que se hubiera quedado dormido.

–... ocho, nueve, diez, once, doce –contó Walter–. Todos a bordo. ¡Vamos!

Pero antes de contarles lo que pasó con Harry, tengo que hablarles de Marlena. Ella debería haber sido la primera en advertir la ausencia de Harry. Pero como ya saben, estaba concentrada en sus apretones estomacales, contando los segundos que duraba cada uno, como si estuviera haciendo ejercicios de respiración para el parto. En todo caso, no le apetecía contarle sus problemas a Harry, que la había dejado con un mal gesto.

Ella supuso que era un mal gesto, pero en realidad no era más que genuino desconcierto inglés. Una confusión totalmente comprensible, debo añadir. Siempre me ha parecido que los ingleses, a diferencia de los estadounidenses e incluso de los galeses o los irlandeses, tienen severamente restringida la gama de expresiones. Placer, dolor o regocijo, todo lo expresan mediante levísimos cambios de la musculatura facial, prácticamente indescifrables para las personas habituadas a la expresión desinhibida de las emociones. ¡Y después dicen que los chinos somos inescrutables!

Pero volvamos a lo nuestro. Cuando Harry no regresó para sentarse a su lado, Marlena dedujo que era una forma de manifestar su disgusto hacia ella. Detestaba ese tipo de comportamiento en todas las personas, pero sobre todo en los hombres. La mirada desaprobadora del patriarca la sublevaba y le pulsaba todos los neurotransmisores del área del cerebro que controla las reacciones de supervivencia y defensa. De hecho, cuanto más pensaba al respecto, más se enfurecía, convencida de que Harry tenía exactamente la misma actitud que con tanta frecuencia habían manifestado su padre y su ex marido: la contención de las emociones, combinada con un crítico fruncimiento del entrecejo.

Unas filas más adelante, Bennie tenía el ceño fruncido y las cejas contorsionadas en una mueca de pura desdicha. Esperaba ser capaz de aguantarse hasta que el autobús llegara al hotel. Se inclinó y apoyó la frente sobre el respaldo acolchado del asiento de delante. Al hacerlo, su rodilla derecha fue a dar contra la bolsa hinchada de plástico rosa, que él mismo había metido en la rejilla de las revistas. En su interior, estaba el regalo de humanidad que le había dado la anciana del mercado: unos cien gramos de nabos picantes fermentados, chapoteando en su jugo.

Pero, para entonces, habían pasado tres horas, con unos últimos treinta minutos de frío y sudoroso sufrimiento. Bennie había olvidado todo lo referente a la humanidad y a los nabos en conserva. Toda su mente estaba concentrada en las perturbaciones de sus intestinos, cuyas oleadas de dolor intentaba resistir empujando un poco más con la rodilla, que a su vez ejercía una presión equivalente sobre la bolsa rosa. La bolsa se rompió con un estallido audible, y los nabos fermentados con su jugo picante cayeron al suelo, esparciendo por la cerrada cabina del autobús un olor que no dejaba de parecerse al de un cadáver de rata flotando en una alcantarilla. Así lo habrían descrito los demás, de no haberse encontrado ya haciendo arcadas y vomitando.

En cuanto a mí, siempre me han gustado los nabos fermentados. Combinan bien con todo tipo de platos caseros y añaden un agradable toque crujiente a las gachas de arroz matutinas, como las que yo solía tomar.

Nadie echó de menos a Harry hasta la llegada al hotel. Walter empezó a recoger los pasaportes. ¿Once? ¿Por qué había solamente once? Miró a su alrededor, intentando relacionar caras con pasaportes. El señor Joe estaba ocupado descargando maletas del compartimento de equipajes, mientras los pasajeros le señalaban cuáles les pertenecían. Todos los hombres habían llevado petates de lona, aunque una de las maletas de Bennie era una falsa Gucci de piel sintética. Las mujeres tenían preferencia por las maletas de ruedas extensibles, decoradas con grandes lazos de colores, para que los ladrones subrepticios de equipajes se lo pensaran dos veces. Heidi estaba distribuyendo antibióticos de su vasta reserva.

–Dos comprimidos al día durante tres días –dijo–. Si es el tipo habitual de disentería leve, os sentiréis mejor por la mañana. No olvidéis beber mucha agua hervida.

Moff, Rupert, Marlena y Bennie asintieron débilmente, aceptando las píldoras como habría aceptado los santos óleos un católico agonizante.

¡Harry! Tenía que ser él, dedujo Walter. Harry Bailley aún no le había entregado el pasaporte.

–¿Alguien ha visto a Harry? –preguntó Walter.

Los viajeros se irritaron. No querían que nada aplazara su instalación en las habitaciones. Supusieron que Harry habría salido a toda prisa para orinar en la oscuridad.

–¡Harry! –lo llamó Moff–. ¡Harry, cabrón, ven aquí!

Todos miraron a su alrededor, esperando que en cualquier momento saliera de entre los matorrales.

A su izquierda, había un gigantesco rótulo de neón con el nombre del hotel, «Golden Land», y, más abajo, otro dibujo de neón, con una menorah. Mis amigos estaban tan agotados por la enfermedad y el viaje que ni siquiera repararon en ese extraño toque decorativo. El hotel era un edificio colonial de dos plantas, que quizá hubiese sido elegante en otro tiempo. Tenía la obligada escalera raquítica medio en ruinas, con una alfombra roja raída y manchada. Los hospederos, un matrimonio de origen chino, decían ser judíos. Presumían de ser descendientes de las tribus perdidas que emigraron desde el Mediterráneo hasta esa parte de Asia, más de un milenio antes, algunas de las cuales habían seguido viaje hasta el norte de Kaifeng. Incluso poseían una Haggadah escrita en chino y en hebreo.

Permítanme añadir que el hecho de que los dueños fueran chinos no condicionó en absoluto mi elección del hotel. Sencillamente, no había ninguna otra posibilidad, es decir, ninguna que tuviera baño privado. Sin embargo, la intimidad que ofrecían los cuartos de baño era más aparente que real. Los tabiques eran de delgada madera contrachapada, de la que puede atravesarse de un puñetazo en las escenografías de los westerns de Hollywood. Un estornudo o cualquier otra emisión corporal involuntaria podía hacer temblar las paredes casi hasta el colapso, y los ruidos orgánicos resonaban en el piso de arriba y en el de abajo, así como de extremo a extremo de cada pasillo.

En aquellas reverberantes cámaras de ecos buscaron refugio mis amigos. Walter consiguió inscribirlos a todos como huéspedes, pese a la persistente y ya preocupante ausencia de Harry. En realidad, sólo Walter estaba preocupado. Los otros suponían que Harry habría salido a perseguir algún pájaro exótico o estaría en el bar probando algún extraño cóctel. Pero Walter había visto a Wendy bajar del autobús con los lazos de su ridículo sombrero cónico enredados en los dedos. Fue entonces cuando se dijo: «El número doce.»

¿Qué lo impulsó a cometer semejante error? En cuanto la pregunta se formuló en su mente, lo supo. La señorita Chen, el nat. Ya habían empezado los problemas: la enfermedad, el pasajero perdido...

Le grité que no fuera ridículo, pero no sirvió de nada. Yo no era un nat. ¿O sí lo era? Muchos locos no saben que están locos. ¿Quizá yo era un nat y no lo sabía? Tenía que encontrar una forma de demostrar que no lo era.

Era ya noche cerrada. El termómetro marcaba dieciocho grados.

–Señoras, señores –dijo Walter–, retrasen, por favor, sus relojes a las siete. La diferencia horaria con China es de noventa minutos.

Mis amigos estaban demasiado enfermos para hacerle caso.

–Los que deseen cenar preséntense, por favor, en el comedor a las ocho, es decir, dentro de una hora –dijo Walter–. Cuando hayan cenado, los más valientes querrán tal vez pasar por el salón, donde podrán cantar con los lugareños. Me han dicho que tienen un aparato de karaoke muy bueno.

Walter se despidió de los turistas y fue a reunirse con el señor Joe en el autobús, donde le había pedido que lo esperara. El conductor se había cubierto la parte inferior de la cara con un pañuelo empapado en zumo de lima. Había pasado los últimos veinte minutos limpiando furiosamente el autobús de vómitos e inmundicias, y había dejado todas las ventanas abiertas.

Walter le anunció que regresaban al sitio donde habían hecho la parada para estirar las piernas.

–¿Cree que podrá reconocer el lugar?

El conductor se pasó los dedos por el pelo con gesto nervioso.

–Sí, sí, desde luego. Cuarenta y cinco minutos, para ese lado –replicó, señalando con un movimiento de la cabeza la carretera oscura.

Walter pensaba que quizá Harry se hubiera caído. Tal vez estaba borracho. En grupos pasados había tenido turistas problemáticos de ese tipo. También podía ser que estuviera enfermo como los demás y demasiado débil para caminar.

–Reduzca la velocidad cuando nos acerquemos al lugar –le indicó Walter al conductor–. Es posible que esté tirado en la carretera.

Con tremendo arrojo, el conductor encendió el motor. Iba a encontrar el sitio exacto, de eso estaba seguro. Era el lugar donde el nat le había salido al encuentro, montado en un caballo blanco, cerca del bosquecillo de palosantos. No había duda, el nat se había llevado a Harry. Tendrían suerte si lo encontraban. Y si lo hallaban e intentaban arrebatárselo al nat, tendrían problemas. Antes de arrancar, el señor Joe se inclinó hacia el lado de Walter y abrió la guantera, donde guardaba los suministros de emergencia. Dentro, había una pequeña estructura semejante a una casa de muñecas, sumamente ornamentada, con un tejado cuyos aleros se curvaban hacia arriba, lo mismo que mis babuchas persas. Era el santuario en miniatura de un nat. El señor Joe hizo una ofrenda de un cigarrillo, empujándolo por la puertecita.

A cuarenta y cinco minutos de distancia, Harry estaba intentando explicarles a los dos policías en uniforme militar qué hacía paseando solo, en plena noche, por un tramo desierto del camino de Birmania. El más joven lo apuntaba con el fusil.

–Identifíquese –le exigió el mayor y más achaparrado, utilizando una de las pocas palabras que sabía en inglés. El cañón de su fusil se movió levemente, como un perro salvaje olfateando el aire.

Harry rebuscó en el bolsillo. ¿Sería bueno o malo enseñarles un pasaporte estadounidense? Había leído que en algunos países era una marca de distinción, y en otros, una invitación a que te dispararan. En esos casos, según aconsejaban los folletos, cuando te preguntaban la nacionalidad, había que decir «canadiense» y sonreír jovialmente.

Quizá le convenía explicar que había nacido en Inglaterra. «Británico, británico –podía decir–. Reino Unido.» Era la verdad. Pero entonces advirtió que muchos birmanos debían de albergar sentimientos negativos contra los colonialistas británicos del pasado. Los policías podían considerar su origen británico como una razón suficiente para hacerlo picadillo y, cuando hubieran terminado, lo seguirían machacando por ser, además, norteamericano. Mejor olvidar lo del origen británico. Estaba sudando, aunque hacía frío. ¿Qué había leído de la policía militar? Había historias de gente desaparecida después de protestar contra el gobierno. ¿Qué les harían a los extranjeros que se les opusieran? ¿De qué estaban hablando siempre todos esos grupos de defensa de los derechos humanos?

El policía más joven y alto cogió el pasaporte que le tendió Harry, observó la portada azul con letras doradas y examinó la foto. Después, los dos policías contemplaron a Harry con mirada crítica. La foto había sido tomada siete años antes, cuando aún tenía el pelo oscuro y la línea de la mandíbula más firme. El policía más bajo sacudió la cabeza y gruñó algo, que a Harry le sonó como una invitación a matar al extranjero y acabar de una vez. En realidad, estaba maldiciendo a su colega, por haber dejado la botella de aguardiente abandonada en un campo oscuro como boca de lobo. El policía más joven pasó las páginas del pasaporte, examinando los diversos sellos de entrada y salida: a Inglaterra, a Estados Unidos, a Francia con una nueva conquista, a Bali con otra, a Canadá para esquiar en Whistler, a las Bermudas para dar una conferencia en un club de adinerados amigos de los perros, y otra vez a Inglaterra, que fue cuando le diagnosticaron un cáncer a su madre, una mujer difícil que siempre había detestado a todas las mujeres con las que él había salido, y que había rechazado todo tratamiento, diciendo que quería morir con dignidad. Después de eso, Harry había hecho un viaje a Australia y a Nueva Zelanda, para sus seminarios sobre los perros. Luego había vuelto a Inglaterra, la Inglaterra de sus culpas, pero no para asistir al funeral de su madre, sino a su cumpleaños, celebrado con la certeza de que ya no había el menor rastro de cáncer. Había sido un maldito milagro. De hecho, su madre nunca había tenido cáncer, sino una inflamación de los ganglios linfáticos, y había supuesto lo peor porque, según dijo, siempre tenía la misma mala suerte. Harry se había preparado tan bien para su muerte que incluso le había hecho todo tipo de promesas, convencido de que nunca tendría que cumplirlas. Pero ahora su madre intentaba cobrarse las promesas, recordándole que le había dicho lo mucho que le hubiese gustado llevarla a África de safari y rodar un especial sobre perros salvajes para su programa, con ella de narradora. ¡Hagámoslo!, le había dicho ella. ¡Dios santo! Pero ahora tal vez ya no tendría que preocuparse de ningún especial africano. Después de esto, ya no habría ningún Harry. Se imaginó a su madre llorando y diciendo que siempre había tenido la misma mala suerte, la mala suerte de que su hijo cayera muerto en Birmania, por culpa de un estúpido malentendido por un pasaporte.

Finalmente, el policía de más edad encontró el sello de las autoridades de inmigración de Myanmar, estampado en Muse esa misma mañana. Se lo enseñó a su compañero y los hombres parecieron aflojar la fuerza con que empuñaban los fusiles. Los cañones bajaron y Harry hubiese querido llorar de alivio. Oyó que el mayor le hacía una pregunta. Extremando sus habilidades de comunicación universal, Harry hizo la pantomima de ir caminando por la carretera, pensando en sus cosas, e imitó a continuación el ruido del autobús, ¡brrruuum!, que arrancaba con gran estruendo. Hizo el gesto de correr y de agarrarse la rodilla. Después les señaló la zanja y se frotó el hombro. Los policías mascullaron en birmano:

–Este extranjero imbécil debe de estar más borracho que nosotros.

–¿Hacia adónde se dirigía? –le preguntó a Harry en birmano el policía más alto, pero Harry, naturalmente, no lo entendió.

El hombre más bajo y achaparrado desplegó entonces un mapa y le indicó a Harry que señalara su lugar de destino. Lo que Harry vio le pareció un mapa del tesoro para hormigas, una maraña de chorreantes senderos almibarados que convergían en los trazos de un sismógrafo. Aunque hubiese sido capaz de interpretar el mapa, en ese momento se dio cuenta de que no tenía ni idea del lugar al que se dirigía el grupo. Eso era lo bueno de los viajes organizados, ¿no? No había que preocuparse en lo más mínimo de la planificación, ni asumir ninguna de las responsabilidades del viaje. No había necesidad de pensar en los desplazamientos, las reservas y los hoteles, ni en las distancias entre uno y otro, ni en el tiempo necesario para llegar al siguiente. Antes de salir de San Francisco, como era natural, había repasado el itinerario, pero sólo para ver las delicias que lo aguardaban. ¿Pero quién iba a recordar los nombres de las ciudades en un idioma que era incapaz de pronunciar? Mandalay. Ése era el único lugar que recordaba que iban a visitar.

–Verán –dijo Harry, intentándolo de nuevo–. El guía se llama Walter. Waaal-ter. Y el autobús tiene un cartel que dice «Golden Land Tours». Yo iba caminando y me caí, ¿lo ven? ¡Pum!

Volvió a señalar la zanja y después su hombro, con la camisa blanca manchada de tierra rojiza.

–El autobús hizo ¡brrruuum!

Se apoyó en un pie y extendió una mano, como si estuviera parando un taxi.

–¡Esperadme, esperadme! ¡Alto! ¡Alto!

Se puso la mano a modo de pantalla sobre los ojos, contemplando el imaginario autobús que se perdía en lontananza, dejándolo en esa espantosa situación. Después suspiró y añadió:

–Pero se marcharon. ¡Adiós, cabrones!

–¿Cabrones? –repitió el hombre más joven, que se echó a reír y le susurró algo a su compañero. Los dos estallaron en sonoras carcajadas.

Harry reconoció la clave. Años de estudio del comportamiento animal entraron en juego. Observaciones. Análisis. Su hipótesis: ya conocían la palabrota. Como todos los hombres jóvenes, adoraban los tacos. ¡Claro que sí! La afición por los términos malsonantes forma parte de la base cromosómica del cerebro masculino, cualquiera que sea su raza. Lo único que tenía que hacer Harry era reforzar positivamente cualquier atisbo de comportamiento socialmente deseable, derivado de esa reacción, y conseguir que se repitiera.

Cuando los hombres dejaron de reírse, Harry asintió con la cabeza y señaló la carretera.

—Los cabrones se fueron por ahí. Y yo aquí. —Sacudió la cabeza—. Se fueron y me dejaron aquí.

«Con estos dos gilipollas», se dijo para sus adentros.

Cinco minutos después, Harry iba andando con los dos policías en dirección al puesto de mando, un pequeño cobertizo en la intersección de dos caminos. Como los puestos fronterizos cerraban a las seis de la tarde, no había tráfico que controlar. Una vez allí, Harry tuvo que esmerarse otra vez, para repetir el numerito de los tacos delante de un nuevo público: dos oficiales de mayor graduación. Después de mucha confraternización, Harry sacó un fajo de billetes y preguntó si sería posible alquilar un coche.

—¿Taxi? —preguntó, con fingida inocencia, como si fuera posible conjurar un taxi en medio de la nada—. ¿Algún taxi va *zuum-zuum* por esta carretera?

«Taxi» era una palabra que los hombres entendían, como también entendían el fajo de dinero que Harry había puesto sobre la mesa. Le indicaron el coche patrulla estacionado junto a la puerta. Después señalaron a Harry, se señalaron a sí mismos e hicieron un gesto afirmativo. Comenzaron a hablar solemnemente en birmano, sobre la manera de hacer que Harry llegara sano y salvo a su hotel. El mapa estaba desplegado sobre la mesa, al lado del dinero. En seguida se enzarzaron en una animada discusión sobre un minucioso plan de acción, que parecía una misión militar.

—Iremos por esta ruta, ¿lo veis?, poniendo rumbo sur desde la latitud... Eh, ¿en qué latitud estamos?

Cuando se inclinó para mirar, Harry vio que el jefe estaba palmoteando el dinero. La conversación se volvió más animada.

—A juzgar por la ropa del extranjero, seguramente se alojará en el mejor hotel, el Golden Land. En cualquier caso, haremos un reconocimiento del local e investigaremos.

Mientras uno de los hombres volvía a plegar el mapa, otro le ofreció a Harry un cigarro para fumar por el camino, y aunque éste no fumaba, no le pareció razonable rechazar el ofrecimiento, por miedo a comprometer el nivel de camaradería alcanzado hasta ese momento. Diez minutos después, un pequeño coche blanco de policía circulaba como una exhalación por la carretera, con la luz giratoria encendida y una sirena que helaba de terror el corazón de todos los que la oían.

Uno de los aterrados fue el conductor del autobús, que vio el coche patrulla avanzando en su dirección. Era blanco, blanco como el caballo que cabalgaba el nat. Mala suerte. ¿Qué calamidad habría ocurrido? ¿Estaría delante o detrás el accidente? El coche patrulla pasó de largo a toda velocidad.

Veinte segundos después, el señor Joe vio los destellos de una luz giratoria en el retrovisor. Walter se volvió. El coche de policía los seguía, como un sabueso que fuera olfateándoles las posaderas. El señor Joe miró a Walter, y éste, aun sintiendo que el corazón se le salía por la boca, se obligó a actuar con serenidad y le ordenó que parara. Mientras el vehículo se detenía, Walter hizo un esfuerzo para parecer tranquilo, se metió la mano en el bolsillo, extrajo el carnet de identidad con la soltura de quien lo ha hecho en miles de ocasiones y se dispuso a bajar del autobús. El señor Joe abrió la guantera y metió otros tres cigarrillos en el altar del nat.

–¡Cabrones! –oyó que Harry gritaba alegremente, mientras saltaba del asiento trasero del coche patrulla.

Harry los estaba señalando, sonriendo como un lunático. Los policías, que instantes antes se estaban riendo a carcajadas, volvieron a asumir una actitud de circunspecta seriedad. Uno de ellos tendió la mano y flexionó levemente los dedos, justo lo suficiente para indicarle a Walter que depositara su carnet de identidad sobre la palma. Walter le entregó también otros documentos, incluida la lista de los turistas, con el nombre de Harry. El policía miró por encima todos los papeles, los apartó y dijo en tono sombrío:

–¿Por qué permite que sus clientes salgan a pasear por su cuenta? Va contra las normas del turismo.

Walter hizo lo que normalmente convenía hacer en el trato con la policía.

–Sí –reconoció–, ha sido un error.

–¿Qué habría pasado si el extranjero se hubiera metido en una zona de acceso restringido? Un asunto muy feo.

–Sí –admitió Walter–. Es una suerte que no lo haya hecho.

El policía resopló.

–La próxima vez quizá no se encuentre con personas tan comprensivas como nosotros.

Una vez a bordo del autobús, Harry saludó alegremente por la ventana a sus amigos policías, mientras el señor Joe daba la vuelta para volver a Lashio. Cuando estuvieron a una distancia prudencial, Harry lanzó un grito victorioso.

Walter se volvió hacia él.

–Le pido disculpas por haberlo dejado en la carretera. Salimos con tanta prisa que...

–¡No hay nada que explicar! –repuso Harry con una sonrisa.

Estaba eufórico, con un subidón de adrenalina. ¡Lo había conseguido! Había usado sus conocimientos y su rapidez de reflejos para salvar el pellejo. Cada vez que lo pensaba, le parecía asombroso. Cuando los policías estaban listos para disparar, con los dedos tensos sobre el gatillo, él había analizado diestramente la situación, les había enviado señales tranquilizadoras y había interpretado correctamente el momento en que se apaciguaron los ánimos. Había funcionado. Increíblemente, había funcionado. No había experimentado una sensación semejante desde los primeros tiempos de su carrera profesional. Pim, pam, pum, todo había encajado. Soltó un suspiro. Eso era lo que venía echando en falta en su trabajo desde hacía años: la incertidumbre, la emoción derivada de asumir riesgos enormes y triunfar más allá de las más alocadas expectativas. Tenía que recuperar esa sensación y renunciar a la vieja rutina, que se había vuelto terriblemente confortable, previsible, lucrativa y sosa.

Harry inspiró profundamente, lleno de determinación. Entonces notó el olor.

–¡Dios santo! ¿A qué huele? ¡Es repugnante!

Walter se volvió una vez más.

–Me temo que varios pasajeros se han puesto enfermos. Sospecho que se trata de un brote de diarrea del viajero. Hemos hecho lo posible para que estén cómodos.

–¿Quiénes? –preguntó Harry–. ¿Quiénes están enfermos?

–El señor Moff y su hijo. También el señor Bennie y la señorita Marlena. Pero su hija está bien, completamente sana.

¡Marlena! Pobrecilla, no le extrañaba que lo hubiera tratado mal. Estaría sintiéndose fatal. ¡Muy bien! La explicación lo llenó de alegría. La situación entre ambos no era tan mala como había pensado. ¿Qué podría hacer él para hacerla sentirse mejor? Evidentemente, los métodos habituales –la floristería, unas hortensias, unos frascos de espuma para el baño– no estaban disponibles. ¿Quizá una taza de té con miel? ¿Un masaje? De pronto, lo supo. Las endorfinas que aún inundaban su cerebro permitieron que la milagrosa respuesta acudiera flotando hacia él.

Palabras. Él conocía el poder de las palabras. Simplemente tenía que escoger justamente las que ella necesitaba oír en ese preciso instante. Si la estrategia le había funcionado con una pandilla de soldados sedientos de sangre, con Marlena sería sencillísimo.

–Marlena, querida –le diría–. He vuelto para ti.

Se imaginaba su rostro levemente febril, húmedo de sensualidad. ¿Debía comportarse con autoridad, desenvoltura y actitud protectora? ¿O sería preferible asumir directamente el papel del amante y proponer al amor como antídoto de todo mal que pudiera aquejarla? Harry podía ser verdaderamente espantoso cuando intentaba ser romántico.

Por fortuna, cuando vio la fachada del hotel, se olvidó de Marlena.

–¿Qué demonios hace una menorah en un sitio como éste?

Cuando estuvo en su habitación, pudo oír a través de las endebles paredes que Marlena no estaba ni remotamente en condiciones de recibir una visita suya, ya fuera en actitud protectora o libidinosa. La pobre se encontraba en un estado lamentable. Lo mismo podía decirse de la persona que se alojaba en la habitación del otro lado. Era como una sinfonía inspirada en la peste, con tubas, fagots y un repetitivo estribillo de flautas chillonas.

A medianoche, Marlena dejó finalmente de visitar el cuarto de baño. Pero entonces, en el piso de abajo, un bullanguero grupo de birmanos tomaron el relevo. Fumaban, gritaban, golpeaban el suelo con los pies y entrechocaban botellas. El humo de los cigarros y las vaharadas de licor barato se colaban en las habitaciones de arriba. Marlena aporreó el suelo y les gritó que se callaran. Al cabo de un momento, Harry le habló a través del tabique fino como un papel:

–Marlena, querida, intenta descansar. Yo me ocuparé de esto.

Bajó la escalera y llamó a la puerta del importuno grupo. Salió a abrirle un hombre de ojos enrojecidos, con el torso oscilando como si acabara de recibir un puñetazo. Un aliento fétido a alcohol emanaba de su boca entreabierta. Harry vio que eran cinco hombres. Estaban jugando a las cartas. Debían de tener aguardiente de palma circulándoles por las venas y los cerebros saturados. ¿Qué podía decirles él para que entraran en razón?

Unos minutos después, Harry estaba de regreso en su habitación. Desde allí oyó a los borrachos, que trataban de bajar la escalera en silencio. Tropezaron con el cable de una lámpara y rompieron el marco de una ventana, mientras se arrancaban flemas de la garganta con el estruendo de una motocicleta y lanzaban escupitajos sobre todo lo que se les cruzaba en el camino. En la mano llevaban un total de cincuenta dólares estadounidenses, sus imprevistas ganancias, cortesía de Harry Bailley.

No se iban por complacer a Harry. Él sólo les había sugerido que se estuvieran callados. Por su propia iniciativa, habían decidido marcharse discretamente, antes de tener que pagar por la habitación y el licor consumido. Era una pésima decisión por su parte. El robo bajo el régimen militar de Myanmar es algo muy serio. Había que tener muchísima suerte para resultar impune y era una tontería intentarlo. Además, salir huyendo por la carretera no era la mejor manera de eludir la mala suerte.

Tras recorrer unos veinte kilómetros, cayeron con el coche en una zanja poco profunda, para evitar a un nat montado en un caballo blanco, que saltó al centro de la carretera desde un bosquecillo de palosantos.

Poco después, llegaron dos policías militares, uno alto y otro achaparrado, que les apuntaron con sus fusiles a la cabeza.

—Fue un nat —repetían los hombres.

Los policías examinaron la documentación, se incautaron de cincuenta dólares estadounidenses, dos mantas y cinco toallas de hotel, y a empujones hicieron subir a los ladrones a la plataforma de una camioneta. El vehículo arrancó y se los llevó por una negra cinta de carretera, que no tardó en desaparecer.

8. No fue sólo un truco de cartas

Las aguas del lago Inle son azules y tan poco profundas que en un día despejado se puede ver el fondo. Allí es donde las mujeres bañan a sus hijos recién nacidos. Allí es donde los muertos flotan con los ojos vueltos al cielo. Allí llegaron mis amigos la mañana del día de Nochebuena.

Se sentían aliviados de haberse marchado de Lashio, donde habían pasado el tiempo recuperándose de la enfermedad. Para su regocijo, Walter había encontrado plazas para ellos en un hotel de bungalows a orillas del lago Inle, donde podrían pasar unos días en un ambiente lujoso, antes de reanudar su itinerario original por Birmania. Un autobús los llevó del aeropuerto de Helo a los animados muelles de Nyaung Shwe. Mientras esperaban a que descargaran el equipaje, Rupert se metió el libro bajo el brazo, sacó la pelota de ratán recién comprada y empezó a hacerla botar de una rodilla a otra. Cuando se cansó, comenzó a botar la pelota de baloncesto, dando saltos y fingiendo que apuntaba a una canasta. Después, inquieto como siempre, sacó de la mochila un mazo de naipes y se puso a barajarlos por el aire, produciendo un sonido como de aleteo de palomas.

A su alrededor se formó un círculo de curiosos, que aumentaba de segundo en segundo.

–Elegid una carta, cualquier carta –les dijo Rupert a Dwight y a Roxanne.

Los lugareños observaban con atención, cuando Roxanne tendió una mano y extrajo un rey de tréboles.

–Enséñale a todos tu carta –pidió Rupert–. ¿Sabes cuál es?... Bien, que no se te olvide. Vamos a ponerla otra vez en el mazo. Ahora elige otra carta, la que tú quieras... Bien, el dos de diamantes... Muéstraselo a todos... Y ahora póntelo detrás de la espalda... Lo tienes ahí, ¿verdad? ¿Estás segura? Muy bien, ahora vamos a mezclar las cartas.

Los naipes volaron como un batir de alas.

–Las cosas no siempre son lo que parecen –entonó Rupert–. *Y lo que eliges no siempre es lo que recibes. Puede que otros elijan por ti.*

El timbre de su voz había cambiado completamente. Era más profundo y resonante, como el de un hombre mucho mayor. Había estado leyendo un libro clásico de magia, *El experto en trucos de cartas*, y sabía que la habilidad del ilusionista reside en las manos, la vista y el espectáculo.

Rupert depositó el mazo boca abajo y, con un solo movimiento, abrió las cartas en abanico.

–En tierras de magia, pueden suceder cosas mágicas. Pero sólo si creemos.

Miró a Roxanne con una cara que ya no era la del chico, sino la de una persona madura, un hombre sabio y conocedor del mundo. Sus ojos permanecieron fijos en los de ella, sin desviarse ni un segundo.

–Y si creemos, lo imposible puede suceder. Lo que queramos tener se manifestará. Lo que deseemos ocultar se volverá invisible...

La forma en que hablaba le produjo a Roxanne una sensación siniestra, que atribuyó al exceso de sol.

–Yo sí que creo –dijo Rupert, otra vez con su voz de muchacho–. ¿Y tú?

Roxanne se echó a reír.

–Claro que sí –dijo, mientras le hacía un gesto de escepticismo a Dwight, que estaba junto a ella.

–Toca una –pidió Rupert.

Ella lo hizo. Una de las cartas del centro. Rupert le dio la vuelta.

–¿Es tu carta?

–No –respondió Dwight por Roxanne.

–¿Estás seguro? –dijo Rupert.

–No es la carta –replicó Dwight–. Has fallado.

Roxanne, con la mirada fija en la carta, estaba sacudiendo la cabeza.

—No me lo puedo creer —dijo.

Dwight miró. Era el dos de diamantes. Entonces Roxanne sacó la carta que tenía oculta detrás de la espalda. El rey de tréboles. La gente rugió. Dwight cogió el naipe y lo palpó.

Entre el gentío había tres barqueros mirando. Vieron cómo el muchacho hacía aparecer la carta. Era capaz de volver invisibles las cosas y de hacerlas regresar. Y tenía el Libro Negro. Conocían ese libro, los Escritos Importantes que el Hermano Mayor había perdido, provocando la ruina de todos ellos. Hacía cien años que esperaban recuperarlo. Y finalmente había llegado el joven con las cartas. Era el Reencarnado, el Hermano Menor Blanco, el Señor de los Nats.

Los barqueros debatieron serenamente el asunto. El Hermano Menor Blanco no había hecho la menor señal de haberlos visto. Lo abordarían muy pronto. ¿Y qué pensar de los otros que iban con él? ¿Serían su comitiva? Poco después, le ofrecieron a Walter una tarifa lo bastante baja como para desbancar a cualquier otro grupo de barqueros ansiosos por llenar de turistas sus taxis acuáticos.

Al principio, me quedé desconcertada. ¡Eran tantos los pensamientos y las emociones que intercambiaban aquellos barqueros! ¿Reencarnado? He recibido el don de muchas mentes nuevas desde mi cambio, pero todavía no poseo la Mente de la Eternidad. Solamente sentía eso: que consideraban a Rupert una deidad capaz de salvarlos. Podía obrar milagros y hacer que se esfumaran los problemas. Al poco, tres lanchas con mis doce amigos a bordo, además de su guía y una cantidad excesiva de equipaje, surcaban las aguas del lago Inle. Yo era el invisible mascarón de proa de la primera. El trayecto habría sido idílico, de no haber sido por el aire frío y el estruendo de los motores fuera borda. Pero mis amigos se sentían felices, apretando los dientes contra el viento.

El timonel de la primera lancha era un apuesto joven que vestía un longyi de cuadros del color del revuelto de setas. Era el que había llevado la voz cantante en el muelle, insistiendo en lo que tenían que hacer. Sus amigos y sus familiares lo apodaban Mancha Negra, por la marca de nacimiento que tenía en la mano. Lo mismo que en China, ese tipo de apodos son deliberadamente poco halagüeños, como treta para disuadir a los dioses de llevarse a los bebés. Pero en Birmania muchas personas reciben un nuevo apodo, que refleja un cambio en sus circunstancias o en su reputación. Los dos compañeros de Mancha Negra, Raspas, que era bastante flacucho, y Salitre, que tenía fama de chismoso, conducían las otras dos lanchas.

Mancha Negra iba sentado en la popa, con una mano en el timón. Entrecerró los ojos, pensando en la niña enferma que había dejado en casa. Con sólo tres años, ya era capaz de ver la bondad de la gente. Imaginó sus ojos negros, brillantes e inquietos, tal como habían sido antes de la repentina y aterradora transformación. Su cuerpo había empezado a temblar, como para deshacerse de un fantasma invasor. Después, había mirado hacia arriba, como hacen los muertos, sin ver nada. Y de su boca habían empezado a salir los balbuceos de los torturados.

Mancha Negra tuvo que irse cuando ella aún estaba enferma. Los dioses gemelos le habían indicado que regresara a la ciudad. Raspas y Salitre le aseguraron un montón de veces que iba a ponerse bien, claro que sí. La abuela de los dioses gemelos había tirado los huesos de pollo, examinado las plumas y derramado el arroz, y le había dicho a Mancha Negra que su propia madre, desconcertada por su muerte verde, había estado vagando toda la noche y había llegado por error a la cama de la niña, donde su alma se había echado a dormir. No tenía intención de hacer ningún daño a nadie. Quería a la hija de Mancha Negra más que a nada en el mundo.

–No te preocupes –le dijeron Raspas y Salitre–. El chamán ha atado a tu hija por las muñecas, para ligarla a la tierra. Ha celebrado una ceremonia para expulsar al fantasma verde de tu madre. Y tu mujer le está aplicando la tintura de hojas bajo la lengua y en la humedad del interior de las mejillas. Lo hace cada hora. Así que ya ves, se ha hecho todo lo que había que hacer.

La hijita de Mancha Negra estaba en casa, con su madre, en las boscosas laderas de las montañas, en un lugar llamado Nada. En los meses de invierno, sólo iba a visitarlas cuando llovía o cuando venían los militares por culpa de algún alboroto y cerraban la zona a los turistas. Cuando eso sucedía, el aeropuerto de Helo dejaba de recibir aviones cargados de visitantes para el lago Inle. No había clientes para llenar los taxis acuáticos y llevarlos a la otra orilla. En momentos como ése, Mancha Negra y sus colegas barqueros iban a ver a su primo Grasa, que trabajaba en un taller de reparación de autocares de turismo.

–Eh, hermano, ¿me llevas a la montaña? –le pedía Mancha Negra, y

Grasa nunca se negaba, porque sabía que su primo llevaría provisiones a su familia: pasta fermentada de gambas, fideos, cacahuetes, un centenar de especias y los alimentos que no se encuentran en el monte. Mancha Negra también llevaba los equipos y los materiales que él y sus colegas barqueros, con sus colaboradores secretos, obtenían mediante el robo cooperativo. Entonces, Grasa elegía uno de los vehículos en reparación y los llevaba al este, en dirección opuesta al lago, subiendo por una carretera poco transitada, que los conducía hasta una abertura secreta, en lo que parecía ser una espesura impenetrable. Siguiendo después por un camino sinuoso, se internaban en la zona de la selva donde los árboles eran más altos y donde el dosel del bosque sólo dejaba filtrar mezquinas rodajas de luz. Finalmente, se detenían al borde de una depresión, en una muesca de la montaña, formada por un desmoronamiento de las bóvedas cársticas que cubrían un antiguo río subterráneo. Grasa detenía el vehículo y Mancha Negra se apeaba, listo para atravesar la brecha hasta Nada.

Ninguno de los habitantes de Nyaung Shwe sabía que aquél era el verdadero hogar de los tres barqueros y el mecánico. Para los habitantes de la llanura, todos los que vivían en los montes eran «gente de la jungla». Podían ser tribus aisladas, bandoleros o los lastimosos restos de la insurgencia, sobre la cual costaba hablar, excepto para soltar un silencioso suspiro de alivio por no hallarse entre sus filas.

Mañana, Mancha Negra y sus hermanos tribales volverían a casa, quizá para siempre, porque hoy había cambiado el curso de sus vidas. El Hermano Menor Blanco había llegado y, tal como había prometido en su última visita a la tierra, los salvaría. Haría aparecer armas. Volvería invisible a la tribu. Entonces saldrían de Nada y caminarían abiertamente, sin ser atacados, hasta llegar a una parcela de tierra, la tierra prometida, del tamaño justo para cultivar la comida que necesitaban. Allí vivirían en paz, y ningún forastero los molestaría, ni ellos molestarían a los forasteros. Su único deseo sería vivir todos juntos, en paz y armonía con la tierra, el agua y los nats, que se sentirían complacidos de ver cuánto los respetaba la tribu. Y eso era posible, gracias al regreso del Hermano Menor Blanco.

En el muelle había hecho calor, pero cuando las lanchas cobraron velocidad sobre la superficie fresca del lago, los pasajeros empezaron a sentir frío. En la parte delantera de mi embarcación, donde la proa se estrechaba, la coleta de Moff ondeaba con fuerza y abofeteaba la cara de Dwight. Harry y Marlena se habían acurrucado juntos, con la chaqueta de Harry colocada a modo de manta sobre sus torsos y sus rodillas flexionadas. Rupert iba sentado cerca de la popa, con Walter, y, aunque tenía frío, se negaba a ponerse el cortavientos que le había dado su padre. Se enfrentaba al viento como un dios, sin saber que pronto iba a convertirse en uno. En la otra lancha de pasajeros, Esmé y Bennie iban juntos, con *Pupi-pup* arropada entre los dos. Wyatt y Wendy sujetaban delante el sombrero cónico, como un escudo.

A veces parecía como si las tres lanchas estuvieran haciendo carreras.

–¡Hurra! –gritó Vera al sentir que su barca aceleraba, y cuando sus amigos se volvieron desde su embarcación para mirarla, les hizo una foto. ¡Qué buena idea! Los otros empezaron a rebuscar en sus maletas para sacar las cámaras. Más allá, en las orillas del lago, había niños saludando, junto a sus madres que lavaban la ropa en los bajíos.

Walter se inclinó hacia el barquero, para darle instrucciones en birmano:

–Coja el desvío por el mercado.

Aunque Walter y los otros no lo sabían, Mancha Negra hablaba bastante bien el inglés, pero le parecía conveniente fingir que no sabía nada y escuchar las conversaciones ajenas. No muestres nunca el arma mientras no necesites utilizarla. Se lo había enseñado su padre. Pero era amargo el recuerdo de esas palabras, porque su padre no había tenido armas cuando las había necesitado. Tampoco el de Walter...

Mancha Negra había sido un niño despierto y curioso, el inglés que sabía lo había aprendido de los turistas, que todos los días hacían y decían las mismas cosas. Las mismas preguntas y peticiones, quejas y decepciones, fotos y gangas, apetencias y enfermedades, agradecimientos y adioses. Sólo le hablaban al guía. Ninguno esperaba nunca que un niño los entendiera.

Había crecido entre turistas. A diferencia de las tribus karen, que siempre están en las montañas, su gente era pwo karen, por lo que había pasado la primera parte de su vida en la llanura. Su familia vivía en un pueblo a unos cien kilómetros de Nyaung Shwe y no era rica, pero tampoco estaba en mala posición. Su padre y sus tíos no se dedicaban a la agricultura, como hacen la mayoría de los karen, sino al negocio del transporte: el transporte de turistas en barcas con motor y la reparación de autocares. Sus mujeres vendían fulares y bolsos tejidos con su punto característico. Les resultaba más fácil amoldarse a los antojos de los turistas que a los caprichos del monzón.

La vida les había ido bien hasta que llegaron las purgas. Después, no hubo nada que hacer, excepto huir a la jungla, a los montes más altos, a la más densa espesura, donde sólo crecían los frutos silvestres. Cuando se acabaron las purgas, Mancha Negra, sus amigos y su primo se fueron tranquilamente a la ciudad de Nyaung Shwe, donde nadie los conocía. En el mercado negro, consiguieron carnets de identidad pertenecientes a muertos con buena reputación. A partir de entonces, vivieron de dos maneras: la vida al descubierto de los muertos y la vida secreta de los vivos.

Las proas de las lanchas apuntaban a la izquierda, hacia un canal que conducía a un conjunto de construcciones de teca sobre pilotes, con los techos cubiertos de oxidada chapa acanalada.

–Ahora vamos hacia una pequeña aldea, una de las doscientas que hay a orillas del lago Inle –explicó Walter–. No vamos a parar, pero quiero que vean rápidamente lo que podemos encontrar en esta zona, estos caseríos al fondo de pequeños canales. A menos que hayan vivido aquí toda su vida, como nuestros barqueros, es bastante fácil que confundan el camino y se pierdan. El lago es poco profundo y todas las semanas crecen hectáreas de jacintos de agua, que se desplazan como islas. Es un problema para los agricultores y los pescadores. Sus fuentes de ingresos se van agotando, y dependen cada vez más del turismo, un sector que lamentablemente es poco seguro, porque está sujeto a los cambios del tiempo, la política y cosas así.

Bennie interpretó este último comentario como un desafío personal para no decepcionar a los lugareños.

–Haremos muchísimas compras –prometió.

Cuando las lanchas se acercaron un poco más a la aldea, los barqueros aminoraron la marcha de los motores hasta que el ruido se redujo a un suave tableteo. Avanzando una junto a otra, las dos barcas donde viajaban los pasajeros bordearon huertos acuáticos cargados de tomates brillantes, se deslizaron bajo pasarelas de madera y llegaron en seguida a un mercado flotante, donde docenas de canoas cargadas de alimentos y baratijas se precipitaron sobre las embarcaciones de los turistas, como jugadores de hockey sobre el puck. Las canoas, de tres o cuatro metros de largo, tenían cascos chatos de madera ligera, tallada a mano. Los vendedores iban agachados en un extremo, vigilando sus pilas de bolsos tejidos, collares de jade de ínfima calidad, piezas de tela y figurillas de madera de Buda, toscamente labradas. Cada vendedor les suplicaba a mis amigos que miraran en su dirección. En la costa estaban los comerciantes que vendían cosas más prácticas a la gente del lugar: melones amarillos, verduras de tallo largo, tomates, especias doradas y rojas, y botes de barro con conservas en vinagre y pasta de camarones. Los colores de los sarongs de las mujeres eran los de un pueblo feliz: rosa, turquesa y naranja. A los hombres se los veía acuclillados, con sus longyis oscuros y sus omnipresentes cigarros apretados entre los labios.

–¿Y esos de ahí? –preguntó Moff.

En el muelle había una docena de soldados en uniforme de camuflaje, con fusiles AK-47 al hombro. De inmediato, Heidi se puso nerviosa. No era la única. Era un espectáculo siniestro. El grupo notó que los lugareños no prestaban la menor atención a los soldados, como si fueran tan invisibles como lo era yo. ¿O sería que los lugareños miraban como los gatos?

–Son soldados –dijo Walter–. No hay razón para inquietarse. Puedo asegurarles que no ha habido ningún problema con la insurgencia desde hace mucho tiempo. Esta región, y, a decir verdad, la mayor parte del sur del estado de Shan, fue en su momento una zona roja, un punto caliente de la rebelión donde los turistas tenían prohibido el acceso. Ahora se considera una zona blanca, lo que significa que es perfectamente segura. Los insurgentes han huido a las montañas. No quedan muchos, y los que quedan están escondidos y son inofensivos. Tienen miedo de dejarse ver.

Un miedo ampliamente justificado, se dijo Mancha Negra.

–Entonces, ¿para qué son todos esos fusiles? –preguntó Moff.

Walter soltó una risita ligera.

–Para recordarle a la gente que tiene que pagar impuestos. Es lo que todos temen ahora: los nuevos impuestos.

–¿Qué son insurgentes? –preguntó Esmé a Marlena en la barca cercana.

Advertí que Mancha Negra escuchaba con atención, desviando rápidamente los ojos de la hija a la madre.

–Rebeldes –explicó Marlena–. Gente contraria al gobierno.

–¿Eso es bueno o malo?

Marlena dudó. Había leído artículos favorables a los rebeldes que luchaban por la democracia. Decían que sus parientes habían sido asesinados, sus hijas violadas, sus hijos esclavizados y sus hogares incendiados. Pero ¿cómo decirle todo eso a su hija sin alarmarla?

Esmé interpretó la expresión de su madre.

–Ah, ya lo sé. *Depende* –dijo, con gesto de persona enterada–. Es lo mismo con todo. Todo depende. –Le hizo un cariño a la perrita que tenía en la falda–. Excepto tú, *Pupi-pup*. Tú siempre eres buena.

–¡Eh, Walter! –dijo Wendy a voces–. ¿Usted qué piensa de la dictadura militar?

Walter sabía que ese tipo de preguntas eran inevitables. Los turistas, en particular los norteamericanos, querían conocer su posición política y saber si el régimen lo afectaba negativamente y si era partidario de «la Señora», cuyo nombre no estaba autorizado a mencionar en voz alta, aunque de vez en cuando lo hacía, en sus conversaciones con los turistas. En el pasado, podían detener a cualquiera que la mencionara con admiración, como le había ocurrido a su padre. Cuando la Señora ganó el Premio Nobel de la Paz, los flashes de las cámaras iluminaron Birmania. ¿Dónde está Myanmar?, se preguntó el mundo. Por una vez, algunos lo sabían. Walter abrigó entonces la secreta esperanza de que Aung San Suu Kyi y sus partidarios en otros países pudieran derrocar al régimen. Pero pasaron los años, y a veces la junta le levantaba el arresto domiciliario, sólo para volver a imponérselo poco después. Hacía amagos de iniciar conversaciones sobre la transición a la democracia, y todos se alegraban de que los matones finalmente se hubieran ablandado. Pero en seguida decían: ¿conversaciones sobre la democracia? ¿Qué conversaciones son ésas? Era un deporte, como Walter finalmente comprendió. Dejar que los partidarios de la democracia se apuntaran un tanto y después anulárselo. Concederles otro punto y volver a anulárselo. Hacerles creer que estaban disputando el partido y verlos girar en círculos. Ahora sabía que no iba a haber ningún cambio. Los niños nacidos después de 1989 nunca conocerían un país llamado Birmania, ni un gobierno que no fuera el del SLORC. Sus futuros hijos crecerían reverenciando al miedo. ¿O intuirían quizá que había otra clase de vida que podrían estar viviendo? ¿Habría un conocimiento innato que se lo revelara?

Miró a Wendy e inspiró profundamente.

–Los pobres –empezó Walter, midiendo cada palabra–, sobre todo los que no tienen mucha instrucción, consideran que la situación es mejor ahora que en épocas anteriores. Lo que quiero decir es que, si bien Myanmar figura entre los países más pobres del mundo, la situación es... cómo decirlo... más estable, o al menos eso piensa la gente. Ya no quieren más problemas, ¿sabe?, y quizá le agradecen al gobierno los regalitos que hace de vez en cuando. En una escuela de por aquí cerca, un alto mando militar le regaló un radiocasete al director. Eso bastó para que todos se quedaran contentos. Además, ahora tenemos carreteras asfaltadas de un extremo a otro del país. Para la mayoría de la gente, es un progreso grande y bueno, algo que pueden ver y tocar. Y también hay menos derramamiento de sangre, porque los rebeldes, en su mayoría, han sido controlados...

–Querrá decir que los han matado –intervino Wendy.

Walter no se inmutó.

–Algunos han muerto, otros están en la cárcel y otros se han marchado a Tailandia o están escondidos.

–¿Y a usted qué le parece? –preguntó Harry–. ¿Es mejor Myanmar que la antigua Birmania?

–Hay muchos factores...

–Todo depende –dijo Esmé.

Walter asintió.

–Déjenme que piense cómo decirlo...

Pensó en su padre, el periodista y profesor de universidad que había sido detenido y probablemente ejecutado. Pensó en su trabajo, un empleo envidiable con el que mantenía a su abuelo y a su madre, que seguían sin dirigirse la palabra. Pensó en sus hermanas, que necesitaban un expediente limpio para asistir a la universidad. Pero él era un hombre de principios, que despreciaba al régimen por lo que le había hecho a su padre. Jamás lo aceptaría. En una ocasión se había reunido con antiguos compañeros de colegio, cuyas familias habían sufrido destinos similares al de la suya, y habían hablado de pequeñas rebeliones personales y de lo que le sucedería al país si nadie volviera a alzar la voz para oponerse. En cierto momento se había interesado por los estudios de periodismo, pero le habían dicho que esa carrera sólo conducía a especializarse en la muerte. Si no era la del cuerpo, era la de la mente. Si no está permitido hablar de las malas noticias, ¿de qué se puede escribir?

La niña tenía razón. Todo depende. Pero ¿cómo decírselo a esos norteamericanos? ¡Iban a estar tan poco tiempo en el país! Nunca resultarían afectados. ¿De qué les serviría que les dijera la verdad? ¿Y a qué se arriesgaba si lo hacía? Mientras contemplaba el lago, encontró una manera de responderles.

—Miren ahí —señaló—. Ahí, ese hombre de pie en la barca.

Los viajeros volvieron la cabeza y dejaron escapar exclamaciones alborozadas, al ver a uno de los famosos pescadores intha del lago Inle. Mis amigos sacaron sus cámaras, con ruido de desgarrones al abrir los estuches cerrados con velcro. Mientras miraban por los visores, arrullaban felices como palomas.

Walter prosiguió:

—¿Ven cómo está de pie sobre una sola pierna, mientras rodea un remo con la otra? De ese modo, puede deslizarse sobre el agua, utilizando las dos manos para pescar. Parece imposible. Pero él lo hace sin esfuerzo.

—¡Adaptación al medio! —se gritaron simultáneamente Roxanne y Dwight, desde distintas barcas.

—Yo me caería al lago —dijo Bennie.

Walter continuó:

—Así, esencialmente, es como nos sentimos a veces mis amigos y yo. Nos hemos adaptado, de manera que podemos asumir esa postura sobre una sola pierna sin caernos. Podemos soñar con los peces e impulsarnos hacia adelante, pero a veces nuestras redes están vacías, la pierna de remar se nos cansa y nos dejamos llevar por la corriente, con las plantas acuáticas...

Mis amigos ya habían olvidado la pregunta. Estaban contorsionando el cuello para situarse en la posición que les permitiera captar mejor esa escena de extraña belleza. Sólo Mancha Negra oyó la respuesta de Walter.

El complejo de bungalows Isla Flotante no tenía más de un año y había sido construido a imagen y semejanza de la competencia, los exitosos bungalows Isla Dorada y sus hoteles asociados. Eran propiedad de una tribu importante, que había negociado una suspensión de las hostilidades con la junta militar de Myanmar, a cambio del acceso al sector de la hostelería. El complejo más nuevo tenía la ventaja de contar con dirección y experiencia occidentales en todo lo referente a confort, decoración y servicios, o al menos así lo proclamaban los folletos.

La mencionada dirección se encarnaba en un robusto suizo alemán llamado Heinrich Glick, que conocía los gustos de los extranjeros. Cuando las lanchas llegaron al embarcadero, varios chicos uniformados con longyis verdes salieron a recibir a los viajeros y a descargar el equipaje. Se oyeron los nombres de los turistas y rápidamente les fueron asignados los números de sus bungalows. Los botones designados recogieron las llaves, atadas a pequeñas boyas. Los botones se ganaban la vida únicamente con las generosas propinas que les daban los turistas occidentales, y cada uno intentaba superar a los demás, cargando el mayor volumen posible de equipaje.

Heinrich apareció en el muelle. Hace años, cuando lo conocí, era un hombre bien parecido, con una espesa mata de pelo rubio rizado que se peinaba hacia atrás, voz suave, aire sofisticado y mandíbula teutónica. Ahora se había vuelto más corpulento y tenía la piel del cuello colgante, las piernas flacas, el pelo ralo, el cuero cabelludo de color rosa intenso y una orla rojiza en torno a los ojos azules. Vestía camisa blanca de hilo sin cuello y pantalones amarillos de seda lavada.

–¡Bien venidos, bien venidos! –saludó a los huéspedes–. Bien venidos al paraíso. Espero que el viaje haya sido agradable. Un poco frío, ¿verdad? ¡Brrr! Muy bien, entonces. Vayan a admirar sus habitaciones y, cuando se hayan instalado, vengan a buscarme al Gran Salón, para que brindemos con burbujas. –Hizo un ademán hacia atrás, señalando un edificio alto de madera con muchas ventanas, y miró el reloj–. Pongamos, hacia las doce, antes del opíparo almuerzo. Ahora vayan a sus habitaciones, a reponerse del viaje.

Los ahuyentó con las manos, como habría hecho con una bandada de palomas.

—¡Hala! ¡Hasta pronto!

Mis amigos y sus botones se dispersaron en dirección a las diversas pasarelas de teca encerada que se abrían en abanico desde el embarcadero, como las patas de un insecto. Gritos de regocijo resonaron a medida que se acercaban a sus alojamientos.

—¡Esto sí que está bien!

—Son como chozas en la playa.

—¡Qué monada!

De hecho, los bungalows eran encantadores en su estilo rústico.

Bennie entró en el suyo. El interior era de ratán trenzado, con el suelo cubierto de alfombras de cáñamo. Había un par de camas gemelas bajas, con sencillas sábanas blancas de hilo, envueltas en brumosas mosquiteras. A Bennie le encantó este último toque, tropicalmente romántico y evocador de noches de sudorosas piernas entrelazadas. En las paredes había imágenes pintadas de criaturas celestiales y figurillas talladas en hueso, el tipo de arte autóctono de producción masiva que pasa por ser elegantemente primitivo. El cuarto de baño fue una agradable sorpresa: espacioso y sin rastros de moho, con suelo de sencillas baldosas blancas y la ducha construida un peldaño más abajo y separada por medio tabique.

En la habitación de Heidi, el botones abrió las ventanas. No tenían persianas y a su lado había espirales insecticidas y tiestos de citronela, dos signos que la alertaron de que las aguas estancadas debajo de las pasarelas eran criaderos de mosquitos. Una puerta más allá, Marlena y Esmé se deshacían en ¡ooohs! y ¡aaahs!, contemplando las vistas del lago, comprobando con maravilla que el lugar era un verdadero paraíso, un Shangri-La.

Harry estaba aún más encantado que los demás. Su bungalow se encontraba en el extremo más alejado del quinto espigón y su situación aislada lo convertía en un perfecto nido de amor. ¡Oh! La dirección incluso había tenido la gentileza de suministrarle velas con aroma a limón, un toque romántico. Salió al pequeño porche, donde había un par de tumbonas de teca con respaldo reclinable. ¡Fantástico! Ideal para sentarse juntos a contemplar la luna y crear el ambiente justo para una deliciosa noche de amor.

Marlena y Esmé habían salido de su bungalow, a tan sólo dos espigones del suyo. Un chico que no parecía mucho más grande que Esmé había llegado arrastrando dos maletas monumentales, con un par de bolsos más pequeños colgados de los hombros. Harry agitó una mano para captar la mirada de Marlena y ella le devolvió el saludo con entusiasmo. Eran dos tortolitos agitando las alas. El mensaje era claro: esa noche sería su noche.

Media hora después, en el Gran Salón, Heinrich sirvió champán en copas de plástico.

—Por el placer y la belleza, por los nuevos amigos y los recuerdos perdurables —dijo calurosamente.

No tardaría en ponerles apodos (nuestro Gran Líder, nuestra Adorable Dama, nuestro Amante de la Naturaleza, nuestro Científico, nuestra Doctora, nuestro Pequeño Genio, nuestra Fotógrafa Incansable), las mismas descripciones estandarizadas que asignaba a todos los huéspedes, para hacer que se sintieran especiales. Nunca recordaba los nombres verdaderos.

Heinrich había pasado muchos años al frente de un complejo hotelero de cinco estrellas, en una playa de Tailandia (donde yo misma me alojé en dos ocasiones); pero un día se descubrió que los tres turistas fallecidos en los seis meses anteriores no habían muerto por accidente, infarto o ahogamiento, como constaba en sus respectivos certificados de defunción, sino por picadura de medusa. El establecimiento fue clausurado tras la muerte de la tercera víctima, el hijo de una congresista norteamericana. Al cabo del tiempo, Heinrich volvió a emerger con una función vagamente directiva en un hotel de lujo de Mandalay. Allí me lo encontré y él me trató como a una amiga muy querida que acabara de recuperar. Me llamó «nuestra Querida Profesora de Arte» y me apuntó el nombre de un restaurante, que describió como «lo máximo». Después me pasó el brazo por los hombros, frotándome con su palma húmeda como habría hecho con una amante, y me dijo en tono confidencial que anunciaría al maître mi visita y la de mis acompañantes.

—¿Cuántos sois? ¿Seis? ¡Perfecto! Haré que os reserven la mejor mesa con la mejor vista. Me reuniré con vosotros y con mucho gusto os invitaré a la cena.

¿Cómo negarnos? ¿A quién puede amargar una cena gratis? De modo que fuimos. Allí estaba él, obsequioso y jovial. Mientras mirábamos la carta, nos recomendó las especialidades que debíamos pedir. Todas costaban una fortuna, pero invitaba él. Hacia el segundo plato, comenzó a fanfarronear y a hablar con ruidoso sentimentalismo de Grindelwald, que al parecer era su pueblo natal. Después empezó a entonar una melodía suiza alemana, *Mei Biber Hendel*, modulada a la manera tirolesa, que sonaba como el cacareo de una gallina. Unos ejecutivos tailandeses, en una mesa cercana a la nuestra, nos miraban por el rabillo del ojo y hacían comentarios desaprobadores en voz baja. El desenlace se produjo cuando su cabeza empezó a descender, hasta que su frente quedó apoyada en la mesa. Allí se quedó, hasta que vinieron unos camareros, lo levantaron por las axilas y lo arrastraron hasta su coche, donde lo esperaba su chófer. Nuestro camarero y el maître se encogieron de hombros con gesto desolado, cuando les informé de que el señor Glick había prometido pagar la cuenta, de modo que tuve que pagarla yo. Resultó bastante caro, teniendo en cuenta el número de comensales y la cantidad y el calibre de las bebidas alcohólicas que Heinrich había pedido para todos, aunque en su mayor parte se las había bebido él. Pero al día siguiente, en el hotel, Heinrich se disculpó profusamente por su «repentina indisposición» y su precipitada partida, y se ofreció a compensarme por el coste de la cena, deduciendo una cantidad equivalente de la factura del hotel.

–¿Cuánto ha costado? –preguntó.

Yo redondeé un poco la cifra hacia abajo y él la redondeó un poco hacia arriba con un trazo de su pluma. De ese modo, se congraciaba con los clientes, cenaba opíparamente sin gastar un céntimo y sisaba a su patrón.

Como pueden ver, era un seductor escurridizo y un hombre absolutamente deshonesto. Una vez me dijo que había sido director del Mandarin Oriental de Hong Kong, algo que encontré difícil de creer, teniendo en cuenta que no sabía una palabra de cantonés.

–¿Qué se puede comer allí? –le pregunté, para ver si picaba.

–Cerdo agridulce –respondió, precisamente el plato favorito de los que no saben nada de cocina china y no están dispuestos a probar nada nuevo. Fue así como comprobé que no decía más que mentiras. Era irritante que no demostrara la menor vergüenza por sus fabulaciones. Nunca perdía la sonrisa radiante.

Otros organizadores de grupos turísticos me habían dicho que en realidad su profesión no era la hostelería. Decían que trabajaba para la CIA y que era uno de sus mejores agentes. El acento era fingido, y su nacionalidad suiza, una patraña. Era estadounidense, se llamaba Henry Glick y era de Los Ángeles, tierra de actores. En los primeros tiempos, cuando acababa de llegar a Asia, había declarado ser «asesor de gestión de residuos», y en otros documentos decía ser «ingeniero de depuración de aguas». «Residuos», según decían, era la designación en clave de los individuos señalados como objetivo por la CIA, gente de la que querían deshacerse. «Depuración» significaba, también en clave, filtrar información a través de las fuentes. Para un espía, su empleo en el sector de la hostelería era ideal, porque desde su posición de anfitrión alternaba con toda clase de altos funcionarios de Tailandia, China y Birmania, dándoles la impresión de no ser más que un borracho alborotador, demasiado alcoholizado para que nadie pudiera considerarlo una amenaza, mientras ellos hacían tratos bajo cuerda y él los escuchaba, tendido bajo la mesa.

Todo eso había oído yo, pero me parecía demasiado increíble. Si yo conocía la historia, ¿no la habría oído también la gente a quien supuestamente tenía que espiar? El gobierno de Myanmar ya lo habría expulsado mucho tiempo antes. No, no, no era posible que fuera un espía. Además, yo había olido su aliento a alcohol. ¿Cómo podría haber fingido algo así? Lo había visto beber «burbujas» casi hasta estallar por la presión de la sangre carbonatada. Por otra parte, debía de andar metido en algo, pues de lo contrario no se explicaba que todavía consiguiera empleo. Aun así, había acabado en un lugar perdido de Asia. Para un ejecutivo de la hostelería, era un claro retroceso.

Curiosamente, sólo Esmé dedujo desde el principio que Heinrich era un embaucador. La niña era inocente, pero era mucho más astuta de lo que correspondía a sus años, como era yo a su edad. Vio la facilidad con que había engatusado a su madre para caerle bien. La llamaba «nuestra Esplendorosa Belleza». Harry, por su parte, se convirtió en «nuestro Gentleman Inglés», y poco después, cuando alguien mencionó que dirigía un conocido programa de televisión sobre los perros, Heinrich pasó a llamarlo «nuestra Famosa Estrella de Televisión», algo que complació infinitamente a Harry.

Sin embargo, Heinrich carecía de habilidad para atraerse la simpatía de los niños. Sonreía demasiado y les hablaba como muchos adultos hablan a los bebés. «¿Te has hecho pupita?» Esmé lo observaba con suspicacia y percibía su estrategia, la forma en que siempre encontraba una excusa para tocar ligeramente el brazo a las mujeres, o apoyarles la palma de la mano en la espalda a los hombres, o halagarlos a todos en privado, diciendo a cada uno: «Por lo que veo, usted es un viajero experimentado, diferente de los demás, una persona que busca algo más profundo cuando está en una tierra extranjera. ¿Me equivoco?»

Esmé llevaba a *Pupi-pup* en una mochila de plástico, con un fular echado por encima. La perrita se conformaba con ir acurrucada en ese útero improvisado, y allí se quedó, hasta que tuvo que hacer sus necesidades e intentó salir del encierro. Entonces soltó un chillido. Cuando Heinrich miró a Esmé, ésta fingió estornudar. La perrita volvió a chillar y Esmé fingió otro estornudo. Se dirigió al lavabo, donde arrancó varias hojas de la revista juvenil de modas que había traído y las extendió sobre el suelo embaldosado. Puso encima a *Pupi-pup* y la animó a «hacer caquita». La perrita se agachó y las páginas de la revista se oscurecieron. *Pupi-pup* era muy lista, para ser una cachorrita tan pequeña.

Cuando Esmé regresó, Heinrich la recibió con una mirada helada.

—¡Ah, nuestra Niñita Chillona ha vuelto al redil! —exclamó.

Ella le dedicó su mejor cara inexpresiva y se apresuró a reunirse con su madre, en una de las mesas. Estaban a punto de servir el almuerzo, todo incluido, excepto el vino, la cerveza y, como se enterarían más tarde, el champán de «bienvenida» de precio inflado que habían consumido con su gentil anfitrión.

Durante la comida, Heinrich dijo bromeando que más les valía no quejarse de los platos ni del servicio.

—Todo esto es propiedad de una tribu antiguamente feroz, que en épocas pasadas solía zanjar los conflictos invitándote a un *tête-à-tête*, para quedarse con tu *tête*. Por si fuera poco, ahora reciben protección de sus amigos, los soldados del SLORC. Así que ya ven, la satisfacción está garantizada. No se pueden quejar. ¡Ja, ja, ja, ja!

—Por mi parte, no hay quejas —dijo Bennie—. La comida está estupenda.

—¿Protección? ¿Qué tipo de protección? —preguntó Moff—. ¿Como la que da la mafia?

Heinrich miró a su alrededor, como para comprobar que ninguno de sus empleados estuviera escuchando.

—No exactamente —respondió, frotándose los dedos para hacer el signo del dinero—. Cuando una persona ayuda a otra, recibe mérito a cambio, un trocito de buen karma. ¡Oh, por favor, no ponga esa cara de asombro! También es tradición en otros países, entre ellos el suyo —dijo palmoteando a Moff en la espalda—. ¿No es verdad, amigo mío? ¿Eh? ¿No es verdad?

Después de reír con estruendo su propio comentario, añadió:

—A decir verdad, sí, todos se han hecho muy amigos, muy amigos. Cuando los negocios van bien, las amistades van bien. El pasado es historia antigua, evaporado, ¡paf!, olvidado. Ha llegado el momento de mirar al futuro.

Hizo una pausa para reflexionar.

—Aunque, en realidad —prosiguió—, nada se olvida nunca del todo, a menos que uno esté muerto, pero podemos borrar selectivamente algunas cosas, ¿verdad que sí?

Se hizo pantalla con la mano junto a la boca y, sin voz, formó las sílabas: «Si-len-cio.»

Como he dicho antes, era un hombre escurridizo. Al cabo de un minuto, su posición había dado un giro de ciento ochenta grados, y luego otro más, hasta describir el círculo completo, y todo mediante vagas diferencias en sus insinuaciones. Incluso en mi situación, me daba cuenta de que no entendía algunos aspectos esenciales de ese hombre. No podía. Heinrich había levantado una barrera. ¿O la habría levantado yo? Dicen los budistas que se necesita una total compasión para llegar a la comprensión total. Yo, en cambio, hubiese deseado que el escurridizo señor Glick se cayera al agua con la cara por delante. No creo que eso me clasifique como compasiva. Pero baste decir que en ese momento yo no sabía todo lo que había que saber a propósito de Heinrich Glick.

A la una y cuarto, mis amigos bajaron al embarcadero, donde los tres barqueros estaban juntos, discutiendo animadamente. Cuando vieron a los pasajeros, se apresuraron a subirse a las barcas, para ayudarlos mientras embarcaban. Heinrich agitó la mano para saludar a sus huéspedes.

–La cena se sirve hacia las siete. *¡Ta-ta!*

–Resulta un poco irritante oírlo usar ese saludo británico –comentó Bennie–. ¡Ta-ta! ¡Ta-ta! Es como retroceder a la época de la colonia.

–En realidad, es una expresión birmana –dijo Walter–. Los británicos se la apropiaron, junto con otras cosas.

–¿De verdad?

Bennie reflexionó al respecto. Ta-ta. De pronto, la expresión le sonó más amable y menos arrogante. Probó a pronunciarla, sintiendo la punta de la lengua danzando por detrás del arco dental superior. Ta-ta. A decir verdad, era encantadora.

–Esta tarde –dijo Walter– iremos a una aldea que está celebrando unas fiestas por el primer centenario de una de sus stupas, esos santuarios de techo abovedado que ya han visto. Habrá un gran mercado de alimentación y muchos juegos y concursos; también habrá juegos de azar, pero les advierto que nunca gana nadie. Los niños de la escuela del pueblo darán una función. Cada clase lleva meses ensayando. Interpretarán pequeñas escenas. Y no se preocupen, podrán hacer todas las fotos que quieran.

Al oír a Walter diciéndoles que no se preocuparan, Wendy se preguntó si no debería preocuparse. Cada vez que había visto a la policía militar, había sentido miedo, pensando que su misión secreta se le notaría en la expresión culpable de la cara y que la considerarían una insurgente norteamericana. Ni siquiera podía intentar hablar con alguien, mientras estuvieran cerca aquellos siniestros personajes. Y aunque hubiese podido, tampoco había nadie que hablara inglés.

Le susurró a Wyatt que tenía sueño y que quizá sería mejor quedarse, para echar juntos una «siesta larga y agradable».

–Tengo píldoras de cafeína –le ofreció él.

Wendy se sintió rechazada. ¿Era ésa su respuesta a su ofrecimiento de amor y voluptuosa lujuria?

Las dos lanchas se internaron en el lago, torcieron a la derecha, y al poco estuvieron sorteando vastas matas de jacintos acuáticos y huertos flotantes. De pronto apareció un pequeño canal y se adentraron por esa ruta tranquila, entre orillas pobladas de arbustos, donde las mujeres bañaban a sus hijos echándoles cubos de agua por encima.

Desde hace tiempo estoy convencida de que los birmanos se cuentan entre los pueblos más limpios del mundo. Aunque algunos viven en condiciones en las que nadie puede permanecer impoluto, todos se bañan dos veces al día, a menudo en el río o el lago, ya que en las viviendas no suele haber cuarto de baño. Las mujeres se meten en el agua con sus sarongs, y los hombres, con sus longyis. Los niños pequeños se quitan la ropa. El baño es una hermosa necesidad, un momento de paz, una higiene del cuerpo y del espíritu. Además, el bañista consigue mantenerse fresco durante todo el bochorno del día, y su ropa ya se ha secado hacia la hora en que se encienden los fuegos para la cena.

Comparen eso con las costumbres de los tibetanos, que se bañan solamente una vez al año y hacen de ello una gran ceremonia. Bien es verdad que el clima del lugar no se presta a abluciones más frecuentes. Admito haber descuidado mis hábitos de higiene cuando estuve allí, en sitios sin una adecuada calefacción y a veces sin agua corriente.

Y antes de que me consideren prejuiciada, permítanme ser la primera en reconocer que los chinos no son precisamente puntillosos en lo que respecta a la higiene, a menos que tengan dinero y puedan permitirse las comodidades modernas. Me refiero, desde luego, a los chinos de las zonas rurales de China, a los chinos bajo el régimen comunista. Entre camaradas, la limpieza se valoraba menos que el ahorro de agua. He visto las cabelleras grasientas, aplastadas en ondas y remolinos durante el sueño. Y la ropa, ¡cielos!, la ropa impregnada con meses de vapores de fritura. El suyo es el olor del pragmatismo, de conseguir que las cosas se hagan sea como sea, considerando la limpieza como un lujo.

No me malinterpreten. No estoy obsesionada con la limpieza, como los japoneses, que se meten en una tina profunda para remojarse con el agua prácticamente hirviendo. Nunca me ha atraído esa otra posibilidad, la de escaldarme para estar limpia, con la piel desprendiéndose en mi propia sopa y la carne blanqueada hasta el hueso. ¡Si hasta sus inodoros tienen un sistema que les rocía el trasero con agua caliente y se lo seca con un chorro de aire, para no tener que tocarse esa parte de su anatomía! A mí esa antisepsia me parece antinatural.

Y ya que estoy en el tema, tampoco puedo decir que la limpieza sea un rasgo característico de los británicos que he conocido. Desde que se tiene noticia, los chinos y los birmanos han hecho maliciosos comentarios al respecto. Su higiene es de escupir y lustrar. El calzado está brillante y la cara restregada, pero descuidan las partes que no están a la vista.

Los franceses son más o menos, según creo, aunque no es enorme mi experiencia al respecto, ya que no son gente dispuesta a mezclarse por su voluntad con nadie que no domine su lengua a la perfección. Pero cabe preguntarse para qué habrán inventado tantos perfumes.

En cambio, muchos alemanes, pese a su tendencia a la pulcritud, desprenden un tufillo abrumadoramente fuerte, en particular los hombres, y no parecen advertirlo. Heinrich, por ejemplo. Tenía un olor muy intenso, una mezcla de alcohol y calculadas falsedades, según creo. Todas sus pillerías le afloraban por los poros.

En cuanto a los estadounidenses, son un mosaico de todos los olores, buenos y malos. Y también ellos son inusitadamente aficionados a sus diversos desodorantes, lociones para después del afeitado, perfumes y ambientadores. Si algo apesta, lo tapan. Aunque ellos mismos no apestan, disfrazan su olor y lo desnaturalizan. Pero no creo que sea tanto un rasgo cultural como un éxito del marketing.

Es solamente mi opinión.

Aparecieron una costa y unos muelles. Con los motores apagados, las lanchas se deslizaron hacia allí, y una docena de manos se tendieron para ayudar a arrastrar las embarcaciones y acercarlas al muelle, de manera que los pasajeros pudieran desembarcar.

–Dentro de poco encontrarán muchas cosas interesantes que comprar –dijo Walter–. Lo normal es regatear, pero déjenme que les sugiera la siguiente norma: determinen mentalmente lo que desean pagar, mencionen la mitad de esa cifra y lleguen poco a poco, durante el regateo, al precio que querían.

En cuanto sus pies tocaron tierra, un montón de buhoneros se precipitaron hacia ellos.

–¡Dinero de la suerte, dame dinero de la suerte! –gritaban todos, enseñando animalitos de jade sobre las palmas de las manos.

–Creen que la primera venta del día les trae suerte –explicó Walter.

Bennie los miró con expresión dubitativa.

—¿Cómo vamos a ser nosotros la primera venta del día? ¡Son casi las dos de la tarde!

Era por eso por lo que estaba hambriento. Se puso a buscar una barrita de Snickers en la mochila.

—Es muy probable que lo sean. No creo que mientan.

—¿Por qué no? —preguntó Dwight.

—No es propio de los birmanos. No les conviene.

—Es por la historia del karma —intervino Heidi.

—Sí, exacto, el karma. Si ustedes compran su mercancía, ellos reciben suerte y ustedes consiguen mérito.

Vera consideró la idea y en seguida cedió a la solicitud de «dinero de la suerte» que le hacía una joven. Compró una ranita de jade. La levantó para examinarla al sol y después se la guardó en el bolsillo del caftán. ¿Sería un símbolo de algo, la rana? ¿Sería un signo astrológico, alguna virtud? ¿Qué podía significar un animal verde y lleno de verrugas, que esperaba un día entero para comerse una mosca? Se echó a reír. Sería un recordatorio —se dijo— para ser más paciente cuando las cosas no marcharan tal como ella deseaba. Si hubiese sabido lo que le esperaba, habría comprado una docena.

Momentos después, nos mezclamos con los grupos de gente que caminaban por la orilla, procedentes de otras aldeas. Pasamos junto a concursos de salto a la comba para chicas, de carrera de tres piernas para chicos, y de carreras hacia atrás para niños pequeños. Un altavoz los animaba y anunciaba el nombre de los ganadores. Tres estudiantes, los mejores de su escuela, subieron al escenario para recibir multicolores diplomas. Para felicitar a los ganadores de los concursos, veinte chicos y chicas, todos ellos profusamente maquillados con perfilador de ojos y pintalabios, se alinearon en pulcras filas y entonaron la canción *Baby Love*, de The Supremes, siguiéndola en un karaoke.

Pronto mis amigos entraron en un bazar lleno de tenderetes. Había woks gigantes con aceite hirviendo y trozos de pasta flotando encima, junto a cestas rebosantes de rollitos vegetales. En un rincón se estaba desarrollando una partida de dados, observada por hombres de ojos enrojecidos, con chaquetas y pantalones polvorientos. Uno de ellos hizo rodar un par de dados gigantes de gomaespuma. Los otros miraban de pie. Después, se sentaron y empujaron más dinero hacia el cen-

que estaban tontamente ocupados pensando en dónde poner los pies, mientras sorteaban troncos caídos y marañas de bejucos. También retorcían el torso, para eludir las ramas espinosas y las hojas donde probablemente acechaban insectos que, en opinión de Heidi, debían de estar genéticamente programados para implantarles la encefalitis y la fiebre de la jungla.

Pero yo sí que veía los detalles del mundo que estaban recorriendo. Ahora que tenía los dones de Buda, podía dejarme fluir sin preocuparme por cuestiones de seguridad, y entonces las formas ocultas de la vida se manifestaban: una serpiente inofensiva de rayas iridiscentes, miríadas de hongos, floridas plantas parásitas de colores y formas que evocaban las turgencias de la sexualidad... Todo un tesoro de cérea flora y húmeda fauna, endémicas de aquel rincón oculto de la Tierra y aún desconocidas por los humanos, o al menos por los que asignan etiquetas taxonómicas. Me di cuenta entonces de lo mucho que nos perdemos de la vida mientras formamos parte de ella. Somos ciegos al noventa y nueve por ciento de las glorias de la naturaleza, porque para verlas deberíamos tener simultáneamente visión telescópica y microscópica.

Mis amigos avanzaban con esfuerzo, acompañados por una orquesta de ramitas quebradas, silbidos de aves y el zumbido nasal de una rana arborícola macho, pregonando su deseo de saltarle encima a una rana hembra. Bennie respiraba ruidosamente y de vez en cuando tropezaba. Tenía manchas rojizas en la cara, a causa del agotamiento y el acné rosáceo. En una guía de viajes de aventura –iba refunfuñando para sus adentros–, la presente excursión aparecería clasificada como «extremadamente difícil, sólo para expertos», con cinco bastones de excursionista de los cinco posibles, para disuadir a la gente. Pero no, no era cierto. No era tanta la dificultad, y Vera era la prueba. Si el recorrido hubiese sido más arduo, sencillamente se habría parado y habría proclamado:

–Seguid vosotros y enviadme una postal cuando os estéis recuperando en la unidad de cuidados intensivos.

Eso fue lo que dijo, varios años antes, cuando íbamos subiendo la senda que conduce al monasterio de Taktsang, en Bhután. Lo dijo varias veces y se negó a ir más allá de la posada donde servían café. Pero aquí siguió subiendo con los demás. Era extraño, sin embargo, que fuera recitando en francés:

–Je tombe de la montagne, tu tombes de la montagne...

Durante casi una hora, el grupo siguió caminando laboriosamente. Cuando se toparon con el enésimo árbol de teca caído, Bennie les gritó a los birmanos que abrían la marcha:

–¡Eh, vosotros! ¿Podríamos hacer un alto para descansar?

Mancha Negra y Grasa se volvieron.

–Ninguna preocupación –contestó Mancha Negra, utilizando la misma frase vacua que nos venía siguiendo desde China.

Grasa y él tuvieron una conversación privada.

–Adelántate y anuncia a todo el mundo nuestra llegada –le dijo Mancha Negra a su primo.

Momentos después, Grasa partía a la carrera, mientras Mancha Negra volvía con los viajeros, que para entonces habían asumido diversas posiciones de reposo sobre el enorme tronco caído, con su colosal laberinto de raíces. Debajo había árboles más pequeños aplastados, con las ramas proyectadas en diferentes ángulos, como brazos fracturados.

–¡Santo cielo! –le dijo Bennie a Mancha Negra, con almibarado sarcasmo–. ¡Sí que está siendo divertida esta pequeña marcha de la muerte que nos habéis preparado!

–Gracias –contestó Mancha Negra.

–¿Cuándo llegaremos a ese sitio? –preguntó Vera.

–Pronto –respondió Mancha Negra–. Estamos caminando solamente un poco más por este camino.

–¡Pronto! –repitió Vera con un suspiro, mientras se abanicaba con el fular–. Eso es lo mismo que dijo hace una hora.

Después se volvió hacia Mancha Negra y le preguntó:

–Perdone, ¿podría decirnos cómo se llama usted?

–Ustedes pudiendo llamar a mí Mancha Negra.

Esmé se desplomó con un profundo suspiro sobre una roca y comenzó a arreglarse la cara con expresión de absoluto cansancio. *Pupi-pup* chilló con simpatía, saltó de su cabestrillo y se puso a lamer la mano de su cuidadora. Esmé soltó la sombrilla de papel que había comprado esa mañana, que cayó rodando a su lado. Como había insistido silenciosamente para llevarla consigo, no podía quejarse. Normalmente, Marlena se lo habría reprochado y la habría obligado a cargar el objeto de su impetuoso deseo hasta que admitiera su equivocación. Pero esta vez, Marlena tendió la mano y recogió la sombrilla. Había sido una locura comprarla y deberían haber dejado esa cosa tan aparatosa en el camión, pero Esmé había dicho:

—Necesitamos un parasol, por si hace muchísimo calor y a *Pupi-pup* le hace falta un poco de sombra.

¿Parasol? ¿De dónde habría sacado Esmé esa palabra? Bueno, lo importante era que finalmente su hija había vuelto a hablarle. No sabía si aún seguía molesta, porque era difícil deducirlo de su estado de ánimo, que oscilaba entre la impaciencia y el cansancio, por un lado, y las ganas de jugar y hacer tonterías con la perrita, por otro. Aun así, Marlena estaba preocupada. ¿Qué habría visto Esmé la noche anterior? ¿Lo habría visto *todo*?

Marlena sintió una gota en la coronilla. La humedad del aire hacía que las ramas sobre sus cabezas sudaran tan profusamente como Bennie. Se cubrió con el parasol. En lo alto, en el dosel de la jungla, un mono que volaba de rama en rama dejó caer unos goterones que tamborilearon sobre el tenso papel encerado.

—¡Eh, mami! —exclamó Esmé con evidente orgullo—. Ha sido una suerte comprar la sombrilla, ¿verdad?

—Tienes toda la razón, Wawa —convino Marlena, feliz de ver feliz a Esmé.

Más gotas cayeron sobre la sombrilla, y le recordaron a Marlena el intento de Harry de apagar el fuego. Pensó en el vestido empapado que había usado para azotar las llamas y en los churretes grises que habían caído a la cama y al suelo. Volvió a ver a Harry, desnudo y perplejo, intentando discernir el significado de la mosquitera chamuscada, como si fuera un móvil de Calder en un museo. ¡Parecía tan perdido como un niño pequeño! Después recordó su cara, la forma en que la había mirado antes del incendio, la pura lascivia en sus ojos y su boca entreabierta. Se estremeció y soltó una risita.

—¡Mami! —oyó que la llamaba Esmé—. ¿Tenemos algo de comer? Me estoy muriendo de hambre.

En un instante, la inundó una oleada de dedicación materna, y se puso a buscar en su bolso las provisiones de caramelos y frutos secos.

Esmé eligió entre el surtido y después dijo:

—¿Nos devuelves el parasol a *Pupi-pup* y a mí? Aquí también nos están cayendo gotas.

Wyatt se había acostado cuan largo era sobre un tronco y Wendy estaba quitando hojas y ramitas de la ondulada cabellera de su amado. Recorrió con un dedo su nariz y le sopló en los párpados con juguetona coquetería, lo que hizo que él riera y la apartara con la mano.

–Para –dijo.

Ella volvió a soplar.

–Para –repitió–. Por favor.

Ella necesitaba su constante atención, la prueba de que él la adoraba tanto como ella a él, y si insistía, era porque él aún no había dicho el ansiado «te quiero». Visto del lado de Wyatt, era un juego infantil y asfixiante. Hubiese deseado que Wendy simplemente disfrutara del momento, en lugar de empeñarse en hacer algo a cada minuto. Lo había pasado mucho mejor con ella al principio, cuando parecía despreocupada y no exigía su atención, sino que la atraía naturalmente.

Rupert, con sus flexibles rodillas jóvenes, se había acuclillado en imitación de los lugareños. Había descubierto un árbol enorme y habría dado cualquier cosa por escabullirse y trepar por él. Pero su padre le había advertido severamente que tenía que quedarse con el grupo. Sacó su novela de la mochila y se puso a leer.

Vera se enjugaba el sudor de la cara con el borde del fular. Llevaba unos minutos considerando ideas para ofrecer a sus subalternos un tonificante discurso sobre la confianza en uno mismo y la perseverancia, esos anticuados conceptos de la época de su bisabuela. O quizá pudiera escribir un libro sobre el tema. Podía verse a sí misma, escribiendo que ese viaje había sido el punto de partida para el libro: «Allí estaba yo, una mujer de sesenta años, sin la capacidad pulmonar necesaria para subir el equivalente a un edificio de cien pisos. Y si bien en el aspecto físico podría haber pedido ayuda, sólo yo podía ayudarme en el aspecto mental. Se trataba casi tanto de resistencia mental como de...» Hizo una pausa para pensar si eso era cierto. Estaba brillante de sudor y la punta de un helecho se le había insertado en el pelo esponjoso, por lo que parecía gallarda y hermosa, como una cazadora.

Los otros se habían recostado contra árboles caídos. Los crujidos y chasquidos de la vegetación se habían detenido, las respiraciones agitadas se habían vuelto más lentas y apacibles, y el silencio descendió, pesado como una nube de tormenta. En lo alto se oía de vez en cuando el ocasional ulular de un mono, ¿o quizá fuera algo más peligroso?

—¿Qué clase de animales hay por aquí? —preguntó Wendy, escrutando el denso follaje.

Dwight soltó una histriónica carcajada.

—¡Leones, tigres y osos, Dios mío!

—A decir verdad —intervino Moff en tono jovial—, sí que hay tigres y osos en Birmania.

Las cabezas se volvieron hacia él.

—¡Estás de broma! —dijo Wendy.

—Venía en el material que nos dio Bibi —añadió Heidi—. Había toda una sección sobre flora y fauna.

Moff empezó a enumerar los animales:

—Un ciervo pequeño que emite una especie de ladrido, tapires grandes como asnos, gibones y elefantes, desde luego, y también un zorro volador, rinocerontes y el surtido habitual de loros, pavos reales, molestos insectos picadores, sanguijuelas todavía más molestas, najas aún peores y una cobra krait mortalmente venenosa. Te mata en cuestión de una hora, paralizándote los músculos, por no hablar de lo que puede hacerte un oso o un tigre cuando ya no eres capaz de salir corriendo.

Bennie habló:

—Seguramente, la agencia turística ha dado el visto bueno a esta área y puede garantizar que estamos en un lugar sin peligro.

Miradas cautelosas comenzaron a recorrer los bordes oscuros de la selva. Desde Lijiang, ya no confiaban tanto en que las opiniones de Bennie estuvieran bien fundamentadas. Moviéndose lentamente, levantaron los pies y se inspeccionaron el dorso de las piernas, para ver si llevaban pegadas criaturas venenosas y chupasangres.

—Por eso siempre uso ropa con repelente de permetrina incorporado y DEET al ciento por ciento —dijo Heidi.

—Hablas como en un anuncio —bromeó Moff.

—Y por eso llevo esto —añadió Heidi, levantando su improvisado bastón de excursionista, que era una simple rama larga y delgada.

—¿Y crees que *eso* va a impedir que te ataque un tigre? —le dijo Dwight con sorna.

—Una serpiente —respondió ella—. Lo planto delante, por donde camino, ¿lo veis?

Movió el bastón entre las hojas del suelo. Un escarabajo empapado de humedad salió huyendo.

–De este modo –prosiguió–, si hay una serpiente o alguna otra cosa, atacará primero al palo o se marchará.

Los otros comenzaron a buscar entre los árboles un palo del tamaño adecuado. También Dwight. Así equipados, pronto se pusieron en camino. Cada pocos minutos, un grito o un improperio horadaba el aire, señalando que uno de ellos había hallado alguna horripilante criatura adherida a una pernera de su pantalón. Entonces, Mancha Negra se acercaba y espantaba al bicho.

–¿Qué es ese sitio al que vamos? –preguntó Bennie–. ¿Una aldea?

–No, aldea no. Más pequeño.

–Más pequeño que una aldea –reflexionó Bennie–. Vale. Un caserío, un asentamiento, un suburbio... una finca privada, un enclave, una urbanización vallada... una micrometrópolis, un complejo, una prisión...

Vera se echó a reír, oyendo la lista de Bennie.

–Es un lugar –dijo Mancha Negra–. Lo estamos llamando Nada.

–¿Y cuánto falta para llegar a ese lugar llamado Nada? –preguntó Bennie.

–Muy poco –prometió Mancha Negra.

Bennie exhaló un profundo suspiro.

–Eso ya lo hemos oído antes.

Pocos minutos después, se detuvieron, y Mancha Negra señaló algo que les pareció el cauce de un riachuelo, que discurría a lo largo de una hondonada en la montaña.

–Justo al otro lado –dijo.

Pero a medida que se fueron acercando, advirtieron que se trataba de un despeñadero que se extendía a uno y otro lado, hasta donde alcanzaba la vista, y que medía unos seis metros de ancho y tenía una profundidad aterradora. Mirando hacia abajo, sólo se veía un vertiginoso laberinto de quiebros y curvas que descendían en espiral, de tal manera que resultaba imposible determinar dónde estaría el fondo. Parecía como si el corazón de la tierra se hubiera agrietado y hubiera partido la montaña.

–Podría ser una fosa de hundimiento –señaló Roxanne–. Vimos una en las Galápagos. Ciento ochenta metros de profundidad, o al menos eso se creía. Nadie lo sabía con certeza, porque ninguno de los que habían bajado a explorar había vuelto.

–Gracias por contárnoslo –dijo Bennie.

Atravesaba el abismo un puente de aspecto endeble, hecho con tablillas de bambú, unidas con una red de cuerdas. Los extremos estaban atados a gruesos troncos de árbol. No daba la sensación de gran competencia arquitectónica ni de gran rigor ingenieril. Yo diría que se parecía bastante a un perchero de madera apoyado sobre un mantelito individual de varillas. Evidentemente, mis amigos pensaban lo mismo.

–¿Esperan que pasemos por ahí? –chilló Heidi.

–No parece muy estable –convino Vera.

–¡Yo puedo! –gorjeó Esmé, haciendo girar su recuperado parasol.

–Tú no te muevas de aquí –le ordenó secamente Marlena, mientras la agarraba de un brazo.

Raspas fue andando hasta el centro del puente y comenzó a saltar, para enseñar a los turistas que era seguro y resistente. Llegó corriendo al otro extremo, cubriendo los seis metros en cuestión de segundos, y después volvió sobre sus pasos y les tendió la mano.

–Debe de ser seguro –dijo Bennie al grupo–. Apuesto a que estos sitios tienen que respetar unas normas estrictas de seguridad, para ser clasificados como lugares turísticos.

Moff se asomó al abismo y contempló la enorme boca de rocas y maleza, que parecía bostezar. Recogió una piedra del tamaño de un puño y la arrojó al precipicio. Golpeó contra una cornisa, botó y cayó unos quince metros más, antes de topar con otro saliente, unos treinta metros más abajo. El ruido del objeto precipitándose de cornisa en cornisa se siguió oyendo, mucho después de que lo hubiesen perdido de vista.

–Me ofrezco para ser el sacrificio humano –declaró Moff–. Solamente os pido que filméis la escena; de ese modo, si me mato, tendréis pruebas para demandar a quienquiera que haya construido esa cosa.

Roxanne lo enfocó con su cámara.

–Considéralo una de las extraordinarias aventuras de Tarzán –dijo Moff.

Hizo varias inspiraciones profundas, rechinó los dientes y comenzó a avanzar poco a poco, inclinado hacia adelante. Al sentir que el puente se hundía en el centro, dejó escapar un prolongado grito con modulaciones

–¡Hua-ah-ah-aha!–, parecido al vuelco que le dio el estómago. En cuanto recuperó el equilibrio, siguió andando sin detenerse, y finalmente llamó a Rupert, para que fuera el siguiente en pasar. Si su ex esposa hubiese podido ver lo que estaba haciendo, lo habría mandado a la cárcel por exponer a su hijo a actividades de riesgo.

–Agárrate a los lados –le aconsejó–. Avanza siempre al mismo ritmo, tan suavemente como puedas, y acomoda tu cuerpo a las subidas y bajadas, en lugar de reaccionar y empujar en contra.

–O sea, todo lo contrario de lo que has hecho tú –dijo Rupert.

El grupo lo vio avanzar a grandes zancadas, sin agarrarse, como un equilibrista caminando por la cuerda.

–¡Cómo mola! –dijo al llegar al otro extremo.

Mancha Negra, Salitre y Raspas también pensaron que molaba muchísimo.

Uno por uno, todos los demás atravesaron la breve distancia, algunos lentamente y otros a toda prisa, algunos con el aliento de los demás y otros con Mancha Negra delante, guiando sus pasos. Roxanne fue la última en cruzar. Ya le había dado la cámara a Mancha Negra y éste se la había entregado a Dwight, para que documentara su rito de paso. En cuanto todos estuvieron sanos y salvos sobre suelo sólido, los viajeros estallaron en exaltadas felicitaciones, mientras cada uno rememoraba en voz alta sus diez minutos de peligro, hasta que Heidi les recordó que tendrían que volver por el mismo camino después de la comida. Acallada de ese modo su exaltación, prosiguieron el camino.

A sus espaldas, del otro lado del puente, estaban todavía los tres jóvenes con los machetes y las provisiones. En equilibrio sobre los hombros llevaban gruesas varas de bambú, de las que colgaban grandes baterías de doce voltios, el marco de un generador, las chaquetas de sus invitados y una variedad de suministros comestibles. Uno a uno, los intrépidos hombres cruzaron el puente y dejaron su carga en el suelo. Con la destreza que confiere la práctica, uno de ellos comenzó a desatar los nudos que unían el puente a los troncos, mientras los otros dos desenrollaban una cuerda situada en torno de otro árbol, que hacía las veces de cabrestante. Era la cola larga del puente. Con mucho cuidado, soltando la cuerda, los hombres hicieron descender el puente, hasta dejarlo colgando como una inútil escalerilla del otro lado del abismo. Agitaron y movieron la porción de la cuerda que seguía unida al puente, hasta conseguir que se confundiera con las lianas del despeñadero y desapareciera de la vista. El extremo libre lo ataron a las raíces de un árbol que llevaba varios decenios caído. Los helechos lo cubrieron completamente.

Desde su lado del abismo, los habitantes de Nada veían el puente, pero nadie que se acercara desde el otro lado a su hogar secreto podría imaginar que allí había habido alguna vez un puente. Así era como se mantenían aislados y ocultos en un mundo secreto cuya existencia nadie imaginaba, o al menos eso esperaban. Durante el último año, habían tendido el puente cada dos semanas, cuando necesitaban provisiones y consideraban que no había peligro de que hubiera soldados patrullando el área. Si los soldados descubrían el puente, los karen estaban dispuestos a correr hacia las profundas fauces de la montaña y arrojarse en su interior. Mejor eso que ser atrapado, torturado y asesinado. Y si no conseguían suicidarse antes, se arrancarían los ojos, para no tener que ver a los soldados violando a sus hijas y a sus hermanas, o degollando a sus madres y a sus padres. Los soldados –según podían recordar– sonreían cuando empuñaban la bayoneta para hacer que alguien se levantara o se inclinara, como hacen los titiriteros cuando mueven las cuerdas de una marioneta, para contar una de las viejas fábulas Jataka de los birmanos.

Temían a los soldados sobre todo durante el monzón. La lluvia derribaba las techumbres sobre los pequeños porches de la tribu y tenían que vivir entre el fango, quitándose las sanguijuelas cada pocos minutos. En esa época del año, colgaban hamacas de malla de bambú de los árboles y allí se sentaban y dormían. Era entonces cuando venían los soldados del SLORC. Podían tomar toda una aldea por detrás y acorralar a sus habitantes contra un torrente enfurecido, impidiéndoles toda posibilidad de huida, excepto la de arrojarse al agua. Los soldados, algunos de ellos niños de doce o trece años, se apostaban en la orilla, apuntaban los fusiles y se echaban a reír cada vez que hacían diana y el objetivo dejaba de agitar los brazos. A veces lanzaban al torrente una granada, que estallaba y dejaba flotando en la superficie cuerpos sin vida y peces, que después giraban formando remolinos, como las plantas acuáticas. Algunos habitantes de Nada habían perdido así a toda su familia. Había sido un milagro y una desgracia que el Gran Dios los salvara a ellos.

Pero ahora era la estación seca, la época en que los soldados cazadores se volvían perezosos y se preparaban para celebrar el Día de la Independencia. El número de soldados había disminuido el año anterior por esa misma época, pero no había pautas seguras en nada de lo que hiciera el SLORC.

Corriendo, Mancha Negra se adelantó a mis amigos, que seguían avanzando con paso cansado. Tenían unos cien metros por delante, antes de llegar a Nada.

Antes, mientras descansaban junto al tronco caído, Grasa había corrido montaña arriba, para anunciar la inminente llegada del Hermano Menor Blanco y su comitiva. Los habitantes de Nada no se movieron ni hablaron. Era el milagro por el que tanto habían rezado. Llevaban tres años presentando ofrendas para que sucediera.

–¿Es cierto lo que dices? –dijo finalmente una abuela.

–Matad una gallina –dijo Grasa–. Esperan un banquete.

Y entonces los miembros de la tribu salieron corriendo en diferentes direcciones. Tenían el tiempo justo para prepararse. Las mujeres sacaron sus mejores galas: chaquetas rectas de cuadros rojos con rombos dorados. Las más ancianas desenterraron sus últimas joyas de plata. Algunas señoras se cubrieron el pecho con una profusión de largos collares de cuentas de vidrio, adquiridas a los antiguos mercaderes, y de cuentas chinas que la familia atesoraba desde hacía cientos de años. Otras sólo las tenían de plástico.

Grasa oyó silbar a Mancha Negra, señal de que había cruzado el puente. Le respondió con dos agudos trompetazos. Medio minuto después, Mancha Negra entró corriendo en el poblado y sus amigos lo rodearon. Hablaban apresuradamente en la lengua karen, incapaces de contener su alegre incredulidad.

–¡Cuántos has traído! –dijo un hombre.

–¡Dios es grande! –exclamó otro.

–¿Cuál de ellos es el Hermano Menor Blanco?

Mancha Negra les contestó que estaba claro, si sabían usar los ojos. Contemplaron a sus salvadores (mis amigos), que se acercaban levantando un pesado pie después del otro, todos ellos agotados, excepto Rupert, que podría haber corrido en círculos a su alrededor y que ahora avanzaba a grandes zancadas, gritando:

–¡Ánimo! ¡Ya casi hemos llegado!

Una niñita flacucha de tres años salió corriendo y se abrazó a las piernas de Mancha Negra. Él la levantó en el aire y le examinó la cara, deduciendo que su sonrisa y sus carcajadas eran la prueba de que estaba bien y se había recuperado de la malaria. Se la subió a los hombros y siguió entrando en el poblado. La mujer de Mancha Negra contemplaba la escena, pero no sonreía. Cada vez que volvían a reunirse, se preguntaba si recordarían esa reunión como la última.

Mancha Negra era el jefe de aquel pequeño grupo de supervivientes de otras aldeas. Los guiaba siguiendo una política de consenso, ofreciéndoles buenas razones para zanjar los conflictos. A menudo les recordaba su tradición de unidad. Como todos los karen, tenían que permanecer unidos, pasara lo que pasase.

Mis amigos entraron en el poblado y de inmediato se vieron rodeados por una docena de personas de aspecto tribal, que se daban empujones y saltaban para verlos aunque fuera un poco. Oyeron a los lugareños profiriendo un batiburrillo de sonidos. Algunas de las ancianas tenían las manos unidas delante del pecho y les hacían rápidas reverencias.

–Es como si fuéramos estrellas del rock o algo así –comentó Rupert.

Bennie vio que algunos de los hombres abrazaban a Mancha Negra y le ofrecían cigarros. Otros les daban palmotazos en la espalda a Raspas y a Salitre, entre sonoras exclamaciones.

–Esta gente parece muy amistosa con nuestros guías –señaló Bennie–. Walter debe de traer mucha gente aquí arriba.

Mis compatriotas sintieron cierta decepción, al pensar que su «rara oportunidad» quizá fuera un destino turístico corriente.

–¿De qué tribu son? –preguntó Vera a Mancha Negra.

–Son karen –dijo–. Toda buena gente. Los karen son el pueblo primero de Birmania. Antes de haber bamar y otras tribus viniendo a Birmania, los karen ya estaban aquí.

–Ka-ren –repitió Roxanne.

–¿Le gusta el pueblo karen? –preguntó Mancha Negra con una sonrisa.

–Son fantásticos –dijo ella, y su afirmación fue coreada por mis amigos, dispuestos a expresar la misma opinión sobre un pueblo del que prácticamente no sabían nada.

–Bien. Porque yo también soy karen –declaró Mancha Negra, antes de señalar a los otros barqueros–. Ellos son karen también. Lo mismo. Nuestras familias están viviendo aquí, en el lugar llamado Nada.

–¡Ahora entiendo por qué conocían tan bien el camino! –dijo Bennie.

–Sí, sí –asintió Mancha Negra–. Ahora, ustedes están sabiendo esto.

Algunos de mis amigos sospechaban que Walter y Mancha Negra debían de tener algún trato bajo cuerda. Bueno, ¿y qué si lo tenían? El sitio era muy interesante.

Con una estela de lugareños detrás, mis amigos llegaron a un claro más amplio, de unos quince metros de diámetro. Arriba, prácticamente no se veía el cielo, oculto entre las copas superpuestas de los árboles. El poblado estaba parcialmente cubierto de esteras. Cerca del centro había un fogón hecho de piedras apiladas, con una abertura para echar la leña. A los lados, había troncos de teca a modo de mesas, que tenían encima fuentes, con una variedad de alimentos. ¡La comida sorpresa de Navidad! ¡Genial!

Miraron a su alrededor. En los bordes del claro había chozas circulares del tamaño de las casitas que los niños se construyen en los árboles. Observando con más atención, mis amigos advirtieron que efectivamente se trataba de casas en los árboles, sólo que cada una estaba construida en la base hueca de un árbol, con el espacio justo para una o dos personas. Largas raíces esqueléticas formaban las paredes, con tejido de palma para cerrar los espacios entre una y otra. Los techos eran bajos y estaban asegurados con enredaderas y plantas rastreras entrelazadas. Más allá del perímetro, había otras chozas arbóreas y varios refugios pequeños.

–¡Está tan *intacto*! –le susurró Wendy a Wyatt–. Como si el siglo veinte hubiese olvidado pasar por aquí.

–¿Le gusta? –preguntó Mancha Negra. Estaba henchido de orgullo.

En el poblado se aglomeraban ahora sus residentes (yo conté cincuenta y tres), muchos de los cuales, sobre todo los más viejos, lucían turbantes y casacas negras y rojas. Mis amigos vieron abuelas con el rostro agrietado, muchachas de cara tersa, niños curiosos y hombres con los dientes manchados del jugo rojo del betel, que parecían como si tuvieran las encías sangrando por una enfermedad ulcerativa. La gente gritaba en lengua karen:

–¡Ha venido nuestro líder! ¡Él nos salvará!

Mis amigos sonreían ante la calurosa acogida, y decían:

–¡Gracias! Estamos muy contentos de estar aquí.

Tres niños se acercaron corriendo para verlos más de cerca. ¡Extranjeros en su poblado de la selva! Se quedaron mirando, maravillados. Sus jóvenes rostros eran solemnes y vigilantes, y en cuanto Moff y Wyatt se agacharon, los niños gritaron y salieron huyendo.

–¡Eh! –les gritó Wyatt–. ¿Cómo os llamáis?

Unas niñas con vestidos blancos de arpillera se mantenían a una distancia prudencial, evitando el contacto ocular. Cuando el hombre blanco no las miraba, se le iban acercando poco a poco, con tímidas sonrisas. Uno de los niños corrió hacia Moff, el más alto de los extranjeros, y en el juego universal de la osadía, le dio un palmotazo en la pantorrilla y escapó a toda prisa, con un chillido agudo, antes de que el ogro pudiera alcanzarlo. Cuando otro chico hizo lo mismo, Moff soltó un quejido y fingió estar a punto de desplomarse, para gran deleite de los niños.

Aparecieron otros dos pequeños, un niño y una niña de unos siete u ocho años. Tenían el pelo castaño cobrizo y los dos llevaban la ropa más limpia y con bordados más complicados que los demás. El niño vestía una larga túnica blanca y la niña un vestido occidental de comunión, con orlas de encaje. Vera advirtió consternada que los dos estaban fumando cigarros. En realidad, eran gemelos y, según las creencias de la tribu, eran divinidades. Con actitud resuelta, se abrieron paso entre los demás, cogieron a Rupert de la mano y lo llevaron a ver a la abuela de ambos, que estaba cuidando una marmita junto al fogón de piedra. La anciana regañó a los niños cuando los vio venir.

–No lo arrastréis de ese modo. Coged sus manos con respeto.

Cuando tuvo a Rupert delante, desvió con timidez la mirada y le señaló un tocón para que se sentara, pero el muchacho declinó la invitación. Se soltó de sus admiradores y se fue a recorrer el poblado.

Marlena estaba observando que, a excepción de los gemelos y la gente mayor, muy pocos lucían los trajes distintivos que suelen verse en la mayoría de los espectáculos folclóricos. ¿Sería ésa una tribu auténtica y no un grupo de gente vestida con ropa étnica? Los turbantes que lucían hombres y mujeres no eran decorativos, sino claramente funcionales. Parecían toallas sucias de baño turco, enrolladas sin la menor contemplación por la moda. Y las mujeres y las niñas que vestían sarongs habían escogido chillones motivos de cuadros o vulgares dibujos de flores. Los hombres llevaban harapientos pantalones de pijama y sucias camisetas sin mangas que les llegaban hasta las rodillas. Uno de ellos llevaba una camiseta que por delante tenía el escudo del MIT (Massachusetts Institute of Technology) y, por detrás, el logo de un congreso de informática. ¿Quién podía habérsela dejado allí? Sólo unos pocos iban calzados con chanclas de goma, lo que hizo recordar a Marlena las advertencias que recibía en su infancia a propósito de no tocar nunca con los pies descalzos la tierra del suelo, so pena de que gusanos minúsculos le horadaran las plantas de los pies, le subieran reptando por las piernas y le llegaran al estómago, para luego continuar su recorrido hacia arriba, hasta alojarse en el cerebro.

Moff se acercó un poco más a las casas de los árboles. Cuando finalmente comprendió cómo estaban construidas, se entusiasmó enormemente y llamó a Heidi.

–Mira –le dijo, señalando las raíces–. Son higueras estranguladoras. Las he visto en Sudamérica, pero éstas son absolutamente colosales.

–Estranguladoras... –repitió Heidi, con un estremecimiento.

–¿Ves allá arriba?

Entonces, Moff le explicó que las semillas arraigaban en las fangosas grietas del árbol huésped. Después, las raíces aéreas se extendían hacia abajo y rodeaban el tronco, y a medida que el árbol parasitado crecía, las raíces vasculares se iban haciendo cada vez más gruesas y su abrazo se volvía mortal.

–Más o menos como el matrimonio en el que estuve metido hace un tiempo –dijo Moff.

Después, siguió explicándole que el árbol huésped moría sofocado y que se descomponía, gracias a un ejército de insectos, hongos y bacterias, que dejaban solamente el esqueleto del tronco.

–El resultado es ese hueco –dijo Moff–, una acogedora cabaña para roedores, reptiles, murciélagos y, por lo que se ve, para los residentes de esta selva.

Levantó la vista y emitió un silbido de admiración.

–¡Me encanta esto! –añadió–. He escrito algunos artículos sobre el dosel de los bosques lluviosos. Mi objetivo es conseguir que me publiquen alguno en la revista *Weird Plant Morphology*.

En otro rincón del pequeño poblado resonaron gritos de júbilo. La tribu contemplaba a Rupert, mientras éste cortaba varas de bambú con un machete que le había dado Mancha Negra. A cada machetazo, la tribu estallaba en aclamaciones.

–Ya veis lo fuerte que es –señaló Mancha Negra en karen–. Es otro signo de que es el Hermano Menor Blanco.

–¿Qué otros signos has visto? –preguntó un hombre de mediana edad.

–El libro y las cartas de los nats –respondió Mancha Negra–. Primero hizo que se manifestara el Señor de los Nats, y después hizo que desapareciera y saltara a otro sitio.

Más gente se acercó al grupo, para ver al Reencarnado.

–¿De verdad es él? –se preguntaban unos a otros los habitantes de la selva.

–Se nota que lo es –dijo una mujer joven–, porque tiene las cejas espesas e inclinadas, como los hombres prudentes.

–Parece un artista de televisión –dijo otra mujer, soltando una risita tímida.

–¿Ése es el libro de los Escritos Importantes? –preguntó un hombre.

Mancha Negra explicó que esta vez el Hermano Menor Blanco había decidido traer consigo un libro negro, en lugar de uno blanco. Era parecido al que había perdido el Hermano Mayor, pero éste llevaba por título *Misery*, «desdicha», en alusión a las viejas Lamentaciones. Mancha Negra sólo había podido leer un poco, pero, por lo que había visto, deducía que el libro versaba sobre los sufrimientos de su pueblo durante los últimos cien años. Si era así, serían los Nuevos Escritos Importantes.

–Pero ¿qué le has visto hacer? –preguntó un hombre que sólo tenía una pierna–. ¿Cómo era el signo?

–Estaban en los muelles, en la ciudad de Nyaung Shwe –les informó Mancha Negra–, y el Hermano Menor reunió fácilmente una muchedumbre a su alrededor, como sólo los grandes líderes pueden hacerlo. Habló con gran autoridad e instó a la gente a creer en su magia.

Justo en ese momento, Rupert pasó por su lado.

–Por favor, señor –le dijo Mancha Negra en inglés, mientras imitaba con las manos el gesto de abrir en abanico una baraja–, ¿será posible mostrar a nosotros la desaparición de las cosas?

–Supongo que sí –respondió Rupert, encogiéndose de hombros.

Sacó el mazo del bolsillo y empezó a barajar las cartas por el aire, haciéndolas saltar.

La tribu estalló en gritos de agradecimiento. Por fin recuperarían la fuerza. Ya no tendrían que comer los frutos podridos del Árbol del Juicio. Para los karen, era evidente que el destino había conducido a Rupert a su poblado. Tenía el mazo de cartas, los Escritos Importantes y las cejas inclinadas. Durante años, aquel grupo desgajado de otros grupos había buscado signos. Sus miembros habían estudiado con atención a cada extranjero que arribaba a los muelles de Nyaung Shwe, el lugar que un siglo antes había recibido la llegada de un extranjero, el Hermano Menor Blanco. Podrían haber interpretado como un signo cualquier otra cosa, por ejemplo, un joven rubio con americana blanca y sombrero de paja, o también un hombre con bastón dorado, bigote cuidadosamente recortado y una pequeña cicatriz semejante a un gusano debajo del ojo izquierdo. Igualmente convincente habría sido cualquier truco de ilusionismo, sobre todo la capacidad de cambiarle el sombrero a alguien sin que la persona lo notara, o de abrir un libro y crear la impresión de que Dios estaba pasando las páginas con su aliento. Esa gente tan ansiosa de cualquier clase de esperanza veía lo que quería ver: los signos, la promesa... ¿Acaso no los vemos todos? Esperamos ver signos de que nos salvaremos, o de que estaremos protegidos de futuros daños, o de que gozaremos de inusual buena suerte. Y a menudo los encontramos.

Los habitantes de Nada formaron una fila para estrechar las manos a los visitantes y por señas les indicaron que se acercaran.

–Usad la mano derecha –les aconsejó Bennie–. En algunos países, la izquierda se considera intocable.

Mis amigos hicieron tal como Bennie les había sugerido, pero sus anfitriones usaron las dos manos para estrecharles la mano derecha. Les sacudían la mano suavemente, arriba y abajo.

–*Dah ler ah gay, dah ler ah gay* –susurraba la gente de la jungla, y a continuación hacía una pequeña reverencia.

A Marlena la sorprendió sentir la aspereza de su piel, incluso en los niños. Tenían las manos encallecidas y cubiertas de cortes. La conmocionó ver a un hombre que sólo tenía dos dedos huesudos en una mano, y que le apretó la suya como si quisiera quedarse con tres de sus dedos de repuesto.

Marlena, que estaba junto a Rupert, notó algo curioso mientras recorrían la fila de sus anfitriones. Cuando le daban la mano a Rupert, los karen bajaban la vista, se tapaban la boca y hacían una reverencia mucho más profunda. Primero pensó que sería el saludo reservado a los hombres, pero después vio que a Moff y a Dwight les dedicaban las mismas leves inclinaciones que a ella, y nadie parecía tener problemas en mirarlos directamente a los ojos. ¡Quién sabe cuántos tabúes y costumbres había en el poblado!

Unas niñas descubrieron la perrita que Esmé llevaba abrazada contra el pecho.

–¡Bu-bú, bu-bú! –gritaron, señalándola.

Todos rieron, excepto Esmé. Varios niños intentaron acariciarla, pidiéndole permiso a Esmé con la mirada.

–Está bien, pero sólo la cabeza –las instruyó Esmé con firmeza y expresión vigilante–. Así, con suavidad.

La perrita lamió la mano de cada niño como si fuera una bendición.

Roxanne le hizo señas a Mancha Negra para que se acercara y le enseñó la cámara.

–¿Puedo filmarlos? ¿No les importará?

–Sí puede. Por favor –respondió él, haciendo un amplio gesto con las manos, como para sugerirle que podía filmar todo lo que estaba a la vista.

Primero Roxanne hizo una panorámica, girando sobre sí misma para hacer una toma de trescientos sesenta grados, al tiempo que narraba dónde se encontraban y lo amables y acogedores que habían sido los karen. Entonces vio a Dwight.

–Cariño –le dijo–, ¿puedes ponerte al lado de esas mujeres que tienes detrás?

Él conocía la estratagema. En lugar de filmarlo a él, Roxanne quería captar a las mujeres lugareñas en actitud natural. Pero en cuanto pulsó el botón de grabar, las ancianas comenzaron a saludar, mirando directamente a la cámara.

–¡Qué actrices! –dijo Roxanne, devolviéndoles el saludo–. Ésta es la tribu karen. Como podéis ver, todo es realmente primitivo por aquí, intacto por el siglo XX. Estamos en este precioso lugar... –prosiguió su narración, para la película.

Wyatt y Wendy estaban hablando con dos muchachas.

–América –dijo, señalándose a sí misma–. América –añadió después, señalando a Rupert.

–Méraga, Méraga –repitieron las chicas.

Mancha Negra les explicó en su dialecto:

–Son de Estados Unidos.

–Eso ya lo sabemos –repuso una de las chicas–. Ahora nos están diciendo sus nombres. Los dos se llaman igual.

–¡Qué gente tan amistosa! –señaló Wyatt, mientras dejaba a dos niños mirar la foto que acababa de hacer con su cámara digital.

El resto de mis amigos también estaban entregados a la tarea de conocer a los lugareños, procurando sacar el máximo partido a la actividad cultural. Bennie intentó comprar un par de cosas que le parecieron interesantes (una taza de bambú, un cuenco de madera...), pero cuando preguntó el precio, con la intención de pagar el doble de lo que le pidieran, los dueños de los objetos insistieron en regalárselos.

–¡Son tan generosos! Y su generosidad vale el doble porque son pobres –le comentó a Vera.

Casi toda la atención, naturalmente, se concentraba en Rupert. La gente lo rodeó y lo llevó hacia una larga tabla tallada, donde lo esperaba un banquete, o al menos lo que una tribu atormentada por años de penurias consideraba un banquete. Mancha Negra formuló la invitación:

–Por favor, nosotros lo estamos invitando a comer, señor.

A mis amigos, el festín de la jungla no les pareció muy bien preparado, pues consistía en una sucesión de lo que Moff llamaba «carnes misteriosas» y sustancias verde-grisáceas, algunas brillantes, otras fangosas, y ninguna de ellas con aspecto de ser comestible. Aun así, pronto descubrirían que la comida era en realidad deliciosa. Había hierbas de la estación, arroz gomoso y hojas de varios árboles y arbustos de la selva. También había, en primorosos cuencos fabricados con los nudos ahuecados de los árboles, tubérculos y semillas, tallos y brotes, pequeñas yemas sabrosas como los pistachos o las almendras, y setas de todo tipo, recogidas al pie de los árboles, desecadas y conservadas para ocasiones como ésa. En las bandejas más grandes, había juncos tiernos, y en el otro extremo de la mesa larga y estrecha, había cuencos con raíces, huevos fermentados en rodajas, larvas asadas y una valiosa gallina. Para dar color y sabor a los manjares, se habían utilizado todos los condimentos y conservas almacenados en la cocina primordial: pasta de camarones, cúrcuma, pimientos picantes, curry, copos de ajo seco en lugar de ajo fresco, verduras en conserva, pimentón, sal y azúcar. Al lado de la gallina, el más preciado de los platos era el talapaw, una sopa de verduras preparada por la abuela de los gemelos, conocedora de las proporciones exactas de especias y pimientos, que había pellizcado con los dedos y mezclado con arroz machacado, salsa de pescado y judías verdes, ingredientes traídos por Mancha Negra en su última incursión a la ciudad. Para amalgamar tantos sabores diversos, en medio de la mesa había una gran fuente de arroz blanco.

La abuela de los gemelos le indicó a Rupert que fuera el primero en llenar su cuenco.

—Vale —dijo él en tono uniforme—. Ahora mismo empiezo.

Después del primer bocado, arqueó las cejas.

—No está mal —dijo después del segundo.

Las chicas que estaban a su lado no levantaban la vista; aun así, se les iluminó la cara y rieron con timidez cuando él asintió y expresó su agrado levantando el pulgar. Dos niños imitaron su gesto.

Marlena se inclinó y le dijo a Moff:

—Creo que Rupert ha encontrado admiradoras.

Cuando terminó la comida, Roxanne empuñó la cámara, para captar el feliz momento. Bennie se situó junto a la mesa del banquete, que todos señalaban, saludó a la cámara y exclamó:

—¡Hola, mamá! ¡Lo estamos pasando en grande! Y la comida es muy buena. ¡Nos encanta!

Marlena intentó pensar en algo que decir a propósito de las higueras estranguladoras.

—Nuestra nueva casa... —dijo en tono jocoso, indicando la maraña de raíces aéreas—. El alquiler es supereconómico. El jardín es enorme y hay un montón de árboles. Hemos decidido instalarnos.

A Rupert lo sorprendió la cámara enseñando otro truco de cartas a la tribu. Miró al objetivo y sonrió.

—Tal como me están yendo las cosas, no creo que vaya a irme nunca de este sitio.

De pronto, se oyó el grito agudo de un niño y todos guardaron silencio. Las cabezas se volvieron hacia el niño de pelo cobrizo con un cigarro humeante colgando de la boca. Estaba de pie sobre un tocón, con aspecto trastornado. Se balanceaba adelante y atrás. Su hermana gemela se subió a otro tocón y también comenzó a balancearse. Con la vista fija en el vacío, el niño parecía estar en trance, mientras movía el torso al ritmo de su plañidero canto. Los habitantes de la jungla cayeron de rodillas, cerraron los ojos, juntaron las manos y empezaron a rezar. La abuela de los gemelos se puso en pie y se dispuso a hablar.

–Empieza la función navideña –anunció Moff–. Ésta debe de ser la escena del pesebre.

Mis amigos miraron a su alrededor. ¿Quiénes eran aquellas gentes? No podían comprender lo que estaban haciendo los gemelos, aunque indudablemente les parecía muy extraño. Sin embargo, yo misma había podido comprobar, cada vez con más frecuencia, que con la actitud adecuada, la Mente de los Otros y un oído atento a las conversaciones ajenas es posible conocer muchas verdades.

11. Todos permanecieron unidos

El niño estaba rezando, pero no a una deidad budista, como podría haberse supuesto, sino al Dios cristiano, al Gran Dios, y a su emisario, el Hermano Menor Blanco, Señor de los Nats. La suya era una tribu renegada, que no tenía una religión ortodoxa, pero había generado un panteón propio en el transcurso del último siglo. Así pues, sus miembros creían en los nats, las brujas y los espíritus verdes, como malhechores y portadores de desgracias. Adoraban al Señor de la Tierra y el Agua: «Señor, lamentamos haber tenido que talar los árboles jóvenes, pero te suplicamos que no permitas que la tierra fértil y los cultivos se escurran por la ladera.» Habían dado gracias a la Abuela de las Cosechas, cuando aún tenían campos: «Te rogamos que nos mandes buena lluvia, buen arroz, ningún insecto picador y pocas malezas pegajosas.»

También creían en el Hermano Menor Blanco, que formaba parte de su mitología desde hacía cientos de años. Antaño habían tenido una escritura elegante, y no los garabatos semejantes a huellas de pollo que algunos utilizaban ahora. Sus historias estaban contenidas en los tres libros de los Escritos Importantes. En esos escritos residía su fuerza y su protección contra las fuerzas del mal. Se decía que los libros habían quedado bajo la custodia de dos hermanos celestiales, pero distraídos, que los habían perdido, dejándolos en un sitio donde fueron devorados por las fieras salvajes o por las llamas de un fogón. Estaba vaticinado que algún día el Hermano Menor Blanco regresaría con una copia de los Escritos Importantes, que devolvería a la tribu su poder.

Como pueden imaginar, los misioneros que fueron llegando a lo largo de los años encontraron una congregación ansiosa por aceptar a Jesús y estudiar la Biblia. La tribu confundía a cada uno de los pastores con el Hermano Menor Blanco. Tal como hacía con Buda, la tribu llevaba ofrendas al Gran Dios para ganar mérito; de ese modo, también los misioneros ganaban mérito y se sentían felices. La tribu apreciaba por encima de todo el consenso y el respeto mutuo. Cuando un pastor moría (como habían muerto muchos, de malaria, de fiebre tifoidea o de disentería), la tribu esperaba pacientemente su regreso bajo la forma del Reencarnado. En 1892, se instaló entre los karen el que sería el más influyente de los Hermanos Menores Blancos.

Había nacido en Inglaterra, como un niño corriente, y se llamaba Edgar Seraphineas Andrews. El extraño segundo nombre se lo debía a su madre, que estaba segura de haber muerto mientras le estaba dando a luz y de haber sido devuelta milagrosamente a las orillas de la vida por un ángel de grandes alas, que la había enganchado por el cuello y la había arrancado de las frías garras de la muerte. Ése era el serafín. El resto de su nombre le venía de su padre, Edgar Phineas Andrews. Su familia no tenía título nobiliario, pero poseía una enorme fortuna. En sus primeros tiempos, Andrews padre había destacado por su encanto, el prodigioso brillo de su conversación y su esplendidez. Con el apoyo de su esposa, solía invitar a batallones de huéspedes, para celebrar semanas enteras de divertidas fiestas, en las que todos se vestían con los extravagantes trajes de los nativos de cualquiera de las colonias que hubiese sido elegida como tema del festejo. Sin embargo, con el paso de los años, su brillo social se fue eclipsando al mismo ritmo que su cuenta bancaria. Embarcado en un negocio especulativo, sufrió un revés devastador. Se acabaron los bailes de disfraces llenos de risas, y también las risas, pues ya no quedaban sirvientes que se ocuparan de prepararlas, mantenerlas y eliminarlas. No quedó ni un mayordomo, ni un mozo, ni una cocinera, ni una doncella, ni un jardinero, ni un palafrenero. Matilda Andrews cayó en un perpetuo estado de mortificación y se pasaba el día entero en sus habitaciones, hablando con las esposas de los dignatarios en los espejos. El joven Seraphineas se encerró en sí mismo y se dedicó a leer. Leía libros de magia, pues para él la magia era el arte de birlarle el dinero a los ricos tontos. Ensayó muchos de sus trucos con su padre, un sujeto muy adecuado, como él mismo se había encargado de demostrar.

En 1882, Phineas Andrews fue invitado a Rangún por un viejo y leal amigo suyo, un capitán del Raj británico, que lo animó a ser testigo del coraje de los soldados que servían a su majestad en las junglas salvajes de Birmania. Phineas se enamoró a primera vista de Birmania y de sus porches, de sus días perezosos, sus palanquines y su cortés deferencia hacia los británicos. Fundó un pequeño negocio de exportación de abanicos de plumas, confeccionados con la maravillosa variedad de aves de esa tierra tropical. Al poco tiempo, su negocio ya abarcaba otros lujos exóticos: taburetes de patas de elefante, lámparas de monos disecados, alfombras de piel de tigre y tambores fabricados con los cuencos de dos cráneos humanos, que producían un sonido diferente de cualquier otro. Muchos artículos se quedaban sin vender, pero el margen de ganancias era suficiente para que Phineas volviera a ser un hombre acaudalado. En aquella pequeña sociedad, la familia Andrews no tardó en ser elevada a la categoría de los grandes personajes. Tenían veinte sirvientes (podrían haber tenido cien, de haberlo querido) y vivían en una casa con un número tan enorme de habitaciones y jardines que la mayoría no cumplían ninguna función.

Phineas no era mala persona, sino únicamente disoluto e inepto. Pero el menor de sus tres hijos era «la piel del diablo», según lo definiría más tarde uno de sus estafados. Todos los encantos que había tenido su padre para organizar recepciones, Seraphineas los utilizaba para sacar provecho de la gente. Mientras que el padre solía convencer a los invitados de sus fiestas de que era el jeque de Arabia, el hijo era capaz de convencer a los miles de miembros de una tribu de que era el Todopoderoso Señor de los Nats.

Habiendo pasado buena parte de su infancia en Birmania, Seraphineas Andrews sentía inclinación por el libertinaje en dos culturas. Se habituó a fornicar con señoras de vida ligera, a seducir a las casadas, a fumar opio y a beber absenta. En Mandalay, aprendió a hacer trucos observando a ilusionistas de todas las nacionalidades y pelajes, y pronto fue capaz de enredar incluso a los tahúres más experimentados. Hallaba su oportunidad en las milésimas de segundo entre un movimiento y otro, y conocía el poder de la distracción psicológica y las cortinas de humo verbales. Lo que su padre había perdido por culpa de la especulación él lo recuperó con creces mediante la manipulación. Las reservas de gente crédula en el mundo eran fantásticamente inagotables.

Seraphineas Andrews tenía por costumbre determinar rápidamente las creencias religiosas, místicas y supersticiosas de la gente, pues había descubierto que las ilusiones ajenas añadían interesantes giros a sus trucos de ilusionismo. A veces daba golpes sobre una Biblia, para pedirle a Dios que colocara la carta adecuada en la mano de la víctima. Otras veces hacía desaparecer un reloj del bolsillo de un caballero, para luego hacerlo aparecer en la mano de Buda. Cuantas más creencias tenía la gente, más fácil resultaba engañarla.

Un día, estaba realizando su repertorio habitual de trucos, con un mazo de cartas en una mano y una Biblia en la otra. Apoyó la Biblia en la mesa, la abrió por los Salmos y, mientras barajaba e instaba a Dios a manifestarse ante los descreídos, una exhalación de su propio aliento hizo que varias páginas se levantaran y se volvieran. No lo había hecho deliberadamente, pero al instante, dos docenas de nuevos creyentes sintieron la mano de Dios que los agarraba por el cuello.

A partir de entonces, Seraphineas Andrews practicó y perfeccionó un truco al que llamaba «el Aliento de Dios». Al principio, era capaz de volver una sola de las finas páginas de la Biblia desde unos treinta centímetros de distancia. Después aumentó la distancia al doble y aprendió a exhalar el aire por la comisura de la boca, sin el menor signo de estar hinchando las mejillas o redondeando los labios. Con el tiempo, podía estar hablando y, entre palabra y palabra, dirigir el aire hacia atrás y pasar las páginas de la Biblia, desde el Viejo hasta el Nuevo Testamento, a metro y medio de distancia.

Había descubierto que cambiar las creencias de las personas le resultaba embriagador, mucho más gratificante que realizar trucos que sólo suscitaban un pasmo momentáneo. Durante un tiempo, consiguió convencer a una serie de jóvenes damas de que era la voluntad de Dios que le concedieran sus favores íntimos, y que podían hacerlo sin pagar precio alguno, porque Dios, como ya verían, les devolvería la pureza en cuanto hubiesen entregado su don. De ahí pasó a engatusar a viudas dolientes, quitándoles el dinero del banco, a cambio de una reunión con sus maridos fallecidos, que enviaban saludos y se despedían a través de las páginas movedizas. Después tuvo una banda de muchachos que obedecían sus órdenes, desde atracar bancos hasta matar a puñaladas a un hombre que había amenazado con delatarlo como impostor. Cuando los amigos del difunto empezaron a investigar, el retorcido dedo del destino señaló a Seraphineas Andrews, que huyó a la jungla birmana.

Seraphineas Andrews conocía el mito del Hermano Menor Blanco y se daba la afortunada coincidencia de que a él lo consideraban blanco. Así pues, en un animado día de mercado, Andrews instaló una iglesia improvisada. Abrió una mesa plegable, colocó una pila de doce naipes en un extremo y una Biblia abierta en el otro.

–En vuestras aldeas –entonó– tenéis muchos nats, que sólo buscan perjudicaros y haceros daño.

Con un golpe seco de un solo dedo, abrió las cartas en abanico.

–Aquí he captado sus imágenes –añadió.

La multitud contempló los rostros: el Rey de Picas, la Dama de Picas, el Hijo del Rey de Picas... Después, Andrews invocó al Padre Eterno y a Jesús Nuestro Señor, para que lo reconocieran como el Hermano Menor Blanco, que había llegado para librar del mal a aquellas almas.

–¡Enviadme una señal de que soy el elegido para dirigir al Ejército del Señor!

Levantó la vista al cielo. Las páginas se estremecieron y se quedaron inmóviles, pero en seguida empezaron a pasar a toda velocidad.

Había otro signo que Seraphineas Andrews solía utilizar. Localizaba al más bravucón de los hombres del público y le pedía que escogiera una carta de un mazo de cincuenta y dos. La carta elegida era siempre el rey de tréboles, una de las coloridas cartas que representaban a un nat. Después, le pedía que eligiera otra carta, que invariablemente era el dos de diamantes. Le indicaba a continuación que ocultara esta última carta detrás de su espalda, en el turbante, bajo uno de sus zapatos o donde quisiera. Entonces, Seraphineas deslizaba el rey de tréboles entre el resto de las cartas y barajaba el mazo. Después, le daba un golpe a la carta superior y le pedía al hombre que le diera la vuelta. Invariablemente, el dos de diamantes que el hombre supuestamente había ocultado aparecía allí, mientras que la carta oculta resultaba ser la del nat. Seraphineas Andrews preguntaba entonces a la multitud:

—¿Creéis ahora que soy el Señor de los Nats, al que todos los nats obedecen?

Y las páginas de la Biblia abierta empezaban a pasar una tras otra, exigiendo una respuesta.

Pronto el Señor de los Nats tuvo una congregación en rápido crecimiento. Sus seguidores se hacían llamar el Ejército del Señor, un subgrupo de los karen que eran a la vez sus hijos amados y sus soldados en la batalla. Sus doctrinas contenían la combinación exacta de elementos para mantener bajo el más absoluto control a un pueblo oprimido: miedo a la exclusión, normas estrictas de obediencia, castigos severos para todos aquellos que dudaran, banquetes rituales, manifestación de milagros y promesa de inmortalidad en un Reino de Arrozales Eternos. En pocos años, la grey de Seraphineas Andrews sumó millares de fieles, reforzada por los numerosos «hijos del Señor de los Nats», el centenar aproximado de bebés concebidos por Seraphineas Andrews y sus dos docenas de esposas perpetuamente vírgenes.

Si algo bueno puede decirse de Seraphineas Andrews es que construyó escuelas y hospitales. Permitió que sus hijas y, con el tiempo, todas las niñas asistieran a la escuela, para aprender a leer, escribir y sumar. La enseñanza era una mezcla variopinta, una colisión entre el inglés y el birmano, pero no se pueden negar las bondades de la educación, aunque se imparta en un idioma híbrido.

Hay otro misterio relacionado con Seraphineas, que nunca se ha despejado con un mínimo grado de certeza. Se refiere a un libro escrito en tono ingenioso y corrosivo, publicado en Estados Unidos por un tal S. W. Erdnase y titulado *Artificios, artimañas y subterfugios con las cartas*, que evidentemente era obra de una mente cultivada. Nadie ha podido determinar la identidad de S. W. Erdnase, pero algunos han señalado que «S. W. Erdnase» es «E. S. Andrews» leído al revés.

Como resultado de sus estafas o sus derechos de autor, Seraphineas disponía de dinero para comprar mercancías en Norteamérica, que un amigo le expedía a Birmania. Todos los años llegaban grandes cajas de madera con libros de texto, pizarras, medicinas y nuevas provisiones de sus comidas favoritas. También había vestidos blancos con adornos de pasamanería para sus esposas vírgenes, así como las últimas novedades de la moda para su guardarropa, todo en blanco marfil: camisas de hilo, americanas, chalecos, corbatines y un sombrero panamá. Los botines de cabritilla siempre eran negros. El bastón era de ébano y oro, con mango incrustado de marfil.

Un día, estando de picnic con varias de sus esposas favoritas y varios de sus hijos, se adentró en la jungla y nunca más regresó para terminarse la merienda. Al principio, nadie se preocupó demasiado. El Señor de los Nats tenía el poder de la invisibilidad. Con frecuencia desaparecía, cuando los soldados del Raj británico acudían para arrestarlo por estafa y asesinato. Incluso había concedido parte de sus poderes de invisibilidad a sus hijos. Pero esa vez pasaron demasiadas horas, las horas se convirtieron en días y los días en semanas y en meses. Nunca se encontró el menor rastro de él, ni un jirón de su ropa, ni un zapato, ni un hueso, ni un diente. Los Escritos Importantes también desaparecieron. En años posteriores, cuando llegó el momento de ampliar los mitos, varios de sus seguidores recordaron haberlo visto volando junto a blancas aves angélicas, en dirección a la Tierra Más Allá del Último Valle, hacia el Reino de la Muerte, a cuyo soberano iba a doblegar. Pero regresaría, decían los fieles, no había nada que temer, porque así lo aseguraba el libro de los Escritos Importantes. Y cuando regresara, lo reconocerían por los tres Signos Sagrados, fueran cuales fuesen esos signos.

Aunque muchos misioneros habían llegado y partido hasta entonces, la influencia de Seraphineas Andrews fue la que prevaleció en este subgrupo de los karen. Sus prosélitos siguieron siendo conocidos como «el Ejército del Señor», pero sus auténticos descendientes eran pocos, ya que la mayoría habían sido asesinados durante las épocas de revuelta. Los gemelos de cabello cobrizo eran dos de los que quedaban, del linaje del Señor de los Nats y su Más-Más Favorita Concubina, muy superior en rango a la Más Favorita Concubina y algo menos importante que la Más-Más Apreciada Esposa. Así lo explicaba la abuela de los gemelos, que no pertenecía a la línea paterna y no era, por tanto, de estirpe divina. Pero había sido ella quien bautizó con el nombre de «Botín» al niño y de «Rapiña» a la niña, palabras occidentales que aludían a la acción y el efecto de «obtener bienes de gran valor durante una guerra». Así evitaba ella que los niños se convirtieran precisamente en eso, según explicó a la tribu y al Hermano Menor Blanco.

–Todos reconocieron que Botín y Rapiña eran divinidades –contó la abuela–. Hubo tres signos...

»El primero fue su doble nacimiento con salud, en tiempos de penuria. Aquéllos fueron largos días de hambre; pero en el preciso instante en que ellos dos vinieron al mundo, un pájaro grande y jugoso cayó del cielo (borracho de fruta fermentada) y aterrizó cabeza abajo y patas arriba, justo dentro del fogón. No hubo más que sacarlo, sacudirle la ceniza y meterlo en la olla.

»Ni una sola lágrima, ése fue el segundo signo. Los gemelos no han llorado nunca. ¿Cómo es que los dioses no necesitan llorar? Eso no lo sé. Pero ellos no han llorado nunca. Ni cuando eran bebés. Ni cuando han tenido hambre. Ni cuando se han caído y se han roto la nariz o un dedo del pie. Ni cuando murió su padre, ni cuando murió su madre. Habría sido muy extraño en cualquier otra persona, pero no cuando eres una divinidad.

»Pero la mayor prueba se manifestó cuando vinieron los soldados y nos persiguieron hasta el río. Fue hace tres años, cuando aún vivíamos en el extremo sur del estado Karenni, al sur de donde estamos ahora, antes de que volviéramos al hogar del Hermano Menor Blanco. En aquella época, vivíamos en la llanura. Allá abajo estaban construyendo el gran oleoducto hacia Tailandia, y muchas aldeas estaban siendo incendiadas, para dejarle sitio. Mi marido, que era nuestro jefe, nos dijo que el ejército del SLORC no sólo quemaría nuestras casas, sino que nos obligaría a trabajar en el oleoducto. Sabíamos lo que les pasaba a los que trabajaban en la obra: pasaban hambre, los azotaban, enfermaban y morían. Entonces, trazamos un plan. Nos negaríamos a ir, ése era el plan. Nos llevaríamos a la montaña y a lo más profundo de la jungla nuestras mejores cosas: nuestros utensilios de cocina, nuestros útiles de labranza... Y dejaríamos solamente unos pocos trastos, para hacerlos creer que íbamos a regresar.

»Nosotros, agricultores de la llanura, nos fuimos a vivir a la jungla como las tribus de las montañas. Nos instalamos junto a un río y aprendimos a nadar en el agua lenta y verde. Nos bañábamos todos los días en la corriente y el agua nunca era profunda. Habíamos preparado otro plan: si venían los soldados, saltaríamos al río para escapar. Pero el día en que llegaron los soldados, el río corría como un demonio trastornado. Era la estación del monzón. Aun así, huimos hacia el agua cuando los soldados vinieron por nosotros. Yo cogí a Botín y a Rapiña, y el río nos cogió a nosotros, y ya no hubo tiempo para distinguir lo que estaba arriba de lo que estaba abajo, mientras íbamos rodando.

»Algunos de los aldeanos agitaban los brazos, otros chapoteaban y yo me aferraba al borde de un jergón de bambú, que era donde Botín y Rapiña iban sentados. ¿De dónde sacamos ese jergón? En ese momento no me lo pregunté, ni lo había hecho hasta ahora, pero ahora os digo que el Gran Dios debió de dárselo a Botín y a Rapiña, pues no había ninguna razón para que me lo diera a mí.

»Así pues, Botín y Rapiña iban montados en su jergón, y yo iba agarrada a un borde, un simple pellizco del borde, poniendo mucho cuidado para que no volcaran. Yo veía a toda la aldea moviéndose por el río como un solo hombre, y entonces tuve una visión, o quizá fuera un recuerdo. Nos vi a todos en el campo, el primer día de la cosecha, que no había quedado muy atrás, ni tampoco estaba muy lejano en el futuro. En aquel campo también agitábamos los brazos, moviéndonos entre oleadas de cereal maduro. Nos movíamos como una unidad, porque éramos el campo y éramos el cereal, así es como lo recordaba yo. Pero allí estábamos de nuevo, toda nuestra aldea, nuestro jefe, mi familia y las caras tan queridas de las chicas que habían batido conmigo el arroz desde la época en que vestíamos los más diminutos vestiditos blancos. Ahora estaban batiendo el agua blanca a mi lado, para mantener las cabezas a flote.

»Esas queridas chicas y yo vimos a los soldados verdes correr por la ribera. ¡Qué enfadados estaban de que hubiésemos escapado! Habíamos saltado al río y les habíamos arruinado la diversión. Ahora iban a tener que esperarse a otro día. Me dio mucha risa, y a las chicas también. Se les arrugaron los ojos en una sonrisa. Sobre sus viejas caras había un velo de agua de un brillo maravilloso, que fluía desde la coronilla, bajaba por los ojos y caía en la copa de la boca abierta y feliz. Con esos velos brillantes, mis viejas hermanas volvían a tener caras jóvenes, como la primera vez que nos pusimos los chales de campanitas. Fue para el funeral de uno de nuestros mayores, que era viejo, viejísimo. Las chicas caminábamos alrededor del difunto, fingiendo dolor y sacudiendo los flecos del chal para hacer sonar los cascabeles. Los chicos caminaban en sentido contrario, tratando de robarnos una sonrisa y contando las que conseguían. ¡Cuánto nos alegrábamos de que aquel viejo viejísimo finalmente hubiese tenido la sensatez de morirse!

»Antes de que nos diéramos cuenta, los años habían pasado y allí estábamos nosotras, en el agua endemoniada, con más de cincuenta años, la misma edad que el muerto. Y los chicos corrían ahora por la ribera, con sus feos uniformes verdes. Los vimos apuntar contra nosotras las narices de sus fusiles. ¿Por qué lo hacían? Cada nariz estornudaba un poco, así, arriba y abajo, arriba y abajo, pero sin ningún sonido. Ningún estallido, ningún silbido, sólo un velo de agua que se volvía rojo, y luego otro, y yo que no salía de mi asombro. ¿Por qué no se oía ningún ruido? Ningún *paf-paf*. Mis hermanas temblaban, tratando de conservar el espíritu dentro del cuerpo, y yo intentaba agarrarlas para que resistieran; pero de pronto, después de hacer un gran esfuerzo, se quedaron inertes, asimismo.

»Cuando recobré el sentido, vi que los gemelos y su jergón ya no estaban. Aparté de un empujón a mis pobres hermanas, para ver si Botín y Rapiña estaban debajo. Los soldados todavía nos apuntaban con sus fusiles. A mi alrededor, la gente de la aldea agitaba los brazos en el agua, pero no para alejarse, sino para llegar cuanto antes a la orilla. Quizá mi marido les había dicho que lo hicieran. Todo el mundo escucha al jefe y nadie discute. Quizá les había dicho: «Trabajaremos en el oleoducto y ya pensaremos en otro plan más adelante.» Dijera lo que dijese, yo los vi subiendo a la orilla. Permanecían unidos, porque así somos nosotros. Yo también lo habría hecho, pero antes tenía que encontrar a Botín y Rapiña. El Gran Dios me había dicho que tenía que hacerlo.

»Así que me quedé en el agua, respetando la voluntad del Gran Dios, contra la mía propia. Sólo un soldado apuntó contra mí la nariz de su fusil, pero era muy joven, y en lugar de un estornudo pequeño, su arma soltó un estornudo enorme, de manera que sólo pudo disparar contra el cielo. Vi que nuestra aldea ya estaba en llamas. La techumbre de las casas se estaba quemando, y también los cobertizos del arroz, que desprendían una humareda negra. Vi a mi familia y a los otros aldeanos arrastrándose a gatas hacia los soldados. Estaban mi marido, mi hija, mi yerno, mi otra hija, los cuatro hijos varones de mi hermana, la que batía el arroz, y su marido, que todavía miraba atrás, buscándola. Vi que algunos caían al suelo de cara. Pensé que los habrían derribado de una patada. Uno a uno fueron cayendo y por cada uno gritaba yo un ¡ay! Uno a uno, los iba dejando atrás. Y aunque hubiese intentado volver nadando, la corriente era demasiado fuerte y me arrastraba como a una barca vacía.

»Pensé en dejarme caer al fondo del río. Pero entonces los oí, a Botín y a Rapiña. Reían como los cascabeles de los chales. Estaban todavía sobre el jergón, dando vueltas en un remolino. Cuando los alcancé y los hube revisado un par de veces para asegurarme de que no tuvieran agujeros, me puse a llorar y a llorar, porque me sentía muy feliz, y después seguí llorando y llorando, porque me sentía muy triste.

»Ese día supe que Botín y Rapiña tenían el poder de resistir las balas y también el de desaparecer. Por eso los soldados no los vieron. Por eso todavía están aquí. Son divinidades, descendientes del Hermano Menor Blanco, que también sabía desaparecer. Claro que como Botín y Rapiña todavía son niños y, además, bastante traviesos, suelen desaparecer cuando menos lo quiero. Pero ahora que el Hermano Menor Blanco ha venido, puede enseñarles a desaparecer como es debido. Ya va siendo hora de que aprendan.

»¿Por qué sigo yo aquí? Yo no tengo poderes divinos. Eso no es para mí. Creo que el Gran Dios me salvó para que pudiera cuidar a Botín y a Rapiña, y eso es lo que hago. Nunca les quito la vista de encima.

»También quería que yo viviera para que contara esta historia. Si no estuviera yo para contarla, ¿quién lo haría? ¿Y quién la conocería entonces? Ya he pasado la edad en que casi todos se marchan, lo cual es otra prueba de la voluntad del Gran Dios. Me ha pedido que diera testimonio de lo que sé, pero sólo de las partes importantes, y no de todo eso de las chicas y lo guapas que estaban. Pero eso es lo que recuerdo, eso, y que no se oía ningún sonido. ¿Por qué no había sonidos?

»La parte importante que se supone que tengo que contar es todo lo que no vi, lo que sucedió después de que me llevó el río. Lo que ahora sé es que a algunos les dispararon nada más llegar a la orilla. A otros les ataron las manos a la espalda, les echaron pimientos picantes en los ojos, les taparon la cabeza con bolsas de plástico y los dejaron al sol. A muchos los golpearon con los fusiles y con nuestros propios útiles de labranza. A los demás, que no hacían más que llorar, les gritaban: «¿Dónde habéis escondido los fusiles? ¿Quién es el jefe del ejército karen?» Cogieron a un hombre y le cortaron las dos manos y todos los dedos de los pies.

Colgaban a los bebés para hacer hablar a los padres. Pero no los llevamos a donde estaban los fusiles. Nadie lo hizo. ¿Cómo podríamos haberlo hecho? No teníamos fusiles. Entonces, un soldado le enseñó su fusil a un hombre, le disparó y lo mató. Mataron a tiros a todos los hombres que aún vivían. No puedo decir lo que les hicieron a los bebés, porque son palabras que no quieren salir de mi garganta. En cuanto a las mujeres y a las niñas, incluso a las que tenían nueve o diez años, los soldados se las quedaron durante dos días. Las violaron, también a las viejas, daba igual que fueran viejas o jóvenes, seis hombres por cada chica, toda la noche, todo el día. Los gritos no cesaron ni por un momento en esos dos días. Los soldados las llamaban cerdas, las perforaban como cerdas, les decían que gritaban como cerdas y que sangraban como cerdas. A las que se resistían, les cortaban los pechos. Algunas chicas murieron desangradas. A las que sobrevivían, cuando ya estaban usadas, los soldados las mataban a tiros. A todas, menos a una. Ella rezó y rezó para que hubiera una forma de seguir viviendo, incluso cuando los soldados se estaban aprovechando de ella. Y el Gran Dios escuchó sus plegarias. Mientras los soldados la estaban usando, ella se desmayó, y los soldados la dejaron tirada en un rincón. Cuando volvió en sí, vio que estaban ocupados con otra chica, y entonces se alejó arrastrándose y huyó corriendo a la jungla. Muchos días después, encontró otra aldea y contó lo sucedido. Cuando terminó, empezó de nuevo. No podía parar de hablar. No podía parar de llorar ni de temblar. Las lágrimas le siguieron manando, como la lluvia del monzón, hasta que agotó toda el agua que tenía en el cuerpo y murió.

»Yo no estaba ahí para ver nada de eso, pero se supone que tengo que contar estas cosas. Y si no tengo tiempo para decir todo mi testimonio, entonces lo importante es saber que sólo quedamos vivos Botín, Rapiña y yo, y que ciento cinco personas de mi aldea murieron. Ésa es la única razón por la que el Gran Dios no me dejó que permaneciera con ellos, para que estuviera hoy aquí y pudiera contaros todas estas cosas, para que las recordéis y para que podamos escribirlas, ahora que el Hermano Menor Blanco ha traído de vuelta los Escritos Importantes.

En cuanto la anciana abuela hubo terminado su testimonio, el niño gemelo Botín comenzó a salmodiar en su lengua:

–Queridos Gran Dios y Hermano Mayor Jesús, hoy nos libráis del mal. Nos habéis enviado a vuestro mensajero, el Hermano Menor Blanco, Señor de los Nats. Nos habéis enviado un guerrero para la victoria. Nos habéis traído a vuestras tropas, ¡hombres y mujeres robustos! ¡Contadlos! Nos enviáis comida, excelente comida para nutrir nuestros cuerpos, comida para hacer frente a vuestros enemigos y luchar con cuerpos que no pueden ser perforados por las balas, ni los cuchillos, ni las flechas. Hacednos invisibles. Dadnos la victoria contra el ejército del SLORC. Rezamos también por los nats, mantenedlos en calma. Rezamos por nuestros hermanos y nuestras hermanas, que murieron de la muerte verde después de ser bautizados en el torrente. Porque vuestros son el poder y la gloria...

A mis amigos les sonó como un rap.

Intervino entonces Rapiña, con una plegaria en una especie de inglés litúrgico:

–*Carido* Padre del Cielo, Gran Dios y *Manomayó* Jesús, os rezamos para que el Gran Señor de los Nats nos salve de la *muete vede*. No nos dejéis morir en la flor de la edad, como a nuestro *pade* y nuestra *made* antes que nosotros, como a nuestros *hemanos* y *hemanas* antes que nosotros, como a nuestros tíos y tías antes que nosotros, como a nuestros *pimos* y amigos antes que nosotros. *Potegednos* para no caer en manos enemigas o en manos de los nats que traen la *muete vede*. Cuando nuestros amigos y enemigos estén *muetos*, tenedlos en vuestra gloria. *Potegednos*.

Los dos niños cerraron los ojos y parecieron quedarse dormidos, aun de pie.

–¿Qué demonios habrá dicho? –le susurró Dwight a Roxanne–. Casi parecía inglés. ¿Has entendido algo?

Roxanne negó con la cabeza y replicó:

–Nada, aparte de no sé qué del Gran Dios y de un yoyó.

Los habitantes de Nada hicieron circular entonces un plato de madera lleno de semillas, que fue primero para los gemelos y después para el resto, y cada uno cogió una semilla, tragándola como si fuera la sagrada forma. Mis amigos, educadamente, también tomaron una cada uno.

Finalizado el ritual, la abuela de los gemelos se acercó a Rupert, llevando en las manos una sencilla túnica larga, de tela azul cielo con motivos en zigzag en el entramado. La anciana se inclinó y masculló algo en karen, suplicándole que aceptara el humilde obsequio, símbolo de la fidelidad que había demostrado al regresar. Las chicas que había alrededor de Rupert rieron tímidamente, cubriéndose la boca con las manos.

–Toma tú –le dijo a Rupert en inglés.

Rupert levantó las manos y se encogió de hombros.

–No tengo dinero –dijo.

Antes muerto que regatear por un vestido. Cuando la abuela le insistió una vez más para que aceptara el regalo, Rupert se volvió los bolsillos del revés.

–¿Lo ve? No tengo dinero. Se lo juro.

Lo único que llevaba encima era el mazo de cartas que le habían regalado en el vuelo desde China. Lo enseñó como prueba de que no llevaba nada de valor.

Al instante, la gente que tenía delante cayó de rodillas en actitud reverente.

–¡Por favor! –le dijo Moff a su hijo–. Te lo están suplicando. Es un regalo de Navidad. Sé amable y cógelo.

–Cógelo tú –replicó Rupert.

Pero cuando Moff se disponía a aceptar la túnica, Rapiña exclamó:

–No, no. ¡Él! ¡Toma él!

Mientras la niña se encaminaba hacia Rupert, Moff le susurraba enérgicamente a su hijo, a través de los dientes apretados, que aceptara de una vez el condenado vestido y acabara con la historia. En cuanto Rupert hubo aceptado el indeseado obsequio, la gente se puso en pie y los gemelos avanzaron furtivamente hasta situarse a su lado.

Botín le dio un golpecito en la mano que sujetaba las cartas e imitó con los gestos una baraja abierta en abanico.

Rupert sonrió.

–¡Jo, cómo les gustan a los birmanos los trucos de cartas!

Con aire feliz, barajó el mazo, levantando todas las cartas con una mano y dejando que cayeran por sí solas en su sitio. Después le puso el mazo delante a Botín.

–Muy bien, elige una carta, cualquier carta.

Y las divinidades gemelas sintieron gran deleite al oír el comienzo del ritual, las palabras idénticas a las proferidas más de un siglo antes por el fundador de su estirpe, el artista del timo Seraphineas Andrews. En seguida, los gemelos gorjearon alegremente, al ver que aparecía su signo, el Señor de los Tréboles, el vengador de todo mal.

Otros tres niños se alinearon cerca del centro del poblado y comenzaron a cantar *a cappella*. La melodía sonaba casi como un himno religioso, pero mucho más triste –pensó Vera–, y tenía una tonalidad asiática, como si las terceras armónicas se hubieran desplazado a quintas. Ella y los otros norteamericanos permanecieron en silencio, apreciando la sentida interpretación. Para la segunda pieza, se les sumaron dos hombres, uno que tocaba un tambor de bronce ornamentado con primorosas ranitas y otro que hacía sonar un cuerno de búfalo. Mis amigos le expresaron su aprobación a Mancha Negra, enseñándole los pulgares levantados.

–¿Qué tribu nos ha dicho que era ésta? –le preguntó Bennie–. Quiero contarles a mis amigos en Estados Unidos que la he visitado.

–Somos pueblo étnico karen –respondió Mancha Negra en su trabajoso inglés–, pero también nos estamos llamando el Ejército del Señor.

–¿Perdón? ¿Podría repetir eso último?

Bennie se le acercó para oírlo por encima de los cánticos.

–El Ejército del Señor –repitió Mancha Negra.

–¿Qué ha dicho? –preguntó Vera.

Bennie se encogió de hombros.

–Algo como «lajáchito-no-sé-qué».

–Hay una subtribu que empieza por «ele» –intervino Heidi–. Bibi había escrito algo al respecto. Está en la carpeta que dejamos en el hotel. Los «la-algo». Deben de ser los lajachitó.

Wendy añadió:

–Se ve que son una tribu, por los colores rojo y negro que visten los ancianos, y por esa especie de toalla que llevan enrollada en la cabeza. Eso es un signo seguro de algo.

Ya eran las tres de la tarde, observaron mis amigos.

–¡Maldición, Walter! –exclamó Dwight–. ¡Estés donde estés, dentro de poco vamos a bajar y será mejor que tengas una buena razón para no haber estado aquí!

Mancha Negra oyó los planes de retirada y se volvió hacia Grasa y Salitre. Era preciso que hicieran recordar cuanto antes al Reencarnado su verdadera identidad. Los tres hombres se acercaron a las pequeñas chozas más alejadas del claro y les pidieron a sus habitantes que salieran.

Roxanne había sacado su cámara y estaba instruyendo a sus compañeros de grupo para que fueran paseando por todo el poblado, de manera que ella tuviera ocasión de captar unas últimas imágenes de los gemelos y de las chozas bajo las higueras estranguladoras, así como de los miembros más pintorescos de la tribu de los «lajachitó». Mientras estaba haciendo una panorámica, se paró en seco. ¿Qué era *eso*? ¿Un animal despellejado? Acercó la imagen con el zoom. ¡Era el muñón de una pierna! Y su propietario tenía la cara todavía más desfigurada. Mis otros amigos se volvieron, murmurando también su incredulidad. ¿Qué podía haberle pasado a esa gente? Eran dos hombres, dos mujeres y una bonita niña que no tendría más de diez años. A cada uno le faltaba un pie, un brazo o la mitad de una pierna, y sus extremidades terminaban en un racimo coralino de carne reventada. ¿Por qué estaban tan horriblemente mutilados? ¿Habrían sufrido un accidente de autobús?

Roxanne se volvió hacia Mancha Negra.

–¿Qué les ha ocurrido? –preguntó en voz baja, dirigiendo la cámara hacia él.

–Tres de ellos trabajando antes para ejército del SLORC –dijo Mancha Negra–. Caminando para encontrar minas. Delante de los soldados, yendo a la derecha, yendo a la izquierda. Cuando la mina está explotando, no más peligro y soldados muy felices. Ahora camino seguro, ya pueden caminar.

Miró fugazmente a Rupert.

El chico estaba desconcertado.

–¿Trabajaban pisando minas? –preguntó.

–El pueblo karen no está teniendo otra salida. Ese hombre –dijo Mancha Negra, señalando a uno de los heridos– es hombre con suerte y sin suerte. Ahora está viviendo, sí, pero esposa, hermano y hermana no están viviendo. Los soldados le están disparando en la cabeza y el cuerpo. Pero no muriendo. La niña, tampoco muriendo.

Roxanne dirigió la cámara hacia el desdichado, que tenía un orificio del tamaño de una moneda en la mejilla y los hombros cubiertos de pálidas cicatrices. La niña de cara bonita tenía un brazo flexionado en un ángulo extraño, y en un hombro tenía un queloide que parecía un tumor rojo carnoso. Pese a sus mutilaciones, los cinco sonreían a la cámara y saludaban.

–*Dah blu, dah blu* –entonaban.

Roxanne lloraba cuando apagó la cámara. También otros lloraban, y Mancha Negra sintió crecer la esperanza de que ayudaran a la tribu.

Cuando mis amigos estuvieron fuera del alcance de los oídos de Mancha Negra, Wendy dijo:

–Un amigo me dijo que los militares birmanos hacen cosas como éstas –se refería a Gutman–. Mi amigo trabaja con un grupo de defensa de los derechos humanos y conoce estas atrocidades. Cosas horribles, horribles. Por eso dice que los turistas deberían boicotear este país, a menos que vengan como testigos.

–Me siento fatal –comentó Bennie, instantáneamente inundado de culpa.

–Todos nos sentimos mal –añadió Vera, apoyando una mano en el hombro de Bennie–. No seríamos humanos si no fuera así.

–Ya dije yo que no teníamos que venir a Birmania –masculló Malena.

–Bueno, pero estamos aquí –replicó Dwight en tono sombrío–, y ahora no podemos hacer nada para cambiarlo.

–Pero *deberíamos* hacer algo –dijo Heidi.

Mis amigos asintieron, mientras pensaban en silencio. ¿Qué podían hacer? ¿Qué puede hacer alguien en vista de tanta crueldad? Se sentían vanamente solidarios.

–Es bastante raro que Bibi preparara una visita a un sitio como éste como parte de nuestras actividades –señaló Wyatt.

Yo estaba hecha una bola de indignación a punto de reventar, hasta que oí a Vera decir:

–Bibi no incluyó este sitio en el itinerario original. El lago Inle fue un añadido, ¿os acordáis?, porque alguna gente votó a favor de irnos anticipadamente de China.

Heidi suspiró.

–Ojalá Bibi nos hubiese hablado un poco más acerca del régimen militar y todo el horror. Yo tenía una idea de todo esto, pero creí que había ocurrido hace mucho tiempo.

Siguieron hablando en voz baja entre ellos, buscando la manera de sobreponerse a su incomodidad moral. Si lo hubiesen sabido antes, si alguien los hubiese avisado, si hubiesen sabido que había vidas en juego... Si esto, si aquello... Ya ven ustedes cómo estaba la situación. Desde su punto de vista, yo habría tenido que proporcionarles la información, los argumentos y las razones por las que era correcto o incorrecto visitar el país. Pero ¿cómo podía yo hacerme responsable de su moral? Deberían haber tomado la iniciativa de averiguar más por su cuenta.

Aun así, tengo que reconocer que también a mí me dejó perpleja la gente de Nada. Nunca había visto nada parecido cuando estaba viva, en ninguno de mis viajes anteriores a Birmania. Pero cuando estaba viva, no iba en busca de tragedias. Lo que buscaba eran gangas, buenos lugares donde comer, pagodas que no estuvieran inundadas de turistas y las mejores escenas para fotografiar.

–Quizá el turismo sea su única manera de ganar dinero –razonó Heidi.

–Deberíamos hacer algo a favor de su economía, de verdad que sí –dijo Bennie, que prometió comprar muchísimos recuerdos.

–He hecho de guía en varios viajes de ecoturismo –dijo Wyatt–, en los que los clientes pagan un montón de dinero extra por plantar árboles o investigar sobre especies amenazadas. Tal vez aquí podrían hacer algo parecido, conseguir que venga gente para ayudarlos a encontrar la manera de ser autosuficientes.

–Cada uno de nosotros podría darles un poco de dinero cuando nos vayamos –propuso Esmé–. Podemos decirles que es para los niños.

Mis amigos aceptaron esta idea como la manera obvia de ofrecer una ayuda inmediata y aliviar las penurias de la tribu.

–¿Cien cada uno? –sugirió Roxanne–. Yo llevo suficiente para todos. Podéis pagármelo después.

Todos asintieron. Era la misma solución que usaban para muchas situaciones. No los estoy criticando. Probablemente yo habría hecho lo mismo. Dar dinero. ¿Qué otra cosa se puede hacer? Roxanne cogió su cámara y captó una última panorámica, deteniéndose más tiempo en los mutilados, los niños pequeños y las ancianas de cara sonriente. Wyatt le pasó un brazo por el hombro a un hombre que había perdido la mitad de una pierna. Los dos se sonrieron mutuamente como si fueran grandes amigos.

–Hemos venido a este hermoso lugar –narró Roxanne para el vídeo– y hemos aprendido que hay tragedia dentro de la belleza. La gente de este lugar ha sufrido terriblemente bajo el régimen militar... Es sobrecogedor...

Habló de los trabajos forzados y de las minas que estallaban, y concluyó con una promesa de ayuda.

—No podemos darles solamente nuestra compasión o una ayuda simbólica. Queremos aportarles una ayuda más sustancial, una ayuda que marque una diferencia.

Se refería, naturalmente, a su generosa contribución.

Decidieron entregar el dinero a la abuela de los gemelos, que parecía ser la que mandaba más. Celebraron una pequeña ceremonia, para darle las gracias por la hospitalidad de la tribu. Hablaron en inglés lentamente, se inclinaron para expresar gratitud, elogiaron la comida con la señal del pulgar levantado y gesticularon para indicar que apreciaban las maravillas de aquel poblado sombrío y húmedo. Después, pusieron cara de tristeza, para dar a entender que les costaba despedirse de unas personas tan maravillosas.

Finalmente, Roxanne dio un paso al frente, cogió las diminutas manos de la abuela, ásperas y retorcidas como garras, y depositó el dinero en su interior. Asombrada y ofendida, la anciana miró el fajo de billetes, se lo devolvió a Roxanne y levantó una mano con la palma extendida, como para detener a un demonio. Ya esperaban que lo hiciera. Marlena les había advertido que era costumbre entre los chinos rechazar tres veces todos los regalos. Quizá allí tuvieran una costumbre similar. Al cuarto ofrecimiento, cuando Mancha Negra instó entre dientes a la abuela a aceptar el regalo, la anciana le replicó secamente que allí donde estaban no les serviría de nada el dinero, y que si los soldados del SLORC descubrían a alguien llevándolo encima, sería lo mismo que llevar firmada su sentencia de muerte. Mancha Negra le dijo que lo aceptara y se lo diera a Grasa, que a su vez volvería a meterlo en el bolso de Roxanne cuando los norteamericanos no miraran. Entonces, la anciana sonrió a mis amigos, hizo un sinfín de reverencias, besó el dinero y lo alzó al cielo, para que lo viera el Gran Dios. Gritó palabras de gratitud, como si delirara de agradecimiento.

Reconfortados por haber hecho lo que debían, mis amigos recogieron sus bolsos y mochilas y se volvieron para marcharse.

—Ya va siendo hora de regresar —le dijo Moff a Mancha Negra.

—¿Por qué quiere abandonarnos el Hermano Menor Blanco? —exclamaron varios miembros de la tribu.

En voz baja, Mancha Negra les dijo que no se preocuparan. Llevaba cierto tiempo que un Reencarnado se reconociera como tal, incluso después de mostrar los tres signos. Ocurría lo mismo con otras personas de naturaleza divina, incluso con Botín y Rapiña. Pero en cuanto un Reencarnado reconocía su propia identidad, comenzaba a recuperar poco a poco su sensatez y sus poderes, y cumplía las promesas realizadas. La tribu sintió alivio al oír esas palabras. Todos sabían lo que había prometido el Hermano Menor Blanco. Había prometido volverlos invisibles, con cuerpos que ninguna bala podría perforar. Recuperarían sus tierras. Vivirían en paz y nadie volvería a intentar hacerles daño, porque si lo hacían, el Hermano Menor Blanco desencadenaría contra ellos el poder de todos los nats.

Mancha Negra y sus secuaces se pusieron a considerar la mejor manera de manejar los últimos acontecimientos. Habían tenido suerte al conseguir que el muchacho y su comitiva los siguieran hasta el poblado. Quizá necesitaran ahora un poco de mala suerte, para hacer que se quedaran. No tenían otra alternativa. Había que retener al chico tanto como fuera posible. Mancha Negra instruyó a la tribu para que despidiera a los extranjeros y los saludara con la mano tal como estaban haciendo ellos.

Mis amigos salieron del poblado, con Mancha Negra, Grasa, Raspas y Salitre siguiéndolos. Vera elogió a la tribu, sabiendo que Mancha Negra estaría escuchando sus palabras y que las transmitiría a su pueblo. Una gente fabulosa, verdaderamente generosa y sincera. Otros se sumaron a los elogios. Era el mejor sitio que habían visto. ¡Y esas higueras estranguladoras! ¿Había visto alguien alguna vez una cosa tan extravagantemente bella? ¡Qué sorpresa tan maravillosa! Estaban encantados de haber ido. Y la comida había sido rara, pero sabrosa. Siempre estaba bien probar cosas nuevas. Pero ahora no veían la hora de darse una ducha de agua caliente. Claro que todavía les faltaba cruzar aquel puente tembloroso. La segunda vez, sería más fácil. Bastaba con respirar hondo.

Cuando mis amigos llegaron al punto por donde habían cruzado, quedaron desconcertados. ¿Dónde estaba el puente? Seguramente habían bajado por el camino equivocado. Estaban a punto de pedirle a Mancha Negra que los orientara, cuando Rupert gritó:

—¡Papá, mira!

Estaba señalando el puente apenas visible, que colgaba de unas cuerdas sueltas, del otro lado del abismo.

Bennie se quedó boquiabierto.

–¡Dios mío, se ha caído!

Corrió hacia Mancha Negra.

–¡El puente! –dijo, gesticulando como un loco–. Se ha roto. ¿Cómo vamos a salir ahora de aquí?

Mancha Negra miró el puente colgante. Les gritó a sus compañeros, pidiéndoles que fingieran sorpresa. No quería que sus huéspedes se alarmaran, pensando que estaban siendo retenidos contra su voluntad. Simplemente quería que se quedaran en el poblado como invitados. Moff le hizo señas a Mancha Negra para que se acercara.

–¿Qué otro camino hay para salir de aquí? –preguntó–. Tenemos que bajar antes de que anochezca.

Señaló el cielo, cada vez más oscuro.

Mancha Negra negó con la cabeza.

–No hay otro camino –dijo.

Dwight intervino:

–Quizá el barranco es menos profundo más adelante. Podríamos bajar al fondo y volver a subir.

Una vez más, Mancha Negra negó con la cabeza.

–¡Oh, no, esto es malo! –gimió Bennie–. ¡Esto es muy malo!

–¡Mierda, Walter! –vociferó Dwight–. ¿Por qué no estás aquí para hacerte cargo de este jodido asunto?

Vera advirtió que los hombres de la tribu parecían avergonzados de que sus huéspedes no se sintieran felices, por lo que intentó calmar al grupo. Tenía mucha habilidad para hacer frente a las crisis.

–Si los lajachitó no pueden sacarnos pronto de aquí, estoy segura de que Walter irá a buscar ayuda en cuanto llegue. Quizá ya lo ha hecho. Probablemente ha venido y, al ver que el puente se había caído, ha vuelto atrás. Lo mejor que podemos hacer es quedarnos donde estamos.

Se oyeron murmullos de asentimiento, en reconocimiento de que la idea tenía su lógica y de que probablemente era la verdad. Ahora todos creían que la ayuda estaba en camino. Así pues, todos, con excepción de Dwight, estuvieron de acuerdo en regresar al lugar llamado Nada y esperar allí. Cuando volvieron a entrar en el poblado, los miembros del

Ejército del Señor los recibieron con las manos unidas en actitud de plegaria. ¡Loado sea el Gran Dios! Mancha Negra les pidió que ofrecieran a sus huéspedes lo mejor de todo lo que tuvieran.

Llegó el crepúsculo, pero Walter no. Pasó otra hora y otra más. Excepto por la luz de las hogueras, reinaba en el poblado la más absoluta oscuridad. Los habitantes de Nada cortaban cañas de bambú y aguzadas hojas de palma, para fabricarles taburetes a sus ilustres huéspedes. Mancha Negra les había dicho que a los extranjeros nos les gusta sentarse sobre esterillas. Grasa y Raspas trajeron una pila de ropa y la depositaron en el suelo. Se la señalaron a mis amigos.

–Toma, toma.

–¡Eh, éste es mi forro polar! –dijo Rupert, mientras extraía del montón una chaqueta naranja. Revolviendo en la pila, los otros encontraron las prendas de abrigo que se habían puesto durante el frío paseo en barca de la mañana, que ahora les parecía tan lejano.

–Creía que las habíamos dejado en el camión –dijo Marlena.

–Los que cargaban los bultos debieron de traerlo todo –replicó Vera.

–Ha sido una suerte que lo hicieran –señaló Marlena–. Hace mucho más frío aquí arriba que allá abajo.

Le pasó a Esmé una parka lila y ella se puso su abrigo negro.

–Ojalá estuviésemos en el hotel, con un baño de verdad –comentó Esmé.

Horas antes, por la tarde, todos habían visitado la letrina, situada a una distancia discreta del poblado. Un tabique de palma trenzada de metro y medio de alto ofrecía un mínimo de intimidad. Detrás había un canal por donde fluía el agua, flanqueado por dos tablas alargadas, sobre las cuales podía apoyarse el usuario. En lugar de papel higiénico, había un cubo de agua con un cucharón, al lado del canal.

Marlena le pasó un brazo por los hombros a Esmé, mientras contemplaba a una anciana que atizaba las brasas en el fogón de piedra. ¡Qué noche tan larga iba a ser! Sus pensamientos derivaron hacia Harry. ¿Qué estaría haciendo en ese momento? ¿Le preocuparía su paradero? ¿Habría pensado en algún momento en ella? Volvió a ver su cara, pero no la de expresión lasciva o consternada. Estaba recordando la pura maravilla que había en sus ojos cuando ella se acostó por primera vez en la cama con él. Mañana, pensó. Pero esta vez sin velas ni mosquiteras.

—Tómatelo como si fuera un campamento de verano —consoló Marlena a su hija—. O como unas convivencias.

—Nunca he ido a unas convivencias que se parecieran a *esto*.

Esmé estaba alimentando a *Pupi-pup* con los restos de la gallina.

Los otros tenían pensamientos similares. ¿Serían sus camas duras como la roca? ¿Habría camas al menos? ¿Qué clase de gente eran los lajachitó, después de todo? Moff y Wyatt intercambiaban anécdotas sobre las penurias de sus pasados viajes como mochileros: un temporal en una tienda que dejaba pasar el agua, osos ladrones de comida, la vez que se perdieron después de fumar marihuana... Moff dijo que probablemente recordarían esa noche como uno de los episodios más memorables del viaje.

Se oyó un extraño sonido. ¿Sirenas? ¿Era posible que hubiesen enviado... coches de policía al lugar donde estaban? A un lado, mis amigos vieron un resplandor de luz intensa y brillante. Parpadeaba. Se levantaron, se acercaron a la misteriosa iluminación y encontraron varias filas de gente mirando, entre todas las cosas sorprendentes que pueden encontrarse en la jungla, un televisor. Estaban viendo un canal de noticias, en el que una voz femenina informaba de un gigantesco incendio en una discoteca china.

—¡Un televisor! —exclamó Wendy—. ¡Qué increíble! ¡Y el programa es en inglés!

Siguieron más noticias. Mis amigos estaban paralizados de asombro.

Al cabo de unos minutos, una grave voz masculina anunció que estaban viendo la Global News Network, donde «la forma de contar las noticias ya es noticia».

¡Era la vieja y querida GNN!

Mis amigos se acercaron un poco más para ver. Los rostros familiares de los presentadores les devolvieron la mirada. Instantáneamente, se sintieron reconfortados. Estaban más cerca de la civilización de lo que creían. Pero entonces, uno de los gemelos blandió el mando a distancia y cambió las noticias por un programa en el que aparecían unas personas caminando por la jungla. El público reaccionó con gritos y vitoreos.

Una mujer en uniforme de campaña empuñaba un micrófono al estilo del reportaje de guerrilla.

—¿Se comerá Bettina las sanguijuelas? —preguntó con acento australiano–. ¡No se vayan! ¡Volveremos dentro de un momento, con «La supervivencia del más fuerte»!

–¿Cómo demonios reciben la señal aquí? –preguntó Dwight.

–Ahí tienes la respuesta.

Wyatt señaló unos cables serpenteantes que iban del televisor a una batería de coche. Otro cable recorría el suelo y subía por el tronco de un árbol.

–Deben de tener una antena parabólica allá arriba –dijo Moff–. ¡Sí que hay tronco que cubrir!

Se arrodilló y señaló una cuerda enlazada alrededor del tronco.

–Y así es como trepan –añadió–. Se meten en el lazo y saltan como ranas.

–¿Pero de dónde han sacado la antena parabólica? –preguntó Bennie–. No creo que sea posible encargarla y que te la entreguen aquí arriba.

Rupert observó más de cerca la batería.

–¿No vino eso con nosotros en la plataforma del camión?

Dos jóvenes mujeres karen se acercaron corriendo, para ofrecerle a Rupert un taburete de ratán más alto que los demás, y él se habría sentado si Moff no le hubiera sugerido con una mirada inequívoca que le cediera el asiento a Vera. Muy pronto, los otros invitados tuvieron a su disposición más asientos improvisados: tocones y varios taburetes bajos, que colocaron cerca del televisor.

–¡Ya estamos de vuelta! –gorjeó la australiana–. ¡«La supervivencia del más fuerte», el programa número uno entre kiwis y canguros!

–¡Número uno! ¡Número uno! –gritaron los niños de la tribu.

La australiana se acercó a la cámara, hasta que su nariz pareció una rana con agujeros negros por ojos.

–Y ahora veremos cuáles de nuestros supervivientes se atreverán con todo y cuáles se arriesgarán a padecer hambre y a morir de inanición.

Una música grave de cuerdas subrayó el suspense.

–Se diría que la gente del poblado ve el programa por los consejos prácticos –bromeó Roxanne.

De hecho, así era. La tribu fantaseaba con tener un programa propio de televisión algún día. Ellos eran más fuertes que cualquiera de esos supervivientes. Si tuvieran un programa, todo el mundo los admiraría. Y entonces el SLORC no se atrevería a matar a una tribu que era la número uno.

Cuando el programa terminó, los anfitriones de la selva condujeron a sus invitados a sus alojamientos. Les dieron mantas de color verdoso, tejidas con fibras de bambú tierno y cosidas con hilo grueso. A Rupert, Wendy y Wyatt se les iluminó la cara con una sonrisa cuando se enteraron de que iban a dormir en los «bungalows» de las higueras estranguladoras. Bennie advirtió en seguida que el suelo era una plataforma de ratán de unos quince centímetros de espesor, con una mullida cama encima, hecha de varias capas de pequeñas tiras de bambú, que según pudo comprobar después de tumbarse de espaldas y de lado era asombrosamente cómoda.

Heidi utilizó su linterna para inspeccionar el interior de la que sería su habitación para la noche. Las fibrosas paredes eran suaves y estaban limpias y libres de las cuatro plagas más temidas: moho, murciélagos, arañas y mugre. Sacó su manta de supervivencia y se envolvió con ella; reflejaría y retendría hasta el ochenta por ciento de su calor corporal, o al menos eso decía la publicidad. Mientras se estaba poniendo encima la manta lajachitó, una mujer asomó la cabeza. Irrumpió en la habitación, le quitó la manta a Heidi, le dio la vuelta y, señalándole el borde desflecado, le indicó por gestos que ese extremo de la manta debía ir siempre del lado de los pies y nunca del lado de la cara. Era un error enorme. A Heidi le divirtió que la mujer fuera tan puntillosa con los detalles. Seguramente todo eso importaba muy poco allí donde estaban.

Cuando Heidi estuvo instalada, Marlena le pidió prestada su linterna, diciéndole que Esmé tenía miedo de la oscuridad. En realidad, Esmé ya estaba dormida.

–No te pongas el borde desflecado de la manta del lado de la cara –le advirtió Heidi–, porque te perseguirá la policía de la moda. Y puedes quedarte la linterna. Tengo otra más pequeña.

Marlena dirigió la luz al interior del árbol que compartía con su hija. Las porciones más retorcidas parecían gnomos artríticos agonizantes, un bajorrelieve creado como versión lamaísta de un *Ars moriendi*.

Y así se instalaron para su primera noche, convencidos de que sería la única. Moff le dijo a Rupert que durmiera con los zapatos puestos, por si tenía que levantarse en medio de la noche. Esmé se acomodó a *Pupi-pup* bajo el brazo. Bennie estuvo en vela durante horas, preocupado porque no se había traído sus medicamentos ni el aparato de presión positiva continua.

Marlena estaba intentando recordar cuáles eran las serpientes que por la noche se sentían atraídas por el calor del cuerpo. Pero pronto esos pensamientos cedieron el paso a reptilianas fantasías sobre Harry. Se lo imaginó ondulando la lengua y serpenteando a lo largo de su cuello, sus pechos y su vientre. De pronto sintió una punzada de anhelo y tristeza, de miedo a que ambos hubiesen perdido su oportunidad. Sabía lo que significaba que dos amantes tuvieran las estrellas en su contra. En el negro cielo había un billón de estrellas, y algunas de ellas trazaban una figura eterna para cada pareja de amantes predestinados, una constelación que era sólo para ellos y que hasta ese momento ella nunca había visto. Había estado demasiado ocupada mirando al suelo en busca de trampas. Lamentó los años que ya habían pasado sin demasiada pasión, la posibilidad de que lo poco que había tenido con su marido (aquellos escasos instantes de arrobo que prefería olvidar) fueran lo único que pudiera recordar durante el resto de su vida como aproximación del éxtasis amoroso. ¡Qué triste sería! Y con esos pensamientos, se sumió en un sueño agitado.

Horas después, se despertó sobresaltada, con el corazón palpitante. Había soñado que era un mono que vivía en un árbol. Estaba trepando por el tronco para huir de los peligrosos animales que había abajo, pero pronto se cansó y clavó las uñas en la corteza. ¿Eran así de cálidos todos los árboles? Cuando apoyó la cara contra el tronco, se dio cuenta de que era Harry, y en seguida el árbol y ella se pusieron a hacer el amor. Pero al hacerlo, ella se soltó y cayó, y fue entonces cuando despertó.

¿Por qué habría soñado que ella era un mono y Harry un árbol? ¿Y por qué le habría clavado tan profundamente las uñas? ¿Sería ella demasiado posesiva? Antes de que pudiera pensar nada más, vio que alguien se movía fuera. Todavía no había amanecido. ¿Ya estarían preparando el desayuno? La figura estaba encorvada y parecía comer furiosamente, mientras lanzaba miradas furtivas a un lado y a otro. La figura se congeló, con los ojos fijos en Marlena. Ella estaba perpleja, porque fue como si su personalidad simiesca del sueño se hubiera escapado y se encontrara ahora a escasos tres metros de distancia: un gibón de anteojos blancos, que se llenaba la boca con los caramelos que habían dejado fuera los nuevos intrusos del lugar llamado Nada.

Por la mañana, mientras tomaban café, Harry y Heinrich estaban considerando a quién mandar en la expedición de búsqueda, cuando un estruendoso matraqueo y un gemido agudo desgarraron el aire. Una lancha con cuatro policías militares se precipitaba hacia ellos, dejando atrás una impresionante estela de espuma. Casi todas las embarcaciones reducían la marcha a un suave traqueteo antes de llegar al hotel, pero aquellos hombres estaban por encima de las normas, porque ellos las hacían.

Saltaron al muelle y, con importantes zancadas, fueron directamente hacia Henry y comenzaron a hablarle rápidamente en birmano. Harry hizo un esfuerzo para tratar de deducir lo que decían por el tono de la voz, los gestos y las reacciones. Heinrich parecía sorprendido, y los policías, serios y severos. Heinrich señaló en dirección al lago. Los policías señalaron una dirección ligeramente diferente. Hubo más preguntas y respuestas, y Heinrich sacudió la cabeza con vehemencia. Los policías señalaron a Harry, y Heinrich hizo un gesto negativo.

–¿Qué pasa? –preguntó Harry con el corazón palpitante–. ¿Los han encontrado?

Heinrich pidió excusas a los policías y se volvió hacia Harry.

–Han encontrado al guía, el joven llamado Maung Wa Sao.

–¿Walter?

–Sí. Walter, exacto. Estaba en el suelo, en el interior de una pagoda, del otro lado del lago. Lo encontraron unos monjes a primera hora de la mañana.

–¡Dios mío! ¿Lo han matado?

–Tranquilícese, amigo. Parece ser que se estaba encaramando a alguna cosa dentro de la pagoda, cuando un trozo de relieve sagrado se desmoronó y lo golpeó en la cabeza. Quedó inconsciente. ¡Ah, esas pagodas están todas en un estado lamentable! Ni siquiera un millar de birmanos recibiendo mérito por sus donaciones serían suficientes para repararlas adecuadamente. Es un milagro que no se haya derrumbado la estructura entera sobre su cabeza, en un montón de escombros. En cualquier caso, ahora el pobre hombre está en un hospital, un poco deshidratado, con un feo chichón en la cabeza, pero, aparte de eso, perfectamente bien.

Harry suspiró, aliviado. ¡Entonces era eso lo que había pasado!

–¿Y los otros están con él?

–Bueno, ése es el problema. Me temo que no están allí y que nadie los ha visto. Y lo que es peor, ese hombre, Walter, no puede decir adónde han ido.

El corazón de Harry volvió a acelerarse.

–¿Cómo que no puede? ¿Por qué no?

–No lo recuerda. No se acuerda de nada...

–Creía que había dicho que estaba perfectamente bien.

–Bueno, no está terriblemente herido. Pero su mente... –Heinrich se golpeó la sien con un dedo–. No recuerda su nombre, ni su ocupación. Ni siquiera remotamente. Y, desde luego, no tiene la menor idea de lo que estaba haciendo antes del accidente. Por eso ha venido la policía. Para ver si su grupo había regresado.

–Seguramente fueron en busca de ayuda –conjeturó Harry, empleando un tono profesional que sugería autoridad, para acallar su propio pánico. Se imaginó a Marlena haciéndose cargo de todo. Tenía esa vertiente maternal. Habrían ido a buscar una aldea, desde luego, y un médico, y aspirinas... Pero entonces Harry recapacitó. ¿Por qué no se habría quedado alguien con Walter? No era preciso que fuesen todos. No tenía sentido.

–Tenemos que pedirle a la policía que organice una búsqueda y los encuentre inmediatamente.

Heinrich habló en voz baja y uniforme:

–Paciencia, amigo mío.

–¡Paciencia, un cuerno!

Heinrich levantó la mano, a la vez como bendición y advertencia.

–¿De verdad quiere involucrar a los militares? Ya se están preguntando cómo es posible que sus amigos hayan desaparecido y usted esté aquí.

–¡Santo Dios, no irá a decirme que piensan que yo he tenido algo que ver con esto! ¡Sería un escándalo!

–Yo no me pararía a adivinar lo que piensan, fuera o no fuera un escándalo. De momento, lo mejor que puede hacer, amigo mío, es mantener la calma y no alborotar ni pedir nada. Ahora voy a mi despacho a sacar de la caja fuerte los pasaportes de todos. La policía me los ha pedido. Le sugiero que aproveche la ocasión para admirar la belleza del lago. Déjeme que yo me ocupe de esto…

Resulta asombrosa la facilidad con que la gente entrega las riendas a quienes asumen el poder, ¿verdad? Contra su propia intuición, se permiten confiar en quienes saben que no merecen confianza. Me incluyo a mí misma, porque yo también lo hice una vez. Pero yo era sólo una niña, mientras que Harry era un hombre adulto, con un doctorado en psicología del comportamiento. Obedientemente, se fue a la orilla del lago. Contemplando sus aguas, trató de imaginar dónde estarían Marlena y los demás. Aunque la niebla del lago se había evaporado hacía tiempo, lo único que veía era un futuro incierto.

12. La supervivencia del más fuerte

Lo único seguro en época de gran incertidumbre es que la gente se comportará con gran fortaleza o con gran debilidad, y casi nada entre medias. Lo sé por experiencia. De hecho, recuerdo con total claridad un momento en que mi familia corrió peligro mortal y tuvo ante sí un futuro incierto. Se lo cuento a ustedes ahora, como ejemplo de que un solo incidente puede ser instructivo para el resto de la vida.

Corría el año 1949 y nos disponíamos a abandonar el hogar de nuestra familia en Shanghai, en vísperas de la victoria comunista. Ya he mencionado la locura que fue decidir lo que íbamos a llevar y arreglar nuestra salida. Sólo había sitio para nuestra familia, por lo que no pudimos llevar con nosotros a ninguno de nuestros sirvientes, lo cual fue terriblemente triste para todos nosotros, que además pudimos comprobar nuestra chocante ignorancia para valernos por nosotros mismos. La cocinera y la niñera de mis hermanos gemían incesantemente, diciendo que habían perdido su lugar en el mundo. Otros (los menos industriosos de nuestros sirvientes, como pude advertir) ya estaban haciendo planes para convertirse en poderosos proletarios bajo el nuevo régimen y, ensayando su nuevo carácter bravucón, nos decían a la cara que estaban impacientes por deshacerse de nosotros, «los burgueses parásitos de China», como ellos nos llamaban. Una despedida bastante odiosa.

Pero el sirviente al que recuerdo más vívidamente de aquella noche es al portero, Luo, que había estado con nuestra familia toda su vida, lo mismo que su padre y su abuelo.

Al margen de la tradición, Luo era un tipo desagradable, aficionado al juego, a pasarse el día durmiendo y a visitar ciertas casas de té, pasatiempos que determinaban su desaparición a intervalos regulares. Mi madrastra decía también que era irrespetuoso con ella, pero eso lo decía prácticamente de todo el mundo, especialmente de mí.

Durante aquellas últimas horas, todos estábamos desconcertados. Mi padre mascullaba para sus adentros, incapaz de decidir qué libros llevaría. Al final no se llevó ninguno. Mis hermanos fingían aburrimiento, para disimular su terror. Mi madrastra, como ya he contado, tuvo una rabieta. En cuanto a mí, bueno, es difícil hablar con objetividad de uno mismo, pero yo diría que me movía como si estuviera en trance, sin emociones. Sólo el portero parecía conservar la calma. Pueden imaginar ustedes nuestra sorpresa, cuando en aquellas frenéticas horas de nuestra partida, el portero trabajó con amabilidad y eficacia y consiguió que tuviéramos las maletas hechas y que partiéramos bien abastecidos de provisiones para nuestro peligroso viaje. En lo que pareció un acceso de lealtad de último minuto, tuvo palabras de consuelo para cada uno de nosotros, expresiones de interés y manifestaciones de confianza en que los dioses nos protegerían. ¡Qué mal lo habíamos juzgado! Él también fue el único que tuvo la astucia de sacar el oro, la moneda extranjera y nuestras joyas de familia de las inadecuadas bolsas que habíamos disimulado entre nuestro equipaje, y coser todos los objetos de valor en el interior de mis muñecas, los forros de nuestras chaquetas y los dobladillos de nuestras faldas y pantalones, para que no fueran hallados. En el forro de mi abrigo, yo llevaba el broche de jade de mi madre, que había robado del tocador de Dulce Ma.

No nos preocupaban los ladrones, sino el Kuomintang, porque bajo pena de ser ejecutados por antipatrióticos, nos habían ordenado cambiar todos los lingotes de oro y la moneda extranjera por la nueva moneda china. Habíamos cambiado un poco para guardar las apariencias, pero conservábamos la mayor parte de nuestro oro y nuestros dólares. Hicimos bien, porque al poco tiempo la nueva moneda no valía nada. Pero allí estábamos nosotros, tratando de salir del país cargados de bienes antipatrióticos, lo que podía convertirse en instantánea sentencia de muerte. ¡Qué buen hombre era el portero Luo, que nos había ayudado a eludir la detección de las autoridades y a iniciar nuestra nueva vida con desahogo!

Pero nuestros peores temores se hicieron realidad y fuimos detenidos en el primer puesto de control, de camino a la costa. La policía del Kuomintang rodeó nuestro automóvil, y los agentes anunciaron que iban a registrarlo. Cuando abrieron nuestras maletas y nuestros cofres, bendecimos silenciosamente a nuestro portero, por su sagacidad al sacar de allí nuestros objetos de valor. Los agentes devolvieron el equipaje al maletero. A continuación, comenzaron a palpar los puños y el forro de nuestra ropa y a tirar de los dobladillos hasta descoserlos. De pronto, uno gritó que había encontrado algo y los demás empezaron a desgarrarnos la ropa. Yo temblaba con tanta fuerza que mis dientes parecían marcar un ritmo de claqué. Mis hermanos eran como fantasmas sin sangre ni emociones. Mi padre nos contemplaba con ojos que parecían despedirse de nosotros. Uno de los policías enseñó lo que había encontrado en mi abrigo. Yo contuve la respiración.

Después los oí reír. Sólo entonces supimos la verdad: el portero nos había salvado la vida, aunque no había sido su intención. Había cambiado el oro por pesas de plomo; los billetes extranjeros, por hojas recortadas de los libros de mi padre, y los diamantes sueltos, por grava. Al darme cuenta de que habíamos sido engañados y a la vez salvados, fue tal mi alegría que mis piernas cedieron bajo mi peso y caí al suelo, hecha un montoncito de felicidad. Ésa fue una de las pocas veces en las que perdí el sentido.

Como he dicho antes, en momentos de gran peligro, mucha gente revela sus defectos. Se vuelven tontamente confiados, como nos pasó a nosotros, o tontamente codiciosos, como le pasó al portero. Seis meses después, una prima que aún vivía en la rue Massenet nos escribió que Luo había sido ejecutado por ser demasiado rico. La noticia no nos alegró ni nos entristeció. Era simplemente el nuevo orden y cada uno tenía que ajustar su destino en consecuencia.

Era una lección que también mis amigos pronto aprenderían.

A la mañana siguiente, Marlena fue la última en levantarse. Su visión del gibón, la noche anterior, le había dejado el corazón palpitante y los nervios destrozados. Le pareció como si estuviera apartando densas nubes de su mente, mientras intentaba entender una conversación entre Bennie y Vera.

–Era un ciempiés y no un milpiés –oyó decir a Vera.

Los dos continuaron su intercambio de historias de insectos.

Al salir al claro, Marlena no vio el menor rastro del simio glotón de la noche anterior, pero se encontró con un curioso espectáculo: un hombre de la tribu pedaleando en una bicicleta fija, con tanta diligencia como si estuviera en un centro de fitness.

Heidi también se había levantado más tarde que los demás. Cuando volvió de la letrina en la selva, también advirtió al lajachitó montado en la bici. Al acercarse, vio que la bicicleta estaba conectada a la batería utilizada para hacer funcionar el televisor.

–¡Mira eso! –le dijo Moff desde atrás, causándole un sobresalto.

Moff saludó al ciclista inclinando levemente la cabeza y se acercó para examinar la instalación.

–¡Mira qué interesante! Eje estacionario. Fija en su sitio la parte posterior del cuadro, para que la rueda trasera gire contra los rodillos y genere fricción. Ahí tienes el volante, el embrague centrífugo, simple pero eficaz, y aquí, un motor corriente. Ingenioso. No he visto uno de estos motores desde la clase de ciencias de secundaria. El cable conecta con la batería de doce voltios. Y al lado, tienen la batería de repuesto.

Se puso delante de la bicicleta.

–Genial.

El hombre de la bicicleta sonrió al oír el tono admirativo.

–¿Por qué no lo conectan directamente al televisor –preguntó Heidi– y pedalean todo el tiempo que quieran mirar?

–No, no sería buena idea –dijo Moff–. Cualquier aumento de la velocidad y la fricción haría estallar las entrañas electrónicas del televisor. Los televisores son quisquillosos en ese sentido. Recargar la batería es mucho más conveniente, porque las baterías son más tolerantes a las variaciones. Además, con una batería de coche para almacenar la energía, puedes hacer funcionar todo tipo de cosas: televisores, lámparas, radios...

–¿Cómo sabes todo eso? –dijo ella, sonriendo.

Él se encogió de hombros, secretamente halagado.

—Soy un chico de campo, un pueblerino.

Me di cuenta de que le mantenía la mirada intencionadamente y de que persistió hasta que ella se dio por vencida con una risita azorada. Fue el hombre de la bicicleta quien rompió el encanto. Se deslizó del asiento e invitó a Moff a ocupar su lugar.

—Se me olvidó ir al gimnasio anoche —le dijo a Heidi mientras montaba en la bicicleta—, así que no importa si hago un poco de ejercicio esta mañana.

Y empezó a pedalear enérgicamente, como hacen los hombres cuando quieren demostrar su virilidad.

En medio del claro y hacia el frente del poblado, el fuego crepitaba en el fogón y una olla de sopa hervía a fuego lento, sobre una placa de metal confeccionada con la puerta de un coche siniestrado. Cerca de allí, sobre una bandeja, había una pila de arroz cocido y un montón más pequeño de vegetales del bosque. Iba a ser el desayuno. Esmé y Rupert lo contemplaban de pie, con expresión hambrienta en la cara sin lavar. Las cocineras, una mujer mayor y dos guapas jovencitas, les sonrieron y les dijeron en su dialecto:

—Sí, sí, ya sabemos que tenéis hambre. Ya casi está listo.

—¿Sabes qué? —le dijo Esmé a Rupert con tranquila discreción—. Mi madre y yo vimos un mono anoche. Era enorme.

Levantó los brazos por encima de la cabeza y se puso de puntillas, para parecer tan alta como pudo.

—No me lo creo —repuso Rupert.

—¡Sí que lo vi! —replicó Esmé, recuperando su altura original. En realidad, ella no había visto al mono; pero cuando su madre se lo describió, unos minutos antes, había sentido tal sensación de horror y fascinación al saber que el animal había estado tan cerca que fue como si lo hubiera experimentado personalmente.

—Pues yo vi un murciélago anoche —dijo Rupert. En realidad no había visto ningún murciélago, pero oyó un aleteo que le hizo pensar que quizá hubiese uno revoloteando.

—No me lo creo —dijo Esmé.

El resto de mis amigos circulaban por el poblado, ocupándose de sus rituales matutinos y haciendo cola para el desayuno. Tenían la ropa arrugada y el pelo aplastado en penachos y remolinos. Las cocineras distribuían cuencos de arroz, con una salsa hecha de harina de arroz, guisantes, cacahuetes en polvo, camarones secos, pimiento picante y hierba limonera, que acababa de traer Mancha Negra. Los primeros en ser servidos fueron los estimados huéspedes, mientras los residentes de Nada hacían cola detrás. Varias de las chicas más jóvenes soltaron una risita tímida al ver a Rupert y desviaron la vista cuando éste se volvió. Una mujer mayor lo agarró por el codo e intentó conducirlo hasta un asiento labrado en un tronco caído. Rupert sacudió la cabeza y se soltó, mascullando entre dientes:

–Esto ya empieza a ser molesto.

En realidad, se sentía halagado y algo turbado por tanta atención.

Bennie asumió su papel de director del grupo. Mientras los demás tomaban su desayuno, se acercó a Mancha Negra.

–Necesitamos su ayuda para poder marcharnos esta mañana –le dijo–, lo antes posible.

Mancha Negra negó con la cabeza.

–Ustedes no pudiendo irse.

–No me entiende –le dijo Bennie–. No podemos quedarnos más tiempo. Ahora que ya es de día, tenemos que ponernos en camino, aunque no esté nuestro guía.

Mancha Negra le habló con gesto apenado:

–Puente roto. Nosotros no pudiendo ir. Entonces ustedes no pudiendo ir tampoco. Mismo problema para ustedes, para mí, para todos.

Bennie se embarcó en una enmarañada conversación sobre quién podía reparar el puente y sobre lo que era posible intentar ahora que era de día. Mancha Negra no hacía más que sacudir la cabeza, y a Bennie le hubiese gustado agarrarlo por los hombros y zarandearlo. ¡Era tan pasivo! No tenía la menor iniciativa. ¡Demonios! ¡Si había un televisor en el poblado, tenía que haber una forma de salir!

–¿No pueden hacer otro puente? ¿Quién construyó el anterior?

Si la tribu hubiese necesitado un puente nuevo, podría haberlo construido en cuestión de horas. Pero Mancha Negra se limitó a negar con la cabeza.

–No posible hacer puente.

–¿Ya ha bajado alguien para ver si Walter ha regresado? Walter, nuestro guía. ¿Sabe a quién me refiero?

Mancha Negra pareció incómodo, porque estaba a punto de sugerir algo que no era cierto.

–Creo que él no está viniendo. Puente se fue abajo. Guía... creo que también guía se fue abajo.

Bennie se llevó las manos al pecho.

–¡Oh, no! ¡Dios mío! ¡Dios mío! ¡Mierda!

Cuando consiguió recuperar el aliento, dijo débilmente:

–¿Han mirado?

Mancha Negra asintió y replicó en tono uniforme:

–Nosotros mirando. No pudiendo hacer nada.

Lo que, en cierto modo, era verdad, porque no habían visto nada.

Bennie volvió con mis otros amigos.

–¿Sabéis lo que acaba de decirme el barquero? –dijo con voz temblorosa.

Los otros levantaron la vista.

–Walter ha muerto.

Durante un par de horas estuvieron lamentando la muerte de Walter.

–Cometió un solo error, ¡pero en todo lo demás era tan eficiente! –murmuró Heidi.

Marlena usó las palabras «dulce» y «galante». Moff dijo que había sido «elocuente y condenadamente listo». Bennie observó que Walter había sido un héroe, porque había caído, salvándolos a ellos de correr la misma suerte.

Dwight y Wyatt no sabían qué decir acerca del finado, por lo que regresaron al precipicio, para representarse exactamente lo sucedido. Esta vez, miraron con más atención. Calcularon la trayectoria que habría seguido un cuerpo que hubiera caído del centro del puente o de uno de sus extremos. Repasaron con mirada escrutadora las cornisas y el rocoso embudo que se abría debajo. Aplicaron la geometría pitagórica para sus trágicos cálculos y, al observar indicios de sangre, señalaron «el lugar del impacto»: un afilado saliente rocoso, con manchas oscuras de líquenes rojizos.

–Un solo golpe, y ya no te enteras de nada más –fue la conclusión de Wyatt.

–Esperemos que así haya sido –añadió Dwight.

Los hombres regresaron con su informe de campo. Walter estaba a un paso o dos de completar la travesía del puente, cuando... Dwight hizo chasquear los dedos. Debía de haber sido así. Una fracción de segundo después, todo había terminado. Así es como sucede. Casi no tienes tiempo de sorprenderte.

Bennie se puso a pensar en la sorpresa. Cuanto más hablaba el grupo, más se desarrollaba en su mente un espectáculo de terror, cuyo protagonista no era Walter, sino él mismo, precipitándose, gritando, intentando aferrarse a la eternidad y sintiendo finalmente un colosal golpe seco, que le arrebataba la vida, como succionada por una aspiradora gigante. Le dolían los músculos. Toda aquella charla lo estaba poniendo enfermo. Se alejó para ir a sentarse solo en un tronco. De vez en cuando, dejaba escapar un suspiro, se rascaba la cara sin afeitar y aplastaba un mosquito. Se reprendió a sí mismo. Los problemas actuales del grupo eran culpa suya. ¿Hasta qué punto? No podía determinarlo. Pero él era el director de la expedición, y ésa era la horrible e inalterable realidad. ¿Cómo iba a hacer él para sacar al grupo del desastre? Se puso a contemplar el vacío, con los ojos y la mente en blanco por el agotamiento. Sin su aparato de presión positiva continua, había dormido muy mal. Su mayor problema es que no tenía sus medicamentos, los que tomaba para la depresión, la hipertensión, la ansiedad y, lo peor de todo, los ataques de epilepsia.

Hasta ese momento, yo ignoraba que padeciera epilepsia, y es que Bennie no se lo había contado a nadie. ¿Por qué iba a contarlo?, razonaba él. Las crisis estaban prácticamente controladas. Además, pensaba él, la gente estaba muy mal informada al respecto, y solía creer que todos los que padecían crisis epilépticas caían al suelo y sufrían convulsiones. La mayoría de las suyas, sin embargo, asumían la forma de extrañas distorsiones: percibía el hedor inexistente de un ratón putrefacto, o veía rayos cayendo en su dormitorio, o sentía que la habitación giraba sobre sí misma, lo cual le producía una sensación de euforia. Esos episodios eran ataques parciales simples y prácticamente no contaban, solía decirse Bennie, porque eran sumamente breves, de uno o dos minutos de duración, y porque en su mayor parte eran bastante agradables, como un viaje de ácido, sin el ácido.

Pero de vez en cuando, sufría otro tipo de crisis, un ataque parcial complejo. Empezaba con una sensación peculiar, como de olas que le subían por la garganta, que le producía pavor y náuseas. Después se sentía volar como en una montaña rusa, impulsado hacia adelante y a los lados, hasta atravesar los confines de su conciencia. Alguna gente le había dicho después que se le ponía cara de zombi y que jugueteaba insistentemente con los botones de la camisa, al tiempo que murmuraba «cuánto lo siento, cuánto lo siento». Al oír esas explicaciones, Bennie solía ruborizarse y decir:

–Oh, cuánto lo siento.

Más recientemente, el paseo en montaña rusa se había convertido en preludio de un ataque clásico de epilepsia. Solía sucederle cuando estaba cansado o cuando inadvertidamente olvidaba tomar la medicina. Desde que le habían aumentado la dosis, hacía más de un año, no había vuelto a tener un ataque realmente malo. Podía pasarse un día o dos sin tomar la medicina. Ese pensamiento lo devolvió al dilema original. ¿Cómo lo harían para salir de allí? ¿Qué pasaría si tenían que quedarse dos días más? No te pongas nervioso, se recordó a sí mismo. El estrés era lo que siempre le provocaba las crisis. Se preguntó si la tribu –jalachitó, lajachitó o como se llamara– tendría café. El café se cultivaba en las montañas, ¿no? Si no tomaba su ración diaria, hacia el mediodía estaría sufriendo una jaqueca irreductible. Y eso sí que sería estresante.

Heidi se sentó junto a Bennie en el tronco.

–¿Qué tal va eso?

Para ella, la noche había transcurrido sin incidentes. Le había encantado el capullo protector de su refugio de ratán trenzado, y también los ruidos de la jungla y la novedosa idea de estar viviendo una aventura y no una catástrofe. Había dormido profundamente, envuelta en repelente para insectos y en su manta de supervivencia, prueba de que había manejado bien la nueva situación. Ella era la más asombrada de todos. Estaba en medio de la jungla y allí no era preciso *imaginar* el peligro, ni temer que manifestara su espantoso rostro. El peligro era un hecho en un lugar sin cerrojos, ni luz, ni agua caliente, ni alarmas de incendios, en un hábitat que bullía de criaturas venenosas. Los demás... Bastaba ver sus rostros ojerosos y sus miradas que saltaban de un lugar a otro. Ahora se sentían como se había sentido ella en los últimos diez años. Estaban siempre en guardia, anticipándose a los peligros desconocidos, desconcertados y temerosos de lo que pudiera ocurrirles, mientras que ella había estado preparada. Se sentía –¿cómo podía describir la sensación?–, se sentía libre. Sí, estaba libre, había salido de una prisión invisible. Se sentía como en la época anterior al asesinato, cuando podía ir a cualquier parte y hacer cualquier cosa, sin pensar ni una vez en los riesgos ni en las consecuencias. Se sentía eufórica. Pero ¿duraría? En todo caso, razonó, tenía que seguir siendo prudente. No tenía sentido dejarse llevar por la embriaguez del momento hasta el punto de volverse estúpida. Buscó su mochila, sacó un frasco de loción antibacteriana para las manos y se untó ambas palmas.

–¿Cuál es nuestro plan? –le preguntó a Vera, cuando la vio venir.

–Trazar un plan –respondió Vera.

Al cabo de menos de una hora, el grupo había debatido dos vías de acción. La primera era bajar abriéndose paso por la jungla, siguiendo el borde del barranco mientras fuera posible, hasta encontrar otro poblado. Pedirían prestado un machete y se llevarían a los barqueros, que necesitaban bajar tanto como ellos. Quizá también pudiera acompañarlos uno de los lajachitó, ya que conocían la jungla a la perfección. La idea les pareció razonable, hasta que Roxanne sacó a relucir la historia de un grupo que se había perdido en las Galápagos y había intentado volver de manera similar, sólo para ser hallados treinta o cuarenta años más tarde, con unas notas garabateadas atadas a los zapatos y convertidos en un montón de huesos dispersos y descoloridos. Wyatt añadió que una revista de aventuras había publicado recientemente un reportaje sobre dos tipos que se habían perdido en Perú y habían sobrevivido. Claro que ellos eran montañistas expertos, disponían de clavijas y sabían lanzarse en rápel por una cuerda.

El grupo decidió intentar hacer señales para que los rescataran, como primera vía de acción. Al menos, de ese modo no tendrían que arriesgar la vida. Sencillamente tenían que usar la inteligencia. Vaciaron las mochilas sobre una esterilla, en el claro. Naturalmente, Heidi era la que ofrecía más posibilidades. Tenía la linterna pequeña, con diez o veinte horas de luz. Marlena tenía la otra, y también había pilas de repuesto. Asombroso. Podían dirigir las linternas hacia el cielo, por la noche, cuando pasaran aviones sobre sus cabezas. La manta de supervivencia, con su brillo metálico, sería excelente para crear un destello que los tripulantes de los helicópteros de rescate pudieran ver. Pero ¿cómo iban a distinguir los aviones que pasaran volando, si casi no veían el cielo? ¿Y por qué iban a pensar los pilotos que eran ellos que hacían señales y no los insurgentes que les disparaban? Decidieron encender hogueras día y noche en el poblado, y alimentarlas con ramas verdes para crear grandes columnas de humo.

El grupo fue a hablar con Mancha Negra y le propuso que pidiera ayuda a la tribu para buscar más piedras y leña, con la convicción de que todos agradecerían el ingenio estadounidense. Pero en lugar de demostrar alegría, Mancha Negra pareció resignado. Tenía que contárselo:

–Ellos no pueden ayudar a ustedes. Cuando los soldados encontrando a ustedes, ellos encontrando también al pueblo karen –dijo–. Entonces ellos matando a nosotros.

Oh, no, le aseguraron mis amigos, nadie culparía a la tribu por la desaparición de los turistas. El puente se había caído. Eso saltaba a la vista. Y cuando los encontraran, lo primero que dirían ellos es que la tribu los había ayudado y les había ofrecido su hospitalidad. Quizá incluso consiguieran una bonificación de la agencia de turismo.

–Dígaselo a ellos –instaron a Mancha Negra.

–Ellos no están creyendo nada de eso –repuso Mancha Negra.

Una vez más, intentó explicar a sus huéspedes que había una razón para que aquella gente viviera en el lugar llamado Nada. Habían llegado para esconderse. Para los soldados del SLORC, eran como cabras, animales que cazar y descuartizar. Seguirían cazándolos, hasta que se hiciera realidad el sueño de uno de los cabecillas del SLORC: que el único karen que pudiera verse en Birmania estuviera disecado en el aparador de un museo.

–Eso es algo terrible de decir –convino Roxanne, aunque pensaba que la tribu, como otros muchos pueblos sin instrucción, interpretaba las cosas demasiado literalmente–, pero es una amenaza vacía. No podrían hacer una cosa semejante.

Mancha Negra se puso una mano sobre el pecho.

–Esto aquí vacío –dijo–. Todos vacíos. –El sudor le bañaba la cara–. Si los soldados encontrando a nosotros en Nada, nosotros gente muerta. Mejor que saltamos dentro de gran agujero en la tierra.

Hizo una pausa y decidió decirles por qué los había llevado allí:

–Nosotros no pudiendo ayudar a ustedes para irse. Nosotros estamos trayendo a ustedes para ayudar.

–Y lo haremos –dijo Vera–, si podemos salir de aquí...

–Este chico –la interrumpió Mancha Negra, mirando a Rupert–, él pudiendo ayudar a nosotros. Puede hacer a nosotros invisibles. Puede hacer a nosotros desapareciendo. Entonces el SLORC no puede encontrar a nosotros.

Mancha Negra añadió después una versión de lo que había oído decir a Rupert durante sus trucos de cartas:

–Ahora lo estamos viendo, ahora no lo estamos viendo.

Mis amigos se miraron entre sí. Moff le dijo la verdad:

–Era un truco de magia. Él no puede hacer desaparecer las cosas.

–¿Cómo lo sabe? –dijo Mancha Negra.

–Es mi hijo –respondió Moff.

Mancha Negra replicó:

–También es Hermano Menor Blanco de pueblo karen.

Mis amigos decidieron que no tenía sentido discutir con el barquero. Tendrían que encontrar por sí mismos la forma de salir de allí.

Esa noche, Rupert fue el primero en padecer escalofríos. Moff aplicó una mano sobre la frente de su hijo y susurró con una voz enronquecida que rozaba el pánico:

–Malaria.

Otros le siguieron a lo largo de los días siguientes: Wendy, Wyatt, Dwight, Roxanne, Bennie y Esmé, derribados uno a uno por estremecimientos que les sacudían los huesos y una fiebre que los hacía delirar. Los que aún no habían caído enfermos estaban ocupados atendiendo a sus compatriotas y ahuyentando frenéticamente a los zumbadores mosquitos, que ahora veían como mortales enemigos.

Pero no eran aquellas hembras de mosquito las que los habían infectado con *Plasmodium*. Los parásitos necesitan al menos una semana de incubación para salir del hígado. Siete días antes, estaban en China. Siete días antes, habían recibido la maldición del jefe de la minoría bai, en la montaña de la Campana de Piedra. Como les había dicho la señorita Rong antes de marcharse, el jefe había prometido que, en adelante, los problemas y las contrariedades los perseguirían a dondequiera que fuesen, por el resto de sus días. E incluso antes de que la señorita Rong los informara al respecto, ya se habían cumplido las palabras del jefe bai, porque en la primera parada para estirar las piernas, después de visitar las grutas, en el preciso instante en que mis amigos se apearon del autobús, una nube de mosquitos se precipitó sobre ellos para darse un festín con la carne prometida.

A lo largo de la noche, la tribu pasó junto a Rupert y escuchó sus delirantes peticiones de auxilio. Estaban doblemente preocupados. ¿Cómo era posible que estuviera tan enfermo el Hermano Menor Blanco? ¿Cómo podría hacerlos invulnerables a la muerte, cuando él mismo se estaba escurriendo de los bordes de la vida? Antes de que llegaran mucho más lejos con esa cháchara, la abuela de Botín y Rapiña zahirió a los desconfiados y a los descreídos. ¿No recordáis lo que nos ocurrió a nosotros, cuando Botín, Rapiña y yo nadamos por el río de la Muerte? En el combate con la muerte, descubres tu poder. En el combate, te deshaces de tu carne mortal, capa tras capa, hasta llegar a ser quien se supone que debes ser. Si mueres, significa que siempre has sido mortal. Si sobrevives, es que eres un dios. Así que no manifestéis en voz tan alta vuestras dudas, porque este dios podría despertar y levantarse. Y si oye vuestro parloteo veleidoso y provocativo, os pondrá en un lugar donde no haya hermosas doncellas, sino únicamente arrozales estériles. Cuando todos nosotros estemos listos para marcharnos, os obligará a quedaros aquí, en Nada.

Dos mujeres trajeron jarras de agua fría y mojaron unos paños. Se los pusieron al Hermano Menor Blanco en la coronilla y debajo de su cuello, donde palpitaba el pulso caliente. Después, la abuela de los gemelos intentó darle un tónico, pero Vera la detuvo. Examinó el cuenco y aspiró el fuerte olor de las hierbas amargas y el alcohol.

La abuela de los gemelos se lo explicó claramente: «Es todo muy bueno, todo puro, yo misma lo cocí y lo puse a fermentar. Esta infusión se hace con las hojas de un arbusto que crece en la selva. La primera vez que comimos esas hojas fue simplemente porque no teníamos nada más que comer. ¿Y sabe qué? Los que estaban enfermos se pusieron bien y los que estaban bien, nunca más se pusieron enfermos.»

Por supuesto, Vera no entendió ni una palabra. Sacudió la cabeza y apartó el cuenco. Las mujeres trataron de persuadirla, pero ella se mantuvo firme.

–Nada de medicina vudú.

Entonces, las señoras de la jungla suspiraron y se llevaron el cuenco con la infusión especial que podía salvar una vida. «No importa –dijo la abuela de los gemelos. Esperarían a que la señora negra se durmiera–. Si sigue interfiriendo, le pondremos en la comida un poco de esa otra clase de hoja, y entonces cada noche dormirá un poco más. Hay que hacerlo. Si mueren aquí, sus espíritus verdes se quedarán varados en estos árboles. Y entonces nosotros nos quedaremos varados aquí, tratando de sacarlos.»

13. Particularmente preocupante

Harry, que era decidido por naturaleza, ahora dudaba. Quería abandonar el hotel Isla Flotante para ir en busca de Marlena, pero no se atrevía a marcharse, por temor a no estar presente cuando ella regresara. No sabía si debía confiar en Heinrich, pero no había nadie más a quien dirigirse, ni por otra parte nadie más que hablara inglés. Se imaginaba a Marlena yaciendo inconsciente en el suelo de un templo semiderruido, lo mismo que Walter. Pero después la veía en un hotel mucho más elegante, riendo y echando hacia atrás la cabeza, rodeada de una horda de hombres apuestos y diciendo:

–Harry es un imbécil. Se merece que lo hayamos dejado tirado en ese sitio espantoso.

Harry daba vueltas, tratando de usar la lógica y el sentido común. El segundo día desde la desaparición de sus amigos, el día veintisiete, se las arregló para conseguir que lo llevaran en lancha hasta el hotel Princesa Dorada, para ver si encontraba a alguien que supiera cómo hacer para llamar por teléfono a la embajada de Estados Unidos en Rangún. Finalmente, localizó a un estadounidense residente en la zona, pero el hombre no fue optimista.

–Un asunto complicado –le dijo.

Le explicó que el personal de la embajada necesitaba autorización de la junta militar para salir de Rangún. Por eso, si un norteamericano se metía en problemas, los funcionarios de la embajada quedaban bloqueados por quién sabe cuánto tiempo. Además, la semana de Navidad era mala época para conseguir que las cosas se hicieran rápidamente. Quizá la embajada ni siquiera estuviera abierta. Probablemente era por eso por lo que no atendían el teléfono.

–Mala suerte –dijo el hombre–. Estados Unidos considera a Birmania «un país particularmente preocupante». Una expresión excesivamente diplomática, en mi opinión.

Por la tarde, otro grupo de viajeros en busca de placer llegó al hotel Isla Flotante. Eran alemanes de clase media, de la periferia residencial de Frankfurt, y Heinrich les hablaba en su lengua común. Harry estaba algo bebido, sentado en un taburete alto en el bar del muelle, y contemplaba a los recién llegados con expresión sombría. Cuando Heinrich los reunió para el obligado brindis con «burbujas», les presentó a Harry diciendo que era «una estrella de la televisión de Estados Unidos, ahora entre nosotros». «*Weltberühmt*», dijo para concluir. Sí, claro. Era tan «famoso en todo el mundo» que los alemanes no tenían ni la más remota idea de quién podía ser, aparte de otro norteamericano ensoberbecido por sus *fünfzehn Minuten* de gloria. Heinrich les explicó que los otros integrantes del grupo de Harry habían salido para realizar varias excursiones de toda la jornada y que él había tenido que quedarse, porque se hallaba enfermo. «*Nicht ansteckend*», los tranquilizó Heinrich. Después se inclinó hacia Harry y le aclaró:

–Les he dicho que estaba usted enfermo, pero que no era contagioso.

Era la sutil manera de Heinrich de hacerle saber a Harry que había sido discreto en lo referente a su resaca.

Harry les hizo un gesto afirmativo a los alemanes, les sonrió y después les dijo en inglés:

–Es cierto. La intoxicación alimentaria no es contagiosa. No hay nada que temer.

–¡Dios santo! –exclamó Heinrich–. ¿Qué está diciendo? ¡Desde luego que no ha sido intoxicación alimentaria! ¡Vaya idea! ¡Aquí nunca hemos tenido ese tipo de problemas!

–Sí que ha sido intoxicación alimentaria –insistió Harry, que estaba borracho y le apetecía ser terriblemente desagradable–. Pero no se preocupe. Ya estoy prácticamente recuperado.

La conversación llegó a oídos de algunos de los alemanes que hablaban inglés, que la tradujeron a los demás.

–Quizá le doliera el estómago por estar siempre tan nervioso –gruñó Heinrich.

–Así es –convino Harry–. Y el hecho de que mi bungalow ardiera casi hasta los cimientos la otra noche tampoco ha ayudado mucho.

Heinrich se echó a reír con campechana falsedad y después dijo unas cuantas palabras joviales a los nuevos huéspedes:

–*Ein berauschter und abgeschmackter Witz.*

De ese modo les hizo saber que Harry era simplemente un borracho estúpido y alborotador. Para entonces, la mitad de los nuevos huéspedes tenían fruncido el entrecejo y los otros estaban pidiendo más detalles. Aunque fuera cierto que el norteamericano sólo estaba bromeando, ¿qué clase de borracho loco les había caído encima, en un hotel que supuestamente era de primera clase? Heinrich se excusó y se marchó para ocuparse de los pasaportes y de los preparativos para la cena.

Harry se dirigió al alemán que había traducido con más diligencia.

–¿De qué parte de Birmania vienen ustedes, si me permite que se lo pregunte?

–De Mandalay –respondió el hombre–. Ciudad muy interesante. Hermosa y con muchas historias.

–¿No habrán visto por casualidad a un grupo de norteamericanos, once en total? –Aquí, Harry hizo una pausa, para pensar en la mejor manera de describirlos, por sus características más distintivas–. Una señora china muy guapa, con su hija de doce años. Una señora negra bastante alta, que viste un caftán largo de rayas y camina como una reina africana. También hay un chico adolescente de aspecto más bien asiático, porque lo es a medias. Los demás, bueno, tienen más o menos el aspecto típico de todos los norteamericanos... Altos, con gorras de béisbol... ¿Los han visto? ¿Sí?

El hombre tradujo apresuradamente para su grupo:

–Nos pregunta si hemos visto a un grupo de turistas chinos, mujeres y niños, vestidos al estilo norteamericano.

Todos respondieron lo mismo. No.

–Lo imaginaba –dijo Harry.

Permaneció un momento en silencio y después le dijo al improvisado intérprete:

–¿Tendría la amabilidad de decirles a sus amigos que presten atención, por si encuentran a mis amigos? Si por casualidad los ven cuando salgan a recorrer la zona, hoy o mañana... Es que, verá... Están desaparecidos desde la mañana de Navidad. Los once.

–¿Once? –repitió el hombre–. ¿Qué quiere decir con eso de que están «desaparecidos»?

–El hecho es que no los ha visto nadie, ni hemos vuelto a tener noticias suyas. De todos modos, ustedes están de vacaciones y no es mi intención alarmarlos. Pero si tienen la gentileza de hacer correr la voz, les estaré muy agradecido.

–Desde luego –dijo el hombre–. ¡Once norteamericanos!

Añadió a sus palabras un gesto de enérgico asentimiento, una mirada destinada a transmitir a la vez solidaridad y confianza en que todo saldría bien.

–Haremos correr la voz –respondió.

Y vaya si lo hicieron. Difundieron la noticia. A medida que pasaron los días, el rumor dio pie a especulaciones desenfrenadas, presunciones, conclusiones y, finalmente, pánico generalizado.

–¿Lo has oído? Han desaparecido once norteamericanos y la policía militar está intentando taparlo. ¿Por qué no habrá emitido nuestra embajada ningún comunicado de advertencia para los turistas?

Era imposible visitar una pagoda sin oír el angustioso zumbido. Los turistas que llegaban al hotel Isla Flotante estaban comprensiblemente inquietos, y se habrían marchado si sus guías les hubieran encontrado alojamiento en otra parte. En el bar del muelle, un empresario estadounidense dijo que lo sucedido llevaba probablemente la firma siniestra de los militares. Una pareja francesa repuso que quizá los turistas desaparecidos habían hecho algo prohibido por el gobierno, como repartir panfletos a favor de la democracia u organizar manifestaciones por la liberación de Aung San Suu Kyi. No puedes hacer ese tipo de cosas y esperar que no haya consecuencias. Birmania no es Estados Unidos. Si no sabes lo que estás haciendo, lo mejor es no hacer nada. Ése era el problema, le dijo la mujer francesa a su marido. Esos norteamericanos querían tocar, tocar y tocar todo lo que se les decía que no tocaran, desde la fruta en el mercado hasta las cosas prohibidas en otros países.

Mientras tanto, la gente de la etnia shan, alrededor del lago Inle, creía que a los norteamericanos se los habían llevado los nats encolerizados.

Era indudable que los turistas habían ofendido a algunos e incluso a muchos. De todos los occidentales, los estadounidenses solían darse los mayores atracones, pero nunca les daban nada de su comida a los nats, y eso seguramente tenía que resultarles ofensivo. Además, muchos turistas occidentales no respetaban nada. Cuando creían que nadie los estaba mirando, no se molestaban en quitarse sus costosas zapatillas deportivas antes de entrar en los recintos sagrados. Creían que si nadie los veía, no hacían ningún mal. Incluso las mujeres hacían caso omiso de las cosas sagradas y se metían en zonas de los monasterios donde sólo podían entrar los hombres.

Las agencias de noticias occidentales con oficinas en Asia se enteraron de la historia, pero nadie pudo ofrecerles información sólida, sino únicamente rumores. ¿Cómo podían llegar al norteamericano en el complejo de bungalows? ¿Y al guía turístico? Necesitaban fuentes, contactos, entrevistas y material de autenticidad contrastada. Pero ¿de dónde iban a sacarlo? Ningún periodista birmano se habría atrevido a trabajar con ellos, y los periodistas occidentales no podían moverse por el país con cámaras y equipos de sonido. Muchos habían intentado hacerlo subrepticiamente (una entrevista con Aung San Suu Kyi habría sido un premio para cualquier periodista), pero la mayoría eran descubiertos, interrogados durante días, registrados hasta la última prenda de ropa y deportados, tras serles confiscado todo su equipo. Obtener información era tan arriesgado como el contrabando de drogas, y el resultado podía ser una cuantiosa gratificación o la ruina más absoluta. Aun así, siempre había informantes anónimos, residentes extranjeros y periodistas que entraban en el país con visado de turista, sin equipos vistosos, y usaban los ojos y los oídos.

El día de Año Nuevo, ciento treinta servicios de noticias habían difundido la historia de los once turistas desaparecidos en «Birmania» o «Myanmar». Los teléfonos de la embajada de Estados Unidos sonaban incesantemente, y los funcionarios consulares tenían que medir sus palabras, porque debían colaborar con el gobierno birmano para poder salir de Rangún e investigar. Para el dos de enero, los jefazos de la sede central neoyorquina de la Global News Network sabían que tenían entre manos una noticia de primera línea, merecedora de más minutos de emisión. Los espectadores (según pudieron comprobar estudiando muestras de población) quedaban electrizados por el misterio de la desaparición, por la presencia de dos niños inocentes entre los desaparecidos, por el aura romántica de Birmania y por tener la historia un «malo» evidente: el régimen militar. También estaba Harry Bailley, atractivo para las señoras de mediana edad y muy querido por los menores de dieciocho años, su público principal, por el amor que demostraba a los perros desobedientes. Era el tipo de noticia que los ejecutivos de la GNN consideraban «seductora», y estaban dispuestos a hacer todo cuanto fuera necesario para conseguir la historia y presentar todo el dramatismo y la carroña que pudieran, para superar a las cadenas rivales y mejorar sus cifras de audiencia.

Cuando la desdichada historia de Harry ya había recorrido todos los complejos hoteleros de Birmania y Tailandia, un joven turista de cabello ondulado procedente de Londres, llamado Garrett Wyeth, llegó al hotel Isla Flotante. Era un cámara independiente que trabajaba para programas de bajo coste sobre viajes y aventura, y soñaba con hacerse un hueco en el sector de los documentales serios. Había viajado a Birmania con una modesta cámara de vídeo como las que llevan los turistas, con el propósito de reunir material para un documental cuyo título provisional era «Oprimidos y suprimidos». Esperaba venderle el material, una vez montado, al Channel Four británico, que varios años antes había financiado el reportaje «Las habitaciones de la muerte», en el que unos periodistas occidentales que se hicieron pasar por trabajadores humanitarios revelaron que las niñas de los orfanatos chinos estaban siendo sistemáticamente asesinadas. Ese documental había sido su inspiración. Era increíble lo que habían conseguido esos reporteros disfrazados. Se habían infiltrado en el sistema y habían engañado a esos cretinos para que hablaran abiertamente de toda clase de problemas. Las cámaras ocultas lo captaron todo: secuencias asombrosas y escenas estremecedoras de un horror truculento. Fue un éxito enorme, que produjo gigantescas oleadas de escándalo internacional y de condena a China. ¡Hurra por los periodistas! Premios por doquier. Claro que siempre tiene que salir algún imbécil, haciendo un condenado alboroto por las «consecuencias negativas». ¿Es que hay alguna controversia que no las tenga? Vale, sí. China cerró a cal y canto las puertas de sus orfanatos por un tiempo. Se acabaron las adopciones, las operaciones de paladar hendido y las mantas bonitas. Pero

¿cuánto duró eso? Un año, como mucho. A veces hay que aceptar algún contratiempo, para asegurarse el triunfo. Entonces todos ganan. En cualquier caso, su reportaje no tendría nada que ver con bebés agonizantes, y sólo produciría buenas consecuencias, de eso no le cabía la menor duda, y al mismo tiempo, le daría credenciales de periodista serio, capaz de cubrir una auténtica noticia. ¿Verdad que era una idea increíblemente brillante?

En Harry Bailley, Garrett vio una oportunidad imprevista pero lucrativa. Convencería a su compatriota (después de todo, Harry era británico de nacimiento) para que le concediera una exclusiva. Después iría a Channel Four y les presentaría la electrizante entrevista, un pequeño adelanto de lo que estaba por venir. Y si lo rechazaban, vendería el reportaje a la primera cadena que le hiciera una oferta sustanciosa. Global News Network era una posibilidad, aunque no su primera elección, ya que esa cadena solía hacer equilibrios en las fronteras más resbaladizas del periodismo; pero cuando se trataba de primicias y escándalos, ellos sí que sabían apilar los billetes y abanicarte la cara con ellos. ¡Ah, el aroma del éxito! Una entrevista con Harry Bailley podía suponerle unos ingresos rápidos de varios miles de libras. Y si los turistas morían... bueno, entonces no quería ni pensarlo.

–No sé si es prudente la idea –le dijo Harry cuando Garrett lo abordó por primera vez. Estaba confuso y cansado, pues llevaba toda la semana durmiendo solamente a ratos–. No quiero empeorar aún más las cosas para mis amigos –añadió–. Por lo visto, el gobierno militar de aquí es bastante estricto acerca de la forma de hacer las cosas. El tipo que dirige este sitio opina que es más seguro quedarse callado.

Garrett advirtió que Harry no estaba en absoluto al corriente de lo que ya habían difundido los canales internacionales de noticias. El hotel Isla Flotante era un yermo informativo: no había televisión vía satélite, ni BBC, ni CNN, ni GNN, sino únicamente dos canales oficiales del gobierno de Myanmar, que sólo emitían predicciones de buen tiempo. Tenía que actuar con precaución, para que Harry no se sintiera demasiado confuso en cuanto a lo que le convenía hacer y a quién dirigirse.

–Escuche, amigo mío –le dijo Garrett–, tiene toda la razón en poner por delante el interés de sus amigos. Pero lo único que quiere ese tío, Herr Heinrich, es cubrirse las espaldas. Teme ahuyentar a los clientes.

¿Puede usted confiar en él? ¡Desde luego que no! Es un timador de primera línea. Lo correcto es lo que usted siente en su corazón y en sus entrañas. Todo lo demás no vale para nada.

–Pero los militares...

–¡Bah! ¿No les tendrá miedo, no? ¡Usted es norteamericano! Puede hacer todo lo que le dé la gana. ¡Libertad de expresión! Es su derecho y, perdone que se lo diga tan abiertamente, también es su responsabilidad.

Cuando hablaba de libertad, Garrett se refería, naturalmente, a los derechos civiles en Estados Unidos y no a la legislación internacional, como hizo que el desconcertado Harry creyera. La verdad es que Harry tenía tanto derecho a expresar libremente sus puntos de vista como cualquier ciudadano birmano, es decir, ninguno en absoluto.

–Sus palabras llegarán a millones y millones de personas –le dijo Harry–, y ése es precisamente el tipo de presión que usted necesita para que esos imbéciles sepan que todo el mundo los está mirando, y para que la embajada de Estados Unidos se sienta obligada a hacer algo más para encontrar a sus amigos.

–Comprendo lo que quiere decir –replicó Harry–, pero aun así... No sé...

–Muy bien, muy bien –dijo Garrett con paciencia–. Ya sé que usted también se estará preguntando cómo hacer para salvar su propia piel...

Harry lo interrumpió:

–¡No, no, nada de eso!

–Entonces, déjeme que le pregunte una cosa. ¿Quién es el principal opositor de los militares birmanos? Correcto, esa mujer, Aung San Suu Kyi. Hace diez años que los está mandando a tomar por saco, por así decirlo. ¿Y qué hacen? No la encierran y tiran la llave, no. La tienen confinada en su propia casa. ¿Por qué? Porque saben que el mundo los está mirando. Ésa es la diferencia. Centímetros de columna, minutos de transmisión. Los medios hacen que sucedan las cosas.

Levantó el pulgar en conspiratorio acuerdo consigo mismo y añadió en voz baja:

–¡Así es como las noticias determinan lo que pasa en el mundo!

Después le dio un codazo a Harry.

–Pero todo empieza por usted.

Harry asintió con la cabeza, casi convencido.

–Yo sólo quiero hacer lo mejor para mis amigos.

–Créame. Esto es indudablemente lo mejor que puede hacer. Y ni siquiera es preciso que diga nada desagradable sobre el gobierno militar. Sólo tiene que contar de manera objetiva y sin sesgos de ningún tipo que lo que usted quiere es recuperar a sus amigos. Sincero y heroico.

–No puede haber ningún mal en eso –convino Harry.

Garrett se hizo cargo de la cámara mientras su novia, Elsbeth, realizaba la entrevista. Era rubia, alta y delgada, y podría haber sido una belleza, de no ser por los dientes torcidos, que el té, la nicotina y la tradición británica de higiene dental habían estropeado aún más. Estaban en el bungalow de Harry, donde nadie más podía verlos.

–Doctor Bailley –comenzó ella–, ¿podría contarnos lo que ocurrió la mañana del veinticinco de diciembre?

Harry suspiró profundamente y se puso a mirar por la ventana que tenía a su derecha.

–Yo estaba enfermo ese día. Intoxicación alimentaria...

Mientras relataba la historia, Harry recordaba que no debía sonreír ni mirar con excesiva cordialidad a la cámara. No había nada peor que ver a un corresponsal sonriente informando de una tragedia. Cuando terminó, parecía melancólico y ligeramente esperanzado. No todo era interpretación.

Elsbeth se volvió hacia Garrett.

–¿Es suficiente con esto?

–Pregunta por los otros. Pídele que los describa para los televidentes –respondió Garrett.

En algunos canales ya habían enseñado fotos y habían hablado de las historias de cada uno, pero Garrett quería el toque personal, la verdadera esencia de cada una de esas personas, contada por un hombre con el corazón destrozado.

–Sí –le dijo a Elsbeth–, el toque personal. Hagamos que se deshagan en lágrimas y que deseen ver a salvo a esos pobres desdichados.

Harry también oyó las instrucciones de Garrett. ¡Claro que sí! Ése era el propósito, ¿no? Tenía que conseguir que los rescataran. Como había dicho Garrett, los medios podían hacer que sucedieran las cosas. Era una oportunidad maravillosa, mucho mejor que imprimir las fotos de los desaparecidos en los envases de leche. Asumió una actitud pensativa, con la mirada ligeramente desviada hacia un lado, intentando encontrar la combinación perfecta de palabras que generara un aluvión de compasiva emoción. Ahora agradecía su experiencia como presentador de la televisión. ¡Vamos! Enamora a la cámara, haz aflorar las emociones, impide que esos idiotas usen el mando a distancia. Y entonces empezó a hablar La Voz, como la llamaba su productor, cálida y suave como un whisky de treinta años.

–Somos todos muy buenos amigos, ¿sabe?, de San Francisco y sus alrededores.

Se puso a juguetear con las manos. Era un hombre sensible, abstraído en su preocupación. Volvió a mirar a la cámara.

–De hecho, uno de ellos es mi viejo y querido amigo de la infancia, Mark Moffett, que dirige una de las fincas más grandes y exitosas de producción de plantas para proyectos paisajísticos. Sobre todo bambú. Una reputación inmaculada y un corazón de oro. –Dejó escapar una risita melancólica–. Siempre va vestido con pantalones cortos de safari, sea cual sea la estación. Una vez escaló el Everest, y apuesto que también llevaba puestos los mismos *shorts*.

Rió tristemente, como se hace cuando se cuentan anécdotas en los panegíricos de los funerales.

–Su hijo, Rupert... ¡Qué chico tan fantástico! En seguida hace amigos con los niños de otros países. Juega con ellos al baloncesto, les enseña trucos de magia... Tiene bastante talento para eso, y suele atraer a mucha gente...

Y así prosiguió Harry con la descripción de sus compatriotas, con grandes superlativos, inflando sus virtudes morales, ofreciendo breves semblanzas de su apariencia, restándoles edad y exagerando su presencia de ánimo. Todos eran sumamente cultos, pero con los pies en la tierra; profundamente enamorados y felizmente casados; valientes y aventureros, pero no temerarios; altruistas y considerados, sin pensar ni un momento en su propia comodidad; gente sin dobleces, que apreciaba a los pueblos autóctonos...

Harry reservó lo mejor para el final. Una vez más, se puso a juguetear con las manos, frotándoselas, como si le resultara difícil hablar, por la tristeza.

–También hay una mujer muy especial, Marlena Chu. Es una persona increíble, de verdad, una proveedora de grandes obras de arte: De Kooning, Hockney, Diebenkorn, Kline, Twombly... Yo soy un ignorante en todo lo referente al arte moderno, pero he oído que esos pintores son bastante buenos.

Tonterías. Harry se había inventado la lista. Siempre memorizaba nombres de artistas, poetas, músicos y presidentes de diversos países africanos, consciente de que esos conocimientos podían serle de utilidad en las numerosas fiestas y funciones importantes a las que asistía. Su mejor baza era recitar «La luz agonizante», un poema sobre un soldado que veía morir la luz del crepúsculo, mientras transcurrían sus últimos instantes. Casi sin excepción, hacía que a las mujeres se les llenaran los ojos de lágrimas y que desearan rodearlo con sus brazos, para protegerlo de la muerte, la soledad y la belleza de pensamiento sin un oído apreciativo.

—¿Se sentía próximo a ella? —preguntó Elsbeth.

—Sí. Nosotros estamos muy, muy...

Se le quebró la voz, y Elsbeth le palmoteó la mano. Harry inspiró profundamente y prosiguió con valentía, en un susurro:

—Estoy destrozado. Yo debería haber estado en esa lancha con ella.

La emoción de Harry era sincera en su mayor parte, pero la forma en que la expresaba resultaba ridículamente tópica. Elsbeth y Garrett no dejaron traslucir que eso era lo que pensaban.

—¿Qué edad tiene ella? —preguntó Elsbeth con suavidad.

—Tiene... —empezó a decir Harry, pero se dio cuenta de que no tenía ni idea de cuál podía ser la respuesta. Se detuvo bruscamente y soltó una risita.

—Bueno, si esto va a salir por televisión, supongo que ella no querrá que revele su edad. Pero le diré una cosa: como muchas mujeres asiáticas, aparenta unos veintinueve años y ni un día más. Ah, y además tiene una hija, una niña de doce años, así de alta, más o menos. Esmé. Una niña adorable. Es bastante precoz, no tiene miedo de nada y es muy cariñosa. Tiene un perrito, un cachorro de unas seis o siete semanas, de raza shih tzu, que padece una hernia umbilical. Yo soy veterinario, ¿sabe? Por eso me fijo en esas cosas. A propósito, quizá hayan visto ustedes mi programa, «Los archivos de Manchita». ¿No? De hecho, estamos negociando su emisión en Gran Bretaña. ¡Oh, no! Será mejor que corte ese comentario, porque el trato aún no está cerrado. Pero los perros son mi amor, aparte de Marlena, y si dispusiera de los medios, organizaría el envío de un equipo de perros de búsqueda y rescate en el próximo avión...

Al noveno día de la prolongada estancia de mis amigos en Nada, la GNN difundió la siguiente información: «Once norteamericanos, dos de ellos niños, llevan una semana desaparecidos en Birmania, el país que el régimen militar rebautizó con el nombre de Myanmar, poco antes de anular el resultado arrollador de las elecciones democráticas de 1990. Los norteamericanos se encontraban realizando un viaje de placer, cuando salieron a dar un paseo en barca del que nunca regresaron.»

Se vieron fotos de los desaparecidos, reemplazadas por la imagen de unos soldados de aspecto adusto, empuñando fusiles.

«Desde el golpe militar, Birmania se ha visto asolada por los conflictos civiles, y su gobierno ha sido denunciado en repetidas ocasiones por violación de los derechos humanos. Un reportaje exclusivo difundido por la GNN, el año pasado, informó de los abusos sistemáticos a las mujeres de las minorías étnicas por parte de los militares. Sucesos igualmente horrendos se producen en las regiones del país ocultas a la vista de la prensa, desde el secuestro de hombres, mujeres y niños que luego son obligados a transportar pesadas cargas para los militares hasta que mueren de agotamiento hasta la total destrucción de aldeas sospechosas de dar cobijo a simpatizantes de la Liga Nacional para la Democracia.»

Aparecieron escenas de niños monjes y de niñas sonrientes.

«Ésta es la atmósfera en la que se encuentran los norteamericanos desaparecidos. Los militares birmanos y el personal de la embajada de Estados Unidos en Rangún afirman no disponer de ninguna pista. Pero algunos especulan que los turistas podrían haber sido detenidos por ofensas desconocidas al régimen. Se cree que una de las personas desaparecidas ha defendido la causa de la ganadora del Premio Nobel de la Paz, Aung San Suu Kyi, la prestigiosa líder de la Liga Nacional para la Democracia, actualmente en arresto domiciliario. Mientras tanto, los turistas que se encuentran en Birmania se apresuraron a abandonar el país. Pero hay un hombre que conserva el optimismo y confía en que los turistas serán encontrados. Es Harry Bailley, del popular programa de televisión "Los archivos de Manchita", que formaba parte del grupo cuyos otros miembros han desaparecido. Por encontrarse indispuesto en aquella aciaga fecha, el señor Bailley permaneció en el hotel, mientras sus amigos salían a dar un paseo en lancha, poco antes del amanecer, el día de Navidad. La GNN ha hablado personalmente con él, en una entrevista exclusiva, grabada en un lugar no revelado de Birmania. La veremos a continuación en "Puntos calientes del mundo", aquí, en la GNN, donde la forma de contar las noticias ya es noticia.»

En el antipodiano mundo de San Francisco, Mary Ellen Brookhyser Feingold Fong se despertó una mañana con la llamada telefónica de una persona del Departamento de Estado, para informarle de que su hija, Wendy, había desaparecido.

Pensando que la voz masculina era del casero de Wendy, Mary Ellen respondió:

–No, no ha desaparecido. Está en Birmania. Pero si se ha retrasado en el pago del alquiler, con mucho gusto me ocuparé de ello.

Ya había sucedido otras veces.

El hombre del Departamento de Estado volvió a explicarle quién era y, dos veces más, la mente de Mary Ellen se resistió a abandonar el concepto de que Wendy no había desaparecido, sino que era simplemente irresponsable, ya que abandonar esa lógica suponía aceptar una realidad que escapaba a su comprensión.

En Mayville, Dakota del Norte, la madre de Wyatt, Dot Fletcher, recibió una llamada igualmente desconcertante. También ella estaba convencida de que su hijo se encontraría en otra de sus expediciones por una región del mundo sin comunicaciones adecuadas. Sucedía muy a menudo. Estaría en medio del océano Índico, con el motor averiado y sin una pizca de viento. O recorriendo a pie el este de Bhután, a siete u ocho días de marcha del teléfono más cercano. No había desaparecido. Simplemente era imposible localizarlo por teléfono. En ese sentido, estaba en lo cierto.

Y así se sucedieron las llamadas. A la ex esposa de Moff, puesto que era la madre de Rupert. Al ex marido de Marlena, puesto que era el padre de Esmé. A la combinación de padres, madres y padrastros de Heidi y Roxanne. A la madre de Bennie, pero no a su compañero sentimental, Timothy, pues no constaba oficialmente como pariente cercano. Las llamadas llegaron a horas intempestivas, cuando era seguro que los destinatarios iban a encontrarse en casa y cuando incluso el primer timbrazo anunciaba problemas, antes de que la GNN difundiera las últimas noticias. En la televisión, los familiares de mis amigos contemplaron perplejos y horrorizados cómo un hombre repeinado de acento británico hablaba de sus seres queridos en términos que normalmente se reservan para las reseñas necrológicas. Mirando la entrevista desde su suite del segundo mejor hotel de Bangkok, Garrett lamentó no haber pedido más de quince mil dólares.

A las siete de la mañana del mismo día, hora del Pacífico, los diversos parientes cercanos miraban ansiosamente la GNN por tercera vez. La misma historia se repetía a cada hora, con el añadido de detalles mínimos, anunciados como «novedades de última hora». La GNN desvió investigadores y cámaras de otros proyectos y les dio una lista de lo que debían encontrar y con quién debían hablar. Para la ilustración visual, recurrió a imágenes de archivo del golpe militar y de viajes a lugares exóticos. También usaron secuencias captadas por videoaficionados que habían partido apresuradamente de Birmania y estaban llegando en grandes oleadas al aeropuerto de Bangkok. En Estados Unidos, el personal de la cadena de televisión había descubierto detalles adicionales de interés para los espectadores. Una de las personas desaparecidas era una rica heredera, según informaron, hija del rey de las tuberías de PVC. Se veía entonces una foto de Wendy Brookhyser, tomada años atrás, en una fiesta de presentación en sociedad. Roxanne aparecía recibiendo un premio, con expresión despierta y la cara brillante por el sudor. Había una instantánea de Marlena abrazando a una Esmé de ocho años, en Disneylandia, junto a un Mickey Mouse que saludaba a la cámara. Heidi aparecía sentada en los escalones del porche de una amiga, comiendo un helado. Incluso una vieja secuencia de «Los archivos de Manchita» fue presentada como «novedad de última hora».

A lo largo de la jornada, prosiguió el goteo de noticias. Había evidencias, informó la GNN, de que uno de los miembros del grupo había sido detenido en una ocasión por posesión de marihuana. Era Moff, que veintidós años antes había sido arrestado, acusado de un delito menor, multado y puesto en libertad condicional. En la GNN, lo mostraron de pie delante de una pared de bambú, con su sempiterna camisa de safari, pantalones cortos y gafas de sol. En ese contexto, parecía un traficante de drogas exponiendo orgullosamente su mercancía. Un hábil realizador de la GNN había ensamblado ese segmento de noticia con otro que le seguía inmediatamente, sobre el Triángulo de Oro birmano y su agitada historia como «capital mundial de la heroína». Si bien la noticia no decía explícitamente que Moff tuviera ninguna relación con los productores de heroína, la yuxtaposición implicaba un vínculo.

Yo lo vi en el televisor de Heinrich, conectado a una antena parabólica recién comprada en el mercado negro, que había sustituido a la desaparecida poco tiempo antes. Debo confesar que me resultó *un peu amusant* ver a mis amigos convertidos en víctimas de la mala información y de las fotos poco halagüeñas, tal como me había sucedido a mí cuando los periódicos informaron acerca de mi misteriosa muerte.

Lo peor de las noticias, en mi opinión, fue Philip Gutman, de Libre Expresión Internacional. Ese megalómano se puso en contacto con los periodistas de la GNN, les agitó un señuelo delante de la cara y ellos mordieron. Con su boca carnosa y aleteante, se dedicó a desmentir enérgicamente los rumores:

–No es cierto, no es cierto. Ninguno de los desaparecidos era un espía.

Después, astutamente, elogió a quienes sí servían como vigilantes en favor de la paz, particularmente en países como Birmania, con atroces antecedentes de violaciones de los derechos humanos, y se declaró orgulloso de que un miembro de Libre Expresión figurara entre los desaparecidos. Añadió en tono dramático que esa persona se había sumado «a las decenas de miles de desaparecidos que hoy se cuentan en Birmania» y expresó su esperanza de que no acabara como los demás, «corriendo una suerte de indecible horror». Naturalmente, su declaración condujo a un frenesí de conjeturas acerca de quién podía ser el activista. Los curiosos e interesados en el tema no eran únicamente los televidentes internacionales de la GNN, las familias de mis amigos y el gobierno de Estados Unidos, sino también el régimen militar de Myanmar. Querían saber quién era el alborotador y quién había permitido que se colara por la frontera. El castigo que Myanmar reservaba a los espías era similar al que aplicaba a los traficantes de droga: la muerte.

Puede que Wendy fuera una tonta inmadura, pero no por eso merecía que le cortaran la cabeza simplemente porque un antiguo compañero de universidad estuviera dispuesto a aprovechar cualquier oportunidad para promover su causa. No me opongo a que las personas trabajen para mejorar los derechos humanos, en absoluto. Su labor es admirable y esencial. Pero toda la estrategia de Gutman estaba dirigida a conseguir titulares. Fomentaba las denuncias, las manifestaciones y las peticiones que acapararan espacio en la prensa. Nunca negociaba discretamente detrás de la escena, como hacen otros activistas. Gutman se reservaba las historias sobre abusos hasta el momento más ventajoso para conseguir los mayores titulares, por lo general, en torno a la época en que tenía programada una campaña de recaudación de fondos. Por desgracia, en toda sociedad que se propone hacer el bien, siempre hay unos pocos que lo hacen esencialmente para sí mismos.

A la hora de las noticias de la noche, la GNN ya sabía que tenía entre sus afortunadas manos la sensación periodística de la semana en Estados Unidos, un bombazo capaz de superar a los preparativos de la Super Bowl, al escándalo sexual del congresista con la principal donante de su campaña y a la estrella de cine arrestada por pedofilia. Era la conmovedora historia de la misteriosa desaparición de un grupo de ciudadanos norteamericanos inocentes y guapos, triunfadores y respetados, ricos y envidiados, francos y directos, y con el toque suficiente de detalles escandalosos como para electrizar al público. La GNN organizó una encuesta telefónica, pidiendo a los televidentes que votaran si los turistas eran responsables de su desaparición, totalmente, en parte o nada en absoluto. Un reconfortante ochenta y siete por ciento consideraba que los turistas eran víctimas inocentes. ¿Cuál debía ser la respuesta de Estados Unidos? ¿Ninguna, ofrecer un rescate o enviar al ejército? Un chocante setenta y tres por ciento votó a favor de invadir Birmania, y un número considerable de mensajes en el foro de la GNN proponía atacar el país con armas nucleares. El gobierno de Washington negó con vehemencia que tuviera la menor intención de hacer ninguna de las dos cosas, mientras la GNN daba luz verde para ampliar la cobertura y el tiempo de emisión.

El jefe de la oficina de la GNN en Bangkok coordinaba las entrevistas con la sede central en Nueva York. En el aeropuerto de Bangkok, los periodistas de la GNN y de otros medios caían en enjambre sobre los turistas procedentes de Mandalay y Rangún. ¿Habían tenido miedo? ¿Habían adelantado su partida? ¿Estarían dispuestos a regresar algún día?

La gente de Nueva York o Río de Janeiro miraban a su alrededor con hastío y disgusto, mientras se abrían paso entre las hordas de periodistas. Pero algunos viajeros resultaban muy fáciles de interceptar, porque procedían de ciudades como Indianápolis o Manchester, donde se considera una descortesía no prestar atención cuando te hacen una pregunta. Los residentes en Los Ángeles también se ponían delante de la cámara por su propia voluntad, porque lo consideraban su derecho inalienable.

–Ha sido muy duro estar en un país donde de pronto aparecen once personas muertas –afirmó una mujer de Studio City.

Cuando le recordaron que aún no se había confirmado el fallecimiento de ninguno de los desaparecidos, añadió:

–Bueno, de todos modos, te afecta.

–¿Han pasado miedo? –le preguntó un periodista a una pareja que emergía de una puerta giratoria.

–Ésta sí que ha pasado miedo –respondió en tono uniforme un hombre bronceado, señalando con el pulgar a la mujer que venía detrás–. Se puso histérica.

La mujer le dedicó una sonrisa helada, se volvió hacia el periodista y, con la sonrisa aún petrificada en el rostro, declaró:

–A decir verdad, lo que más me preocupaba era quedarnos varados allí si cerraban los aeropuertos.

Su respuesta, con la agresiva sonrisa destinada a su marido, volvió a emitirse hora tras hora, haciéndola quedar ante millones de personas como una perra sin corazón.

Los habitantes de Mayville organizaron una vigilia con velas y venta de bollos y pasteles, en beneficio de la familia de Wyatt, con el fin de recolectar fondos para que la señora Fletcher pudiera viajar a Birmania en compañía del asistente del sheriff, con quien estaba saliendo, en busca de su único hijo. El programa de enseñanza de las escuelas primarias de todo el país incorporó una lección de geografía sobre la ubicación de Birmania en el mundo, lección que además fue transmitida por las cadenas de televisión nacionales, pues otra encuesta había revelado que el noventa y seis por ciento de los estadounidenses ignoraban dónde se encontraba Myanmar o Birmania. En San Francisco, Mary Ellen Brookhyser Feingold Fong estaba en contacto permanente con el alcalde y con «los tres Georges», uno de los cuales era un pez gordo de la política con conexiones en el

Departamento de Estado; otro, un productor de cine, y el tercero, un filántropo multimillonario que disponía de jet privado. El equipo de «Los archivos de Manchita» seleccionó lo mejor de sus programas, para una redifusión que incluía un episodio de gran éxito sobre el entrenamiento de los perros de búsqueda y rescate mediante la detección por el olfato y el rastreo de pistas, así como una serie de sencillas técnicas que podían usar los dueños de perros, para que sus perezosas mascotas (ya fueran bóxers, beagles, bichons frisés o de cualquier otra raza) aprendieran a localizar por el olfato a un niño jugando al escondite. Incluso antes de que terminaran las emisiones de la jornada, ya había planes para que viajaran a Birmania en jet privado las siguientes personas: Mary Ellen Brookhyser Feingold Fong, Dorothea Fletcher con su asistente del sheriff, de nombre Gustav Larsen, y Saskia Hawley de la Compañía Golden Gate de Perros de Búsqueda y Rescate, antigua novia de Harry.

En el avión, Saskia Hawley iba pensando en el pasado que había compartido con Harry Bailley. Él todavía le gustaba. ¿Qué sentiría él por ella? Al igual que todas las antiguas amantes de Harry, Saskia era menuda, delgada y, como él lo expresó una vez, «emocionalmente exigente». «Mona» era otro término que Harry utilizaba para describirla, un término que ella aborrecía porque implicaba que él no la consideraba su igual.

–No me llames «mona» –le exigía repetidamente.

–¡Pero si lo eres, cariño! –respondía Harry–. ¿Qué puede haber de malo en que te lo diga?

Como recordaba Saskia ahora, Harry tenía sus buenas cualidades. Para empezar, era fiel, tan fiel como un perro. A las otras mujeres las miraba, pero no las tocaba, y en ese sentido nunca la había traicionado, como en cambio sí lo había hecho el último de sus amantes, aquel imbécil. Cuando ella tenía problemas o inquietudes de cualquier tipo, Harry acudía en su ayuda, sin importarle la hora que fuera. El otro factor era la cama. Entre las sábanas, Harry era pura diversión. En retrospectiva, era mucho más deseable y convivible que los otros amantes que habían surgido y desaparecido desde que los dos habían puesto fin a su relación, seis años antes. En realidad, se habían concedido «un tiempo para reflexionar». Nunca habían dicho que fuera definitivo. ¿Estaría ella dispuesta a volver con él algún día? ¡No, no, no!, protestó ella, con excesiva vehemencia.

Saskia había decidido llevar consigo dos perros que probablemente tenían las mejores narices del mercado. Uno de ellos era *Lush*, una border collie blanca y negra, de lengua colgante y expresión sonriente, que se había ganado sus galones como perro de búsqueda y rescate de los servicios federales de emergencias urbanas, empezando por el gran atentado terrorista de Oklahoma. *Lush* también tenía experiencia buscando cadáveres, pero Saskia no se lo reveló a los otros pasajeros del avión. Quería parecer tan optimista como los demás. Oficialmente, se trataba aún de un rescate y no de una recuperación de cuerpos. Pero Saskia era realista, porque la experiencia la había obligado a serlo. Y si los turistas estaban muertos, Dios no lo permitiera, su olor seguiría siendo discernible para los perros incluso años después del deceso, especialmente si los materiales en descomposición eran absorbidos por las raíces de los árboles. El equipo de Saskia había participado en la investigación de dos casos de asesinato en los cuales se desenterró un cadáver, el primero junto a un pino y el otro al pie de un gingko. Como en todos los hallazgos de *Lush*, la perra había dado vueltas, había olfateado y finalmente había regresado al punto donde el olor era más penetrante, y allí se había sentado con gesto decidido, como señal de haber encontrado el objeto que le valdría su recompensa: unos minutos jugando a ir a buscar una pelota vieja de tenis. La primera vez que *Lush* le había señalado un árbol a Saskia, los otros miembros del equipo se habían desternillado de risa. Saskia les había indicado entonces que cavaran cerca del árbol, en el lugar más oculto y apartado. Como era de esperar, desenterraron los huesos, y cuando Saskia les explicó por qué perciben los perros el olor en el tronco, los otros miembros del equipo exclamaron:

—¡Dios Santo! ¡Un árbol carnívoro y chupasangre!

Pero en Birmania había un problema con los perros buscadores de cadáveres. Podían entrar en constante frenesí, a causa del número excesivo de cadáveres enterrados secretamente. *Lush* corría el peligro de despellejarse la nariz de tanto trabajar.

El otro miembro canino del equipo de Saskia era *Topper*, un labrador negro, especializado en rescates en lugares agrestes. Al ser un labrador, era además un perrazo que adoraba trabajar en el agua. Era posible que eso también fuera necesario, a juzgar por lo que habían dicho de la desaparición los funcionarios consulares. Saskia se preguntaba qué profundidad tendría el lago y, otro aspecto igualmente importante, a qué temperatura estaría el agua, porque de ello dependía que los cadáveres estuvieran bien refrigerados. En agua fría, la descomposición avanzaría más lentamente y los perros podrían concentrarse en buscar un objetivo más pequeño, en lugar de uno disperso.

Así pues, esas cuatro personas y los dos perros viajaron a Bangkok. Allí averiguarían si el gobierno militar de Myanmar les daba su autorización para entrar en el país. ¿Les concederían visados de urgencia o cualquier otro tipo de visado? Para ayudarlos en ese sentido, uno de los Georges de Mary Ellen, el pez gordo de la política, había movido sus influencias en el Departamento de Estado. Se esperaba que ella y sus acompañantes pasaran por turistas corrientes, aunque muy ricos y con jet privado, y que por tanto les fueran concedidos sus visados de último minuto. Para conseguirlos, era preciso que el régimen de Myanmar ignorara su vinculación con las personas desaparecidas. Y eso era posible, según creían los funcionarios del Departamento de Estado, porque la GNN no transmitía en Myanmar o, más exactamente, estaba prohibido recibir su señal. La prohibición se extendía a todos los programas extranjeros. Las noticias aprobadas se difundían a través de los dos canales estatales, y los reportajes de ambos debían contar con la aprobación previa del Ministerio de Información. Uno de los viejos generales establecía la normativa que debían cumplir todas las noticias aptas para ser difundidas, y el Consejo de Vigilancia de la Prensa comprobaba que todos los criterios se respetaran al pie de la letra. Estaban prohibidos, por ejemplo, las predicciones de mal tiempo, las noticias de reveses económicos y las imágenes de civiles muertos. Nada de eso era bueno para la moral del país. Y si en algún momento se llegaba a mencionar el nombre de Aung San Suu Kyi, más le valía al redactor que las palabras «malévolo instrumento de los intereses extranjeros» aparecieran cerca. Así pues, era muy poco probable que una noticia sobre once turistas desaparecidos y posiblemente muertos llegara a los titulares de los periódicos, las radios y las cadenas de televisión controlados por el régimen.

Pero no se confundan. Eso no significa que el Ministerio de Información y su Oficina de Estudios Estratégicos en el Ministerio de Defensa no supieran quiénes eran los parientes de los desaparecidos. Los generales, los directores y sus subordinados ya habían visto grabaciones de los reportajes de la GNN sobre el tema. El ministerio tenía la obligación de encontrar ese tipo de reportajes y cualquier otra historia que hiciera alusión al país, ya fuera para alabarlo o para criticarlo. Los funcionarios escuchaban la Voz de América y la BBC, que escapaban a su control y que muchas personas malintencionadas sintonizaban subrepticiamente. También disponían de una antena parabólica para captar los canales extranjeros, y su Consejo de Vigilancia de la Prensa escrutaba todos los programas de televisión de los poderosos países enemigos, tomando nota de cada mención a Myanmar. Con frecuencia, los sobrinos o sobrinas de algún alto funcionario tenían la responsabilidad de seguir con atención los episodios de «Los Simpson», de «Sexo en Nueva York» o de «La supervivencia del más fuerte», que además muchos de ellos encontraban interesantes. La revisión de los programas de noticias, una labor más rigurosa, se reservaba a las mentes más críticas. De ese modo, los nombres de los culpables se reunían y se colocaban en listas apropiadas, para prohibirles la entrada al país, expulsarlos o, en caso necesario, «reeducarlos».

El año más agitado en cuanto a noticias fue el año en que la hija del General Muerto ganó el Premio Nobel de la Paz. ¡Qué cantidad de noticias negativas había generado! ¡Un bombardeo constante! ¡Un desastre! ¡Esos suecos siempre estaban repartiendo premios de la paz con el único propósito de alborotar! En su fuero interno, sin embargo, los ministros encargados de la propaganda y el patriotismo recordaban que no habían manejado la «situación» de la mejor manera posible. Habían cerrado filas y rápidamente habían impedido toda manifestación de apoyo a la Señora. Y de ese modo no habían hecho más que aumentar el rechazo que el mundo sentía por ellos. Iba a ser muy importante la forma en que ahora se enfrentaran a este último desafío.

La Oficina de Estudios Estratégicos estaba particularmente agitada y quería respuestas cuanto antes. La campaña «Visite Myanmar», lanzada varios años antes, nunca había alcanzado los magníficos resultados pronosticados y ahora estaba por los suelos. Las cancelaciones de reservas inundaban las centralitas de los hoteles y la ya mediocre tasa de ocupación, que normalmente oscilaba entre el veinticinco y el treinta por ciento, se estaba viniendo abajo. Las compañías aéreas informaban de que los aviones llegaban vacíos a Mandalay y Yangón, pero se marchaban llenos. Por si eso hubiese sido poco, varios líderes de la ASEAN (mandatarios de

Tailandia, Vietnam, Malaysia y especialmente Japón) se habían puesto en contacto con la oficina del gabinete para hacer hincapié en la conveniencia de que Myanmar solucionara con celeridad el delicado asunto, antes de la siguiente cumbre de la ASEAN. Los países de la ASEAN eran como una familia, y el problema podía convertirse en una vergüenza familiar. ¿Habrían cometido un error al permitir el ingreso de Myanmar en la ASEAN? ¿Debían reducir el comercio con Myanmar y suspender las ayudas al desarrollo?

La Oficina de Estudios Estratégicos celebró reuniones a todos los niveles para debatir la mejor manera de manejar la «situación temporal».

Y afortunadamente para Harry, sucedió lo inesperado. A riesgo de parecer excesivamente presumida, admito que yo tuve algo que ver. Visité a varias personas en el País de los Sueños. Había descubierto que podía entrar con bastante facilidad en los sueños de la gente más predispuesta a la magia. Como había dicho Rupert en el muelle, mientras enseñaba sus trucos, pueden suceder cosas mágicas, pero sólo si creemos. Incluso en los peldaños más altos del gobierno de Myanmar, muchos creían en nats, espíritus y signos. Mi idea no fue nada original. Podría habérsele ocurrido a cualquiera, por lo que no pretendo atribuirme el mérito de lo que sucedió después, en absoluto, o al menos no en su totalidad. Yo simplemente procuré que los tiranos pensaran que era bueno proteger a los turistas y también a quienes los acogían. Garrett lo había dicho muy bien: «El mundo está mirando.»

Baste decir que varios ministros de Myanmar plantearon de pronto la misma sugerencia, una sugerencia bastante sorprendente y poco ortodoxa en comparación con la forma habitual de hacer las cosas: «¿por qué no aprovechar la atención gratuita de los medios de información, para mostrar la belleza de nuestro país, sus maravillas, la cordialidad de su gente y también, por qué no, la actitud amistosa y atenta de su gobierno?»

Los generales quedaron perplejos, pero diez segundos más tarde, uno a uno, todos fueron diciendo: «¡Sí! ¿Por qué no?»

Una vez adoptado el concepto con entusiasmo, era preciso, lógicamente, hacer algunos preparativos para mejorar la imagen y asegurarse de que el mensaje se transmitiera a la perfección. Por ejemplo, tal como habían sugerido los líderes de la ASEAN, quizá pudieran liberar un par de centenares de presos –o incluso mil, sugirió un general, ¿por qué no ser magnánimos?– para destacar que no se arrestaba a nadie por motivos políticos, sino únicamente por su propio bien. La Señora, por ejemplo –hablemos abiertamente de ella–, quizá cuenta con el aprecio de una pequeña parte de nuestro pueblo particularmente sentimental, pero es evidente que no tiene el apoyo de la mayoría de nuestros felices ciudadanos, que elogian los tremendos progresos realizados en el último decenio. Nosotros tememos por la seguridad de nuestra pequeña hermana –¡sí, excelente, llamémosla «hermana»!–, porque sabemos que son muchos los que desaprueban sus actos y, triste es decirlo, quizá quieran hacerle daño. Lo mejor para ella es permanecer en la comodidad de su hogar, en lugar de arriesgarse a ser asesinada, como su padre. ¿Quizá un envío diario de frutas y flores frescas serviría para destacar aún más la preocupación por su salud? Oh, ¿no sabían todos que estaba enferma? ¿Acaso no era por eso por lo que no se movía libremente, creando sus habituales alborotos? No es que los preocupara demasiado que la gente alborotara de vez en cuando (los niños lo hacen todo el tiempo), pero los alborotos no debían causar desasosiego. No debían conducir a la insurrección, a la violencia, ni a una generalizada falta de respeto hacia los líderes. Después de todo, ningún gobierno toleraría nada semejante.

Un buen gobierno debía guiar a su pueblo, a veces con suavidad y otras con mano dura, como hacen los padres con sus hijos. Podía permitir ciertas libertades, pero dentro de un *estilo* adecuado para el país. Sólo los líderes sabían cuál debía ser ese estilo. Era como la moda. En algunos países, las mujeres iban prácticamente desnudas, enseñando los pechos, el vientre y los feos surcos de sus traseros. Ellos no criticaban ese estilo. Pero en su país, era más bonito vestir un longyi. Era una cuestión de diferencias culturales. Por eso era preciso que cada país manejara sus propios asuntos. China manejaba sus asuntos. ¿Por qué no Myanmar? China gobernaba a su estilo. ¿Por qué criticaban a Myanmar por hacer exactamente lo mismo?

La nueva campaña funcionaría muy bien, en eso estaban de acuerdo los generales y los ministros. Lo más importante para su éxito era demostrar que se estaban haciendo todos los esfuerzos necesarios para encontrar a los desaparecidos. La oficina de turismo coordinaría su acción con la policía militar, para desarrollar un plan metódico. El mundo entero sería testigo de la dedicación con que el cálido pueblo de Myanmar buscaba el paradero del grupo, investigando por todas partes, entre los dos mil doscientos templos sagrados y hermosas stupas de Bagán; en el fabuloso monasterio de las afueras de Mandalay, con su increíble colección de estatuas budistas, o en un muelle desde el que se apreciaran las vistas más espectaculares del Ayeryarwaddy. Cuando se encendieran las cámaras en el estado meridional de Shan, donde habían sido vistos los turistas por última vez, los objetivos se concentrarían en las fotogénicas mujeres padaung de «cuello de jirafa», vestidas con su atuendo tradicional y con una docena de aros metálicos en el cuello, que les empujaban los hombros hacia abajo y les conferían ese aspecto alargado que tanto maravillaba a los turistas. Y las mujeres, a quienes habrían hecho ensayar la expresión de preocupación por sus amigos extranjeros, inclinarían grácilmente la cabeza sobre sus cuellos ornamentados, saludando al mismo tiempo con la mano o, mejor aún, sollozando.

Si resultaba que los turistas eran hallados muertos –aunque era poco probable que así fuera–, su deceso se explicaría de manera aceptable. Dirían, por ejemplo, que la culpa había sido de ellos, pero que el pueblo de Myanmar no les guardaba rencor.

Los jerarcas del Ministerio de Hoteles y Turismo decidieron contratar a un experto internacional en relaciones públicas, pero no a la misma firma que los había ayudado a desarrollar la fracasada campaña «Visite Myanmar» en 1996, ni a la agencia que había colaborado con ellos para encontrar su nuevo y amistoso nombre. El ministerio localizó una empresa consultora con sede en Washington, con una impresionante lista de clientes, entre ellos Samuel Doe de Liberia, Saddam Hussein de Iraq y el presidente de Rwanda, Juvenal Habyarimana. El asesor enviado por la empresa se encargaría de desarrollar un plan multifacético, para saturar las noticias de imágenes positivas.

Llegó el asesor y, al principio, los ministros lo acogieron con escepticismo. Era un hombre bastante joven, que sonreía todo el tiempo. ¿Quién podía tomarlo en serio? Además, hizo varios comentarios ofensivos acerca de la imagen del régimen en el mundo, y después se descolgó con una sugerencia pasmosa: difundir las palabras «la nueva Birmania» y asociar la frase con «Myanmar».

–La situación, tal como nosotros la conocemos –dijo el joven–, a partir de conversaciones con los responsables de las principales agencias de viajes de otros países, es de conocimiento inadecuado de su país y de su potencial turístico.

Citó las cifras de una encuesta, según la cual, más del noventa y cinco por ciento de las personas interrogadas fuera de Asia ignoraban dónde se encontraba Myanmar. Tampoco reconocían el nuevo nombre de la capital, Yangón, aunque todavía se acordaban de Rangún.

Prosiguió señalando que toda esa gente, desde luego, estaba desinformada y rezagada con respecto a su tiempo, y por tanto no asociaba a Myanmar con las famosas glorias y bellezas de su pasado, todas ellas merecedoras de numerosas visitas y del gasto de importantes recursos monetarios. Sin embargo, los encuestados recordaban el nombre antiguo, Birmania. Para los turistas occidentales, «Birmania» sonaba alegre, acogedor y romántico.

Uno de los jerarcas del ministerio añadió:

–Sí, pero de esa forma terrible, asociada con el colonialismo británico.

Ya habían gastado grandes sumas de dinero para difundir la idea de que «Myanma» había sido el nombre original e igualitario, mientras que «Birmania» se refería a la clase dominante de los bamar. ¡Al cuerno los que decían que «Myanma» y «Bama» eran meras variantes de la misma palabra! También era mentira que la mayoría de los birmanos asociaran la palabra «Myanma» con la antigua clase dominante. ¿Dónde estaban esos birmanos mentirosos que decían semejante disparate?

–La encuesta no miente en lo referente a las percepciones del público –dijo el joven–. Por eso les sugiero una estrategia atrevida. Van ustedes a *retroceder*, hasta igualarse con la percepción rezagada del público, y de ese modo podrán *avanzar*, guiando al mundo hacia la nueva Myanmar. Para empezar, propongo el eslogan «La nueva Birmania es Myanmar».

La propuesta fue acogida en silencio. Todos miraban a su alrededor, sin saber qué contestar.

Pero entonces el jerarca responsable de la propaganda asintió con cara inexpresiva y dijo:

–Es una idea poco ortodoxa, pero bien razonada, e incluso adelantada. El mundo está atrasado y tenemos que conseguir que nos siga. La nueva Birmania *es* Myanmar. Ése es el mensaje. Me gusta.

Estruendosas aclamaciones resonaron en la sala de reuniones.

–¡La nueva Birmania!

El jerarca se puso a reflexionar, rascándose la barbilla.

–¿O ha dicho usted «La vieja Birmania es la nueva Myanmar»?

Todos guardaron silencio, mientras el jefe cavilaba. Finalmente, asintió.

–Sí, así se transmite mejor la idea.

La sala estalló en fervientes expresiones de aprobación.

–¡La vieja Birmania es la nueva Myanmar! ¡Excelente! Una corrección muy sabia, señor.

Así comenzó la campaña del régimen militar para reclutar a Harry como su portavoz de turismo. Y, naturalmente, los visados para Mary Ellen y los otros miembros de la expedición de búsqueda fueron autorizados en un abrir y cerrar de ojos. Pero eso ya lo sabían ustedes.

Arriba, en la selva, Marlena, Vera, Heidi y Moff atendían a los enfermos. Marlena y Vera se ocupaban de Esmé, Bennie, Wyatt y Wendy. Heidi atendía a Roxanne y a Dwight, y Moff daba vueltas alrededor de su hijo. Los últimos días los habían sacudido hasta lo más profundo de su ser. Por un tiempo, les pareció imposible ser capaces de proporcionarles ningún alivio, aparte del agua que vertían sobre sus inconscientes pacientes, para apaciguarles la fiebre que les arrasaba el cerebro. Y cuando la fiebre se trocaba en temblores que les sacudían los huesos, rodeaban con sus brazos a los enfermos, los acunaban y lloraban. No podían hacer nada más.

Un día, al volver de la letrina, Heidi sorprendió a dos abuelas haciendo beber a Wendy y a Wyatt un líquido de olor penetrante. Una de las mujeres le explicó tranquilamente y sin rodeos lo que estaba haciendo, pero Heidi no entendió ni una palabra. La mujer sacó unas hojas de una bolsa, las señaló y sonrió, como diciendo: «¿Ves? Te lo he dicho. No es más que esto.»

Heidi examinó las hojas. Eran verdes y plumosas, con cierto parecido al perejil o al cilantro. Se las llevó a Mancha Negra, para enseñárselas y preguntarle qué eran.

–Es bueno –dijo él–. Una planta. Yo estoy conociendo el nombre birmano, pero no conociendo el nombre inglés. Buena medicina para fiebre de la jungla.

Entonces, Heidi se fue a ver a Moff, que estaba sentado en silencio junto a su hijo. El chico estaba inconsciente y gemía. Heidi dejó caer las hojas sobre las rodillas de Moff.

–¿Qué te parece esto?

Moff las recogió, observó sus finos tallos bifurcados y las olió.

–Ah, sí, la fragancia balsámica es reveladora. En Estados Unidos, esta planta crece junto a los vertederos y a los lados de las carreteras. Ajenjo dulce, se llama. *Artemisia annua.* Hay muchas especies de *Artemisia*, y ésta no la había visto nunca, pero la estructura de las hojas es característica. Crece rápidamente y alcanza el tamaño de un arbusto, como un arbolito de Navidad. La fragancia es típica.

Se llevó una hoja a la boca y chasqueó los labios.

–También es típico el sabor amargo. ¿Dónde la has encontrado?

–Una de las ancianas preparó una especie de infusión y se la estaba dando a Wyatt y Wendy.

Los ojos de Moff se iluminaron.

–¡Brillante! ¡Dios mío, tiene toda la razón! Es cierto que la *Artemisia annua* tiene propiedades antibacterianas, y quizá también antipalúdicas. ¿Dónde está esa mujer?

Se puso de pie. Y entonces él y Heidi salieron rápidamente en busca de la señora de las hierbas.

–Hoy, cuatro de enero –anunció el alto funcionario de Myanmar a las cámaras de televisión y a la multitud en el aeropuerto de Mandalay–, el pueblo unificado de Myanmar celebra con orgullo su Día de la Independencia, nuestra liberación en 1948 del dominio colonial británico. Hoy comeremos, celebraremos fiestas, presentaremos nuestros respetos en los templos y haremos ofrendas, además de tocar música y bailar con nuestros trajes tradicionales. Visitaremos nuestras pagodas más sagradas y los principales monumentos de nuestra hermosa tierra dorada. Hoy también damos la bienvenida, en el nuevo y moderno Aeropuerto Internacional de Mandalay, a nuestros honorables huéspedes de Estados Unidos, que se suman a nosotros en la búsqueda de sus compatriotas y sus familiares.

Un intérprete tradujo las palabras al inglés para Mary Ellen Brookhyser Feingold Fong y Dot Fletcher. Las dos mujeres estaban atónitas ante las dimensiones del gentío. ¿Realmente estaban allí por ellas todas aquellas cámaras de televisión? Mary Ellen desconfiaba, pero a Dot la conmovió el torrente de buenos deseos de las autoridades de Myanmar.

–Pronto –prosiguió el orador– esperamos celebrar su feliz reencuentro con sus familiares, que así podrán reanudar su visita a nuestro hermoso país.

El novio de Dot Fletcher estaba francamente impresionado.

–¡A ver quién puede superar ese discurso! –comentó Gus Larsen.

Saskia Hawley estaba feliz de que sus dos perros hubieran pasado por la aduana sin necesidad de cuarentena, ni un vistazo siquiera a sus certificados sanitarios.

–Son perros de búsqueda y rescate –le explicó al intérprete.

Y el viceministro de información exclamó:

–¡Búsqueda! Sí, eso es. Queremos que busquen ustedes por todo nuestro maravilloso país. Busquen por todas partes. Los ayudaremos.

Y diciendo esto, desplegó varios folletos de algunos de los lugares más espectaculares de Myanmar, en cada uno de los cuales había un equipo de televisión aguardando.

14. La invención de los fideos

Al final de la segunda semana en el lugar llamado Nada, mis amigos aquejados de malaria habían mejorado un poco, lo suficiente para quejarse del menú y de los mosquitos. Estaban sentados sobre dos troncos colocados uno frente a otro, en un claro al que denominaban solemnemente «el comedor». Se habían frotado la cara, los brazos y las piernas con polvo de termita, que les había dado Mancha Negra para evitar las picaduras de mosquitos. El polvo procedía de una corteza o de un mineral que también era eficaz contra las termitas, de ahí su nombre, o al menos eso creían ellos. En realidad, se fabricaba machacando termitas. De haberlo sabido, igualmente se lo hubieran puesto. Habían dejado de cuestionar automáticamente los consejos que les daba la tribu. Todos los días, con cada comida, bebían la infusión de ajenjo dulce.

También tomaban la sopa preparada especialmente para los enfermos. La insulsa sopa de arroz había estado bien cuando finalmente pudieron tolerar algo de alimentación. Pero ahora sus paladares de San Francisco se estaban recuperando y empezaban a pedir más variedad en las comidas. No se quejaban a sus selváticos anfitriones, pues tal cosa habría sido una descortesía, pero entre ellos lamentaban los tres platos diarios de arroz, con su deplorable acompañamiento de salsas fermentadas y criaturas desecadas. Suponían que la tribu debía de tener una despensa subterránea, donde los alimentos se pudrirían hasta adquirir el grado exacto de babosa inmundicia. Aun así, se alegraban de que hubiera comida en abundancia. Mientras ellos comían, los pájaros parloteaban entre sí, sacudiendo las hojas y aleteando, para apropiarse de una buena rama sobre potenciales sobras de comida. La rama por encima de Bennie era el mejor territorio, porque solían caérsele las cosas.

Botín y Rapiña estaban acuclillados en un extremo del poblado, fumando cigarros. Las abuelas que habían dado a los enfermos la infusión de ajenjo dulce estaban felices de ver a sus amigos extranjeros comiendo con apetito la comida que ellas mismas habían preparado pensando en los gustos norteamericanos. No le quitaban la vista de encima al Hermano Menor Blanco, que estaba sentado frente a ellas.

–Ojalá tuviéramos alguna otra cosa que comer –oyó Rapiña que gruñía Rupert.

–¿Como qué? –preguntó Esmé.

–Sopa Top Ramen –dijo él.

–No tenemos fideos chinos.

–Ojalá tuviéramos fideos.

Unos minutos después, Rapiña le contó a Mancha Negra lo que había dicho el Hermano Menor Blanco. Mancha Negra asintió. Pensaba bajar al pueblo en busca de más provisiones: el pescado fermentado y las especies que le habían pedido las abuelas, hojas de betel y cigarros. También encontraría fideos.

–Esto es rarísimo –dijo Rupert esa noche, durante la cena–. Hoy se me ocurre pensar en fideos y de pronto aparecen.

Probablemente eran uno de los ingredientes básicos que utilizaba la tribu, supusieron los demás, aunque era curioso que no se los hubieran servido antes. Los fideos estaban deliciosos. Esa noche también estaban mejor las verduras: brotes frescos de bambú y setas del bosque. Las cosas fermentadas parecían menos rancias y, por fortuna, no había nada negro, crujiente ni con ocho patas.

–A propósito, ¿quiénes inventaron los fideos? –dijo Roxanne.

Marlena respondió con expresión radiante:

–Los chinos, desde luego.

Moff se golpeó la frente.

–¡Claro! Siempre está la influencia china. Por un momento, estuve a punto de culpar a los italianos.

–Marco Polo comió fideos por primera vez cuando estuvo en China –añadió Marlena.

–Una vez vi una película con Gary Cooper haciendo de Marco Polo –dijo Wyatt–. En una escena está hablando con un chino, interpretado por Alan Hale padre, con un tremendo bigote a lo Fumanchú y los ojos maquillados para que parezcan rasgados. Entonces, Marco Polo se está comiendo unos fideos, y va y le dice: «¡Eh, Kemosabe! ¿Qué es esto tan bueno?» Y Alan Hale responde: «Spa-guet.» ¡Ja! ¡Como si los chinos también los llamaran espaguetis! Fue para partirse de risa. ¡Espaguetis!

Wendy rió a carcajadas, hasta que intervino Dwight:

–Bueno, en realidad hay otra teoría, según la cual los inventores de los fideos fueron los antepasados de los italianos.

–Eso no era lo que mostraba la película –replicó Wyatt.

–Lo digo de verdad –prosiguió Dwight–. Hay unas pinturas murales etruscas que demuestran que los fideos ya existían en el siglo VIII antes de Cristo, o incluso antes. Eso significa que los fideos forman parte de la herencia genética de muchos de los italianos actuales.

–Perdona –dijo Marlena con tanta serenidad como pudo–, pero los chinos llevan más de cinco mil años comiendo fideos.

–¿Quién lo dice? –repuso Dwight–. ¿Acaso alguien ha desenterrado algún menú de comida china para llevar, de la dinastía Ping-Pong?

Él mismo se rió de su pequeña broma, con los ojos fijos en Marlena.

–Podemos debatir los orígenes de cualquier cosa –dijo–. Tú afirmas que los fideos se originaron en China. Lo que yo digo, en realidad, es que probablemente evolucionaron en diferentes sitios, hacia la misma época, y que su invención fue quizá un accidente. No hace falta demasiada evolución culinaria para que un cocinero salga corriendo por la puerta durante una batalla, abandonando la pasta tras de sí, para luego encontrarla dura como una piedra a su regreso. Después, a media tarde, hay una inundación repentina y, ¡milagro!, la pasta se vuelve a ablandar. A partir de ahí, sólo es cuestión de tiempo y refinamiento para que alguien descubra que cortando la pasta en tiras finas resulta más fácil hervirla, para hacerse una comida sobre la marcha. Es lo que podríamos llamar un *spandrel* o tímpano evolutivo, siendo los tímpanos los soportes que se colocaban para construir las bóvedas y que con el tiempo se adoptaron como elemento decorativo, sin relación con su utilidad original. Inventas algo con un propósito determinado y acabas utilizándolo con otro fin. Así sucedió con los espaguetis, un accidente que acabó dando frutos...

Marlena lo escuchaba en pétreo silencio. Cuántas tonterías.

–Es lo que necesitamos encontrar aquí –prosiguió Dwight–, si queremos salir de este sitio. Ideas que hagan las veces de tímpanos. Algo que esté aquí ahora mismo y que podamos adaptar para otro fin. Alguna cosa obvia, que tengamos justo debajo de la nariz. Tenemos que mirar a nuestro alrededor lo que tenemos aquí, pensar en cómo utilizarlo...

Marlena sabía que ella estaba en lo cierto a propósito de los fideos. Probablemente los fideos existían desde el comienzo de la civilización china. Recordaba que se habían hallado buñuelos en las tumbas de los emperadores. Entonces, ¿por qué no fideos? Ambos se hacían con pasta. El problema es que no sabía la antigüedad de las tumbas donde se habían encontrado los buñuelos. ¿Qué diría si sólo tenían dos mil años? Consideró la posibilidad de mentir, diciéndole a Dwight que habían sido hallados en cavernas de la Edad de Piedra, quizá incluso en yacimientos del hombre de Pekín. Eso les supondría unos seis mil años de antigüedad.

No era propio de Marlena mentir, pero siempre se enfurecía cuando alguien trataba de intimidarla. En su interior era una bola de electricidad estática, que crepitaba y chisporroteaba, pero por fuera daba la imagen de una persona demasiado acostumbrada a ser dominada. Eso no significa que tuviera una actitud apocada, como las víctimas de malos tratos. Su postura era recta, con su largo cuello imperial bien erguido. Pero no se defendía. Simplemente esperaba, como cuando un gato retrae las orejas, listo para saltar a la próxima provocación. Era lo que había hecho toda su vida, callarse cuando su padre la menospreciaba o la desairaba, aplastando todas sus ideas y deseos. Más adelante, en la vida, tuvo ocasión de adquirir conocimientos de arte contemporáneo y pudo expresar sus opiniones ante la flor y nata del mundo artístico. En ese sentido, ella y yo teníamos mucho en común. Fue así como nos conocimos. Lo mismo que yo, Marlena no solía ceder en sus ideas sobre el arte. Había aprendido que la confianza en sí misma y las opiniones firmes eran vitales para presentarse como responsable de cualquier colección. Esa actitud suya era una habilidad cultivada y no un rasgo propio de su psique, por lo que fuera de su profesión volvía a caer en su inseguridad. Muchas veces deseé ser capaz de comunicarle la fuerza para triunfar. Bien sabía Dios que me había sobrado bastante, de las muchas batallas que había librado.

Animé a Marlena a mantenerse firme, a mirar a Dwight a los ojos con una expresión tan resuelta como la suya y a decirle que su especulación era tan defectuosa que no merecía ser considerada.

–¡Habla! –le grité–. ¿Qué puedes perder?

Pero sólo conseguí que se reconcomiera todavía más por dentro.

La única persona con la confianza suficiente para discutir con Dwight era su esposa, y eso porque Roxanne era más inteligente que él y conocía sus deficiencias específicas en cuanto a lógica, conocimientos y faroles. Un ejemplo era lo que había dicho acerca de los spandrels: siempre sacaba a relucir ese término cuando quería impresionar a alguien. Los demás no tenían ni idea de lo que podía significar aquello, pero les sonaba elaborado e inteligente y, por tanto, no podían contradecirlo. Roxanne podría haber dicho delante de todos que el paradigma de los spandrels, tal como lo había formulado el biólogo evolutivo Stephen Jay Gould, no se aplicaba a la transformación de la pasta reseca en espaguetis. Eso era adaptación por accidente, otra forma de salto evolutivo. Sin embargo, Roxanne jamás lo habría dicho ante los demás. ¿Para qué? ¿Para mostrar una vez más su superioridad intelectual respecto a Dwight? Había aprendido a no humillar a su marido en público. Pero no lo hacía por lealtad. Él ya era bastante inseguro de por sí, y ella sufría las consecuencias. Cuando se sentía atacado, luchaba enseñando los dientes, y si lo derrotaban, se apartaba y se volvía lejano e insular. Entonces ella tenía que soportar la carga de su orgullo herido, su negatividad ante todo y su cólera soterrada. «No me pasa nada», decía él, pero lo contrario era evidente incluso en los más pequeños detalles. Declinaba sus invitaciones para ir al cine, diciendo que estaba ocupado, ¿acaso no lo veía ella? Pasaba horas enteras jugando al solitario en el ordenador. La rechazaba, pero de tal manera que ella no podía quejarse, haciendo que se sintiera aislada y sola.

Ella sabía desde hacía tiempo que su matrimonio estaba desfalleciendo. Suponía que él sentía lo mismo, pero no podían admitirlo abiertamente, porque eso habría hecho que el fin fuera inevitable. Pero la realidad era clara. Habían evolucionado de pareja bien avenida a matrimonio mal conjuntado. Ella anhelaba tanto tener un bebé que se sentía angustiada y a veces deprimida, con una vaga sensación de desesperanza. Estaba acostumbrada a definir los parámetros y a controlar los resultados, a generar éxitos académicos a partir de situaciones que podrían haber sido completos desastres. ¿Por qué precisamente su cuerpo, entre todas las cosas, se negaba a cooperar? El bebé era su prioridad en ese matrimonio, y Dwight era su mejor oportunidad para conseguirlo. Quién sabe, quizá el bebé incluso podría conferirle sentido a su pareja. Por algún motivo, imaginaba a una niña. Las niñas tenían más que ver con la esperanza. Si su matrimonio terminaba, el bebé aún sería suyo, un gorjeante paquete de eructos. Pero ¿qué ocurriría si no se quedaba embarazada? ¿Cuánto tiempo pasaría antes de que su matrimonio se derrumbara definitivamente?

Lo mismo que Marlena, Bennie veía en Dwight a un adversario. Le irritaba que hiciera valoraciones críticas de otras personas delante de todos. Dwight había insinuado que Bennie debería haber sido más firme con la tribu y exigirles que los ayudaran a salir de allí.

–Lo siento –había replicado Bennie en tono malhumorado–, pero no creo que eso sea lo más adecuado. Además, creo que deberíamos esperar a que todos estén completamente recuperados.

Dwight también criticaba la dificultad de Bennie para tomar decisiones y su incapacidad para establecer prioridades. Bennie estaba harto. ¿Quién demonios era Dwight para decir esas cosas de él? Las críticas se habían vuelto más frecuentes en los últimos días. Si alguien contradecía a Dwight, diciéndole que se equivocaba o que sus comentarios eran una descortesía, él respondía:

–Simplemente estoy tratando de indicarte algo que puede resultarte útil a ti como persona. Soy psicólogo y tengo experiencia en este tipo de cosas. El hecho de que tú lo interpretes como una grosería dice más de ti que de mí.

A Bennie le enfurecía que Dwight fuera capaz de darle la vuelta a una situación y hacer que la otra persona quedara en falta. La noche anterior había permanecido en vela, repasando las afrentas de Dwight e imaginando los ataques verbales que lanzaría la próxima vez contra la bestia.

Estaban sentados una noche en torno al fuego, después de la cena, cuando Dwight volvió a insultarlo. Había surgido una vez más la conversación sobre la forma de ser rescatados sin poner en peligro a los lajachitó.

Dwight empezó diciendo que quizá los lajachitó eran víctimas de sus propias fantasías paranoicas. Dijo que había un montón de tribus alrededor del lago Inle, y que nadie parecía estar huyendo de la justicia ni de temer por su vida. Todos habían visto a las mujeres con turbantes, vestidas con ropa roja y negra. Eran mujeres karen, inconfundibles. Y nadie las estaba poniendo en fila para ejecutarlas, ni mucho menos para hacerles las cosas que había contado Mancha Negra. Dwight conocía sectas en Estados Unidos, desarrolladas en torno a una cultura de la persecución, cuando en realidad no había nada de eso. Las sectas hablaban de suicidio colectivo, como los lajachitó. Algunas incluso llegaban a hacerlo, como el Pueblo del Templo: murieron novecientas personas, algunas de ellas forzadas a tomar veneno. ¿Y si sucedía allí? No querían quedar atrapados en la locura, ¿verdad que no?

–Tenemos que hacer todo lo posible para que nos rescaten –dijo Dwight–. Podemos mantener hogueras encendidas y llamar la atención con el humo. O podemos elegir a un par de nosotros, los más fuertes, para que se abran paso hasta abajo y vuelvan con ayuda.

–Pero ¿cómo podemos saber con seguridad que el peligro no es real? –replicó Heidi–. ¿Y si los soldados asesinan a la tribu? ¿Cómo nos enfrentaríamos a nosotros mismos por el resto de nuestras vidas?

No les dijo que había visto a un hombre asesinado.

–Yo no estaría tranquila si los pusiera en peligro –añadió.

–¡Pero ya estamos intranquilos! –objetó Dwight–. ¡Y somos *nosotros* quienes estamos en peligro! ¿No te das cuentas de dónde estamos? ¡Estamos en la puñetera jungla! Ya hemos tenido malaria. ¿Qué vendrá después? ¿Mordeduras de serpiente? ¿Tifus? ¿Cuándo vamos a añadir el factor de nuestra propia seguridad en la ecuación de lo que vamos a hacer?

Dwight había formulado en voz alta las inquietudes secretas de todos, así como una serie de cuestiones moralmente desagradables. ¿A quién salvar? ¿Podían salvarse todos? ¿O mejor se salvaban solamente ellos? ¿Se quedaban sin hacer nada y sin arriesgar nada, quizá para acabar muriendo de cualquier desgracia que les sobreviniera, mientras esperaban los acontecimientos sentados en un tronco?

Pasaban el día dándole vueltas a esos interrogantes en privado, con el secreto deseo de olvidar la moral y salir de una vez de aquel sitio. ¿Quién más había desechado la moral para salvarse? ¿Podrían vivir después consigo mismos? Si dejaban de preocuparse por los lajachitó, ¿cuánto tiempo tardarían en olvidar también el bienestar de los demás? ¿A partir de qué punto empieza cada uno a pensar únicamente en sí mismo?

Dwight volvió a hablar.

–Algunos de nosotros podrían intentar el descenso.

Era la idea que habían considerado la primera vez, cuando se enteraron de que estaban varados. Irían a lo largo del barranco, por el curso de la antigua corriente seca. Era posible que la fosa de hundimiento se cerrara un poco más abajo. Iban a tener que andar bastante, porque Wyatt y Dwight ya habían realizado una exploración inicial, y el despeñadero se prolongaba hasta donde alcanzaba la vista, antes de desaparecer detrás de otro recodo.

Irían solamente unos pocos, dijo Dwight. Pedirían machetes a la tribu y llevarían provisiones y algo de material: una de las linternas de Heidi, pilas de repuesto, hojas de ajenjo dulce...

–¿Quién viene conmigo? –preguntó Dwight.

Moff sabía que en buena lógica le correspondía ir a él, pero no podía dejar a Rupert. Había estado a punto de perderlo. Ahora tenía que cuidarlo hasta que salieran de allí.

–¿Nadie? –dijo Dwight.

Todos permanecieron en silencio, con la esperanza de que advirtiera por sí mismo que no era una propuesta razonable. Pero Dwight jamás interpretaba el silencio como desaprobación, sino únicamente como signo de timidez e indecisión. Le pidió su opinión a Bennie.

–Después de todo, eres el director del grupo. De hecho, quizá deberías venir tú.

A Bennie le pareció que Dwight había dicho las palabras «director del grupo» con un exceso de sarcasmo. Para contrarrestar el desaire, hubiese querido decirle que estaba dispuesto a ir. Pero para entonces llevaba más de dos semanas sin tomar su medicación antiepiléptica y ya había experimentado algunas advertencias: destellos de luz, olores inexistentes y, más recientemente, la familiar sensación de hundirse en el suelo, como arrastrado hacia abajo, de sentir su mente reduciéndose, como si estuviera volviéndose más pequeño y a la vez más pesado, y de precipitarse de espaldas al centro de la tierra, para ser lanzado después al hiperespacio. Había recibido esas señales como malos augurios, y necesitaba toda su fuerza y concentración para no dejarse llevar por el pánico. En el pasado, algunos de esos signos habían sido auras anunciadoras de la llegada de un episodio más generalizado, la excitación neuronal sincrónica que se extendía a todo el cerebro y producía una crisis de gran mal. Sentía que se estaba preparando algo grande, y por eso mismo hubiese sido una pésima idea marcharse al medio de la nada. Podía morir en la selva, despeñándose por un abismo cuando cayera inconsciente, o sofocado por una maraña de plantas pegajosas, mientras las sanguijuelas y las hormigas carnívoras gigantes se le metían por las fosas nasales y las órbitas de los ojos. ¿Y qué pasaría si encontraban otra tribu que aún conservara una mentalidad de la Edad de Piedra? Quizá pensaran que estaba poseído por un mal espíritu y procedieran a golpearlo para liberarlo. Había leído historias similares. Recordaba una en particular, acerca de un submarinista norteamericano en Indonesia, que una noche salió a bucear con una linterna en la frente y fue atacado a bastonazos por unos pescadores que lo confundieron con un manatí hechizado.

Antes de que Bennie pudiera responder a la sugerencia de Dwight de que debía ir, Marlena intervino:

–No creo que sea buena idea dividir de esa manera al grupo. ¿Qué pasaría si vosotros no volvierais dentro del plazo previsto? ¿Enviaríamos a otras personas más a buscaros, arriesgando también sus vidas?

Bennie asintió con la cabeza, aliviado de que Marlena hubiera encontrado una excusa tan buena para su negativa.

Pero Dwight insistió:

–Le he preguntado a Bennie lo que piensa.

A Bennie lo sorprendió con la guardia baja.

–Bueno –contestó, ordenando sus pensamientos–, creo que lo que ha dicho Marlena tiene sentido. Pero si todos los demás opinan que debo ir, desde luego que iré.

Sonrió amablemente, con la íntima seguridad de que nadie compartía la opinión de Dwight.

–¿Sabes una cosa, Bennie? –dijo Dwight con un punto de impaciencia en la voz–. Te he estado observando y me he dado cuenta de que eres incapaz de tomar decisiones y mantenerlas. Cuando lo haces, te basas sobre todo en lo que crees que quieren oír los demás. No necesitamos que nos complazcas y nos halagues. Necesitamos un liderazgo firme y, para serte franco, no creo que nos lo hayas proporcionado desde el comienzo de este viaje.

A Bennie se le enrojeció la cara. Todas las réplicas que había ensayado huyeron de su mente.

–Siento mucho que pienses así –fue lo único que pudo articular.

Los demás no dijeron nada. Sabían que aquélla había sido la manera de Dwight de culpar a Bennie de sus presentes desdichas y, en su fuero interno, ellos también lo pensaban. Bennie debería haberse opuesto a la idea de irse de picnic navideño a la selva con unos desconocidos. Y ahora, al no defender a Bennie, en cierto modo expresaban su acuerdo con Dwight.

Bennie sintió un hormigueo en la cabeza. «¿Por qué me miran así? ¿Por qué no dicen nada? ¡Santo Dios! ¡Ellos también me culpan! Creen que soy idiota... ¡pero no es verdad! Soy excesivamente confiado. Confié en ese maldito guía. ¿Es tan malo confiar en la gente?»

De pronto, soltó un grito profundo, cayó de espaldas y golpeó el suelo con fuerza. Los otros se sobresaltaron, creyendo que había perdido el equilibrio. Pero entonces vieron que su cara estaba desfigurada y congestionada. Tenía todo el cuerpo en tensión, como si fuera un pez enorme agitándose fuera del agua. Una mancha oscura de orina se le formó en la entrepierna.

–¡Dios mío! –exclamó Roxanne–. ¡Que alguien haga algo!

Dwight y ella intentaron sujetarlo contra el suelo, mientras Moff se arrodillaba para insertarle un palo en la boca.

–¡No, no! –gritó Heidi–. ¡Así no se hace!

Pero como nadie le prestaba atención, los apartó a empujones, agarró el palo que Moff tenía en la mano y lo arrojó a un lado. Ella, la hipocondríaca consumada, había hecho tres cursos de primeros auxilios y era la única que sabía que lo que estaban intentando hacer era un método anticuado, actualmente considerado peligroso.

–¡No lo sujetéis!

Su voz resonó con una autoridad que incluso a ella la sorprendió.

–Solamente apartadlo del fuego y mirad que no haya nada cortante en el suelo. Y cuando hayan terminado las convulsiones, intentad acostarlo de lado, por si vomita.

Al cabo de un minuto, había terminado. Bennie yacía inmóvil, respirando pesadamente. Heidi le tomó el pulso. Estaba aturdido, y cuando cayó en la cuenta de lo que había sucedido, gruñó y murmuró:

–Oh, mierda. Lo siento, lo siento mucho.

Sentía que los había defraudado a todos. Ahora lo sabían. Heidi trajo una esterilla para que se acostara, y aunque aún estaba molesto y preocupado, tenía un dolor de cabeza monumental y una abrumadora necesidad de dormir.

Dwight, por su parte, sentía que todos lo culpaban a él por haber provocado el ataque de Bennie. Evitaban mirarlo a los ojos. Ese día ya nadie volvió a hablar de salir a abrirse paso por la jungla.

Lejos, en otra parte del poblado, Rupert y Esmé no habían hecho más que echar un vistazo rápido al alboroto. Siempre había alguien soltando un alarido, por haber visto una serpiente o por tener una sanguijuela pegada a la pierna. Las sanguijuelas parecían sentir especial preferencia por Bennie, y solían lanzarse sobre sus blancas y carnosas pantorrillas, por encima de sus tobillos sin calcetines.

Rupert y Esmé, débiles, aún por la malaria, estaban sentados sobre una esterilla, con la espalda apoyada en un tronco musgoso y medio podrido, lleno de termitas bajo la corteza descascarada. Los chicos estaban jugando a un juego de mímica, en el que se turnaban para representar las cosas que echaban de menos. Esmé estaba haciendo ademán de lamerse el puño cerrado.

–¡Un perro lamiéndote la cara! –exclamó Rupert.

Esmé soltó una risita y sacudió la cabeza.

–Eso ya lo tengo –replicó, rascándole la barriga a *Pupi-pup*.

–¡Un chico lamiendo a una chica!

Ella soltó un chillido, se cubrió la cara con las manos y después le pegó a él en el brazo.

Rupert sonrió.

–Ya sé lo que es. Un cucurucho de helado.

Ella también sonrió. A continuación trazó un círculo en el aire y utilizó un dedo para cortarlo en trozos irregulares.

–¡Pizza! –arriesgó Rupert, y un segundo después añadió–: ¡Son las comidas que echas de menos!

Esmé asintió con la cabeza, resplandeciente de felicidad.

Marlena miró a los chicos, impresionada por lo que acababa de sucederle a Bennie. ¡Qué inocentes eran, disfrutando de la mutua compañía, sin pensar en el futuro! Apenas dos semanas antes no querían saber nada el uno del otro. Pero cuando Rupert había empezado a recuperarse, vio a Esmé tendida a su lado, delirante, y se sorprendió a sí mismo animándola para que mejorara, tal como había hecho él.

–¡Eh! –la llamaba–. ¡Eh, despierta!

Ahora demostraba un cariño fraternal por la niña, convencido de ser la principal razón por la que se había salvado, y a juzgar por las risitas y las miradas de Esmé, ella también pensaba lo mismo.

El primer deslumbramiento, pensó Marlena. Se sentía a la vez triste y alegre de que Esmé tuviera un chico que le llenara el corazón de esperanza, alguien que la hiciera mirar al futuro y que mantuviera su voluntad de seguir adelante, ahora que sus vidas parecían tan inciertas.

La malaria los había asustado terriblemente. Por lo menos allí en el poblado tenían un techo, agua limpia y algo semejante a comida. Sus anfitriones eran amables y hacían lo posible para que estuvieran cómodos. Les ofrecían los sitios más seguros para dormir y las porciones más grandes de los alimentos del día. Para complementar el arroz y los fideos, recorrían el bosque en busca de alimentos frescos y atrapaban una variedad de pájaros y roedores de huesos frágiles, y también algún mono de vez en cuando. Fuera lo que fuese, Marlena siempre le decía a Esmé que la carne era de pollo. Esmé sabía que no era cierto, pero aceptaba lo que fuese, para poder darle un poco a *Pupi-pup*.

Esmé guardaba las golosinas, para dárselas a la perrita cada vez que ésta hacía una reverencia. Antes de que el grupo se perdiera, Harry Bailley le había enseñado a adiestrar a la perrita para que hiciera ese truco.

–No hay ninguna razón para aplazar el adiestramiento del animal hasta que empiece a presentar conductas indeseables –le había dicho–. Un cachorro te dará con gusto todo lo que le pidas, una y otra vez, siempre que le des una recompensa cada vez que haga algo que quieras que repita. ¿Quieres que ladre, que mueva la cola, que bostece...? ¿O quizá que baje la cabeza sobre las patas delanteras, dejando arriba el rabo? Es entonces cuando tienes que darle su premio, en cuanto veas que lo hace.

Esmé había visto a Harry agitar una golosina sobre *Pupi-pup* y cómo la cachorrita levantaba inmediatamente el hocico para seguir el olor. Cuando Harry movía el trocito de carne arriba y abajo, y de lado a lado, la nariz de *Pupi-pup* iba detrás, como si estuviera atada a la golosina con un cordel invisible. Su nariz subía cuando el trocito pendía sobre su cabeza, y bajaba, haciendo una reverencia, cuando la golosina estaba a ras del suelo.

–¡Buena chica! –exclamaba Esmé, dándole por fin su trocito de carne.

Así pasaba los largos días en la jungla, y *Pupi-pup* nunca dejaba de entretenerla.

Un día, Esmé le dijo a Rupert:

–¡Observa esto!

Entonces miró seriamente a *Pupi-pup* y le ordenó:

–¡Inclínate ante el rey!

Pupi-pup hizo su reverencia, con el trasero levantado, agitando el rabito en el aire.

–Mola –dijo Rupert, lo cual le produjo a Esmé un paroxismo de estremecido deleite. ¡Rupert pensaba que ella molaba!–. ¡Inclínate ante el rey! –le ordenó Rupert a la perrita, una y otra vez.

No lejos de allí, un grupo de niños los observaba, acuclillados en el suelo. Botín y Rapiña estaban entre ellos. Cuando la sesión de entrenamiento canino hubo finalizado, Rapiña corrió a buscar a Mancha Negra.

–El Hermano Menor Blanco ha reconocido quién es –le dijo–. Todas las criaturas de la tierra lo saben. El perro se inclinó ante él cuando el Señor de los Nats le dijo quién era. Por fin está listo el Señor para volvernos fuertes.

Mancha Negra se sentó en el banco largo, junto a Marlena. Tenía la sensación de que esa norteamericana era amable. Con sus rasgos chinos, se parecía más a ellos, y quizá por eso pudiera entenderlos mejor.

–Señorita –comenzó tímidamente–, ¿le estoy formulando una pregunta?

–Sí, por supuesto. Adelante –contestó Marlena, con su expresión más cordial.

–Señorita, el chico Rupi, ¿puede ayudar a nosotros?

Creyendo que le estaba preguntando si Rupert podía ayudarlos en las tareas diarias, le respondió:

–Claro que sí, desde luego. Estoy segura de que lo hará con mucho gusto.

Y si no fuera así, se dijo Marlena para sus adentros, ya se ocuparía ella de convencer a su padre para que ejerciera la presión necesaria.

–¿Qué quieren que haga? –preguntó.

–Salvar a nosotros –dijo Mancha Negra.

–No lo entiendo –replicó Marlena. Se preguntaba por qué pensarían ellos que Rupert podía sacarlos de Nada mejor que cualquiera de los demás.

–Salvar a nosotros de soldados del SLORC –aclaró Mancha Negra–. Nosotros muchos, muchos años esperando nuestro Hermano Menor Blanco. Ahora él está aquí, trayendo nuestro libro.

Marlena estaba desconcertada. Le hicieron falta diez minutos de interrogatorio intensivo para comprender en líneas generales lo que Mancha Negra intentaba decirle. ¡Ésa era su sorpresa de Navidad! Habían sido secuestrados por una tribu demente, que creía en una monserga acerca de un salvador capaz de volverlos invisibles. Dwight había dicho que quizá padecieran fantasías paranoicas, y tenía razón.

Pero no, no podía ser verdad, se dijo a sí misma. Después de todo, no los tenían prisioneros. No los habían atado con cuerdas ni les habían vendado los ojos. No habían pedido ningún rescate, hasta donde ella sabía. Los habitantes del poblado eran amables. Eran capaces de privarse de muchas cosas para que sus huéspedes estuvieran más cómodos. Además, nadie había intentado impedir que se marcharan. Simplemente, el puente se había caído y no podían irse. Ni ellos ni nadie. Miró a Mancha Negra, sus ojos de obseso. Quizá se hubiera vuelto paranoico y delirante al ver cómo asesinaban a sus familiares. De hecho, parecía un poco febril. Lo mejor sería ir a pedirles a las abuelas que le dieran un poco de la infusión de ajenjo dulce.

Todas las mañanas, los que tenían suficiente fuerza formaban parejas para ocuparse de las labores. Sacudían las mantas de bambú, para desalojar los insectos acumulados a lo largo de la noche, y esparcían polvo de termita sobre las esterillas. Al principio habían intentado calentar agua en el fogón, pero ahora se bañaban en el canal por donde fluía el agua, como el resto de la tribu. Se turnaban para lavar la ropa sucia, haciendo una rotación entre las prendas que habían traído y las que les había dado la tribu: túnicas y longyis que en su mayoría eran mucho más bonitos que los que usaban sus anfitriones. Marlena y Vera estaban aprendiendo de la abuela de los gemelos a hilar fibras machacadas de bambú y a tejerlas en una blusa. Bennie se afeitaba con una navaja, que un hombre de un solo ojo le mantenía afilada. Los otros dejaron que la pelusilla se les convirtiera en barba.

Una mañana, Moff y Heidi le pidieron dos machetes a Mancha Negra, cogieron sus bastones y se internaron en la selva, para recolectar comida. Iban en busca de brotes tiernos de bambú, que encontraban sabrosos y suaves, y nada amargos, como muchas de las otras plantas. Los karen les habían enseñado a localizar las plantas jóvenes. Mientras se marchaban, oyeron el alegre griterío de niños y adultos que miraban a Rupert hacer uno de sus trucos de cartas.

Para estar seguros de no perderse, Moff y Heidi se situaron primero con la pequeña brújula que Heidi había cosido por fuera de su mochila. Se adentraron en línea recta en la jungla y, cuando se veían obligados a desviarse a causa de los obstáculos, descargaban unos machetazos sobre la vegetación, para marcar dónde habían estado. Se habían envuelto con tiras de tela las perneras de los pantalones, para que no se les metieran bichos, pero aun así tenían que usar un cepillo de bambú para desprender los abrojos y los brotes de hojas pegajosas que se les enganchaban a la ropa. Los árboles eran altos y las copas interconectadas hacían las veces de parasol. Esa parte de la jungla recibía poca luz e infundía, por tanto, una sensación de perpetua penumbra. Pero incluso en ese mundo sombrío era imposible dejar de ver algunas plantas de aspecto peculiar.

Lo primero que advirtió Heidi fue el color, un brillante rojo gomoso. Las plantas parecían plátanos escarlata, creciendo del suelo esponjoso, en el hueco entre las raíces de un árbol podrido.

—Mira qué rojo tan intenso —dijo—, casi fluorescente.

Moff se volvió y vio lo que ella había encontrado. Cuando se acercaron, Heidi lanzó una exclamación de sorpresa e inmediatamente se arrepintió de haberlo hecho. Los plátanos eran exactamente iguales que penes erectos, con su bulboso capuchón, y el color rojo hacía que parecieran turgentes y llenos a reventar. Se dio la vuelta, como buscando otros comestibles. Pero Moff seguía inspeccionando la planta.

–Unos dieciocho centímetros de largo –calculó–. ¡Qué coincidencia!

Le hizo un guiño a Heidi y ella rió débilmente. Moff estuvo a punto de seguir atormentándola con las bromitas, pero se detuvo, comprendiendo en ese momento que no sólo se sentía atraído por Heidi, sino que le había cogido cariño, que incluso le gustaban sus manías, y sobre todo su recién descubierta intrepidez a pesar de sus temores. Se preguntó si ella sentía algo similar por él. Y así era, claro que sí. A Heidi le gustaba esa cualidad suya a la vez rústica y amable. A veces parecía excesivamente confiado, pero desde la enfermedad de su hijo se había vuelto más blando y protector, y aun así vulnerable. Era capaz de reconocer sus errores. En conjunto, ella lo encontraba atractivo. Le gustaba su barba.

Moff se inclinó para inspeccionar la planta más de cerca.

–Podrían ser setas –conjeturó–. La pregunta es, ¿serán comestibles? Algunas setas son deliciosas, pero otras te hacen papilla el hígado.

Advirtió que varias de las plantas presentaban florecitas de un blanco céreo. Parecían diminutos crisantemos que hubiesen estallado de los bultos verrucosos en la base de los capuchones.

–Hum, no son setas –le dijo–. Las setas no florecen. El misterio se ahonda.

Pasó delicadamente el dedo en torno a la cabeza de una de las plantas y después la apretó y la palpó para determinar su estructura y su textura.

–Ajá, suave al tacto, pero firme –declaró.

Captó la mirada de Heidi y durante cinco segundos, de los cuales aproximadamente cuatro coma cinco fueron excesivos, se quedaron mirándose mutuamente, con una leve sonrisa. Era su táctica habitual con las mujeres, la mirada que les hacía saber que estaba a punto de abordarlas. Pero esta vez no había sido calculado, y a Moff no le resultó nada familiar la incomodidad que experimentó cuando finalmente desvió la mirada y volvió a concentrarse en la planta.

–¿No es asombroso que crezcan tantas cosas por aquí? –dijo Heidi, tratando de parecer casual–. Prácticamente no hay sol.

–Hay muchas plantas que no hacen fotosíntesis –replicó Moff–. Las setas, por ejemplo. Las trufas. Necesitan sombra. Por eso las encontramos en ambientes frondosos. Es una pena que las selvas del mundo estén siendo taladas por unos estúpidos avariciosos. Ni siquiera imaginan la cantidad de especies increíbles que están siendo destruidas para siempre.

–¿También aquí en Birmania están destruyendo las selvas?

–Tan rápidamente como pueden talarlas. Algunas, por la madera; otras, para plantar la adormidera de la heroína, y muchas, para construir un oleoducto hasta China, que por cierto varias empresas norteamericanas están ayudando a construir.

Heidi observó más detenidamente la planta.

–¿Ésta es rara?

–Puede ser. Es algún tipo de planta parásita con flores. ¿Ves cómo se agarra a las raíces del árbol? Se alimenta de su sistema de raíces.

–¡Cuánto sabes sobre plantas! –exclamó Heidi–. Yo apenas distingo un árbol de un arbusto.

–Ayuda un poco el hecho de tener un vivero de dos hectáreas –dijo Moff modestamente–. Me gano la vida cultivando las cosas que se encuentran en las selvas. Bambú, palmeras gigantes...

Se enjugó el sudor de la frente con el dorso de la muñeca.

–No puedo decir que me encante la abundancia de bambú que hay por aquí –prosiguió–. Pero si alguna vez conseguimos salir, hay una especie de bambú particularmente resistente a la que le tengo echado el ojo y que sería perfecta para un zoológico con el que trabajo.

Arrancó con cuidado una de las extrañas plantas rojas y la levantó para observarla. Estaba unida a otra planta gemela, conectada a través de una raíz esférica. Vista de esa forma, parecía todavía más obscena, pensó Heidi, como los órganos sexuales de dos sátiros siameses. Intentó actuar despreocupadamente.

–¡Ajá! –exclamó Moff–. Lo que pensaba. *¡Balanophora!* Sí, señor. El ecosistema es el adecuado y crece en Asia, al menos con seguridad en China y en Tailandia. Unas cuantas especies. Dieciséis, si no recuerdo mal. Ésta podría ser la número diecisiete. Aparecen catalogadas en los anales de *Weird Plant Morphology*. Todos estamos bastante familiarizados con los ejemplares más raros del mundo vegetal. ¿Ves la forma de la cabeza? La mayoría tienen forma de bellota, no tan lisa como ésta.

Extrajo algunas plantas más.

–Nunca he visto fotos de nada como esto –añadió, entusiasmándose más por momentos–. Si es una especie nueva, es una belleza, más larga y gruesa que la mayoría y completamente roja, en lugar de tener un tallo color carne.

La examinó desde todos los ángulos.

–¿Una especie nueva? –preguntó Heidi–. ¿Qué quieres decir con eso? ¿Que es una planta mutante?

–Solamente que no ha sido catalogada en las taxonomías oficiales, donde se controlan este tipo de cosas. Pero es posible que la gente de aquí tenga un nombre para esta planta. La «roja grande», por ejemplo. ¡Vaya! ¡Es increíble!

De pronto, vio que Heidi lo estaba observando con expresión divertida.

Le sonrió.

–¡Eh, si es una especie nueva, podría ponerle mi nombre! –Hizo un gesto con la mano, como leyendo una placa–: *Balanophora mofetti.*

Volvió a mirar a Heidi.

–Es broma –dijo–. Algún científico tendría que comprobar primero si de verdad se trata de una especie desconocida, y seguramente le pondría su nombre. Aunque, a veces, a las nuevas especies les dan el nombre de su descubridor.

–Yo la vi antes que tú –le dijo Heidi en tono de broma.

–¡Claro que sí! Entonces se llamará *Balanophora mofetti-starki.*

–*Balanophora starki-mofetti* –corrigió ella.

–Si estuviéramos casados –dijo él–, podría llamarse *Balanophora moffetorum* y nos abarcaría a los dos.

Ella abrió la boca para responder, pero no pudo pensar en una réplica ingeniosa con la rapidez suficiente. *Casados*. La palabra la había sorprendido. En el silencio, oyó el canto de los pájaros. Él estuvo a punto de decirle que no lo había dicho en serio, pero eso la habría hecho pensar que él ni siquiera soñaba con esa posibilidad.

Finalmente, ella dijo:

–Yo conservaría mi apellido. Pero no te preocupes, no creo que me gustara mucho darle mi nombre a una planta con ese aspecto.

Entonces él se sintió intrépido. Se puso de pie.

–Pero de todos modos podríamos casarnos.

Las dos últimas semanas lo habían obligado a contemplar de otra manera el tiempo y los riesgos. Antes, su mente estaba concentrada en el futuro: los proyectos futuros, los futuros clientes, la expansión futura... Pero en esos días, la vida existía en el contexto de antes y ahora.

Heidi se echó a reír.

–No seas ridículo. Deja de bromear.

–Puede que no esté bromeando –dijo él.

Ella guardó silencio y lo miró, maravillada. Él inclinó la cara hacia ella y le besó levemente los labios.

–Qué bien. Mi mejor beso de las últimas dos semanas.

–El mío también –dijo ella suavemente.

Y con esa autorización, él la rodeó lentamente con sus brazos y ella le respondió con sorprendente fiereza. Llegados a este punto, les diré simplemente que los dos dejaron que el lado salvaje de la jungla se apoderara de sus sentidos. Dejaré librado a su imaginación lo que ocurrió exactamente. Después de todo, no sería apropiado revelar los detalles, que fueron –debo decirlo– bastante extensos.

Una hora después, Moff y Heidi recogieron la ropa y unas cuantas plantas que reconocieron con certeza como comestibles o útiles: muchos helechos, brotes tiernos de bambú, más ajenjo dulce medicinal y las hojas de un arbusto que olían a limón y que reducidas a polvo servían para evitar que los bichos se metieran en sus chozas. Colocaron su carga en las cestas de ratán que habían llevado consigo y regresaron al poblado, con una sensación de doble satisfacción. Los niños corrieron hacia ellos, con gritos de bienvenida, y les tiraron de las manos para llevarlos hasta una tabla junto al fogón, donde depositaron los tesoros de la mañana.

La hija de Mancha Negra cogió la planta roja de aspecto fálico. Las mujeres que se ocupaban de la cocina se la quitaron prestamente de las manos y una de las más ancianas mandó llamar a Mancha Negra, que a su vez llamó a Grasa y a Salitre.

–¿La habías visto antes? –le preguntó Moff a Mancha Negra.

–Sí, sí –dijo él–. Muchas veces. Muy buena planta.

Moff se sintió decepcionado. No parecía que su hallazgo fuera una novedad, después de todo.

En realidad, la planta no se conocía oficialmente en el resto del mundo. La tribu la había descubierto pocos años antes, y al probarla, había comprobado que su forma era un buen reclamo de sus efectos. Tenía propiedades afrodisíacas, y bastante potentes. Una rodaja de la planta, masticada lentamente, podía proporcionar a un hombre el vigor de un veinteañero. También resolvía los problemas de fontanería causados por la próstata. Y obraba similares efectos de excitación en las mujeres, aunque se suponía que no había que hablar al respecto, por miedo a una rebelión de hembras lujuriosas.

Mancha Negra, Grasa y Salitre hacían incursiones periódicas en la selva, y cada vez que encontraban una de esas raras plantas, levantaban el puente, bajaban de la montaña con su tesoro y se dirigían a Nyaung Shwe, donde contactaban con una red karen de confianza y con un hombre experimentado en obtener grandes ganancias con total discreción.

En todo Myanmar, el poder de la planta había asumido proporciones legendarias. Un vendedor advertía a sus clientes que probaran solamente una pequeña cantidad, porque sabía de una esposa anhelante de amor y de su marido anteriormente indiferente que habían acabado en el hospital, a causa del agotamiento sexual. Se hablaba también de un anciano que había sido padre de tres pares de gemelos, tras dejar embarazadas a tres bellas hermanas. Estaba también la solterona de mediana edad, demasiado rígida por falta de uso para asumir las posturas idóneas para el amor, que ahora había adquirido la flexibilidad de una acróbata. Se decía que los efectos de la planta duraban por lo menos una semana. También servía para prevenir una de las enfermedades más terribles y mortales que puede padecer un hombre, el *koro*, que provoca la absorción de los genitales en el interior del cuerpo. Cuando desaparecían, la víctima moría. No era de extrañar, por tanto, que las plantas rojas se conocieran como «la segunda vida».

Con el dinero procedente de la venta de las plantas, Mancha Negra y sus compañeros compraban mercancías en discretas cantidades, de diferentes comerciantes: golosinas, rollos de tela y, naturalmente, deliciosos alimentos fermentados. Después volvían a escalar la montaña y se quedaban allí hasta que tenían más de aquel tesoro para vender. Pero hacía mucho tiempo que no encontraban una planta.

Mancha Negra les preguntó a Heidi y a Moff si habían visto más.

–Media docena –respondió Moff.

Mancha Negra tradujo para sus compatriotas.

–¿Dónde las están encontrando? –preguntó–. ¿Mostrar a mí?

–Sí, claro. ¿Son buenas para comer?

–Muy buenas, sí –respondió Mancha Negra–. Pero sólo para medicina. No para comer todos los días.

–¿Para qué enfermedad? –preguntó Moff.

–Oh, para enfermedades muy malas. *Koro* es una. No sabe nombre en inglés. Si estoy teniendo *koro*, me estoy muriendo.

Los otros miembros de la tribu asintieron.

–Supongo que no es lo que creíamos –le dijo Moff a Heidi, y ambos rieron.

Mancha Negra les pidió que se adentraran en la densa selva, volviendo sobre sus pasos. Con la brújula de Heidi, apartaron la cortina de verdes hojas y se abrieron paso hacia el lecho selvático donde poco antes habían hecho el amor.

15. Una pista prometedora

Esa noche, los desharrapados ciudadanos de la jungla se agruparon delante del televisor, según su jerarquía divina. Los dioses gemelos estaban sentados al frente, con la abuela en el medio. Mancha Negra, su primo y otros dignatarios se acuclillaron en segunda fila. Las mujeres y los niños se quedaron de pie, al fondo, y los que habían perdido una pierna o un brazo se acomodaron a un lado, sobre esterillas. Ya era casi la hora de la emisión nocturna de «La supervivencia del más fuerte». Hacía varios días que mis desamparados amigos no veían el programa, pues las exigencias de la malaria habían acaparado toda su atención.

Mancha Negra y las abuelas propusieron a los honorables huéspedes que fueran a reunirse con ellos. Pero *mes amis* declinaron la invitación. En lugar de eso, como ya era su costumbre, fueron a sentar sus taciturnas y silenciosas personas sobre troncos y tocones, en torno a la hoguera del poblado. Dwight se sentó junto a Bennie. Habían tenido un acercamiento. Dwight se había disculpado por descargar su irritación contra Bennie, y éste había admitido que nunca había estado debidamente preparado para el viaje.

–Te metimos en esto en el último minuto –le dijo Dwight.

Ambos reconocieron que todos se necesitaban mutuamente. No sabían a quién podían precisar en caso de emergencia, ni quién podía consolarlos si las cosas se ponían verdaderamente feas.

Las rojas brasas proyectaban una nerviosa danza de luz sobre sus caras. En los primeros días de su desgracia, habían debatido con urgencia el modo de salir del lugar llamado Nada. A medida que su imprevista estancia se prolongaba, pensaban con angustia en las posibles maneras de ser rescatados. Durante el pánico de la malaria, habían negociado con Dios y con los poderes de la tribu. Y cuando todos habían emprendido la precaria ruta de la recuperación, se enteraron de que el barquero había perdido el juicio y creía que Rupert era un dios. ¿También ellos enloquecerían?

Pensaban en lo que estarían haciendo sus familias y amigos, allá en su país, para encontrarlos. Seguramente se habrían puesto en contacto con la embajada de Estados Unidos en Myanmar. Probablemente, en ese mismo instante, habría una escuadrilla de aviones norteamericanos realizando misiones de reconocimiento. Mis amigos no sabían que el gobierno militar de Myanmar había restringido la zona donde el personal de la embajada tenía permitido realizar búsquedas. En consecuencia, las investigaciones se estaban llevando a cabo únicamente en los destinos turísticos que la junta deseaba promocionar; desde allí, Harry Bailley, consumada estrella de televisión de voz meliflua y persuasiva, transmitía sus conmovedoras noticias de última hora.

Esa noche, el estado de ánimo era más sombrío que de costumbre. Esa misma tarde, Esmé, en un estallido de frustración, había exclamado:

–¿Es que vamos a *morirnos* en este sitio?

Sólo una niña podría haber enunciado en voz alta la pregunta tabú. Marlena la tranquilizó, pero la pregunta quedó flotando en el aire cargado de humo. Estaban todos en silencio, sabedores de que otra enfermedad exótica o cualquier déficit en el suministro de alimentos podía llevarlos al borde de la extinción. ¿Sería verdad que iban a morir? Cada uno imaginó la noticia de su fallecimiento.

Wyatt recordó que su madre, que había tenido cáncer de mama, le había suplicado que renunciara a sus emocionantes y peligrosas aventuras.

–No te juegas tu vida, sino mi corazón –le había dicho–. Si te pasara algo malo, sería cien veces peor de lo que ha sido mi cáncer.

Él se había reído de sus temores. Ahora, con los ojos de su mente, veía a su madre mirando fijamente su retrato. «¿Cómo has podido hacerme esto?»

Moff se imaginaba a su ex esposa, furiosa con él por haberse llevado al hijo de ambos a un viaje que sabía que era peligroso. Estaría intentando creer con cada centímetro de su alma que Rupert aún estaba vivo y que él, el marido de quien se había divorciado por su insensibilidad, había sido arrebatado del mundo por las manos del destino, que le habría arrancado ya su último aliento.

Vera recordaba historias de personas que se habían negado a creer que uno de sus seres queridos había muerto en accidente de aviación, en un naufragio o en el derrumbe de una mina. Las palabras «sin supervivientes» eran sólo una conjetura y, al final, varios días después de que otras familias más resignadas a la tragedia hubieron celebrado los funerales, las esperanzas de los más optimistas se habían visto colmadas, cuando los presuntos muertos habían regresado a casa sanos y salvos, sin más secuela que un desmesurado apetito por la comida casera. ¿Era la fuerza del amor lo que había hecho posible el milagro? ¿Cuánto la querrían sus hijas? ¿Disminuiría sus probabilidades de ser hallada el hecho de que ellas ya estuvieran llorando su muerte?

Heidi pensaba en otros medios que les permitieran sobrevivir. Quizá había otras medicinas. Las abuelas karen lo sabrían. Y más les valía empezar a prepararse para las lluvias. Hizo una lista mental de las diversas situaciones para las que debían estar preparados, y las respuestas adecuadas. Ante todo, si venían los soldados y empezaban a disparar indiscriminadamente, tendrían que correr a esconderse en la jungla. Después tuvo otra idea: quizá ella y Moff pudieran hacer otra incursión en la selva, para buscar un par de sitios secretos.

Bennie era el único que pensaba en el futuro, en volver a casa y encontrar una jubilosa celebración. Antes de emprender el viaje del camino de Birmania, Timothy y él habían acordado abrir los regalos de Navidad cuando él regresara. Era más que probable, pensaba Bennie, que Timothy hubiera vuelto a envolver todos sus paquetes con cintas amarillas –era muy propio de él–, e incluso que hubiera añadido regalos más fastuosos; algo de lana de cachemira sería fantástico. Seguramente ya habría cortado las etiquetas de las tiendas, señal de su absoluta confianza en el regreso de su amado. Pero entonces Bennie imaginó a Timothy desmontando el árbol, pagando las facturas y cambiando la arena del gato, tarea que había sido su motivo más frecuente de disputas. Llevaban una vida corriente y rutinaria pero aun la rutina era valiosa, y él quería recuperarla.

Sin que viniera a cuento, Dwight se echó a reír.

–Mañana tengo cita con el higienista dental. Voy a tener que llamar para pedir que me la cambie.

Los demás recordaron entonces las obligaciones desagradables que los esperaban en casa: un coche con una abolladura en el parachoques que había que arreglar; ropa pendiente de recoger en la tintorería, y prendas deportivas abandonadas sin lavar en la taquilla del gimnasio, que para entonces probablemente estarían mohosas. Se concentraron en los asuntos más triviales, de los que podían prescindir fácilmente. Recordar cualquier otra cosa les habría resultado intolerable.

Sus voces volvieron a disolverse en el silencio. Las llamas de la hoguera iluminaban sus rostros desde abajo, creando huecos oscuros en sus ojos. Pensé que parecían fantasmas, lo cual no dejaba de ser irónico, viniendo de mí. Muchos creen que los muertos tienen esa misma apariencia espectral, pero no es cierto. En realidad –y por el mero hecho de tener conciencia tengo realidad–, mi único aspecto es el que yo misma imagino. Es extraño que aún no conozca la razón de mi muerte, cuando por lo visto conozco todo lo demás. Pero nuestros pensamientos y nuestras emociones después de la muerte no son diferentes de lo que eran cuando vivíamos, o al menos eso creo. Sólo recuerdas lo que quieres recordar. Sólo sabes lo que tu corazón te permite saber.

A lo lejos, en el centro recreativo de la jungla, el griterío de los niños se mezclaba con un feliz y animado parloteo. «¡Número uno! ¡Número uno!», entonaban, haciéndose eco del pretendido primer puesto en audiencia de «La supervivencia del más fuerte». Había empezado el programa, anunciado con su característica sintonía de apertura. Los violines se estremecían y vibraban en un *crescendo* borborígmico, al tiempo que rugían los leones, restallaban las fauces de los cocodrilos y unas grullas de cuellos esbeltos emitían gritos de alarma.

Bennie se incorporó, con los ojos irritados por el humo. Adoraba secretamente todos los *reality shows*, las crueles eliminatorias, el intercambio de papeles con consecuencias calamitosas y el radical cambio de imagen de personas sin un diente, o con el pelo imposible, o sin barbilla. Echó una mirada a la televisión. Sí, ¿por qué no? El entretenimiento inane era preferible al dolor consciente de la desesperanza. Se dirigió hacia el lado feliz del poblado.

En la negrura de la jungla, la pantalla brillaba como un faro. Vio a la presentadora de «La supervivencia del más fuerte», con el mismo salacot y las mismas prendas de safari manchadas de tierra de hacía un par de semanas. Esta vez, se había aplicado artísticamente un brochazo de barro en el pómulo izquierdo. Los dos equipos de concursantes estaban construyendo canoas, ahuecando madera de balsa. Su ropa se había vuelto traslúcida con el sudor que, según pudo observar Bennie, no dejaba ninguna protuberancia, curva o surco oculto a la vista. Bennie advirtió que los más fuertes, cuyos cuerpos eran exponentes libres de grasa de la vida sana, inspiraban el odio de los demás, como correspondía.

–¿Estáis listos? –dijo la mujer del salacot–. El nuevo desafío de hoy...

Y les anunció que iban a practicar orificios en los cascos de sus canoas, para simular el ataque de un hipopótamo, y que ellos tendrían que taponar las vías de agua con cualquier material que encontraran, confiar en que aguantara y remar un centenar de metros contra corriente, hasta el lugar donde conseguirían el agua potable y la comida necesaria para sobrevivir los tres días siguientes.

–Si no lo conseguís –les advirtió–, estaréis literalmente hundidos.

Después, procedió a hacer un repaso de las diversas criaturas que acechaban en el agua: cocodrilos quebrantahuesos, peces carnívoros, serpientes acuáticas venenosas y, la fiera más peligrosa de todas, el hipopótamo enemigo del hombre. Con primeros planos del rostro de cada concursante, la cámara captó los rápidos parpadeos de los medrosos, los labios apretados de los intrépidos y las mandíbulas flojas de los que ya se sabían condenados.

Bennie se identificaba con sus temores y su pública humillación. Cuando se rascaban una picadura, él también se rascaba. Cuando tragaban saliva por culpa del miedo, él también lo hacía. Pensó que parecían presos, encadenados unos a otros. Pensó en ir a decirles que estaban todos en el mismo barco y que deberían unir fuerzas. Se acercó un poco más y entonces se dio cuenta. ¿Qué estaba haciendo? «¡Es la tele, imbécil, no es real!» Sus ojos vidriosos regresaron a la pantalla y, un minuto después, su lógica volvió a desbarrar, de modo que siguió guiándose por el razonamiento de los sueños. «Es un reality show –se dijo–, lo que significa que es real. Las personas son reales, las canoas son reales y los orificios son reales. Lo único que separa su realidad de la mía es un trozo de cristal. Si puedo conseguir que me vean a través de la pantalla...» Alzó los brazos en el aire y esa brusca acción fue suficiente para arrebatarlo de la fantasía. «Deja de pensar locuras», se conminó. Pero como una persona arrastrada irresistiblemente hacia el sueño, volvió a caer gradualmente en un estado semionírico. Envió un mensaje con el poder de su mente. «Miradme, por favor. ¡Maldita sea, miradme! Yo también estoy varado en la jungla. ¡Miradme!»

Yo conocía su padecimiento. Desde mi muerte, me he sentido abrumada por una frustración alternada con desesperanza. Imaginen lo que es tener la propia conciencia separada de la de los demás por una barrera invisible levantada en un abrir y cerrar de ojos. Y ahora mis ojos ni siquiera se abren, ni volverán a abrirse jamás.

En su porosa mente, Bennie estaba dando consejos a los equipos. «Desgarrad vuestra ropa, mezcladla con barro para hacer una bola. ¡No, no! ¡Dejad los pelos de coco! Olvidaos de eso, y no cojáis tampoco la paja, que no formará una pasta suficientemente impermeable. ¡Idiotas! ¡Yo soy el director del grupo! ¡Se supone que tenéis que escucharme...!» Su desobediente equipo acababa de echar la canoa al agua, cuando un anuncio escrito se desplegó por la base de la pantalla. «Informe especial: más sobre el misterio de los once turistas desaparecidos en Myanmar.»

Bennie se sorprendió de que otro grupo de turistas hubiera sufrido su misma suerte. La única diferencia era que ellos eran once, en lugar de doce. «¡Espera un momento! Nosotros somos once.» Parpadeó con fuerza para evitar las jugarretas de su cerebro. ¿Era sólo la manifestación de sus deseos? ¿Un fenómeno alucinatorio? Corrió para acercarse aún más al televisor, bloqueando la vista de todos. Pero para entonces, el anuncio había desaparecido.

–¿Lo habéis visto? –gritó.

Botín le ordenó a Bennie que se quitara de delante. Nadie de la tribu había leído las palabras al pie de la pantalla, ni siquiera Mancha Negra, que a duras penas era capaz de reconocer las letras. Las palabras en inglés habían atravesado la pantalla con tanta rapidez como un escarabajo cuando le destruyes el escondrijo.

El anuncio se repitió, reptando por la pantalla como una serpiente de neón. «Informe especial: más sobre el misterio de los once turistas desaparecidos en Myanmar.»

Bennie inhaló con fuerza el aire.

–¡Eh, vosotros! –gritó–. ¡Venid aquí, de prisa! ¡Vamos a salir en la tele!

–¿Qué se estará imaginando ahora? –dijo en voz baja Dwight.

Ya se habían creído otras fantasías de Bennie: afirmaciones de que el puente estaba tendido (y de hecho lo estaba, cuando Mancha Negra había ido por más provisiones) y gritos de que había visto gente del otro lado del barranco (que de hecho había visto, cuando Mancha Negra y Grasa regresaron). ¿Y ahora les estaba diciendo que iban a aparecer en «La supervivencia del más fuerte»? Pobre Bennie, desde su crisis epiléptica se estaba deteriorando mentalmente, fue la conclusión a la que llegaron. Intentaban seguirle la corriente, pero temían la posibilidad de que otros del grupo también se volvieran locos.

Bennie volvió a gritarles.

–¡Las noticias! –exclamó–. ¡Estamos en las noticias!

–Es tu turno –le dijo Moff a Roxanne, y ella suspiró y se fue con Bennie, a intentar disipar la última de sus falsas esperanzas. Si no le hacían caso, no pararía.

Pero unos segundos después, Roxanne gritó:

–¡Venid todos! ¡Rápido!

Casi se cayeron unos sobre otros para llegar a la televisión.

Una presentadora de un canal australiano estaba diciendo que acababan de recibir nuevas imágenes de los Once Desaparecidos. Mis amigos clavaron la vista en la pantalla. Pero lo que vino a continuación los defraudó. Era un reportaje sobre viajes a Egipto o algo parecido. Había una persona subiendo a una pirámide y contemplando desde lo alto otras muchas pirámides similares, que se extendían hasta el horizonte. La cámara se acercó, hasta ofrecer un primer plano de un hombre bien peinado, de cabello oscuro y sienes plateadas. Resultaba curiosamente familiar.

–¡Harry! –exclamó Marlena.

–El lacerante esplendor... –estaba diciendo Harry con voz soñadora, mientras dejaba que su vista se perdiera en la distancia, hacia un panorama de más de dos mil cúpulas y espiras–. Al ver tanta estoica magnificencia –añadió volviéndose a la cámara–, no puedo dejar de pensar en mis valerosos amigos. Cuando los encuentren, y sé que eso sucederá pronto, los traeré aquí, al glorioso Bagán, donde podremos disfrutar juntos de los amaneceres y los crepúsculos.

Heidi se echó a reír y soltó un chillido.

–¡Está hablando de nosotros! ¡Vamos a regresar!

Moff le dio un entusiasmado achuchón.

–¡Oh, Dios mío! –burbujeó Wendy–. ¡Estamos salvados! ¡Nos vamos a casa!

–Subid el volumen –dijo Moff, con una calma que contradecía su nerviosa expectación.

Dwight le arrebató el mando a distancia a Botín. La gente de Nada se preguntaba qué era lo que emocionaba tanto al Hermano Menor Blanco y a sus amigos. Sólo Mancha Negra lo sospechaba, y el nudo de su estómago se estrechó. ¿Habrían ofendido a algún nat? ¿Por qué tenían que superar tantas pruebas?

–Tenemos noticias muy, pero que muy buenas –oyeron los Once Desaparecidos que decía Harry en su mejor voz de personalidad de la televisión.

Un vitoreo resonó entre mis amigos, que procedieron a entrechocarse las palmas de las manos. Bennie ya estaba pensando en abrazar a Timothy, darse un baño fastuoso y caer rendido en la mullida cama de ambos. La cámara se alejó, para enseñar a Harry hablando con un periodista birmano.

–Nuestro equipo de búsqueda tiene una nueva pista –dijo Harry–, una pista muy prometedora, en Mandalay. Parece ser que un fabricante de marionetas de cartón piedra ha visto algo sospechoso, y dos monjes confirman su versión. Los tres dicen haber visto a un hombre alto, con el pelo largo recogido en una coleta y pantalones cortos de safari, acompañado de un niño y una niña de rasgos eurasiáticos. El fabricante de marionetas dice haberlos visto en la cima de la colina de Mandalay, mientras que los dos monjes los vieron ese mismo día, horas más tarde, en la pagoda Mahamuni.

El periodista birmano intervino:

–Ese hombre de la coleta coincide con la descripción de su amigo, ¿verdad?

–Así es –respondió Harry con autoridad–. Podría ser Mark Moffett, con su hijo Rupert y con Esmé, la hija de mi prometida, Marlena Chu, que también ha desaparecido.

Las cuatro fotografías se sucedieron rápidamente.

–¡Ésa soy yo! –gritó Esmé, e inmediatamente hizo una mueca de disgusto–. Detesto esa foto.

Moff dio una patada en el suelo.

–¡Mierda! ¡Harry, puñetero idiota! ¡Estoy aquí, en medio de la selva, y no en Mandalay!

–*Prometida* –susurró Marlena para sus adentros.

–Lo más preocupante –prosiguió Harry– es que estaban siendo conducidos por dos hombres...

–Pero no eran birmanos –lo interrumpió el periodista–, como pudimos confirmar hace un momento.

–Sí, exacto. Los testigos han dicho que parecían indios o tailandeses, o quizá incluso chinos, pero en ningún caso birmanos, porque como muy ingeniosamente usted mismo ha señalado, los testigos birmanos han dicho que no entendían ni una palabra de lo que decían los malhechores. Pero lo que sí observaron, y esto es muy interesante, es que hablaban en tono brusco y autoritario, y que tanto Moff (o, mejor dicho, el hombre que pensamos que puede ser Mark Moffett) como los dos chicos simplemente los obedecían, como si estuvieran drogados. El fabricante de marionetas y los dos monjes lo atribuyen a un encantamiento de los nats, que según la creencia de algunos birmanos son espíritus perturbados, que no han encontrado la paz después de una muerte violenta hace siglos.

–Sí, son muy corrientes por aquí –dijo el periodista.

–Pues yo creo que deben de estar drogados –prosiguió Harry–, lo cual es una explicación más racional. Según nos han dicho, tenían la mirada vidriosa de los heroinómanos...

El periodista lo interrumpió:

–La heroína está rigurosamente prohibida en Myanmar. El castigo por el consumo o la venta de heroína es la muerte.

–Sí, en efecto, y ninguno de mis amigos es proclive a ese tipo de consumo, en absoluto, se lo puedo garantizar. Por eso precisamente nos preocupan las personas que estaban con ellos, que posiblemente los han drogado. En cualquier caso, este avistamiento representa un gran avance para nosotros, un avance enorme, y allí es donde vamos a concentrar nuestros esfuerzos en los próximos días, en Mandalay, en la cima de la colina, en la pagoda y en cualquier sitio donde nuestro equipo de búsqueda estime que debemos investigar, sobre la base de fuentes de información fidedignas. Fidedignas, ésa es la clave. El gobierno de Myanmar nos está ayudando mucho en ese sentido. En cuanto descienda de este extraordinario exponente de la historia y la arquitectura birmanas, nos pondremos en marcha hacia Mandalay. Mientras tanto, si alguien ve algo de importancia, le rogamos que llame al Número Especial de los Testigos, que en este momento ven ustedes en pantalla.

Harry le hizo señas a una mujer con dos perros para que se acercara. Comenzó a rascarle vigorosamente el cuello al labrador negro, hasta que la pata trasera del perro empezó a tamborilear sobre el suelo.

–¡Qué bueno es mi chiquitín! –le dijo Harry, y después se inclinó sobre el otro miembro del equipo de búsqueda, una border collie.

–Chu, chu, chu –la arrulló, con los labios fruncidos como para darle un beso.

Antes de que la perra pudiera darle un lametazo en la boca, Harry se retiró ágilmente.

–Estas bellezas son mejores que el FBI –los elogió–. Perros de búsqueda y rescate. Narices infalibles, con una ética del trabajo basada en el simple mecanismo del premio cada vez que encuentran algo. Y esta fantástica mujer es su intrépida adiestradora.

La cámara captó a una mujer vestida con una blusa de alegre algodón rosa y amarillo, ceñida a su cuerpo esbelto y juvenil.

–Saskia Hawley. Ella misma los ha entrenado –declaró Harry–, y ha hecho un trabajo estupendo, si me permiten que lo diga.

–Con las técnicas que tú me has enseñado, a mí y a otros miles de adiestradores... –repuso ella con generosidad, batiendo cómicamente las pestañas.

Harry compuso su mejor sonrisa traviesa pero encantadora de niño pequeño y luego se volvió hacia la cámara.

–Esto ha sido todo por ahora. Volveremos a vernos en Mandalay. ¿Qué me dices, Saskia? *Lush* y *Topper*, ¿estáis listos para trabajar? ¡Vamos allá!

Los perros se incorporaron, con los rabos girando a la velocidad de los rotores de un helicóptero. Saskia le sonrió a Harry con excesiva veneración, en opinión de Marlena. Con una suave orden de Saskia, los perros partieron impetuosamente, olfateando el suelo mientras abrían la marcha.

Mis amigos y los integrantes del Ejército del Señor vieron cómo Harry y Saskia se dirigían codo con codo hacia un atardecer de deslumbrante belleza. Sus figuras se empequeñecieron, mientras la cámara se alejaba. Le siguió un lento fundido en negro, como si se hubiese extinguido toda esperanza.

Volvió a aparecer la presentadora de las noticias.

—Para todos aquellos que se hayan incorporado tarde al programa, lo que acabamos de ver era un reportaje enviado por Myanmar TV Internacional, con Harry Bailley...

Durante unos segundos, mis amigos en el lugar llamado Nada se sintieron demasiado estupefactos para hablar.

—No me lo puedo creer —dijo finalmente Roxanne, en voz baja y monótona.

Wendy empezó a llorar, apoyada en un hombro de Wyatt.

Marlena se preguntaba quién sería esa mujer a la que Harry había tratado con tanta familiaridad. ¿Por qué había dicho que era «fantástica»? ¿Por qué la miraba con esos ojos? ¿Sería otra de sus «prometidas»? Se dio cuenta de lo poco que sabía de Harry.

Vera se incorporó en el asiento.

—No seamos pesimistas. Es una buena noticia. Creen que estamos vivos y nos están buscando. Hablemos ahora de lo que esto significa y de lo que conviene que hagamos.

Los demás se esforzaron por hacer lo que Vera sugería. Hasta bien entrada la noche, estuvieron debatiendo la mejor manera de dar a conocer su paradero a sus potenciales rescatadores. Todos consideraron también la forma de garantizar la seguridad de la tribu. Quizá los lajachitó pudieran esconderse en la selva, y entonces ellos les dirían a sus salvadores que habían encontrado ese poblado abandonado. O simplemente podrían insistir en que los lajachitó eran héroes y debían ser protegidos de las represalias.

Dwight se puso en pie de un salto.

—Muy bien, ahora que tenemos un plan —dijo— me voy a la selva, a intentar salir de aquí. ¿Alguien quiere acompañarme?

—No seas ridículo —le dijo Roxanne.

Dwight no le prestó atención.

—Si consigo salir de esta selva y llegar a un sitio donde puedan vernos desde arriba, será mucho mejor que quedarnos aquí esperando, durante quién sabe cuánto tiempo más.

—Ten un poco más de seriedad —dijo Roxanne.

Él no la miró. Los otros se encogieron de hombros y Dwight se alejó, disgustado. Roxanne se preguntó por qué había tenido que actuar de ese modo, precisamente cuando los dos empezaban a llevarse mejor.

Mis amigos pasaron entonces a una conversación que reflejaba su nuevo optimismo. Lo primero que haría cuando llegara a casa, dijo Marlena, sería darse un interminable baño caliente. Roxanne aseguró que dejaría correr el agua de la ducha durante una larga y pecaminosa hora, hasta quitarse toda la tierra que llevaba adherida a la piel. Wendy quería hacerse un masaje, cortarse el pelo, hacerse las manos y los pies, y comprar maquillaje, ropa interior y calcetines. Bennie pensaba renovar todo su vestuario, porque había perdido más de nueve kilos. Heidi anhelaba acostarse entre sábanas limpias. Y Moff ansiaba acostarse entre las mismas sábanas limpias que ella.

Pensaban en el futuro, en las pequeñas cosas y los pequeños lujos. Su gran esperanza ya estaba en buenas manos. Los estaban buscando.

En otro lugar del poblado, la conversación era más solemne. Mancha Negra había referido a su gente lo que los turistas habían visto por televisión. El hombre llamado Harry Bailley tenía ahora un programa propio de televisión. No estaba ambientado en las selvas de «La supervivencia del más fuerte», sino allí mismo, en Birmania. Estaba buscando al Hermano Menor Blanco y a sus seguidores, y los había elevado a la categoría de estrellas de televisión. Mancha Negra estaba seguro de que los soldados del SLORC estaban ayudando al hombre a buscarlos. A nadie más se lo hubieran permitido.

Una de las abuelas se lamentó:

—Pues ya podemos ir saltando a la olla y dejar que nos hiervan las carnes, hasta convertirnos en una sopa de huesos muertos.

Salitre estuvo de acuerdo.

—Ahora son un señuelo para el tigre. Y nosotros seremos los devorados.

—Ya basta de hablar de sopas y de tigres —replicó Mancha Negra—. Tenemos que preparar un plan para huir a otro escondite.

—El Hermano Menor Blanco nos protegerá cuando nos vayamos —dijo la esposa de Mancha Negra.

Algunos hicieron gestos de asentimiento, pero un hombre que tenía un muñón en la rodilla se opuso:

—Él nos ha metido en este lío. ¿Y qué señales tenemos de que sea el auténtico Reencarnado? ¿Las cartas y el libro? Quizá los haya robado.

Otros desconfiados asintieron. Al instante, estaban discutiendo sobre si el chico era o no el auténtico Reencarnado, el Hermano Menor Blanco. El verdadero Hermano Menor debería haberlos fortalecido, en lugar de debilitarlos. Se suponía que tenía que volverlos invisibles.

—Pero ahora somos más visibles que nunca —se quejó un hombre.

Mancha Negra se incorporó de un salto. ¡Ésa era la respuesta! El Hermano Menor Blanco no había venido para volverlos invisibles, sino *visibles*, a la vista del mundo entero. Le recordó a la tribu su acariciado sueño de tener un programa de televisión propio. ¡Por eso había venido el Hermano Menor Blanco con diez personas y una cámara de vídeo que registraba toda su historia! Ellos le mostrarían al mundo que eran más valerosos y que podían superar pruebas más difíciles que los equipos de «La supervivencia del más fuerte». Sus peligros eran reales. Los televidentes desearían que sobrevivieran. Su programa sería el número uno, semana tras semana, el número uno entre kiwis y canguros, norteamericanos y birmanos, demasiado popular para cancelarlo. El camino había sido trazado delante de sus ojos. Ahora sólo necesitaban que Harry Bailley los sacara en su programa.

El pequeño dios gemelo Botín se puso en pie, se quitó el humeante cigarro de la boca y extendió ambos brazos. Sus ojos vidriosos se alzaron al cielo y exclamó:

—¡Oremos!

Mis amigos seguían pegados al televisor, esperando a que les iluminara la cara con nuevas noticias suyas y sobre cómo iban las cosas. Los más fuertes se turnaban para pedalear en la bicicleta y recargar así cualquiera de las dos baterías que no estuviera en uso. Todos sus rostros estaban vueltos en una sola dirección y, así concentrados, no advirtieron el momento en que Mancha Negra entró en la choza de la higuera estranguladora donde Roxanne y Dwight guardaban sus pertenencias. No lo vieron sacar la cámara de la pequeña mochila y extraer la cinta, ni notaron que abandonaba el poblado en compañía de Grasa, Salitre y Raspas, y se marchaba corriendo por el sendero que conducía al barranco.

Raspas se quedó montando guardia, por si se acercaba alguno de los huéspedes extranjeros. Era poco probable, porque estaba oscuro y los amigos del Hermano Menor Blanco temían al abismo. Grasa y Salitre enrollaron la cuerda en el tronco que hacía las veces de cabrestante y tiraron de ella hasta que el puente se levantó lo suficiente como para coger las sogas y atarlas a los tocones. Mancha Negra y Grasa atravesaron a toda prisa el despeñadero. Salitre y Raspas bajaron el puente. No lo levantarían hasta que sus compatriotas regresaran. Pero para entonces ya habría amanecido.

El lugar llamado Nada se había convertido en un feliz campamento para sus visitantes. A toda hora del día se oían gritos y risas. Los norteamericanos bailaban en torno al televisor. Los miembros de la tribu permanecían sentados más discretamente en sus esterillas, volviéndose para mirar a cada extranjero que mostraba su cara en la pantalla.

Fue un gran alivio para mis amigos enterarse de que Walter no se había despeñado por el precipicio ni había muerto. Estaba en un hospital, con amnesia, tras ser golpeado por una piedra en la cabeza, cuando se encaramaba por los muros de una pagoda para ir en busca de Rupert.

–¿Ves lo que pasa cuando otras personas tienen que ir a buscarte? –reprendió Moff a su hijo–. Tus actos afectan a los demás.

Por la mañana, la GNN transmitió un desfile organizado por la ciudad de Mayville, Dakota del Norte, para demostrar su confianza en el regreso de Wyatt sano y salvo. Niños con gorras de lana y monos de nieve amarillos desfilaban en trineos arrastrados por sus madres, también vestidas de amarillo. Tres hombres que exhalaban nubecillas cada vez que hablaban o reían sujetaban una gran pancarta donde podía leerse: «Los 1.981 habitantes de Mayville rezamos por el hijo de nuestro pueblo.» En el salón de actos del instituto de secundaria May-Port estaba teniendo lugar una nueva venta de bollos y pasteles, la cuarta de la semana, esta vez a cargo de los profesores. Los pastelitos decorados con lacitos amarillos de azúcar se vendían como pan caliente. Detrás de las mesas, un cartel enorme rezaba: «La Compañía Americana de Azúcar Cristalizado le desea lo mejor a la familia Fletcher.»

–¡Brrr! ¿Qué temperatura hace hoy en Mayville? –le preguntó el periodista a una de las profesoras.

—He oído que tenemos trece grados bajo cero —dijo la mujer—. Tiempo suave, para nosotros.

En el otro extremo del salón de actos, una banda ofrecía una pasable interpretación de una conocida marcha. Había varias mujeres sentadas detrás de mesas cargadas de bufandas amarillas, con un cartel que proclamaba: «Tejidas a mano por la Asociación de Madres y Padres de May-Port.»

El periodista estaba conduciendo ahora al cámara hasta una mujer que afirmó ser la novia de Wyatt.

—¿Mi qué? —dijo Wyatt.

Wendy se inclinó hacia adelante, con el corazón desbocado. ¡Así que Wyatt tenía novia! Ahora se explicaba su inaccesibilidad emocional.

—Cuénteles a nuestros televidentes cómo es Wyatt —pidió el periodista.

Apuntó el micrófono a una mujer de baja estatura, con el pelo rizado teñido de un rubio casi blanco. La piel le colgaba de los carrillos y se había delineado los ojos de negro, al estilo de Cleopatra.

—¿Quién demonios es ésa? —mascullό Wyatt.

Moff y Dwight ululaban.

El periodista le pidió a la mujer que describiera a Wyatt como novio. Ella vaciló un momento y, a continuación, con la voz grave y rasposa de una fumadora empedernida, respondió:

—Jolín, es un hombre que haría cualquier cosa por un amigo, y viceversa. —Bajó la vista y puso una sonrisa coqueta—. Es un hombre *de verdad*.

Alaridos selváticos resonaron entre Moff, Dwight y Roxanne.

—¡Muy bien, chaval! —le dijo Moff a Wyatt, propinándole un puñetazo en el brazo.

Wyatt sacudía la cabeza.

—¿Quién demonios es ésa? ¿Por qué está diciendo que es mi novia?

—¿Le gustaría decirle algo ahora mismo a Wyatt? —le preguntó el periodista a la mujer, y una vez más apuntó el micrófono hacia su boca diminuta.

—Sí, claro. —Arrugó la cara y consideró la pregunta—. Supongo que le diría: «Bien venido a casa, Wyatt, bien venido a casa en cualquier momento que vengas.»

La mujer tiró un beso a la cámara y saludó con la mano.

—¡Qué patético! —exclamó Wendy, que para entonces ya estaba suficientemente tranquila como para indignarse en nombre de Wyatt—. ¡Es increíble lo que es capaz de hacer alguna gente con tal de llamar la atención!

En las siguientes noticias de último minuto, apareció la ex mujer de Moff, sentada en un sofá del salón de su casa, un lugar donde Moff no había estado nunca. Siempre recogía y dejaba a su hijo en la acera, delante de la casa de Lana. Su ex mujer todavía presentaba el aspecto de alguien con su imagen, su vida y sus pensamientos bajo control. Pero el interior de su casa lo sorprendió. La decoración era acogedora e informal, sin el aire pulcro y remilgado que había imaginado. De hecho, en la habitación reinaba el leve desorden de un lugar donde hay gente viviendo, un tipo agradable de desorden, con periódicos dispersos sobre la mesa, zapatos por el suelo, una caja de pañuelos de papel y álbumes de fotos apilados al azar sobre la mesa baja. Era sorprendente, teniendo en cuenta lo rígida que había sido, cuando estaban casados, en lo referente a mantener todas las superficies absolutamente prístinas. En las manos llevaba una foto enmarcada de Rupert, que enseñó a la cámara. Habló en tono sereno y confiado:

—Sé que está bien. Su padre es muy protector. Mark nunca, *nunca* permitiría que le ocurriera algo a nuestro hijo. Haría *cualquier cosa* que estuviera en su mano para traérmelo de vuelta.

Moff se preguntó agriamente si eso último había sido un cumplido o una orden. Pero entonces Lana cogió un pañuelo de papel, se enjugó los ojos y empezó a llorar.

—Daría cualquier cosa por tenerlos aquí a los dos —añadió en un tembloroso suspiro.

¿A los dos? Moff estaba estupefacto. ¿Había sido eso una invitación para volver a ser amigos, o quizá algo más? Heidi lo miró en silencio y preparó su corazón para el desastre.

A las cinco en punto, empezó la emisión de otro programa especial con Harry Bailley, rodado esta vez en Mandalay.

—Estamos en la cima de la fantástica, *fantástica* colina de Mandalay, desde donde se aprecia el paisaje a kilómetros de distancia, en todas direcciones —comenzó, y mis amigos prestaron atención, esperando oír algún indicio de su inminente rescate.

El informe especial desde Mandalay había sido grabado esa misma mañana. Cuando el equipo de la televisión birmana llegó al pie de la colina, Harry se enteró con profunda desazón de que iba a tener que subir a pie una escalera de mil setecientos veintinueve peldaños de piedra. Lo veía como un rápido ascenso al cielo por la vía de un ataque al corazón. Pero compensó sus carencias en cuanto a preparación aeróbica con la esperanza de encontrar pistas sobre el paradero de sus amigos. Por fortuna, la escalera estaba cubierta con un toldo, que lo libraba de tener el sol abrasándole la espalda. Tal como le habían indicado que hiciera, Harry se quitó los zapatos y se los enseñó a la cámara.

—El calzado no está permitido en los lugares sagrados, y éste lo es.

Inició entonces el largo ascenso.

Los peldaños de piedra eran lisos y fríamente sensuales. Pensó en los millones de pies desnudos que habían subido esos mismos escalones en el transcurso de los últimos siglos. ¿Qué plegarias habrían traído consigo, qué hongos entre los dedos?

Al principio, mantuvo un buen ritmo, pasando junto a tenderetes de artículos del nirvana, figurillas de Buda rústicas o refinadas, réplicas de pagodas y objetos lacados. Pero al cabo de un centenar de escalones, empezó a resultarle difícil respirar sin que sonara como los estertores de la muerte. Le hizo señas a los cámaras para que dejaran de filmar, pero ellos interpretaron que les estaba pidiendo un primer plano. Daba lo mismo. Tenía experiencia en ese tipo de cosas, sabía salvar una toma, proporcionando añadidos que luego facilitaran el montaje. ¡Ah, ahí tenía su oportunidad para una transición: un pequeño tenderete lleno de toscas figuritas de madera de Buda! ¡Magnífico! Fingió descubrirlas de pronto. Dando la espalda a la cámara, se puso a jadear, sin aliento. Levantó al sol uno de los Budas de madera y comenzó a examinarlo, como si fuera un joyero estudiando un diamante. Se dio cuenta de que estaba sudando copiosamente, pero a diferencia del plató donde rodaba su programa, allí no había ningún estilista con una borla de polvos en la mano, listo para eliminar al instante el brillo de la transpiración. A su alrededor no había más que monjas, monjes y niños fumando cigarros. Se puso a buscar algo que hiciera las veces de pañuelo y se decidió por la manga de su camisa. Miró a la cámara. ¡Demonios, aún seguían grabando! ¿Qué podía hacer? Colocó la estatuilla a bocajarro, delante de la cámara.

—Ingeniosamente tallada, en un estilo primitivo, actualmente muy popular entre los coleccionistas de arte.

Le pidió a la vendedora que pusiera un precio y no hizo el menor intento de regatear, creyendo conveniente hacer gala de la generosidad norteamericana. Soltó los billetes, el equivalente a tres dólares en dinero estadounidense. Ahora tendría que reanudar la tortura de la escalera.

¡Dios santo! Hacía un calor tremendo y el aire espeso se le metía como grava en los pulmones. Bueno, si Moff, Rupert y Esmé habían subido aquellos jodidos escalones, él también podría hacerlo. Era parte de su esfuerzo por hacer lo que podía. Aquellos programas informativos grabados desde el lugar de los hechos eran su mejor oportunidad para mantener la atención del mundo concentrada en sus amigos. De ese modo, si habían sido secuestrados, los raptores no se atreverían a matarlos. Si estaban perdidos, un millón de personas estarían buscándolos. Aquellos reportajes eran tan importantes como cualquiera de los episodios de «Los archivos de Manchita» que hubiese grabado jamás o, mejor dicho, eran *más* importantes, más incluso que los de la semana en que se medían los niveles de audiencia. Sus amigos dependían de él. Sus *vidas* dependían de él. El amor dependía de lo que hiciera. Así reconfortado en espíritu, cuerpo y corazón, miró directamente a la cámara y dijo en tono autoritario:

—¡Vamos allá! ¡Adelante y arriba!

Esta vez, se fue administrando el ritmo y contemplando tranquilamente la arquitectura, las llanuras que se extendían debajo y el horizonte cada vez más amplio. Hizo una larga pausa en un templo situado a mitad de camino.

—Me dicen que en este lugar se conservan tres huesos de Buda, reliquias auténticas, de primera clase —informó—. Me da la impresión de que esto es bastante similar a lo que hacen los católicos con sus santos. Guardan una costilla o un mechón de pelo, para que siglos después puedan contemplarlo los peregrinos en busca de renovación espiritual.

Se sintió orgulloso de que se le hubiera ocurrido decir algo así. Era importante que la gente se identificara con el lugar y no pensara que por ser extranjero tenía que ser incomprensible y extravagante.

Al cabo de unos tramos más, vio otra excusa conveniente para hacer un alto: la estatua de una mujer arrodillada ante Buda, ofreciéndole unos pasteles. Le echó un vistazo a sus notas. ¡Cielo santo! No eran pasteles. ¡Eran sus pechos cortados! ¿Qué se suponía que simbolizaba aquella estatua? ¿Y por qué estaba sonriendo Buda? ¿Para qué demonios querría Buda los pechos?

—Y aquí vemos a una devota mujer —se le ocurrió decir en seguida—, presentando una ofrenda de... sí misma.

Estuvo a punto de hacer alguna comparación cultural con los mártires cristianos, pero decidió abstenerse. No habría beneficiado a sus amigos. Con la imagen de los pechos cortados en la mente, prosiguió el ascenso, menos entusiasta y menos confiado.

Finalmente llegó a la cima, a una pagoda de cristal azul y plateado. Se alegró de ver a los dos perros de búsqueda y rescate. Al acercarse, también vio a Saskia, que estaba sentada en uno de los asientos de una larga hilera de taburetes altos, instalados para contemplar el paisaje a vuelo de pájaro. Observó que no estaba sonriendo, y el temor le erizó el cuero cabelludo. Trozos de cadáveres, pensó, los perros habían hallado trozos de cadáveres. Las cámaras lo siguieron, mientras se dirigía hacia Saskia.

—¿Alguna novedad? —preguntó con tanta calma como pudo.

Para su alivio, ella negó con la cabeza.

—Les di las muestras de olor y realizaron una búsqueda. Toda la terraza y los escalones. Pero no han encontrado nada.

Harry dejó escapar un suspiro.

—Entonces, eliminamos este sitio. Informe falso. Bueno, de todos modos podemos disfrutar de la vista, antes de encaminarnos al otro extremo de la ciudad. Y no lo olviden. Si ven algo sospechoso, cualquier indicio de los norteamericanos, llamen al Número Especial de los Testigos, que en este momento ven ustedes en pantalla.

Consciente de que la cámara aún lo enfocaba a él, se dirigió al borde de la terraza y contempló la lejanía. La llanura se extendía más allá de pagodas, santuarios, torres y otros edificios llenos de cosas que él no podía comprender: secretos, gloria en la muerte, tributos a los nats, ideas de veneración e historias singulares y extrañas. Mientras sus ojos recorrían el panorama describiendo un arco cada vez más amplio, le dijo en voz baja a Saskia:

—¿No ha sido espantosa la subida? He estado a punto de desmayarme.

–Mira detrás de ti –dijo ella.

Al volverse, Harry vio del otro lado de la terraza a un grupo de turistas japoneses, todos con sombreros idénticos, siguiendo como patitos a una mujer que enarbolaba una bandera amarilla.

–Yo he subido por ese lado –dijo Saskia.

Harry volvió a mirar. Entonces vio la ruta alternativa: una serie de escaleras mecánicas que conducían a un aparcamiento, justo al pie de la colina, donde aguardaban varios autocares con aire acondicionado, para transportar a los turistas a su siguiente destino.

Una hora después, se encontraba con las cámaras delante de una enorme estatua dorada de Buda, en una ornamentada alcoba de la pagoda Mahamuni, iluminada con tubos fluorescentes y luces de colores, que le conferían el aspecto de una atracción de feria en Coney Island. ¡Cielo santo, pensó Harry, una estatua de cuatro metros de oro puro! Los ojos de la imagen parecían contemplar desde la altura a sus admiradores. Más de un centenar de personas estaban sentadas delante de la estatua, con las piernas cruzadas y las palmas abiertas. Docenas de hombres, los aspirantes del día a obtener mérito, esperaban en fila, llevando en las manos láminas cuadradas de pan de oro, finas como el papel. Las mujeres, que no tenían permitido tocar al Buda, entregaban sus cuadrados dorados a un hombre vestido de blanco. Harry vio cómo un buscador de mérito se apoyaba en un pie del Buda, subía hasta la rodilla y se estiraba tanto como podía, para apretar el blando pan de oro contra el brazo de la estatua y frotarlo con fuerza. A cada frotamiento, parte del oro se fundía con el cuerpo del Buda. Otros aplicaban su oro sobre la mano de la imagen, que con el paso de los años se había hinchado hasta proporciones desmesuradas, a causa de las diarias devociones, mientras que las manicuradas uñas, cuidadosamente sobredoradas, parecían perforar la plataforma.

Los buscadores de mérito habían comprado el pan de oro a unos desgraciados que no hacían más que aporrear láminas de oro con un martillo doce horas al día. Aporreaban el oro una y otra vez, hasta convertirlo en una fina lámina del grosor de la piel. Muchos de los buscadores de mérito también eran pobres, y para comprar el oro, ellos y sus familias tenían que sacrificar algunas necesidades básicas de la vida. Pero lo hacían de buen grado. Porque ¿de qué otra manera iban a avanzar en la vida siguiente, si no era de esa forma? Obtener mérito era mejor que comer. El mérito era esperanza.

Saskia hizo señas con la mano desde el otro lado del vestíbulo, y Harry le devolvió el saludo. Se abrió paso entre el gentío, con los dos perros detrás. Cuando se reunieron, Harry se agachó y palmoteó cordialmente a los perros en la grupa y les rascó vigorosamente detrás de las orejas. Las cámaras empezaron a grabar y Harry lo notó.

–Hola, princesa –le dijo con cariño a *Lush*–. Cuéntale al viejo Harry dónde has estado y lo que has visto.

Por toda respuesta, la perra comenzó a batir el suelo con el rabo.

–¡Eh, colega! –le dijo a *Topper*.

Señaló su reloj y el labrador desvió la nariz en la dirección indicada.

–¿Qué te parece si me concedes diez minutos más y después seguimos jugando a buscar y encontrar? ¿Eh, qué te parece?

El perro respondió con un gemido gutural.

Harry levantó la vista hacia la cara del Buda, para que los cámaras pudieran captar la imagen, antes de que empezara a explicar dónde se encontraba.

Un viejo borracho, con la espalda encorvada, lo observaba todo. En otra época se había pasado el día aporreando oro, hasta que los huesos se le aflojaron y se le desmoronaron. Se fue directamente hacia la estrella de cine y lo miró a la cara, intentando atraer su atención, pero sin éxito. Harry estaba muy ocupado expresando su maravilla, con la vista puesta en los ojos escrutadores del Buda. «Ajá –se dijo el aporreador de oro–, el extranjero está tan electrizado contemplando la manifestación de Buda que es incapaz de ver a otras personas.» Había visto a otros muchos comportarse de modo similar, cuando él estaba junto a la imagen. Los turistas nunca lo veían. Se volvió hacia la estatua y se colocó junto a Harry.

–Ya veo que eres un hombre rico –masculló en birmano–. Y tú ves que yo soy pobre. No tengo zapatos que quitarme antes de entrar en esta pagoda. Pero hoy me he lavado los pies, así que Buda sabe que mi respeto es grande. Aunque no tengo láminas de oro que traer, durante muchos años las he preparado para los demás. Así pues, con mi trabajo, yo también le he dado muchas láminas de oro a Buda. En mi mente, cojo cada una de las láminas de oro que he preparado y las aplico sobre las piernas, las manos, los brazos y el pecho de Buda. He engordado su cuerpo. He renunciado a muchas cosas materiales de la vida para traerle este oro. En mi mente, Buda sabe todo esto y yo recibo mérito. Por tanto, como puedes ver, aunque soy pobre, mi respeto es grande, y soy tan bienvenido como cualquier otra persona –dijo señalando a la gente que tenía a su alrededor–. Puedes ser pobre. Puedes ser rico. Puedes hablar con los perros. Yo hablo y nadie me escucha. Pero en la próxima vida, quizá cambiemos los papeles. Quizá tú seas el perro con quien yo hable...

El hombre rió con un resuello asmático.

Mientras esperaba a que se fuera el loco, Harry se concentró en lo que iba a decir. Finalmente, uno de los cámaras ahuyentó al lunático y Harry se volvió hacia la cámara.

–Estamos en esta hermosísima pagoda, con un fantástico Buda de oro. Miren esto. En este mismo instante, los fieles están aplicando oro puro sobre la imagen de Buda, en un acto de constante renovación. Este lugar es también el sitio donde unos monjes vieron a mi amigo Mark Moffett, conducido por dos hombres de aspecto sospechoso...

El periodista birmano que acompañaba a Harry le recordó que dijera que los hombres que habían sido vistos con su amigo podían ser, por su aspecto, tailandeses o indios, pero en ningún caso birmanos. Harry asintió, aunque empezaba a irritarle que le indicaran todo el tiempo lo que tenía que decir. El hombre también le había advertido que debía decir «Myanmar» en lugar de «Birmania», «Bagán» en lugar de «Pagán» y «Yangón» en lugar de «Rangún».

–¿También yo tendré que cambiarme el nombre? –había bromeado Harry con el periodista, que simplemente había respondido que no.

Ahora le estaba indicando a Harry que volviera a la entrada de la sala y avanzara hacia la estatua, como si se acercara a ella por primera vez. Durante la media hora siguiente, Harry caminó repetidamente hacia el Buda, desde diferentes ángulos, fingiendo en cada ocasión el mismo maravillado asombro.

Finalmente, llegó el momento de mostrar a los perros en acción. Harry llamó a Saskia y a sus chuchos, para que se pusieran delante de la cámara.

–Nos han dado una autorización especial –explicó Harry– para que los perros puedan recorrer esta pagoda sagrada y dirigirse a donde su olfato los conduzca, y quédense tranquilos, porque estos perros cuidadosamente entrenados no harán nada que pueda profanar este lugar, ni siquiera una gota.

Del interior de una bolsa, sacó tres piezas de calzado: una bota de excursionismo, una zapatilla Nike y una chancla rosa con una margarita sobre la tira del dedo.

–Estos zapatos pertenecen a mis amigos desaparecidos –explicó Harry–. Me he tomado la libertad de cogerlos prestados, de entre los efectos personales que dejaron en el hotel. Nos resultarán muy útiles. Verán. Suponemos que, como todos los demás, mis amigos han tenido que descalzarse para entrar en la pagoda. Mientras caminaban descalzos (en una especie de trance, según nos han dicho), habrán dejado las huellas de su olor, invisibles pero reveladoras, en el pulido pavimento de piedra. Lo que tengo aquí en mis manos contiene esos mismos olores individuales. Imagino que ya habrán adivinado adónde quiero llegar. Haremos que los perros olfateen uno de los zapatos. Ese olor servirá de muestra para que intenten encontrar el mismo olor en el suelo, con la ayuda de sus avanzados órganos olfativos. Así es como darán con la pista. A partir de entonces, será un juego de niños, tan fácil y directo como seguir el rastro de migas de pan de Hansel y Gretel.

Saskia lo interrumpió para recordarle que en ese cuento en concreto los pájaros se comen las migas de pan y que a raíz de eso los niños se pierden.

–Habrá que cortar la alusión a Hansel y Gretel –le dijo Harry al periodista.

Miró nuevamente a la cámara y echó a andar lentamente, señalando el suelo de piedra.

–Incluso en una área muy transitada como ésta, por donde han pasado miles de personas en los últimos días, a los perros adiestrados les resulta bastante fácil distinguir un olor. Cuando lo hayan localizado, los recompensaremos jugando un poco con la pelota.

Enseñó la bola de tenis. Llamó a los perros, que se acercaron agitando frenéticamente la cola.

–Muy bien, mis queridos chuchos. Ahora vamos a olfatear bien.

Saskia les ofreció la bota de excursionismo, primero a *Lush* y después a *Topper*. Los perros la olfatearon con interés, movieron animadamente las patas delanteras en el aire y después se sentaron, señal de que habían comprendido que aquél era el olor que tenían que buscar. Respondiendo a una orden prácticamente inaudible de Saskia, se incorporaron y empezaron a trabajar, desplazándose en un arco cada vez más extenso, con las narices tiritando como abejorros en pleno vuelo.

–Pronto conoceremos la respuesta –dijo Harry, con confianza y creciente esperanza.

Una hora y media después, un Harry de rostro sombrío puso fin a la búsqueda.

Ese día no habría juegos con la pelota para los perros.

16. Cómo saltaron a los titulares

La decepción de Harry no duró mucho. A la mañana siguiente, poco después de pedir que le subieran un gran desayuno americano a su suite del hotel Golden Pagoda, oyó dos rápidos golpecitos. ¿Servicio de habitaciones? ¡Sí que había sido rápido! Se echó por encima un albornoz. Pero cuando abrió la puerta, vio a un hombre vestido con un vulgar longyi, con la gorra blanca de los botones del hotel, pero sin la impoluta americana ni los guantes. El hombre le entregó un pequeño paquete, envuelto en un sencillo trapo blanco. Aunque Harry no lo sabía, el paquete le había llegado a través de la misma red que ayudaba a Mancha Negra a distribuir las plantas de la «segunda vida» de la virilidad. De propina, Harry le dio al botones sin uniforme el primer billete que encontró en la cartera. No pudo calcular el equivalente en dólares, pero fuera cuanto fuese, el destinatario pareció sumamente complacido.

Adherida al paquete había una pequeña nota, doblada por la mitad. Por fuera, la nota iba dirigida en letras toscamente impresas al «Sr. Hary BAily». Por dentro, la nota decía: «Especial para usted. Por favor, vea rápido.» El objeto envuelto era ligero y pequeño como una caja de cerillas; de hecho, cuando Harry abrió el trapo, vio que efectivamente se trataba de una caja de cerillas, decorada con una figura de dos nativos conduciendo a un elefante. A los lados había elegantes arabescos de escritura birmana. ¿Quién le enviaba cerillas? Él no fumaba. Sacudió la caja. ¡Ah, había algo dentro! Una cinta de videocámara. La etiqueta rezaba en pulcra caligrafía: «Viaje a China/Myanmar.» Del otro lado, estaba escrito: «Cinta n.º 1. 16/12/2000.»

Harry no vio nada interesante en esas palabras. Supuso que la cinta contenía material que su colega birmano quería que repasara antes del rodaje del día siguiente. A última hora de la tarde, iban a partir de Mandalay en dirección a Rangún, donde según otros tres testigos oculares, Moff y los niños habían sido vistos paseando, como en trance, por el mercado de jade. Era una gentileza que los colegas de la televisión birmana le proporcionaran material para informarse, pero ¿por qué demonios no le habrían enviado algún aparato para ver la condenada cinta? Estaba acostumbrado a que la producción de sus programas de televisión se desarrollara de manera eficiente, con los subordinados adelantándose a sus necesidades y preferencias. Decidió salir a buscar una videocámara, para poder estudiar el contenido de la cinta mientras tomaba el desayuno. Se puso una camisa blanca recién planchada y pantalones cortos de color tostado, ceñidos con un cinturón de cocodrilo a juego con los mocasines, que llevaba sin calcetines. Cuando eres una personalidad de la televisión, tienes que estar a la altura de tu papel las veinticuatro horas del día. Se metió la cinta en el bolsillo de la camisa y bajó al vestíbulo, en busca de un turista convenientemente equipado. Era increíble lo mucho que lo hacían trabajar, y sin pagarle ni un centavo. Pero merecía la pena: cualquier cosa, con tal de mantener a sus amigos en el centro de la atención pública.

Asombrosamente, había bastantes huéspedes, mientras que apenas la semana anterior todos los hoteles habían quedado prácticamente vacíos, a causa del pánico desatado por los turistas desaparecidos. Harry dedujo que sus reportajes debían de haber hecho regresar a la gente. Era extraordinario cómo una sola persona podía cambiar las cosas en el mundo. Todos los turistas habían huido precipitadamente del país cuando se difundió la noticia de la desaparición, como si no pudieran hacer las maletas suficientemente aprisa. Pero ahora, después de su primer informe desde Bagán y del episodio desde Mandalay, emitido el día anterior, el vestíbulo del hotel bullía de turistas. No quería pensar cómo estaría después del tercer episodio. No es que quisiera ayudar a atraer a los turistas, pero las cifras significaban algo. Eran una prueba tangible de su poder de cambiar las percepciones de la gente. Pasó como una brisa por el vestíbulo y vio que ninguno de los viajeros tenía un equipo de vídeo decente, sólo modelos anticuados que funcionaban con las cintas más grandes. ¡Y qué ropa tan horrible! Las agencias de viajes debían de haber bajado los precios, para haber atraído a turistas de clase tan baja. Prosiguió, dejando atrás la doble puerta de cristal que conducía a la piscina.

La temperatura del aire era agradablemente cálida. Contempló la piscina de dimensiones olímpicas, con sus aguas intactas por los repeinados bañistas que yacían sobre las tumbonas cubiertas con toallas del hotel. En el extremo opuesto había una cabaña en forma de tienda de campaña, con ornamentos de caoba que le conferían el aura romántica de una vieja y remota localidad colonial. ¡Ah, allí, junto a la mujer del sombrero! El objeto plateado que distinguía sobre la mesa tenía que ser una videocámara. Aceleró su marcha hacia el aparato y entonces vio que su joven dueña, en biquini, se volvía y lo miraba, al notar su aproximación. Incluso con el sombrero enorme y las gafas oscuras disimulándole los ojos, resultaba atractiva. Cuando él se acercó, ella se levantó las gafas de sol, y entonces Harry le asignó a la bronceada princesa de largos cabellos color chocolate un ocho alto en la escala de follabilidad. No tenía previsto ningún avance en esa dirección, pero no había nada de malo en mantener aguzada su capacidad analítica.

Del otro lado de la mesa, había una mujer de aspecto andrógino consultando una guía. Harry calculó que debía de estar al final de la treintena, una edad que antes consideraba próxima a la fecha de caducidad, aunque eso había sido antes de conocer a Marlena. Para su gusto, esta segunda mujer nunca había sido apta para el consumo. Tenía peinado de pelopincho y cara de pocos amigos. Era atlética hasta la exageración: un modelo anatómico de pectorales, deltoides y bíceps, endurecidos con grandes dosis de disciplinado ejercicio. Harry había observado que las mujeres amantes del ejercicio padecían frigidez. Por esa razón, las mujeres atléticas no eran su tipo. Además, ésta tenía cierto aire sáfico, y el área hirsuta por encima del labio superior parecía una contundente declaración a lo Frida Kahlo.

No era una coincidencia que Harry se hubiera topado con las dos mujeres. Las dos eran reporteras de la Global News Network. Desde que había estallado la noticia de los viajeros desaparecidos, una docena de agencias habían enviado equipos disfrazados de turistas para obtener material. Había un límite a las entrevistas que las cadenas de televisión podían hacer a los familiares, los amigos, los vecinos, los colegas, los ex profesores, los antiguos compañeros de trabajo, los ex cónyuges, los ex novios, los hijastros y los ex hijastros de los desaparecidos. Un periodista incluso había llegado a entrevistar a la señora que le limpiaba la casa a Marlena.

Hacía tiempo que la televisión no tenía una historia de tanto interés humano, desde la niñita que se había caído a un pozo en Texas, hacía más de doce años. Como en el caso de la niña, las noticias de último minuto de los turistas desaparecidos, difundidas cada hora, desplazaban a la información sobre guerras y bombardeos, sobre el Sida y las revueltas en Angola. Nuevos anunciantes se habían subido al carro (fabricantes de comida para perros y de fármacos contra la ansiedad), comprando espacios publicitarios de treinta segundos. Pero si las cadenas querían sacar aún más provecho del afán del público por saber más, necesitaban más pistas, diferentes ángulos y, a ser posible, una exclusiva jugosa que las distinguiera de las cadenas competidoras.

Se celebraron reuniones a última hora de la noche entre los productores de los noticiarios. Volaron las propuestas y emergió la siguiente: ¿qué tal si enviamos un equipo de reporteros disfrazados de turistas corrientes y molientes, para conseguir la verdadera historia? Los equipamos con videocámaras aparentemente anticuadas, los vestimos con camisas hawaianas y les hacemos llevar calcetines con las sandalias. Se pasarán el día consultando mapas y guías turísticas. ¡Fantástico, hagámoslo!

Así que eso fue lo que Harry vio cuando atravesó el vestíbulo del hotel Golden Pagoda: alrededor de una docena de periodistas, todos secretamente orgullosos de mimetizarse a la perfección entre los auténticos turistas. Vestían chillonas camisas hawaianas y blandían videocámaras repulsivamente anticuadas, con las que jamás se habría dejado ver ningún periodista de verdad, excepto como camuflaje. Naturalmente, las entrañas de los aparatos habían sido modificadas para grabar imágenes de calidad cinematográfica.

Como pueden suponer, la misión encomendada por cada cadena de televisión era una entrevista exclusiva con Harry Bailley. La GNN dio instrucciones a sus periodistas de grabar secretamente a Harry. El hombre tenía demasiada experiencia y siempre decía lo correcto delante de las cámaras, lo cual era mucho menos interesante que la verdad detrás de los objetivos. Pero ¿no era ilegal grabar a una persona sin su autorización? No hacía falta preocuparse. En Myanmar, la pregunta no era «¿es legal?», sino «¿es letal?». Mucho cuidado todo el mundo.

Para engatusar a Harry y lograr que desnudara su alma, la GNN envió a Belinda Merkin, su reportera más estratégicamente equipada, una morena de ojos verdes y frondosa cabellera, ex patinadora artística, que además había estudiado en China con una beca Fulbright y era diplomada por la Escuela de Periodismo de Columbia. La acompañaba Zilpha Wexlar, una ingeniera de sonido con un soberbio equipo de grabación digital y el oído crítico para utilizarlo. El aparato iba cosido al interior de su desgastada mochila, con el micrófono sobresaliendo por un orificio deshilachado del tamaño de una bala. El dúo llevaba casi dos días acechando, recorriendo los bares que quizá frecuentara Harry. El plan original era parecer aturulladas y pedirle consejo sobre lugares que visitar y cosas que hacer. ¿Adónde piensas ir después?, le preguntarían, con Belinda rezumando suficientes insinuaciones como para que él les propusiera unirse a su grupo. Dada la reputación de Harry y su ojo para las mujeres jóvenes y atractivas, los investigadores de la cadena les habían asegurado que era muy probable que recibieran esa invitación.

–Perdóneme, señorita –le estaba diciendo ahora Harry a la reportera de pelo largo–. Probablemente usted no sabe quién soy...

Hizo una pausa, esperando a que ella lo reconociera.

–¡Claro que lo sé! –respondió Belinda con expresión radiante–. ¿Acaso no lo sabe todo el mundo? Usted es Harry Bailley, y es un gran honor saludarlo.

Le tendió la mano. Qué ironía, canturreó para sus adentros. *Él* la estaba persiguiendo a ella. Cuando los investigadores le dijeron que iba a resultarle fácil, no imaginaban hasta qué punto.

–¿Me ha visto? –Harry aparentó estar a la vez sorprendido y halagado–. ¿En la tele de aquí o en Estados Unidos?

–En los dos sitios –dijo ella–. En Estados Unidos, todo el mundo ve su programa, y yo siempre he sido una fan de «Los archivos de Manchita». Tengo un spaniel enano terriblemente travieso. Y esta serie del «Misterio en Myanmar» es el mejor *reality show* que hay ahora mismo en televisión. Todos lo dicen.

–A decir verdad –dijo Harry, algo crispado–, el programa que hago aquí no es un *reality show*, sino más bien un documental de investigación.

–Es lo que yo quería decir –se corrigió ella amablemente.

Harry le sonrió con simpatía.

–¿Y cómo se llama, si se puede saber, esta persona que dice las cosas tan bien dichas?

–Belinda Merkin.

–Merkin. Un nombre interesante. ¿Debo llamarla señora... o señorita Merkin?

–Llámeme simplemente Belinda.

–Fantástico. Muy bien, Simplemente Belinda, me estaba preguntando si podría pedirle prestada la videocámara solamente un momento. Claro que si tiene prisa por salir a ver los monumentos...

–No, ninguna prisa. Mi hermana y yo aún no hemos decidido adónde queremos ir.

–Oh, perdón –le dijo Harry a la falsa hermana, de aspecto más andrógino–. Aún no hemos sido presentados formalmente.

–Zilpha –dijo ella, ofreciéndole a Harry una leve sonrisa y un enérgico apretón de manos.

–Encantado de conocerla, Sylvia –replicó Harry.

Belinda cogió la cámara.

–¿Necesita que le enseñe cómo funciona?

Aunque Harry sabía perfectamente cómo funcionaba la videocámara, respondió rebosante de gratitud:

–¡Oh! ¿Sería tan amable?

Mientras Belinda extraía su cinta e insertaba la de él, Harry añadió en tono despreocupado:

–Es solamente un material que tengo que revisar antes de mi próxima grabación. Ustedes también pueden verlo, si quieren.

Sabía que la oferta era electrizante.

Y tal como esperaba, ella replicó:

–¿De verdad? ¡Qué emocionante!

Belinda se hizo a un lado y Harry se sentó pegado a ella, mascullando disculpas sobre la necesidad de estar tan a la sombra como fuera posible, para ver mejor el vídeo. Su áspero muslo desnudo se apoyó contra el muslo de ella, recién depilado a la cera. Belinda tuvo que esforzarse para no reírse a carcajadas de la adolescente estratagema de Harry. Colocó la videocámara entre los dos, y Harry entrecerró los ojos y decidió no ponerse las gafas de leer que llevaba en el bolsillo de la camisa.

Apareció una imagen en la pantalla diminuta y los tres se estremecieron con un repentino estruendo de gritos y bocinazos, ruido de tráfico y el zumbido de un motor, cuando la cámara captó un vehículo acelerando.

–¡Eh, vosotros! –gritaba en la grabación una voz de mujer, sobreponiéndose al alboroto–. ¡Mirad hacia aquí!

Belinda puso la videocámara de lado, para ajustar el volumen, hasta dejarlo apenas audible.

–Mucho mejor así –dijo Harry.

Cuando volvieron a mirar, ya había pasado la parte en que se veían los rostros sonrientes de los turistas en el autocar.

Incluso sin sus gafas de leer, Harry podía distinguir que no se trataba de material informativo rodado por profesionales. No era mucho mejor que lo que podía grabar un turista en uno de esos viajes organizados que recorren un templo por día. ¿Por qué supondrían los de Myanmar TV International que iba a servirle de algo? ¡Era pura basura! La terminal de un aeropuerto. Un grupo de diminutos personajes, arracimados para la ineludible toma colectiva. Edificios distantes, en alguna aldea típicamente rústica. La película era patética. Reunía todos los defectos de los vídeos caseros: sacudidas de la cámara, medio metro de espacio vacío por encima de las cabezas de la gente y un montón de paisajes que probablemente quitaban el aliento en la vida real, pero resultaban mediocremente planos en vídeo. Las mejores tomas, que eran pocas, captaban los temas universales de los libros ilustrados de viajes: gente del lugar en traje típico, riachuelos serpenteantes y callejones llenos de humo. También aparecían aquellas mujeres de no recordaba qué grupo étnico, con las correas entrecruzadas y la pesada carga de agujas de pino, que él y Marlena habían visto a las afueras de Lijiang. ¿Cómo se llamaban? El nombre de la tribu era algo así como «nazi» o «taxi». ¡Naxi! ¡Ése era el nombre! Por lo visto, la misma tribu estaba también en Myanmar. ¡Ja! Quizá eran las mismas mujeres, nativas profesionales que circulaban por todas partes, como esos peruanos tocadores de quena que aparecen siempre en todos los rincones del mundo.

Las imágenes se sucedían en estallidos inconexos, reflejo de la mente de una persona aquejada de déficit de atención. Harry miraba a ratos, haciendo amplio uso de la oportunidad de admirar los voluptuosos muslos de Belinda e imaginar el afelpado delta oculto a la vista por un endeble trocito de lycra. Mientras tanto, en la pantalla de la videocámara: un campo que rápidamente quedaba atrás, una franja fugaz de cielo, pagodas primitivas y abuelas atónitas; después, búfalos y más búfalos, un niño montado en un búfalo y, a continuación, un sinfín de rótulos, muchos de ellos con innovadoras aplicaciones de la lengua inglesa. Belinda leyó en voz alta: «Alojamiento y Comiendo», «Restaurante y Barras». Después apareció un grupo de personas, apenas más grandes que hormiguitas en la pantalla, reunidas detrás de un cartel que rezaba: «Sinceramente son bienvenidos a la famosa grútea de Genitales Femeninos.»

En el preciso instante en que ella comprendió que los occidentales eran Harry y los turistas desaparecidos, a Harry le dio un vuelco el corazón. «¿La gruta de los Genitales Femeninos?» Las escenas que acababa de ver adquirieron de pronto una fantasmagórica cualidad de *déjà vu*. Zilpha observó que Belinda tenía una expresión de intensa concentración.

–¿Me permite? –dijo Harry, y antes de que Belinda pudiera contestar, le arrebató la videocámara de las manos y pulsó con determinación el botón de rebobinado, para luego ponerse las gafas de leer.

Play. Allí estaba, el conocido cartel, y allí estaban ellos: Dwight, Heidi, Moff... y la dulce y querida Marlena. Curiosamente, parecía mayor de lo que la recordaba. Pero allí estaba ella, junto a él en China, y él le estaba pasando un brazo por la cintura, y a su alrededor estaban los demás. Viva, tan viva y tan feliz entonces. ¿Y ahora? Comprendió que en sus manos, en aquel diminuto rectángulo de cintas circulares, tenía un mundo paralelo, el pasado visto como presente, reexperimentado como aquí y ahora, inmutable, y dispuesto para repetirse una y otra vez.

–Somos nosotros –dijo.

–¿Puedo verlo? –preguntó Belinda.

–¡Oh, perdón!

Harry subió el volumen y la dejó ver.

–Somos nosotros –anunció–. Es una cinta nuestra, de mis amigos, antes de desaparecer.

Belinda fingió sorpresa.

–¡Dios mío! ¿De veras?

Más retazos del pasado se desplegaron ante sus ojos, sin el menor asomo de desastre en ninguno de ellos. Mientras Harry contemplaba esos fragmentos de diez a veinte segundos, su mente era una maraña de preocupaciones. ¿De dónde venía la cinta? ¿Realmente había querido enviársela Myanmar TV? No era posible. Lo habrían llamado para decirle que iban a enviársela. ¿Quién la habría enviado, entonces? Se le aceleró el corazón, sin saber adónde ir, ¿hacia arriba o hacia abajo? ¿Era la cinta una señal de que estaban vivos, o de que...?

Belinda irrumpió en sus pensamientos.

–¿De dónde ha salido esta cinta?

–Me la entregó un botones esta mañana, o, al menos, supongo que era un botones. La ha grabado Roxanne, una de las mujeres del grupo.

Belinda asintió. Por supuesto, conocía el nombre. Conocía todos los nombres, así como las edades, las ocupaciones, los rasgos físicos y los nombres de los miembros de sus respectivas familias. ¿Cómo había sido tan tonta para no darse cuenta antes de lo que estaban viendo? Ni siquiera tenía la excusa de Harry de no haberse puesto las gafas de leer. Daba igual, porque allí estaba, en sus manos. La exclusiva. Sintió el instinto asesino apoderándose de su cerebro y vio todos los signos que conducían a la noticia bomba, el especial en profundidad, una rápida promoción a presentadora del informativo de la noche o a un programa propio semanal, numerosos Emmys y, su mayor sueño, el premio Peabody.

Mientras los tres miraban con absoluta concentración, Belinda intentaba parecer interesada, pero no transportada de dicha. ¡Santo Dios, qué exclusiva tan fantástica! Y le había caído literalmente en las manos, junto con Harry, la presa más codiciada de los entrevistadores. Seguramente se trataba de un regalo del destino y de los dioses de la audiencia. Sólo quedaba un problema: ¿cómo haría para escamotear la cinta de las manos de Harry y entregársela a su productor de la GNN? Arrugó la nariz, mirando a Zilpha, para indicarle que había olido un pez que había que atrapar y pescar, y su colega le respondió con un repentino bostezo, para hacerle saber que podía quedarse tranquila.

Belinda intentó ser optimista:

–Esto debe de querer decir que están vivos. Se lo han hecho llegar para hacérselo saber.

Harry asintió y suspiró. Aún le parecía ver a Rupert tiritando en la cinta.

Zilpha se inclinó hacia él.

–Tengo un ordenador en la habitación, ¿sabe? Podríamos ver la cinta con más claridad si le conectamos la videocámara. De ese modo, las imágenes serán del tamaño de la pantalla del ordenador y usted podrá ver bien todos los detalles.

Belinda miró a Harry con expresión interrogativa y él respondió:

–Sí, sí, claro que sí.

Subieron apresuradamente a la habitación. Con un hábil y rápido movimiento, Zilpha conectó la videocámara al ordenador y, subrepticiamente, insertó un DVD virgen. Volvieron a poner en marcha el vídeo y las imágenes saltaron a la pantalla. Cuando vio que Harry estaba totalmente absorto, Zilpha metió la mano en su mochila, conectó el grabador y dirigió el micrófono hacia Harry.

Para entonces, Harry acababa de ver que las imágenes tenían sobreimpresas la fecha y la hora. Diciembre 18, 22.55; diciembre 19, 03.16... Arrugó el entrecejo.

–No recuerdo que ocurriera nada a esa hora.

–Y no ocurrió –dijo Belinda–. No han cambiado la hora, que sigue siendo la de California.

Harry arqueó las cejas.

–¡Es asombroso que haya pensado en eso!

–No, en absoluto –replicó ella–. A mí siempre se me olvida ajustar el reloj cada vez que estoy en...

Se interrumpió tosiendo, pues había estado a punto de decir «en alguna misión».

–De vacaciones –se corrigió en seguida, mientras mentalmente se daba de puntapiés.

Se prometió no volver a cometer ningún desliz.

–De todos modos, es asombroso –comentó Harry admirativamente.

Pulsó el botón de avance rápido, y las vidas de sus amigos discurrieron a toda velocidad ante sus ojos, con vocecitas que se habían vuelto chillonas, hasta que vio su llegada al hotel Isla Flotante. Allí estaba Heinrich, observó, su viejo y mantecoso conocido de palmas grasientas, recibiéndolos en el muelle. Harry subió el volumen y oyó a Roxanne narrando la escena que estaba grabando: «Aquí, los pescadores intha pescan en equilibrio sobre una sola pierna...»

La siguiente imagen era el bungalow de Harry, con el techo parcialmente quemado. ¡Recórcholis! ¿Había filmado eso? Roxanne estaba ofreciendo una irónica descripción:

–... Anoche se incendió su bungalow –dijo con una risita, antes de soltar el resto–, e intentó extinguir las llamas vestido como su madre lo trajo al mundo.

Harry se sonrojó, pero cuando miró a Belinda, vio que la expresión de ella era seria y que estaba mirando el vídeo con sobria concentración. Después, como una prueba de la existencia de los fantasmas, once sombras subieron a bordo de unas lanchas. La fecha y la hora sobreimpresas indicaban el 24 de diciembre, a las 15.47, lo cual equivalía a una hora absurdamente temprana del día de Navidad en Myanmar, tan jodidamente de madrugada que todavía era de noche.

El corazón le palpita en los oídos.

Está con ellos, en ese tiempo perdido hoy recuperado.

Oye a Marlena preguntando a Esmé: «Cariño, ¿has traído el abrigo?»

El ruido gutural del motor fuera borda ahoga la respuesta. Corte.

Moff contempla las montañas y no se oye más que el chapoteo del agua contra los lados de la embarcación. Cuando unas espadas de luz hienden la silueta violácea de las montañas y abren el cielo, los once murmuran al unísono su admiración. Corte.

Todos se hallan entre el rítmico traqueteo de un taller textil. Corte.

Ruidosas chanzas y regateos en una fábrica de cigarros. Moff y Dwight menean sendos cigarros en la comisura de la boca y profieren comentarios ingeniosos al estilo de Groucho Marx. Corte.

Sus amigos están mirando a un hombre que vierte una mezcla gomosa sobre un marco de aspecto artesanal. Harry advierte que tiene que ser la fábrica de papel. ¡Todo lo que habían declarado los testigos era cierto! ¿Qué habría ocurrido después? Harry casi no puede respirar. Corte.

Y ahí está: un destello de verde, un parche de cielo, y los cuerpos dando bandazos, entre gritos y gruñidos. Se oye el chirrido de una caja de cambios y la voz de alguien –parece la de Moff– que grita: «¡Agarraos bien!» El mundo se bambolea de un lado a otro y Dwight entra en escena, para luego desaparecer. Roxanne grita en tono irónico:

–Como veis, estamos en este autocar de hipermegalujo que nos lleva hacia una sorpresa navideña en plena selva...

–¡Y más les vale que sea buena! –se oye replicar a Wendy. Corte.

Todo está en silencio, a excepción del canto de un pájaro y los crujidos y los chasquidos de los helechos jóvenes pisoteados. El ojo de la cámara mira adelante y ve las espaldas de los viajeros, subiendo trabajosamente en fila india. Un hombre se queja: Bennie. Una mujer también: Vera. Corte.

Algunos aparecen sentados y otros recostados contra un tronco. El objetivo se acerca a una sombrilla de papel encerado y, cuando Roxanne llama «¡Eh, tú!», la sombrilla se aparta y aparece Esmé, abrazando al cachorrito blanco. Arruga la nariz mirando a la cámara. Corte.

¿Qué es eso? ¿Un río? ¿Un barranco? Decididamente, algún tipo de precipicio, pero por más que baja la vista, el fondo no se distingue. Parece tremendamente profundo. Corte.

Hay largas cuerdas tendidas a través del peligroso despeñadero. ¡Oh, es un puente colgante!

–¡Maldición, no! –se oye la voz de Bennie, fuera de la cámara. Le sigue una serie de palabras susurradas. «¿Seguro?» «Miedo.» «Mierda.» ¿De verdad se disponen sus amigos a atravesar ese abismo? ¡Dios santo, allá va Moff! ¡Ahora Rupert! ¡Heidi! ¡Y Marlena! Ella también lo consigue, ¡buena chica! Y allá van Esmé, Dwight, Vera, Wyatt, Wendy, Bennie... Roxanne le pide a Dwight que coja la cámara que le lleva Mancha Negra, y la imagen se vuelve borrosa, para después fijarse en ella, que también cruza el puente, con un bamboleo y un grito. Aclamaciones y risas. Corte.

Caras morenas, birmanas, quizá tribales. Dos ancianas con turbante aparecen detrás de la cabeza parcialmente encuadrada de Dwight. Levantan la vista y saludan a la cámara.

–Ésta es la tribu karen –dice Roxanne–. Como podéis ver, todo es realmente primitivo por aquí, intacto por el siglo XX.

Corte.

Dwight está inspeccionando una pequeña choza hecha de raíces arbóreas. El ojo de la cámara mira hacia arriba y hacia abajo.

–Éste es el mejor hotel de la región –dice Roxanne.

La cámara muestra un grupo de árboles. Corte.

Un banquete y caras sonrientes. Sus amigos están comiendo. Saludan:

–¡Hola, mamá!

–¡Hola, mami!

–Nuestra nueva casa...

–Vamos a aprender a hacer comida exactamente como ésta...

–¡Hola, papá, esta tribu mola mazo!

–Esto es tan estupendo que nos quedaremos para siempre...

«¿Se quedarán para siempre? –Harry está espantado–. ¿Verdaderamente se han quedado por su propia voluntad? ¿Como simpatizantes de la tribu?» Corte.

Rupert está enseñando trucos de cartas a dos niñitos pelirrojos que fuman cigarros.

–En tierras de magia, pueden suceder cosas mágicas, pero sólo si creemos. ¿Vosotros creéis?

–Nosotros creyendo en Dios –responde la niña en inglés.

Corte.

El objetivo se desliza a través de una escena desenfocada y se detiene sobre un objeto desconocido, una rama caída... no, no es eso. ¿Qué es? ¡Dios mío, no es una rama, sino el muñón de una pierna! Y su dueño tiene un ojo vacío y cosido. Y a esa pobre chiquilla, ¡qué horror!, le falta un brazo, y a aquel de allí, parte de una pierna, y al otro, un pie. La cámara hace un barrido, hasta el rostro de un hombre joven de expresión sombría. Tiene las mejillas como cinceladas y unos ojos enormes, casi negros. Parece un dios asiático. Habla inglés, pero en voz muy baja y con un acento que cuesta entender:

–Cuando la mina está explotando, no más peligro y soldados muy felices. Ahora camino seguro, ya pueden caminar.

El ojo de la cámara recorre los cuerpos mutilados y se acerca, hasta que la carne carmesí llena la pantalla. Roxanne habla con voz estremecida:

–Es sobrecogedor... ¡Los obligaban! Los cabrones de los militares les quitaron la tierra, quemaron sus aldeas y los esclavizaron. Santo Dios, esto es horrible... Hace que de verdad aprecies... –Su voz se quiebra en un susurro y es evidente que está llorando–. Hace que agradezcas no haber tenido que conocer nunca estas cosas... Hemos de ayudarlos... No podemos darles sólo nuestra compasión o una ayuda simbólica. Queremos aportarles una ayuda más sustancial, una ayuda que marque una diferencia.

Corte.

Otra vez el abismo. Voces refunfuñando, discutiendo, quejándose, insistiendo.

–¡Qué puta mierda! –dice Roxanne.

El objetivo de la cámara apunta hacia una escalerilla de cuerdas, que cuelga del otro lado del despeñadero. ¡El puente se ha descolgado! ¿Están mirando abajo? ¿Se ha caído alguien? *¿Quién?* ¿Cuántos? ¿Marlena? ¿Esmé? ¿Moff? ¿No? ¡No! Gracias a Dios, están bien. Ahí están. ¿Todos? Sí, tienen que estar todos, porque no parecen acongojados ni atenazados de dolor, sino únicamente irritados. O sea, que ha sido eso. No pueden salir. El puente se ha caído. Siempre han tenido intención de regresar. Y están vivos. Simplemente, se han quedado atrapados. Deben de estar bien. Tienen comida. ¡Gracias a Dios! Corte.

Es de noche. ¿Por qué ha pasado tanto tiempo sin que nadie grabara nada? La fecha sobreimpresa es el 30 de diciembre, por lo que debe de ser el 31, la víspera de Año Nuevo. Rupert está tumbado en el suelo, mirando hacia arriba, quizá a las estrellas. La persona que sujeta la cámara, quienquiera que sea, la está sacudiendo, y eso hace que la imagen de Rupert parezca temblorosa. El chico está mascullando algo, pero es imposible distinguir lo que dice. De vez en cuando, suelta un grito. Una mariposa nocturna revolotea a su alrededor, danzando en el humo iluminado.

Vera le está hablando.

–No, no hagas eso.

No lo está regañando; su voz es muy suave. Debe de estar diciéndole a Rupert que no alborote, porque hay otras personas durmiendo.

Rupert no responde. La cámara sigue agitándose. No, se diría que es Rupert el que se agita. Está temblando, tiembla violentamente. Debe de estar enfermo, terriblemente enfermo. El que habla ahora es Moff, aunque no se ve.

–Su madre… –dice, con la respiración entrecortada, y la cámara se estremece con él–. Ella querrá sentir que ha estado cerca de Rupert… cuidándolo también…

¡Dios santo, está llorando! ¡Moff está llorando! Harry jamás había oído que Moff hubiese llorado nunca. ¿Qué significa eso? Rupert vuelve a soltar un alarido.

–Cariño, por favor –está diciendo Vera con enorme ternura–. Su madre podrá abrazarlo en persona. No ocurrirá nada malo. No lo permitiremos. Vamos, deja esa cámara. Siéntate, descansa un poco. Todavía te necesitamos para que nos ayudes con los demás...

¿Los demás? ¿Qué les ha pasado? ¿También están enfermos? ¿Será demasiado tarde? ¿Se referirá Vera a la necesidad de cavar tumbas para sepultarlos? ¿Habrá sido un envenenamiento, la malaria, el hambre? ¿O les habrá hecho daño alguien? ¿Los habrán descubierto mientras intentaban huir? ¿Qué había ocurrido? ¿Qué pudo causar esa clase de tristeza? ¿Sería peor saberlo que imaginarlo?

Vera aparece en el cuadro de la cámara, tiende la mano y entonces la imagen se vuelve borrosa. Moff está llorando como un niño, y cuando el objetivo vuelve a ver con claridad, el mundo está torcido, lleno de humo y cenizas en ascenso. Debe de haber dejado la cámara encima de algo, de modo que ahora está enfocando hacia arriba. Se enciende un cartel rojo, «batería baja», que palpita como un corazón. El ojo de la cámara no parpadea, no intenta mirar más lejos en la oscuridad, ni se desvía a los lados. Mira directamente hacia arriba, observando las partículas de ceniza ascendiendo en el interior del humo dorado y las rojas palabras palpitantes. El oído de la cámara escucha, sin favorecer ningún sonido en particular. Actúa como simple testigo del batiburrillo de gritos, murmullos y gemidos, y del ocasional crepitar de la leña mientras se consume. Está almacenando serenamente en su interior esos últimos momentos, para preservarlos en una memoria que se retrotrae en el tiempo y que algún día una tecla hará avanzar.

Es lo que Harry está mirando. Ha entrado en ese mundo y se ha convertido en la mirada emborronada por el humo, barrida por el aleatorio vuelo de las polillas, atrapada en una escenografía, el mundo entero, su única existencia. No puede parpadear, no puede perderse ni un milisegundo. Está memorizando todo lo que hay, de este momento al siguiente, y al otro, y al otro... hasta que de pronto la pantalla se vuelve negra y ya no hay nada más que memorizar.

Estaba tan aturdido que no oyó a Belinda.

—¿Se encuentra bien?

Zilpha se inclinó hacia él.

—¿Quiere verlo otra vez?

Harry negó con la cabeza. Estaba emocionalmente exhausto. Retiró la cinta de la videocámara; la envolvió cuidadosamente en el trapo blanco y la deslizó en el bolsillo de la camisa. Walter y Heinrich no habían mencionado ninguna sorpresa navideña en la jungla. Pero ¿qué podía recordar Walter? Probablemente le había quedado una lesión cerebral, tras el ladrillazo recibido en la cabeza. Y Heinrich, el germano borrachín, iba siempre cocido.

–¿Todavía piensa ir a Rangún?

–Sí, desde luego... No... No lo sé.

–¿Cree que todavía están en la jungla?

La mente de Harry funcionaba a marchas forzadas. Los testigos habían dicho que estaban en Rangún. Pero en la cinta se veía que habían quedado atrapados, porque el puente se había descolgado. Era imposible que la tribu los estuviera llevando de aquí para allá, a Bagán, Mandalay, Rangún... Al minuto siguiente, la verdad resplandeció. ¡Los cabrones de mierda lo habían engañado! Todos los sitios turísticos y los testigos eran pura invención. ¡Qué gilipollas había sido! Pero entonces recordó que sus informes habían mantenido la atención centrada en sus amigos. Belinda le dijo que la historia salpicaba todos los programas de noticias de Estados Unidos. Eso había sido parte de su plan; de hecho, racionalizó, había sido la parte más importante de su plan. ¿Y ahora qué? ¿Estaría Marlena aún en la jungla? Podía haber ocurrido cualquier cosa desde la fecha en que terminaba la cinta.

Belinda y Zilpha permanecieron en silencio, aguardando pacientemente a que Harry anunciara su decisión. Incluso antes de encontrarlo, las dos habían considerado la posibilidad de que la investigación de Myanmar TV fuera una farsa y que Harry fuera un tonto al que utilizaban. Le pasaba como a muchas personas desesperadas, que necesitan agarrarse a cualquier cosa con tal de conservar la esperanza. Varias cadenas de televisión, además de la GNN, sospechaban una estratagema para mejorar la imagen del país, pero habían decidido no levantar todavía ninguna duda al respecto, porque no disponían de nada sólido para contradecir la creencia de Harry, ni la opinión popular.

Harry se volvió hacia las mujeres.

–Tengo que regresar al lago, a ese maldito hotel. Se encuentran cerca de allí, de eso no hay duda.

Belinda y Zilpha lo miraron con expresión inquisitiva. Era su técnica de reporteras para sonsacarle más información.

–Verán –dijo él, que ya volvía a ser plenamente dueño de sí mismo–.

El grupo no ha estado nunca en ninguna de las ciudades donde los testigos dijeron haberlos visto. Tenía la intuición de que así era, pero les seguí la corriente, para mantener la atención del público. No quería que mis amigos cayeran en el olvido. Los medios hacen que sucedan las cosas, ¿saben? Lo sé, porque trabajo en la televisión.

Belinda y Zilpha asintieron.

–Escuche, puede que mi pregunta le parezca estúpida –dijo Belinda–, pero ¿cómo piensa buscarlos? ¿Quién va a llevarlo? Si es cierto lo que contaban en el vídeo acerca de los campos sembrados de minas y todo eso, no creo que los militares vayan a rescatarlos. Puede que no hagan exactamente lo que usted tiene en mente, sobre todo si sus amigos tienen vinculaciones con los karen rebeldes.

–¡Un momento! –gritó Harry–. ¿Quién ha dicho que sean rebeldes?

–Para los militares, los karen escondidos en la jungla son rebeldes.

Harry frunció el entrecejo.

–¿Y eso cómo lo sabe?

Belinda mantuvo una expresión impasible.

–He visto varios programas especiales sobre el régimen militar en la Global News Network.

Harry pensó apresuradamente.

–Pediré a la embajada de Estados Unidos que intervenga.

–No pueden hacer nada en el lago –dijo Zilpha–. No tienen permitido salir de Rangún sin autorización.

Harry recordó que alguna otra persona le había dicho lo mismo, el residente estadounidense, en el otro hotel a orillas del lago. Maldición.

–Aun así, he de hablar con alguien de la embajada. Pueden presionar y asegurarse de que encontremos a mis amigos sin que nadie resulte herido.

–Quizá debería ir usted a Rangún, tal como estaba previsto –dijo Belinda–. Así, podrá hablar personalmente con la gente de la embajada.

¡Brillante!, se dijo Harry. ¿Cómo no había pensado en eso?

–Sí –dijo–, lo he estado pensando. Les daré la cinta. Ellos se ocuparán de darla a conocer y, de ese modo, todo el mundo estará mirando.

Belinda miró a Zilpha por el rabillo del ojo. Tendrían que darse prisa para regresar a la oficina en Bangkok. El DVD que habían grabado tenía que llegar a la Global News Network antes de que Harry entregara su cinta a la embajada, porque, de lo contrario, adiós exclusiva.

Belinda le preguntó a Harry si aún pensaba hacer el informe desde Rangún para Myanmar TV. Él le respondió secamente que no. Les seguiría el juego y dejaría que lo llevaran a Rangún en avión y le pagaran el hotel, y después fingiría una intoxicación alimentaria justo antes del rodaje. «Que tomen un poco de su propia medicina», se dijo.

Antes de salir de la habitación de Zilpha, Harry dijo:

–No sé cómo darles las gracias por haberme dejado utilizar su videocámara y su ordenador. Son ustedes un regalo del cielo. ¿A qué se dedican?

–Somos maestras –respondió Belinda de inmediato–. Zilpha, de parvulario, y yo, de primer año.

La expresión de Harry dio paso a una gran sonrisa.

–Ya suponía que debía de ser algo así.

A la mañana siguiente, en Rangún, Harry se levantó a las cinco y repasó su plan. Esperaría a que el periodista birmano lo llamara a las siete. Enronquecería la voz para parecer mortalmente enfermo y para demostrar que le era imposible hablar ante las cámaras. Un par de arcadas también irían bien. Haría una actuación completa. Hoy no se afeitaría, ni se ducharía. Se desarregló el pelo y se puso ropa arrugada. A las nueve menos cuarto, cogería un taxi para la embajada de Estados Unidos. Si alguien de Myanmar TV lo veía saliendo del hotel, diría que iba en busca de un médico occidental. ¿Había pensado ya en todas las eventualidades? Perfecto. Estuvo a punto de pedir el desayuno, pero cambió de idea y en lugar de eso sacó sus notas y el borrador de *Ven, sentado, quieto*.

A las siete, llamó el periodista, pero antes de que Harry pudiera mencionar su excusa, el hombre dijo sucintamente:

–Hoy no habrá rodaje. Todo ha sido cancelado.

–¡Oh! –exclamó Harry, olvidando poner voz de enfermo–. ¿Por qué?

El periodista fue parco en sus respuestas. Cuanto más preguntaba Harry, más opacos se volvían sus comentarios. El periodista no estaba dispuesto a decir nada más.

Harry estaba atónito. ¿Se habría declarado una crisis nacional? Puso la televisión. Nada. Fuera cual fuese la razón, al menos no tenía nada que ver con él.

17. La apariencia de los milagros

Durante los últimos días en la jungla, mis amigos se habían turnado para pedalear en la bicicleta y mantener cargadas las baterías. Noche y día, veían las noticias de los diversos canales por satélite: la BBC, la CNN, la Star de Hong Kong, Myanmar TV International y la cadena que les parecía la más informada de todas, la Global News Network.

Por algún motivo, Myanmar TV International había dejado de pasar los informes de Harry desde Bagán y Mandalay, que antes repetía cada dos horas. Mis amigos disfrutaban viendo esos programas cuando no había ninguna noticia en los otros canales internacionales y, como los habían visto infinidad de veces, podían recitar todas las palabras antes de que salieran de la boca de Harry: «El lacerante esplendor...» Cuando Harry se volvía hacia la cámara y decía esa frase, mis amigos reventaban de risa. Sus aspavientos irritaban a Marlena. ¿Por qué se burlaban de él? Gracias a su programa, todos ellos estaban en las noticias internacionales. Esa noche, estaba preocupada de que no hubiera más redifusiones. Según el último informe de Harry, ese día tenía que estar en Rangún. Se estaba alejando cada vez más, pero viéndolo cada dos horas por televisión, ella lo sentía emocionalmente cerca.

Mis otros amigos habían concentrado su atención en un programa especial de la Global News Network. Estaban viendo entrevistas sobre sí mismos, intercaladas con comentarios de familiares y amigos. Durante la hora siguiente, se enteraron de que había héroes y heroínas entre ellos.

¿Quién sabía que Heidi había descubierto el cadáver de su novio asesinado? No era de extrañar que fuera tan precavida y, a la vez –ahora lo comprendían y lo apreciaban–, tan hábil en su preparación para cualquier contingencia. No era su novio, sino alguien que compartía su casa, intentó explicar ella, y los demás la admiraron aún más, por restarle importancia a su traumática experiencia.

Tampoco sabía ninguno de ellos, ni siquiera Roxanne, que Dwight había servido durante tres años como «hermano mayor» de un chico que había sido víctima del acoso en la escuela primaria y había dejado de asistir a clase para eludir el tormento. El que entonces era un niño se había convertido en un joven becario en Stanford e, inspirado por el ejemplo de Dwight, también era voluntario en un programa extraescolar para adolescentes con problemas. (El chico llevaba más de diez años sin ver a Dwight, a quien había acusado de ser el peor matón de todos. Como consecuencia de ello, Dwight había quedado bastante amargado por la experiencia.)

Vera, según pudieron descubrir, tenía dos hijas mayores, que recordaban cómo en una ocasión su madre había donado dinero a los más desfavorecidos, en lugar de comprarles regalos de Navidad. (En realidad, Vera les había comprado bicicletas, en lugar de los atronadores equipos de audio que ellas querían.) En un primer momento se habían enfadado bastante, lo reconocían, pero con el tiempo advirtieron, como dijo una de ellas, que su madre «era una santa entonces y sigue siéndolo ahora».

Cualquiera que fuera la porción de verdad que contuvieran esos comentarios televisados, escucharlos hacía llorar a mis amigos y multiplicaba el afecto que se profesaban mutuamente. Abrazaban al destinatario de cada homenaje. Prometieron que a partir de entonces celebrarían juntos todos los días de Acción de Gracias, sin importar dónde estuvieran. Con esa promesa, expresaban su confianza en que saldrían de la jungla sanos y salvos.

El pueblo del Ejército del Señor también estaba escuchando homenajes, pero no por televisión, sino los que se decían unos a otros, acuclillados en círculo. Su estado de ánimo era sombrío, y tenían motivos para creer que sus días estaban contados.

Hacía varios días que Mancha Negra había bajado la cinta a la ciudad de Nyaung Shwe. Se la había entregado a su contacto de confianza, el mismo hombre a quien solía dar las plantas de la «segunda vida» que ellos encontraban. Pero la cinta no había aparecido en ninguno de los informes de Harry Bailley, y ahora Myanmar TV había eliminado el programa y todas sus redifusiones. La tribu conocía la razón. Los generales en el poder estaban enfadados. Ahora conocían los rostros del Ejército del Señor. Los perseguirían y los matarían por rebeldes. Irían a la ciudad de Nyaung Shwe y colgarían en los muros fotografías de los miembros de la tribu, y los barqueros cuyas tarifas habían echado por tierra dirían: «¡Eh, pero si ése es Mancha Negra! ¡Él llevó a esa gente al hotel Isla Flotante!» Los militares retorcerían brazos, incluso hasta arrancarlos si fuera necesario, hasta que alguien confesara dónde estaba el escondite del Ejército del Señor. Y había por lo menos una persona con una idea bastante aproximada de dónde estaba. La cinta no los había ayudado, después de todo. No serían estrellas de televisión en el programa de Harry. El programa había sido cancelado, lo que significaba que pronto también ellos serían cancelados.

Habían pasado todo el día contando historias, las conocidas y también las que nunca habían sido dichas en voz alta. Botín y Rapiña estaban acuclillados en el centro, cerca de la hoguera, balanceándose rítmicamente mientras chupaban sus cigarros.

Un cuenco con agua circulaba de mano en mano, y cada uno que bebía un sorbo contaba una historia de un valiente soldado del Ejército del Señor: un hermano que se había negado a transportar provisiones para alimentar al ejército del SLORC; una madre, cuyos hijos ya habían sido asesinados, que ni siquiera desvió la vista cuando la boca del fusil se alzó hasta su boca; un joven que podría haber saltado a un camión que llevaba a los demás a un lugar seguro, pero en lugar de eso prefirió regresar al sitio donde su novia había sido capturada por el ejército; un abuelo que se negó a abandonar su casa en llamas; una hermana, de apenas doce años, arrastrada por seis soldados hacia los lugares ocultos de la selva, donde gritó, paró, volvió a gritar y paró otra vez, hasta que se oyó el disparo de un fusil y ya nunca más volvió a oírse ningún sonido. Había sido valiente. Todos habían sido valientes. Los que ahora estaban escuchando intentarían ser valientes.

Cuando faltaba poco para que oscureciera, las ancianas sacaron los chales rojos de campanitas, que habían reparado esa misma mañana. Habían enhebrado las alas iridiscentes de un centenar de escarabajos esmeralda en los largos flecos –veinte élitros por fleco–, y los habían anudado con un pequeño cascabel de latón en la punta. Sus nietas sacaron cincuenta y tres mantas, y las colocaron sobre las esterillas, para que se orearan. Las mujeres casadas sacaron lo mejor de su ropa, ahora andrajosa, para enseñar a sus hermanas el punto secreto de tejido, que habían custodiado celosamente como propio. Ya no había necesidad de secretos. Las abuelas colgaron los chales de campanitas de las ramas de los árboles, pues las jóvenes solteras ya no estarían allí para ponérselos y guardarles luto. Pronto vestirían sus mejores galas, y cincuenta y tres personas, jóvenes y viejas, yacerían cada una sobre una manta y se enrollarían como una oruga en su capullo. Para entonces, ya habrían tomado las setas venenosas que los gemelos habían encontrado. Se agitarían y se retorcerían como una crisálida a punto de hacer estallar su envoltorio. El borde de las mantas les frotaría las caras insensibles, señal de que esta vez el sueño no tendría final. Y cuando su aliento partiera como la brisa, las alas de esmeralda emprenderían el vuelo, haciendo sonar las campanitas y cantando a los muertos: «Id a casa, id a casa.»

Botín se puso en pie y trajo una fuente de comida, hecha con las últimas especias almacenadas. La comida circuló entre los presentes y todos cogieron un pellizco, para hacer ofrendas. Botín gritó: «Para los nats, que con su gentileza no nos han jugado demasiadas malas pasadas.» La letanía resonó en inglés. «¡Dios es grande! Al Señor de la Tierra y el Agua, que posee toda la naturaleza y nos permite vivir en ella. ¡Dios es grande! A la Abuela de las Cosechas, que no ha tenido cosechas que cuidar, pero no ha sido culpa suya. ¡Dios es grande! Al Gran Dios en el cielo y a su Hijo, el Señor Jesús, que nos acogerá en el Reino de los Arrozales Eternos y de las botellas interminables de ponche dulce, que beberemos mientras miramos las danzas más grandiosas, los mejores espectáculos de marionetas y los programas número uno de televisión. ¡Dios es grande! ¡Dios es grande! Nos volveremos fuertes, y después más fuertes todavía, para que cuando mueran nuestros enemigos e intenten colarse en nuestro reino, podamos golpearlos y aporrearles las cabezas hasta volverlas blandas como yemas de huevo. ¡Dios es grande! ¡Dios es grande! Machacaremos sus huesos y moleremos sus corazones, hasta que los trozos sean como estiércol mohoso. ¡Dios es grande! ¡Dios es grande! Arrojaremos la porquería a un río de fuego. ¡Dios es grande! ¡Dios es grande! Serán arrastrados, hirviendo y burbujeando, gritando y llorando, al borde de un precipicio y por una catarata ardiente, hasta las fauces del infierno, erizadas de colmillos, tal como ha profetizado el Señor de los Nats. ¡Dios es grande!

»Entonces, nuestra gente estará lista para resucitar como soldados del Ejército del Señor –¡Dios es grande!–, y por fin regresarán al mundo y recuperarán nuestras tierras robadas. ¡Dios es grande! Pero antes de sembrar y cosechar los campos, encontraremos los huesos dispersos de nuestras queridas familias, madre, padre, hermana, hermano, niña, niño, bebé, bebé. Los envolveremos tiernamente en mantas tejidas con los puntos secretos y, mientras les hablamos y los consolamos, los depositaremos en la tierra, no en un lugar escondido llamado Nada, sino en la cima de una montaña, con una vista clara del cielo. Amén.»

Durante una pausa en las noticias, mis amigos se acercaron para ver la ceremonia que estaban celebrando los lajachitó. Estaban sentados sobre troncos y taburetes bajos. Aquel día debía de ser algún tipo de fiesta, de ahí la celebración, con la fuente de comida circulando entre todos, las oraciones y las letanías rituales. Wendy se dirigió a Mancha Negra.

–¿Qué están celebrando? –preguntó.

La expresión de él era sombría.

–Día de nuestra muerte, señorita.

Wendy pensó que sería como el día de los muertos en México.

–¿Se celebra en todo Myanmar, esta fiesta?

–No, señorita. Aquí no hay fiesta. Aquí hay preparación para muerte. Mañana, quizá al otro día, nosotros estamos muriendo. Pensamos será muy pronto.

Wendy volvió corriendo con el grupo y les contó lo que había dicho Mancha Negra. ¿Un suicidio colectivo? Los once norteamericanos habían hablado antes al respecto, pero la última semana la tribu parecía estar de un humor excelente. ¿Qué los había hecho cambiar? Había, además, un pensamiento pavoroso: ¿pretendería la tribu que sus invitados se unieran a ellos en su éxodo? Tenían que poner freno a esa idea cuanto antes.

Bennie abordó a Mancha Negra y le preguntó a qué se refería cuando decía «preparación para muerte».

–Soldados del SLORC están viniendo –dijo Mancha Negra–. Ya decir antes a ustedes. Cuando ellos encontrando a ustedes, también encontrando a nosotros. Ellos salvando a ustedes y matando a nosotros.

–¡Oh, no, por favor! –exclamó Bennie, intentando calmar sus propios nervios destrozados–. Eso no ocurrirá.

–¿Por qué no? –replicó Mancha Negra, y se alejó.

Se internó en la selva, al sitio donde estaban sepultados los que habían muerto después de llegar al lugar llamado Nada. Se sentía muy mal por su pueblo. Se avergonzaba de ver que el chico no era el Reencarnado. No era el Hermano Menor Blanco, ni el Señor de los Nats. Y las otras diez personas no eran sus discípulos ni su comitiva de soldados. Eran turistas que sólo habían atraído la mala suerte. Qué desastre tan grande había acarreado Mancha Negra a su pueblo.

Durante la hora siguiente, hubo mucho que hablar entre mis amigos. ¿Qué debían hacer? Esos pobres desdichados habían sido amables y habían compartido con ellos su comida, sus mantas y su ropa. No era culpa suya que el puente se hubiera caído. Una cosa era segura: los once ayudarían a la tribu. Le dirían a quien viniera a salvarlos que los de la tribu no eran guerrilleros. No tenían armas. Eran gente corriente, todos excepto los gemelos y su abuela, la pobre, que había quedado traumatizada por toda la violencia padecida y se creía capaz de hablar con Dios. Y si aun así los militares causaban problemas a sus amigos de la jungla, ellos recurrirían a sus influyentes contactos en Estados Unidos. Un senador, un alcalde, ya lo verían más adelante... Lo importante era ayudar.

Pero ¿qué ocurriría si los soldados del SLORC actuaban precipitadamente y empezaban a disparar antes de preguntar? ¿Y si disparaban contra ellos, sin darles tiempo a gritar que eran norteamericanos? ¿Los ayudaría ser norteamericanos? ¿Y si obraba el efecto contrario?

Dos horas después de la puesta del sol, Botín y Rapiña se subieron al tocón donde antaño el espíritu de la Abuela de las Cosechas había montado guardia, para proteger nada en absoluto. Botín alzó los brazos y gritó en dialecto karen:

–¡Oremos!

Comenzó a balancearse sobre los talones, con los ojos en blanco, y mis amigos volvieron a oírlo farfullar el mismo galimatías. Por encima se elevaba la voz más aguda de Rapiña, dirigiendo al pueblo en su letanía: *Dios es grande, Dios es grande.*

Botín gritó que el Hermano Menor Blanco no estaba entre ellos. El chico era un simple mortal, pero no lo culpaban. Tampoco culpaban a los nats, que los habían inducido al error, porque lo habían hecho como una simple travesura. Pero ahora había llegado el momento de ir en busca del verdadero Hermano Menor en el Reino de los Arrozales Eternos. Antes de tomar la última cena de setas segadoras de la vida, batirían los tambores y harían sonar los cuernos. Prepararían las almas de sus cuerpos, el alma de los ojos, el alma de la boca, todas ellas, una por una. Sabrían estar listos, sin demorarse ni quedar rezagados. Pronto llegarían los soldados, que los apuñalarían con sus bayonetas y les dispararían con sus rifles, pero ellos ya no estarían allí, sólo sus cuerpos vacíos, como las cáscaras huecas de los escarabajos esmeralda.

¡Almas, preparaos!

Los hombres en el borde interior del círculo dispusieron sus tambores, el de bronce y los otros, fabricados con piel de animal tensada sobre un marco de madera. Las mujeres, del otro lado, cogieron sus instrumentos: las flautas de bambú y los nudos de árbol ahuecados, tallados en forma de ranas espinosas. Cuando hacían trinar las flautas y frotaban con un palo las verrugas de la rana, el sonido era de agua fluyendo sobre las piedras, un sonido muy apreciado por el Señor de la Tierra y el Agua, y grato a los oídos de cualquier dios.

Mancha Negra trajo huesos de pollo, plumas y una bolsita de arroz. Los colocó junto a Rapiña, que los fue tirando al fuego, trozo a trozo. Habían sido los utensilios de adivinación de los gemelos. Convenía quemar cuanto antes esos instrumentos de chamán, pues de lo contrario sus enemigos podrían utilizarlos para engañar a sus almas o enviarlas al reino equivocado, o al cuerpo de una persona débil.

Mis amigos contemplaban cómo los efectos personales de la tribu eran arrojados al fuego: esterillas gastadas, ramas talladas, el tejido de ratán que cubría sus estrechos porches cuando llovía... Bennie lamentó ver un cuenco de madera con grabados, sacrificado de la misma forma. El fuego ardía más y más alto.

–Señor Dios –gritó Rapiña en inglés por encima de la pira–, nosotros viniendo pronto. *Manomayó* Jesús, nosotros viniendo pronto. Padre Salado, nosotros viniendo pronto. En vida, nosotros te servimos, en *muete*, nosotros te servimos. Nosotros, tus *sivientes*; nosotros, tus hijos; nosotros, tus corderos. Y nosotros, tus soldados, marchando adelante; nosotros, el Ejército del Señor.

Roxanne le dio un codazo a Dwight.

–¿Ha dicho «el Ejército del Señor»?

Él asintió.

–Nosotros, el Ejército del Señor –repitió ella.

Entonces volvió a decir las palabras, imitando el acento de la niña. *Nosotros, lajachitó del señó*. Los lajachitó. ¡Cuánto se habían equivocado acerca de cuántas cosas! ¿Qué más habrían entendido mal?

Los cánticos aumentaron de volumen, y los tambores, los cuernos, las calabazas y las flautas empezaron a marcar el ritmo de un corazón exaltado: *Bum-toc, bum-toc*. Más y más rápido, más y más fuerte. El repetitivo estrépito les dificultaba pensar o moverse. Bennie temía que su cerebro quedara atrapado en la monótona pulsación y que eso le provocara una crisis epiléptica. La percusión y los cantos se habían convertido en el latido de un corazón colectivo.

Con un último retumbo del tambor de bronce, todas las almas del lugar llamado Nada se liberaron con un sobresalto de sus cuerpos, entre ellas las almas de mis amigos. ¿Estaban muertos? ¿Les habían disparado? No se sentían heridos. Se sentían más grandes y ligeros. Parecían verse a sí mismos, no a sus cuerpos físicos, sino a sus pensamientos y sus verdades, como si hubiera un espejo de la mente capaz de reflejar esas cosas. Todos tenían esos espejos. Ahora que estaban fuera de su cuerpo, podían oír sin las distorsiones del oído, hablar sin el enredo de la lengua y ver sin las anteojeras de la experiencia. Eran portales abiertos a muchas mentes, y las mentes se internaban volando en el alma, y el alma estaba contenida en las mentes de todos. Sabían que no era normal, pero que aun así era natural. Se esforzaron por encontrar palabras para describir lo que sentían, que eran todos los pensamientos que alguna vez habían tenido y también los de los demás, un depósito abierto, en cuyo interior había partículas brillantes y hebras interminables, estrellas microscópicas y trayectorias infinitas, constelaciones perpetuas que eran hologramas dentro de hologramas dentro de sí mismas, lo invisible vuelto visible, lo imposible vuelto obvio, el más grande de los conocimientos ahora conocido sin esfuerzo, y el mayor de los conocimientos era el amor. Simplemente el amor. Y yo también lo supe.

–Amén –dijo Botín.

Con otro sobresalto, mis amigos regresaron instantáneamente a sus cuerpos separados, a sus mentes separadas, a sus corazones separados, volviendo a ser uno entre muchos y ya no muchos en uno. Miraron a su alrededor, a los otros, a Botín y a Rapiña, esperando a ver si la sensación volvía a estallar. Pero la experiencia comenzó a desvanecerse como lo hacen los sueños, pese a sus intentos por resucitarla o aferrarla como quien intenta atrapar motas de polvo. Habían recuperado sus sentidos, pero nunca se habían sentido menos sensibles.

La luz de la televisión parpadeaba. Se fueron hacia allí y se sentaron en las butacas de ratán y bambú, esperando las noticias matinales de Nueva York. Entre ellos empezaron a hablar lentamente. ¿Habían experimentado un éxtasis religioso? ¿Habían vislumbrado las orillas de la muerte? Quizá sucediera lo mismo cuando uno pasaba varios días sin comer ni dormir... Estuvieron dándole vueltas, hasta que finalmente lo perdieron. Y sin embargo, sin que ellos lo supieran, algún cambio ya había echado sus frágiles raíces. Parte de sus almas se había liberado.

Esa noche sucedió el primero de cuatro milagros. O de cinco, según se mire.

El primero se reveló cuando mis amigos estaban delante del televisor.

–Nuestra principal noticia esta mañana –dijo el presentador de la Global News Network– es el hallazgo de una cinta de vídeo, perteneciente a uno de los once turistas desaparecidos en Myanmar, que muestra exactamente lo que ocurrió antes de que fueran vistos por última vez. Tenemos conexión directa con Belinda Merkin, en Bangkok. Belinda, ¿puedes contarnos cómo llegó esta cinta a tu poder?

Belinda estaba en el mercado nocturno de Bangkok.

–Como ya sabes, Ed, estábamos trabajando de forma encubierta en Birmania, intentando hallar pistas fidedignas y siguiéndolas hasta los rincones más apartados de un país que vive detrás de un velo de secretismo. Y como Birmania está dominada por un régimen opresor, tenemos que proteger la identidad de nuestras fuentes. Digamos simplemente que un pajarito dejó caer esto en nuestras manos –dijo, enseñando una cinta falsa.

Los contenidos reales habían sido copiados en disco y enviados a la sede de la GNN, desde Bangkok, a través de una conexión digital de alta velocidad.

–También tu vida debió de correr peligro, ¿no es así, Belinda?

–Bueno, Ed, sólo te diré que me alegro de estar en Bangkok y haber dejado Birmania atrás. Pero lo principal ahora son los norteamericanos desaparecidos. Y en esta cinta hay pistas importantes. Es un vídeo casero grabado por una de las personas desaparecidas, Roxanne Scarangello...

–¿Qué? –exclamó Roxanne–. Eso es imposible.

–Y ahora –dijo el presentador–, podrán ver ustedes desde su casa exactamente lo que captó la cámara. Debemos advertirles que algunas de las escenas son bastante impresionantes y no son aconsejables para niños...

Tras la emisión de la cinta, Roxanne corrió a buscar su mochila.

–¡No está! ¡No está! –gritó, con suficiente fuerza como para atraer la atención de Mancha Negra.

Se quedó parada sujetando la videocámara, con el compartimento de la cinta abierto y vacío. Mancha Negra se acercó, para oír lo que estaban diciendo.

Los visitantes estaban parloteando como posesos. Con el puente caído, era imposible que la periodista se hubiera colado en la aldea para robar la cinta. Y ninguno de los habitantes del poblado había podido llevarla a la oficina de correos más próxima, para enviársela a la GNN.

–Quizá sea cierto que un pájaro encontró la cinta –sugirió Bennie–. Se sabe que los cuervos recogen todo tipo de cosas y se las llevan a sus nidos. ¿De qué otro modo se explica?

Mancha Negra abrió los brazos.

–Es un milagro –declaró.

Mis amigos consideraron esa posibilidad. La liberación de sus almas, apenas unos momentos antes, había abierto sus mentes a lo misterioso y lo inexplicable.

–Sea como sea que ha llegado la cinta hasta ellos –dijo Roxanne–, lo que me preocupa es cómo termina. Rupert estaba delirando, Moff estaba trastornado...

—No creo que se note nada de eso —dijo Moff, procurando no mirar a su hijo—. En el vídeo se ve claramente que yo estaba agotado.

El grupo se puso a analizar si los espectadores en otras partes del mundo podrían interpretar que todos habían muerto. ¿Proseguiría la búsqueda en Rangún? Esperaban que no. ¿Vendrían los equipos de rescate a la jungla y a las montañas en torno al lago?

—La jungla es grande —señaló Heidi—, pero quizá se produzca otro milagro.

Aunque Mancha Negra sabía cómo había llegado la cinta a Mandalay, seguía creyendo que había sido un milagro. ¿De qué otro modo se le habría ocurrido a Harry entregársela a la señorita periodista? La historia que había en la cinta era todavía mejor de lo que recordaba. La hermana Roxanne había hablado con gran emotividad del sufrimiento de todos ellos y había empleado las palabras justas para describir la crueldad de los soldados del SLORC. Había enseñado las heridas de la tribu, los miembros mutilados, las caras de la gente buena. Había hablado de su amabilidad. Y su historia no estaba en Myanmar TV, sino en la Global News Network. El corazón le latió con fuerza. El mundo entero conocía su historia. Su historia era mucho mejor que cualquiera que hubiese aparecido en «La supervivencia del más fuerte». Una canoa con unas cuantas vías de agua era un problema menor. Los hipopótamos no existían en realidad, como tampoco los cocodrilos. Para la gente de la televisión, todo era fingimiento. Pero su pueblo tenía una historia real y, por tanto, mejor. Ahora el mundo entero sabía quiénes eran ellos, y sus corazones los hallarían en el lugar llamado Nada. Su programa sería el número uno, semana tras semana, y tendría demasiado éxito para que lo cancelaran. Serían estrellas de la televisión, y nunca más tendrían que preocuparse por ser acosados o asesinados.

Ya sabía qué nombre ponerle a su programa: «Los supervivientes del Señor». Quería difundir la buena nueva.

La exaltación de mis amigos se desvaneció en el transcurso de la hora siguiente.

Todo empezó cuando le dieron la espalda al televisor, convencidos de que ya no era necesario mirar ni inquietarse. Lo que no sabían es que, en la jungla, un televisor no es simplemente un televisor. Es un nat. Hay que mirarlo constantemente o se enfadará y cambiará la historia.

El nat-televisor había estado hablando y hablando, sin que nadie le prestara atención. Sus adeptos estaban parloteando entre ellos y cambiando el pasado. ¿El angustioso vídeo de Roxanne? ¡Ahora resultaba que era divertido! ¿Os acordáis de cuando íbamos en la caja del camión —decían—, de camino a la sorpresa navideña, y Roxanne nos pidió que saludáramos? ¿Y cuando Wendy dijo que más les valía que la sorpresa fuera buena? ¡Ja, ja, ja! ¡Si lo hubiesen sabido!

Mancha Negra se acercó a mis amigos y les pidió disculpas por todas las molestias que les había causado al llevarlos al lugar llamado Nada.

—Cuando Walter no viene y nadie sabe por qué, nosotros pensando: «Lugar llamado Nada también es muy buena sorpresa navideña.» Nosotros queriendo traer al Hermano Menor Blanco, para así él conocer su tribu. El Gran Dios está ayudando a nosotros, señorita, y estoy pensando que también está ayudando a ustedes.

El nat del televisor estaba irritado. Nadie le había dado las gracias, así que por un momento se marchó de Nada y voló hacia Nueva York.

Allí, en la sede de la GNN, el presentador se desplazó desde su mesa hasta una zona lateral, decorada para que pareciera una pequeña y acogedora biblioteca llena de libros. Cuando mis amigos volvieron a prestar atención a las noticias de la televisión, estaban emitiendo una entrevista que evidentemente había empezado varios minutos antes.

El presentador estaba sentado en una butaca de contornos rectos.

—Incluso han llegado a encarcelar a periodistas extranjeros que han dado noticias desfavorables acerca del régimen.

Un hombre joven sentado en un sofá replicó con acento británico:

—Así es, y a los espías los tratan con más dureza todavía. Si les caen veinte años de cárcel, pueden considerarse afortunados, y eso, amigo mío, después de la tortura.

—Tengo entendido que, al igual que Belinda, ha corrido usted un riesgo considerable para grabar el material que ha conseguido...

El hombre asintió modestamente.

–No ha sido nada en comparación con el peligro que probablemente estarán corriendo esos once norteamericanos. No quisiera estar en su piel.

Mis amigos sintieron escalofríos.

El presentador se inclinó hacia adelante.

–¿Cree usted que esos norteamericanos se han unido a la tribu karen para luchar como rebeldes en la clandestinidad?

–No –susurró Heidi–, no hemos hecho nada de eso.

El hombre apretó los labios, como si le costara responder.

–¿Quiere que le diga sinceramente lo que pienso? Pues bien, de verdad espero que no sea así. De verdad lo espero.

Mis amigos sintieron un torniquete en la garganta.

El hombre prosiguió:

–Se sabe que hay insurgentes entre los karen. No son toda la tribu, ¡cuidado!, pero se trata de un grupo étnico bastante grande. Muchos han opuesto resistencia pasiva a la junta, mientras que otros han adoptado tácticas guerrilleras. La junta no parece distinguir demasiado entre los dos. Algunos karen se ocultan en la jungla, entre ellos, por lo visto, el grupo que había acogido a los Once Desaparecidos la última vez que tuvimos noticias de ellos.

El presentador meneó la cabeza y dijo:

–Y ahora acabamos de oír en el vídeo casero, grabado por la norteamericana Roxanne Scarangello, que querían ayudar a la tribu karen, pero no de una manera simbólica, sino, como ella misma dijo, aportándole «una ayuda más sustancial, una ayuda que marque una diferencia».

–Cien dólares –murmuró Roxanne.

El presentador pareció preocupado.

–Al régimen no va a sentarle nada bien, ¿verdad?

El hombre británico suspiró ruidosamente.

–Ha sido una iniciativa muy valiente, pero también muy tonta. Me perdonará lo que voy a decirle, pero los norteamericanos tienden a funcionar con sus propias reglas cuando se meten en el patio trasero de los demás. La verdad es que en Birmania los extranjeros reciben el mismo trato que los nacionales. La pena por tráfico de drogas es la muerte. La pena por insurrección es la muerte. La pena por participar en acciones guerrilleras al lado de los insurgentes es la muerte.

El presentador se irguió en el asiento, claramente disgustado de tener que terminar la entrevista en ese tono.

–Bueno, todos esperamos sinceramente que las cosas no acaben así. Pero pasemos ahora a otro tema. Usted es productor de documentales. Ha investigado bastante acerca de la forma en que el régimen trata a los disidentes, incluso a aquellos que han expresado la más leve crítica. Y ahora acaba de producir un documental precisamente sobre este tema...

–Es un primer esbozo.

El presentador miró a la cámara.

–A nuestros espectadores les interesará saber que el documental completo será emitido por la GNN en el transcurso de esta semana. Pero de momento, vamos a ver solamente unos fragmentos, en exclusiva para la GNN. La calidad de la imagen no es perfecta en algunas escenas, pero estoy seguro de que nuestros televidentes lo sabrán disculpar, para permanecer informados acerca de las últimas novedades, en nuestro ciclo «La democracia se va a la jungla».

El presentador se volvió una vez más hacia el documentalista.

–Así pues, señor Garrett, ¿qué vamos a ver ahora?

–Se llama «Oprimidos y suprimidos»...

Una hora después, mis amigos estaban sentados sobre dos troncos, frente a frente. Roxanne se sentía particularmente mal. En el documental habían visto detalles truculentos de lo sucedido a los miembros de ciertos grupos étnicos, así como a periodistas y estudiantes birmanos que habían criticado al régimen y ahora se encontraban en la cárcel. Al pie de la pantalla, a lo largo de todo el documental, aparecían fotos de birmanos desaparecidos. Mis amigos sentían pena por sus amigos karen, allí, en la jungla, pero más pena sentían por sí mismos.

–Los soldados no pueden matarnos. ¡No nos lo merecemos! –exclamó Bennie.

–Tampoco los karen lo merecen –dijo Heidi.

–Ya lo sé –replicó Bennie con contundencia–, pero no estamos aquí porque hayamos querido ser rebeldes. Nos quedamos atrapados y donamos cien dólares por cabeza. No deberían torturarnos hasta la muerte, sólo porque se cayó un puente y nosotros quisimos ser generosos.

Esmé no decía nada. Estaba acariciando a *Pupi-pup*. Marlena suponía que estaba demasiado asustada para hablar, pero en realidad Esmé disfrutaba de la bendita perspectiva infantil. Pensaba que los adultos lo exageraban todo y, si bien la situación le parecía inquietante, su principal preocupación era asegurarse de que nadie le hiciera daño a su perrita.

Mis amigos estaban exhaustos, después de un largo día de pedalear en la bicicleta, experimentar un trance durante la ceremonia, creerse casi a salvo y caer después en un abismo emocional tan profundo como el que les impedía abandonar el lugar llamado Nada. Sin nada más que decir, se arrastraron hasta sus jergones, para llorar, rezar o maldecir, hasta poder caer en la piadosa inconsciencia.

La gente del Ejército del Señor estaba reunida en otra zona del poblado, fumando cigarros y bebiendo agua caliente. La última emisión de televisión había mostrado su valor ante la muerte, lo cual no haría más que incrementar la popularidad de su programa. Estaban dando gracias a Botín y a Rapiña, a los nats, al Señor de la Tierra y el Agua, al Gran Dios y, sí, también al Hermano Menor Blanco, aunque él no reconociera que lo era. Las dudas que habían podido tener se habían desvanecido. Lo supiera él o no, estaba obrando milagros. Los había vuelto visibles en todo el mundo.

El nat-televisor estaba abandonado. Los gemelos olvidaron apagarlo para que pudiera dormir y hacer menos maldades. Por eso continuaba proyectando luz y sombras sobre el mundo ante él. Estaba en su punto más luminoso, formulando profecías, cambiando el destino y creando catástrofes, para luego retractarse en el siguiente avance informativo.

Mis amigos se despertaron al alba, entre una profusión de cantos de pájaros. Nunca habían oído a las aves cantar de manera tan persistente y aciaga. Los karen nunca las habían oído cantar de un modo tan maravilloso. Pese al coro de las aves, el poblado parecía desusadamente silencioso. Moff se acercó al televisor. El aparato estaba frío como la muerte. De inmediato, Grasa saltó a la bicicleta del generador y empezó a pedalear. Los otros miembros de la tribu fueron a recoger leña para la hoguera y a buscar comida. Se sentían felices desarrollando sus tareas diarias, los hábitos cotidianos de la vida.

A mediodía, consideraron que una de las baterías estaba suficientemente cargada como para encender la televisión. La Global News Network volvía a estar en el aire. Mis amigos temían acercarse al objeto que la noche anterior les había asestado un golpe tan doloroso. Se sentaron silenciosamente en los dos troncos enfrentados, escuchando a los pájaros y preguntándose qué significarían sus gritos agudos.

Harry había experimentado una montaña rusa de emociones similar a la de sus amigos. Se encontraba en una oficina de Rangún, donde era interrogado por cinco hombres. También estaban allí Saskia y los perros, al igual que la madre de Wyatt, Dot Fletcher, con su novio Gus Larsen, y la madre de Wendy, Mary Ellen Brookhyser Feingold Fong. Harry estaba bebiendo una taza de té.

Gracias a Dios, los funcionarios consulares se habían presentado esa mañana, para llevarlos a él y a los demás a la embajada de Estados Unidos. Podrían haber sido los militares birmanos. De hecho, los soldados del SLORC habían acudido a su hotel, media hora después de que el personal consular se lo hubo llevado.

–¿Por qué no aparecieron ustedes hace siglos, nada más saberse de la desaparición de mis amigos? –se quejó Harry.

Un funcionario consular de nombre Ralph Anzenberger respondió en tono sarcástico:

–Verá, señor Bailley, es que estábamos sentados sobre nuestros traseros, esperando a que el gobierno birmano nos diera autorización para salir de Rangún e iniciar la búsqueda. De hecho, todavía estábamos esperando, cuando finalmente se materializó usted en Rangún, para producir otro espectáculo de propaganda para el régimen.

Harry graznó. ¡No estaba haciendo nada de eso! Había seguido el único camino que conocía para mantener la atención pública concentrada en sus amigos.

–Y lo ha logrado –convino Anzenberger–, pero la junta también se ha beneficiado, transformando su *reality show* en publicidad para promocionar el turismo. Por cierto, no hubo ningún testigo que viera a sus amigos en Pagán, Mandalay o Rangún. Pero usted ya lo sabía, ¿no?

Harry se sonrojó, ante la obvia realidad, que sólo recientemente se le había revelado.

–Claro que lo sabía –sostuvo–. ¿Por qué tipo de imbécil me ha tomado?

Saskia arqueó una ceja y le dedicó la misma mirada dubitativa de años antes, cuando él le negó que coqueteara con otras.

Anzenberger miró el contenido de una carpeta.

–¿Cómo se le ocurrió darle la cinta a la periodista de la GNN, Belinda Merkin?

–¿A ella? ¡Ja, ja! No, en realidad no es periodista. –Harry se alegraba de saber algo que Anzenberger ignoraba–. Es una maestra de parvulario que conocí en la piscina de un hotel en Mandalay. Me prestó su videocámara y vimos juntos la cinta, eso es todo. Pero no se la he dado. La tengo aquí, ¿lo ve? –añadió, sacando la cinta del bolsillo.

Anzenberger frunció el ceño y echó una mirada a sus colegas.

–Señor Bailley –dijo–, Belinda Merker es reportera de la Global News Network. Lo es desde hace varios años, y ahora ha conseguido para sus patrones unas imágenes muy interesantes. Fueron difundidas anoche en las emisiones internacionales y han causado bastante revuelo. ¿Le apetece verlas?

Veinte minutos después, Harry estaba estupefacto. ¿Estaría soñando? ¿Habría contraído la malaria? Nada tenía sentido. Era la misma cinta, eso era evidente. ¿Habría distribuido Roxanne varias copias? ¡Y esa zorra de Belinda! ¡Maestra de parvulario! ¡Lo que se habrían reído! Anzenberger le estaba hablando. Le decía que ahora iba a enseñarle otras escenas, las repercusiones.

«Y ahora, desde la sede de la GNN en Nueva York, las últimas noticias acerca de los Once Desaparecidos y su nuevo papel como luchadores por la libertad y la democracia...» Le siguieron breves pantallazos de ciudades de todo Estados Unidos, celebrando lo que a Harry le parecieron desfiles. Eran mítines y manifestaciones, cuyos participantes llevaban carteles y pancartas: «Libertad para los once norteamericanos», «¡Arriba los luchadores por la democracia!», «Viva el pueblo karen», e incluso uno que decía: «¡La bomba atómica contra el SLORC!» Hubo imágenes de vigilias y huelgas de hambre en Tokio, Oslo, Madrid y Roma, así como de una marcha silenciosa en Alemania, con velas que iluminaban unas fotografías gigantescas, no sólo de los once norteamericanos, sino de estudiantes y periodistas birmanos y de simpatizantes de la Liga Nacional por la Democracia. Un millar de fotos de desaparecidos. Un millar de fotos de muertos. Un mar de gente.

–A medida que aumenta el apoyo a los Once Desaparecidos –dijo el presentador–, también lo hacen las protestas contra el régimen militar birmano en todo el mundo. Ciudadanos de infinidad de países están exigiendo a sus gobiernos que hagan algo. En breve hablaremos con expertos en política exterior, para determinar lo que esto puede suponer para las relaciones entre Estados Unidos y Birmania, puesto que así es como la gente ha vuelto a llamar al país que la junta había rebautizado con el nombre de Myanmar. Lo veremos próximamente.

Un logo apareció en la pantalla, «La democracia se va a la jungla», impreso sobre la imagen de dos nativos con el pecho descubierto conduciendo a un elefante, la misma que aparecía en la caja de cerillas que Harry había recibido en su habitación y en incontables folletos turísticos.

Cuando terminó el programa, Harry lo agradeció en silencio.

–Siempre hay gente de buen corazón –le comentó al personal de la embajada–, dispuesta a identificarse con los desfavorecidos. Por eso vinimos a Birmania, ¿saben?, para observar la situación con nuestros propios ojos y averiguar si podíamos ayudar en una pequeña medida, en ningún caso mediante la violencia, por supuesto, sino utilizando una amable persuasión, una presencia gentil... En realidad, con unos medios no muy diferentes de los que utilizamos para modelar la conducta de los perros.

Harry permaneció en la sala, con el personal de la embajada, viendo la siguiente remesa de exclusivas de la GNN. Los informes de último minuto se fueron sucediendo hora tras hora, durante todo el día. Las autoridades de los países que no habían anunciado boicots en años anteriores se estaban reuniendo en sesiones especiales, para debatir la posibilidad de hacerlo. La ASEAN había convocado una reunión extraordinaria, para determinar la manera de manejar una situación que estaba siendo sumamente perjudicial para su imagen colectiva. Era un asunto muy delicado, pues según el calendario de su presidencia rotatoria, a Myanmar le correspondería presidir las sesiones de la ASEAN en un futuro no muy lejano. Quizá había llegado el momento de controlar al país con más firmeza. Restricción del comercio, moratoria en la construcción del oleoducto, embargo sobre la venta de armas, retención de las ayudas al desarrollo, e incluso suspensión de la participación en las reuniones de la ASEAN... Sí, los otros países miembros considerarían todas esas medidas como un amistoso estímulo.

Los tambores y las calabazas resonaban en el lugar llamado Nada. Las flautas cantaban como los pájaros al alba. Los karen estaban interpretando una danza, que representaba la llegada del Hermano Menor Blanco y la derrota de sus enemigos. Mientras tanto, Heidi y Moff improvisaban una giga, y Wyatt y Wendy bailaban uno en torno al otro, con los brazos entrelazados, primero a la derecha y después a la izquierda. Todos habían visto la cobertura televisiva de las manifestaciones internacionales convocadas para apoyarlos y honrar a los birmanos muertos. Mancha Negra se dirigió a Marlena:

–Señorita, le estoy diciendo de verdad que ahora todo está bien. Es un milagro.

El quince de enero, tras varios días de protestas y denuncias internacionales del régimen militar, combinadas con discretas amenazas por parte de los miembros de la ASEAN, el gobierno de Myanmar hizo pública una declaración, elaborada por su recién contratada asesoría de imagen con sede en Washington, que se difundió por televisión a todo el mundo.

–Al Consejo Estatal de Paz y Desarrollo de Myanmar le preocupa que otras naciones hayan recibido información inexacta. Nosotros no perseguimos a ninguna minoría étnica. Apreciamos y cultivamos la diversidad de todos los pueblos, incluidos los turistas. Incluso a las tribus que han creado agitación e inestabilidad les hemos ofrecido treguas, y con ellas hemos firmado acuerdos de paz. Tenemos varios líderes tribales que pueden atestiguarlo...

–¡Mentira! ¡Mentira! –gritó Rapiña–. *Manomayó* Jesús os castigará a ti, a ti y a ti.

–Lamentablemente, algunas tribus de las montañas no se han enterado de estas treguas. Viven en lugares remotos y no bajan desde hace muchos años. Algunas de esas personas han pisado minas, es cierto, pero no como parte de un trabajo que se les hubiera forzado a realizar, sino porque se internaron en áreas de acceso restringido, donde las minas habían sido sembradas años antes por otras tribus de las montañas, quizá incluso la suya propia. Pensando en la seguridad de nuestro pueblo, acordonamos esas áreas y las marcamos con grandes señales de advertencia. Quizá no sabían leer. La tasa de analfabetismo es elevada entre los que viven en lugares remotos, pero también estamos trabajando en el desarrollo de la enseñanza. Y si esas personas de la etnia karen acuden a nuestros modernos hospitales, recibirán atención gratuita, aun cuando la culpa haya sido suya, por internarse en áreas de acceso restringido.

–¡Mentira! ¡Mentira! –aulló Rapiña.

–Pero lo más importante es que hoy nos dirigimos a la tribu karen de la selva con toda nuestra sinceridad. En este día, en este mensaje televisado que se emite a todo el mundo, firmamos un importante compromiso. Nos comprometemos a garantizar la seguridad y la libertad de la tribu karen y de los norteamericanos que están con ella.

»Obviamente, los norteamericanos no deberían haberse adentrado en la jungla, habiendo tantos y tan hermosos sitios para ver, que son cómodos y seguros. En estos sitios, los puentes no se caen. Así pues, cuando los norteamericanos regresen sanos y salvos, les ofreceremos con nuestros mejores deseos un paquete especial de turismo en Bagán, para visitar sus dos mil doscientos monumentos y conocer el lacerante esplendor que el doctor Harry Bailley ha hecho tan famoso. Creemos que nuestros turistas norteamericanos quedarán encantados con las excelentes carreteras, los restaurantes de categoría internacional y los hoteles de ocho estrellas con baño privado. Incluso, como bonificación, tendrán opción a practicar saltos deportivos desde gran altura, por gentileza de nuestras cordiales fuerzas aéreas.

»Para nuestros amigos karen, hemos decidido otorgarles en propiedad su tierra, el lugar donde se encuentran ahora, dondequiera que estén, y toda el área circundante, hasta un máximo de cuatro mil hectáreas. Pueden hacer lo que quieran con ella: talar la selva y cultivar el suelo, vender la madera de teca, lo que quieran...

»Esto es lo que prometemos: vacaciones de lujo para nuestros amigos norteamericanos y cuatro mil hectáreas para nuestra familia karen de Myanmar. Y ahora, *con todo el mundo mirando*, firmaremos este documento, y para demostrar nuestra sinceridad y nuestra honestidad, hemos invitado a un testigo muy especial: nuestro buen amigo y estrella de televisión, el doctor Harry Bailley.

O sea, que ése fue el tercer milagro. El cuarto se produjo apenas unas horas más tarde. Después de la danza y el estrépito de tambores, un similar espíritu de éxtasis se apoderó de mis amigos y de los karen. Estaban sintiendo una gran atracción mutua, cuando de pronto Salitre atravesó corriendo el poblado, al grito de:

–¡Milagro! ¡Milagro!

Mancha Negra tradujo lo que estaba diciendo Salitre.

–El puente resucitado, ¡levantado de la muerte!

Sesenta y cuatro personas corrieron al barranco y vieron que era verdad. Grasa cruzó el puente corriendo y se puso a saltar en el centro, para demostrar su resistencia. Mis amigos chillaron de alegría y muchos se echaron a llorar. Los karen gritaban:

–¡Dios es grande! ¡Loado sea el Hermano Menor Blanco!

Cuando regresaron al poblado, los karen se acercaron a Rupert, que había ido a ver la televisión con mis otros amigos. Le hicieron profundas reverencias y le dijeron en lengua karen:

–Gracias por venir. Gracias por darnos los milagros y por traer la paz a nuestro pueblo, el fin de nuestro sufrimiento.

–¿Por qué tienen que estar siempre con la misma cantinela? –se quejó Rupert.

–¿Qué? ¿Aún no sabiendo quién ser tú? –dijo Mancha Negra, que se inclinó y añadió–: Nuestro Hermano Menor Blanco, Señor de los Nats.

Una vez más, Mancha Negra le contó a Rupert lo del hombre que había llegado hacía más de cien años. Le habló de los Signos Sagrados. Botín levantó en una mano los naipes de Rupert. Rapiña hizo lo propio con el libro negro de los Escritos Importantes. Era evidente que el Hermano Menor Blanco los había vuelto fuertes. Seguramente, tenía que saber quién era.

Cuando terminó, mis amigos se miraron entre sí y se hablaron en silencio con la mirada. ¿Debían decírselo? ¿A quién beneficiarían con eso?

Pero fue Rupert quien decidió.

–No soy el hermano blanco de nadie. Soy hijo único.

Cogió el paquete de la baraja y le dio la vuelta.

–¿Veis esto? Cathay Pacific. Me lo dieron en el avión. Fue así como vine aquí, no a través de una reencarnación, sino pasando por la aduana, como todo el mundo. Y este libro es una novela que le pedí prestada a un tío de mi clase. Se llama *Misery*, y no es la historia de vuestra tribu. Es una historia inventada por un tipo llamado Stephen King. ¿Lo veis? Aquí lo tenéis, leedlo vosotros mismos.

Mancha Negra cogió el libro.

–Lo guardamos como un tesoro para siempre –dijo–. Muchas gracias.

No había entendido nada de la cháchara de Rupert, excepto la palabra King, «rey». Pero era evidente que el Hermano Menor Blanco seguía confundido. Algún día sabría quién era. Recordaría que antes de llegar él, nadie sabía nada del Ejército del Señor ni de su sufrimiento. A nadie le importaba. Solían esconderse, pero ahora todos los conocían. Les habían dado una tierra. Tenían un programa de televisión que era el número uno en audiencia. ¿Qué más pruebas necesitaban para saber que el Hermano Menor Blanco estaba entre ellos?

Mis amigos por fin podían marcharse del lugar llamado Nada. Pero ¿cómo harían para bajar por la ladera de la montaña hasta el camión?

–No es lejos –indicó Mancha Negra–. Caminando, una hora, nada más.

–Puedo intentarlo –dijo Bennie.

Todavía estaba bastante débil por la malaria, lo mismo que Esmé. Era evidente que ninguno de los dos estaba en condiciones de caminar ni siquiera un centenar de metros. Quizá pudieran bajar solamente algunos, en busca de ayuda. Pero a Esmé la aterrorizaba la idea de quedarse atrás.

–¿Y si no encontráis el camino para regresar? –gritó–. ¿Y si el puente se vuelve a caer?

–¿Quizá llamando por teléfono y pidiendo ayuda? –sugirió Mancha Negra.

¿Llamar por teléfono? ¿Estaba loco?

–Olvidando decir a ustedes –dijo–. ¡Hay tanto milagro!

Mancha Negra se dirigió a los bosquecillos de bambú que había junto al poblado y, a su regreso, extrajo de un estuche un objeto oblongo de plástico azul: el teléfono vía satélite de Heinrich Glick.

En su exaltación, en su deseo de marcharse lo antes posible, los norteamericanos no cuestionaron la repentina materialización del teléfono.

–¿A quién llamamos? –preguntó Marlena.

–Número Especial de los Testigos –dijo Mancha Negra–. Les decimos a ellos que nosotros viendo a nosotros.

Metió el teléfono en el estuche, apoyó el pie en la base del árbol de teca y subió saltando hasta la copa, por encima del dosel de la selva, donde había una vista clara y despejada del cielo.

18. La naturaleza de los finales felices

El dieciséis de enero, la Global News Network difundió el espectacular rescate de mis amigos y del Ejército del Señor por un flamante helicóptero Mi-8MPS generosamente cedido por el gobierno de la India. La mayor parte de la tribu podría haber bajado a pie, pero cuando los gemelos dijeron que querían ser elevados por los aires en el arnés gigante, todos los demás también quisieron. ¿Por qué no? Fue material para excelentes imágenes televisivas, durante todo el día.

Así pues, el destino (si así podemos llamarlo) cambió su curso sobre el dosel de la selva, y llovieron las bondades y los milagros, como un bienvenido aguacero después de una sequía. Tal es la naturaleza de los finales felices.

Antes de seguir cada uno su camino, mis amigos, algunas de cuyas personalidades habían llegado a chocar, dijeron sentirse tan próximos como familiares cercanos y prometieron reunirse una vez al mes para una «celebración de la vida», además de la reunión anual del día de Acción de Gracias. Compartirían cenas caseras preparadas con recetas de la selva, descubrimientos de profundización espiritual, consejos prácticos de supervivencia y apoyo en momentos de desasosiego personal. Todos acordaron con entusiasmo comprar tambores y calabazas autóctonos, para reproducir la pulsación y la exaltación colectivas que habían compartido aquella noche increíble. La experiencia les había abierto posibilidades que desbordaban sus aculturados sentidos occidentales. Sin embargo, la inmersión en sus vidas norteamericanas no tardó en devolverles una perspectiva más racional. Cuanto más pensaban, más se convencían de que sencillas fuerzas causales habían llevado de una cosa a la otra. Había sido esto, esto y esto: una cascada de acontecimientos, combinada con un potente efecto de carambola. En cualquier caso, los tambores habían sido asombrosos, ¿verdad? Convinieron en que debían seguir tocando los tambores en sus reuniones.

Y hablando de tambores, Dwight tuvo que pasar de contrabando el que había comprado, tanto por la aduana birmana como por la de Estados Unidos. Lo encontró en una tienda de Mandalay que prometía «genuinas antigüedades y rarezas». La etiqueta amarilla rezaba: «Hacia 1890. De la masa de la quiebra de lord Phineas Andrews. Tambor de cráneo humano, que produce un sonido diferente de cualquier otro.» El propietario de la tienda creía que se trataba de un instrumento sagrado, llevado a Birmania por un sacerdote tibetano de visita en el país. En Birmania había una tribu con fama de haber sido cazadora de cabezas, pero no era particularmente aficionada a la música. En la tienda había otras curiosidades: abanicos fabricados con plumas de aves actualmente extinguidas, una alfombra de piel de tigre, butacas de pie de elefante y otras cosas por el estilo. Pero a Dwight no le interesaban.

La marea también cambió para la tribu. Tal como esperábamos, una productora de televisión expresó su interés por hacerlos participar en «el mejor *reality show* de todos los tiempos». Quiso la suerte que la productora tuviera una subsidiaria en Birmania, una fábrica textil que había estado haciendo negocios antes de las sanciones. Aprovechando varios huecos de la normativa vigente y diversas excepciones, así como cierta dosis de presión por parte de algunos grupos de interés, el proyecto recibió luz verde. Como diría Harry: ¡que comience el espectáculo!

Sólo hubo una modificación menor. El programa no se llamó «Los supervivientes del Señor», como Mancha Negra y sus amigos hubiesen deseado. Los responsables de marketing de la productora realizaron un estudio sobre una muestra representativa de público, en Fallbrook, California, y llegaron a la conclusión de que el nombre propuesto no caería bien entre los musulmanes, que podían ser muy numerosos en algunos países, ni entre los cristianos más conservadores, que podían molestarse al ver que Dios Nuestro Señor aparecía en compañía del Señor de los

Nats y el Hermano Menor Blanco. Lo más decepcionante fue el sonoro rechazo del nombre por parte del sector del público que más interesaba a la productora: los chicos de entre doce y diecinueve años. En busca de un nombre mejor, los responsables de marketing recorrieron los centros comerciales del país, y pronto lo encontraron: «¡Junglamanía!» Los briosos signos de exclamación captaban la emoción de presenciar los auténticos peligros de la selva, con concursantes reales, en una jungla real, donde la eliminación por muerte real y dolorosa era una posibilidad permanente, que incluso podía ocurrir durante la emisión en directo.

Tras unas amigables negociaciones que duraron varias horas, y no los meses de disputas sobre pequeños detalles que determinan el estancamiento de la mayoría de los tratos, los miembros de la tribu se enteraron de que iban a recibir una generosa participación en los beneficios a «coste de reembolso anticipado», con «puntos sobre el saldo neto», todo lo cual estaría sujeto a una estricta contabilidad por parte de costosos abogados, aunque en ese sentido no había por qué preocuparse, ya que los honorarios corrían enteramente a cargo de la productora, de lo cual la tribu estaba muy agradecida. Sin duda, los beneficios serían enormes, teniendo en cuenta la popularidad de que gozaban los miembros de la tribu, y como probablemente obtendrían millones de kyats, no era necesario pagarles nada por adelantado. De hecho, esa práctica era una tradición, conocida como «la norma del sector». ¿Era satisfactoria para la tribu?

–¡Dios es grande! –entonaron los gemelos.

–¡Es un milagro! –gimió su abuela.

Cuando empezó a emitirse la serie, las predicciones se cumplieron. Las dos primeras semanas, los índices se dispararon: número uno entre los *reality shows* programados en Estados Unidos los jueves por la noche, en horario de máxima audiencia. Las cifras bajaron un poco la tercera semana, pero se recuperaron cuando dos invitados del programa, Mark Moffett y Heidi Stark, revelaron que habían descubierto una nueva especie de planta.

Durante ese episodio, Moff narró el momento emocionante en que él o, mejor dicho, Heidi y él habían descubierto y estudiado el espécimen en su hábitat, además de documentar su localización secreta. La rarísima planta tenía un bulboso extremo superior, que recordaba cierta parte del organismo masculino, tal como la describió Moff discretamente al público familiar, poco antes de que la chocante imagen apareciera en pantalla. Un botánico de la Academia de Ciencias de California ya había confirmado que la planta no estaba catalogada, y en colaboración con Moff había redactado un artículo que había sido enviado a una prestigiosa publicación especializada, para su evaluación por parte de otros botánicos. Cuando se publicara el artículo, explicó Moff, la planta se conocería oficialmente con el nombre de *Balanophora moffettorum* por Heidi y él, que pronto contraerían matrimonio. Moff tuvo el orgullo de publicar un artículo científico en *Weird Plant Morphology*, y la prensa generalista no tardó en hacerse eco del descubrimiento, con testimonios de satisfechas mujeres de mediana edad.

El episodio de «¡Junglamanía!» en que aparecieron Moff y Heidi tuvo una audiencia enorme. La noche anterior a su emisión, la pareja había estado invitada en el «Show de David Letterman», y el presentador había abierto la entrevista observando que Moff y Heidi tenían un aspecto decididamente «radiante». Se inclinó hacia ellos, como buscando una confidencia.

—¿Tendrá algo que ver esa planta afrodisíaca que acaban de descubrir?

Moff rió y dijo que no había pruebas científicas de que la planta tuviera ningún efecto sobre la libido, el rendimiento o la resistencia, pero el hábil sondeo de Letterman lo llevó a divulgar que varias personas, como servicio a la ciencia, se habían sometido valerosamente a unos experimentos durante un período de dos meses. Las «observaciones empíricas» eran meramente anecdóticas y no podían considerarse científicas, pero aun así sugerían —aunque no probaban— que los usuarios podían potenciar y mantener la «actividad orientada a la reproducción» durante días enteros y, más interesante aún, la planta era igualmente eficaz para las mujeres, o incluso más. Los titulares de la prensa cubrían todo el espectro, desde «"Ya era hora", dicen las mujeres», hasta «Las autoridades eclesiásticas temen un aumento de la infidelidad». Para evaluar los potenciales usos médicos, se creó una nueva empresa con socios dispuestos a arriesgar capital, y se le prometió a la tribu parte de los beneficios.

—¡Dios es grande! —entonaron los gemelos.

—¡Es un milagro! —gimió su abuela.

Los índices de audiencia de «¡Junglamanía!» volvieron a aumentar, aunque de manera menos espectacular, cuando los botánicos que acudieron a estudiar la nueva *Balanophora* en su ambiente natural hallaron, además, una especie desconocida de ajenjo dulce, que contenía el compuesto artemisinina en concentraciones elevadísimas. Habían sorprendido casualmente a las ancianas de la tribu administrando la medicina al birmano que operaba la grúa del programa, que había contraído malaria y yacía como un bulto delirante y sudoroso. Al cabo de pocos días, el operador de la grúa prácticamente se estaba columpiando de liana en liana por la jungla. El ajenjo recién descubierto, según demostraron los estudios iniciales, era un antipalúdico de gran eficacia, posiblemente hasta cien veces más potente que las plantas que ya se cultivaban en otras partes de Asia para obtener compuestos activos contra la malaria. Sorprendentemente, la nueva especie era también eficaz en los casos resistentes a los fármacos. Por si fuera poco, crecía más aprisa, ya que maduraba en nueve meses, en lugar de dieciocho. Además, a diferencia de otras especies relacionadas y menos eficaces, no necesitaba mucho sol. Le bastaba con un poco de luz filtrada, o quizá incluso la necesitaba, y una torrencial lluvia monzónica de vez en cuando le resultaba beneficiosa. Las selvas densas y húmedas, en lugar de los campos soleados, eran el mejor ambiente para la especie, que era ideal para proliferar en los millones de hectáreas de jungla virgen.

¡Una cura lista y disponible! Naturalmente, los habitantes de los países tropicales no cabían en sí de dicha, ante la perspectiva de disponer de un remedio eficaz y barato contra la malaria. Solamente en África morían tres mil niños al día, un millón al año. Las compañías farmacéuticas fueron las únicas que no se alegraron. No era preciso realizar investigaciones, ni complicados procesos de extracción, ni tampoco hacían falta pruebas clínicas, ni autorización de la FDA para el uso de la planta en otros países. Sólo se necesitaba una abuela karen, para enseñar a la gente cómo preparar una infusión con la planta. El Ejército del Señor se embolsaría millones, quizá miles de millones, suministrando el producto a la Organización Mundial de la Salud.

–¡Dios es grande! –entonaron los gemelos.

–¡Es un milagro! –gimió la abuela.

Para la recién rebautizada Red Estatal de Paz e Innovación (REPI), la planta era objeto de benévolo interés. Se aprobó una nueva ley que se aplicaría con implacable firmeza. ¡No más deforestación de los bosques de teca! ¡No más tala de árboles para construir oleoductos! ¡No más destrucción de la jungla para cultivar la adormidera de la heroína! Los que atentaran contra el medio ambiente serían torturados y posteriormente ejecutados. Moff comentó con una risa sardónica:

—Donde el ecologismo ha fallado, el comercio triunfa.

La felicidad y los elevados índices de audiencia prevalecieron durante más tiempo. Pero si los milagros son como la lluvia después de una sequía, la codicia es la riada que le sigue. Los productores de heroína y los cazadores furtivos, tras sobornar a los miembros del REPI, se presentaron en la selva armados de palas y fusiles AK-47, y saquearon las laderas hasta no dejar ni un zarcillo de *Balanophora* intacto. El consumo de la planta por parte de los militares condujo a un aumento de las violaciones de mujeres de las minorías étnicas, una práctica que algunos jerarcas militares justificaron como una forma natural de asimilar a las tribus, porque ¿quién iba a librar una guerra civil con una nueva generación de niños mestizos? Tras declarar que la destrucción de la planta se debía a «una situación de mala gestión que requería intervención», la junta se hizo con el control del territorio, para que el daño no se extendiera al valioso ajenjo. Nadie tenía autorización para recoger ni una sola hoja de la planta, ni siquiera la tribu. Se oyeron débiles voces de protesta de varios grupos de defensa de los derechos humanos en todo el mundo. Pero para entonces «¡Junglamanía!» ya no se emitía en horario de máxima audiencia, sino en la franja mucho menos popular de los domingos a las siete de la mañana. El consejo de la REPI explicó que en realidad los karen nunca habían ostentado la *propiedad* de la tierra. El régimen les había concedido el «usufructo responsable» de la tierra y, con toda seguridad, la tribu así lo había comprendido, puesto que todos los birmanos sabían que la propiedad privada de la tierra no existía en el país. La tierra pertenecía al pueblo, dijo la junta; así pues, en interés de todos los birmanos, los miembros de la junta tenían que intervenir para proteger los bienes comunes. Opinaban que los integrantes del Ejército del Señor, siendo verdaderos patriotas, tenían que entenderlo perfectamente. Varios altos oficiales se habían entrevistado con ellos y habían confirmado ese extremo.

Pasó otro mes, y para entonces, los índices de audiencia de «¡Junglamanía!» se habían hundido hasta las profundidades de una fosa tectónica. Ni siquiera las trágicas muertes de varios miembros de la tribu, por malaria sin tratar, consiguió resucitarlos. El programa fue cancelado, sin que hubiese ganado un triste centavo ni un kyat birmano, y tras invertir cantidades ingentes en publicidad y gastos varios.

Poco después, las estrellas de «¡Junglamanía!» desaparecieron tan repentinamente como lo habían hecho sus huéspedes norteamericanos aquella mañana de Navidad. Mientras tanto, los nombres de mis amigos siguieron asomando en unos pocos artículos de revistas: «Lo que sí se lleva y lo que no», «¿Dónde están ahora?» y «Quince segundos».

Unos meses después de que el Ejército del Señor se perdió de vista, sus integrantes reaparecieron en un campo de refugiados, cerca de la frontera tailandesa. En preparación para la muerte, habían emprendido el viaje a pie hasta la frontera con sus mejores galas, las prendas que les había dado la productora, para que lucieran en el programa como publicidad indirecta: camisetas del repelente en aerosol Fuera Bicho, vaqueros de la marca Roto & Desgarrado y gorras de béisbol de la Global News Network. Las abuelas llevaban los chales de campanitas. Al realizar los controles médicos, los doctores del campamento descubrieron que los gemelos Botín y Rapiña no eran niños de siete u ocho años, como habían supuesto mis amigos, sino chicos de doce, retrasados en el crecimiento por pasarse el día fumando cigarros. Un psiquiatra norteamericano de visita en el campamento diagnosticó que la abuela de los gemelos padecía trastorno por estrés postraumático. En su opinión, entre un diez y un veinticinco por ciento de los refugiados sufría la misma perturbación. En el caso de la anciana, se debía al hecho de haber presenciado el asesinato de ciento cinco habitantes de su aldea. Esa experiencia, según decía, le había provocado el «pensamiento mágico» de que los gemelos eran deidades. Los gemelos admitieron que le seguían la corriente a su abuela para hacerla feliz, y también porque de ese modo les daban todos los cigarros que querían.

Varias ONG trabajaron brevemente con la tribu, señalándole formas de volverse autosuficiente. Algunas de las sugerencias recibidas fueron crear una empresa para instalar antenas parabólicas en lugares apartados, abrir una franquicia de generadores de bicicleta o vender a través de eBay los interesantes chales de campanitas, adornados con escarabajos esmeralda y confeccionados con el «punto secreto». Mancha Negra explicó que la tribu simplemente quería un palmo de tierra donde poder cultivar sus hortalizas, preservar sus historias, vivir en armonía y esperar el día en que el Hermano Menor Blanco volviera a encontrarlos.

Al final del verano, el gobierno tailandés decidió que no todos los karen acogidos en los numerosos campamentos de refugiados eran refugiados auténticos. Los que no habían huido de la persecución política no estaban en peligro y debían regresar a Birmania. En opinión de las autoridades, unos mil quinientos entraban en esa categoría, entre ellos los miembros del Ejército del Señor, que no sólo no habían sido perseguidos, sino que habían recibido tratamiento de celebridades. Los condujeron al otro lado de la frontera, donde una comitiva militar de bienvenida los estaba esperando. Algunos temían las represalias del régimen contra los fugitivos, pero no había motivo de alarma. Hasta ese momento, no había habido quejas de ninguno de los repatriados, ni una sola queja. De hecho, no se sabía nada en absoluto de ninguno de ellos.

Mientras eran transportados –según un sucinto informe militar difundido posteriormente–, los insurgentes de las montañas, antes conocidos como el Ejército del Señor, se fugaron y se ahogaron, tras arrojarse tontamente a un río crecido.

Mis amigos norteamericanos se sintieron destrozados cuando les llegó la noticia, meses después del suceso. No habían vuelto a verse desde su regreso, pero convocaron una reunión. Hubo gran profusión de abrazos y lágrimas. ¿Qué les habría sucedido a Mancha Negra, Grasa, Salitre y Raspas? ¿Dónde estarían los gemelos fumadores de cigarros, Botín y Rapiña, y la lunática de su abuela? ¿Sería cierto que se habían ahogado o les habrían disparado cuando estaban en el agua? ¿Estarían vivos, pero trabajando de porteadores, operarios del oleoducto o barredores de minas? ¿Estarían justo en ese instante en la jungla, silenciosamente ocultos, mientras los soldados pasaban cerca, cazando cabras?

Con la Mente de los Otros, yo veía dónde estaban. Hay un sitio en la selva llamado El Otro Lugar, una hondonada que divide la Vida y la Muerte, más profunda y oscura que el otro barranco. Están tumbados sobre sus esterillas, todos en fila, y miran fijamente las copas de los árboles, que ocultan el cielo.

Cuando el sol se marcha y arriba no hay estrellas, vuelven a sus recuerdos. Oyen cien tambores de bronce, cien cuernos de vaca y cien calabazas talladas en forma de rana espinosa. Oyen el trino de las flautas y el eco de los cascabeles. Oyen la cantarina música del agua fluyendo sobre las piedras, grata a los oídos de cualquier dios. Juntos, cantan en perfecta armonía: estamos juntos y eso es lo que importa.

Me permitirán que les confiese que me equivoqué respecto a Heinrich. Nunca fui capaz de discernir sus verdaderos sentimientos. Era un maestro del subterfugio, y yo estaba convencida de que no quería saber nada más de él.

Pero los rumores estaban en lo cierto. Era verdad que había sido agente de la CIA. En 1970, dejó de estar de acuerdo con la política de Estados Unidos acerca de Vietnam. Si quieren saberlo, fue a raíz del Programa Fénix, cuando los integrantes del Frente de Liberación Nacional fueron clasificados como miembros del Vietcong y asesinados. Abandonó el servicio como idealista desilusionado y, puesto que había trabajado de asesor de hostelería y turismo como tapadera, no vio razón para no seguir desempeñando la misma función en Bangkok. ¡Ah, y el acento era falso! O al menos lo fue al principio. Había nacido en Los Ángeles, tierra de actores, de padre suizo alemán y madre austríaca, y por oído familiar era capaz de fingir el acento. Como lo hacía constantemente, llegó a hacerlo con total naturalidad, incluso cuando estaba borracho. El estupor alcohólico, en cambio, no era una tapadera. Heinrich era un hombre triste y amargado, que sólo se encontraba bien cuando perdía el sentido.

Lo que me sorprendió fue su conexión con las tribus de las montañas y, en particular, con el Ejército del Señor. Conocía a Mancha Negra por las muchas veces que el barquero había llevado turistas al hotel. En Heinrich, Mancha Negra encontró un espíritu amigo. Había oído al alemán proferir palabras de odio contra el régimen. Finalmente, hizo un pacto con Heinrich, que éste ocultó al personal del hotel. Heinrich compraría suministros y materiales para el hotel, que luego –¡maldita mala suerte!– serían «robados». En los últimos tiempos, había sido una bicicleta y un televisor, una antena parabólica, un generador de pedales y varias baterías de coche. También la comida desaparecía con frecuencia, por lo general, especias y pescado fermentado. Pero Heinrich jamás le había dicho a Mancha Negra que pudiera «robar» su teléfono vía satélite, ni menos aún que Mancha Negra y sus amigos pudieran secuestrar a sus huéspedes.

Aunque bien mirado, considerando las cosas en retrospectiva, era posible que se lo hubiera dicho, inadvertidamente. Recordaba el día en que Mancha Negra le dijo con gran exaltación que habían encontrado al Hermano Menor Blanco. Estaban hablando en birmano delante de los turistas. ¿Lo ves ahí? El chico alto que está jugando con la pelota. Mancha Negra profetizó que muy pronto conseguirían reunirlo con sus seguidores, allá arriba, en el lugar llamado Nada. Heinrich intentó disipar la confusión. El chico no era más que un turista norteamericano –señaló–, y no una deidad. Pero había hecho magia con las cartas, dijo Mancha Negra. Durante un tiempo estuvieron presentando argumentos y contraargumentos sobre los rasgos que catalogaban a Rupert como dios o como turista. Para demostrar la imposibilidad de que Rupert se aviniera a ir a Nada, Heinrich observó:

–La única probabilidad de que tal cosa suceda es que todo el grupo acepte ir, por pura diversión.

Y ahora recordaba que Mancha Negra le había contestado:

–Gracias por tu sabiduría.

Cuando los turistas no regresaron el día de Navidad, Heinrich intentó no demostrar que estaba preocupado. Tenía que alejar a los militares de la verdad tanto como pudiera. Si las autoridades se enteraban de que todos ellos estaban confabulados, eso sería la sentencia de muerte para la tribu y probablemente también para él. Y tenía que conseguir que ese imbécil de Bailley dejara de agitar las aguas. La siguiente vez que Mancha Negra volvió al hotel a por suministros, Heinrich lo agarró por el cuello. «Los hermanos y las hermanas blancos están bien –le aseguró Mancha Negra–. Adoran a los karen. Lo han dicho delante de su cámara de cine. Y están muy, pero que muy cómodos, por lo que no hay ningún problema. Les parece una gran aventura dormir dentro de un árbol. Y en cada comida elogian los inusuales platos, diciendo que nunca han comido tantas exquisiteces desconocidas ni tantos sabrosos insectos.» Heinrich no podía creer que los turistas se hubiesen tragado la absurda historia del puente caído, pero se sintió aliviado al saber que disponía de más tiempo para sacarlos del aprieto. Esperaría unos días más, con la esperanza de que los turistas se cansaran de su aventura y la tribu advirtiera que el chico no era su salvador. Mientras tanto, se aseguraría de que Mancha Negra les llevara provisiones en abundancia para que no murieran de inanición, por mucho que abundaran los insectos sabrosos. También regañó a Mancha Negra por robarle su teléfono vía satélite. Le dijo que no tenía sentido que la tribu tuviera un teléfono en plena jungla, porque era imposible recibir la señal debajo de los árboles. Mancha Negra repuso que su pueblo se sentía indefenso sin teléfono y que, ahora que tenían uno, podrían ordenar que sucedieran muchas cosas. Le aseguró a Henry que pronto se lo pagaría.

Mancha Negra regresó otras tres veces más. La primera fue para recoger provisiones, entre ellas fideos, que el Hermano Menor Blanco ansiaba comer. En la segunda visita, le entregó las curiosas plantas rojas que efectivamente le sirvieron para pagar un nuevo teléfono vía satélite. En la tercera, le dio la cinta de vídeo que convertiría a los integrantes del Ejército del Señor en estrellas de televisión, y le pidió que se la hiciera llegar a Harry, que ya tenía un programa muy popular, visto en todo el mundo. Heinrich vio la cinta dos veces, intentando decidir si serviría de algo o resultaría contraproducente. ¿Quién podía saberlo con certeza? Fue a su despacho, cerró la puerta y se sirvió dos vasos de un vino añejo de Oporto, uno para él y otro para el nat que habitaba en el armario de los licores. Varios días y muchos vasos después, el nat se avino finalmente a no hacer ninguna de sus maldades.

Walter recuperó la memoria dos días después de ser hallado inconsciente en la pagoda, tras recibir el impacto de una losa suelta caída de canto. Recordó exactamente lo sucedido.

Estaban todos en el muelle, esperando a Rupert. Los turistas y las lanchas estaban aguardando a que los llevara a ver su sorpresa navideña, la escuela situada del otro lado del lago, donde un grupo de alumnos interpretaría unos villancicos. Para encontrar al fastidioso niño, uno de los barqueros había ido en una dirección, y él en la otra. Poco después, el barquero lo alcanzó corriendo, para decirle que creía haber visto al chico, pero que podía estar herido. Había visto a un niño trepando por una pagoda sagrada que estaba en reparación, le dijo, y que después el chico había resbalado y caído fuera de su vista. El barquero dijo haber llamado muchas veces al chico, sin recibir respuesta. Le sugirió a Walter que trepara, para ver si lo encontraba, mientras él iba en busca de ayuda para llevarlo de vuelta.

La pagoda se encontraba en un estado lamentable. Se habían desprendido piedras y ladrillos de varios sitios y los Budas de los nichos de las paredes ya no tenían cara. Apoyada contra la pared interior del fondo, Walter encontró una escalera de mano. Subió e hizo un cuidadoso registro, pero no había ni rastro de Rupert. ¿Sería aquélla la pagoda que le habían indicado? Cuando quiso bajar, se encontró con que la escalera de madera se había caído (gracias al barquero, que la había derribado para dejarlo a él atrás, mientras sus amigos escamoteaban a los turistas). Seis metros separaban a Walter del suelo. ¿Qué hacer? Gritó. Seguramente alguien vendría a buscarlo. Pero cuando hubo transcurrido un cuarto de hora, comenzó a preocuparse, pensando que los turistas estarían impacientes y enfadados, y decidió bajar sin la escalera. Hundió los dedos en las grietas entre las piedras y apoyó los pies en pequeñas protuberancias del muro, al tiempo que pedía disculpas al nat de la pagoda por pisar la frágil pared. Pero aun así debió de ofender al nat, porque cuando estaba a tan sólo medio metro del suelo, el bloque de piedra del que estaba colgando con la mano izquierda se desprendió como un diente podrido de unas encías tumefactas. En un destello de dolor, se precipitó a un lugar sin fondo, donde vio a su padre por primera vez desde hacía más de diez años.

Ese día y al día siguiente, permaneció en el lugar sin fondo, donde habló largamente con su padre. ¡Qué buena conversación había sido, a la vez jubilosa y amarga! Su padre le dijo que no debía considerar como una maldición el legado de su familia. El inglés podía salvarlo. Tenía que irse al extranjero, estudiar y dejar que su mente vagara libremente. Hasta entonces, no debía doblegarse en espíritu ante quienes lo atropellaban. Su padre le dio entonces una foto de él con su propio padre. En el dorso había escrito: «Con esperanza, la mente siempre es libre. Honra a tu familia y no a aquellos que nos han destruido.» Walter asintió y puso la fotografía bajo la piedra que le había golpeado la cabeza y liberado los pensamientos.

Cuando despertó en la habitación verde, su cabeza era un tambor. Había tres policías militares a su lado. Se enteró de que los turistas norteamericanos habían desaparecido. Estuvo a punto de decir a la policía lo que sabía, pero entonces recordó con claridad las palabras de su padre. Recordó el sonido de su voz. Recordó el dolor de haberlo perdido.

–No recuerdo nada –dijo a la policía militar.

Walter siguió siendo tan eficiente como lo había sido siempre, desde el primer día en que lo conocí. En cuanto oyó que sus turistas iban a ser rescatados en helicóptero, lo dispuso todo para recoger su equipaje en el hotel Isla Flotante y enviarlo a la embajada de Estados Unidos en Rangún. Reservó billetes de avión para el viaje de los norteamericanos a la capital, donde se reunieron con funcionarios de la embajada, para un análisis final de la situación. Cuando mis amigos insistieron en que cenara con ellos la noche antes de su partida, tuvo ocasión de hablar abiertamente, seguro de que guardarían en secreto lo que les dijera. Les habló de su padre, el periodista y profesor, de su compromiso con la verdad y del precio que había pagado.

–Hubo un tiempo en que yo también quise ser periodista –dijo Walter–, pero tuve miedo, pues me inquietaba más mi vida que el futuro de mi país.

–Ven a Estados Unidos –le dijo Wendy–. Allí podrás estudiar periodismo. Tu inglés es perfecto, así que no tendrás problemas para seguir las clases.

Muchos de los turistas que había conocido le habían dicho que tenía que ir a Estados Unidos, pero lo suyo no pasaba de ser un comentario amable, porque era prácticamente imposible conseguir el visado. En primer lugar, había que dominar el inglés, y él lo dominaba. En segundo lugar, había que tener unos antecedentes académicos impolutos, y él los tenía, y además en literatura inglesa. Por último, había que tener suficiente dinero para el viaje, la comida, los libros, la matrícula y el alquiler, y a él le faltaban unos veinticinco mil dólares.

–Vente –repitió Wendy–. Nosotros nos ocuparemos de todo.

El corazón de Walter se aceleró. Era terrible que le agitaran delante de la cara, así, como si nada, una esperanza tan grande.

–Eres demasiado amable –dijo él con una sonrisa.

–No es sólo amabilidad –replicó Wendy–. Te estoy ofreciendo poner dinero en el banco, para que puedas venir a estudiar periodismo. Necesitamos a gente como tú.

Walter se presentó al examen oficial de inglés y lo aprobó con una puntuación alta. Fue admitido en la Escuela de Periodismo de la Universidad de California en Berkeley, con una beca que cubría el coste completo de la matrícula. Y fiel a su palabra, Wendy abrió una cuenta bancaria a su nombre y depositó en ella veinticinco mil dólares. Para entonces, los funcionarios consulares de la embajada de Estados Unidos en Rangún lo conocían de sobra, y todo el papeleo fue resuelto con deliberada celeridad. Pero antes de su partida, Estados Unidos fue atacado. Los rascacielos más altos de Nueva York se desplomaron, al igual que el sueño de Walter de viajar a Norteamérica. No se enteró de los ataques por los periódicos, ni por Myanmar TV. El gobierno había prohibido toda mención al respecto. Un funcionario consular norteamericano se lo dijo, cuando le explicó por qué su solicitud quedaba indefinidamente congelada. Como muchos otros con esperanzas similares, se encontraba en una lista de espera, a la merced de numerosos factores desconocidos.

El día que se lo dijeron, volvió al lago Inle, a la pagoda a cuyos pies yacía la piedra que le había cambiado la vida. Sacó la fotografía de su padre, le dio la vuelta y leyó las palabras que preservarían su libertad.

Un año después del rescate, Moff y Heidi aún no se habían casado. La que dudaba era Heidi. Sabía que tanto el amor como el miedo eran estados reducidos de conciencia, poco idóneos para tomar decisiones importantes. De momento, vivir juntos ya era suficientemente arriesgado.

Los fines de semana, Moff la llevaba al circuito de carreras de Laguna Seca, cerca de su plantación de bambú. Los coches atronaban y el corazón de ella palpitaba, casi hasta salírsele del pecho. Le encantaba la sensación, la liberación del terror. Cerraba los ojos y prestaba atención al ciclo del aullido de los motores, ensordecedor primero y menguante después. Acercamiento y retirada, amenaza y exaltación, un ritmo que se repetía incesantemente. Los bólidos corrían a la velocidad del amor, a punto de salirse del circuito y llevársela por delante. Pero siempre se mantenían en la pista, y ella también, a salvo del desastre, vuelta tras vuelta. Cuando la vieja angustia avanzaba y amenazaba con consumirla, ella recordaba que ya le había ocurrido aquello para lo que se había preparado. Había sobrevivido a la jungla. También se había matriculado en un curso de formación de personal paramédico, el primero de muchos que necesitaría seguir, porque algún día se metería en una furgoneta y saldría directa hacia el desastre, y lo haría por su propia voluntad.

Moff, por su parte, se estaba volviendo más cauto. Nunca había sido uno de esos padres que se preocupan, pero para él había sido una agonía ver a Rupert al borde de la muerte. La cámara no había mentido. Cuando su hijo estaba temblando con tal fuerza que Moff sentía que se le partían los dientes y se le agrietaba el cráneo, supo que los horrores del remordimiento no harían más que ahondarse y ensancharse, abarcando el resto de su ser y consumiendo su corazón con dientes de bebé. Lo veía en sueños, como la cinta que había visto, rebobinándose y ocurriendo de nuevo, y él intentaba una y otra vez salvar a su hijo, y fracasaba, todas las veces fracasaba. Cuando le habló a Heidi de esa pesadilla recurrente, ella le dijo:

–Lo sé.

Era exactamente lo que él necesitaba oír. Ella sabía que el miedo de él no era suficiente. Se preocuparía. Siempre estaría prestando atención a todas las cosas en que podría ser más cuidadoso.

Aunque Rupert había actuado como si le fastidiara que lo trataran como a un dios, ahora fantaseaba acerca del Hermano Menor Blanco y el Señor de los Nats. Veía mentalmente una versión en anime de sí mismo, interpretando los dos papeles. A veces se convertía en un árbol, o en un pájaro, o en una roca. Otras, llevaba puesta la máscara de un mártir, con una mueca de agonía. Se representaba a sí mismo escalando templos y arrojando ladrillos a los soldados del régimen, que avanzaban hacia él. Algún día regresaría a Birmania para salvar a su pueblo. Lo volvería invisible.

Mientras tanto, practicaba nuevos trucos de cartas y navegaba por Internet. Por curiosidad, buscó referencias al «Hermano Menor Blanco» y se sorprendió al encontrarlo mencionado en varios sitios web, como un mito de las tribus karen de las montañas. Le había parecido extraño lo que aquella gente creía, pero esto era todavía más extraño. Decían que el Hermano Menor Blanco traería de vuelta los Escritos Importantes perdidos y pondría fin a su sufrimiento. Realizó más búsquedas y encontró un artículo que formaba parte de las memorias inéditas de la esposa de un capitán del Raj británico. En amena prosa, la dama narraba su encuentro con un inglés, «en la parte salvaje de la jungla habitada por los karen de las montañas». El hombre pretendía ser un caballero, pero ella había notado en él «la desatinada arrogancia de quien ha accedido a la nobleza no por sus méritos, sino por el repugnante lucro». Contaba que los habitantes de las montañas, al estar aislados del mundo moderno, creían que el inglés era el «mítico Hermano Menor Blanco». El hombre respondía al curioso nombre de Seraphineas y había engendrado numerosos hijos con sus dos docenas de «vírgenes perpetuas».

Rupert pasó la mayor parte de la noche buscando, como un perro olfateando una pista, hasta dar con un hallazgo que lo hizo estremecerse. Su libro favorito, *El experto en trucos de cartas*, era una reedición de *Artificios, artimañas y subterfugios con las cartas*, cuyo autor era S. W. Erdnase, que no era sino «E. S. Andrews» al revés. No estoy sugiriendo que Rupert fuera verdaderamente el Reencarnado, como lo llamaba la tribu karen. Simplemente les recordaré las palabras del propio Rupert: «En tierras de magia, pueden suceder cosas mágicas, pero sólo si creemos.» Rupert creía.

Wendy y Wyatt ya no estaban juntos. Pero eso ya lo habían adivinado ustedes. Wyatt se despidió de ella para ir a recibir una bienvenida de héroe en Mayville y nunca regresó. Sólo le escribió una carta de agradecimiento por el «inolvidable viaje a Birmania», diciéndole que esperaba volver pronto, para asistir a una de esas reuniones de las que habían hablado. Wendy estuvo llorando un día seguido y siguió llorando de vez en cuando, durante varias semanas más.

Finalmente, se entregó en cuerpo y alma a su trabajo. Se había convertido en militante a tiempo completo de Libre Expresión Internacional, dedicada a denunciar al régimen birmano y la penosa situación de la población. Phil Gutman la instruía.

–Una cosa así no se puede acallar –decía–. Hay que denunciar al puto régimen. Los que se creen toda esa mierda de las negociaciones constructivas, por lo general acaban trabajando como asesores de relaciones públicas, contratados por las empresas que tienen allí sus negocios. Son los que hacen que la gente se haga ilusiones, diciendo que los militares van a entablar conversaciones con Aung San Suu Kyi. ¡Seamos realistas! No es más que un engaño, para que la gente se crea que van a hacer reformas.

–¿Cómo sabes que esta vez no va en serio? –decía Wendy.

–Porque ya lo han hecho antes –respondía Phil–. La pusieron en libertad, la volvieron a arrestar, la liberaron de nuevo y la arrestaron otra vez. Es el viejo juego del gato y el ratón. No puedes rehabilitar a unos psicópatas asesinos, violadores en serie y torturadores. Nadie en su sano juicio los dejaría salir de la cárcel. ¿Cómo van a permitirles que gobiernen un país?

Así preparada, Wendy decidió dedicarse al periodismo de investigación, con especial atención a los temas relacionados con los derechos humanos. No escribía demasiado bien, pero era reconfortante ver que había encontrado una pasión y que estaba actuando en consecuencia. Sí, desde luego que era inmadura y bastante tonta, y que sin duda cometería muchos errores, pero era de esperar que ninguno fuera demasiado grave. Wendy deseaba cambiar las cosas y algún día maduraría lo suficiente como para hacerlo, en pequeña escala o incluso a lo grande. Ya había convencido a su madre para que se convirtiera en la principal contribuyente de las pobres arcas de Libre Expresión Internacional. Wendy estaba feliz de haber despertado la conciencia política de su madre. Incluso le pidió que les financiara otro viaje a Birmania, para que Phil y ella pudieran ir como observadores de los derechos humanos, de incógnito, naturalmente. Su madre asintió y le dijo:

–¡Qué valiente eres!

Pero yo sabía que el viaje nunca llegaría a realizarse. A Mary Ellen el último rescate le había añadido veinte años, de modo que ahora aparentaba su verdadera edad. Yo también pensaba que Wendy no debía ir. La junta había incluido su nombre en una lista especial de extranjeros, y si algún día ponía un pie en tierra birmana, se lo cortarían.

Era tanta la admiración que Wendy sentía por Phil como mentor que se acostaba con él, y lo hacía con suficiente frecuencia como para que pudiera decirse que eran amantes. Había decidido que los cuerpos macizos ya no eran tan importantes. Phil era inteligente y elocuente, y eso era una forma de seducción. Le gustaba que Phil se preocupara porque ella no le prestaba suficiente atención, que era lo contrario de lo que le sucedía antes con Wyatt. De hecho, se daba cuenta de que Phil podía llegar a ser un poco pegajoso. De vez en cuando le hacía preguntitas como: «Hoy he estado pensando en tu culito. ¿Has estado pensando tú en el mío?» A veces, lo suyo parecía desesperación. A ella le hubiese gustado que demostrara tanta confianza en la cama como ante la prensa.

De tanto en tanto, cuando pensaba en Wyatt, que no era «casi nunca», se decía que lo tenía «totalmente superado». No había sido más que un enamoramiento fugaz, probablemente un efecto secundario hipomaníaco, inducido por un cambio en su medicación. Wyatt era un perdedor y no muy inteligente. Además, no tenía ni idea de lo que significaba la responsabilidad hacia los demás. Ni siquiera se planteaba conseguir un trabajo de verdad o tener un objetivo en la vida, aparte de engatusar a la gente para poder partir en su siguiente aventura. Nunca haría nada para destacar sobre los demás, como no lo había hecho cuando estaban varados en la jungla. No tenía nada de particular –sentenciaba ella varias veces al día, cada vez que él le venía a la cabeza–, excepto aquel culito prieto y cierto talento de martillo neumático en la pelvis.

Wyatt regresó en efecto a Mayville, que celebró otro desfile y un gran banquete en su honor. Durante semanas, recibió invitaciones para una recepción tras otra. Su instituto de secundaria organizó un baile de la victoria en el salón de actos, y allí se topó con una mujer, que riendo tristemente le dijo:

–¿No sabes quién soy?

Era la majadera de los ojos perfilados de negro azabache que habían entrevistado en la Global News Network, la que había dicho ser su novia.

–No tengo ni idea de quién puede ser usted, señora.

Ella se encogió de hombros y con una sonrisa amistosa replicó:

–Así es el tiempo, ¿no? Pasa sin que te des cuenta y, entremedias, la gente envejece, y algunos más que otros. Supongo que no me parezco a nadie que hayas conocido.

Soltó una risita amarga.

–No importa –añadió–. Sólo quería decirte, como todos los demás, que me alegro de que estés de vuelta.

Wyatt conocía aquella risa. Era Sherleen, la mujer que lo había iniciado en el sexo. En aquella época, él tenía dieciséis años, la mitad de los que tenía ahora, y ella treinta y uno, menos de los que ahora tenía él. Trabajaba en el rancho donde su madre había encontrado una cuadra para el caballo de Wyatt, el regalo que le había hecho su padre poco antes de morir de enfisema. Él era el chico rico, y ella, la chica que se describía a sí misma como «rica en sentimientos y desengaños». Ella había sido su refugio secreto, a medio camino entre el consuelo y la evasión. Cuando cumplió veinte años, Wyatt se fue a recorrer en coche el suroeste. Le envió postales, pero ella no tenía adónde contestarle, y cuando él regresó, se enteró de que se había marchado a vivir a otro sitio.

Le resultó embarazoso recordar todo eso.

–¿Cómo te ha ido, Sherleen?

–Como siempre –dijo ella–, que no es mucho.

Y él pudo ver que habían sido tiempos difíciles, por la cantidad de veces que ella dijo «qué se le va a hacer», mientras hablaba de las cosas «normales» que le habían pasado. Interiormente, él la veía cayendo y recibiendo coces mientras domaba a los caballos, y liándose con los trabajadores temporeros que pasaban por el rancho, con este «imbécil» y con aquel «cabrón», que la molían a palos después de cabalgarla como a una potranca salvaje en la cama. Eso había sido cuando todavía podía trabajar. Ahora ya no. Tenía la espalda destrozada y un dolor terrible, que aliviaba bebiendo cualquier cosa barata que cayera en sus manos. Había vuelto a la ciudad cuando se enteró que de que Wyatt había desaparecido en Birmania. Pensando en los viejos tiempos, se había preocupado mucho.

Sherleen era, además, la madre del hijo de once años de Wyatt. Él lo advirtió de inmediato, nada más ver al chico viniendo hacia ellos, con un plato lleno de pavo y puré de patatas. Era como verse a sí mismo a esa edad, con sus mismas expresiones faciales y su misma forma inclinada de caminar. O sea, que esas cosas también son hereditarias, pensó. Y tal como esperaba, el chico respondió «Wyatt» cuando le preguntó su nombre.

A partir de ese día, supo que tenía que hacer lo necesario para enmendarse y ser un buen padre. Lo que haría con Sherleen era otra historia. Habló con su madre y con Gus Larsen, su nuevo marido. Una familia tiene que cuidar de los suyos, dijo Dot, y los Fletcher sabían cómo portarse bien con la gente. Le dijo a Wyatt que enviarían a Sherleen a una clínica de rehabilitación en el campo –que ellos pagarían, naturalmente–, y mientras ella estuviera recuperándose, ellos acudirían a los tribunales y presentarían una demanda acusándola de ineptitud como madre, para quedarse con la custodia del muchacho. Era lo mejor para el bien del chico y también de la madre.

Pero Wyatt se resistía a actuar solapadamente. La mujer era un caos, de eso no cabía duda, pero su risa todavía era sincera y, en un momento de su vida, Wyatt había pensado que era bellísima, el ángel más dulce de la tierra. En infinidad de tardes le había dicho «te quiero, Sherleen, te prometo que siempre te querré». Eso tenía que contar para algo, ¿no?

Podía proponerle que se instalara en un apartamento, cerca de la casa de su madre. De ese modo, podría visitarlos de vez en cuando y llevar a su hijo a pescar, a ver un partido o incluso a una de sus expediciones, cuando el chico fuera un poco mayor. A Sherleen le ofrecería su amistad. Ella comprendería –Wyatt lo sabía– que no sería más que eso. La conocía muy bien. Le diría lo que siempre decía: «Lo que tú quieras.»

Roxanne y Dwight seguían juntos, pero no de la forma que podrían ustedes pensar. Antes incluso de llegar a casa, ella empezó a encontrar argumentos para poner fin a su matrimonio. Todas aquellas semanas en el lugar llamado Nada deberían haber fortalecido su pareja, pero en lugar de eso magnificaron la soledad que ella sentía junto a él. La inseguridad de Dwight los separaba, y su agresividad ahuyentaba a los demás. Roxanne no podía compartir sus éxitos con él, porque Dwight no hacía más que reaccionar con comentarios cortantes («otro trofeo para la vitrina»), y eso la irritaba y le hacía pensar que lo único que compartían eran diferentes desilusiones.

Dwight intuía lo que Roxanne estaba pensando. La idea del final de su matrimonio le producía miedo y tristeza, pero no podía decírselo a ella. Al comienzo de su relación, él había querido protegerla emocionalmente, pues sabía que lo necesitaba, aunque se mostrara fuerte ante los demás. Pero ella había rechazado sus esfuerzos, quizá inadvertidamente, haciendo que él se sintiera un inútil, un extraño, completamente solo. Era tan poco lo que ella quería de él. Dwight no era tan listo como Roxanne, ni tan fuerte, ni siquiera tan atlético como ella. Su desdén había sido evidente durante el viaje. Nunca había aceptado su ayuda ni sus sugerencias. Cuando no rechazaba sus propuestas de plano, guardaba un silencio hostil. Lo veía en sus ojos. Ella sólo era tierna cuando él se sentía débil o cuando estaba enfermo.

Después del rescate, ninguno de los dos habló de lo inevitable, pero los dos sintieron con agudeza la falta de alegría al verse por fin solos y juntos. Hicieron planes por separado. Ella cogió un avión a San Francisco y él viajó a Mandalay, para explorar la zona en torno al Irrawaddy. Era lo que había ido a ver. Junto a esas orillas, había muerto su tatarabuelo.

Se imaginaba a su ancestro como alguien muy parecido a él, aproximadamente de su edad, con su mismo color de tez y de cabellos, e idéntico sentimiento de estar fuera de lugar, alejado de una esposa decepcionada y oprimido por la tiranía de una sociedad que se negaba a darle nada que pudiera hacerlo destacar sobre los demás. Era sólo una pieza más del engranaje. Había ido a Birmania a trabajar con una empresa maderera, para ver qué oportunidades tenía y averiguar si su alma seguía viva. Contempló el río y su ancha extensión. Entonces se oyeron gritos y se sorprendió de que la muerte sucediera con tanta rapidez. Flechas de ballesta llovieron sobre él, y afilados cuchillos lo atravesaron con asombrosa facilidad, como si no tuviera músculos ni huesos. Y entonces estaba tendido en su propia porquería, con la cara cerca del agua, sin sentir su cuerpo, pero con los pensamientos aún fluyendo impetuosos. Iba a morir como un extraño en aquellas orillas. Mientras los feroces chispazos llenaban su campo visual, tuvo un pensamiento sorprendente; pensó que, mucho después de su muerte, ese río seguiría fluyendo y también él. Imaginó a un hombre joven, muy parecido a él, aproximadamente de su edad, con su mismo color de tez y de cabellos. Se maravilló de que su sangre fluyera por las venas de ese joven y de que quizá algún día lo atrajera hasta ese lugar salvaje y maravilloso. Más adelante, ese joven tendría los mismos pensamientos, pensaría que algún día habría otro, y otro más, con su mismo color de tez y de cabellos, y los mismos pensamientos, que los comprenderían a los dos. Y cuando eso sucediera, ninguno de los dos estaría solo. Seguirían viviendo juntos, en la corriente de ese río interminable. Murió en paz, creyéndolo. Y esa paz habría sido la de Dwight, de no haber sido porque no tenía hijos.

Cuando regresó a San Francisco, él y Roxanne acordaron divorciarse. No hubo ninguna pelea que desembocara en la decisión. Convinieron sin lágrimas ni discusiones que el matrimonio se había terminado. Dos semanas después de que él se hubo mudado de la casa de ambos y una semana después de iniciar los trámites del divorcio, Dwight se enteró de que Roxanne estaba embarazada de tres meses. Él sabía que ella quería una niña. Pero la ecografía había revelado que era un niño. Roxanne le explicó que no había dicho nada, porque le parecía que el embarazo no debía afectar la decisión acerca de su divorcio. Dwight hubiese querido llorar por la triste ironía. Pero asintió.

El destino no dejaba de cambiar de curso. Roxanne estuvo a punto de perder al bebé y tuvo que tomar medidas drásticas. El médico le cosió el cuello del útero, le prescribió reposo absoluto y le aconsejó que evitara el estrés. Sin que se lo pidieran, Dwight volvió a casa. Cocinaba y le llevaba la comida a Roxanne, limpiaba cuando había terminado y fregaba los platos. Recogía la correspondencia, la clasificaba, pagaba las facturas, contestaba al teléfono y cogía los mensajes cuando ella estaba durmiendo. La ayudaba a bañarse y empujaba su silla de ruedas en la corta distancia hasta el baño. Eran las humildes tareas que ninguno de los dos había hecho nunca por el otro.

Asombrosamente, todo funcionó bien. Sin expectativas, ya no tenían que hacer frente al desencanto. Sin desencanto, a menudo se sorprendían encontrando lo que en el pasado no habían podido encontrar. Pero era demasiado tarde y lo sabían. Dwight no esperaba la reconciliación, ni tampoco Roxanne. Siguieron reuniéndose con los abogados, para dividir las propiedades comunes, y decidieron que la custodia de su hijo sería compartida.

Roxanne se sentía agradecida por la ayuda y, para Dwight, eso era suficiente, le bastaba con un «gracias, necesitaba tu ayuda». Y ella sabía que eso era suficiente y también que no lo hacía por ella, sino por el bebé. Estaba protegiendo al bebé. El bebé era una especie de esperanza para él. Roxanne podía verlo en la expresión de su cara, que no era de amor hacia ella, sino de paz y serenidad. Dwight había abandonado la lucha consigo mismo. Ella no sabía cuál era la lucha, que siempre había sido parte de su problema juntos. Si Roxanne le hubiera preguntado por qué se sentía tan sereno, él no habría sabido decírselo. Era una sensación vaga, pero gratificante, un poderoso recuerdo que perduraría hasta el final de su vida.

En ese recuerdo futuro que aún no ha tenido, su hijo es un hombre que se parece mucho a él. Ha llegado a un punto de su vida en que se siente perdido y sin rumbo. Ha sido empujado hacia un lugar donde es un extraño. Está de pie a orillas del Irrawaddy y piensa en los que estuvieron antes que él y los que vendrán después, y cómo juntos, aunque separados en el tiempo, contemplarán la misma corriente y la sentirán en su sangre. Nunca han sido extraños.

Cuando Lucas nació, Roxanne empezó a padecer repentinos ataques de pánico varias veces al día. Temía olvidar alguna cosa fundamental, como dar de comer al bebé, cambiarle los pañales o comprobar si tenía fiebre o había dejado de respirar. La preocupaba entrar en una habitación sin pensar y dejarse allí al bebé, olvidando dónde lo había puesto, como hacía a menudo con las llaves. El bebé era enormemente exigente y resultaba agotador estar al tanto de todas sus necesidades, quizá demasiadas en una persona tan pequeña.

El proyecto de investigación también exigía su atención, pero Roxanne estaba demasiado cansada como para mantener la concentración y un grado de organización aceptable para ella y sus estudiantes de posgrado. Había un océano de datos de diferentes expediciones pendientes de documentar y analizar, investigaciones de sus estudiantes que tenía que revisar y propuestas de becas que debía redactar, así como un artículo para una revista, escrito en colaboración, que había prometido terminar y enviar cuanto antes. Por si fuera poco, tenía que desmontar su oficina y meterla en cajas, para un próximo traslado a otro edificio. Vacilaba entre atender al bebé o al trabajo. Se negaba a dejar de trabajar, pero no hacía nada en su trabajo, excepto preocuparse. Nunca había sentido tanta ambivalencia en cuanto a sus prioridades, y cuando ya no pudo decidir, se sumió en la depresión. Cada vez que Dwight recogía al bebé para llevárselo a su casa o al médico, para una revisión, Roxanne se sentía aliviada. Liberada de la responsabilidad, se iba a la cama, pero no podía dormir.

—¿Qué me pasa? —se preguntaba—. ¡Ansiaba tanto este hijo! Mil millones de mujeres tienen bebés. No puede ser tan difícil.

Atribuía sus problemas a los cambios hormonales, y su angustia, a su cautiverio en la jungla. ¿Por qué si no iba a sentirse tan indefensa ahora?

Aun así, no podía aceptar ayuda cuando se la ofrecían. Ésa habría sido la prueba de que le estaba fallando a su hijo y de que siempre lo haría. Aceptar ayuda sería como drogarse, pensaba ella. Resultaría adictivo y al final la dejaría peor de lo que estaba. Pero todos veían claramente que pronto iba a derrumbarse.

Dwight volvió a instalarse en su casa. Tuvo que insistir y hacer como que no oía sus protestas, ni reparaba en su furia ante la prueba implícita de que ella era incapaz de manejar la situación. A él le había costado el final de una nueva relación sentimental, pero ¿cómo no iba a ayudar, cuando el bienestar de su hijo estaba en juego? Más adelante, cuando Roxanne se disculpó y le dio las gracias, él le dijo que no había sido nada, y ella se echó a llorar. Dwight estableció las rutinas y los horarios. Ella observaba lo relajado y tranquilo que parecía él cuando le daba de comer a Lucas o lo cambiaba. Dwight no tenía preocupaciones. Le cantaba al bebé canciones inventadas sobre su nariz y los deditos de sus pies. Roxanne veía con cuánta facilidad organizaba las compras. No mimaba a su hijo, ni a ella. La dejaba que alimentara y cambiara al bebé, y cuando le llegaba el turno, Roxanne veía su mirada de maravilla y adoración. A ella le había mostrado la misma expresión, cuando la conoció como estudiante suyo. La había adorado. Y ella, inconscientemente, había esperado que siempre fuera así.

Poco a poco, Roxanne se fue dando cuenta de que nunca había sabido quedarse en segundo plano, ni ceder a nadie el protagonismo. Durante toda su vida, desde la primera infancia, todos se habían ocupado de ella y la habían colmado de elogios y palabras de aliento. Para sus padres y profesores, ella era un genio que necesitaba atención especial, para asegurarse de que todo su potencial llegara a florecer. Todos la consideraban extraordinaria, poderosa e infalible, pero su actitud solícita había acabado por debilitarla, y ahora no sabía qué hacer con su vida, cuando ese bulto que tenía entre los brazos lloraba y clamaba que sólo él, y no Roxanne, debía ser lo único que contara en el mundo entero. Roxanne siguió intentando ser extraordinaria e infalible como madre, pero fracasó una y otra vez, o al menos eso le pareció. Sentía que los gritos de malestar o enfado de su bebé eran acusaciones.

Con la presencia serena y confiada de Dwight en la casa, su ansiedad se disipó. No se había vuelto más fuerte, pero comprendía que le había dado muy poco a Dwight. Él no era tan egoísta como ella lo había acusado de ser. Nunca lo había dejado que cuidara de ella, aparte de exigirle que se aviniera a sus preferencias. En pocos meses había llegado a conocerlo mejor que en diez años. Y lo admiraba. Todavía sentía afecto por él. No era amor, pero había confianza en la mezcla, y también paz, al saber que él no la valoraba menos porque ella lo necesitara. ¿Qué nombre darle entonces al sentimiento que albergaba hacia él? ¿Era suficiente para que volvieran a ser una pareja? ¿Lo desearía él alguna vez? ¿La necesitaba a ella de alguna manera?

Mi querida amiga Vera escribió el libro sobre independencia personal que había estado desgranando en su mente durante su estancia en la jungla. Pensar al respecto la había mantenido activa y le había dado un propósito. Cuando hubo confiado sus pensamientos al papel, se sintió liberada de algunos lastres que no sabía que cargaba. Se preguntaba si habría capturado lo que su bisabuela había escrito en su libro, el que nunca había podido encontrar.

Vera escribió sobre las curiosas técnicas mentales que había utilizado para sobrevivir. Cuando sentía que no podía dar un paso más, conjugaba verbos en francés. Siempre había deseado viajar a Francia y pasar allí un mes entero. Varios años antes, se había matriculado en un curso de francés, pero siempre estaba demasiado ocupada para asistir a clase. Sin embargo, había podido estudiar en la jungla, donde el francés no cumplía ninguna función, excepto la de su propia práctica. Mientras conjugaba, no tenía espacio en el cerebro para pensar en el miedo, ni en la incomodidad, ni en la futilidad de preguntarse «¿por qué a mí?». «*Je tombe de la montagne* –recitaba–. *Je tombais de la montagne. Je tomberai de la montagne.*»

Después llegó a las preguntas molestas. En una época había estado muy segura de lo que consideraba ayudar a los demás. Wendy había querido devolver el Tibet a los tibetanos, y Vera había argumentado a su vez que era preciso renunciar al idealismo y lograr que los tibetanos dependieran sólo de sí mismos. Había que darles puestos de trabajo. Su intención era fortalecerlos. Su organización abordaba los problemas sociales exactamente de ese modo.

Pero ¿cómo saber si la intención iba a ayudar, o si no haría más que provocar problemas aún peores? ¿Sanciones o negociación? ¿Cómo podía saber nadie cuál de las dos estrategias funcionaría? ¿Quién podía ofrecer garantías? Y en caso de fracasar, ¿quién sufriría las consecuencias? ¿Quién asumiría las responsabilidades? ¿Quién desharía el entuerto? ¿Quedaría alguien que se preocupara?

Nadie tenía ninguna respuesta, y Vera hubiese querido gritar y llorar.

No escribió nada de eso en el libro. En cambio, rememoró la noche en que la habían sobrecogido los tambores palpitantes. Por un momento, ella y los otros habían creído habitar la mente de los demás, y eso era porque se habían convertido en una misma mente. Escribió que había sido una especie de alucinación, naturalmente, pero una alucinación que merecía la pena tener de vez en cuando. La empatía no era suficiente. Había que ser la otra persona y conocer sus esperanzas como si fueran las propias. Había que sentir la desesperación de querer conservar la vida.

El libro había sido más difícil de escribir de lo que esperaba. El impulso de las ideas importantes y de las poderosas epifanías parecía menguado sobre el papel. Se convertían en palabras fijas y perdían la cualidad del debate interno en proceso. Aun así, terminó el libro, exaltada y nerviosa por conocer la reacción de los lectores y saber de qué modo podía cambiarles la vida su obra. Su efecto podría expandirse como las ondas en un estanque. No quería que sus expectativas se dispararan aún, pero escribir sobre el descubrimiento personal quizá resultara ser su vocación.

Pero no pudo encontrar un editor. Envió el manuscrito a innumerables editoriales y sólo recibió negativas o silencio por toda respuesta. Había sido una pérdida de tiempo escribir el maldito libro. Pensó en tirarlo a la basura, porque le dolía verlo allí, todo aquel montón de tiempo perdido. Pero lo reconsideró. Era demasiado fuerte como para hacer eso. No era un fracaso. Sencillamente, aún no había salido de la jungla. Necesitaba perspectiva. Necesitaba repasar su vida, antes de sentarse a corregir su libro.

No más excusas con sus obligaciones. No más pensar que era imprescindible. Compró un billete a París. En el avión, fue conjugando verbos que pronto tendrían significado real: «*Je crie au monde. J'ai crié au monde. Je crierai pour que le monde m'entende.*» Gritaré para que el mundo me oiga.

Bennie se reunió con Timothy y sus hijos, los tres gatos, y descubrió que Timothy verdaderamente le había leído el pensamiento. Era asombroso, no se cansaban de repetir. La Navidad los había esperado. Todo estaba allí: los adornos y la casita de pan de jengibre con gominolas; las luces intermitentes en torno a los marcos de las ventanas y las velas eléctricas sobre el alféizar; el tapete de los años cincuenta sobre la repisa de la chimenea y los calcetines colgados, con los nombres de ambos bordados. Los platos de la Franklin Mint que representaban los doce días de la Navidad aún decoraban la mesa del comedor, en cuyo centro había una fuente con granadas y mandarinas, que había sido preciso cambiar a medida que se iban poniendo mohosas.

–Qué suerte que he regresado –dijo Bennie–, porque de lo contrario esto habría acabado por parecerse al banquete de bodas de la señorita Havisham (1).

Después se echó a llorar, abrazó a Timothy y le susurró:

–No nos separemos nunca.

Como fue preciso retirar el abeto debido a las normas de seguridad contra incendios, los regalos yacían bajo una palmera de seda, rociada con un aroma balsámico. Los paquetes aguardaban, sin abrir y vueltos a envolver con cintas amarillas. Había un regalo adicional, que Timothy había comprado en cuanto se enteró de la desaparición de Bennie. Era un suéter de cachemira, y le quedaba enorme, comprobó Bennie con orgullo. Pero añadió que el sentimiento era perfecto y que se quedaría el suéter, lo cual, a mi entender, fue muy juicioso de su parte. Las diarias celebraciones de pastel y champán, más los huevos con beicon por las mañanas y las costillitas asadas por la noche, iban a devolverle los diez kilos perdidos, y con bastante rapidez.

Pero casi todo lo demás siguió igual. Nada había cambiado, excepto su

(1) Personaje de la novela *Grandes esperanzas* de Charles Dickens que vivió atormentada y obsesionada porque su prometido la abandonó en el altar. *(N. de la t.)*

sensación de gratitud y su aprecio por todo lo que tenía. Era justo lo que todos esperan sentir y lo que casi nunca sucede en realidad, sin que haya pequeños reveses desagradables. Lo que más agradecía Bennie era el amor. Lo sentía tan hondamente que lloraba varias veces al día, simplemente al advertir lo afortunado que era. Tenía la clase de satisfacción que yo nunca experimenté en vida.

Marlena y Harry tuvieron por fin su noche de pasión largamente esperada. Cuando salieron de la jungla, el padre de Esmé estaba esperando a su hija para llevarla a casa. Harry y Marlena viajaron a Bangkok y se alojaron en un hotel de lujo, pero hubo que aplazar el amor una vez más, porque Harry tuvo que conceder docenas de entrevistas exclusivas. Cuando finalmente estuvieron a solas, examinaron el ambiente. Nada de mosquiteras sobre la cama, ni de velas de citronela, ni de vestidos de diseño que fueran a sufrir un incendio ritual. Ella era tímida y él intrépido, pero no hubo vacilaciones ni incomodidad. Con la secreta ayuda de una rodajita de *Balanophora* que Moff le había dado como regalo de despedida, su noche de pasión fue un éxito resonante y prolongado.

Cuando cayeron exhaustos, ella se echó a llorar, y él se inquietó, hasta que ella le dijo que era de alegría, por haberse sentido suficientemente libre como para perder el control. ¡Qué chica tan encantadora! Muy pocas mujeres le habían confesado algo así después de hacer el amor. Harry no se hubiese cansado nunca de oírlo. Pero había terminado con todas las otras mujeres, se recordó a sí mismo, especialmente con las jóvenes. Era agotador seguirles el tren, sobre todo cuando no siempre podía satisfacer sus expectativas. Marlena lo entendería. Con ella no le había sucedido nunca; pero si llegaba a sucederle, ella lo aceptaría con amor, y nunca con pena ni con burlas. Además, siempre podían conseguir un poco más de *Balanophora*. Eso sí que estaría bien.

A lo largo de los meses, su relación sentimental siguió siendo maravillosa, una pareja perfecta. Harry llamaba a Marlena su prometida, como había declarado ante la prensa. Todavía no había elegido el anillo de bodas. Según le dijo a Marlena, pensaba encargar uno especialmente para ella, pero aún no había encontrado al diseñador ideal. El diseñador ideal vendría cuando hubiesen firmado las capitulaciones matrimoniales. Eso no sería un problema, razonaba él, porque Marlena ganaba casi tanto dinero como él, o incluso más, teniendo en cuenta que no pagaba pensiones compensatorias ni de alimentación, como en cambio él sí hacía. Probablemente ella tendría la misma actitud práctica que él ante ese tipo de cosas, aunque también era cierto que a menudo las mujeres consideraban los asuntos jurídicos desde una perspectiva totalmente errónea.

De algún modo, las cosas saldrían bien, de eso estaba seguro. Su amor se basaba en la comprensión, en pasar por alto sus pequeños defectos y ver lo que era más importante. Amor con camaradería. Hubiese querido darse de bofetadas por haber estado tan ciego al respecto. En el pasado había buscado a las mujeres para verse reflejado. Los ojos de las mujeres, sus iris pulsantes, había sido el espejo de lo que él deseaba que adoraran. Su fuerza, sus conocimientos, su forma de conducirse en sociedad, su confianza, sus palabras oportunas y todas las cualidades de un hombre superior a los otros hombres. Había representado una parodia de la divinidad masculina, bastante semejante a su personaje televisivo. Pues bien, había que desterrar esa divinidad, al menos fuera del horario de trabajo. En casa, con Marlena, sería simplemente él mismo. Tendría que averiguar lo que era eso, lo cual no dejaba de ser intimidante, pero estaba dispuesto.

Su programa marchaba viento en popa. Los índices de audiencia eran más altos que nunca. Ganó otro Emmy. Todas las críticas recibidas por haber sido un tonto útil en manos del régimen militar birmano se disiparon en cuanto tuvo oportunidad de explicar cómo había utilizado los focos de la notoriedad para dar a conocer la penosa situación de sus amigos y de todos los que vivían en Birmania atenazados por el miedo. Al fin y al cabo, ¿no había sido todo para bien?

Harry siguió trabajando en su libro, *Ven, sentado, quieto*. Su capítulo sobre capacidad de adaptación incluía ejemplos reales, tomados de la estancia de sus amigos en la jungla. Era la oportunidad perfecta para observar el comportamiento de los grupos humanos en situación de estrés y compararlo con el de las jaurías de perros. Había preguntado a sus amigos por las alianzas que habían forjado por el bien del grupo. ¿Quién se había convertido en el líder? ¿Cómo tomaban las decisiones? ¿Había problemas para tomarlas? Pero mis amigos fueron discretos, que es una característica que los perros no poseen. Mintieron por el grupo. Dijeron que Bennie había sido el líder de principio a fin, que recogía las opiniones del grupo y conferenciaba con Mancha Negra, el líder del otro grupo, para llegar juntos a un acuerdo. ¿Y qué si esos informes no eran veraces? En algunos casos, las mentiras son dignas de admiración.

Marlena habría deseado que Harry cambiara de idea y se quedara de vez en cuando en casa de ella, un lugar precioso en Parnassus Heights, pero ella acabó instalándose en el apartamento de Harry en Russian Hill, cuando él lo declaró su nidito de amor. Era más pequeño que su casa, y lo parecía aún más por servir de cobijo a varios perros, entre ellos un spinone italiano y un briard del tamaño de un poni. Siendo Harry un experto en adiestramiento canino, Marlena había esperado que sus perros supieran hacer toda clase de cosas útiles, como ir a buscar el periódico. No esperaba en cambio que, agitando el rabo, derribaran valiosos objetos de arte de la mesita del salón, ni encontrarlos desparramados por el suelo en los sitios más inconvenientes. Acomodados en los mejores lugares había dos pequeñas bolitas peludas, *Pupi-pup* y mi dulce *Poochini*, que, como pude comprobar con alegría, estaba cómodamente establecido. Ya no pasaba el día sentado junto a la puerta, esperando mi regreso para llevarlo a casa.

Tras un mes de vida en común, Marlena elaboró las razones por las que ella y Harry debían alternar domicilios. Ella tenía un gran jardín vallado para los perros –observó–, y una vista de la ciudad casi tan bonita como las vistas de él a la bahía. Además, su casa era más amplia, con espacio para que los dos pudieran tener su estudio, así como una sala de prensa en el futuro. Él respondió que le parecía fantástico y que ojalá sus malditos horarios fueran menos exigentes e impredecibles, con todas esas llamadas a primera hora de la mañana, los contratiempos de último minuto y los desastres imprevistos. Esa misma mañana, en el plató, un chow-chow se había tragado una caja de bombones, que el cretino de su dueño había dejado sobre la mesa para regalarla al equipo del programa. Tuvieron que llamar al servicio veterinario de urgencias y quedarse hasta tarde para solucionar el problema. Marlena reconoció en seguida que su casa estaba demasiado lejos de los estudios, quince minutos más que el apartamento de él, y hasta veinte, si el tráfico era demasiado denso. Lo entendía perfectamente. Ella y Esmé seguirían quedándose en la casa de ambas de vez en cuando, sobre todo cuando él estuviera inmerso en la redacción de su libro y necesitara soledad. El querido Harry respondió:

–Pero si de verdad quieres que me quede en tu casa de cuando en cuando, cariño, yo...

¡No! Marlena no quiso ni oírlo. Pero le pareció muy amable por su parte que lo ofreciera. Más adelante, se preguntó si de verdad lo había ofrecido.

Aunque el sexo seguía siendo fantástico, a veces Harry estaba demasiado bebido para hacer el amor. A Marlena empezaba a aguijonearla la preocupación. Lo cierto es que Harry bebía demasiado. Tuvo que pasar cierto tiempo para que la idea se abriera paso en la mente de Marlena. Pero era innegable. Iba de recepción en recepción, con reuniones, almuerzos, cenas y fiestas generosamente regados con el lubricante social. Ella sólo disfrutaba bebiendo una copa ocasional de algún costoso borgoña francés. Él también disfrutaba con el costoso borgoña, pero prefería que fueran dos botellas. Marlena intentó insinuarle una vez que «los dos» debían beber un poco menos, a lo que él respondió bromeando que, en el caso de ella, beber «menos» sería beber un par de gotas. Pero reaccionó. Había entendido la indirecta, y esa noche sólo bebió un martini antes de cenar; sin embargo, después de cenar, su aritmética y su memoria dejaron de funcionar correctamente, por lo que incrementó la consumición posprandial con varias copas adicionales.

Quizá ella se estuviera preocupando por nada. Harry no estaba precisamente alcoholizado. Nunca conducía cuando estaba bebido, o, mejor dicho, nunca parecía bebido cuando conducía. Además, era un hombre respetado y con éxito, y ella podía considerarse afortunada de que la amara. Era un amante juguetón y lleno de recursos, siempre dispuesto a intentar nuevas aventuras y a probar nuevas intimidades. Adoraba todas sus pecas y sus lunares, y no es que ella tuviera muchos, pero él les ponía nombre a todos los que encontraba. Y hablaba del amor de todas las maneras que ella había soñado: conocerse mutuamente las debilidades y reírse de ellas, envejecer con las manos entrelazadas e intercambiar miradas secretas que formaban parte de su lenguaje, y le prometía que seguirían haciéndolo cuando estuvieran seniles y demasiado ancianos para entrechocar las pelvis sin descoyuntarse la espalda o las prótesis de cadera. Le prometía que lo recordarían todo y que estarían cada vez más enamorados a medida que pasaran los años. Le decía todas esas cosas maravillosas. Ojalá las recordara a la mañana siguiente.

¿Duraría su relación hasta que estuvieran seniles? Quién sabe. Habían pasado por la prueba de fuego, que o bien los forjaría como al acero, o bien los resquebrajaría como al vidrio sin templar. Pero una cosa era cierta: los dos querían lo mismo. Los dos deseaban ser amados por lo que eran. Solamente tenían que descubrir quiénes eran realmente, por debajo de sus hábitos de incursiones y retiradas.

También había que considerar a Esmé. Si algún papel podía desempeñar la niña, era el de la fuerza que los mantuviera unidos.

Esmé adoraba la pequeña habitación que Harry le había reservado en su dúplex. Estaba en un nivel aparte y era sumamente privada. Ahora Esmé tenía trece años y necesitaba intimidad. La cama de la habitación estaba instalada en un mirador, con ventanas curvas sobre tres lados, de modo que cuando la niña contemplaba las aguas de la bahía, se imaginaba a bordo de un barco volador. También había una puerta baja que conducía a un balcón acristalado, con vistas a la isla de Alcatraz. Por la noche, se oían los leones marinos del muelle 31, ladrando como posesos. A *Pupi-pup* le gustaba responder a sus ladridos, pero paraba en cuanto Esmé le ordenaba que callara.

A veces, Rupert iba de visita con su padre. Esmé y él ya no jugaban a aquellos juegos infantiles de nombrar las comidas que más echaban de menos. Había pasado muchísimo tiempo desde entonces. Esmé ya no era la «wawa» de su madre, gracias a un repentino estirón que había añadido unos cuantos centímetros a su estatura. Ahora tenía pechos, y usaba sujetador y vaqueros ceñidos de tiro bajo. Los pechos se le notaban, eso lo sabía ella, porque muchas veces había sorprendido a Rupert bajando la vista para mirarlos. Una vez, se los tocó. Puede decirse que le pidió permiso. Se los quedó mirando un buen rato y finalmente levantó la vista y dijo: «¡Eh!» De inmediato, ella asintió levemente con la cabeza, se encogió de hombros y sonrió al mismo tiempo. Él se los tocó, pero solamente las puntas. No la besó, como ella hubiera querido. Le apretó los pechos a través de la ropa. Su mano empezó a reptar por debajo de los pantalones de ella, y ella le hubiera permitido llegar más lejos, de no haber sido porque su madre gritó:

—¡Esmé! ¡Rupert! ¡A cenar!

Oyeron el ruido metálico de sus pasos, cuando estaba a medio camino de la escalera de caracol, para volver a llamarlos. Entonces Rupert saltó como si se hubiera quemado la mano, perdió el equilibrio, se golpeó contra la pared y cayó al suelo. (Por supuesto, ese momento de turbación me recordó la noche en que la pasión de Harry y Marlena recibió una buena ducha de agua fría.) Esmé comprendió de inmediato que no debería haber reído con tanta fuerza. Debería haber hecho como que no lo había visto. Pero una vez que empezaron las carcajadas, no pudo parar. Todavía estaba riendo cuando él empezó a subir la escalera.

La próxima vez que fue de visita, los dos estaban demasiado azorados para decir nada acerca de los pechos, la mano bajo los pantalones o la risa de ella. Se sentaron juntos en la cama, casi sin decir nada, mirando películas de anime en el ordenador de Esmé. Mientras tanto, Marlena encontraba razones para llamarlos cada quince minutos. Esmé había pensado acerca de «aquello». Si él quería hacerlo de nuevo, lo dejaría. Desde luego que no pensaba quitarse la ropa y hacer «lo otro». Le habría resultado demasiado extraño. Pero tenía curiosidad por saber qué sentiría cuando un chico la tocara. ¿Se volvería loca con una sensación que nunca había experimentado antes? ¿Se convertiría en una persona diferente?

La otra cosa que le gustaba a Esmé de su habitación era la escalerita alfombrada del suelo a su cama, que Harry había fabricado para que *Pupi-pup* pudiera subir y bajar cuando quisiera. Esmé valoraba que Harry pensara en esas cosas. Lo sabía todo acerca de los perros. A menudo ella lo acompañaba a los estudios de televisión, cuando grababan el programa en fin de semana. A veces se quedaban en el plató (ya no lo llamaba «el escenario») y otras veces salían con el equipo móvil, cuando Harry grababa el programa en las casas de las personas. Esmé había notado que él gritaba con frecuencia «¡Silencio todo el mundo!», e inmediatamente todos le obedecían. Era muy importante en el programa, la persona más respetada de todas, y todo el mundo intentaba atraer su atención y complacerlo. Pero bastaba que Esmé dijera que tenía hambre o frío para que él empezara a dar órdenes a diestro y siniestro, hasta que le llevaban un bocadillo o una manta. La niña pensaba que su madre debería ir con más frecuencia a los estudios, para ver cómo trataban allí a Harry. Si lo hiciera, no discutiría tanto con él. Su madre nunca estaba satisfecha con nada de lo que él hacía.

Lo mejor que hizo Harry, en opinión de Esmé, fue presentarlas a ella y a *Pupi-pup* en un programa, para demostrar que los niños pueden ser excelentes adiestradores de perros.

–Esmé, que hoy nos acompaña –había dicho en ese episodio–, tiene paciencia, es observadora y sabe actuar oportunamente.

Pupi-pup tenía casi un año, y Esmé había demostrado que su perrita obedecía sus órdenes de sentarse, tumbarse, venir, ladrar, dar la pata, bailar, ir a buscar un juguete y quedarse en su sitio esperando cuando ella se marchaba de la sala. Esmé vio ese episodio de «Los archivos de Manchita» por lo menos cincuenta veces. Había decidido especializarse en el comportamiento de los animales, como Harry, pero no quería tener un programa de televisión. Pensaba regresar a Birmania a salvar a los perros. Si trataban de ese modo a las personas, no quería ni imaginar lo que les harían a los perros.

Ha llegado mi turno. Ahora sé cómo morí.

Ayer, el inspector de la policía llamó a Vera, que por cierto es mi albacea testamentaria, la que está negociando que le pongan mi nombre a un segundo edificio del Museo de Arte Asiático (y no solamente a una nueva ala), gran parte de cuya construcción será posible gracias a mi legado de veinte millones de dólares.

El inspector le dijo que tenía en su poder varios objetos de mi pertenencia, entre ellos la alfombra sobre la cual me desplomé, la tela miao con que me cubrieron y las cosas que rompí al caer: un biombo de rejilla de madera, una fuente Ming y dos figurillas de doncellas danzantes de la dinastía Tang, que eran reproducciones, pero muy bien hechas. Había también dos objetos espeluznantes: la peineta metálica asesina y el lazo de cortina con flecos que habían encontrado en torno a mi cuello. ¿Los quería Vera?

«No, gracias», respondió ella.

El hombre recordó algo más: había una carta personal.

Vera quiso ver la carta. Pensaba que quizá la hubiera escrito yo y, en ese caso, la conservaría como un tesoro. Concertó una cita para ver al inspector.

Se sentaron en el despacho del policía.

–¿Puede decirme algo más acerca del accidente? –preguntó Vera–.

¿Por qué tenía esa especie de peineta en la garganta? ¿Y qué me dice de las huellas ensangrentadas? Todavía no comprendo cómo puede considerar que la muerte de Bibi fue un accidente.

Me alegré de que planteara esas preguntas, porque eran las mismas que me hacía yo.

–Tenemos una hipótesis –dijo el inspector–, pero no es más que eso. Verá, había un taburete bajo, cerca del escaparate. Creemos que la señorita Chen se subió al taburete, mirando hacia el escaparate, para poner unas luces de Navidad. Por qué estaría haciendo algo así pasada la medianoche es algo que escapa a mi comprensión.

–Era el primer fin de semana de diciembre y todas las tiendas ya habían puesto las luces y los adornos –explicó Vera–. Bibi me dijo que iba a tener que quedarse toda la noche levantada para preparar su escaparate.

–Las luces y los adornos –prosiguió el inspector– estaban sobre una mesa alargada de madera...

–Un altar –dijo Vera–. Siempre colocaba allí los pequeños artículos que quería exponer.

–No soy decorador –replicó el inspector–. En cualquier caso, debió de darse la vuelta para coger algo y entonces perdió el equilibrio y cayó. En la mesa había un peine y cayó justo encima. El peine era curvo, de metal, probablemente de plata, y la parte superior se partió. Lo he incluido en la lista de artículos. Quizá usted quiera verlo; puede que sea valioso. Tiene unos adornos que podrían ser diamantes.

Le pasó a Vera una caja con varias cosas, en su mayoría rotas.

–Creo que las piedras son de imitación –dijo Vera–. Nunca se sabía por dónde podía salir Bibi en lo referente a la ropa y los accesorios. Prefería lo divertido a lo esplendoroso. Éste debía de ser uno de sus accesorios divertidos.

–No soy decorador –repitió el inspector, mientras repasaba su expediente–. En cuanto a las huellas ensangrentadas, fue un poco más difícil averiguar lo sucedido, pero estamos bastante seguros de haberlo descubierto. Probablemente un transeúnte vio a la señorita Chen sangrando en el escaparate. Forzó la puerta y saltó a la plataforma. Se arrodilló junto a ella, lo cual explica la sangre en las rodillas de los pantalones que fueron hallados después en otro sitio. Con toda probabilidad, ella estaba inconsciente. Al caer al suelo, se había golpeado la nuca con una estatuilla de bronce de Buda. La autopsia reveló un traumatismo en esa zona. El hombre le arrancó la peineta de la garganta y, con toda probabilidad, quedó anonadado por el volumen de sangre que manaba. Entonces cogió una cuerda con flecos de una cortina del escaparate y se la enrolló en torno al cuello, para contener la hemorragia. Pese al heroísmo del transeúnte, ella murió, sofocada por su propia sangre.

El inspector dejó que Vera asimilara las novedades. La pobre estaba llorando un poco, imaginando el horror y la futilidad de la actuación del desconocido.

–Creemos que el hombre se asustó, pensando en ser sorprendido allí –prosiguió el inspector–. Tenía las manos totalmente ensangrentadas. Encontramos huellas dactilares en el peine metálico. Debió de salir corriendo bastante aprisa. Supongo que se deshizo de los pantalones y los zapatos cerca del lugar donde tenía aparcado su coche. Ahora ya sabe usted tanto como nosotros.

Vera se enjugó los ojos y dijo que veía lógica la historia. Yo también lo creí. Sin embargo, me resultaba tan *insatisfactoria*. ¿Torpeza? ¿Había sido ésa la causa de tanta sangre y dramatismo? ¿Y el desconocido? Me hubiese gustado darle las gracias por haberlo intentado. Y mientras lo pensaba, vi instantáneamente quién era, un hombre que yo conocía desde hacía veintisiete años. Lo veía cada pocos días, pero apenas sabía nada de él. Era Najib, el libanés propietario del almacén de ultramarinos que había a la vuelta de mi casa. Regresaba a su casa, después de una cena con amigos que se había prolongado hasta tarde. Él, que nunca me había hecho ninguna rebaja en su tienda, había intentado salvarme la vida.

–No sabemos quién fue el hombre –le dijo el inspector a Vera–, pero si yo lo supiera, no presentaría cargos contra él.

Vera se puso en pie, y el inspector abrió su carpeta y le entregó la carta. Estaba escrita en chino. Dijo que la había encontrado cerca de mi cadáver y que se la había dado a un chino de su departamento, quien le había echado un vistazo rápido y había determinado que se trataba de una carta informal de alguna mujer de mi familia en China.

–Tal vez alguien debería enviarle una nota a esta persona –dijo el inspector–, por si no se ha enterado. Aquí está su dirección.

Le entregó a Vera la traducción que había hecho su colega de la dirección.

Si un espectro puede temblar, eso era lo que yo estaba haciendo. Recordaba esa carta. La había leído.

Era de mi prima Yuhang, mi confidente de la infancia, la que me contaba los chismorreos de la familia cuando venía a visitarnos con sus padres y hermanos una vez al año. Cuando los comunistas estaban a punto de tomar Shanghai y nuestra familia se marchó, la suya se quedó. La carta era una de las que me enviaba ocasionalmente. Había llegado la mañana de mi muerte, en el interior de un paquete. Yo estaba en la zona del escaparate, reordenando los artículos expuestos, cuando el cartero me dio el paquete. Lo dejé sobre la mesa del altar y el tiempo voló antes de que lo recordara. Tal como había supuesto el detective, yo estaba subida a un taburete, colgando las luces de Navidad. Vi el paquete de mi prima, me incliné para alcanzarlo y saqué la carta. Empezaba con las naderías habituales acerca del tiempo y la salud y, a continuación, mi prima pasaba a lo que consideraba «las noticias interesantes».

«El otro día –me escribió–, estaba yo en el mercado de segunda mano, buscando cosas para mi negocio en eBay. Ya sabes cómo les gusta a los extranjeros comprar cosas viejas, raídas y gastadas. A veces cojo unos cuantos trastos viejos y los revuelco por la tierra, para que parezcan antigüedades. ¡No se lo digas a nadie!

»Deberías venir conmigo al mercado a primera hora de la mañana, la próxima vez que vengas a Shanghai. Siempre se encuentran gangas, muchas cosas imperialistas que las familias escondieron durante la Revolución Cultural. Vi varios juegos de mahjong en sus cajas originales. A los extranjeros les encantan. También vi a una mujer que estaba vendiendo joyas. Las piedras eran auténticas y no lo que normalmente habrías esperado que tuviera una mujer basta como ella, una persona de río abajo, ya sabes lo que quiero decir.

»Le pregunté, solamente por ser amable, cómo era que tenía cosas tan valiosas, y ella respondió, presumiendo: "Pertenecían a mi familia. Mi padre era un hombre enormemente rico antes del cambio. Teníamos montones de sirvientes y vivíamos en una mansión de cuatro pisos y cinco cuartos de baño occidentales, en la rue Massenet."

»*¿Qué?* ¿Massenet? ¡Ya imaginas lo que pensé! Así que en seguida le pregunté: "¿A qué se dedicaba su padre?" Y con una sonrisa rebosante de orgullo, me respondió: "Era el dueño de unos grandes almacenes, los grandes almacenes Honestidad, enormes y muy famosos. Ahora ya no existen, pero en los viejos tiempos, producían tanto dinero y tan rápidamente que casi no había tiempo de meterlo en el bolsillo."

»La miré con dureza a los ojos mendaces, y le pregunté: "¿Cómo se llama su padre?" Sabía que una persona como ella jamás mentiría al respecto, por miedo a que sus antepasados la fulminaran en el acto. Tal como yo pensaba, respondió: "Luo." Y yo le dije: "¡Entonces eres hija del portero Luo, la sanguijuela infecta que robó el oro y las joyas de nuestra familia!" Deberías haber visto lo redondos que se le pusieron los ojos y la boca. Empezó a gemir, diciendo que su padre había sido ejecutado, porque le habían encontrado algunas de esas joyas disimuladas en el forro de la chaqueta. (Te escribí al respecto, ¿recuerdas?) Dijo que el Ejército Rojo le había quitado el oro y que después ella lo había visto encima de un carro, cuando lo conducían al estadio, con palabras de condena escritas en una tabla colgada a la espalda y una venda medio caída, que dejaba ver sus ojos asustados. Cuando lo fusilaron, la familia enterró los otros objetos de valor. Pero cuando vino la gran hambruna, decidieron probar suerte. Una por una, fueron vendiendo las piezas. Uno por uno, fueron muriendo los miembros de la familia por tenerlas. "Ahora a nadie le importa que tengamos estas cosas imperialistas", dijo la mujer llorando, y añadió que estaba vendiendo las últimas piezas, porque no quería que la maldición recayera sobre su hijo.

»Le dije que los espíritus le estaban ordenando que devolviera los objetos de valor a la familia que había sufrido el robo. Le dije que ésa era la única manera de librarse de la maldición. De modo que fue así como recuperé estas cosillas para ti. He sido lista, ¿verdad? Son solamente unos cuantos recuerdos de tu familia. Nada demasiado valioso, pero quizá te procuren buenos momentos, cuando vuelvas a pensar en aquellos tiempos...»

Dejé la carta de mi prima y desenvolví los recuerdos. Y en seguida la vi. Era una peineta con cientos de hojitas diminutas de jade y capullos de peonía hechos de diamantes. Dulce Ma me la había robado. Yo se la había robado a ella y el portero Luo había vuelto a robarla.

Allí estaba, otra vez en mis manos, la verdadera peineta de mi madre; en efecto, una *peineta*, y no un broche, como erróneamente recordaba. La peineta y yo éramos las únicas dos cosas que quedaban en el mundo que habían pertenecido a mi madre.

Me pasé la peineta por la mejilla y la estreché contra mi corazón. La acuné como habría hecho con un bebé. Por primera vez, sentí que la plenitud del amor de mi madre reemplazaba el vacío de su pérdida. Estaba a punto de estallar de alegría. Entonces se me aflojaron las rodillas. Me temblaron y las sentí como de goma. Sentí que me ablandaba e intenté resistir. Pero entonces comprendí lo que era. Era yo reprimiendo mis sentimientos para no caerme. ¿Por qué no podía sentirlo? ¿Por qué me había denegado la belleza del amor? Así que no me contuve. Dejé que la alegría, el amor y el dolor me inundaran. Y con la peineta cerca de mi corazón, me desplomé del taburete.

Cuando morí, pensé que había llegado el final. Pero no fue así. Cuando encontraron a mis amigos, pensé que todo había terminado. Pero tampoco fue así. Y cuando hubieron transcurrido cuarenta y nueve días, pensé que desaparecería instantáneamente, como algunos budistas creen que ocurre. Pero aquí estoy. Tal es la naturaleza de los finales, por lo visto. Nunca finalizan. Cuando encuentras todas las piezas faltantes de tu vida y las ensamblas con el pegamento de la memoria y la razón, todavía quedan más piezas por encontrar.

Pero no me quedaré mucho tiempo más. Ahora sé lo que hay después de aquí. Mis amigos lo vislumbraron una vez. Estaba en el aliento que hacía volar a un centenar de escarabajos esmeralda. Estaba en los ecos que seguían a cada golpe del tambor. No puedo decir nada más, porque ha de seguir siendo un misterio, uno que nunca termina.

Genuina gratitud

Mi agradecimiento a muchos que quizá ni siquiera saben que han contribuido. Como una «libélula que roza el agua», he cosechado todo tipo de cosas interesantes de Rabih Alameddine, Dave Barry, David Blaine, Lou DeMattei, Sandra Dijkstra, Ian Dunbar, Matthea Falco, Molly Giles, Stephen Jay Gould, Vicky Gray, Mike Hawley, Mike Hearn, Barry Humphries, Lucinda Jacobs, Anna Jardine, Ken Kamler, Stephen King, Karen Lundegaard, Terry McMillan, Mark Moffett, Ellen Moore, Pamela Nelson, Deborah Newell, Aldis Porietis, Emily Scott Pottruck, Faith Sale, Roxanne Scarangello, Orville Schell, Rhonda Shearer, Lizzie Spender, Frank Sulloway, Bubba Tan, Daisy Tan, John Tan, Lilli Tan, Oscar Tang, Sarina Tang, Aimee Taum, Christian Tice, Robert Tornello, Ken Zaloom, Vivian Zaloom, los miembros del Alta 16, el Burma Road Gang, los Friends of Sarina, el Philosophical Club y The Rock Bottom Remainders. Han dejado en mí una huella duradera varias fuentes de inspiración necesariamente anónimas: el búfalo junto a la montaña de la Campana de Piedra, el cerdo cerca de Ruili, los peces en Muse, los guías turísticos de la provincia de Yunán y de Birmania, y los que ya no están.

A Bill Wu le debo muchas cenas chinas, por haber abierto mis sentidos y mi mente a la naturaleza y a los matices, al arte y al arte del regateo.

Para
LOU DEMATTEI,
SANDRA DIJKSTRA
y
MOLLY GILES,
por salvarme en infinidad de ocasiones

ÍNDICE